ULLSTEIN

Das Buch

Was für eine schreckliche Szene mußte der Nachtwächter des Londoner British Museum kurz vor seinem Tod mitansehen? Sein Gesicht trägt noch die Spuren des Grauens, als seine Leiche vor einem Mumienschrein gefunden wird. Alle sind überzeugt, daß er dem Fluch der Mumie zum Opfer gefallen ist – alle außer Amelia Peabody, die sich furchtlos und mit kriminalistischem Scharfsinn auf die Spur des Mörders begibt. Doch je weiter ihre Ermittlungen sie führen, desto gefährlicher wird ihr unbekannter Gegner, bis Amelia Peabody sogar um das Leben ihres geliebten Mannes Emerson fürchten muß ...

Die Autorin

Elizabeth Peters hat an der University of Chicago in Ägyptologie promoviert. Die meisten ihrer Bücher haben daher einen historischen Hintergrund. 1986 wurde sie mit dem *Antony Grand Master Award* und 1989 mit dem *Agatha Award* ausgezeichnet. Sie lebt in Chicago und in Frederick, Maryland.

In unserem Hause sind bereits von Elizabeth Peters erschienen:

In der Serie von Amelia Peabody (chronologisch)

Im Schatten des Todes
Der Fluch des Pharaonengrabes
Der Mumienschrein
Im Tal der Sphinx
Der Sarkophag
Verloren in der Wüstenstadt
Die Schlange, das Krokodil und der Tod
Der Ring der Pharaonin
Ein Rätsel für Ramses
Die Hüter von Luxor
Der Fluch des Falken

In anderen Serien

Ein todsicherer Bestseller
Der letzte Maskenball
Ein preisgekrönter Mord
Der siebente Sünder
Kreuzfahrt ins Ungewisse
Der versunkene Schatz
Die Straße der fünf Monde
Der geheimnisvolle Schrein

Elizabeth Peters

Der Sarkophag

Roman

Aus dem Amerikanischen von
Beate Darius

Ullstein

Ullstein Taschenbuchverlag 2000
Der Ullstein Taschenbuchverlag ist ein Unternehmen der
Econ Ullstein List Verlag GmbH & Co. KG, München

(Eine gekürzte Ausgabe erschien 1993 bei
Wilhelm Heyne Verlag GmbH, München)

Titel der amerikanischen Originalausgabe: The Deeds of the Disturber
(Warner Books, New York, 1989)
Übersetzung: Beate Darius
Redaktion: Martina Sahler
Umschlagkonzept: Lohmüller Werbeagentur GmbH & Co. KG, Berlin
Umschlaggestaltung: Init GmbH, Bielefeld
Titelabbildung: IFA-BILDERTEAM, Düsseldorf
Gesetzt aus der Sabon, Linotype
Satz: Josefine Urban – KompetenzCenter, Düsseldorf
Druck und Bindearbeiten: Elsnerdruck, Berlin
Printed in Germany
ISBN 3-548-24959-0

Für Charlotte MacLeod,
die von mir überaus geschätzte Grande Dame
des Kriminalromans

Mächtige Isis.
Sie schützte den Bruder,
vertrieb den Feind,
lähmte den Finger des Bösen
durch ihre Kraft.

Die Kluge, deren Zunge nie versagt,
bewundernswert ihre Worte des Befehls.
Mächtige Isis!

Hymne an Osiris, 18. Dynastie

1

In vieler Hinsicht halte ich mich für eine der glücklichsten Frauen. Gewiß, ein Zyniker könnte behaupten, daß das im 19. Jahrhundert der christlichen Zeitrechnung lediglich eine graduelle Unterscheidung darstellte, da Frauen ohnehin nur wenige der von Männern beanspruchten »unveräußerlichen Rechte« zugestanden wurden. Diese historische Ära wird vielfach mit dem Namen ihrer Monarchin in Verbindung gebracht; und obgleich niemand der Krone treuer ergeben ist als Amelia Peabody Emerson, zwingt mich meine Aufrichtigkeit doch zu der Anmerkung, daß die unwissentlichen Äußerungen Ihrer geschätzten Majestät hinsichtlich ihrer Geschlechtsgenossinnen in keiner Weise dazu beitrugen, diese aus ihrer schwachen Position zu befreien.

Ich schweife ab. Ich kann nicht anders, denn das Joch meiner unterdrückten Schwestern erfüllt mich stets mit unbändigem Zorn. Wie weit sind wir, selbst heute noch, von unserer wohlverdienten Emanzipation entfernt? Wann, ja wann werden Gerechtigkeit und Logik siegen und die Frauen von dem Podest hinabsteigen, auf das sie der Mann erhoben hat (natürlich nur, damit sie nichts anderes tun, als dort passiv zu verharren), um ihren rechtmäßigen Platz an seiner Seite einzunehmen?

Weiß der Himmel. Doch wie bereits von mir angedeutet,

hatte ich das Glück, die aufgrund der Mißgunst des starken Geschlechts errichteten gesellschaftlichen und bildungsbedingten Barrieren zu überwinden (oder, besser gesagt, zu durchbrechen). Durch meinen Vater sowohl mit finanzieller Unabhängigkeit als auch einer fundierten klassischen Bildung gesegnet, zog ich aus, um die Welt kennenzulernen.

Das ist mir nicht gelungen; in Ägypten fand meine Reise ihr Ende, da ich in dem klassischen Land der Pharaonen meine Bestimmung sah. Seitdem habe ich mich dem Studium der Archäologie gewidmet, und obwohl mich meine Bescheidenheit von Eigenlob abhält, darf ich doch behaupten, daß das von mir in diesem Beruf Geleistete nicht unerheblich gewesen ist.

Bei meinen Bestrebungen wurde ich von dem berühmtesten Ägyptologen aller Zeiten unterstützt, Radcliffe Emerson, meinem geliebten und geschätzten Gatten. Wenn ich dem gnädigen Schöpfer danke (was ich häufig tue), steht der Name Emerson stets an erster Stelle. Obwohl Fleiß und Intelligenz nicht unerheblich zu weltlichen Erfolgen beitragen, konnte ich es zum Zeitpunkt unserer ersten Begegnung nicht mir anrechnen, *was* Emerson ist und *wo* er war. Sicherlich war es weder Zufall noch eine Laune des Glücks, die das weltbewegende Ereignis herbeiführten. Nein! Schicksal, göttliche Fügung, nennen Sie es, wie Sie wollen – es war uns vorbestimmt. Vielleicht (so sinniere ich häufig, wenn ich geistesabwesend oder in nachdenklicher Stimmung bin) lagen die alten heidnischen Philosophen richtig in ihrem Glauben an die Wiedergeburt. Vielleicht war jenes Zusammentreffen in den düsteren Räumen des alten Boulaq Museums *nicht* unsere erste Begegnung; schließlich zogen mich jene funkelnden saphirblauen Augen, die wohlgeformten Lippen und das Grübchen in seinem Kinn nicht von ungefähr magisch an (obwohl ich zugeben muß, daß es zu jenem Zeitpunkt von einem dichten Bart verhüllt wurde, den Emerson dank meiner Überzeugungskraft später entfernte).

Immer noch geistesabwesend und nachdenklich ließ ich meiner Phantasie freien Lauf – wie wir vielleicht unter den mächtigen Säulen des alten Karnak umherstreiften, seine kräftige, sonnengebräunte Hand die meine umklammernd, sein durchtrainierter Körper in kurzen Hosen und aufgeknöpftem Hemd, was seine großartige Figur hervorragend zur Geltung gebracht hätte ...

Ich gebe zu, daß ich mich, wie so oft im Hinblick auf Emersons Vorzüge, von meinen Gefühlen überwältigen lasse. Werter Leser, wenn Sie erlauben, nehme ich den Faden meiner Erzählung wieder auf.

Kein Normalsterblicher sollte in dieser unvollkommenen Welt mit vollkommener Harmonie rechnen. Als rational denkender Mensch hatte auch ich nicht damit gerechnet. Allerdings gibt es auch für Frauen Schmerzgrenzen, und im Frühling des Jahres 18–, als wir im Begriff waren, Ägypten nach einer weiteren Ausgrabungssaison zu verlassen, war diese Grenze für mich erreicht.

Menschen bezichtigen mich manchmal eines ungerechtfertigten Vorurteils gegenüber dem männlichen Geschlecht. Sogar Emerson macht daraus gelegentlich keinen Hehl – und gerade der sollte es besser wissen. Wenn ich darauf verweise, daß ein Großteil meiner Verärgerung von Angehörigen dieses Geschlechts verursacht wurde, ist das kein Vorurteil, sondern eine schlichte Tatsache. Angefangen mit meinem geschätzten, aber entsetzlich geistesabwesenden Vater und fünf abscheulichen Brüdern über diverse Mörder, Einbrecher und Halunken nehme ich selbst meinen eigenen Sohn nicht aus. Wenn ich Buch führte, würde Walter Peabody Emerson, Freund und Feind gleichermaßen als Ramses bekannt, als eindeutiger Hauptverursacher für das gleichbleibend hohe Maß meiner Empörung hervorgehen.

Man muß Ramses kennen, um ihn zu schätzen. (Ich verwende dieses Verb, weil ich damit nicht unbedingt warmherzige oder enge Zuneigung zum Ausdruck bringen will). Über sein äußeres Erscheinungsbild kann ich mich nicht beklagen, denn ich bin keineswegs so engstirnig zu glauben, daß die Hautfarbe der Angelsachsen dem olivfarbenen Teint und den schwarzen Locken der Bewohner des östlichen Mittelmeerraums, denen Ramses (seltsamerweise) stark ähnelt, überlegen ist. Seine Intelligenz läßt im großen und ganzen ebenfalls nichts zu wünschen übrig. Ich war davon ausgegangen, daß ein Kind von Emerson und mir über herausragende Intelligenz verfügen würde; dennoch gebe ich zu, nicht damit gerechnet zu haben, daß diese solch außergewöhnliche Formen annehmen könnte. Ramses war ein jugendliches Sprachgenie. Noch vor seinem achten Geburtstag war ihm die Hieroglyphenschrift der alten Ägypter geläufig; Arabisch sprach er mit einer erschreckenden Gewandtheit (das Adjektiv bezieht sich auf gewisse Elemente seines Wortschatzes), und selbst der Umgang mit seiner Muttersprache war schon in jungen Jahren von einem Bombast gekennzeichnet, der eher zu einem betagten Wissenschaftler als einem kleinen Jungen gepaßt hätte.

Dieses Talent führte häufig dazu, Ramses fälschlicherweise auch auf anderen Gebieten für einen Überflieger zu halten. (»Entsetzlich altklug« lautete die Umschreibung vieler, die Ramses nichtsahnend über den Weg liefen.) Nun ja, genau wie der junge Mozart besaß er eine außergewöhnliche Begabung – ein so bemerkenswertes Gehör für Sprachen wie das des Komponisten für Musik – und lag auf anderen Gebieten, wenn überhaupt, sogar noch unter dem Mittelmaß. (Ich muß den informierten Leser nicht auf Mozarts unglückliche Ehe und seinen erbarmungswürdigen Tod hinweisen.)

Ramses hatte seine liebenswerten Seiten. Er mochte Tiere – oftmals sogar so sehr, daß er in Käfigen gehaltene Vögel und angekettete Hunde freiließ, weil er das für eine grausame und unangemessene Form der Bestrafung hielt. Er wurde ständig gebissen und gekratzt (einmal von einem jungen Löwen), und die Besitzer der besagten Geschöpfe setzten sich häufig dagegen zur Wehr, was ihrer Meinung nach an eine Form des Einbruchdiebstahls grenzte.

Wie schon erwähnt, besaß Ramses einige positive Eigenschaften. Ihm fehlte jedes Vorurteil für Klassenunterschiede. Um genau zu sein, zog der kleine Gauner es vor, mit den ungebildetsten Ägyptern im Souk obszöne Geschichten auszutauschen, statt mit gleichaltrigen englischen Mädchen und Jungen zu spielen. Barfuß und mit zerlumpter Galabiya war er wesentlich glücklicher als in seinem hübschen schwarzen Samtanzug mit Rüschenhemd.

Ramses' positive Eigenschaften ... Er widersetzte sich nur selten einem direkten Befehl, immer vorausgesetzt natürlich, daß nicht höhere moralische Überlegungen Vorrang hatten (deren Definition Ramses selbst oblag) und daß die Anweisung exakt so formuliert war, daß sie Ramses kein Schlupfloch bot. Es hätte schon der Fähigkeiten eines Staatsanwaltes oder des Ordensvorstehers der Jesuiten bedurft, um ihn festzunageln.

Ramses' positive Eigenschaften? Ich glaube, da war noch etwas, was mir momentan jedoch entfallen ist.

Allerdings war es ausnahmsweise nicht Ramses, der meinen Zorn in jenem Frühjahr heraufbeschworen hatte. Nein, meinen geschätzten, von mir bewunderten und geliebten Gatten traf die Schuld.

Emerson hatte einige stichhaltige Gründe für seinen boshaften Humor. Wir hatten in Dahschur, einem Ausgrabungsgebiet in der Nähe Kairos, gearbeitet, das die berühmtesten Pyramiden von ganz Ägypten umfaßt. Es war keineswegs einfach gewesen, den Firman (eine Exkavationsgenehmigung der Antikenverwaltung) zu bekommen, da Monsieur de Morgan, der zuständige Direktor, das Gebiet ursprünglich für sich hatte beanspruchen wollen. Warum er seine Meinung änderte, brachte ich nie in Erfahrung. In irgendeiner Weise war Ramses daran beteiligt gewesen; und sobald Ramses an irgend etwas beteiligt war, zog ich es vor, von den Einzelheiten verschont zu bleiben.

Da Emerson meine besondere Leidenschaft für Pyramiden kennt, war er kindlich erfreut über die Zusage gewesen. Er hatte mir sogar eine eigene Pyramide zu Forschungszwecken überlassen – eine jener kleinen, untergeordneten Grabstätten, die, wie von einigen vermutet wird, den Begräbnissen der Pharaonengattinnen dienten.

Obwohl ich die modrigen, nach Fledermauskot stinkenden Gänge dieses winzigen Monumentes mit dem größten Vergnügen durchkämmt hatte, hatte ich außer einer leeren Grabkammer und einigen Tonscherben absolut nichts entdeckt. Unsere Bemühungen, die Ursache für die plötzlich aufziehenden, unerklärlichen Winde herauszufinden, die gelegentlich durch die Gänge der Winkelpyramide stoben, hatten sich als erfolglos erwiesen. Falls es verborgene Öffnungen und unentdeckte Gänge gab, so hatten wir sie jedenfalls nicht gefunden. Selbst die Schwarze Pyramide, in deren abgesunkener Grabkammer wir einst gefangengehalten worden waren, entpuppte sich als Enttäuschung. Aufgrund des ungewöhnlich hohen Wasserspiegels des Nils waren die unteren Durchgänge überflutet, und Emerson war nicht in der Lage, die hydraulische Pumpe einzusetzen, auf die er seine ganze Hoffnung gesetzt hatte.

Werter Leser, ich will Ihnen ein kleines Geheimnis über Archäologen anvertrauen. Sie alle geben ihre hohe Gesinnung vor. Sie behaupten, daß ihr einziges Ausgrabungsziel darin besteht, die Geheimnisse der Vergangenheit aufzudekken und sie menschlichem Wissen zugänglich zu machen. Sie lügen. In Wirklichkeit streben sie nach einer spektakulären Entdeckung, um ihren Namen in den Zeitungen zu sehen und damit den Haß und die Mißgunst ihrer Rivalen zu schüren. In Dahschur hatte sich M. de Morgan den Traum erfüllt, die Juwelen einer Prinzessin des Mittleren Reiches zu entdekken (wie ihm das gelang, weigerte ich mich zu fragen). Der Glanz des Goldes und der kostbaren Steine üben einen magischen Zauber aus; de Morgans Fund (ich werde mich weiterhin weigern, ihn jemals zu fragen, wie ihm dieser gelungen ist!) bescherte ihm den angestrebten Ruhm sowie einen erschöpfenden Artikel und ein reizendes Foto in der *Illustrated London News*.

Einer dieser sogenannten Wissenschaftler, der unbedingt seinen Namen abgedruckt sehen wollte, war Mr. Wallis Budge, der Verwalter des Britischen Museums, dem besagte Einrichtung einige ihrer schönsten Ausstellungsstücke zu verdanken hatte. Jeder wußte, daß sich Budge einen Namen gemacht hatte, nicht wegen seiner Exkavationen, sondern aufgrund seiner illegalen Transaktion von Antiquitäten, die er, jeglichem Exportverbot zum Trotz, ausgeführt hatte. Emerson hätte einen Teufel getan, Budges Beispiel nachzueifern, doch eine Stele, wie die von seinem Erzrivalen Petrie im Jahr zuvor gefundene, hätte auch ihm gut zu Gesicht gestanden. Die Welt der biblischen Wissenschaften war aus den Fugen geraten, denn diese antike Grabsäule verzeichnete hinsichtlich der ägyptischen Geschichtsschreibung den ersten und bis dahin einzigen Hinweis auf den Terminus »Israel«. Eine wahre Errungenschaft für die Fachwelt, und für eine vergleichbare Trophäe hätte mein geliebter Emerson seine Seele dem Teufel verkauft (an den er ohnehin nicht glaubte). Der umtriebige Petrie gehörte zu den wenigen Ägyptologen, die Emerson, wenn auch zähneknirschend, respektierte, und ich bin sicher, daß Petrie ähnlich empfand. Diese beiderseitige Hochachtung war vermutlich der Grund für ihre erbarmungslose Rivalität – auch wenn beide eher gestorben wären, als ihren gegenseitigen Neid einzugestehen.

Als Mann durfte Emerson dieses vollkommen natürliche und nachvollziehbare Bestreben nicht zugeben. Deshalb versuchte er, *mich* für seine Frustration verantwortlich zu machen. Es ist nicht von der Hand zu weisen, daß ein kleines kriminalistisches Zwischenspiel unsere Exkavationen zeitweilig unterbrach, aber diese Dinge waren Emerson keineswegs fremd; derartiges passierte in fast jeder Ausgrabungssaison, und trotz seiner heftigen Beschwerden genoß er unsere kriminalistischen Aktivitäten ebensosehr wie ich.

Sein letztes Manöver hatte allerdings unter ungewöhnlichen Vorzeichen gestanden. Wie bereits zuvor war unser Widersacher erneut der geheimnisvolle Meisterverbrecher gewesen, der uns lediglich unter dem Decknamen Sethos bekannt war. Obwohl wir dessen gräßliche Pläne durchkreuzt hatten, war es ihm wieder einmal gelungen, unserem Vergeltungsschlag zu entkommen – jedoch erst, nachdem er eine unerwartete und (für manche) unerklärliche Zuneigung zu mir eingestanden hatte. Mehrere denkwürdige Stunden war ich Sethos' Gefangene gewesen. Glücklicherweise hatte mich Emerson befreit, bevor irgend etwas Außergewöhnliches passierte. Immer wieder hatte ich ihm versichert, daß ich niemals schwach geworden wäre; daß seine mit zwei Krummsäbeln bewaffnete, durch die Tür preschende, kampfbereite Gestalt ein unauslöschlich in meinem Herzen verankerter Anblick gewesen sei. Er glaubte mir. Er zweifelte nicht an mir ... rational betrachtet. Doch der Schatten des Mißtrauens überdauerte – ein Wurmfraß in der Knospe ehelicher Zuneigung, der unausrottbar schien.

Ich bemühte mich nach Kräften, den Schädling auszumerzen. Mit Worten und – nicht zu vergessen – mit Taten ließ ich keine Gelegenheit aus, Emerson meiner ungeteilten Zuneigung zu versichern. Er schätzte meine Worte (und – nicht zu vergessen – meine Taten), doch der entsetzliche Zweifel blieb. Wie lange, fragte ich mich bestürzt, würde diese Situation andauern? Wie oft mußte ich mich von neuem bemühen, ihn umzustimmen? Das alles schien in einem solchen Maße an uns beiden zu zehren, daß Ramses bereits die dunklen Augenringe seines Vaters bemerkte und wissen wollte, was ihn von seiner wohlverdienten Nachtruhe abhielt.

Da ich vor meinen Pflichten (und meiner Zuneigung) noch nie kapituliert hatte, verfolgte ich meine Bestrebungen mit einer solchen Entschlossenheit, bis Emerson vor lauter Erschöpfung schließlich zugab, daß ich ihn überzeugt habe. Die Entdeckung eines Inschriftenblocks versetzte uns in die Lage, den bis dahin unbekannten Initiator der Pyramide zu bestimmen, und erlaubte Emerson, die Saison mit einem gewissen Triumph zu beenden. Dennoch war mir klar, daß er im stillen vor sich hin brütete; ich wußte, daß sein Ehrgeiz keineswegs befriedigt war. Zugegebenermaßen erleichtert, packte ich unsere Koffer und sagte den staubigen Weiten von Dahschur herzlich und (hoffentlich nur) vorübergehend Lebwohl.

Jede Frau kann sich die Freude vorstellen, die mich beim Einzug in unsere Räume im Shepheard's, dem elegantesten Kairoer Hotel, durchflutete. Ich freute mich auf ein richtiges Bad in einer richtigen Badewanne; auf heißes Wasser, duftende Seife und weiche Handtücher; auf die Annehmlichkeiten eines Friseurs und einer Wäscherei; auf Geschäfte, Zeitungen und die Gesellschaft kultivierter Menschen. Wir hatten Kabinen auf dem Postdampfer gebucht, der auf seiner elftägigen Passage von Port Said direkt nach London fuhr. Ein Schiff nach Marseille hätte die Reise erheblich verkürzt, doch die Zugfahrt nach London über Paris und Boulogne war unbequem und unangenehm, insbesondere für Reisende mit viel Gepäck. Wir hatten keine Eile und freuten uns auf eine entspannte Schiffspassage; doch zuvor hatte ich das Gefühl, daß mir einige Tage Luxus gut zu Gesicht stünden. Zweifellos gibt es keine Frau, die die Schwierigkeiten der Haushaltsführung in einem Zelt oder einer leeren Grabstätte oder einem verlassenen, geheimnisumwitterten Kloster mit mehr Gleichmut ertragen hätte als ich – und all das hatte ich bereits kennengelernt – oder die Schönheit des Wüstenlebens mehr geschätzt hätte. Doch wenn die Bequemlichkeit zum Greifen nah ist, glaube ich an deren Verdienst. Diese Einschätzung teilt Emerson nicht. Er ist glücklicher im Zelt als in einem feinen Hotel, und er verabscheut die Gesellschaft kultivierter Zeitgenossen. Da wir jedoch nur zwei Tage in Kairo verweilen sollten, trug er sein Schicksal mit Fassung.

Den Nachmittag unserer Kairoer Ankunft verbrachte ich fröhlich planschend in meiner Badewanne und genoß einen der seltenen, unbeschwerten Momente der Sorglosigkeit. Ramses war mit Abdullah, unserem hervorragenden Rais, zu irgendeinem Ausflug aufgebrochen. Die Katze Bastet, die kaum je von der Seite des Jungen wich, hatte sich geweigert, ihn zu begleiten, was meinen Verdacht erhärtete, daß das von Abdullah und Ramses nicht genauer dargelegte Vorhaben von mir bestimmt nicht gutgeheißen worden wäre. Wie auch immer; in Abdullahs Begleitung war Ramses so sicher wie in der jedes anderen Menschen. (Soll heißen: relativ sicher.) Er würde irgendwann zurückkehren, müde und schmutzig und vollgestopft mit irgendwelchen Speisen, die jedem anderen Kind eine Magenverstimmung eingebracht hätten, den über die Maßen strapazierfähigen inneren Organen meines Sohnes jedoch nichts anhaben konnten. Ich würde mich noch früh genug mit Ramses auseinandersetzen. In der Zwischenzeit trug seine Abwesenheit lediglich zu meinem Hochgefühl bei.

Die auf dem Wannenrand sitzende Katze Bastet beobachtete mich aus bernsteinfarbenen Augenschlitzen. Bäder faszinierten sie. Vermutlich erschien ihr das völlige Eintauchen in Wasser eine seltsame Reinigungsmethode.

Obwohl Dahschur nicht weit von Kairo entfernt liegt, hatten wir der Metropole während der vergangenen Wochen keinen Besuch abgestattet. Ein umfangreicher Stapel Briefe und Zeitschriften erwartete uns; auf meine Bitte hin ließ Emerson die Badezimmertür einen Spaltbreit geöffnet und las mir die Post vor. Es gab einige Briefe von Emersons Bruder Walter und seiner Gattin, meiner lieben Freundin Evelyn. Sie beglückwünschten uns zu unserer baldigen Heimkehr und teilten uns die Neuigkeiten von unseren Nichten und Neffen mit.

Die übrige Post war unerheblich. Emerson schob sie beiseite und wandte sich dem Zeitungsstapel der letzten Wochen zu. Mit unterschwelliger Erheiterung lauschte ich den von ihm ausgewählten Artikeln, da seine Vorstellung, was mich interessieren könnte, recht seltsam war. Das Vordringen unserer Streitkräfte in den Sudan – ja, das interessierte mich, denn das war nahe unserer Heimat (unserer geistigen Heimat Ägypten). Doch den Werbeanzeigen für das Daimler-Gefährt (einem neu entwickelten Fahrzeug, das von einem Zweizylindermotor angetrieben wurde) und dem von Lambeth patentierten Wasserklosett konnte ich nichts abgewinnen. Ich entgegnete nichts; Emersons wohlklingender Bariton drang angenehm an meine Ohren, und seine ironischen

Kommentare über die »Unannehmlichkeiten des modernen Lebens« verliehen den Informationen einen gewissen Mutterwitz. Während ich verträumt meine aus dem duftenden Wasser hervorlugenden Fußspitzen betrachtete, fiel ich in eine Art Dämmerzustand, aus dem ich aufgrund von Emersons Wutanfall brutal aufschreckte.

»Welch ein hirnrissiger Blödsinn!« brüllte er.

Ich nahm an, daß Emerson die *Times* gegen eine andere Zeitung ausgetauscht hatte – vermutlich die *Daily Yell,* deren Artikel häufig eine solche Reaktion hervorriefen.

»Was ist hirnrissiger Blödsinn, mein Lieber?« wollte ich wissen.

Ein geräuschvolles Umblättern der Seiten folgte. Dann entfuhr es Emerson: »Genau wie ich vermutete. Ich hätte es wissen müssen. Dein geschätzter Freund O'Connell ist der Verfasser dieses Unsinns!«

Ich wollte gerade entgegnen, daß Mr. Kevin O'Connell kein besonders geschätzter Freund von mir war; aber das wäre nicht ganz korrekt gewesen. In den vergangenen Jahren hatte ich ihn kaum zu Gesicht bekommen, doch im Zuge unserer Ermittlungen in dem grotesken Baskerville-Mordfall hatte ich den jungen Journalisten schätzengelernt. Bei seiner Berufsausübung war er sicherlich rüde und aufdringlich; doch als wir ihn in einer Notsituation dringend brauchten, hatte er sich als zuverlässiger Verbündeter erwiesen, und er war sogar relativ gelassen über Emersons Fußtritt hinweggegangen, der ihn die Haupttreppe des Shepheard's hinunterbefördert hatte.

»Was hat Mr. O'Connell denn jetzt wieder angestellt?« fragte ich.

Die Zeitung raschelte geräuschvoll. »Er bedient sich wieder seiner alten Tricks, Peabody. Noch mehr von diesen verdammten Mumien, noch mehr verdammte – äh – Flüche.«

»Tatsächlich?« Ich richtete mich auf und bespritzte Bastets Pfoten mit Wasser, woraufhin diese leise fauchte und mich aus ihren bernsteinfarbenen Augen anfunkelte. »Entschuldigung«, murmelte ich.

»Wofür?« brummte Emerson.

»Ich sprach mit der Katze Bastet. Bitte, fahre fort, Emerson. Lies mir vor, was er schreibt.«

»Ich denke nicht daran«, erwiderte Emerson.

»Wie bitte, Emerson?«

»Bitte, Amelia«, entgegnete Emerson mit unterkühlter Nonchalance. »Ich werde dir diesen Artikel nicht vorlesen. Um ehrlich zu sein, werde ich diese Zeitung und alle anderen vernichten, die auch nur den kleinsten Hinweis auf ein Thema liefern, das aus mir unerfindlichen Gründen deinen normalerweise brauchbaren Verstand außer Kraft setzt.«

»Brauchbar, Emerson? Hast du brauchbar gesagt?«

Emerson antwortete nicht, während er Papier zerriß, zerknüllte und zertrampelte. Ich wartete, bis sich der Sturm gelegt hatte, und rief dann: »Also wirklich, Emerson! Du kannst doch nicht sämtliche Zeitungen aus Kairo zerstören! Außerdem führt dies unweigerlich zur Intensivierung meiner Neugier.«

Emerson verfiel in ein leises Selbstgespräch. Das kommt gelegentlich vor. Ich schnappte einige Wortfetzen auf – »vergebliche Hoffnung ... verfluchte Hartnäckigkeit ... hätte es besser wissen sollen ... nach all den Jahren ...« Kommentarlos fuhr ich fort, meine Füße einzuseifen; die Ehe hat mich die nützliche Tatsache gelehrt, daß Schweigen manchmal sinnvoller ist als eine langatmige Diskussion. Schließlich – er hatte die Stichhaltigkeit meines Arguments stillschweigend akzeptiert – las er weiter. Seine Stimme war von einem solchen Sarkasmus geprägt, daß sie sich fast überschlug.

»Letztes Opfer des Fluches. Die königliche Mumie schlägt

erneut zu. Wo wird das enden? Am letzten Dienstag um drei Uhr nachmittags zerrte sich eine vornehme weibliche Besucherin ihren Knöchel, nachdem sie auf einem Apfelgehäuse ausgerutscht ...«

Ich lachte laut auf. »Sehr gut, Emerson. Überaus amüsant, wenn du mich fragst. Und jetzt lies mir die Geschichte vor.«

»Ich bin gerade dabei«, erwiderte Emerson. »Amelia, es ist mir nicht möglich, die literarischen Ergüsse deines Freundes O'Connell satirisch zu kommentieren. Das sind seine exakten Worte.«

Seine Stimme klang nicht mehr ganz so schrill, doch aufgrund der Tatsache, daß er mich mit meinem Vornamen angesprochen hatte, war mir klar, daß er immer noch wütend auf mich war. Seit den glückseligen Tagen unserer Flitterwochen in einem verlassenen Grab in Mittelägypten nennt mich Emerson bei meinem Mädchennamen Peabody, um seine Zuneigung auszudrücken. Ich selbst bin nie auf die kindische Idee verfallen, ihn mit seinem Vornamen Radcliffe anzureden, was er verabscheut. Für mich heißt er Emerson, und das wird immer so bleiben – dieser Name ist für mich untrennbar mit zärtlichen, aber auch entsetzlichen Erinnerungen verbunden.

Allerdings ließ er sich schließlich überreden, mir den von ihm überflogenen Artikel darzulegen. Die unselige Mumie befand sich nicht, wie von mir vermutet, in Ägypten, sondern in den verstaubten Räumen jener ehrwürdigen Einrichtung, dem Britischen Museum. Bei dem gezerrten Knöchel handelte es sich um eine geschickte Taktik von Mr. O'Connell, doch der vorausgegangene Vorfall war um einiges gravierender gewesen – mit tödlichem Ausgang, um genau zu sein.

Als einer der Aufseher eines Morgens seine Arbeit in der ägyptischen Abteilung aufnehmen wollte, entdeckte er den

Leichnam eines gewissen Albert Gore, eines Nachtwächters, am Boden vor einem der Ausstellungsstücke. Offensichtlich hatte der arme Kerl einen tödlichen Schlaganfall oder Herzinfarkt erlitten, und wäre er vor einer unscheinbaren Vase oder einem mittelalterlichen Manuskript zusammengebrochen, hätte sein Ableben sicherlich niemanden – außer vermutlich seine Familie und seine Freunde – interessiert. Allerdings handelte es sich bei dem Exponat um einen Mumienschrein mit Mumie, und das hatte O'Connells journalistischen Spürsinn beflügelt. Vermutlich konnte man ihn sogar als eine gewisse Autorität auf dem Gebiet altägyptischer Flüche bezeichnen.

»Gehirnschlag – aber warum?« lautete die Headline. Emersons Antwort: »Verflucht, der Bursche war 64 Jahre alt!«

»Was war der Auslöser für den Ausdruck eiskalten Entsetzens auf den Gesichtszügen des Toten?« wollte O'Connell wissen. Emerson: »Die Hirngespinste eines gewissen Mr. Kevin O'Connell.«

»Führt Angst zum plötzlichen Tod?« forschte Kevin weiter, und Emerson erwiderte, an mich gewandt: »Papperlapapp.«

Die Mumie war dem Museum im Jahr zuvor von einem anonymen Stifter vermacht worden. Kevin hatte sich der Geschichte mit der von mir erwarteten Hartnäckigkeit gewidmet und den Namen dieses Individuums zu Papier gebracht. Doch diese Enthüllung trug lediglich dazu bei, das Interesse an einer Sache zu schüren, die im Grunde genommen seiner journalistischen Phantasie entsprang. Nichts fasziniert die englische Öffentlichkeit mehr als der Adel, und ein Hinweis auf einen königlichen Skandal ist noch zugkräftiger.

Ich halte es für angebracht, die tatsächlichen Namen und

Titel der betreffenden Personen selbst in diesem persönlichen Tagebuch zu verschweigen, denn sollten die darin enthaltenen archäologischen Anmerkungen in Zukunft irgendwann zur Veröffentlichung anstehen (was unweigerlich der Fall sein wird), wäre ich die letzte, die die Monarchie in Mißkredit bringen wollte, die sich trotz ihrer Fehltritte doch der Loyalität jeder echten Engländerin gewiß sein sollte. Überflüssig zu erwähnen, daß der Stifter – den ich im folgenden als den Grafen von Liverpool bezeichnen werde – mit jener besagten, vornehmen Dame blutsverwandt war. Wie Emerson es ausdrücken würde, und das tat er zur Genüge: Sie hatte zu viele Nachfahren, direkte und indirekte, die durch die Welt geisterten und in Schwierigkeiten gerieten.

Falls der Graf gehofft hatte, sich dem üblen Einfluß seines ägyptischen Souvenirs zu entziehen, so hatte er zu lange gezögert. Kurz nach seiner Schenkung erlitt er einen tödlichen Jagdunfall.

»Geschah dem Halunken ganz recht!« knurrte Emerson, der meine Abneigung gegen blutrünstige Sportarten teilt. »Vernünftige Mumie; intelligenter Kadaver. Sein Sohn ist ebenfalls nicht ungeschoren davongekommen. Er scheint ein scheußlicher junger Flegel zu sein, der an einer dieser scheußlichen, abartigen Krankheiten leidet. Ein klarer Fall von ausgleichender Gerechtigkeit. Hervorragende Mumie!«

»Um welche Krankheit handelt es sich dabei, Emerson?«

Emerson hatte sich einem weiteren Zeitungsartikel zugewandt. Er ratterte ihn laut herunter. »Eine anständige Frau stellt solche Fragen nicht, Peabody.«

»Oh«, meinte ich. »*Diese* scheußliche, abartige Krankheit. Die würde sicherlich selbst die *Yell* nicht öffentlich bekanntgeben.«

»Es gibt unterschwellige Hinweise, Peabody, Euphemismen«, erwiderte Emerson gönnerhaft. »Und jeder, der den jungen Mann und seine Herkunft kennt, kann die richtigen Schlüsse ziehen.«

»Das ist also das Ausmaß des gräßlichen Einflusses der Mumie? Ein Jagdunfall, ein Fall von einer – äh – Krankheit und ein natürlicher Tod aufgrund von Herzversagen?«

»Die übliche Anzahl zartbesaiteter Damen ist dabei in Ohnmacht gefallen«, erwiderte Emerson zynisch. »Und die parapsychologischen Ermittler haben Botschaften aus dem Jenseits empfangen. Hmhm. Vermutlich kann man es der leichtgläubigen Öffentlichkeit kaum zum Vorwurf machen, wenn unser ehrenwerter Verwalter ägyptischer und assyrischer Kunstschätze sie zum Narren hält.«

»Wallis Budge? Ach komm, Emerson, nicht einmal Budge würde –«

»Er würde. Er hat es bereits getan. Dieser Bursche würde vor nichts zurückschrecken, um seinen Namen abgedruckt zu sehen. Wie ein solch hirnrissiger Idiot diese Position bekleiden ... HÖLLE UND VERDAMMNIS!«

Kein Kunstgriff des Buchdruckers, nicht einmal Versalien, können die Inbrunst dieses Wutschreis verdeutlichen. Emerson ist bei seinen ägyptischen Arbeitern unter dem bewundernden Spitznamen Vater der Flüche bekannt. Lautstärke und Wortwahl haben ihm diesen Titel eingebracht; doch dieser Schrei war selbst für Emersons Maßstäbe so außerordentlich, daß die Katze Bastet, die sich leidlich an seine Ausbrüche gewöhnt hatte, vor Schreck hochsprang und in die Wanne plumpste.

Die Einzelheiten der nun folgenden Szene lasse ich besser unerwähnt. Meinen Bemühungen, die sich zur Wehr setzende Katze zu retten, wurde mit hysterischem Widerstand begegnet; Wasser platschte über den Wannenrand auf den Boden; Emerson eilte zur Rettung; wie ein auftauchender

Wal sprang Bastet mit einem Riesensatz aus dem Wasser und floh – fauchend, spritzend und klatschnaß. Sie und Emerson trafen im Badezimmereingang aufeinander.

Die sich daran anschließende Stille wurde von der servilen Stimme des Safragi, unseres Zimmerkellners, unterbrochen, der uns vom Hotelflur aus seine Hilfe anbot. Emerson, der in einer Pfütze Seifenwasser am Boden saß, atmete tief ein. Zwei seiner Hemdknöpfe sprangen ab und fielen ins Wasser. Mit überaus beherrschter Stimme beruhigte er den Bediensteten, dann starrte er mich an.

»Ich hoffe doch, daß du nicht verletzt bist, Peabody. Diese Kratzspuren ...«

»Es hat schon aufgehört zu bluten. Bastet trifft keine Schuld.«

»Aber vermutlich mich«, meinte Emerson sanft.

»Also, mein Lieber, das habe ich nicht gesagt. Willst du nicht aufstehen?«

»Nein«, erwiderte Emerson.

Er hielt immer noch die Zeitung in der Hand. Langsam und entschlossen trennte er die durchnäßten Seiten auf der Suche nach dem Artikel, der für seinen Wutanfall verantwortlich zeichnete. Durch die Stille hörte ich Bastet, die sich unter dem Bett verkrochen hatte und leise fluchend fauchte. (Wenn Sie mich fragen, warum ich wußte, daß sie fluchte, haben Sie vermutlich noch nie eine Katze besessen.)

Während ich meinen in einer Pfütze auf dem Badezimmerboden sitzenden Gatten betrachtete, der sorgfältig die triefnassen Seiten einer Zeitung voneinander löste, wurde ich erneut von Bewunderung und Zuneigung übermannt. Wie grausam wurde dieser Mann doch von denjenigen angefeindet, die ihn nicht näher kannten! Seine Wutausbrüche waren kurz und geräuschvoll; anschließend war er sogleich wieder der liebenswürdigste Mensch, und ich glaube, daß in einer solchen Situation nur wenige Männer so gelassen und beherrscht geblieben wären. Bastet hatte ihn mit ihrem Riesensatz voll in den Brustkorb gerammt. Sein nasses Oberhemd betonte seine durchtrainierte Brustmuskulatur; und obgleich das langsam in seine Hose eindringende Badewasser sicherlich unangenehm war, verzog er keine Miene.

Schließlich räusperte er sich. »Hier ist es. Ich bitte dich, Amelia, von irgendwelchen Kommentaren abzusehen, bis ich geendet habe.

Äh-hm. Eilige Pressenachricht. Neue aufsehenerregende Entwicklungen im mysteriösen Fall um das Britische Museum. Ihr Korrespondent hat erfahren, daß ein Team von Fachleuten in wenigen Wochen versuchen wird, das Geheimnis der gräßlichen Mumie zu lösen. Professor Radcliffe Emerson und seine Gattin, Amelia Peabody Emerson, deren gewagte Enthüllungen den Lesern der *Daily Yell* bestens bekannt sein dürften –«

Es war mir unmöglich, reg- und wortlos zu verharren. Ich sprang auf und kreischte: »Gütiger Himmel!«

Emerson spähte über den Rand der triefenden Zeitungsseite zu mir. Seine Augen funkelten in einem strahlenden Blau – ein Anzeichen für seinen Zorn, das ich nur zu gut kannte. Während ich meinen Badeschwamm zur Bekräftigung meiner Worte schwenkte, fuhr ich fort: »Also wirklich, Emerson, du nimmst doch nicht etwa an, daß ich für diese unsägliche Geschichte verantwortlich bin? Selbst wenn es mich interessierte, diesen Fall aufzudecken – und ich bin mit dir einer Meinung, daß es sich um hirnrissigen Unsinn handelt –, hätte ich gar nicht die Zeit gefunden, mit Mr. O'Connell zu kommunizieren. Diese Zeitung muß mehrere Wochen alt sein –«

»Exakt zwei Wochen«, bemerkte Emerson.

Er warf sie beiseite und erhob sich. Sein Blick war weiterhin auf mich fixiert, und das Funkeln in seinen Augen hatte sich eher noch verstärkt.

»Du glaubst mir nicht, Emerson?«

»Doch, Peabody. Selbstverständlich.« Nachdem er seine nasse Hose aufgeknöpft hatte, streifte er diese ab und kämpfte mit seinen Hemdknöpfen.

»Häng deine Hose bitte über den Stuhl«, entfuhr es mir. »Ich habe fast alle deine Sachen in die Wäscherei gegeben, und ich weiß nicht, wann ... Emerson! Was machst du da?«

Der feuchte Stoff widersetzte sich seinen Bemühungen, die Hemdknöpfe zu öffnen. Emerson spannte seinen Bizeps an, bis die restlichen Knöpfe wie eine Schrotsalve durch den Raum schossen. »Aphrodite«, bemerkte Emerson mit rauher Stimme. »Die Schaumgeborene.«

Ich bemerkte, daß ich immer noch tropfnaß in der Wanne stand, einen riesigen Badeschwamm in der Hand. Ich brach in schallendes Gelächter aus. »Emerson, du verhältst dich einfach absurd. Reich mir doch bitte ein Handtuch –«

Mit einem Satz durchquerte Emerson das Bad und drückte mich an seine Brust.

Ich suchte nach Ausflüchten, wies auf das geöffnete Fenster hin, die Tageszeit, meinen (und auch seinen) durchnäßten Zustand, die Möglichkeit des Gestörtwerdens durch den Safragi, Ramses und/oder die Katze. Emersons einzig stichhaltige Antwort war der Verweis auf einen gewissen Band fernöstlicher Prosa, der eine Reihe von Stellungen empfiehlt, die selbst dem verliebtesten Ehepaar nicht im Traum einfallen würden. Ich erkannte schon bald, daß seine Ratio außer Kraft gesetzt war, und gab jede Diskussion auf; und in der Tat stimmte ich einige Zeit später bereitwillig seiner Argumentation zu, daß besagter Titel eine ganze Reihe interessanter Möglichkeiten eröffnete.

Am Kairoer Bahnhof verabschiedeten wir uns schweren Herzens von unserem treuen Freund Abdullah und dessen ständig wachsender Familie. Abdullah hatte uns nach Port Said begleiten wollen (auf unsere Kosten), aber ich hatte ihn eines Besseren belehrt. Obgleich sein Bart, der bei unserer ersten Begegnung von grauen Fäden durchzogen gewesen war, mittlerweile schlohweiß war, war Abdullah so gut in Form wie ein weitaus jüngerer Mann. In traurigen oder dramatischen Situationen neigte er jedoch dazu, betrübt auf sein zunehmendes Alter und die Möglichkeit hinzuweisen, daß wir uns vielleicht nie wiedersähen. Je länger sich das Abschiednehmen hinzog, um so schmerzvoller wurde es – für mich, nicht für Abdullah, der Dramen über alles liebte.

Schließlich war unser Abschied doch weniger dramatisch als angenommen. Die Männer, einschließlich Emerson und Ramses, hockten auf dem Bahnsteig, lachten und scherzten und plauderten über die Ereignisse der letzten Ausgrabungssaison. Als die Abfahrt des Zuges unweigerlich bevorstand, bahnten sich unsere treuen Burschen einen Weg durch die Menge und trugen uns auf ihren Schultern zu unserer Abteiltür. Der tief empfundene Respekt gegenüber meinem berühmten Gatten war bei allen Ägyptern so stark, daß sich nur wenige beschwerten, die zufällig über den Haufen gerannt wurden; und als der Zug abfuhr, erhoben sich Hunderte von Stimmen zum Abschiedsgruß. »Allah beschütze dich, Vater der Flüche! Der Segen Gottes ruhe auf dir und deiner verehrten Hauptfrau, der Sitt Hakim! Ma'es-salameh – Friede sei mit dir!« Es war ein ergreifender Moment; mit tränenfeuchtem Blick beobachtete ich den jungen Selim, Ramses' besten Freund, der über den Bahnsteig rannte, um uns so lange wie möglich im Auge zu behalten.

Da es uns nicht gelungen war, einen Aufpasser für Ramses zu finden, hatte ich der Reise mit gemischten Gefühlen entgegengesehen. Der junge Mann, der diese Funktion ausgeübt hatte, hatte diese Stellung ohne eigenes Verschulden aufgeben müssen; in erster Linie, weil er wegen Mordes inhaftiert worden war, doch uns war es glücklicherweise gelungen, ihn dieses Verdachts zu entheben. Er war mit seiner Braut nach England zurückgekehrt – ein weiterer jener romantischen Erfolge, für die ich verständlicherweise berühmt bin. Doch obgleich ich stets erfreut bin, jungen Menschen in Herzensangelegenheiten behilflich zu sein, hatte uns Mr. Frasers Abreise in eine schwierige Lage versetzt, da die Erfahrungen aus der Vergangenheit gezeigt hatten, daß Ramses, unbewacht und auf einem Schiff, eine ernsthafte Bedrohung für die Besatzung und die Navigation darstellte, ganz zu schweigen vom Nervenkostüm seiner Eltern. Emerson verbot ihm schlicht, unsere Kabine zu teilen. Verstehen Sie mich bitte nicht falsch, er hing sehr an dem Jungen; aber, wie er sich ausdrückte, »nicht zwischen Mitternacht und acht Uhr morgens«.

Zum ersten Mal bereitete uns Ramses keinerlei Schwierigkeiten. Er ging völlig auf in irgendwelchen scheußlichen Experimenten, die mit seinen Studien zur Mumifizierung zu tun hatten, und – so leid es mir tut, das sagen zu müssen – in dem Band fernöstlicher Prosa, den Emerson nach Anwendung einer der geschilderten Praktiken im Zustand der Erschöpfung vergessen hatte, unter der Matratze zu verstekken, wie das normalerweise seine Art war. Leider oder Gott sei Dank, das hängt vom Standpunkt des Betrachters ab, bemerkten wir dieses besagte Interesse erst, als wir London fast erreicht hatten, denn Ramses legte das Buch immer genau dorthin zurück, wo er es zuletzt gefunden hatte.

Sobald wir uns an Bord befanden, eilte ich auf der Suche nach aktuelleren Zeitungen als den vor unserer Abreise in Kairo gelesenen in den Salon. Ich nahm mir die Freiheit, interessante Artikel auszuschneiden – glücklicherweise; denn nachdem Emerson das entdeckte, warf er, sehr zur Verärgerung der anderen Passagiere, sämtliche Zeitungen über Bord. Mit meinen Zeitungsausschnitten bewaffnet, suchte ich mir ein gemütliches Plätzchen an Deck und brachte mich hinsichtlich des mysteriösen Mumienfalls auf den neuesten Stand.

Emersons Bemerkungen im Bad waren sowohl uninformativ als auch irreführend gewesen. Das war nicht ausschließlich sein Fehler; man mußte schon sorgfältig zwischen den Zeilen lesen, um die Fakten zu eruieren, die im Verlauf der Reportage verzerrt, entstellt und falsch zitiert worden waren.

Auch wenn es gemeinhin als Mumienschrein bezeichnet wurde, handelte es sich bei dem Exponat, das für ein solches Aufsehen gesorgt hatte, genaugenommen um einen hölzernen Innensarg. Falls Sie mich fragen, wo da der Unterschied liegt, darf ich den eifrigen Studenten auf Emersons Monumentalwerk hinweisen: *Die Entwicklung des ägyptischen Sarkophags vom prädynastischen Zeitalter bis zur 26. Dynastie, unter besonderer Berücksichtigung der Einflüsse hinsichtlich religiöser, gesellschaftlicher und künstlerischer Gegebenheiten,* Oxford University Press. Da ich jedoch weiß, daß es sich bei der Mehrheit der Leser nicht um eifrige Studenten handelt, erlaube ich mir, eine kurze Zusammenfassung darzulegen.

Die frühesten Särge waren einfache Holzbehältnisse, eher quadratisch als rechteckig, da die enthaltenen Leichname in eine gekrümmte oder embryonale Stellung gebracht worden waren. Im Laufe der Zeit wurden die Holzoberflächen innen und außen bemalt und/oder magische Zeichen und religiöse Symbole eingeschnitzt. Im Mittleren Reich (etwa 2000–1580 vor Christus) waren die Särge verlängert worden, und es gab normalerweise zwei von ihnen. Der sogenannte anthropoide Sarg, der die Form der darin bestatteten Mumie aufwies, tauchte erst im Neuen Reich (schätzungsweise 1580–1090 vor Christus) auf. Die Wohlhabenden waren in bis zu drei dieser Sarkophage eingebettet, von denen jeder kleiner war als sein Vorgänger und die, wie die russischen Babuschka-Puppen, exakt ineinanderpaßten; und dieses Gebilde war manchmal noch zusätzlich von einem Steinsarkophag umgeben. Das zum Thema Wiedergeburt, mit dem sich diese liebenswerten, aber auch naiven Heiden ausschließlich beschäftigten! (Dessen Sinn sie jedoch darin sahen, würde ein Moralist jetzt behaupten, daß ein in dieser Form konservierter Körper vermutlich länger überdauerte als ein der heißen, trockenen Luft und dem Wüstensand ausgesetzter.)

Aufgrund der Abbildungen in den Zeitungen und der mir von meinem geschätzten Gatten geläufigen Forschungsarbeit war ich in der Lage, besagten Sarkophag der 19. Dynastie zuzuordnen. Der Künstler hatte das Haupt mit einem affektiert lächelnden Ausdruck gestaltet, dennoch waren die Details charakteristisch für jene Ära – der schwere Kopfschmuck, die über der Brust gekreuzten Arme, die üblichen religiösen Symbole und Hieroglypheninschriften. Die Abbildungen gaben diese nicht deutlich genug wieder, doch ein Reporter – ein Berufsrivale von Mr. O'Connell – hatte eine Kopie von ihnen angefertigt. Ich erkannte die Standardfloskel, die sich an den Gott des Totenreiches wandte: »Anrufung Osiris, Herr von Busiris, etcetera, etcetera, durch die Sängerin der Isis, Henutmehit ...«

Also war die Dame (sie war jedenfalls weiblichen Geschlechts) keine Prinzessin oder Priesterin eines dunklen und geheimnisvollen Kultes. Das hatte ich aufgrund der Form des Sarges bereits vermutet; ihre Titel bestätigten das, doch obgleich sie sicherlich eine Anstellung in einem kleinen Tempel innegehabt hatte, unterschied sie sich von anderen Sterblichen nicht mehr als die Gattin oder Schwester eines heutigen Angestellten. Warum sollte ausgerechnet dieser unbedeutende, wenn auch hübsche Sarkophag der Auslöser für Tod und Gefahr darstellen?

Wie von Emerson bereits angedeutet, lag die Antwort in den umtriebigen Gehirnen der Reporter. O'Connell war nicht der einzige, der sich wie ein Aasgeier auf die Geschichte gestürzt hatte; seine Phantasie und sein schauerlicher Sprachduktus wurden lediglich von einem Konkurrenten erreicht, wenn nicht sogar übertroffen. Es handelte sich um einen gewissen M. M. Minton, der für den *Morning Mirror* schrieb. Dieser hatte den Erfindungsreichtum besessen, eine junge Person zu interviewen, die (so behauptete sie jedenfalls) für den verblichenen Grafen tätig gewesen war. Auf Befragen von Mr. Minton hatte sie sich daran erinnern können, daß sie »das immer so rasch wie möglich hinter sich brachte«, wenn sie den Raum mit dem Mumienschrein hatte staubwischen müssen. In besagtem Zimmer hatte sie zerbrochene Vasen und sonstigen Nippes vorgefunden; bei Vollmond waren schauerliches Schreien und Stöhnen daraus hervorgedrungen.

Das war natürlich ebensolcher Unfug wie die Geschichten über Unfälle, die den Museumsbesuchern zugestoßen waren. Sehr viel interessanter für einen Beobachter der menschlichen Psyche wie mich war die Wirkung, die die Reportage bei schwachbesaiteten Gemütern hinterließ. Einige hatten Blumen vor das Exponat gestellt oder dem Museum aus selbigem Anlaß Geld gespendet. Andere hatten geschrieben, daß sie ähnlich mysteriöse Erfahrungen gemacht hätten. Ein zwielichtiges Medium hatte behauptet, mit dem Geist der Prinzessin *(soso)* Henemut *(haha)* zu kommunizieren, die erklärt habe, die Verantwortlichen und Treuhänder des Museums hätten ihr Schamgefühl verletzt, indem sie sie der Öffentlichkeit zur Schau stellten. (Ein ungerechtfertigter Vorwurf, gelinde gesagt, da sie in ihrem Sarkophag und eingewickelt in Bandagen weitaus züchtiger verhüllt war als manch eine ihrer Besucherinnen.) Sie verlangte, in ihr Grab überführt zu werden. Da dessen Ursprungsort unbekannt war, hätte man ihrer Bitte selbst dann nicht nachkommen können, wenn die Museumsverantwortlichen so verrückt gewesen wären, das in Erwägung zu ziehen.

Der unterhaltsamste unter den Mumienverehrern war ein Irrer (anders konnte man ihn nicht bezeichnen), der sie von Zeit zu Zeit in der Robe eines *Seth*-Priesters besuchte. Das Außergewöhnliche an diesem Gewand war das Leopardenfell, das der Priester über den Schultern trug. Aufgrund dieses Fells und der Nachahmung eines Priesters, der als Geistlicher auf Begräbnissen sprach, bewies der Irre seine Kenntnis ägyptischer Rituale, doch als man Mr. Budge interviewte, sträubte dieser sich gegen die Vorstellung, daß es sich bei dem Verrückten um einen Wissenschaftler handeln könnte. »Der Bursche trägt eine Perücke. Nach Herodots Überlieferungen rasierten sich die Priester sowohl ihre Köpfe als auch *ihre sämtlichen anderen Körperteile.*« (Das durch Kursivschrift Hervorgehobene stammt nicht von mir. Ich kann nur hoffen, daß es auch nicht Mr. Budges Worte waren.)

Budge hatte eigentlich nie zu verstehen gegeben, daß er die unseligen Theorien der Reporter unterstützte; genaugenommen hatte er sie sogar widerlegt. Vielleicht war es nicht gänzlich sein Fehler, daß seine Antworten auf einige der ihm gestellten Fragen nicht stichhaltig genug waren, um dem Aberglauben ein Ende zu setzen. »Glaubten denn die alten Ägypter nicht an die Macht der Flüche, Mr. Budge?« – »Nun, ja, gewiß; wir verfügen über eine Reihe diesbezüglicher Beispiele.« – »Und die Priester besaßen magische Kräfte, nicht wahr?« – »Man sollte den Wahrheitsgehalt der schriftlichen Überlieferungen keineswegs abstreiten; der Exodus berichtet uns, wie die Priester den Reis in Schlangen verwandelten ...«

»Idiot«, entfuhr es mir laut. Der ältere Herr im Liegestuhl neben mir warf mir einen betretenen Blick zu.

Aufgrund seines eiligen Durchlesens oder (eher wahrscheinlich) einer absichtlichen Unterlassung hatte mir Emerson einen interessanten Aspekt verschwiegen, der den Tod des Nachtwächters betraf. Wie bei vielen anderen Berufskollegen hatte es sich auch bei Albert Gore um einen älteren, ungebildeten Mann gehandelt, der dem übermäßigen Genuß von Alkohol zusprach. Keine dieser Eigenschaften hinderte ihn an der Ausübung seiner Pflichten, so nahm man jedenfalls an; er mußte lediglich mehrmals im Laufe der Nacht seinen Rundgang durch die verschiedenen Museumsabteilungen vornehmen und döste die restliche Zeit in einem dafür vorgesehenen Kämmerchen. Es war so gut wie unwahrscheinlich, daß ein Dieb die Dreistigkeit besaß, in das Museum einzudringen; abgesehen von anderen Schwierigkeiten, wie der Aussichtslosigkeit eines Verkaufs der einzigartigen Kunstschätze auf dem freien Markt, war das Gebäude stets sicher verschlossen, und auf den umliegenden Straßen patrouillierten ständig Polizisten.

Es schien also einleuchtend, daß der bedauernswerte Albert Gore auf seinem Rundgang durch die ägyptische Abteilung einem Gehirnschlag erlegen war, da übermäßiges Essen und Trinken gelegentlich solche Auswirkungen zeitigen. Kevins Anmerkung hinsichtlich »des Ausdrucks eiskalten Entsetzens auf den Gesichtszügen des Toten« wertete ich als typisch journalistische Sensationsmache.

Dennoch war eine Sache merkwürdig. Unter seinem Körper und ringsherum im Raum verstreut hatte man eine Reihe ungewöhnlicher Dinge gefunden – zerbrochenes Glas, Papier- und Stoffstreifen, angetrocknete Spritzer einer dunklen Flüssigkeit sowie vertrocknete Blütenblätter.

Nachdem ich meine Lektüre beendet hatte, folgte ich Emersons Beispiel und warf die Zeitungsausschnitte über Bord. Er hatte recht; die ganze Angelegenheit war Humbug und der Aufmerksamkeit eines vernunftgeprägten Menschen nicht würdig. Allerdings war die Sache damit noch nicht zu Ende. Man hatte unsere Namen erwähnt, an unsere Sachkenntnis appelliert; wir waren es uns und unserer Reputation als Wissenschaftler schuldig, die Behauptungen so vehement wie möglich zu entkräften.

Zweifellos handelte es sich um Humbug. Und doch waren da diese vertrockneten Blumen gewesen ...

2

Schneller als in Spensers Epik floß die »süße Themse« wieder »sanft« entlang grüner Ufer, wo »die blauen Veilchen blühn; die kleinen Butterblümchen schlummern, die jungfräuliche Lilie und die ersten Rosen stehn«. Ich habe mit Londonern gesprochen, die ihre sommerlichen Ausflüge zu der friedvollen Schönheit Greenwichs als Lichtblicke ihrer Kindheit bezeichnen. Doch schon lange vor meinen Aufzeichnungen waren die Bäume auf der Isle of Dogs häßlichen Fabrikschloten gewichen, die schmutziggrauen Rauch in die diesige, sich wie ein Leichentuch über London breitende Wolkendecke pusteten. Der Fluß, der von schäbigen Häusern, Kohledocks und Lagergebäuden gesäumt wurde, nahm träge seinen Lauf und stank unsäglich nach Unrat. An Deck unseres Dampfers, der gerade Kurs auf das Royal Albert Dock nahm, stellte ich fest, daß es regnete. Am Tag unserer Rückkehr nach England schien es immer zu regnen.

Doch obwohl ich verträumt an den strahlendblauen Himmel über Ägypten dachte, konnte ich mich der pulsierenden Nähe der berühmtesten aller Hauptstädte nicht entziehen – dem Zentrum des Empires, der Heimat geistiger und kultureller Größe, dem Land der Freien und der Heimat des wahren britischen Forschergeistes.

Meine Überlegungen vertraute ich Emerson an. »Mein

geliebter Emerson, da ist irgend etwas Atmosphärisches an der Heimkehr ins Zentrum des Empires, in die Heimat der Dichter und Künstler –«

»Hör auf mit diesem verflu ... – äh – verrückten Unsinn, Amelia«, brummte Emerson, während er mir mit seinem Taschentuch Schmutz von der Wange wischte. »Die Luft ist rabenschwarz.«

Ramses, der zwischen uns stand – ich hielt ihn an einem Arm, Emerson an seinem anderen fest –, mußte natürlich seine Meinung beisteuern. »Anatomische Studien an Londoner Leichnamen belegen, daß das ständige Einatmen dieser Luft dunkle Schatten auf den Lungenflügeln verursacht. Allerdings glaube ich, daß Mama nicht die Atmosphäre meinte, sondern die intellektuelle –«

»Sei still, Ramses«, sagte ich automatisch.

»Ich bin mir dessen bewußt, was deine Mama gemeint hat«, erwiderte Emerson stirnrunzelnd. »Was hast du vor, Amelia? Vermutlich werde ich dazu gezwungen sein, länger als mir lieb ist, in dieser dreckigen Stadt zu verweilen, wenn ich mein Buch fertigstellen –«

»Du wirst *zweifellos* einen *Großteil* deiner Zeit in London verbringen müssen, wenn du es noch vor unserer Rückkehr nach Ägypten im kommenden Herbst fertigstellen willst. Vergiß nicht, daß die Oxford University Press bereits vor einem Jahr sein unmittelbares Erscheinen ankündigte.«

»Hör auf zu nörgeln, Amelia!«

Ich warf Emerson einen vorwurfsvollen und unserem Sohn einen vielsagenden Blick zu. Ramses lauschte uns interessiert mit zusammengekniffenen Augen. Emersons Lippen verzogen sich zu einem zuckersüßen Lächeln. »Haha. Deine Mama und ich scherzen nur, Ramses. Sie nörgelt nie; und selbst wenn sie es täte, wäre ich keinesfalls so unhöflich, es zu erwähnen.«

»Haha«, entfuhr es Ramses.

»Wie ich bereits andeutete«, erwiderte Emerson und wandte den Kopf, so daß Ramses seine Verärgerung nicht bemerkte, »ich kann mich nur wundern, Amelia, solltest du diesen gräßlichen Ameisenhaufen menschlichen Ungemachs plötzlich schätzen, nur weil du –«

»Wo denkst du hin«, fuhr ich ihm ins Wort. »Wir sind alle etwas angeschmuddelt. Ramses, deine Nase ... So ist es besser. Wo ist die Katze Bastet?«

»In der Kabine natürlich«, sagte Emerson. »Sie verfügt über mehr Verstand, als sich in dieser verpesteten Luft an Deck zu wagen.«

»Dann sollten wir uns zurückziehen und die letzten Vorbereitungen für die Ausschiffung treffen«, schlug ich vor. »Ramses, hast du Bastets Halsband? Vergiß nicht, die Leine an deinem Handgelenk zu befestigen, und erlaube ihr nur ja nicht...« Doch mit der Gewandtheit eines Aals hatte Ramses sich bereits aus meinem Griff befreit und war verschwunden.

Die tiefhängende Wolkendecke war immer noch genauso schwarz, als wir erneut an Deck standen, doch für mich hellte sie sich beim Anblick der uns auf dem Dock Erwartenden auf: Emersons geliebter Bruder Walter, seine Gattin Evelyn, meine liebste Seelenverwandte und Schwägerin; unsere treue Hausangestellte Rose und unser ergebener Diener John. Sobald sie uns sahen, winkten sie lachend und begrüßten uns unter lautem Zurufen. Es berührte mich ganz besonders, daß Evelyn trotz des gräßlichen Wetters gekommen war. Sie verabscheute London, und auf dem schmutzigen Dock wirkte ihre zierliche blonde Schönheit ziemlich fehl am Platz.

Wie so oft hatte mein geliebter Emerson den gleichen Gedanken wie ich, auch wenn er ihn beileibe nicht so geschickt in Worte zu kleiden wußte. Intensiv seine Schwägerin musternd, wollte er wissen: »Sie ist doch nicht schon wieder schwanger, oder? Das ist unnatürlich, Peabody. Ich kann nicht begreifen, warum eine Frau –«

»Pst, Emerson«, erwiderte ich und stieß ihn sanft mit meinem Schirm an.

Skeptisch blickte Emerson zu Ramses. Er hatte sich nie völlig von einem Gespräch im vergangenen Winter erholt, in dessen Verlauf er von Ramses genötigt worden war, diesem gewisse Dinge zu erklären, die einen englischen Gentleman normalerweise erst dann zu interessieren haben, wenn er das 25. oder 30. Lebensjahr erreicht hat.

Ramses krümmte sich unter dem Gewicht der Katze, die auf seinen schmalen Schultern ruhte; dennoch war unser Sohn, selbst unter extremsten Bedingungen, bekannt für seine – langatmige – Gesprächsführung. »Ich muß Tante Evelyn unbedingt danach fragen«, bemerkte er. »Die von dir erhaltene Information, Papa, war unzureichend für die Erklärung, warum vernünftige Menschen – männlichen und weiblichen Geschlechts – Stellungen einnehmen, die bestenfalls unnatürlich und schlimmstenfalls –«

»Sei still, Ramses!« brüllte Emerson und lief dunkelrot an. »Ich habe dir doch gesagt, daß du nie darüber –«

»Etwas Derartiges darfst du Tante Evelyn nicht fragen«, entfuhr es mir.

Ramses erwiderte nichts. Sein Schweigen deutete daraufhin, daß er auf eine Möglichkeit sann, mein Verbot zu umgehen. Ich zweifelte keineswegs daran, daß ihm das gelingen würde.

Dank Emersons beeindruckender Statur und seiner lauten Stimme gehörten wir zu den ersten, die von Bord gingen, und ich rannte mit ausgestreckten Armen auf Evelyn zu. Man stelle sich jedoch mein Erstaunen vor, als ich Sekundenbruchteile vor unserer ersehnten Umarmung von einem großen, stattlichen Individuum in schwarzem Schwalbenschwanz und Zylinder gepackt, an dessen riesigen Bauch gedrückt und mit einem schnauzbärtigen Kuß auf meine Stirn beglückt wurde. Ich entwand mich sogleich aus der Umklammerung und wollte ihm gerade einen gehörigen Schlag mit meinem gezückten Schirm verpassen, als der Mann rief: »Meine geliebte Schwester!«

Ich *war* seine Schwester. Dann war er also mein Bruder – mein Bruder James, den ich seit mehreren Jahren nicht gesehen hatte (weil ich erhebliche Anstrengungen unternommen hatte, ihm aus dem Weg zu gehen).

Es war kein Wunder, daß ich ihn nicht sogleich erkannt hatte. Früher war er kräftig gewesen. Heute konnten seine Statur lediglich Attribute wie »korpulent«, »fettleibig« oder »schwerfällig« umschreiben. Ein dünner Backenbart umrahmte ein Gesicht, so rund und rot wie ein aufgehender Mond. Statt sich zu einem normalen Hals zu verjüngen, setzte sich sein Kinn fort; unzählige Speckrollen gingen in einen aufgeblähten Leib über, der keinerlei Hinweis auf eine Taille bot. Wenn er so grinste wie jetzt, plusterten sich seine Wangen auf, und seine Augen waren nur noch schmale Schlitze.

»Was zum Teufel machst du denn hier, James?« wollte ich wissen.

Meine geliebte Evelyn, die in seiner unmittelbaren Nähe stand, hüstelte leise. Ich nickte ihr entschuldigend zu, fühlte mich jedoch in keinster Weise verpflichtet, mich gegenüber James für meine offene, unmißverständliche Äußerung zu exkulpieren.

»Nun, ich bin natürlich gekommen, um dich willkommen zu heißen«, lautete James' diplomatische Antwort. »Es hat wirklich lange genug gedauert, geliebte Schwester; es wird Zeit, daß unsere geschwisterliche Zuneigung die Mißverständnisse der Vergangenheit ausräumt.«

Emerson hatte keine Zeit darauf verschwendet, die Hand seines Bruders Walter mit der Engländern in der Öffentlichkeit eigenen Herzlichkeit zu schütteln. Statt dessen legte er freundschaftlich seinen Arm um Evelyns schmale Schultern und bemerkte: »Ist das James? Gütiger Himmel, Peabody, wie fett er geworden ist. Soviel zum guten alten englischen Roastbeef, was? Und zum Portwein und zum Madeira und zum Rotwein! Warum verschwindet er nicht endlich?«

»Er sagt, daß er zu unserer Begrüßung gekommen ist«, erklärte ich.

»Unsinn, Peabody. Er will irgend etwas von dir; er läßt sich immer nur dann blicken, wenn er irgend etwas will. Finde heraus, was es ist, sage ›nein‹, und dann gehen wir.«

James' aufgesetztes Lächeln zitterte, doch es gelang ihm, weiterhin gute Miene zu machen. »Haha! Mein lieber Radcliffe, dein Sinn für Humor ... Bei meinem Wort, er ist der beste ...« Er reichte ihm die Hand.

Mit geschürzten Lippen betrachtete Emerson diese für Sekundenbruchteile, dann drückte er so kräftig zu, daß mein Bruder vor Schmerz aufschrie. »Weich wie eine Babyhand«, meinte Emerson und schob mein Familienmitglied beiseite. »Komm weiter, Peabody.«

So leicht wurden wir James allerdings nicht los. Feixend und nickend verharrte er wie ein Fels in der Brandung, während wir anderen in zwangloser Unterhaltung den neuesten Familienklatsch austauschten.

Rose hielt Ramses (und die Katze) fest umschlungen. Sie empfand eine ziemlich unverständliche Zuneigung für den Jungen und gehörte zu den wenigen, die ihn immer in Schutz nahmen. Solche Fälle sind allerdings nichts Ungewöhnliches, glaube ich; Rose hatte keine eigenen Kinder. Obwohl sie offiziell als Zimmermädchen angestellt war, war sie doch die Stütze unseres Haushalts und erfüllte mit Freuden jede ihr auferlegte Pflicht. Nach London war sie ausschließlich zu dem Zweck gekommen, Ramses während der wenigen Tage unseres dortigen Aufenthalts zu beaufsichtigen. Nicht, daß sie tatsächlich in der Lage gewesen wäre, auf ihn aufzupassen; aber – wie Emerson sich auszudrücken pflegte – wer war das schon.

John, der Ramses ebenfalls nicht in Schach halten konnte, hatte irgendwann einmal eine Ausgrabungssaison mit uns in Ägypten verbracht und verging fast vor Neugier hinsichtlich seiner Freunde Abdullah und Selim und all der anderen. Der erstaunte und auch verächtliche Ausdruck auf James' Gesicht, der uns so aufgeschlossen im Gespräch mit einem einfachen Diener bemerkte, war überaus erheiternd; schließlich jedoch erinnerte mich Evelyns leises Hüsteln an das feuchte Wetter, und wir verabschiedeten uns liebenswürdig von John, der sogleich mit unserem Gepäck nach Kent aufbrach.

Da die Kutsche nicht genügend Platz für uns alle bot, schlug Walter vor, daß die Damen sie benutzen sollten, während er und sein Bruder in einer Mietdroschke folgen würden. *Meinen* Bruder erwähnte er mit keinem Wort; was James allerdings nicht davon abhielt, sich ihnen anzuschließen. Emerson befand sich bereits in der Droschke, so daß mir seine Reaktion erspart blieb.

Ramses und Rose fuhren gemeinsam mit uns in der Kutsche. Er verfiel sogleich in einen seiner unsäglichen Monologe und beschrieb seine Aktivitäten des vergangenen Winters, denen Rose mit einem entseelten Lächeln lauschte. Ich wandte mich Evelyn zu, die neben mir saß.

»Wie lange wollt ihr denn in London bleiben, meine Liebe?«

»Nur so lange, um euch willkommen zu heißen, liebste Amelia, und euch davon zu überzeugen, den Sommer mit mir in Yorkshire auf Chalfont Castle zu verbringen. Ich habe dich und den lieben kleinen Ramses so sehr vermißt; seine Cousins und Cousinen fragen ständig nach ihm –«

»Ha«, entfuhr es mir skeptisch.

Ramses unterbrach seinen Monolog und warf mir einen langen, durchdringenden Blick zu; bevor er jedoch etwas äußern konnte, fuhr ich fort: »Ich bin mir nicht im klaren über Emersons Pläne, Evelyn, aber ich vermute, daß er einen Großteil der Zeit in London verbringen muß. Ich versuche, ihn bei der Fertigstellung des ersten Bandes seiner *Geschichte des alten Ägypten* zu unterstützen; die Oxford University Press ist mittlerweile sehr ungehalten, weil er ihnen das Manuskript bereits vor einem Jahr versprach. Dann müssen wir auch noch unseren Ausgrabungsbericht für den Drucker vorbereiten –«

»Das hat Walter schon angedeutet«, bemerkte Evelyn. »Deshalb habe ich mir einen Plan überlegt, der euch hoffentlich zusagt. Wir beabsichtigen, euch das Stadthaus zur Verfügung zu stellen, so daß Radcliffe nicht im Hotel logieren muß. Trotzdem hatte ich gedacht, daß du –«

»Oh, ohne meine Unterstützung kommt Emerson nicht weiter«, erklärte ich. »Sosehr ich die Ruhe des Landlebens auch schätzen würde und natürlich auch deine Gesellschaft, meine Liebe, kann ich – und will ich – meinen geliebten Emerson in einer solchen Situation nicht im Stich lassen. Ohne meine Hilfe und meine sanfte Ermahnung wird er diese Publikation nie fertigstellen.«

»Selbstverständlich.« Evelyns wohlgeformte Lippen verzogen sich zu einem Lächeln. »Das verstehe ich.«

»Tante Evelyn.« Ramses beugte sich vor. »Tante Evelyn, ich brauche eine bestimmte Information, deshalb bitte ich dich zu entschuldigen, wenn ich dich und Mama unterbreche –«

»Ramses, ich hatte dir verboten, dieses Thema anzusprechen«, sagte ich entschieden.

»Aber Mama –«

»Du hast mich verstanden, Ramses.«

»Ja, Mama. Aber –«

»Unter gar keinen Umständen, Ramses.«

»Aber Amelia, laß doch den lieben Kleinen erzählen«, meinte Evelyn lächelnd. »Ich kann mir nicht vorstellen, daß er irgend etwas sagen würde, was mich verärgerte.«

Bevor ich diese absolut naive Bemerkung kommentieren konnte, nutzte Ramses seine Chance. Hastig schrie er: »Onkel James hat sich im Chalfont House einquartiert!«

»Ramses, ich habe es dir nicht einmal, nein, schon Hunderte Male – was sagtest du gerade?«

»Rose erzählte mir, daß er mit seinem Diener und seinem Gepäck angereist kam und bleiben will. Ich dachte, das interessierte dich, Mama, nachdem ich das offensichtliche Fehlen jeglicher Herzlichkeit bemerken mußte, mit der du und Papa ihn begrüßt –«

»Ah. Ich gestehe, daß ich dankbar für den Hinweis und die Gelegenheit bin, die Konsequenzen in Abwesenheit deines Vaters besprechen zu können. Ich befürchte nämlich, daß er nicht allzu erfreut sein wird.«

»Bitte, mach mir das nicht zum Vorwurf, Amelia«, setzte Evelyn an und rang ihre Hände in ihrem Schoß.

»Mein liebes Mädchen! Wie könnte ich dir deine Gutherzigkeit vorwerfen! Wie ich James kenne, ist er sicherlich einfach mit seinem Gepäck eingezogen und hat sich auf eine verwandtschaftliche Beziehung berufen, die so unerheblich ist wie seine mir gegenüber vermeintlich gehegten Gefühle.« Mir gegenüber nickte eine errötete Rose wie eine Marionette. Ich bedachte sie mit einem freundlichen Lächeln. »Die Frage ist nur, was hat James vor? Denn, wie es Emerson schon so weise bemerkt hat, er muß irgend etwas im Schilde führen.«

»Du bist überaus zynisch, Amelia«, erwiderte Evelyn zerknirscht. »Mr. Peabody war ganz offen zu mir; er bedauert die unliebsamen Zwistigkeiten zwischen seiner und deiner Familie und wünscht sich die Wiederaufnahme freundschaftlicher Beziehungen –«

»Eine Wiederaufnahme, pah«, entgegnete ich. »Zwischen mir und James hat es nie eine freundschaftliche Beziehung gegeben, geschweige denn zwischen James und Emerson. Allerdings bist du viel zu weltfremd, um einen Heuchler zu entlarven, und viel zu wohlerzogen, um ihm das entsprechend zu erkennen zu geben. Nichts für ungut, ich werde ihn schon loswerden, falls Emerson das nicht bereits gelungen ist.«

Wie sich herausstellte, war Emerson jedoch nicht von James' Gegenwart in dem Haus informiert, da er vermutlich die ganze Zeit erzählt hatte und Walter oder James nicht zu Wort gekommen waren. In der Tat war ich irgendwie erleichtert, als James der Droschke entstieg (mit welchen Blessuren, möch te ich an dieser Stelle nicht wiedergeben), denn Emerson wäre in der Lage gewesen, den ungebetenen Gast kopfüber aus dem Fahrzeug zu stoßen. Geschmeidig sprang Emerson hinter ihm zu Boden, schüttelte ihm heftig die Hand und wandte sich ab. Dann nahm er Evelyn und mich bei der Hand, führte uns rasch durch das Tor und über den Weg zum Haus hinauf.

Bevor mich Emerson ins Innere bugsieren konnte, bemerkte ich etwas, was meine Gedanken von den Machenschaften meines Bruders ablenkte. Da der Regen stärker geworden war, befanden sich nur wenige Passanten auf der Straße. Lediglich ein Haupt war nicht gegen die Unbilden der Witterung geschützt. Es gehörte zu einem Individuum, das auf dem Parkstreifen auf der gegenüberliegenden Straßenseite verharrte und feuerrotes Haar hatte.

Als er meinen Blick bemerkte, stellte sich besagter Passant auf Zehenspitzen und gestikulierte aufgeregt mit den Händen. Zunächst hob er eine Hand und klemmte den Daumen ein, dann brachte er ein imaginäres Trinkgefäß an seine Lippen, schließlich deutete er mit seinem ausgestreckten Zeigefinger wiederholt in eine bestimmte Richtung. Diese Gesten vollführte er mit großem Ernst und Eifer, bis er irgendwann eine schäbige Mütze auf seinen Kopf stülpte und eilig verschwand.

Mit einem Taktgefühl, das ich ihm beileibe nicht zugetraut hätte, entschuldigte sich James bei Tisch. Nach dem Mittagessen zogen sich Emerson und Walter in die Bibliothek zurück, um dort bis zur Teezeit in ihren ägyptologischen Studien zu schwelgen. Ich überredete Evelyn, sich ein Weilchen hinzulegen (Emersons willkürliche Äußerung über ihren Gesundheitszustand wurde mir von niemand anderem als Evelyn selbst bestätigt); und nachdem ich Ramses verlassen hatte, der Rose Vorträge zu diversen Themen hielt, die diese nicht im geringsten interessierten, konnte ich mich endlich auf das merkwürdige Verhalten von Mr. Kevin O'Connell konzentrieren.

Warum er uns keine schriftliche Mitteilung hinterlassen hatte, sondern uns statt dessen vom Hafen aus gefolgt war und sich wie ein taubstummer Irrer verhielt, konnte ich mir einfach nicht erklären. Vermutlich – so spekulierte ich – befürchtete er, daß Emerson einen solchen Brief an sich genommen oder Fragen gestellt hätte. Nun, ich war ebensowenig erpicht auf eine Mitwisserschaft Emersons wie er, aber ich war erpicht auf ein Gespräch mit Mr. O'Connell. Ich hatte ihm noch einiges zu sagen.

Da er vier Uhr symbolisiert hatte, blieb mir noch etwas Zeit bis zu unserer Verabredung, die ich nutzte, indem ich die Zeitungen der vergangenen Woche durchblätterte. Man hatte diese bereits weggeräumt, doch auf meinen Wunsch hin holte sie einer der Diener und brachte sie mir aufs Zimmer.

Als ich meine Lektüre beendete, hatte sich meine von Belustigung geprägte Nachsicht mit Mr. O'Connell völlig gelegt. Seine dreiste und ungerechtfertigte Behauptung, daß wir der Aufklärung eines fiktiven Kriminalfalles zugestimmt hätten, war schon schlimm genug. Seine neuerlichen Verweise auf uns waren schlichtweg der Gipfel.

Da das sogenannte Geheimnis eigentlich gar kein Geheimnis, sondern eher eine Verkettung bedeutungsloser Zufälle darstellte, wäre die ganze Geschichte eines natürlichen Todes gestorben, wenn nicht O'Connell und seine Konsorten von der Presse diese mit diversen zweifelhaften Strategien am Leben erhalten hätten. Besonders hilfreich in diesem Zusammenhang waren ihnen die Aktivitäten gewisser, nicht zurechnungsfähiger Zeitgenossen, unter ihnen auch der bereits in einem früheren Artikel erwähnte *Seth*-Priester. Dieses Individuum hatte sich als regelmäßiger Besucher der Ausstellung entpuppt, der sich in fließenden weißen Gewändern und mit mottenzerfressenem Leopardenfell zur Schau stellte und geheimnisvolle Rituale vollführte, die, so würde man vermuten, der Versöhnung der Mumie galten.

Emerson und ich waren Mr. O'Connells bevorzugte Opfer. Ich fand mehrere Artikel über unsere früheren Aktivitäten, einschließlich einer Abbildung von Emerson, bei deren Entdeckung dieser mit Sicherheit nicht vor einem Mord zurückgeschreckt hätte. Der Künstler hatte einen Vorfall zu Papier gebracht, der sich im Sommer zuvor auf den Treppenstufen des Britischen Museums abgespielt hatte. Emerson hatte lediglich mit seiner Faust unter Mr. Budges Nase herumgefuchtelt, aber nicht zugeschlagen; die Zeichnung jedoch hätte als Aufhänger zu einer Sensationsgeschichte dienen können – »Nimm das, du dreckiges Schwein!« Budges hervortretende Augen und das eiskalte Entsetzen in seinen Zügen waren überaus stimmungsvoll porträtiert. (Die Auseinandersetzung, bei der es sich lediglich um einen Sturm im Wasserglas gehandelt hatte, war entstanden, nachdem sich Mr. Budge erdreistet hatte, einen Leserbrief an die *Times* zu verfassen, in dem er Emersons harsche Kritik an einer Ausstellung ägyptischer Töpfereien widerlegte. Im Verlauf seines Schreibens hatte er sich einer Sprache bedient, die kein Ehrenmann anwenden sollte.)

In seinem journalistischen Sensationswahn hatte Mr. O'Connell nicht einmal soviel Skrupel besessen, ein unschuldiges Kind zu verschonen. Die Absätze, in denen er Ramses erwähnte, waren absolut geschmacklos. Es bestand kein Grund zur Erwähnung der Tatsache, daß Ramses von gewissen Ägyptern (den naivsten und abergläubischsten) als eine Art jugendlicher Dschinn, ein Dämon in Kindergestalt, angesehen wurde. O'Connells Behauptung, daß nur nachlässige, gedankenlose Eltern einen so kleinen und »zarten« Jungen (seine Formulierung, nicht meine) dem ungesunden Klima und den unzähligen Gefahren einer archäologischen Exkavation aussetzen würden, verletzte mich ebenfalls tief. Im Vergleich zu London ist Ägypten ein wahrer Erholungsort, und ich hatte wirklich alles in meiner weiblichen Macht Stehende getan, um Ramses von der Erkundung verlassener Pyramiden abzuhalten und ihn davor zu schützen, daß er weder bei lebendigem Leibe von einer Sandwehe begraben noch von irgendwelchen Meisterverbrechern entführt wurde.

Als ich mich auf das Zusammentreffen vorbereitete, war meine Gesinnung von daher beinahe ebenso mörderisch wie die Emersons. Selbstverständlich beabsichtigte ich, meinen Schirm mitzunehmen. Ob in London oder Ägypten, ich gehe nie ohne ihn aus. Er ist der nützlichste Gegenstand, den man sich vorstellen kann, und dient nicht nur zum Schutz gegen Sonne oder Regen, sondern in Notsituationen auch als Verteidigungswaffe. In letzter Minute wandte ich mich noch einmal meinem Schreibtisch zu und entnahm ihm ein weiteres Bekleidungsstück. Emerson macht sich ständig lustig über meinen Werkzeuggürtel, auch wenn die daran befestigten Utensilien uns schon mehr als einmal vor einem grausamen Tod bewahrt hatten. Streichhölzer in einer wasserdichten Schachtel, eine kleine Flasche Trinkwasser, Notizbuch und Bleistift, Schere, Messer – diese Beispiele dürften als Erklärung ausreichen, warum mein Gürtel eine unverzichtbare Hilfe in allen Lebenslagen und Landschaften darstellte, einschließlich gewisser Stadtteile Londons. Der Gürtel selbst bestand aus festem Leder, war fünf Zentimeter breit und hatte mir in einer unvergeßlichen Situation einen hervorragenden Dienst erwiesen – nämlich eine gefährlichere Bedrohung als den Tod abzuwehren (für einen kurzen, aber entscheidenden Augenblick).

Nur Gargery, der Butler, bemerkte, daß ich das Haus verließ. Er war während meines letzten Englandaufenthalts eingestellt worden und in seiner Position unerfahren: ein aschblonder, jüngerer Mann von mittelgroßer Statur mit gutmütigem Gesichtsausdruck, dem es immer noch nicht recht gelang, die seiner Stellung angemessene Würde auszustrahlen. Er starrte auf meinen Gürtel und die klirrenden Utensilien, als hätte er etwas Derartiges noch nie zuvor gesehen (vermutlich hatte er das tatsächlich nicht).

Der St. James's Square befindet sich unweit der Pall Mall und dem geschäftigen Treiben auf der Regent Street; doch an diesem bedrückenden Frühlingsnachmittag hätte er auch tausend Kilometer von der Hauptstadt entfernt sein können. Der Nebel schien das Klappern der Wagenräder und Pferdehufe zu dämpfen und verlieh den knospenden Bäumen rings um den Platz eine gespenstische Aura.

Der von O'Connell angedeuteten Richtung folgend, bog ich in die York Street ein und dann in die erste Straße rechts. Ich hoffte, daß ich den richtigen Weg nahm, und wünschte mir nur, er hätte sich nicht so verflucht vage und theatralisch verhalten. Seine Geste mit dem imaginären Trinkgefäß warf die Frage auf, ob er damit ein Restaurant, ein Teehaus oder ein Café gemeint hatte; mir blieb nichts anderes übrig, als so lange weiterzumarschieren, bis ich ein Etablissement fand, in dem Getränke ausgeschenkt wurden, oder bis ich O'Connell persönlich entdeckte.

Kurze Zeit später befand ich mich in einem Viertel, das nichts mit der herrschaftlichen Umgebung des St. James's Square gemein hatte. Es war ehrbar, das nehme ich jedenfalls an, doch die Häuser wirkten beengt und die vorübereilenden Passanten ärmlich und verhärmt. Augenscheinlich waren Regenschirme hier Mangelware; ich hielt meinen hoch und spähte auf der Suche nach einem mir vertrauten Gesicht neugierig von einer Straßenseite zur anderen.

Als erstes fiel mir weder sein Gesicht noch seine Statur ins Auge, statt dessen jedoch sein tizianroter Haarschopf, den selbst der Londoner Nebel nicht verhüllen konnte. Er stand im Eingang eines Etablissements mit dem außergewöhnlichen Namen »Zum Wilden Mann« und beobachtete die Straße; als er mich erkannte, verzog sich sein sommersprossiges Gesicht zu einem breiten Grinsen, und er winkte mit seiner Kappe.

Ich schloß meinen Schirm und gesellte mich zu ihm. Mit einem argwöhnischen Blick auf den Regenschirm hub er an: »Zweifelsohne sind Sie ein Lichtblick an diesem trüben Tag,

Mrs. Emerson. Und in der Tat muß sich der Quell der Jugend in Ägypten befinden, denn Sie werden mit jedem Mal jünger und schöner –«

Ich drohte ihm mit meinem Schirm. »Ersparen Sie mir Ihren irischen Akzent und die leeren Komplimente, Mr. O'Connell. Sie haben mich ernsthaft verärgert.«

»Leere Komplimente? Zweifelsohne sprach ich aus den tiefsten Tiefen meiner ... Bitte, Ma'am, wollen Sie nicht diesen bedrohlichen Schirm öffnen und mich an einen Ort begleiten, wo wir reden können?«

»Das hier ist genau das richtige«, sagte ich und deutete auf die Eingangstür.

O'Connell riß die Augen auf. »Meine liebe Mrs. Emerson, das ist wohl kaum –«

»Das ist ein Wirtshaus, nicht wahr? Überaus interessant. Ich habe noch nie ein solches Etablissement besucht. Obwohl Emerson normalerweise der fürsorglichste aller Männer ist, hat er sich stets geweigert, eins mit mir aufzusuchen. Kommen Sie, Mr. O'Connell; ich stehe extrem unter Zeitdruck und habe Ihnen eine Menge zu sagen.«

»Zweifelsohne entspricht das der Wahrheit«, seufzte O'Connell und folgte mir ins Innere.

Unser Auftauchen sorgte für einen gewissen Aufruhr, obgleich ich mir nicht erklären kann, warum; ich war bestimmt nicht die einzig anwesende Frau. In der Tat stand ein weibliches Wesen hinter dem Bartresen – eine üppige, junge Person, die recht hübsch gewesen wäre, hätte sie ihre Wangen nicht mit einem gräßlichen rosafarbenen Rouge verunstaltet.

Mit Mr. O'Connell im Schlepptau bahnte ich mir den Weg zu einem der Tische und winkte dem Barmädchen mit meinem gezückten Schirm. Das arme Ding, sie erschien mir etwas begriffsstutzig. Als ich ein Kännchen Tee bestellte, starrte sie mich mit weit aufgerissenem Mund fassungslos an.

»Es tut mir leid ...«, begann O'Connell.

»Oh, ich verstehe. Das hier ist ein Etablissement, in dem ausschließlich alkoholische Getränke ausgeschenkt werden? In diesem Fall möchte ich schlicht und einfach einen Whiskey Soda.«

O'Connell gab die Bestellung auf, und ich fügte in freundlichem Ton hinzu: »Der Tisch scheint mir ziemlich klebrig, junge Frau. Bitte wischen Sie ihn sauber.« Sie starrte mich weiterhin an. Ich stupste sie sanft mit meinem Schirm an und sagte: »Nun gehen Sie schon. Zeit ist kostbar.«

Mr. O'Connell entspannte erst, nachdem ich den Schirm unter meinem Stuhl verstaut hatte. Er stützte seine Ellbogen auf dem Tisch auf und beugte sich zu mir vor.

»Sie haben sich verspätet, Mrs. E. Hatten Sie Probleme mit meinen Instruktionen?«

»Natürlich nicht, auch wenn sie sicherlich etwas genauer hätten sein können. Allerdings hätte ich mich nie der Mühe unterzogen, ihnen Folge zu leisten, wenn ich nicht ernsthaft verärgert über Sie wäre. Der einzige Grund für mein Hiersein ist meine Forderung nach einer Entschuldigung und nach einem Widerruf der Dinge, die Sie in Ihrer verfluchten Zeitung über uns geäußert haben.«

»Aber ich habe nur die positivsten Dinge über Sie und Professor Emerson berichtet«, protestierte O'Connell.

»Sie haben eingeflochten, ich sei eine unfähige Mutter.«

»Niemals! Meine exakten Worte waren: ›Sie ist die fürsorglichste aller Mütter –‹«

»›Was ihre Unfähigkeit, den Jungen von der Teilnahme an haarsträubenden Abenteuern abzuhalten, um so erstaunlicher macht.‹« O'Connell hielt meinem strafenden Blick stand, und seine Augen waren so blau, so klar und ruhig wie die Irische See. »Nun«, sagte ich einen Augenblick später, »vielleicht ist diese Behauptung letztlich nicht ganz von der Hand zu weisen. Aber was in aller Welt hat sich in Ihrem werten Hirn abgespielt, Kevin, als Sie erklärten, daß Professor Emerson und ich zugestimmt hätten, das Geheimnis dieser unheilbringenden Mumie aufzudecken? Das ist ein reines Phantasieprodukt.«

»Das habe ich nie behauptet. Ich sagte –«

»Ich habe nicht die Zeit, mit Ihnen Haarspalterei zu betreiben«, fuhr ich ihm streng ins Wort. »Ich habe das Haus ohne Emersons Wissen verlassen; sollte er mein Verschwinden feststellen, wird er ein Mordsgetöse veranstalten.«

Kevins hagere Gestalt erschauerte. »Ein überaus bezeichnender Begriff, Mrs. E.«

Die junge Frauensperson schlurfte mit Tablett und feuchtem Tuch bewaffnet an unseren Tisch. Das Tuch war nicht sonderlich sauber, doch die Energie, mit der sie den Tisch abwischte, zeigte ihren guten Willen, und deshalb verkniff ich mir jeglichen Kommentar, wies sie lediglich auf einige von ihr übersehene Flecken hin. Kevin hielt bereits sein Glas in der Hand und nahm einen ordentlichen Schluck. Er bestellte noch einmal das gleiche, und ich bemerkte so freundlich, wie mir das eben möglich war: »Junge Frau, das ist ein sehr hübsches Kleid, aber es zeigt soviel nackte Haut, daß Sie sich ernsthaft erkälten könnten. Haben Sie keinen Schal oder ein Tuch?«

Wortlos schüttelte das Mädchen den Kopf. »Dann nehmen Sie meinen«, sagte ich und wickelte ihn mir vom Hals. Es handelte sich um einen hübschen, dicken Wollschal. »Da. Nein, wickeln Sie sich fest darin ein – so, das ist schon viel besser. Jetzt gehen Sie und holen dem Herrn sein – was war es noch gleich, Mr. O'Connell? Stout? Ein seltsamer Name für ein Getränk.«

Allerdings hatte O'Connell die Arme auf dem Tisch aufgestützt und seinen Kopf darin vergraben. Seine Schultern zuckten. Auf meine Nachfrage hin versicherte er mir, daß alles in Ordnung sei, obgleich sein Gesicht fast so rot war wie sein Haar und seine Lippen zitterten.

»Also«, sagte ich und nahm einen Schluck von meinem Whiskey, »worüber sprachen wir?«

O'Connell schüttelte den Kopf. »Ich habe nicht die leiseste Ahnung. Die Unterhaltung mit Ihnen übt eine merkwürdige Wirkung auf meinen Verstand aus, Mrs. Emerson.«

»Viele Menschen empfinden es als schwierig, meinen Denkprozesen zu folgen«, gestand ich. »Aber eigentlich, Kevin, setzt Ihr Beruf doch eine rasche Auffassungsgabe, Einfühlungsvermögen und Konzentration voraus. Insbesondere letzteres. Sie müssen lernen, sich zu konzentrieren.

Wir sprachen über Ihre Behauptung, Professor Emerson und ich hätten einer Nachforschung im Falle dieser Flüche zugestimmt.«

»Ich habe nicht gesagt, daß Sie zugestimmt hätten. Ich sagte, man würde Sie zu Rate ziehen.«

»Wer? Die *Daily Yell*?«

»Ich wünschte, es wäre wahr«, entfuhr es Kevin, während er seine Hand in einer dramatischen Pose auf sein Herz legte. »Meine Verleger würden jede Summe zahlen – jede nur erdenkliche Summe, meine ich –, um Sie und den Professor als Berater zu gewinnen. Darf ich zu hoffen wagen –«

»Nein, das dürfen Sie nicht. Zum einen wäre es unter unserer Würde, wenn unsere Namen im Zusammenhang mit einer professionellen Tätigkeit für eine Zeitung genannt würden – noch dazu für eine so verleumderische wie die *Daily Yell* –, zum anderen gibt es absolut nichts, weshalb man uns zu Rate ziehen sollte. Wir sind keine Detektive, Mr. O'Connell. Wir sind Wissenschaftler!«

»Aber Sie haben doch auch den Baskerville-Fall aufgeklärt –«

»Dabei handelte es sich um eine völlig andere Sachlage. In diesem Fall wurden wir als Ägyptologen hinzugezogen, da wir die von Lord Baskerville begonnene Arbeit fortführen sollten, dessen mysteriöses Ableben von einer ganzen Reihe entsetzlicher, gefährlicher und verwirrender Zwischenfälle begleitet wurde. Dieser Fall liegt gänzlich anders. Hier handelt es sich um ein Hirngespinst, eine Mr. Kevin O'Connell entsprungene Phantasie.«

»Also wirklich, Ma'am, Sie tun mir unrecht. Mich trifft keine Schuld. Besitzen Sie die Güte, sich das von mir erklären zu lassen?«

»Ich warte schon die ganze Zeit auf Ihre Erklärung.«

Kevin raufte sich seine feuerroten Locken. »Ich war nicht derjenige, der diese Geschichte verbrochen hat. Das war ... jemand anderer. Aufgrund der sich anbahnenden Sensation beschlossen meine Verleger, die Sache weiterzuverfolgen. Da ich als gewisse Autorität für das klassische Ägypten sowie übernatürliche Flüche gelte ... Ich konnte nicht ablehnen, Mrs. E., ansonsten hätte ich meinen Job riskiert. Was blieb mir also anderes übrig?«

»Hmmmm«, machte ich nachdenklich. »Der von Ihnen erwähnte Konkurrent ist ein gewisser M. M. Minton vom *Morning Mirror*? Ich erinnere mich, den Namen im Zusammenhang mit verschiedenen Berichten abgedruckt gesehen zu haben, und war verwundert, daß sich der *Mirror* einem solchen Sensationsjournalismus öffnet. Sie konstruieren eine anrührende Geschichte, Mr. O'Connell, das ändert jedoch nichts an der Tatsache, daß Sie unsere Bekanntschaft schamlos ausgenutzt haben.«

»Aber Sie sind meine Trumpfkarte«, erklärte O'Connell ungerührt. »Meine Bekanntschaft – oder darf ich sagen

Freundschaft? Nein, vielleicht doch nicht ... Nun, meine Bekanntschaft mit Ihnen und dem Professor ist der einzige Pluspunkt, den ich gegenüber Berufskonkurrenten habe. Mein persönliches Engagement in besagtem Baskerville-Fall sorgte für mein Berufsrenommee – und das Ihre, soweit es die lesende Öffentlichkeit betrifft. Sie und der Professor sind brandaktuell, Mrs. E. Die Leute sind fasziniert von der Archäologie und den Archäologen. Hinzu kommt noch Ihr – wie soll ich es ausdrücken? – Charisma, Ihre Mißachtung sämtlicher Konventionen, Ihr bemerkenswertes Talent im Zuge kriminalistischer Ermittlungen –«

»Ich ziehe den Begriff ›Charisma‹ eindeutig vor«, unterbrach ich ihn. »Ich kann nicht erklären, warum Emerson und ich so häufig in Gewaltverbrechen hineingezogen werden; ich bin geneigt, das einer gewissen Geisteshaltung zuzuschreiben, einer Kenntnis von Verdachtsmomenten, die engstirnigeren Betrachtern entgehen.«

»Das ist zweifelsohne der Fall.« Kevin nickte bekräftigend. »Dann verstehen Sie, warum ich gezwungen war, Ihre Namen zu erwähnen.«

»Alles zu verstehen bedeutet nicht, alles zu entschuldigen«, erwiderte ich. »Das muß aufhören, Mr. O'Connell. Unsere Namen dürfen nie wieder in Ihrer Tageszeitung auftauchen.«

»Aber ich hoffte auf ein Interview«, entfuhr es O'Connell. »Das übliche Interview, das Ihre archäologischen Funde der vergangenen Saison zum Thema hat.«

Seine sanften blauen Augen blickten mich mit einer solchen Offenheit an, daß wer ihn nicht besser kannte ihm sogleich Vertrauen geschenkt hätte. Ich lächelte süffisant. »Sie müssen mich für eine Idiotin halten, Kevin. Wir haben doch Ihre Ergüsse im Fraser-Fall gelesen. Emerson tobte tagelang. Ich fürchtete schon um seine Gesundheit.«

»Ich bezog meine Informationen von Mrs. Fraser«, wandte Kevin ein. »Die Ergüsse, wie Sie sie nennen, stammten unisono von der jungen Dame und ihrem Gatten.«

Ich konnte ihm schwerlich böse sein, da ich ihm insgeheim zustimmte. Enid Fraser, geborene Debenham, hatte nichts anderes als die Wahrheit gesagt, und der Begriff »Ergüsse« stammte nicht von mir, sondern von Emerson.

Mich unablässig beobachtend, fuhr O'Connell fort: »Mrs. Fraser und all die anderen, die Sie vor Tod und Ehrverlust bewahrt haben, haben vor der ganzen Welt ein Loblied auf Sie angestimmt. Warum auch nicht? Es kommt viel zu selten vor, daß Mut und Menschenfreundlichkeit ihre verdiente Würdigung finden! Sie sind ein Vorbild für die gesamte britische Nation, Mrs. E.«

»Hmmmm. Nun gut. Wenn Sie es so sehen ...«

»Sie setzen Ihr wertvolles Leben für die Verteidigung der Unschuldigen aufs Spiel«, fuhr Kevin begeistert fort. »Was muß der Professor durchlitten haben; welche Ängste hat er ausgestanden – die Furcht, daß selbst Ihr unbezwingbarer Geist und Ihr physischer Widerstand diesem gräßlichen Schurken unterliegen könnten ... Wie haben *Sie* sich eigentlich gefühlt, Mrs. E.?«

Die ganze Zeit hatte ich zustimmend genickt und wie eine Idiotin gelächelt. Dann dämmerte mir der Sinn seiner Worte, und ich stieß einen Schrei aus, der ihn zusammenschrecken ließ. »Zur Hölle mit Ihnen, Kevin – wie können Sie es wagen, darauf anzuspielen ... Wer hat es Ihnen erzählt? Nichts davon ist wahr ... Warten Sie nur, bis ich mit Enid gesprochen habe. Ich werde –«

»Beruhigen Sie sich, Mrs. Amelia«, flehte Kevin. »Mrs. Fraser hat Ihr Vertrauen nicht mißbraucht; genaugenommen stritt sie die Geschichte vehement ab, als ihr Gatte – der nicht unbedingt eine Geistesleuchte ist, nicht wahr? – irgend etwas

Diesbezügliches bemerkte. Sie drohte mir ernsthafte Konsequenzen an, wenn ich ein Wort davon abdruckte.«

»Ich versichere Ihnen, daß ihre Drohungen nichts im Vergleich zu denen Emersons sind«, klärte ich ihn auf. »Sollte der kleinste Hinweis auf ...«

Ich beendete diesen Satz nicht, denn das erübrigte sich. Kevins Gesicht war merklich blasser geworden. Mit einer Ernsthaftigkeit, die ich nicht anzweifeln konnte, rief er: »Sie haben doch sicherlich nicht geglaubt, daß ich mir dessen nicht bewußt war? Meine Hochachtung vor Ihnen, Mrs. Emerson, verbietet mir, Ihren Ruf zu beschmutzen. Außerdem erklärte mir mein Verleger, daß das strafbar wäre.«

Diese letzte Bemerkung klang wesentlich überzeugender als seine Besorgnis um meinen Ruf; berücksichtigte man darüber hinaus noch seine Angst vor Emerson (eine Angst, die in diesem Fall überaus berechtigt war), dann konnte ich eigentlich davon ausgehen, daß er Stillschweigen bewahrte. »Hervorragend«, sagte ich, leerte mein Whiskeyglas und blickte mich vergeblich nach einer Serviette um. »Ich darf mich nicht verspäten, Mr. O'Connell. Es ist bereits dunkel, und Emerson wird mich suchen. Das Bezahlen überlasse ich Ihnen, schließlich war es Ihre Einladung.«

Er bestand darauf, mich nach Hause zu begleiten, und obwohl ich keine Besorgnis verspürte, gab ich seiner Bitte nach. Als wir uns der Tür näherten, kam die junge Frau auf mich zugeschossen und wollte mir meinen Schal zurückgeben. Ich schlang ihn um ihren Hals, band sorgfältig die Enden zusammen und bat sie, ihn zu behalten, da ich noch andere besaß.

Ich war froh um Kevins Begleitung, denn sein hilfsbereit dargebotener Arm bewahrte mich vor diversen Stolperfallen. Schmutz, Wasser und schlammige Pfützen erschwerten den Heimweg. Aufgrund des dichter werdenden Nebels wirkten die Gaslaternen wie geisterhaft graugelbe Schemen und die Gestalten der Passanten entsetzlich verzerrt. Dennoch besaß das Ganze einen gewissen schauerlichen Charme, und ich ließ mich zu der Bemerkung hinreißen, daß die morbide Faszination unseres guten alten Londons selbst mit den Slums von Kairo konkurrieren könne. Kevins einzige Reaktion bestand darin, daß er mich fester umklammerte und mich eilig weiterschob.

An der Stelle, wo die York Street auf den Square trifft, blieb er stehen und bekundete seine Absicht, mich zu verlassen. »Jetzt fühlen Sie sich wieder wohler, Mrs. E.«

»Ich habe mich noch nie unwohl gefühlt, Mr. O. Danke für die Einladung ins Wirtshaus; das war eine überaus interessante Erfahrung. Im übrigen, vergessen Sie nicht, was ich Ihnen ans Herz gelegt habe.«

»Nein, Ma'am.«

»Sie werden meinen Namen nie wieder zu Papier bringen.«

»Gewiß nicht, Mrs. E. Es sei denn«, fügte Kevin hinzu, »ein ungewöhnlich interessanter Zwischenfall träte ein und die anderen Zeitungen bekämen Wind von der Sache und berichteten darüber. Sie erwarten doch zweifelsohne nicht von mir, daß ich als einziger Journalist in ganz London eine solche Story nicht abdruckte, oder?«

»Gütiger Himmel, O'Connell, Sie klingen genau wie Ramses«, sagte ich angewidert. »Es wird keinen solchen Zwischenfall geben. Ich hege keinesfalls die Absicht, mich mit dem im Britischen Museum stattgefundenen Unfug auseinanderzusetzen.«

»Ach, tatsächlich?« Sein ohnehin breiter Mund öffnete sich, allerdings nicht zu einem Grinsen, sondern zu einer wütenden Grimasse. »Bei Gott, ich hätte es wissen müssen ... Dieser Nichtsnutz! Diese hinterhältige kleine Schlange –«

»Wer? Wo?«

»Dort.« Kevin wies mit dem Kinn in die Richtung. »Sehen Sie nicht den großen gelben Schirm?«

»Aufgrund des unbeständigen Wetters sind eine ganze Reihe von Regenschirmen unterwegs«, entgegnete ich. »Aber in diesem gräßlichen Nebel ist es unmöglich, irgendwelche Farben auszumachen –«

»Dort, genau dort – vor dem Chalfont House.« Kevins Kehle entfuhr ein inbrünstiger Seufzer. »Liegt dort auf der Lauer wie ein Aas … Zur Hölle mit dieser widerlichen Kreatur!«

Der von ihm erwähnte Schirm war schließlich unschwer zu erkennen, da er im Gegensatz zu den anderen auf dem Gehweg unverändert vor dem hohen Eisentor des Chalfont-Anwesens verharrte. Obgleich sich eine Laterne in der Nähe befand, konnte ich kaum mehr erkennen als besagten Regenschirm. Es handelte sich um ein überaus gewaltiges Exemplar.

»Wer ist das?« fragte ich, während ich meine Augen zusammenkniff, um mehr erkennen zu können.

»Diese hinterhältige Schlange Minton, wer sonst? Vielleicht nehmen Sie besser den Hintereingang, Mrs. E.«

»Unsinn. Ich werde mich nicht wie ein Dieb in das Haus stehlen. Gehen Sie, Mr. O'Connell. Eine Konfrontation zwischen Ihnen und Minton würde lediglich zu Spannungen und Verzögerungen führen.«

»Aber, Mrs. E. –«

»Ich bin recht gut in der Lage, mit hartnäckigen Journalisten fertig zu werden. Wie Sie bereits wissen sollten.«

»Aber –«

Die schwere Eingangstür von Chalfont House sprang auf. Licht fiel auf die Vortreppe; die aus dem Lichtkegel hervortretende Gestalt brüllte in den undurchdringlichen Nebel: »Peabody! Wo steckst duuuu, Peabody? Zum Teufel!«

Ich sah, daß der Butler an Emersons Rockschößen zerrte und ihn zur Vernunft zu bringen versuchte; aber das war zwecklos. Ohne Hut, Mantel, Schal oder Schirm stürmte Emerson die Stufen hinunter in Richtung Eingangstor. Aufgrund seiner Erregung war er nicht in der Lage, den Riegel zurückzuschieben; er klammerte sich an den Zaun und rüttelte fluchend an den Gitterstäben. »Peeeeeea-body! Zur Hölle mit dir, wo steckst duuuuuuu?«

»Ich muß gehen«, sagte ich. Doch ich sprach in den Äther; ein eilig flüchtender Schatten war der einzige Hinweis auf Kevin O'Connell.

Ich rief meinen aufgebrachten Gatten, aber dessen verärgertes Gebrüll übertönte meine Stimme. Als ich ihn schließlich erreichte, hatte sich der gelbe Schirm bewegt. Emerson war unmittelbar damit konfrontiert, lediglich das Eingangstor trennte sie noch voneinander. Er war verstummt; ich vernahm eine andere hohe und gehetzte Stimme. »Und wie ist Ihre Meinung, Professor ...«, fragte diese gerade.

»Emerson, was zum ... Was hast du hier draußen in diesem Nebel verloren, noch dazu ohne deinen Hut?« wollte ich wissen.

Emerson starrte mich an. »Oh, da bist du ja, Peabody. Da ist etwas vollkommen Ungewöhnliches... Sieh dir das an.«

Woraufhin er den Regenschirm packte und ihn wie ein Wagenrad drehte. Die darunter befindliche Person, die in einer mir unerklärlichen Art und Weise daran festgezurrt zu sein schien, drehte sich ebenfalls, und das Laternenlicht fiel ihr voll ins Gesicht. Ja, werter Leser – *ihr* Gesicht! Der Journalist war – eine Frau!

»Gütiger Himmel«, entfuhr es mir. »Ich ging davon aus, daß Sie ein Mann sind.«

»Ich bin genauso kompetent wie ein Mann«, lautete ihre

hitzige Reaktion, die von einem mir beinahe ins Gesicht geschleuderten Notizbuch begleitet wurde. Sie hatte den Schirm an ihrem Gürtel festgekettet, um die Hände für ihre Schreibutensilien frei zu haben, und ich mußte die Genialität dieses Konzeptes bewundern, auch wenn mich ihr zuvor geschildertes Verhalten zutiefst abstieß. »Sagen Sie, Mrs. Emerson«, fuhr sie wie aus der Pistole geschossen fort, »arbeiten Sie gemeinsam mit Scotland Yard an dem Mordfall?«

»An welchem Mordfall? Es gibt keinerlei Hinweis –«

»Amelia!« Emerson hatte sich von der erstaunlichen Entdeckung erholt, daß es sich bei dem hartnäckigen Reporter um eine Frau handelte – denn das war meine Erklärung für seine Erwähnung des Begriffs »ungewöhnlich«. Jetzt packte er mich am Arm und versuchte, mich hinter den Zaun zu ziehen. Da das Tor nach wie vor geschlossen war, gelang ihm das nicht. »Sprich nicht mit dieser ... dieser Person«, drängte er. »Äußere kein Sterbenswort. Selbst ein ›Ja‹ oder ›Nein‹ wird von diesen Aasgeiern – Verzeihung, junge Dame – falsch zitiert, und du weißt um deinen unseligen Hang zur Geschwätzigkeit –«

»Ich darf doch sehr bitten, Emerson!« entfuhr es mir. »Aber das werden wir an anderer Stelle vertiefen. Ich habe nicht die Absicht, ein Interview zu geben; im Gegenteil, ich wehre mich dagegen, vor meiner eigenen Haustür belagert und aufgehalten zu werden. Allerdings muß ich darauf hinweisen, daß ich ohnehin nicht eintreten kann, solange du das Tor nicht öffnest.«

Während ich sprach, hatte ich mich zwischen Emerson und Miss Minton geschoben. Sie sah sich zum Rückzug gezwungen, da sie Verletzungen aufgrund der Spitzen meines geöffneten Schirms vermeiden wollte, doch sobald sie einen gewissen Sicherheitsabstand gewonnen hatte, blieb sie hartnäckig stehen und wiederholte ihr Anliegen. Jetzt konnte ich ihr Gesicht deutlicher erkennen. Sie war jünger, als ich erwartet hatte, und keine unbedingte Schönheit. Ihre Gesichtszüge waren eher streng, ihre Brauen dicht und bedrohlich, und ihr energisches Kinn wirkte maskulin. Die Kämme und Haarnadeln, die ihr kräftiges schwarzes Haar hatten bändigen sollen, hatten den Kampf verloren; feuchte Locken ringelten sich über ihre Ohren.

Fluchend (allerdings muß ich ihm zugestehen, leise fluchend) machte sich Emerson an dem Riegel zu schaffen. Miss Minton hatte sich sprungbereit auf Zehenspitzen gestellt, und ich glaube, sie wäre uns allen Ernstes zur Haustür gefolgt, wenn sie nicht anderweitig abgelenkt worden wäre.

Ich war die erste, die die gräßliche, die unglaubliche Vision wahrnahm, und mein überraschter und fassungsloser Aufschrei sorgte dafür, daß sich Miss Minton umdrehte und Emerson aufblickte. Für einen Moment blieben wir drei wie erstarrt stehen; denn die von uns bemerkte Gestalt, die sich gemessenen Schrittes über den gegenüberliegenden Gehsteig fortbewegte, war die eines altägyptischen Priesters in langer weißer Robe und Leopardenfell. Wie eine schwebende Mumienumhüllung umgaben bleiche Nebelschwaden sein Gewand, und das Laternenlicht schimmerte auf den schwarzen Wellen seiner Lockenperücke. Er schritt durch den dichter werdenden Nebel und verschwand.

3

Miss Minton bewegte sich als erste. Mit dem Jaulen eines gehetzten Hundes nahm sie die Verfolgung auf, während ihr Regenschirm ständig auf dem Pflaster aufprallte.

Ich wollte ihr folgen, doch Emersons Finger umklammerten meine Schultern und drückten mich unsanft gegen die Eisenstäbe des Zauns.

»Untersteh dich, Peabody«, zischte er. »Wenn du auch nur einen Schritt wagst – einen einzigen Schritt –, dann werde ich ...« Schließlich gelang es ihm, das Eisentor zu öffnen, so daß mir der Rest der Drohung erspart blieb. Entschlossen riß er mich an sich; dann führte er mich schnellen Schrittes zum Haus. Er blieb merkwürdig einsilbig, und aus reiner Vorsicht hätte ich ebenso handeln sollen; dennoch bekenne ich voller Stolz, daß mich Vorsicht noch nie davon abgehalten hat, das einzig Richtige zu tun.

»Emerson!« schrie ich, während ich mich seiner stählernen Umklammerung zu entwinden versuchte. »Emerson, überleg doch! Sie besitzt zwar Charaktereigenschaften, die ich bei einer eigenen Tochter sicherlich nicht gutheißen würde, aber sie ist jung – impulsiv – eine Frau! Willst du zulassen, daß sie sich möglicherweise großer Gefahr aussetzt? Das kann ich nicht glauben – ausgerechnet von dir, dem ritterlichsten Vertreter der männlichen Spezies!«

Emerson verlangsamte seine Schritte. »Äh ... hmmmm«, bemerkte er.

Mir war bewußt, daß mein Appell Wirkung zeigte. Emerson ist selbst impulsiv (in der Tat ist das ein ausgesprochen männlicher Charakterzug, der Frauen zu Unrecht angelastet wird), aber er ist auch der zuvorkommendste Mann, den ich kenne. Er hatte mich mit sich gezerrt, ohne einen Gedanken an die junge Frau zu verschwenden, doch aufgrund meines Hinweises war er wie stets bereit, seine Pflicht als englischer Gentleman zu erfüllen.

»Sobald ich dich ins Haus geschafft habe, beabsichtige ich, ihr zu folgen«, brummte er. »Ich kann dir nicht trauen, Amelia, nein, das kann ich wirklich nicht.«

»Aber dann ist es vielleicht zu spät«, entfuhr es mir. »Wer weiß, was diese unselige Kreatur vorhat? Einmal in ihren gräßlichen Klauen –«

Abrupt blieb Emerson am Fuß der Treppe stehen. Er schüttelte mich abwesend. »Amelia, bitte, schlag nicht wieder diese Tonart an. Gewisse Bürger dieser Metropole schätzen es, in bizarren Kostümen durch die Straßen und das Museum zu laufen. Zweifellos hat das Klima ihren Verstand getrübt. Verrückte, die man ins –«

»Exakt, Emerson. Miss Minton befindet sich vielleicht schon in der Gewalt eines entflohenen Irren. Wir sollten keine Zeit auf Diskussionen verschwenden, sondern umgehend die Verfolgung –«

Emersons Gesicht entspannte. Er drehte mich um. »Deine Besorgnis ist unbegründet.«

Miss Minton war nicht mehr allein; ein schlaksiger junger Mann mit langem Gehrock und Zylinder hatte sich zu ihr gesellt. Sie schienen sich zu streiten; sein Bariton und ihre helle, schneidende Stimme ergänzten sich zu einem erregten Duett.

Emerson erhob seine Stimme. »Brauchen Sie Hilfe, Miss – äh –, oder ist das ein Freund von Ihnen?«

Die junge Dame ließ ihren Begleiter stehen und stürmte ungeachtet der schlammigen Pfützen über den Gehsteig. Als Vorsichtsmaßnahme hatte Emerson das Tor hinter uns geschlossen; sie kam nicht weiter, sondern umklammerte die Gitterstäbe und spähte wie eine Gefangene hindurch.

»Bitte, Professor und Mrs. Emerson – ein kurzes Interview? Es dauert nur einen Augenblick!«

Emerson stieß einen Schrei aus. »Zur Hölle mit Ihnen, junge Dame, besitzen Sie denn überhaupt kein Feingefühl? Wir wollten uns lediglich vergewissern, daß Sie durch Ihre überstürzte Reaktion nicht in Schwierigkeiten geraten sind, und Sie danken uns diese wohlmeinende Besorgnis mit –«

»Also, Emerson«, unterbrach ich ihn. »Du hast deinen Standpunkt deutlich gemacht, und ich bin sicher, daß sie das begriffen hat.«

»Ganz recht«, bemerkte der junge Mann, der neben Miss Minton vor den Zaun getreten war. Er trug eine Brille, die ihm – vermutlich aufgrund der feuchten Witterung – ständig von der Nase rutschte, so daß er sie während der sich daran anschließenden Unterhaltung ständig hochschob. »Guten Abend, Mrs. Emerson – Professor. Ich hatte das Vergnügen, Sie im letzten Jahr in Mr. Budges Büro im Museum kennenzulernen. Mein Name ist Wilson. Vermutlich erinnern Sie sich nicht mehr an mich.«

»Kaum«, erwiderte Emerson. »Was zum Teufel tun Sie –«

»Emerson, man kann dich über den gesamten Square hören«, sagte ich. »Wenn wir uns zu den jungen Leuten ans Tor gesellten, bräuchtest du nicht so zu brüllen.«

»Nur über meine Leiche, Peabody«, entgegnete mein Gatte und umklammerte mich fester.

»Ich bin ein Freund von Miss Minton«, fuhr der junge Mann fort. »Ich danke Ihnen für Ihre Freundlichkeit, aber Sie brauchen sich keine Sorgen um sie zu machen. Ich habe alles getan, um sie davon abzuhalten, Sie und Mrs. Emerson zu belästigen, konnte sie jedoch nicht überzeugen; natürlich fühlte ich mich verpflichtet, sie zu begleiten, hielt auf ihren Wunsch hin jedoch einen gewissen Sicherheitsabstand.«

»Der Teufel sollte Ihren Sicherheitsabstand holen!« brüllte Emerson. »Welch eine Dreistigkeit! Sie, ein Fachkollege, unterstützen und motivieren –«

»Es war nicht sein Fehler!« schrie die junge Dame mit gezücktem Regenschirm. »Er hat alles getan, um mich davon abzuhalten.«

»Schon gut«, meinte Emerson überraschend freundlich. »Ich glaube, ich verstehe. Ich nehme an, dem Irren ist die Flucht gelungen?«

Die junge Dame runzelte die Stirn. Zaghaft bemerkte ihr Begleiter: »Ich habe niemanden gesehen, Professor. Es ist sehr neblig.«

»Emerson«, murmelte ich, »dieser Hüne, der sich dem Haus nähert, scheint ein Polizeibeamter zu sein.«

Diese Äußerung hätte keinerlei Wirkung auf Emerson ausgeübt, doch der junge Mr. Wilson erblickte die sich nähernde Gestalt, deren nasser Regenmantel im Laternenlicht schimmerte, und zerrte mit einem unterdrückten Aufschrei die junge Dame hinter sich her. Freundlich winkend begrüßte Emerson den Polizisten, der uns vom Zaun her neugierig musterte, und dann gingen wir ins Haus.

Der gesamte Hausstand hatte sich in der Eingangshalle versammelt. Evelyn eilte auf mich zu. »Amelia, du bist ja völlig durchnäßt. Willst du dich nicht lieber gleich umziehen?«

»Gewiß«, erwiderte ich, während ich dem Butler meinen

Schirm und meinen Regenmantel aushändigte. »Hoffentlich komme ich nicht zu spät zum Tee. Eine Tasse dieses göttlichen Getränks wäre genau das richtige.«

»Willst du nicht lieber einen Whiskey Soda?« fragte mein Schwager augenzwinkernd. Walter ist der reizendste aller Männer und immer zum Scherzen aufgelegt. Ich wollte schon ablehnen, als mir einfiel, daß mein letzter Whiskey vielleicht noch sein hochprozentiges Aroma verströmte, was Emerson im Zuge unserer üblichen Rituale vor dem Abendessen sicherlich bemerken würde; das wiederum würde zu unliebsamen Fragen führen.

»Eine glänzende Idee«, sagte ich. »Ich nehme ein Glas mit nach oben; schließlich ist das eine hervorragende Medizin zum Schutz gegen Erkältung.«

Sobald wir unsere Privaträume erreicht hatten, nahm ich einen Schluck Whiskey, bevor Emerson mit dem von mir Erwarteten begann. »Warte wenigstens, bis ich mein nasses Kleid ausgezogen habe«, schlug ich vor. »Du mußt dich ebenfalls umziehen; dein Hemd ist vollkommen –«

»Mmmmm«, äußerte sich Emerson, zu einer präziseren Ausdrucksweise augenblicklich nicht in der Lage. Mit der von mir erwarteten und bewunderten Gewandtheit half er mir beim Umziehen.

Das Läuten der Tischglocke zwang mich jedoch, Emerson daran zu erinnern, daß wir unten erwartet wurden und daß unsere Verspätung nur zu Spekulationen führte.

»Humbug«, erwiderte Emerson träge. »Niemals gäben sich Walter und Evelyn Spekulationen hin, dafür sind sie viel zu wohlerzogen, und selbst wenn sie es täten, könnten sie uns nur beipflichten. Wir sind rechtmäßig verheiratet, Peabody; falls dir diese Tatsache entfallen ist, darf ich deine Erinnerung auffrischen. So. Und so ...«

»O Emerson. Also, Emerson ... mein geliebter Emerson!«

Leider vernahmen wir in diesem Augenblick ein Kratzen an der Tür, und Emerson stürmte mit einem Fluch in sein Ankleidezimmer. Glücklicherweise handelte es sich um Rose und nicht um einen der anderen Bediensteten, denen unsere Gewohnheiten fremd waren; aufgrund schmerzvoller Erfahrung (schmerzvoll insbesondere für den armen Emerson) hatte sie gelernt, ein Zimmer niemals ohne vorherige Ankündigung zu betreten.

»Die Tischglocke wurde geläutet, Ma'am«, murmelte sie, während sie die Tür taktvoll nur einen winzigen Spaltbreit öffnete.

»Ich habe es gehört. Kommen Sie in zehn Minuten wieder, Rose.«

Die Tür wurde geschlossen. Emerson trat aus dem Ankleidezimmer. Er hatte seine Hose angezogen, aber kein Hemd, und der Anblick seines gebräunten, durchtrainierten Körpers erfüllte mich mit den erhebendsten Gefühlen und der Sehnsucht nach unserem heimatlichen Anwesen in Kent, wo es die Köchin gewohnt war, das Essen nach einem kurzen Hinweis eine weitere halbe Stunde warm zu stellen.

Allerdings hatte ihn die kurze Unterbrechung an seinen anderen Groll erinnert, den er unumwunden erwähnte.

»Wie kannst du es wagen, das Haus zu verlassen, ohne uns zu informieren?« wollte er wissen. »Wie kannst du es wagen, allein durch diese Stadt zu laufen, ohne jeden Schutz!«

»Ich hatte das Bedürfnis«, erwiderte ich ruhig. »Emerson, dein Smokinghemd liegt dort auf dem Stuhl.«

»Ich hasse es, mich zum Abendessen umzuziehen«, murrte Emerson. »Warum muß ich das eigentlich?«

»Aus reiner Höflichkeit. Mach dir nichts draus, mein Schatz, bald sind wir wieder zu Hause, und dann kannst du dich so leger kleiden, wie du willst.«

»Das kann gar nicht früh genug sein«, versicherte mir

Emerson. »Wir sind kaum einen Tag in dieser Stadt, und schon wirst du von irgendwelchen Irren in ihren Nachthemden verfolgt. Wie zum Teufel hat er uns gefunden? Hast du ihm ein Telegramm geschickt?«

»Du beliebst zu scherzen, Emerson. Die Zeitungen haben über unsere Aktivitäten bis ins kleinste Detail berichtet. Außerdem standen unsere Namen auf der Passagierliste; jeder, der unsere Ankunftszeit wissen wollte, hätte sie bei der Dampfschiffahrtsgesellschaft in Erfahrung bringen können.«

»Das würde das Verhalten der jungen Dame erklären«, gestand Emerson. »Welch eine ungewöhnliche Geschichte, Peabody.«

»Daß eine Frau den Beruf der Journalistin ausübt? Ungewöhnlich gewiß, aber zweifellos lobenswert. Auch wenn ich diesen Berufsstand zutiefst verabscheue, erfüllt es mich doch mit Befriedigung, daß meine Schwestern das Wagnis –«

»Du hast mich mißverstanden. Das Ungewöhnliche war die Ähnlichkeit.«

»Mit wem, Emerson?«

»Mir dir, Peabody. Ist dir das nicht aufgefallen?«

»Unsinn«, erwiderte ich, während ich meine Haarnadeln löste. »Da war nicht die Spur einer Ähnlichkeit.«

»Bist du sicher, daß du keine Schwester hast?«

»Ganz sicher. Sei nicht töricht, Emerson.«

Roses Erscheinen beendete die Diskussion. Erneut suchte Emerson in seinem Ankleidezimmer Zuflucht, während Rose mein Kleid zuknöpfte und mein störrisches Haar zu bändigen versuchte. Da Emerson die Tür nicht verschlossen hatte, hörte ich, wie er vor sich hin murmelte. Als er wieder auftauchte, war er komplett ausstaffiert – bis auf seine Krawatte und seine Manschettenknöpfe, die er nie findet. Immer noch leise vor sich hin brummelnd, durchforstete er meine sämtlichen Toilettenartikel auf der Suche nach den fehlenden Accessoires.

Rose fand sie auf ihrem angestammten Platz in der obersten Kommodenschublade und trat auf Emerson zu. »Wenn Sie erlauben, Sir –«

»Oh. Vielen Dank, Rose. Haben Sie die junge Dame bemerkt, die vorhin am Eingangstor stand?«

»Nein, Sir. Während meiner Arbeitszeit verschwende ich keinen Blick nach draußen.«

»Eine faszinierende Ähnlichkeit mit Mrs. Emerson«, sagte mein Gatte, während er auf eine unwirsche Bewegung von Rose bereitwillig sein Kinn reckte.

»Tatsächlich, Sir?«

Ihre knappen, unterkühlten Antworten waren völlig untypisch für Rose, die sich normalerweise hervorragend mit uns beiden verstand und die oft auch den städtischen Klatsch oder freundliche Ratschläge mit mir austauschte, während sie mir beim Ankleiden half. Als ich mich zu ihr umdrehte, bemerkte ich, daß sie Emerson einer kleineren Tortur unterzog, indem sie ihn mit den Manschettenknöpfen malträtierte.

»Wo ist Ramses?« wollte ich wissen. »Er war nicht in der Eingangshalle, obwohl er bei irgendwelchen Vorkommnissen normalerweise als erster auf den Plan tritt.«

Ein lautes, ziemlich feuchtes Schniefen war die einzige Reaktion von Roses Seite. Emerson schnaubte. »Ramses ist bei mir in Ungnade gefallen. Er bleibt so lange auf seinem Zimmer, bis ich ihm gestatte, wieder herauszukommen. Sie gesellen sich besser zu ihm, Rose; ich traue ihm nicht... Autsch!«

Der Aufschrei wurde aufgrund von Roses Bemühung provoziert, ihm den Arm umzudrehen, während sie den Manschettenknopf befestigte. »Ja, Sir«, schniefte sie. Dann drehte sie sich so zackig wie ein Paradesoldat um und marschierte aus dem Zimmer.

»Du hast Rose beleidigt«, sagte ich.

»Ständig ergreift sie Partei für ihn«, brummte Emerson. »Hast du gesehen, was sie getan hat, Peabody? Sie hat ihre Fingernägel in meine Hand gekrallt.«

»Das war sicherlich unbeabsichtigt, Emerson. Rose verhielte sich niemals dermaßen kindisch. Warum steht Ramses unter Hausarrest?«

»Schau dir das einmal an.« Emerson deutete auf den Stapel Papier auf seinem Schreibtisch.

Dabei handelte es sich um das Manuskript zu der *Geschichte des alten Ägypten;* ich hatte es schon vorher bemerkt und war angenehm überrascht gewesen, Spuren von Aktivität darauf zu erkennen; allerdings hatten mich die weiteren Ereignisse abgelenkt und daran gehindert, es genauer in Augenschein zu nehmen. Jetzt trat ich an den Schreibtisch und nahm das oberste Blatt in die Hand. Es war eng mit Anmerkungen, Korrekturen und Verbesserungsvorschlägen beschriftet; ich wollte Emerson gerade zu seinem Fleiß beglückwünschen, als mir auffiel, daß es sich nicht um seine Handschrift handelte. Mir dämmerte, wessen Hieroglyphen ich da vor mir hatte.

»O nein«, murmelte ich. »Das würde er doch sicherlich nicht ... Nun, in diesem Punkt hat er zumindest recht; das Datum der Anfänge der Vierten Dynastie –«

Emerson schlug sich mit der Hand vor die Stirn. »Fängst du auch noch an, Peabody? Schlimm genug, daß ich eine Schlange in meinem Hause genährt habe, aber eine weitere an meiner Brust ...«

»O Emerson, sei nicht so dramatisch. Falls Ramses die Kühnheit besaß, dein Manuskript durchzusehen –«

»Durchzusehen? Der kleine Halunke hat es praktisch

umgeschrieben! Er hat meine Daten korrigiert, meine Analysen historischer Ereignisse, meinen Standpunkt hinsichtlich der Anfänge der Mumifikation!«

»Und deine Syntax«, bemerkte ich, unfähig, ein Schmunzeln zu unterdrücken. »In der Tat, Ramses' Verständnis der englischen Grammatik ist recht exzentrisch.« Als ich bemerkte, daß Emerson puterrot angelaufen war, verkniff ich mir das Schmunzeln und erklärte in ernstem Ton: »Das ist wirklich ungehörig von Ramses, mein Lieber. Ich werde ein deutliches Wort mit ihm reden.«

»Das erscheint mir keine angemessene Strafe für sein Verbrechen.«

»Du … du hast ihn doch nicht etwa geschlagen, Emerson?«

Emerson bedachte mich mit einem vernichtenden Blick. »Du kennst meine Einstellung zu körperlicher Züchtigung, Amelia. Noch nie habe ich ein Kind oder eine Frau geschlagen – und werde es auch nie tun. Obwohl ich heute abend gefährlich nahe daran war.«

Hinsichtlich der Prügelstrafe vertraten Emerson und ich die gleiche Meinung, wenn auch aus unterschiedlichen Motiven; seine waren ethisch und idealistisch geprägt, meine hingegen rein praktischer Natur. Eine Tracht Prügel hätte mir mehr weh getan als Ramses, der über extrem spitze Knochen und eine hohe Schmerztoleranz verfügte.

Ich empfand Mitgefühl für meinen armen Emerson. Alles in allem hatte er einen schlimmen Tag erlebt, und der Anblick meines Bruders James, der in voller Abendgarderobe noch feister wirkte, trug nicht zur Verbesserung seiner Stimmung bei. James schien eifrig darauf bedacht zu gefallen; er lachte lauthals über Emersons Bemerkungen, selbst wenn diese teilweise nicht witzig gemeint waren, und überschüttete mich mit Komplimenten hinsichtlich meines Kleides, meines Aussehens und meiner Mutterqualitäten. Im Verlauf des Abendessens dämmerten mir seine wahren Beweggründe, doch die Vorstellung schien so abwegig, daß ich sie kaum glauben konnte.

Erst nach dem Abendessen kam er auf den Punkt. Er schien darauf zu warten, daß die Damen sich zurückzogen, bis sich Evelyn schließlich zu einer Erklärung verpflichtet fühlte. »Mein lieber Mr. Peabody, Amelia glaubt, daß diese Sitte unmodern und für das weibliche Geschlecht kompromittierend ist.«

»Kompromittierend?« James starrte mich an.

»Normalerweise bestreiten die Herren die intelligente Konversation – sofern sie dazu in der Lage sind –, bis es Zeit für ihren Portwein und die Zigarren wird«, sagte ich. »Ich schätze einen guten Tropfen Portwein, intelligente Gespräche, und ich habe nichts gegen das Aroma einer guten Zigarre einzuwenden.«

»Oh«, meinte James und blickte verwirrt.

»Im allgemeinen diskutieren wir über ägyptologische Studien«, fuhr ich fort. »Wenn dich dieses Thema langweilt, James, kannst *du* dich ja in den Salon zurückziehen.«

Evelyns Blick suggerierte mir, daß ich vielleicht etwas zu weit gegangen war, doch James faßte meine Äußerung als Scherz auf – was sie beileibe nicht war. Unter schallendem Gelächter beugte er sich über den Tisch und tätschelte meine Hand. »Meine liebe Amelia. Du hast dich seit deiner Kindheit nicht verändert. Erinnerst du dich noch an die Zeit ...«

Er stockte, weil ihm vermutlich keine schöne Erinnerung aus unserer Kindheit einfiel. Ich jedenfalls hatte keine, die ihn einschloß. Er ließ diesen Ansatz fallen und versuchte es erneut. »Papa sagte immer, daß du der klügste Kopf aus der Truppe seist. Und er hatte recht. – Reich mir doch bitte den

Portwein, Walter, mein Junge. – Und du hast das Beste daraus gemacht, was?«

»Ich verfüge über einen hervorragenden Vermögensberater«, erwiderte ich ausweichend.

Emerson hatte ihn mit dem leichten Widerwillen eines Anatomen beobachtet, der auf ein neues und ungesundes Organ gestoßen war; jetzt wandte er sich schulterzuckend an Walter und setzte seine zuvor begonnene Diskussion über einen Berlin-Reiseführer fort. Das kam James sehr gelegen; während er weiterhin dem Portwein zusprach, wandte er sich im vertraulichen Ton an mich.

»Ich wünschte nur, ich hätte deinen gesunden Menschenverstand, Schwesterherz. Nicht, daß es mein Fehler gewesen wäre. Nein. War keineswegs mein Fehler, daß diese verfluchten Schiffe verdammt nicht seetauglich waren. Zu viele Ladungen gingen verloren ...«

»Willst du mir damit andeuten, daß du in finanziellen Schwierigkeiten steckst, James?« bohrte ich. »Falls du dir Geld erhoffen solltest, bist du auf dem Holzweg.«

»Nein, nein. Nein. Ich würde es nicht als Schwierigkeiten bezeichnen. Meine Verluste kann ich wieder wettmachen.« Augenzwinkernd legte er einen seiner Wurstfinger auf seine Lippen. »Streng geheim. Enorme Zukunftsaussichten. Da wäre nur eine Sache ...«

»Nein, James. Keinen Pfennig.«

James blinzelte. »Ich will kein Geld«, meinte er in beleidigtem Ton. »Nähme selbst dann nichts, wenn du es mir anbieten würdest. Ich möchte dein liebendes Mutterherz für arme unglückliche Kinder ...«

»Wessen Kinder?« fragte ich neugierig.

»Meine. Für wen würde ich sonst schon fragen.«

»Für niemanden, James. Allein die Tatsache, wie wenig Mitgefühl du aufbringst, tut mir in der Seele weh. Aber weshalb brauchen deine Kinder mütterliche Betreuung? Du hast doch eine Ehefrau, glaube ich? Zumindest hattest du eine ... Was hast du angestellt mit ... mit ...«

An ihren Namen konnte ich mich nicht erinnern, und ich hatte zunächst den Eindruck, daß er James ebenfalls nicht einfiel. Sie gehörte zu den Frauen, die man am liebsten gleich wieder vergißt – beleibt, mit grobschlächtigen Gesichtszügen und einem Verstand, der so begrenzt und unflexibel war wie ihr schmallippiger Mund.

»Elizabeth«, sagte James. »Ja, so heißt sie. Die arme Elizabeth. Sie leidet an einer Nervenkrankheit. Der Doktor hat ... irgendeine Behandlung verschrieben ... irgendwelche Heilquellen. Sie braucht völlige Ruhe, Erholung, Tapetenwechsel. Keine Kinder. Was mich anbelangt, so verschwinde ich in den Osten. Indien. Diese private Angelegenheit, von der ich sprach. Ich kehre als reicher Mann zurück, bedenke meine Worte! Das ist der Grund, Schwesterherz, warum ich an deinen guten Willen appelliere – nicht für mich, sondern für meine armen, verwaisten Kinder. Wirst du sie bei dir aufnehmen, Amelia? Nur für diesen Sommer. Ich bin in drei Monaten wieder zu Hause, und Emily – äh – Elizabeth – ist vermutlich schon früher zurück. Sechs Wochen, meinte der Arzt. Tust du mir den Gefallen, Amelia? Wegen ... wegen der guten alten Zeiten?«

»Also wirklich, James, das ist eine außergewöhnliche Bitte«, entfuhr es mir. »Was ist mit ihrer Ausbildung? Ich nehme an, daß Percy ein Gymnasium besucht –«

»Privatlehrer«, erklärte James. »Die Schule ist nichts für Percy. Wird ihn schon nicht umbringen, eine Weile ohne Unterricht auszukommen. Ich halte nichts von zuviel Bildung. Zum Teufel, mein Sohn wird ein Gentleman. Ein Gentleman braucht keine Bildung.«

Emerson schmunzelte. »Wo er recht hat, hat er recht.«

Evelyn hatte er bereits für sich gewonnen. Sie ist ein liebes Mädchen und meine allerbeste Freundin, doch ihr hoffnungslos gütiges Naturell läßt sie vor jedem glattzüngigen Halunken kapitulieren; wenn es sich dann noch um Kinder dreht, die sie sowieso abgöttisch liebt (ihre Zuneigung zu Ramses ist der beste Beweis für ihre völlige Kritiklosigkeit auf diesem Gebiet), ist sie unrettbar verloren. Tränen schimmerten in ihren Augen; sie klatschte in die Hände und rief: »Oh, Amelia, natürlich erklärst du dich einverstanden. Wie könnte es anders sein? Die armen, liebenswerten Geschöpfe ...«

Zu meiner eigenen Rechtfertigung fühle ich mich geneigt, dem werten Leser zu erklären, weshalb ich nicht mit der impulsiven Warmherzigkeit reagierte, die eine Blutsverwandtschaft und familiäre Zuneigung doch eigentlich charakterisieren sollten. Erstere bedeutet mir nichts. Ich habe nie daran geglaubt, daß eine Geburt die betroffenen Parteien in irgendeiner Weise verpflichtet, nicht einmal die Eltern und das Kind, sobald die Phase der Abhängigkeit vorüber ist und der erwachsene Sprößling in der Lage ist, auf eigenen Füßen zu stehen, nachdem ihm jede Möglichkeit der Fürsorge und Bildung zuteil wurde. Im Gegensatz zu den Blutsbanden muß man sich Zuneigung verdienen. Wer meine Zuneigung besitzt, für den würde ich mein Leben hergeben, meine heilige Ehre und alle weltlichen Güter – und ich setze voraus, daß es sich im Gegenzug nicht anders verhält.

Zwischen meinen Brüdern und mir hatte sich eine solche Zuneigung nie entwickelt. Ich war die Jüngste, und James, der älteste meiner Brüder, war sogar sieben Jahre älter als ich. Die anderen ignorierten mich ohnehin, und James war während meiner Kindheit nicht etwa mein Beschützer und Bewacher, wie es sentimentale Geschichten vermuten lassen, sondern mein Peiniger und ein wahres Schreckgespenst. Er entführte meine Puppen und verlangte Lösegeld, das aus dem wenigen bestand, was ich von Verwandten an Geburtstagen und Weihnachten bekam. Wenn meine Barschaft nicht ausreichte, vernichtete oder verstümmelte er die Geiseln. In der Öffentlichkeit zwickte und kniff er mich; wenn ich mich zur Wehr setzte, schalt man mich als Störenfried. Der glücklichste Augenblick meiner Jugend war der Tag, als James ins Internat gesteckt wurde.

Irgendwann verließen meine Brüder ihr Elternhaus, widmeten sich ihren beruflichen Karrieren und gründeten Familien, während ich zurückblieb und für Papa sorgte. Aufgrund seiner Unentschlossenheit und der Brutalität und Ignoranz meiner Brüder hatte ich von Männern keine gute Meinung und rechnete schon damit, als alte Jungfer zu versauern, da kaum Aussicht auf eine glückverheißende Eheschließung bestand.

Rache ist süß, lautet ein altes Sprichwort. Rache ist einer Christin nicht würdig, sagt die Bibel. In diesem Fall irrt die Heilige Schrift. Wie sehr genoß ich doch die Wut meiner geschätzten Brüder, als sich herausstellte, daß Papa mir sein gesamtes Vermögen vermacht hatte! James versuchte tatsächlich, das Erbe mit der Behauptung gerichtlich anzufechten, daß ich einen hilflosen, betagten Vater ungebührlich beeinflußt habe. Dank Mr. Fletcher, Papas Geschäftspartner – und meines tadellosen Charakters –, wurde dieses Bestreben für nichtig erklärt, doch ist wohl kaum anzunehmen, daß mich diese Begebenheit meinem Bruder emotional näher brachte. Eine merkwürdige Annäherung zeichnete sich ab, als James an meiner Hochzeit teilnahm; dennoch hätte sein Gesichtsausdruck eher zu einem Begräbnis gepaßt, als ihm schließlich klar wurde, daß seine letzte Hoffnung auf mein Erbe in den Flammen ehelicher Zuneigung aufging. Seitdem waren wir uns nur ein einziges Mal begegnet: anläßlich einer

Beerdigung – der meines Bruders Henry, der an einem Magenleiden verstorben war. (Das von ihren geschätzten Schwägerinnen in die Welt gesetzte Gerücht, seine leidgeplagte Gattin habe ihn vergiftet, war vermutlich falsch, trotzdem hätte ich es ihr nicht verdenken können, wenn sie es wirklich getan hätte.)

Diese bezeichnenden Erinnerungen schossen mir in Lichtgeschwindigkeit durch den Kopf, und als ich mich schließlich wieder gefaßt hatte, bemerkte ich, daß das Gespräch versiegt war und alle, auch mein geliebter Emerson, mich anblickten. Zweifellos hatte er James' Anliegen gehört, doch statt der von mir erwarteten harschen Zurückweisung schwieg er mit ungewöhnlich rätselhaftem Gesichtsausdruck, der mir keinerlei Aufschluß auf seine Gefühle bot.

Die Ellbogen ungehobelt auf den Tisch aufgestützt, hielt James mit seinen dicken Fingern sein Glas umklammert und beugte sich vor. Seine geröteten Wangen waren schweißüberströmt; seine feisten Lippen zuckten, als er mit dem für ihn bezeichnenden Zynismus anhub: »Meine über alles geliebte Schwester –«

Ich wandte mich von ihm zu Emerson. Welch ein Unterschied – welch ein himmelweiter Unterschied! Die wohlgeformten Lippen, die markanten, gebräunten Wangen und die stechend blauen Augen, der ungebändigte schwarze Lockenschopf, das energische Kinn mit dem Grübchen (das Emerson gelegentlich eher als Spalte zu bezeichnen pflegt). Eine wohlige, elektrisierende Wärme durchfuhr meine Glieder. Ich ignorierte sie – zumindest für den Augenblick.

»Ich muß meinen Mann fragen«, sagte ich. »Eine solche Entscheidung kann ich nicht ohne seinen Rat und sein Einverständnis treffen.«

Emerson riß seine Augen auf, um sie dann wieder vor unverhohlener Belustigung zusammenzukneifen. »Genau das hatte ich von dir erwartet, Peabody. Wichtige Angelegenheiten klären wir immer im beratenden Gespräch – nicht wahr?«

»Mit Sicherheit nicht, Emerson. Wir lassen dich unsere Entscheidung wissen, sobald wir zu einer Klärung gelangt sind, James.«

Doch James, typisch Mann, hatte keineswegs die Absicht, noch länger zu warten. Er schwankte auf seinem Stuhl zur Seite, streckte flehentlich die Hände aus – wobei ihm sein Glas entglitt – und wandte sich an Emerson. »Radcliffe – geschätzter Schwager, schön zu sehen, daß du der Herr im Haus bist. Eine prächtige Frau, meine Schwester – wenn auch etwas herrisch. Du sprichst mit ihr, was? Erklär ihr ... die Pflichten einer Frau ... einer Mutter ... bin viel unterwegs ... die armen Kinder ...«

»Gütiger Himmel«, entfuhr es Emerson. »Ich glaube fast, wir müssen seiner Bitte nachkommen, Peabody, allein schon wegen der unglückseligen Sprößlinge dieses abscheulichen Subjekts. Wie bist du nur an einen solchen Verwandten geraten?«

Mit Hilfe zweier kräftiger Diener ließ sich James bereitwillig ins Bett verfrachten, da er in seinem unzurechnungsfähigen Zustand glaubte, in eigener Sache erfolgreich gewesen zu sein. Emersons Argument hatte einen starken Einfluß auf mich ausgeübt, und Evelyns Flehen ließ mich schon deshalb nicht ungerührt, weil ich sie für töricht genug hielt, die Kinder selbst aufzunehmen. Walter war der einzige, der Einwände vorbrachte. Mit ruhiger, sanfter Stimme bemerkte er: »Meint ihr nicht, daß man Ramses berücksichtigen sollte? Er ist nicht unbedingt ... Sein Verhalten ist nicht ... Vielleicht ist er nicht ...«

»Sprich dich ruhig aus, Walter, und hör auf zu stammeln«,

erwiderte Emerson stirnrunzelnd. »Falls du damit sagen willst, daß Ramses nicht unbedingt ein geeigneter Spielgefährte für wohlerzogene Kinder ist, gebe ich dir recht. Falls du damit anregen willst, Ramses um seine Meinung zu fragen, muß ich dich leider informieren, daß du auf dem Holzweg bist. Er ist ohnehin schrecklich verwöhnt.«

Grinsend ließ Walter sein Argument fallen; als wir uns jedoch später in unser Schlafzimmer zurückgezogen hatten, griff ich es erneut auf. »Emerson, ich muß dich das einfach fragen. Ich bin gewillt, die Kinder aufzunehmen, trotzdem kann ich deine Bereitschaft, James einen Gefallen zu tun, nicht nachvollziehen. Bist du ganz sicher, daß du es nicht tust, um es Ramses heimzuzahlen, weil er dein Buch umgeschrieben hat?«

»Eine solch unverschämte Anschuldigung habe ich in meinem ganzen Leben noch nicht gehört!« brüllte Emerson. »Es Ramses heimzahlen? Denkst du etwa, ich würde mich dazu hinreißen lassen, an einem kleinen Kind Vergeltung zu üben? An meinem eigenen Fleisch und Blut? Meinem einzigen Erben, der Stütze meines Alters, der –«

»Das dachte ich mir«, sagte ich. »Sollen wir dem Jungen noch eine gute Nacht wünschen?«

»Er wird schon schlafen«, brummte Emerson.

»Nein, gewiß nicht.«

Und wie nicht anders zu erwarten, war er noch wach. Mit Ausnahme einer gedämpftes Licht verströmenden Lampe war es finster im Raum; als fürsorgliche Mutter glaubte Evelyn, daß die Kleinen nächtliche Beleuchtung brauchten, um sich nicht in der Dunkelheit zu fürchten. Ramses hatte weder im Dunkeln noch sonst irgendwo Angst, aber er nutzte die Lichtquelle, um im Bett zu lesen. Als wir sein Zimmer betraten, ließ er den dicken Wälzer sinken und setzte sich auf.

»Guten Abend, Mama, guten Abend, Papa. Ich hatte

schon befürchtet, Papas überaus berechtigte Verärgerung könne dazu führen, daß ihr mir nicht gute Nacht sagt; und ich bin froh über das Wissen, daß ich mich geirrt habe. Obgleich ich versuchte, mich mit dem letzten Band aus der Feder von Mr. Wallis Budge abzulenken, wenn seine absurden Behauptungen hinsichtlich des Mumifikationsprozesses mich auch nicht völlig zufriedenstellen –«

»Bei diesen schlechten Lichtverhältnissen solltest du nicht lesen, Ramses.« Ich setzte mich auf den Bettrand und nahm ihm das Buch weg. »Du solltest schlafen oder dich mit deinem Gewissen auseinandersetzen. Papas Verärgerung war überaus begründet. Du solltest dich bei ihm entschuldigen.«

»Ich habe mich bereits entschuldigt«, erwiderte Ramses. »Sogar mehrmals. Aber, Mama –«

»Kein Aber, Ramses.«

»Ich dachte, ich könnte Papa damit helfen. Da ich weiß, wie vielbeschäftigt er ist, und da die Oxford University Press schon mehrfach das Manuskript angemahnt hat und da ich deine wiederholten Bemerkungen gegenüber Papa hinsichtlich der Fertigstellung des Buches aufgegriffen habe –«

»Gütiger Himmel!« Ich sprang auf. Ich hatte Mitleid für Ramses empfunden; in dem diffusen Licht wirkte er fast wie ein ganz normales Kind mit schmalem, ernsthaftem Gesicht und schwarzen Locken, die ihm in die jugendliche Stirn fielen. Aber wie typisch war es doch wieder für dieses kleine Ungeheuer, *mich* für seine Handlung verantwortlich zu machen! »Es wäre besser, du gestehst deinen Fehler ein und versprichst, das nie wieder zu tun«, sagte ich mit gestrenger Stimme. »Du wirst das Manuskript deines Vaters nie wieder anrühren, Ramses. Haben wir uns verstanden?«

»Auch nicht, um es im Falle eines Großbrandes zu retten oder wenn einer der Hunde es zu fassen kriegt oder wenn –«

Ich stampfte mit dem Fuß auf. Zu meiner Schande muß ich gestehen, daß Ramses mich häufiger zu dieser absolut kindischen Regung veranlaßte. »Genug, Ramses. Du weißt genau, was ich meine. Du wirst nicht mehr im Manuskript deines Vaters herumkritzeln und es weder mit Anmerkungen versehen noch korrigieren oder in irgendeiner Form verändern.«

»Ah«, entfuhr es Ramses gedankenverloren. »Nachdem du dich jetzt klar ausgedrückt hast, Mama, werde ich dem natürlich Folge leisten.«

»Gut.« Ich wandte mich zum Gehen. Hinter mir sagte eine leise Stimme: »Gibst du mir keinen Gutenachtkuß, Mama?«

Die mit vor der Brust verschränkten Armen und mit bedrohlich zusammengezogenen Brauen unnachgiebig wirkende Gestalt Emersons sackte merklich in sich zusammen. »Möchtest du denn keinen Gutnachtkuß von deinem Papa, mein Junge?«

»Das würde ich über die Maßen schätzen, Papa. Ich wagte nur nicht, darum zu bitten, weil ich glaubte, daß deine Verärgerung – deine überaus berechtigte Verärgerung – zu einer Ablehnung führen könnte, die mich empfindlich getroffen hätte. Obwohl ich davon ausging, daß du die Gabe der Vergebung demonstrieren würdest, die einen edlen Charakter kennzeichnet und die, dem Koran zufolge –«

An diesem Punkt stürzte ich mich auf Ramses und gab ihm den erbetenen Kuß, obwohl ich zugeben muß, daß mich sowohl Zuneigung als auch der Wunsch, seinen Redeschwall zu unterbrechen, dazu veranlaßten. Emerson tat es mir nach; seine Umarmung war überaus liebevoll, und nachdem wir eilig den Raum verlassen hatten – um einem weiteren Monolog unseres Sohnes vorzugreifen –, sagte ich: »Du hast Ramses nichts von den Kindern gesagt.«

»Das hat Zeit bis morgen«, knurrte Emerson, während er die Tür zu unserem Schlafzimmer öffnete und mir den Vortritt ließ. Er blickte ziemlich betreten drein. Damit hatte ich gerechnet; Emerson liebt seinen Sohn Ramses über alles und bereut rüde Worte normalerweise, sobald er sie ausgesprochen hat.

»Vielleicht sollten wir sie doch nicht aufnehmen, Emerson.«

»Ich habe meine Meinung nicht geändert, Peabody. Ramses ist ein herzensguter, kleiner Kerl – auf seine Art. Ich bin sicher, daß er sich wirklich nützlich machen wollte. Vielleicht war ich etwas zu hart mit ihm. Aber er ist ... Manchmal ist er ... Er verhält sich wirklich etwas *merkwürdig,* Peabody, findest du nicht? Er hat sich zuviel in der Gesellschaft von Erwachsenen aufgehalten. Es wird ihm guttun, mit ganz normalen Kindern irgendwelche Spiele zu machen. Kricket beispielsweise und – äh – solche Sachen.«

»Hast du schon jemals Kricket gespielt, Emerson?«

»Ich? Um Himmels willen, nein! Kannst du dir vorstellen, daß ICH meine Zeit auf diese vermutlich unlogischste und nutzloseste Aktivität verschwende?«

Unter diesem Aspekt betrachtet, konnte ich das zugegebenermaßen nicht.

4

Bitte denken Sie jetzt nicht, werter Leser, daß ich die interessanten Vorkommnisse des frühen Abends vergessen oder verdrängt hätte, insbesondere das Auftauchen der unheimlichen Erscheinung. Allerdings war ich erst am darauffolgenden Morgen in der Lage, mich mit deren Bedeutung auseinanderzusetzen.

Normalerweise wache ich vor Emerson auf. Manchmal nutze ich die Gelegenheit, um Briefe zu schreiben und Artikel für archäologische Zeitschriften zu verfassen; häufiger jedoch bleibe ich ruhig liegen und plane meine Tagesaktivitäten. Ich wage zu behaupten, daß meine Denkprozesse aufgrund von Emersons schlummernder Gegenwart beflügelt werden; seine lauten Atemgeräusche, die Kraft und Wärme seiner körperlichen Ausstrahlung versichern mir in vieler Hinsicht, daß ich zu den glücklichsten Frauen zähle.

Wenn mich mein Erinnerungsvermögen nicht trügt (was selten der Fall ist), nahmen meine Überlegungen an jenem Morgen folgenden Verlauf.

Die Nachahmung ist in den Annalen des Verbrechens nichts Ungewöhnliches. In der Tat würde ein intelligenter Verbrecher möglicherweise eine Reihe von Morden oder Rauben dahin gehend nutzen, daß er seine eigenen Bemühungen (sozusagen) mit ähnlichen Methoden und ähnlichem

Erscheinungsbild verknüpft und damit sein wahres Motiv verschleiert. Die Möglichkeit bestand, daß ein weiterer Verrückter den ursprünglichen *Seth*-Priester nachahmte, weil sein eigener Einfallsreichtum zu begrenzt für eine individuelle Idee war. Allerdings schien das eher unwahrscheinlich. Ich hatte keinerlei Zweifel, daß die von mir wahrgenommene Erscheinung dieselbe war, die in den Ausstellungsräumen des Britischen Museums umhergeisterte. Er war vielleicht verrückt, aber nicht dumm. Genau wie die meisten anderen Bewohner Londons hätte er mit Leichtigkeit feststellen können, wo wir logierten und wann wir dort eintreffen würden. Daß wir seine Neugier geweckt hatten, war kaum erstaunlich; die Zeitungen hatten angedeutet, daß wir von dem Museum zu Rate gezogen werden würden. Doch sosehr ich auch hoffte, zum interessanten Objekt eines meuchelnden Irren geworden zu sein, war diese Prämisse aus dem einfachen Grund nicht haltbar, daß kein Mord begangen worden war. Emerson hatte recht gehabt, und ich ... ich ebenfalls, da ich keine Sekunde lang geglaubt hatte, daß es sich bei der unheilvollen Mumie um etwas anderes als eine Zeitungsente handelte. Der Verrückte hegte uns gegenüber keine mörderischen Absichten; er hatte nicht einmal einen Revolver in unsere Richtung abgefeuert.

Als ich an diesem Punkt meiner Überlegungen mit meiner Enttäuschung und der daraus resultierenden Frustration kämpfte, sprang die Tür auf, und Rose spähte vorsichtig ins Zimmer.

»Pst«, zischte ich. »Der Professor schläft noch.«

»Tatsächlich, Madam?« Sie hatte ihre Stimme nicht gedämpft; im Gegenteil, sie klang eine Spur zu schrill. »Ich wollte nur fragen, ob der junge Herr Ramses sein Zimmer verlassen darf.«

»Das kann ich nicht beurteilen, Rose. Der Professor hat

ihn auf sein Zimmer verbannt, und deshalb obliegt es seiner Entscheidung, ob der Junge sein Zimmer verlassen darf.«

»Ja, Madam.« Roses Stimme steigerte sich zu einem gemäßigten Kreischen. »Darf ich fragen –«

»Nein, dürfen Sie nicht. Ich möchte unter gar keinen Umständen, daß Sie den Professor aufwecken.«

»Sehr wohl, Madam. Danke, Madam.« Sie knallte die Tür zu. Emerson schnaubte verärgert. »Immer ergreift sie für Ramses Partei«, brummte er und zog die Bettdecke über seinen Kopf.

Offensichtlich war er wach und unverkennbar schlecht gelaunt. Es hatte keinen Sinn, im Bett zu bleiben, da er sich keinesfalls in der richtigen Gemütsverfassung für gewisse Aktivitäten befand, die er unter den gegebenen, günstigen Bedingungen häufiger begrüßte. Deshalb stand ich auf, kleidete mich an – wobei ich es für unklug hielt, Roses Hilfe in Anspruch zu nehmen – und ging nach unten.

Ich wollte Emerson so schnell wie möglich zum Aufbruch aus London bewegen – um ihn unter Umständen noch schneller wieder dorthin zu befördern. Obgleich Ägypten meine geistige Heimat ist und ein hübsches, gepflegtes Grab zu meinen Lieblingsunterkünften zählt, hänge ich sehr an unserem Haus in Kent. Es handelt sich um ein bescheidenes Anwesen (acht große Schlafzimmer, vier großzügige Empfangsräume und die üblichen Arbeitszimmer) aus rotem Backstein im Tudorstil. Der das Haus umgebende Park und das Weideland belaufen sich auf etwa zehn Hektar. Wir hatten das Anwesen nach der Geburt von Ramses gekauft und es in Anlehnung an unsere romantischen Flitterwochen Amarna Manor getauft. Solange Emerson einen Lehrstuhl an der Universität innehatte, hatten wir dort ganzjährig gelebt. Es war immer wieder ein Vergnügen, für eine Weile dorthin zurückzukehren, obwohl ich nicht damit rechnete, daß wir in diesem Sommer viel Zeit dort verbringen würden. Nein; das neblige, abstoßende, schmutzige London würde uns festhalten – zumindest so lange, bis Emerson sein Manuskript fertiggestellt hatte. Je eher er damit fertig war (wie er wiederholt anmerkte), um so eher konnten wir zu den satten grünen Wiesen und der friedvollen Stille unseres (englischen) Heims zurückkehren.

Als Emerson auftauchte, hatte ich bereits einen Großteil der Vorbereitungen für unsere am nächsten Tag stattfindende Abreise getroffen. Er wurde von Ramses begleitet; aufgrund ihres Grinsens, das selbst den unergründlichen Gesichtsausdruck meines Sohnes aufhellte, wurde offensichtlich, daß sie sich vertragen hatten.

Dennoch erfuhr Ramses die Neuigkeit von der bevorstehenden Ankunft seiner Cousins nicht von seinem Vater. Er bezog diese Information von James, woraufhin sich sein kleines Gesicht schmerzvoll verzog. »Ist das nicht herrlich, mein Junge?« feixte James. »Es wird allerhöchste Zeit, daß du mit Kindern deines Alters spielst. Percy, mein Junge, ist ein netter kleiner Bursche; er wird schon dafür sorgen, daß diese blassen Wangen Farbe kriegen und daß deine Muskeln gestählt werden ...«

Ramses ertrug das Zerren und Kneifen an seinem Oberarm mit mehr Gleichmut als von mir angenommen. »Wie alt sind meine Cousins, Onkel James, und wie viele sind es? Ich muß zugeben, daß ich kaum einen Gedanken an sie verschwendet habe, und deshalb bin ich nicht informiert –«

»Sei still, Ramses«, unterbrach ich ihn. »Wie soll dein Onkel deine Frage beantworten, wenn du pausenlos redest?«

»Äh ... hmhm«, sagte James. »Laß mich nachdenken. Es sind zwei – Percy und die kleine Violet. Ich nenne sie meine ›kleine‹ Violet, weil sie Papas Liebling ist. Ihr Alter? Laß mich nachdenken ... Percy ist neun, glaube ich. Vielleicht auch zehn. Ja. Und die liebe kleine Violet ist – äh –«

Emersons geschürzte Lippen bekundeten seine Meinung von einem Mann, der nicht einmal das Alter seines kleinen Lieblings, geschweige denn seines Erben wußte. Er sagte jedoch nichts; die ganze Zeit über sprach er James nie direkt an.

Ramses erhob sich. »Bitte, entschuldigt mich. Ich habe mein Frühstück beendet und muß Bastet füttern. Heute morgen verhält sie sich überaus merkwürdig. Mama, vielleicht solltest du sie dir einmal anschauen, denn ich möchte nicht –«

»Ich komme gleich, Ramses.«

Nachdem er verschwunden war, schüttelte James den Kopf. »In meinem ganzen Leben habe ich noch nie einen Jungen so reden hören. Aber mein Percy wird den kleinen Kerl schon bald auf Trab bringen. Er ist ein ganz normaler Junge, mein Percy. Körperliche Ertüchtigung im Freien, das ist die Devise; und euer Sohn wird schon bald vor Gesundheit strotzen. Wollen doch der unseligen Neigung der Familie zur Schwindsucht vorgreifen, was, Amelia?«

Erneut schlang er sein Frühstück in sich hinein, während ich ihn mit stummem Widerwillen beobachtete. In meiner Familie hatte es keinen einzigen Fall von Schwindsucht gegeben. James hatte das nur erwähnt, um damit anzudeuten, daß er uns einen Gefallen tat – und nicht das genaue Gegenteil.

Nachdem er alles vertilgt hatte, trat James zur Erleichterung sämtlicher Betroffener den Rückzug an. Er hatte mir zu verstehen gegeben, daß er die Kinder gegen Ende der Woche vorbeibringen würde. Als er sich in die Droschke hievte, die ihn zum Bahnhof bringen sollte, grinste er so merkwürdig, daß mir ernste Zweifel an der Intelligenz meiner Entscheidung kamen. Allerdings waren die Würfel gefallen; und Amelia Peabody Emerson gehört nicht zu den Frauen, die ihren Entschlüssen untreu werden oder eine einmal begonnene Aufgabe hinschmeißen.

Nach James' Aufbruch besserte sich Emersons Laune, um dann jedoch aufgrund der Morgenzeitung, die eine von Miss Minton verfaßte Story über ihre vorabendliche Begegnung mit uns enthielt, ins krasse Gegenteil umzuschlagen. Die junge Dame verfügte zwar über einen äußerst flotten und unterhaltsamen Stil, doch die Stichhaltigkeit ihres Berichts ließ einiges zu wünschen übrig. Die Erscheinung hatte nicht geredet, keine Luftsprünge vollführt und auch nicht mit obszönen Drohgebärden reagiert; Emerson hatte weder seine Ärmel hochgekrempelt noch das Wesen zum Zweikampf animiert; und ich hatte mit Sicherheit nicht vor Entsetzen geschwankt, als er mich zum Haus zerrte. (Meine Bewegungen waren vielleicht etwas ungelenk, aber nur deshalb, weil Emerson mich hinter sich herschleifte.)

Nachdem er den Salon mit der zerrissenen und zertrampelten Zeitung verunstaltet hatte, fühlte Emerson sich wieder besser. Daraufhin wandten wir uns der Diskussion hinsichtlich der Vorbereitungen für die Sommermonate zu. Walter und Evelyn wiederholten ihr freundliches Angebot, im Chalfont House zu logieren, was ich überschwenglich dankend annahm. Emersons Kinnladen klappte hinunter. Ich verpaßte seinem Schienbein einen ermahnenden Tritt, dem er jedoch entging, da er diese kleinen Warnungen bereits zur Genüge kennt; glücklicherweise war meine Reaktion vollkommen überflüssig. Emersons Gutherzigkeit, eine Charaktereigenschaft, die viel zu selten Anerkennung findet, siegte über seine schlechte Laune, und er bedankte sich ebenfalls erfreut.

In Wahrheit ist das Chalfont House nicht unbedingt die

angenehmste Unterkunft für einfache Leute wie uns, die jegliche Protzerei zutiefst verabscheuen und lieber anheimelnde Gemütlichkeit demonstrieren. »Die verfluchte Katakombe« (Emersons ironische Kommentierung) ähnelt eher einem Museum als einem Wohnhaus; sie verfügt über mehr als 50 Zimmer und nur wenige Fenster. Das in den Anfängen des 18. Jahrhunderts erbaute Chalfont House gehört zu den ältesten Anwesen auf dem Square. Allerdings wurde es von Evelyns Großvater – in dem (vergeblichen) Bemühen, mit den Rothschilds mithalten zu können – um 1860 komplett renoviert. Die große Freitreppe besaß eine unverkennbare Ähnlichkeit mit der im Palazzo Braschi in Rom, der Ballsaal verdankte seine Gestaltung einem Pendant im Schloß von Versailles; die Wände des von einer riesigen Kuppeldecke überspannten Billardzimmers waren mit chinesischer Seide ausgekleidet. Zumindest in einer Hinsicht konnten die späteren Bewohner dem alten Herrn und Mr. Rothschild dankbar sein: Jedes Schlafzimmer verfügte über ein eigenes Bad.

Der Vorschlag, den Nachmittag gemeinsam im Britischen Museum zu verbringen, kam schließlich von Walter. Hätte ich diese Idee geäußert, wäre Emerson mit Sicherheit dagegen gewesen; doch bei Walter reagierte er lediglich mit einem gutmütigen Brummen.

»Ich gehe nicht davon aus, daß du vorhast, uns mit einem Besuch bei besagter Mumie zu malträtieren, Walter. Du weißt, daß wir diese Sensationsgier verabscheuen.«

Walter blickte zu seiner Frau, die entseelt vor sich hin lächelte. »Mein lieber Radcliffe, nichts läge mir ferner. Obwohl ich zugebe, daß ich ziemlich neugierig bin. Mir fehlt deine unterkühlte Zurückhaltung als Wissenschaftler.«

»Pah«, erwiderte Emerson.

»Dort ist ein Papyrus ausgestellt, den ich mir gern anschauen würde«, fuhr Walter fort. »Du weißt, daß ich an einer Übersetzung des Magischen Textes von Leyden arbeite. Einige Konstruktionen erscheinen mir verwirrend; von daher hoffe ich, Parallelen in B.M. 29465 zu finden.«

»Oh, in diesem Fall begleite ich dich natürlich gern«, erwiderte Emerson. »Ich kann meinen Besuch ebensogut ankündigen und mich vergewissern, daß dieser Idiot Budge mein Studierzimmer niemand anderem überlassen hat. Vielleicht kannst du freundlicherweise dafür sorgen, daß mir ein fensterloses Büro mit einem Schreibtisch und einigen Bücherregalen zur Verfügung gestellt wird. Ich nehme nicht an, daß du uns begleiten willst, Peabody.«

»Deine Annahme ist falsch, Emerson. Ich bin neugierig, in welcher Form Mr. Budge unsere dem Museum im letzten Jahr überlassenen Keramiken ausgestellt hat.«

»Wie ich Budge kenne, befinden sich unsere Museumsgaben noch in den Frachtkisten«, brummte Emerson. »Die unsägliche Mißgunst dieses Mannes gegenüber anderen Wissenschaftlern – ich nenne keine Namen, Peabody – ist nicht mehr zu überbieten.«

Auf mein Zureden hin schlug Evelyn die Einladung aus. Ich erklärte ihr, sie solle sich ein wenig ausruhen, womit sie sich zögernd nickend einverstanden erklärte; da ich jedoch ihre übertriebene Fürsorglichkeit im Umgang mit Kindern kenne, stimmte ich Emersons Vorschlag zu, Ramses mitzunehmen. Wenn Ramses erst einmal aus dem Weg war, stiegen die Chancen für Evelyns Entspannung beträchtlich.

Ramses war begeistert. Das schloß ich keineswegs aus seinem Gesichtsausdruck, der so unergründlich wie immer war, sondern aus dem ausschweifenden Monolog, in dem er seine diesbezüglichen Empfindungen zum Ausdruck brachte.

Budge war nicht in seinem Büro. Aufgrund von Emersons Spektakel – »Hallo, Budge, wo zum Teufel stecken Sie?« und ähnlichen Äußerungen – aufmerksam geworden, tauchte ein junger Mann in einem nahe gelegenen Türeingang auf. Es handelte sich um den wenig begeisterten Begleiter von Miss Minton am Abend zuvor; ich erkannte ihn an seiner goldgerahmten Brille und an der für ihn charakteristischen Unentschlossenheit, da der Nebel, die Dunkelheit und sein weiter Mantel weitere Merkmale verhüllt hatten. Bei Tageslicht entpuppte er sich als schlanker junger Bursche von mittlerer Größe mit langem, schmalem Gesicht und sanften dunklen Augen. Er begrüßte uns mit einer gewissen Zurückhaltung, die ich seiner jugendlichen Bescheidenheit zuschrieb; allerdings lockte Emerson ihn aus der Reserve, indem er seine Hand schüttelte und eine ironische Bemerkung über unsere letzte Begegnung machte. Der junge Mann errötete sichtlich.

»Ich bitte erneut um Verzeihung, Professor. Es handelte sich um ein überaus unangenehmes –«

»Warum sollten Sie sich entschuldigen? Sie sind doch nicht verantwortlich für Miss Mintons Handlungen. Aber vielleicht wären Sie das gern, was? Eine attraktive junge Dame und sehr – äh – intelligent.«

Wilson errötete bis zu den Haarwurzeln. Er rückte seine Brille zurecht. »Das verstehen Sie falsch, Professor. Ich bewundere, ich respektiere ... Aber ich würde niemals annehmen ...«

»Schon gut«, erwiderte Emerson, den das Thema zu langweilen begann. »Demnach macht sich Budge einen faulen Lenz, was? Dann brauche ich auch keine Zeit auf ihn zu verschwenden. In einer Woche kehre ich nach London zurück. Wilbur – ach nein, Wilson. Vergewissern Sie sich, daß mein Studierzimmer für mich bereitsteht, ja? Es handelt sich um den Raum am Ende des Nordflügels.«

»Aber dieser Raum ist vergeben an ...« Der junge Mann schluckte betreten. »Ja, Professor. Natürlich werde ich mich darum kümmern.«

Emerson und Walter verschwanden, um den Papyrus zu begutachten, und ich schleifte Ramses – gegen seinen heftigen Protest – in die Schriften- und Manuskriptsammlung. »Ich weiß, daß du dich ausschließlich für ägyptische Kunstschätze interessierst«, erklärte ich ihm. »Aber deine Allgemeinbildung ist schmählich vernachlässigt worden. Es wird Zeit, daß du dein Verständnis von Literatur und Geschichte aufbesserst.«

Der für sein Alter ziemlich klein geratene Ramses konnte seine Nase – besser gesagt: seine Augen – kaum in Höhe der Ausstellungsvitrinen bringen. Nachdem wir den Shakespeare-Druckbogen und die Gutenberg-Bibel, die Chronik der Angelsachsen und die Handschriften der englischen Könige und Königinnen begutachtet hatten und ich ihm einen kurzen Vortrag gehalten hatte, widmeten wir uns dem Logbuch der H.M.S. *Victory*, dem Flaggschiff des heldenhaften Nelson. Ich war enttäuscht, wenn auch nicht überrascht, daß Ramses noch nie von dem großen Helden Nelson gehört hatte. Er beklagte sich, einen steifen Nacken zu haben; deshalb entschied ich nach meinen Ausführungen zur Schlacht von Trafalgar, daß er für diesen einen Tag vermutlich genug Wissenswertes erfahren hatte, und erlaubte ihm großzügig, mich in die ägyptischen Ausstellungsräume zu führen.

Wie Ramses von der unheilbringenden Mumie erfahren hatte, wird mir immer ein Rätsel bleiben. Ich hatte mich selbstverständlich bemüht, das Thema nicht in seiner Gegenwart aufzugreifen. Allerdings konnte man seine Fähigkeit zur Informationsbeschaffung, insbesondere bei Angelegenheiten, die ihn nichts angingen, schon als übersinnlich bezeichnen. Sein Gehör und seine Augen waren übernatürlich scharf entwickelt, und obwohl er sich widerwillig bereit erklärt hatte, das Lauschen einzustellen (»außer in Fällen, Mama, in denen andere, stärkere moralische Beweggründe überwiegen«), hielt Emerson seine Zunge unvorsichtigerweise gelegentlich nicht im Zaum.

Wie auch immer, er hatte von der Sache Wind bekommen und gab das auch unumwunden zu, als ich ihn darauf ansprach, warum er andere, ihn normalerweise brennend interessierende Exponate links liegenließ und schnurstracks auf den Ausstellungsraum mit den Mumien zusteuerte. Seine diesbezügliche Offenheit rechne ich ihm hoch an; statt – wie von mir logischerweise erwartet – vorzuschieben, daß er unbedingt die Mumien in Augenschein nehmen wolle, weil er sich gerade mit diesem Aspekt der Ägyptologie auseinandersetzte, erwiderte er: »Den Zeitungen zufolge taucht exakt um diese Tageszeit häufig die als *Seth*-Priester verkleidete Person auf.«

»Ich kann mir nicht vorstellen, weshalb du dich für die Geistesgestörtheit irgendeines armen Irren interessierst, Ramses.«

»Wenn er überhaupt verrückt ist«, erwiderte Ramses vielsagend.

Da ich das ebenfalls anzweifelte, konnte ich ihn für seine Vermutung nicht zurechtweisen. Allerdings war ich auch nicht in der Stimmung, darüber zu diskutieren – zumindest nicht mit Ramses –, deshalb schwieg ich.

Der sogenannte Mumienraum erfreute sich bei Besuchern mit morbider oder abgeschmackter Phantasie einer großen Beliebtheit. An diesem Tag hatten sich die Museumsgäste um eine einzige Vitrine geschart, und es war ganz offensichtlich, daß irgendeine dramatische Vorstellung zum besten gegeben wurde. Als ich näher trat, bemerkte ich, daß die Aufmerksamkeit nicht dem Priester galt, sondern einer in dünne, fließende Gewänder gehüllten Frau. In ihr erkannte ich das spiritistische Medium, dessen Séancen vor einigen Jahren für Furore gesorgt hatten, bis ein Repräsentant der Gesellschaft zur Erforschung parapsychologischer Phänomene einen entlarvenden Artikel über ihre Methoden veröffentlicht hatte – die seiner Meinung nach noch plumper als die eines herkömmlichen Zauberkünstlers waren.

Man konnte es der Frau schwerlich übelnehmen, daß sie diese neuerliche Ausgeburt menschlicher Ignoranz für einen zweiten Karrierestart nutzte; ich wünschte nur, sie wäre etwas einfallsreicher vorgegangen. Bei ihrer Vorstellung handelte es sich um den typischen, langweiligen Austausch von Frage und Antwort zwischen dem Medium und ihrer »Kontrolle« beziehungsweise ihrem »spirituellen Führer«. Madame Blatantowskis Führer trug den faszinierenden (und phantasievollen) Namen Fetet-ra, und sein Bariton hatte eine unverkennbare Ähnlichkeit mit ihrer rauhen Stimme. Er schien darauf zu drängen, daß alle diejenigen, die die »Prinzessin« erneut in ihre letzte Ruhestätte überführt wissen wollten, Madame einen Obolus entrichteten.

Entsprechend des Ausmaßes seiner Einfältigkeit lauschte das Publikum feierlich respektvoll oder skeptisch grinsend. Als ich auf einem Gesicht in meiner Nähe ein besonders breites und skeptisches Grinsen wahrnahm, steuerte ich darauf zu.

»Ich dachte, ihr hättet kein Interesse an einer solchen Sensationsgier«, bemerkte ich.

»Walter hat mich hergeschleift«, erklärte Emerson. »Hallo, Ramses, mein Junge; paß gut auf, ein solch hervorragendes Beispiel menschlicher Torheit wirst du nur selten geboten bekommen.«

Grinsend nickend begrüßte mich Walter, doch Mr. Wilson, der sich in seiner Begleitung befand, teilte seine Belustigung keineswegs.

»Ach du meine Güte, ach du meine Güte«, blökte er wie ein Schaf, dem er auch ziemlich ähnelte. »Was wird Mr. Budge dazu sagen? Er wies mich an, etwas Derartiges zu unterbinden ...«

Walter klopfte ihm auf den Rücken. »Kopf hoch, Wilson. Das erhöht schließlich die Besucherzahlen; einige sehen sich vielleicht auch anderweitig um und tun etwas für ihre Bildung.«

Wilson rang seine feingliedrigen Hände. »Sie sind zu liebenswürdig, Mr. Emerson, Sir, und ich werde dieses Argument natürlich an Mr. Budge weitergeben, aber er hat kein ... Er hat mich beauftragt ...«

»Dieses eine Mal muß ich Budge recht geben«, meldete sich Emerson zu Wort. »Das ist reine Zeitverschwendung. Dieses verdammte Weibsstück hat keine Ahnung, wie man ein Publikum begeistert.«

»Deine Geisterbeschwörungen sind wesentlich wirkungsvoller«, bekräftigte ich. »Trotzdem, Emerson, nur wenige Menschen verfügen über dein Talent zur Dramatik.«

»Korrekt«, erwiderte Emerson. »Vermutlich hat sie sich eine Kleinigkeit für ihre Bemühungen verdient.« Bevor ich ihn noch davon abhalten konnte, nahm er einige Münzen aus seiner Jackentasche. Mit einer gekonnten Bewegung warf er sie über die Köpfe der Zuschauer, so daß sie, melodisch über den Marmor klingelnd, vor den Füßen von Madame landeten.

Damit war die Vorstellung beendet. Einige Zuschauer brachen in schallendes Gelächter aus und warfen selbst einige Münzen. Andere bückten sich, um sie aufzuheben. Emerson beobachtete das Ganze mit einem zufriedenen Grinsen.

»Wie gemein von dir, Emerson«, schalt ich.

»Meine Toleranz für Schwachköpfe ist begrenzt«, sagte Emerson. »Falls sie ... Ha! Sieh doch, Peabody. Der Auftakt ist vorüber, und das Spiel geht weiter.«

Der »Priester« hatte sein Erscheinen zeitlich geschickt eingefädelt. Alle Blicke waren auf das Medium konzentriert gewesen; niemand – nicht einmal ich – hatte sein Kommen bemerkt. Man hatte beinahe den Eindruck, er wäre einem der an der Wand aufgereihten Sarkophage entstiegen. Mit vor der Brust gekreuzten Armen blieb er vollkommen bewegungslos stehen. Sein Gesicht war ebenso starr wie die bemalten Häupter der Särge.

Was nicht weiter erstaunlich war, da er eine Maske trug – nicht diese moderne Version, die lediglich das Gesicht bedeckt, sondern ein kunstvolles Replikat der Pappmaché-Konstruktionen, welche gelegentlich die Köpfe von Mumien verhüllten. Seine Lockenperücke entsprach einer exakten Kopie der in der ausgehenden Empire-Epoche getragenen. Die Gesichtszüge waren sorgfältig modelliert, die Lippen geschminkt, die Brauen mit schwarzer Farbe aufgemalt. Die Augen waren leere Höhlen.

Das Leopardenfell war echt. Ich kann nicht sagen, warum mich ausgerechnet dieses Detail berührte; vielleicht lag es an dem Gegensatz zwischen dem wütenden Zähnefletschen dieses Raubtiers und seinen weichen, herunterbaumelnden Klauen. Das Fell war an einer Schulter befestigt, so daß der Kopf auf der Brust des Trägers ruhte. Darunter trug er ein langes, weißes Gewand.

Es wäre schlichtweg Untertreibung gewesen, diese bizarre Erscheinung als beeindruckend zu bezeichnen. Die Zuschauer waren in Ehrfurcht erstarrt. Als der Mann sich bewegte, wichen sie so andächtig vor ihm zurück, wie man vielleicht den Priestern oder Königen längst vergangener Zeiten einen Weg gebahnt hätte. Weder nach rechts noch nach links blikkend, schritt er weiter, bis er vor dem Mumienschrein stand.

Die Dame namens Henutmehit hatte einen guten Geschmack für ihren Sarkophag bewiesen. Statt mit bunten, oftmals abstoßenden Götter- und Dämonenbildern bemalt, war ihr Sarg in einem weichen Goldton gehalten – was zu der Mutmaßung führte, ob die Sarkophage hochgestellter Persönlichkeiten nicht vielleicht komplett aus diesem kostbaren Edelmetall hergestellt worden waren. (Eine leider nicht belegbare Spekulation, da entsprechende königliche Sarkophage noch nie entdeckt worden sind und dies aufgrund der Umtriebigkeit der frühzeitlichen Grabräuber auch eher unwahrscheinlich ist.)

Wesentlich sachdienlicher war vielleicht die offensichtliche Tatsache, daß es sich um den Sarg einer Person handelte, die lediglich über bescheidene Mittel und einen unbedeutenden gesellschaftlichen Rang verfügt hatte. Sie trug weder eine Krone noch die Uräusschlange oder andere königliche Insignien. Der um ihr schwarzes Haar gewundene Kranz war mit einer schlichten Lotusblüte geschmückt.

Nach einer tiefen Verbeugung blieb der Priester bewegungslos stehen und starrte unentwegt auf das ernste Gesicht der Henutmehit. Die Szene hatte etwas Ergreifendes, doch Emerson, den so leicht nichts umhaut, langweilte sich zu Tode. Er wandte sich an den jungen Wilson und sagte laut: »Diese Vorstellung ist ja noch stumpfsinniger als die erste. Warum halten Sie sich nicht an Ihren Auftrag, Wilbur? Pakken Sie sich diesen Irren, reißen Sie ihm die Maske runter, stellen Sie seine Identität fest, und händigen Sie ihn den Verantwortlichen der Klapsmühle aus, aus der er entflohen ist.«

Doch Wilson rang nur die Hände und murmelte verzweifelt vor sich hin. Einer der Aufseher trat zu Emerson. »Der arme Kerl tut doch nichts Böses, Professor, steht nur da rum, wie Sie sehen. Klar, wenn Sie wollen, daß ich den Saal räumen soll –«

»Es besteht absolut kein Grund zum Eingreifen, Smith«,

erwiderte Emerson. »Wenn ich will, daß ein Saal geräumt wird, erledige ich das selbst.«

Die maskierte Gestalt drehte sich um und gestikulierte mit ihrer Hand. Nach der längeren Reglosigkeit war diese Bewegung so verblüffend, daß die ihm am nächsten Stehenden erschrocken zurückwichen. Eine brüchige Stimme murmelte leise:

Sie schützte den Bruder,
vertrieb den Feind,
lähmte den Finger des Bösen
durch ihre Kraft.

»Was zum Teufel«, knurrte Emerson. »Peabody, ist das –«

Doch der Darsteller war noch nicht fertig. Seine Stimme wurde schneidender. »Die Kluge, deren Zunge nie versagt. Bewundernswert ... bewundernswert ihre ...«

Scheinbar unentschlossen verstummte die Stimme. Ich hielt den Atem an. Welche erhabene und eindringliche Warnung würde die Stille durchbrechen?

Die Stimme, die das Schweigen brach, war weder erhaben noch eindringlich, sondern dünn und schrill. »Bewundernswert ihre Worte des Befehls«, kreischte Ramses. »Mächtige Isis, sie schützte –«

Emerson brach in schallendes Gelächter aus. »Mächtige Isis? Nein, bei Gott – er meint dich damit, Peabody! Die Kluge ... hahaha! Deren Zunge ... nie versagt ...« Er hielt sich den Bauch vor Lachen.

Ich packte Ramses am Kragen. »Wohin willst du? Bleib bei Mama.«

»Aber er entkommt uns doch sonst!« schrie Ramses.

So war es. Der »Priester« bewegte sich überraschend flink, seine Sandalen klapperten über den Steinboden, bis er schließlich den Durchgang erreichte und verschwand.

»Was soll's«, sagte ich. »Was hat dich denn dazu bewogen, diesem Burschen zu soufflieren wie ein Regisseur einem vergeßlichen Schauspieler?«

»Ich hatte den Eindruck, ihm sei der Text entfallen«, erklärte Ramses. »Er rezitierte die ›Hymne an Osiris‹, und er –«

»Was soll's«, sagte ich. »Emerson, du gibst dich der Lächerlichkeit preis. Der Verrückte ist entkommen!«

»Laß ihn doch.« Emerson seufzte. »Ich empfinde eine große Sympathie für den Burschen. Offensichtlich verfügt er über Witz und Verstand. O gütiger Himmel! ›Deren Zunge nie versagt‹ …«

»Ein überaus nettes Kompliment«, meinte Walter, während seine Lippen verräterisch zuckten. (Emersons zwar unpassendes Gelächter wirkte zugegebenermaßen anstekkend.) »›Sie vertreibt den Feind und lähmt den Finger des Bösen.‹ Er hat ein wahres Wort gesprochen, liebste Amelia.«

»Hmm«, meinte ich. »Walter, ich glaube, du hast recht. Emerson, beherrsch dich. Es wird Zeit für den Aufbruch.«

Der weitere Tag verstrich angenehm ruhig im Kreise unserer Lieben, und ich konnte Ramses davon überzeugen, daß der Katze Bastet gesundheitlich nichts fehlte. Sie schien seltsam aufgeregt, allerdings waren ihre Temperatur und ihr Appetit normal, woraus ich schloß, daß sie aufgrund der langen Reise und der Verärgerung über das Eingesperrtsein etwas verwirrt war – denn in London durfte sie selbstverständlich nicht draußen umherstromern. Nach einer erholsamen Nachtruhe hieß es Abschied nehmen. Wir beteuerten einander jedoch, uns bald wiederzusehen; die jüngeren Emersons brachen nach Yorkshire auf und wir nach Kent, ahnten allerdings nicht im Traum, wie kurz der uns vergönnte himmlische Frieden sein würde, bevor uns ein bislang nie dagewesenes Entsetzen heimsuchte.

Ich habe mich oft gefragt, wie alt unser Butler Wilkins wirklich ist, besaß jedoch nie den Mut, ihn danach zu fragen. Wenn man ihn um etwas bittet, was er ungern erledigt (ein in unserem Haushalt häufiges Phänomen), bewegt er sich wie ein alter, kurz vor dem Zusammenbruch stehender Tattergreis. Trotzdem hat sich sein äußeres Erscheinungsbild in den letzten zehn Jahren nicht verändert, und ich habe in verschiedenen – in den meisten Fällen von Ramses provozierten – Situationen die Agilität eines Fünfundzwanzigjährigen bei ihm festgestellt. Ich habe den Verdacht, daß er sein Haar färbt, um älter zu wirken.

Er war so froh, uns wiederzusehen, daß er tatsächlich die Treppe hinunterrannte und Emerson herzlich die Hand schüttelte, bevor ihm einfiel, daß Hausherr und Butler sich normalerweise nicht mit Handschlag begrüßen. John begrüßte uns als nächster; von einem Ohr zum anderen grinsend, berichtete er uns voller Stolz vom erfolgreichen Eintreffen unseres Gepäcks. Hausmädchen, Diener und Gärtner schlossen sich an; Johns Ehefrau kam mit ihrem Neugeborenen, und wir mußten es bewundern und dem Vater versichern, wie sehr es ihm ähnelte (auch wenn wir in Wahrheit kaum mehr als zwei rosige Bäckchen in einem runden Gesicht entdecken konnten).

Ramses stürmte in sein Zimmer, um seine Koffer auszupacken. Als ich ihn später aufsuchte, fand ich das von mir erwartete Chaos vor und Ramses versunken vor einer kleinen Truhe oder Kiste, die mit Sand gefüllt zu sein schien. »Hast du das etwa aus Ägypten mitgebracht?« entfuhr es mir. »Ramses, hier ist sicherlich soviel Dreck, wie du dir nur wünschen kannst; und wenn ich an die Frachtkosten denke –«

»Es handelt sich weder um Dreck noch um normalen Sand«, erwiderte Ramses. »Das ist Natron. Wie du weißt, hat mir Papa erlaubt, gewisse Experimente hinsichtlich der Mumifikation durchzuführen.«

»Nun, dann verstreue es nicht überall im Haus herum«, bemerkte ich angewidert. »Also wirklich, Ramses, manchmal muß ich mich doch wundern ...«

»Es erscheint vielleicht morbide, Mama, aber ich versichere dir, daß ich keine solche Neigung verspüre. Ich bin davon überzeugt, daß sich Mr. Budge und seine Vorgänger – ich denke da in erster Linie an Mr. Pettigrew – im Irrtum befinden, wenn sie ein Bad mit flüssigem Natron als wesentlichen Aspekt ansehen. Eine falsche Übersetzung des griechischen Originaltextes –«

»Übersetzungsfehler sind Budges Spezialität«, bemerkte Emerson, der hinter mir ins Zimmer getreten war. »Der Bursche hat in seinem ganzen Leben noch keine eigene Idee gehabt; er hat schlicht und einfach Pettigrews Fehler wiederholt, statt sich der Mühe zu unterziehen, eigene Recherchen zu betreiben –«

Ich beließ es dabei. Da ich im Verlauf meines Lebens einer ganzen Reihe von Mumien begegnet bin, habe ich eine berufsbedingte Gleichgültigkeit für sie entwickelt, auch wenn manche extrem scheußlich aussehen. Trotzdem hielt ich es nicht für sinnvoll, die Sache zu vertiefen.

Zu meiner gelinden Verblüffung schien Ramses eher erfreut über die Aussicht eines Besuches seines Cousins und – insbesondere – seiner Cousine Violet. Der Glanz, der bei jeder Erwähnung ihres Namens in seine schwarzen Augen trat, gefiel mir gar nicht. Seine im vergangenen Winter gestellten Fragen hinsichtlich der Beziehungen zwischen den Geschlechtern hatten seinen Vater in einen unterschwellig immer noch vorhandenen Schockzustand versetzt und mich nicht minder bestürzt; doch bei näherer Überlegung mußte ich mir eingestehen, daß eine solche Frühreife keineswegs erstaunlich war; Ramses hatte die meiste Zeit seines Lebens unter Ägyptern zugebracht, die wesentlich früher als die Europäer heranreifen und oft schon im Kindesalter verheiratet werden. Ernste Vorträge hatten (so hoffte ich) Ramses davon überzeugt, daß es ratsam war, seine Neugier in der Öffentlichkeit zu bezähmen. Verlassen konnte ich mich darauf allerdings nicht.

James verschwendete keine Zeit. Wir waren immer noch beim Auspacken, als er mit seinen Kindern eintraf, und ein böswilliger Mensch hätte vielleicht vermutet, daß er froh war, sie loszuwerden, denn er verabschiedete sich in aller Eile und blieb nicht einmal zum Essen. (In der Tat hatte ihn auch niemand dazu eingeladen.) Auf meine Aufforderung hin winkten die Kinder ihrem Vater pflichtschuldig nach, doch die beiden jungen Gesichter blieben völlig emotionslos, als die Kutsche die Auffahrt hinunterfuhr.

Es waren hübsche Kinder – wesentlich hübscher, als ich vermutet hatte, schließlich kannte ich ihre Eltern. Percy hatte braunes Haar, und ich bildete mir ein, daß er mir irgendwie ähnlich sah. Seine Schwester war blond und schien mit ihren Pausbacken, dem kleinen Schmollmund und den riesigen, völlig leeren blauen Augen eher auf ihre Familie mütterlicherseits zu kommen. Diese Attribute sind für eine erwachsene Frau nicht unbedingt wünschenswert, bei einem Kind wirken sie jedoch ganz reizend. Ramses fand sie mit Sicherheit faszinierend. Er starrte sie in seiner unterkühlten, unverhohlenen Art an, bis sie zu kichern anfing und sich hinter ihrem Bruder versteckte.

Mit Ausnahme ihres Kicherns – was mir vermutlich schon bald auf die Nerven gehen würde – hatte ich an ihrem Benehmen nichts auszusetzen. Percy redete Emerson mit »Sir« an (manchmal so übereifrig, daß er das Wort jedem Satz hinzufügte) und mich als die »liebe Tante Amelia«. Violet sagte nur wenig, was mich aufgrund meiner Erfahrung angenehm überraschte.

Kurz gesagt, der erste Eindruck war positiv, und es freute mich zu hören, daß mir Emerson zustimmte, als wir uns beim Abendessen austauschten. »Für einen Jungen mit dem unglückseligen Namen Percival Peabody hätte es schlimmer kommen können«, lautete seine Einschätzung von Percy, und Violet bezeichnete er als »hübsche kleine Wachspuppe«. »Auf mich wirkt sie ein bißchen beschränkt«, fügte er liebenswürdigerweise hinzu. »Aber das scheint bei den kleinen Mädchen heutzutage nicht ungewöhnlich zu sein. Das wirst du ihr rasch abgewöhnen, Peabody.«

Während der folgenden Tage nach unserer Rückkehr beglückwünschte ich mich für meine weise Voraussicht, jugendliche Gefährten für Ramses ins Haus geholt zu haben, denn die ständigen Unterbrechungen und Eskapaden, die sein Verhalten bislang gekennzeichnet hatten, hätten mich irgendwann in den Wahnsinn getrieben. Emerson hatte sich unter Androhung unsäglicher Bestrafung für denjenigen, der ihn zu stören wagte, in der Bibliothek eingeschlossen, und ich beschäftigte mich von morgens bis abends mit den zahllosen Kleinigkeiten, die eine lange Abwesenheit und die geplante neuerliche Abreise mit sich bringen. Das Wetter war herrlich, so daß die Kinder sich die meiste Zeit im Freien aufhielten.

Natürlich passierten einige Mißgeschicke, aber damit muß man rechnen, wenn Kinder ausgelassen herumtollen – insbesondere wenn es sich bei einem der Kinder um Ramses handelt. Ein Treppensturz handelte ihm eine riesige, blutunterlaufene Beule an der Stirn ein, und er gab unumwunden zu, die kleine Violet an seiner Seite so fasziniert angestarrt zu haben, daß er nicht auf die Stufen geachtet habe. Ein weiterer Vorfall war etwas schwerwiegender und gab mir (ich darf das auf den Seiten dieses persönlichen Tagebuchs eingestehen) doch zu denken.

Geschrei und Gebrüll in der Nähe der Haustür ließen mich von meinem Stuhl aufspringen, in dem ich gesessen und die Haushaltsbücher des vergangenen Winters überprüft hatte. Ich stürmte in der Hoffnung in die Eingangshalle, daß ich den Aufruhr niederschlagen könnte, bevor sich Emerson gestört fühlte, ließ jedoch jede zweitrangige Überlegung außer acht, als ich die reglose Gestalt meines Sohnes in den Armen von John bemerkte. Er hatte die Augen verdreht, und sein Atem ging in kurzen, rasselnden Stößen.

Violet war ein beinahe ebenso schwerwiegender Fall. Es war absolut erstaunlich, welche Lautstärke ihr hysterisches Kreischen annahm. Zum ersten Mal bemerkte ich eine gewisse Ähnlichkeit mit ihrem Vater, denn ihr rotes, rundliches Gesicht war in Tränen aufgelöst, die ihr über die Wangen liefen und ihren Spitzenkragen durchnäßten. »Tot, tot!« schrie sie unaufhörlich. »Oh, oh, tot, oh, tot, tot ...« Mit flatternden Schürzenbändern eilte Rose die Treppe hinunter, und ich wies sie an, sich um Violet zu kümmern, die sich hemmungslos schluchzend auf den Boden geworfen hatte.

Da Percy der einzige war, der vernünftig blieb, verlangte ich von ihm eine Erklärung; obgleich ich mit jeder Faser meines Herzens meinem Kind zu Hilfe eilen wollte, konnte ich kein Heilmittel anwenden, solange ich nicht die Ursache für seinen Zustand erfahren hatte. Percy hatte sein Schuldbewußtsein mannhaft unter Kontrolle; mit gestrafften Schultern und gefalteten Händen ließ er mich keine Sekunde aus den Augen. »Es war mein Fehler, Tante Amelia. Ich kann es nicht leugnen. Schlag mich, zieh mir die Ohren lang, peitsche mich aus – oder vielleicht sollte Onkel Radcliffe das übernehmen, er ist stärker. Ich verdiene es, bestraft zu werden. Mich allein trifft die Schuld, ich hätte es besser wissen sollen ...«

Ich packte ihn und schüttelte ihn. »Was hast du gemacht?«

»Der Kricketball hat ihn geradewegs in der Magengegend getroffen, Tante Amelia. Ich versuchte, Ramses zu zeigen, wie man mit dem Schlagholz umgeht, und –«

Erneut wandte ich mich meinem Sohn zu. Zu meiner Erleichterung hatten seine Augen wieder ihre ursprüngliche Stellung angenommen, wenn er auch noch leicht schielte, und sein Atem ging gleichmäßiger. Ein harter Schlag in den Solarplexus kann schmerzhaft und unangenehm sein, aber er ist zumindest bei Jugendlichen selten tödlich; ich erinnerte mich nur zu gut, daß ich in meiner Kindheit ähnliche Symptome gezeigt hatte, nachdem mich James mit einem Stein von beachtlicher Größe beworfen hatte. (Papa erzählte er, daß ich gestolpert und hingefallen sei.)

»Er erholt sich rasch wieder«, sagte ich, während ich erleichtert aufatmete. »Bringen Sie ihn nach oben ins Bett, John. Percy, wie konntest du nur so unvorsichtig sein?«

Percys Lippen zitterten, dennoch antwortete er mir mit leiser, fester Stimme. »Ich übernehme die volle Verantwortung, Tante Amelia. Meine Hände sind abgeglitten ... aber das ist beileibe keine Entschuldigung.«

Hinter mir hörte ich ein seltsam klägliches Murmeln. »Die Fähigkeit ... den Weg eines geschleuderten ... oder mit einem Schlagholz beförderten ... Projektils zu berechnen ... steht nicht immer in der Macht ...«

»Ganz recht, Ramses«, bemerkte ich und strich meinem Sohn das Haar aus seiner verschwitzten Stirn. »Es war ein Unfall, und ich habe Percy unrecht getan. Aber warum zum Teufel konntest du das nicht gleich sagen, statt in einen deiner unsäglich langatmigen Monologe zu verfallen? Wenn man bedenkt, daß du immer noch sehr kurzatmig bist –«

»Unter gewissen Umständen ...«, jammerte Ramses.

»Genug jetzt, Ramses! Nach oben mit ihm, John. Ich komme sofort.«

John gehorchte, Rose führte die schluchzende Violet weg, und ich richtete meine Aufmerksamkeit auf Percy, der – stramm wie ein kleiner Zinnsoldat vor mir stehend – seiner Strafe harrte. Er zuckte merklich zusammen, als ich meine Hand auf seine Schulter legte, und ich beeilte mich, ihn zu beruhigen.

»In diesem Haus wird niemand geschlagen oder ausgepeitscht, Percy – kein Mensch, kein Tier und schon gar kein Kind. Was passiert ist, war ein unglücklicher Zufall, und es war mutig von dir, die gesamte Schuld auf dich zu nehmen.«

Der erstaunte Blick des Jungen demonstrierte mir, daß er es nicht gewohnt war, von Erwachsenen freundlich und verständnisvoll behandelt zu werden. Das bestärkte mich in dem Entschluß, ihm die Vorzüge unserer Kindererziehungsmethoden gegenüber denen seiner Eltern zu beweisen.

Gegen Ende der Woche wurde ich bereits pessimistischer hinsichtlich der positiven Wirkung wohlerzogener Kinder auf Ramses. Percy streifte trübsinnig um das Haus herum; darauf angesprochen, gestand er, sich einsam zu fühlen, nicht nur wegen »der geliebten Mama und dem geliebten Papa«, sondern auch wegen seiner Spielgefährten. Ramses wolle nicht mit ihm spielen. Ramses – so bemerkte Percy traurig – würde ihn nicht mögen.

Ich nahm Ramses beiseite und hielt ihm einen kurzen Vortrag zur Gastfreundschaft. »Percy vermißt seine Mama und seinen Papa, Ramses, was nur natürlich ist. Du mußt dich etwas zurücknehmen; häng deine eigenen Hobbys für eine Weile an den Nagel, und beschäftige dich mit den Dingen, die Percy Spaß machen.«

Ramses erwiderte, daß Percys Vorstellung von Spaß nicht

nach seinem Geschmack sei und daß er, seinen Äußerungen zufolge, seinen Papa überhaupt nicht vermißte. Da ich Schwatzhaftigkeit, insbesondere bei Kindern, über die Maßen verabscheue, fuhr ich Ramses ziemlich heftig ins Wort. »Percy meint, daß du ihn nicht magst.«

»Da hat er ganz recht«, erwiderte Ramses. »Ich kann ihn nicht ausstehen.«

»Vielleicht würde es dir gelingen, wenn du versuchtest, ihn besser kennenzulernen.«

»Das bezweifle ich doch sehr. Mama, ich habe zu tun. Meine Versuchsreihe zur Mumifikation –«

Meine Reaktion war erneut heftig und direkt, da Ramses' Mumifizierungsstudien bereits einen unliebsamen Zwischenfall provoziert hatten, als er Violet mit einem seiner gelungenen Experimente zu beeindrucken versuchte. Aufgrund der sich daran anschließenden Hysterie des Mädchens war Emerson wutschnaubend aus der Bibliothek gestürmt.

Einige Zeit später erhielt ich die Gelegenheit, meine Besorgnis hinsichtlich der Kinder mit einer Person zu diskutieren, deren Meinung ich in solchen Dingen schätzte. Sie gehörte zu den wenigen Damen in der Nachbarschaft, mit denen ich auf gutem Fuß stand, war die Vorsteherin einer nahe gelegenen Mädchenschule und teilte meine Ansichten in solch wichtigen Fragen wie weiblicher Bildung, Frauenwahlrecht, vernünftiger Damenbekleidung et cetera. Ich hatte ihr eine Nachricht zukommen lassen, in der ich sie von unserer Ankunft unterrichtete und sie um ein Gespräch bat, doch es war ihr erst gegen Ende der Woche möglich, meine Einladung anzunehmen.

Sie war eine Schottin mit frischer Gesichtsfarbe und untersetzter Figur, von grauen Fäden durchzogenem braunem Haar und aufmerksamen, tiefliegenden Augen. Aufgrund ihrer Tweed-Knickerbocker und ihres kräftigen Schuhwerks fragte ich: »Sie haben doch nicht etwa die gesamte Strecke mit dem Rad zurückgelegt?«

»Selbstverständlich. Es sind doch nur zehn Meilen – und«, fügte sie lachend hinzu, »die netten Frauen aus dem Dorf haben es endlich aufgegeben, mir Steine hinterherzuwerfen, wenn ich die Hauptstraße passiere.«

Ich entschuldigte Emerson mit der Begründung, daß er intensiv an seinem Buch arbeitete. In Wahrheit jedoch legte er keinen gesteigerten Wert auf Helens Gesellschaft, da er behauptete, in unserer Gegenwart nicht zu Wort zu kommen. Gleichmütig akzeptierte Helen die Entschuldigung; sie konnte Emersons Gesellschaft ebenfalls nicht viel abgewinnen.

»Um so besser«, meinte sie. »Dann können wir uns wenigstens von Frau zu Frau austauschen. Erzählen Sie mir von Ihren jüngsten Abenteuern, Amelia. In der Zeitung las ich davon, aber dieser Quelle sollte man nicht zuviel Bedeutung zumessen.«

»Ganz gewiß sollten Sie nicht glauben, was in der Zeitung stand. Es ist richtig, daß wir in der Lage waren, Miss Debenham – die jetzige Mrs. Fraser – in einer kritischen Situation zu unterstützen ...«

»Und einen Mord aufzudecken und einen Unschuldigen des Verdachts zu entheben?«

»Auch das, ja. Aber alles andere, was Sie vielleicht gelesen haben –«

»Dann sind die unterschwelligen Hinweise auf Meisterverbrecher und auf eine Entführung –«

»Schlichtweg übertrieben«, versicherte ich ihr. »Um genau zu sein, Helen, würde ich es gern dabei bewenden lassen.«

In kurzen Zügen beschrieb ich ihr unsere Exkavationen und schloß mit den Worten: »Emerson geht davon aus, daß die Pyramide Snofru der Dritten Dynastie zuzuschreiben ist.

Wir hoffen, daß wir in der kommenden Saison die Ausgrabung des Begräbnistempels abschließen und uns der Erforschung des Innenbereichs widmen können.«

Helen hatte mir mit leicht entrücktem Blick gelauscht. Als klassische Historikerin war sie hinsichtlich der Archäologie des Mittleren Ostens relativ uninformiert. Sie wechselte das Thema und erkundigte sich nach Ramses.

»Momentan widmet er sich dem Studium der Mumifikation«, sagte ich und verzog mein Gesicht.

Helen lachte herzerfrischend. Sie fand Ramses recht unterhaltsam – zweifellos, weil sie ihn nur selten sah. »Er ist ein so bemerkenswertes Kind, Amelia. Versuchen Sie nicht, ihn in einen kleinen englischen Schuljungen umzufunktionieren. Schließlich ist das Elternhaus unverkennbar.«

»Ramses in irgendeiner Form umzufunktionieren, die ihm nicht behagt, ist unmöglich«, erwiderte ich. »Um ehrlich zu sein, Helen, ich bin froh, daß wir die Gelegenheit zum Plaudern finden. Ich mache mir Sorgen um den Jungen, und Ihre Erfahrung im Umgang mit Kindern –«

»Ausschließlich Mädchen, Amelia. Allerdings steht Ihnen mein bescheidenes Wissen wie immer zur Verfügung.«

Ich berichtete ihr von Ramses' Antipathie gegenüber seinem Cousin Percy. »Sie werden handgreiflich, Helen, das weiß ich ganz genau; und Ramses ist derjenige, der die Auseinandersetzungen initiiert, denn er macht keinen Hehl aus seiner Percy gegenüber gehegten Abneigung, wohingegen Percy ängstlich darauf bedacht ist, eine Freundschaft aufzubauen. Ich dachte, Ramses würde die Gesellschaft kindlicher Spielgefährten guttun, aber scheinbar ist das Gegenteil der Fall.«

»Das beweist nur, wie wenig Sie über Kindererziehung wissen«, bemerkte Helen mitfühlend. »Ramses ist ein Einzelkind, das – wie soll ich mich ausdrücken? – unter außergewöhnlichen Bedingungen heranwächst. Er ist es gewohnt, die volle Aufmerksamkeit seiner Eltern zu genießen. Selbstverständlich weigert er sich, diese mit anderen Kindern zu teilen.«

»Glauben Sie das wirklich?«

»Ich weiß es. Das gleiche habe ich bei meinen Schülerinnen bemerkt. Die Geburt eines Geschwisterkindes führt häufig zu Verhaltensänderungen.«

»Aber Percy ist doch kein Baby.«

»Das macht es um so schlimmer. Alle kleinen Jungen kämpfen miteinander, Amelia – ja, und einige kleine Mädchen natürlich auch, obwohl sie normalerweise gerissener und subtiler im Austeilen ihrer Boshaftigkeit sind.«

Sie fuhr fort, mir einige Vorfälle aus ihrem Schulalltag zu schildern, und ich war schließlich froh, eine andere berufliche Laufbahn gewählt zu haben.

Als es Zeit zum Aufbruch wurde, machte sie den Vorschlag, ich könne eine Runde auf ihrem neuen Sicherheitsfahrrad drehen, das sie sehr empfehle.

Doch als wir aus dem Haus traten, war weit und breit kein Fahrrad zu entdecken. »Ich habe es genau hier abgestellt«, erklärte Helen mit verwirrtem Gesichtsausdruck.

Dann bemerkte ich Violet, die hinter einem der riesigen Blumentöpfe auf der Terrasse kauerte. »Was machst du da, Violet?« fragte ich. »Hast du das Fahrrad der Dame gesehen?«

»Ja, Tante 'melia.«

»Sei kein Feigling«, meinte ich ungehalten. »Komm da raus.«

»Sie verschrecken das Kind, Amelia«, bemerkte Helen.

»Ich? Ein Kind verschrecken? Wie können Sie annehmen –«

»Lassen Sie mich mit ihr sprechen.« Sie schritt auf das Mädchen zu, streckte ihre Hand aus und lächelte. »Du bist also Violet? Deine Tante hat mir erzählt, was für ein braves Mädchen du bist. Komm und gib mir einen Kuß.«

Einen Finger im Mund, kroch Violet aus ihrem Versteck hervor, während sie mich aus den Augenwinkeln unablässig beobachtete. Wer sie so sah, mußte annehmen, daß ich sie tagtäglich verprügelte. Helen nahm das Kind mütterlich in die Arme. »Erzähle mir, was mit meinem Fahrrad geschehen ist, kleine Violet«, säuselte Helen.

Violet streckte ihren Finger aus. »Ramses hat es.«

Von der Haustür bis zur Gartenpforte sind es ungefähr 300 Meter. Die mit Kies bedeckte Auffahrt windet sich in einem weiten Bogen um die Terrasse; aufgrund der angepflanzten Bäume und Sträucher ist ein Teil dieser Auffahrt nicht einsehbar. Erst jetzt bemerkte ich das Fahrrad, das hinter einer Baumgruppe auftauchte. Auf seinem hohen Sattel thronte Ramses. Seinen kurzen Beinen gelang es lediglich, die Pedale zu berühren, wenn diese ihren höchsten Punkt erreicht hatten; deshalb bewegte er sich ruckartig, schwankte entsetzlich von einer Seite der Auffahrt zur anderen und wurde – so schien es zumindest – aufgrund von Percys Bemühungen an einem Sturz gehindert, da dieser neben dem Rad herlief.

Helen entfuhr ein Aufschrei der Empörung und Besorgnis, und als die beiden näher kamen, begriff ich, daß Percy das Fahrrad keineswegs unterstützend festhielt, sondern es in der Tat anzuhalten versuchte. Bestärkt wurde ich in meiner Vermutung aufgrund solcher Rufe wie: »Halt an, Cousin! Das darfst du doch nicht, du hast gar nicht um Erlaubnis gefragt!«

Ramses' Blick fiel auf mich. Seine Beine stellten die Bewegung ein, und Percy nutzte den Augenblick, um die Handbremse zu ziehen. Das Ergebnis war unvermeidlich. Rad und Fahrer stürzten unter scheppterndem Krachen zu Boden. Mit einer flinken Bewegung konnte Percy sich gerade noch retten.

Helen rannte auf die Unfallstelle zu. Violet fing an zu kreischen. Während ihre Schreie »Tot! Tot!« schauerlich durch das Geäst der Bäume hallten, eilte ich Helen zur Seite.

Auf den ersten Blick schien Ramses ausweglos mit dem Fahrrad verkeilt zu sein, trotzdem gelang es uns schließlich, ihn zu befreien. Seine Arme und sein Gesicht waren aufgeschrammt und bluteten, und sein neuer Matrosenanzug war völlig ruiniert. Genau wie das Fahrrad.

Nachdem ich mich vergewissert hatte, daß er unverletzt war, schüttelte ich ihn leicht. »Was ist denn nur in dich gefahren, so etwas zu tun, Ramses? Das war nicht nur töricht und gefährlich, sondern dir auch strengstens untersagt. Das Fahrrad gehörte dir nicht, und du hattest kein Recht, es unerlaubt zu benutzen.«

»Violet erklärte mir –«, hub Ramses an.

»Ramses, Ramses.« Helen schüttelte betrübt den Kopf. »Ein kleiner Gentleman entschuldigt seine Handlungen doch nicht, indem er eine junge Dame dafür verantwortlich macht. Niemand hat dich gezwungen, Violets Drängen nachzugeben.«

»Verzeihung, Ma'am – Tante Amelia«, bemerkte Percy ruhig. »Violet hat lediglich gesagt, daß sie Ramses nur zu gern beim Fahrradfahren zusähe; er prahlte damit, wie gut er das könne. Ich hätte ihn davon abhalten sollen. Ich übernehme die volle Verantwortung.«

Ramses drehte sich um und versetzte seinem Cousin einen Tritt vors Schienbein. »Ich werde dir helfen, irgendeine Verantwortung für mich zu übernehmen! Wer zum Teufel bist du überhaupt, daß du so etwas behaupten kannst?«

Percy ließ sich nichts anmerken, wich nur mit schmerzverzerrtem Gesicht vor Ramses zurück. Letzterer wäre ihm an den Kragen gegangen, wenn ich ihn nicht an selbigem gepackt hätte.

»Ramses, hör auf! Du beschämst mich zutiefst. Deine Ausdrucksweise, dein tätlicher Angriff auf deinen Cousin, deine Zerstörung von Miss McIntoshs Rad ...«

Ramses hörte auf, sich meiner Umklammerung zu entwinden. »Ich entschuldige mich bei Miss McIntosh«, keuchte er, während er sich mit seinem blutverschmierten Ärmel über sein aufgeschürftes Gesicht fuhr. »Ich werde ihr den Kaufpreis so rasch wie möglich erstatten. Augenblicklich besitze ich zwölfeinhalb Schilling und werde in Kürze ... Mama, du schnürst mir in einer Weise die Luft ab, daß mir schmerzvoll deutlich wird, wie ein Verbrecher den Strang empfinden muß.«

»Lassen Sie ihn los, Amelia«, drängte Helen. Ich gab schon deshalb bereitwillig nach, weil Ramses' Gesichtsfarbe merklich dunkler geworden war; eigentlich hatte ich gar nicht so grob sein wollen. Helen beugte sich über den Jungen und berührte dessen aufgeschürfte Wange.

»Ich bin keineswegs wütend auf dich, Ramses, aber ich gestehe, ich bin enttäuscht. Nicht wegen des Fahrrads; du hast es schließlich nicht willkürlich beschädigt. Weißt du, weshalb ich deinetwegen enttäuscht bin?«

In seiner merkwürdigen Art hatte Ramses Helen immer gemocht, doch wenn er mich so angestarrt hätte wie sie, dann hätte ich einen Polizeibeamten gerufen. Schließlich nahm sein geschundenes Gesicht wieder den gewohnt teilnahmslosen Ausdruck an. »Sie glauben, daß ich mich nicht wie ein kleiner Gentleman verhalte?« bemerkte er.

»Ganz recht. Ein Gentleman nimmt sich nicht das Eigentum anderer, ohne zuvor um Erlaubnis zu fragen; er rechtfertigt sein Verhalten nicht, indem er anderen die Schuld gibt; er bedient sich keiner üblen Ausdrucksweise; und er tritt nie, niemals, eine weitere Person.«

»Hmmm.« Ramses dachte darüber nach. »Um gegenüber

meiner Mama und meinem Papa gerecht zu bleiben, muß ich sagen, daß sie sich bemüht haben, mir solche Verhaltensweisen zu vermitteln, ohne diese allerdings in solch dogmatischer Form darzulegen; doch bis zum jetzigen Zeitpunkt habe ich nie gänzlich begriffen, welche Schwierigkeiten –«

»Geh auf dein Zimmer, Ramses!« entfuhr es mir.

»Ja, Mama. Aber ich würde gern ausführen –«

»Auf dein Zimmer!«

Ramses verschwand. Mir fiel auf, daß er hinkte.

Ich bestellte eine Droschke für Helen, lobte Percy wegen seiner guten Absichten und seines mannhaften Verhaltens, sprach mit Violet – die ihr Schluchzen eingestellt hatte, sobald sie feststellen mußte, daß ihr niemand Beachtung schenkte – und ging schließlich nachdenklich ins Haus zurück.

Ich führte ein langes, ernstes Gespräch mit Ramses. Er erlaubte gönnerhaft, daß ich sein Bein untersuchte und kalte Kompressen auf die blutunterlaufene Schwellung legte, doch seiner kurzen Äußerung zufolge hatte mein mütterlicher Vortrag wohl kaum Wirkung gezeigt. »Ein kleiner Gentleman zu sein«, bemerkte er mehr zu sich selbst als zu mir, »scheint mir kaum der Mühe wert.«

Nach dem Zwischenfall mit dem Fahrrad legten sich die Streitereien zwischen den Kindern – vielleicht auch deshalb, weil ich Ramses drei Tage lang auf sein Zimmer verbannte. So war ich in der Lage, meinen häuslichen Pflichten nachzugehen und die Abreise nach London zu planen. Emerson hatte sich in der Bibliothek verschanzt; lediglich zu den Mahlzeiten tauchte er auf und beteiligte sich ungnädig brummend an unseren Gesprächen. Anfänglich vernahm ich sein verärgertes Gebrüll, wenn er wieder einmal eine von Ramses' Änderungen in seinem Manuskript entdeckt hatte; doch diese wurden mit der Zeit weniger, und schließlich informierte er mich in epischer Breite, daß er an einem Punkt angelangt sei, wo das Studium weiterführender Materialien im Britischen Museum keinen Aufschub dulde. Ich informierte ihn im Gegenzug, daß ich zum Aufbruch bereit sei und nur auf sein Startzeichen warte.

Da ich jeden nur möglichen Auslöser für eine Auseinandersetzung vermeiden wollte, machte ich keinerlei Andeutung hinsichtlich des merkwürdigen Falles um die unheilbringende Mumie; aber seien Sie versichert, werter Leser, daß ich tagtäglich eifrig die Zeitungen auf neue Hinweise durchstöberte. Das Ergebnis war überaus deprimierend. Mr. O'Connell und seine Konkurrentin gaben ihr Bestes, doch der einzige, der ihnen Stoff für ihre Geschichten lieferte, war der allseits bekannte Verrückte im Priestergewand, der den Sarkophag der Mumie regelmäßig besuchte. Weder den Besuchern noch dem Wachpersonal des Museums wurde auch nur ein Haar gekrümmt.

Ich hatte die ganze Sache schon fast verdrängt, als Wilkins eines Morgens – ich glaube, es war am Dienstag – auftauchte und mir eine Besucherin ankündigte. Die junge Dame war ihm unbekannt, und sie hatte sich ihm auch nicht namentlich vorgestellt. »Trotzdem, Madam, glaube ich, daß Sie sie empfangen werden«, sagte Wilkins mit einem überaus seltsamen Blick.

»Tatsächlich, Wilkins? Und warum glauben Sie das?«

Wilkins hüstelte entschuldigend. »Die junge Dame war überaus beharrlich, Madam.«

Er betonte das Wort »Dame« sehr nachdrücklich; und Wilkins hat als Snob alter Schule ein gutes Gespür für solche Unterscheidungen.

»Dann führen Sie sie zu mir«, erwiderte ich und legte meinen Füllfederhalter beiseite. »Oder, nein – es ist besser, wenn ich zu ihr gehe, dann kann ich das Gespräch schneller beenden. Wo ist sie, Wilkins?«

Er hatte sie in den Salon geführt – ein weiteres Anzeichen für gesellschaftlichen Status. Ich schritt in Richtung dieses Raums.

Die »junge Dame« beschäftigte sich eifrig mit den auf dem Kaminsims aufgereihten Familienfotos. Obgleich sie mir den Rücken zugewandt hatte, erkannte ich sie sogleich an ihrem nachdenklichen Kopfschütteln und an der Tatsache, daß sie in ein Notizbuch hineinkritzelte.

»Junge *Dame,* sagten Sie, Wilkins?« entfuhr es mir unüberhörbar.

Sie kreischte auf und wirbelte zu mir herum. Es handelte sich in der Tat um Miss Minton, die in ihrem adretten dunkelblauen Schneiderkostüm mit gestreifter Bluse überaus elegant wirkte. Ein Strohhut thronte auf ihrem Kopf.

Taktvoll zog sich Wilkins zurück, und Miss Minton bewies, daß sie alles andere als eine Dame war. Statt einer Begrüßungs- oder Entschuldigungsfloskel stürmte sie auf mich zu und fuchtelte mit ihrem Notizbuch vor meiner Nase herum. »Sie müssen mir zuhören, Mrs. Emerson, das müssen Sie in der Tat!«

Ich baute mich vor ihr auf. »ICH muß, Miss Minton? Sie scheinen nicht zu wissen, mit wem Sie es zu tun haben!«

»Oh, natürlich weiß ich das – aber selbstverständlich! Warum wäre ich sonst zu Ihnen gekommen? Verzeihen Sie, Mrs. Emerson, ich weiß, daß ich mich ungebührlich verhalte, aber mir bleibt keine Zeit für Höflichkeiten, nein, in der Tat nicht. Ich habe am Bahnhof den einzigen Einspänner gemietet, trotzdem darf ich seinen teuflischen Erfindungsreichtum nicht unterschätzen, er wird mit Sicherheit schon bald ein anderes Transportmittel finden, und dann folgt –« Ihre Ausführungen endeten mit einem weiteren kurzen Aufschrei oder Kreischen, als explosionsartiges Klopfen und lautes Rufen durch das Haus schallten, was selbst durch die geschlossene Salontür drang.

Miss Minton stampfte mit dem Fuß auf. »Zum Teufel mit ihm! Er ist noch schneller, als ich das für möglich gehalten hätte. Mrs. Emerson, würden Sie –«

Ihr Satz blieb unvollendet; der Aufruhr eskalierte in einem Aufreißen der Salontür. Auf der Schwelle stand Kevin O'Connell. Ohne Hut, mit zerzaustem Haar und einer Gesichtsfarbe, die seinem roten Schopf in nichts nachstand, starrte er uns an. Aufgrund seiner Atemnot, Erschöpfung und Verärgerung schien er vorübergehend nicht in der Lage zu sein, sich zu artikulieren.

Hinter ihm bemerkte ich Wilkins, der auf dem Boden der Eingangshalle kauerte. Ob er ausgerutscht, gestolpert oder umgerannt worden war, konnte ich nicht beurteilen; doch er blieb weiterhin ungerührt dort sitzen.

Die beiden jungen Leute huben gleichzeitig an zu sprechen. Miss Minton bestand darauf, daß ich irgend etwas unternahm – was, konnte ich nicht näher ergründen. Kevins Äußerungen beschränkten sich auf Anschuldigungen gegen Miss Minton. »Ach, bei Gott, wenn Sie ein Mann wären, dann ...«

Überflüssig zu erwähnen, daß ich eine weitere Fortführung dieser Unflätigkeiten nicht duldete. Nach einer kurzen Bestandsaufnahme der Situation entschied ich, daß Wilkins zu warten habe; er schien etwas benommen, aber unverletzt zu sein. Als erstes schloß ich die Tür. Dann sagte ich: »Halten Sie den Mund!«

Für diese Aufforderung habe ich im Umgang mit Ramses schon reichlich Gelegenheit bekommen. Augenblicklich trat Stille ein.

»Setzen Sie sich«, wies ich die beiden an. »Sie dahin, Miss

Minton, und Sie, Mr. O'Connell, nehmen den Stuhl an der gegenüberliegenden Wand.«

Ich blieb stehen, während ich mit gestrenger Stimme fortfuhr: »Ich habe bislang selten ein so ungehöriges Spektakel erlebt. Insbesondere Sie, Mr. O'Connell, sollten wissen, daß Sie mit Ihrem Eindringen in unser Haus ernsthafte körperliche Schäden riskieren. Ich kann nur hoffen, daß der Professor diesen Tumult nicht bemerkt hat. Zur Zeit erfreut er sich keineswegs bester Stimmung.«

Dieser Verweis schien Kevin zur Vernunft zu bringen. »Sie haben in der Tat recht, Mrs. E.«, meinte er unbehaglich. »Um ehrlich zu sein, war ich außer mir vor Wut, weil mich diese schreibende Hexe auszutricksen versuchte –«

Ihre kleinen Hände zu Fäusten geballt, sprang Miss Minton von ihrem Stuhl auf. Ich drückte sie auf ihren Platz zurück. »Sind Sie von allen guten Geistern verlassen? Sie erklären mir augenblicklich, was diese Störung zu bedeuten hat. Nein, Mr. O'Connell, schweigen Sie, Sie kommen noch früh genug an die Reihe.«

Die junge Frau griff in ihre Handtasche, zerrte eine Zeitung daraus hervor und warf sie mir zu. Ihre Augen blitzten vor Aufregung. »Die Mumie hat erneut zugeschlagen. Es hat einen weiteren Mord gegeben!«

5

Während ich die Zeitung durchging, fuhren Kevin und Miss Minton fort, sich flüsternd zu beschimpfen. Es handelte sich um die neueste Ausgabe des *Mirror* – frisch aus der Druckerpresse (was die an meinen Fingern haftende Druckerschwärze dokumentierte).

Miss Minton hatte sich journalistischer Übertreibungssucht schuldig gemacht, als sie von »einem weiteren Mord« sprach, da sich das Ableben des Wachmannes nie als etwas anderes als ein natürlicher Tod erwiesen hatte. Allerdings ließ der jüngste Vorfall ernste Zweifel an dieser Diagnose aufkommen, da es sich bei dem zweiten Todesfall eindeutig um Mord handelte. Es ist zwar möglich, daß ein Mann sich selbst die Kehle aufschneidet, aber die Tiefe des Messerstiches, der sowohl die Luftröhre als auch das Rückenmark verletzt hatte, machte eine solche Schlußfolgerung unwahrscheinlich. Darüber hinaus handelte es sich bei dem zweiten Opfer nicht um einen einfachen Arbeiter. (Ich meine das lediglich im gesellschaftlichen Sinne; denn ein Mensch von niedrigem Rang ist vor dem Auge Gottes vielleicht wertvoller als ein angesehener Adliger.) Man hatte ihn als einen gewissen Jonas Oldacre identifiziert, einen Assistenten in der ägyptischen und assyrischen Kunstschätzeabteilung.

»Der Leichnam wurde auf dem Vorplatz entdeckt«, murmelte ich, »und nicht im Museum –«

»Und wo auf dem Vorplatz?« wollte Miss Minton mit gezücktem Bleistift wissen. »Am Fuß von Kleopatras Nadel!«

»Es ist unerhört, daß sich dieser unzutreffende Begriff durchgesetzt hat«, bemerkte ich, während ich weiterhin die Zeitung durchblätterte. »Kleopatra hatte mit diesem Monument, das eindeutig ein Obelisk ist, nichts zu tun. Es wurde im Auftrag von Pharao Thutmosis III. gefertigt und trägt seinen Namen. Wenn Sie weiterhin in dieses Notizbuch hineinkritzeln, Miss Minton, sehe ich mich gezwungen, es Ihnen wegzunehmen.«

»Ja, Ma'am.« Die junge Frau schloß das Buch und ließ es in ihre Jackentasche gleiten. »Wie Sie wünschen, Mrs. Emerson. Trotzdem handelt es sich um ein ägyptisches Baudenkmal?«

»Offensichtlich. Lassen Sie mich bitte fortfahren ... Dieses angebliche Stück Papier in der Hand des Toten – besitzen Sie eine Kopie der Mitteilung?«

»Nein«, gestand Miss Minton.

»Woher wissen Sie dann, wie sie lautete? Denn Sie zitieren sie hier – Wort für Wort – in einer englischen Übersetzung.«

Zum ersten Mal hatte Miss Minton keine Antwort parat. Bevor sie sich eine logische Erklärung zurechtlegen konnte, platzte Kevin, der sich nur mühsam beherrscht hatte, heraus: »Sie hat den Polizeibeamten bestochen! Nicht nur mit Geld – das habe ich selbst vergeblich versucht –, sondern mit widerwärtiger weiblicher List!«

»Wie können Sie es wagen!« kreischte Miss Minton und errötete.

»Lächeln und Grübchen und Schmeicheleien«, fuhr Kevin

aufgebracht fort. »Zaghaft seine Muskeln berühren und ihm dann erzählen, wie stark und mutig er ist!«

Miss Minton sprang auf, schoß auf Kevin zu, schlug ihm mit der Hand ins Gesicht und setzte sich wieder. Ich hatte nicht das Herz, sie zurechtzuweisen, denn ich hätte genauso gehandelt.

»Schämen Sie sich, Mr. O'Connell«, sagte ich tadelnd.

Kevin rieb sich seine brennende Wange. Der Schlag hatte gesessen; er war auch entsprechend laut gewesen. »Och, nun ja«, brummte er.

Ich legte die Zeitung auf den Tisch. »Ich werde Sie nicht fragen, wie Sie an eine Übersetzung der Mitteilung gelangt sind, Miss Minton, da ich mir das mittlerweile vorstellen kann. *Falls* es eine solche Mitteilung gegeben hat...«

»Es gab eine«, erwiderte Kevin. »Soviel hat die Polizei zugegeben.«

»Dann hat sie vermutlich einer von Ihnen verfaßt. Ich habe noch nie eine Inschrift gesehen, die auch nur im entferntesten Parallelen zu dieser Mitteilung aufgewiesen hätte. Hmmmm. Die Fakten des Falles scheinen völlig klar ...«

»Einem klugen, untrüglichen Verstand wie dem Ihren vielleicht«, bemerkte Kevin. »Ich gestehe, daß ich vor einem völligen Rätsel stehe.«

Ich wollte ihm schon auf die Sprünge helfen, als ich bemerkte, daß Miss Minton ihr Notizbuch heimlich aus ihrer Jackentasche hervorgezaubert hatte und daß mich Kevin mit einer Hinterlist beobachtete, an die ich mich nur zu gut erinnerte. »Dann stehen Sie eben weiterhin vor einem Rätsel«, meinte ich schroff. »Wenn Sie den weiten Weg von London auf sich genommen haben, nur um ein Interview zu bekommen, dann muß ich Sie leider enttäuschen. Was sind Sie doch für Unholde, stürzen sich auf mich wie zwei Hunde auf einen lumpigen Knochen!«

Die beiden brachen in einhelligen Protest aus. Dem entnahm ich, daß ich mich wohl geirrt hatte; sie waren nicht wegen eines Interviews an mich herangetreten, sondern um mir den Ruhm und Reichtum als offizielle Beraterin ihres jeweiligen Blattes anzudienen.

Ein reizvolles Angebot. Um so reizvoller, da mein Honorar innerhalb weniger Minuten in schwindelerregende Höhen kletterte. Obwohl ich versuchte, Ruhe zu bewahren und genau zu eruieren, welchen Marktwert ich für das Verlagswesen besaß, befürchtete ich aufgrund der anschwellenden Geräuschkulisse die Unterbrechung durch jemanden, dessen Namen ich sicherlich nicht zu erwähnen brauche.

»Das steht völlig außer Frage«, sagte ich unnachgiebig. »Unter gar keinen Umständen. Das Gespräch ist beendet. Es tut mir leid, daß ich Ihnen vor Ihrem Aufbruch keinerlei Erfrischung anbieten kann, aber schließlich habe ich Sie ja auch nicht um Ihr Kommen gebeten. Ich wünsche Ihnen einen guten Tag!«

Meine Ablehnung wurde mit mehr Verständnis als von mir angenommen akzeptiert. Der Glanz in Kevins Augen bewies mir jedoch, daß er noch nicht aufgegeben hatte, sondern es früher oder später erneut versuchen würde. Miss Minton murmelte: »Solange Sie nicht auf *sein* Angebot eingehen ...«

Ich hatte gehofft, die beiden ohne jede weitere Verzögerung aus dem Haus zu schaffen, doch das war mir nicht vergönnt. Erneut wurde die Tür meines Salons aufgerissen, diesmal jedoch von einem muskulöseren Arm als dem Kevin O'Connells.

Emerson glaubt, daß bequeme Kleidung die intellektuelle Leistung wesentlich beeinflußt (eine Auffassung, die ich keineswegs teile), deshalb trug er lediglich ein Oberhemd ohne Krawatte oder Weste. Sein Haar war zerzaust und sein

Gesicht mit Tintenspritzern übersät, ein untrügliches Zeichen für einen verzweifelten (aber auch siegreichen) Kampf mit seiner zähen Prosa. Seine blauen Augen funkelten, seine Brauen waren zusammengezogen, und ein cholerischer Anflug färbte seine markanten, gebräunten Wangen zunehmend rosiger.

»Ah«, sagte er gnädig. »Dacht' ich mir's doch, daß ich Ihre Stimme gehört habe, Mr. O'Connell.«

Kevin suchte hinter dem Sofa, einem massiven Möbelstück aus geschnitztem Rosenholz mit weinrotem Plüschpolster, Zuflucht. Nach einem höflichen Nicken zu Miss Minton wandte sich Emerson mir zu. »Amelia, warum sitzt Wilkins eigentlich auf dem Boden der Eingangshalle?«

»Ich habe keine Ahnung, Emerson. Warum fragst du ihn nicht selbst?«

»Er scheint sprachlos zu sein«, erwiderte Emerson.

»Ich habe ihn nicht angerührt«, entfuhr es Kevin. »So wahr mir Gott helfe, ich würde mich doch nicht an dieser alten Seele vergreifen.«

»Sie haben ihn nicht angerührt«, wiederholte Emerson. Er fing an, seine Ärmel hochzurollen.

»Nein, Emerson, nein!« schrie ich, ihn umklammernd, während er auf den hinter dem Sofa kauernden Journalisten losging. »Wenn du ihn tätlich angreifst, wirst du Mr. O'Connell lediglich die Story liefern, die er sich brennend wünscht.«

Dieses Argument übte eine größere Wirkung auf Emerson aus als meine physischen Anstrengungen. »Du hast wie immer recht, Peabody«, meinte er. »Aber sorge bitte dafür, daß dieser Bursche umgehend aus meinem Haus verschwindet. Ich bin der gelassenste aller Männer, aber auch mein ausgeglichenes Naturell gerät bei einer solchen Provokation ins Wanken. Die Dreistigkeit, in das Haus eines Mannes einzudringen, um dessen Ehefrau auszuhorchen –«

»Es ist nicht so, wie du vielleicht denkst, Emerson«, erklärte ich. »Es gab einen weiteren Mordfall!«

»Einen weiteren Mordfall, Peabody?«

»Ja. Mr. Oldacre, der Assistent in der Orient-Abteilung.«

»Oldacre? Ich kannte ihn. Ein hirnrissiger Idiot, wie vermutlich alle Protegés von Budge ... Was ist passiert?«

Ich erklärte es ihm. Emerson lauschte höflich. »Eine traurige Geschichte. Aber das hat uns nicht zu interessieren. Komm, wir verabschieden uns von diesen jungen Leuten und wenden uns wieder unserer Arbeit zu.«

Unser Mobiliar als Deckung benutzend, hatte sich Kevin auf Zehenspitzen zur Tür gestohlen. Er kannte Emerson nur zu gut und ließ sich von der trügerischen Sanftmut meines impulsiven Gatten nicht beeindrucken. Emerson beobachtete ihn aus den Augenwinkeln; obgleich sein Gesicht unnatürlich ernst blieb, zuckten seine Mundwinkel verräterisch und deuteten auf seine unterschwellige Belustigung hin. An der Türschwelle blieb Kevin stehen.

»Ja, Mr. O'Connell?« fragte Emerson.

»Ich ... äh ... ich warte darauf, daß ich Miss Minton begleiten kann ... das heißt, ich hatte gehofft, daß sie mich vielleicht zum Bahnhof mitnimmt.«

»Ach ja, Miss Minton.« Emersons Blick wanderte zu der jungen Dame. Nervös richtete diese ihren Hut. »Ich begreife, wie Mr. O'Connell in mein Haus eindringen konnte«, fuhr Emerson fort. »Mit roher Gewalt, die er gegenüber einem Mann anwandte, der sein Großvater sein könnte. Ein hervorragendes Beispiel für seine irische Kinderstube, was, Peabody? Aber Sie, Miss Minton; wie ist es Ihnen denn gelungen, von Wilkins vorgelassen zu werden? Ich bin mir nämlich sicher, daß Mrs. Emerson Sie nicht empfangen hätte, wenn er ihr Ihre Karte überreicht hätte.«

»Du hast ganz recht, Emerson«, versicherte ich. »Miss Minton hat sich geweigert, ihm ihren Namen zu nennen. In irgendeiner Form – ich kann mir zwar nicht vorstellen, wie – hat sie Wilkins davon überzeugt, daß ihr Anliegen dringlich sei.«

»Du kannst es dir also nicht vorstellen«, erwiderte Emerson nachdenklich. »Aber ich glaube, daß ich eine Vermutung habe. Diese ach so hilfreiche Ähnlichkeit ... Was haben Sie Wilkins erzählt, Miss Minton? Daß Sie Mrs. Emersons seit langem vermißte Schwester seien oder das verschwiegene Resultat eines jugendlichen Fehltritts –«

Miss Mintons wütende Retourkutsche war kaum lauter als meine. »Emerson, wie kannst du es wagen!«

»Ein *früher* jugendlicher Fehltritt«, beeilte sich Emerson hinzuzufügen. »Nun, Miss Minton?«

»Ich habe nichts dergleichen gesagt«, erwiderte Miss Minton. »Falls Ihr Butler falsche Schlüsse gezogen haben sollte, ist das nicht mein Fehler.«

»Also ich denke, es ist Ihr Fehler«, meinte Emerson jovial. »Verschwinden Sie, Miss Minton.«

Als er auf sie zutrat, verschwand das Lächeln auf ihrem Gesicht. »Sie würden doch keine Frau schlagen«, hauchte sie empört.

»Es verletzt mich tief, daß Sie so etwas denken könnten«, entgegnete Emerson. »Allerdings kann mich niemand daran hindern, Sie hochzuheben und mit höflichem Respekt vor die Tür zu setzen.«

»Ich gehe, ich gehe freiwillig«, lautete die aufgebrachte Reaktion.

»Dann machen Sie schon.« Emerson folgte ihr, als sie in Richtung Tür schritt. Dort verharrte sie. »Das war nicht das letzte Mal, daß Sie von mir gehört haben, Professor«, kreischte sie und funkelte ihn vernichtend an. »So leicht gebe ich nicht auf.«

Kevin packte ihren Arm und zerrte sie nach draußen. Wilkins saß immer noch auf dem Boden, und ich war verblüfft, wenn auch nicht erstaunt, Ramses an seiner Seite vorzufinden, der die zur Salzsäule erstarrte Gestalt mit unverhohlener Neugier beobachtete. Ich bezweifelte nicht, daß Ramses jedes Wort, das im Salon gesprochen – oder besser: gebrüllt – worden war, mit angehört hatte; als Miss Minton und O'Connell auftauchten, musterte er diese nicht minder neugierig. Schließlich brüllte Emerson: »Stehen Sie auf, Wilkins, und verschließen Sie die Tür. Und vergewissern Sie sich, daß Sie den Riegel vorgeschoben haben!«

Dann schloß er die Salontür und wandte sich mir zu. »Großer Gott, Peabody. Großer Gott«, bemerkte er.

»Das ist absolut indiskutabel«, sagte ich. »Diese vermeintliche Ähnlichkeit, die du zwischen uns –«

»Wenn du es lieber abstreitest, Peabody, dann tu das in Gottes Namen. Das Ganze ist zwar belustigend, aber dennoch irrelevant. Ich gestehe, daß ich eher den genialen Zweckoptimismus der jungen Dame bewundere.« Er hob die Zeitung auf, sank in einen Sessel und widmete sich der Lektüre.

»Vermutlich wirst du behaupten, daß es sich bei dieser Geschichte lediglich um einen merkwürdigen Zufall handelt, der nichts mit dem Tod des Nachtwächters zu tun hat«, hub ich an.

»Du ziehst schon wieder voreilige Schlüsse, Peabody«, meinte Emerson sanft. »Laß mich wenigstens die Fakten lesen – Verzeihung, die Zeitungsreportage, was nicht dasselbe ist –, bevor ich zu meiner Einschätzung gelange. Hmmm, hmmm. Blutüberströmte Leiche am Fuß des Obelisken aufgefunden ... ein Fetzen Papier mit der Mitteilung, daß der Fluch der Götter auf den Grabschändern ruhe ... geheimnisvolle Gestalt in weißem Gewand verschwand über den Vorplatz im undurchdringlichen Nebel ... Miss Minton schreibt mit Verve, nicht wahr? Eine weitere Parallele zu dir.«

»Dein harmloser Irrer ist keineswegs so harmlos, wie es scheint«, bemerkte ich, seine letzte Äußerung übergehend.

»Die Polizei ist ebenso skeptisch hinsichtlich einer Beteiligung des Priesters wie ich, meine Liebe. Ich wäre keineswegs überrascht, wenn ich erführe, daß Mr. O'Connell selbst das Verbrechen verübt hat. Diese Journalisten machen doch vor nichts halt, um zu erreichen –«

»Lächerlich, Emerson.«

»Wieso? Oldacre war kein großer Verlust für die Menschheit. Ein eingebildeter Snob, vollkommen obrigkeitshörig; ein Hasardeur, ein Speichellecker, Stammgast in den übelsten Spelunken.«

»Lasterhöhlen, Emerson?«

»Ich dachte an Opiumhöhlen und üble Kneipen und ... äh ... nun ja, man könnte sie als Lasterhöhlen bezeichnen.« Emerson warf die Zeitung beiseite. Stirnrunzelnd fingerte er an seinem Kinngrübchen – eine Angewohnheit, wenn er tief in Gedanken versunken ist.

Ich wertete das als positives Zeichen. »Dann glaubst du also, daß die Angelegenheit der Aufklärung bedarf, Emerson?«

»Selbstverständlich bedarf sie der Aufklärung, und ich bin sicher, daß die Polizei sich darum kümmert.«

»Oh, Emerson, du weißt doch, was ich meine!«

»Ja, Peabody, ich weiß, was du meinst.« Emerson strich sich weiterhin über sein Kinn. »Ein Aspekt an dieser Sache reizt mich«, bemerkte er in ernstem Ton.

»Der archäologische Aspekt!« rief ich. »Ich wußte doch, Emerson, daß du –«

»Nein, Peabody. Die Tatsache, daß dieser Fall nicht den leisesten Ruch der Aristokratie birgt. Kein Lord, keine Lady, kein Sir, nicht einmal ein Ehrenmann! Lediglich ein armer Nachtwächter und dann ein Museumsassistent. Peabody, ich bin beinahe geneigt, mich einzumischen.«

»Emerson, gelegentlich ist dein Sinn für Humor ...« Ich hielt den Atem an. »Emerson! Ist dir eigentlich klar, was du gesagt hast? Ein Nachtwächter und *dann* ein Assistent ... Der Verrückte arbeitet sich die gesellschaftliche Leiter empor. Wo wird er als nächstes zuschlagen?«

Emersons verkniffenes Gesicht hellte sich auf. »Budge!« brüllte er. »Welch ein faszinierender Gedanke, Peabody!«

»Mein lieber Emerson, derart leichtfertige und unangemessene Äußerungen könnten entsetzlich mißinterpretiert werden, falls man uns belauschte. Ich kenne dich besser; du würdest doch nicht ernsthaft wollen, daß Mr. Budge hinterhältig ermordet –«

»Nein«, gestand Emerson. »Ich sähe es lieber, wenn er bei lebendigem Leibe gequält würde.«

»Aber was, wenn Mr. Budge nicht das nächste Opfer ist? In London gibt es eine ganze Reihe von Orientalisten, Emerson. Bald wird ein weiterer von ihnen in Erscheinung treten – der bedeutendste, der renommierteste von allen.«

Emerson, der sich – nach seinem Grinsen zu urteilen – genüßlich die Qualen von Mr. Budge ausgemalt hatte, blickte wie vom Donner gerührt auf. Seine dichten, dunklen Brauen zogen sich zusammen, seine Lippen bewegten sich, als suche er nach dem präzisen, dem treffenden Begriff. Schließlich wurde er fündig.

»Verrückt!« brüllte er. »Von allen verrückten Theorien, die du jemals aufgestellt hast – und, meine liebe Peabody, das waren eine ganze Menge –, ist das die abwegigste ... die wildeste ... die ... Aber – aber ich muß Fassung bewahren. Ich muß die strenge Selbstbeherrschung üben, die mich all die Jahre bitterer Erfahrung gelehrt haben.«

»Das mußt du tatsächlich«, bekräftigte ich. »Dein Gesicht ist rot angelaufen, Emerson. Entweder kontrollierst du deine Gefühle, oder du läßt sie raus – mach dich frei davon. Zerreiß die Zeitung, Emerson. Zerschlag irgend etwas. Diese Vase da hat mir noch nie gefallen.«

Emerson sprang von seinem Stuhl auf. Er griff nach der Vase, besann sich jedoch eines Besseren. Mit geballten Fäusten blieb er bewegungslos stehen und murmelte unverständlich vor sich hin; und langsam verschwand die Zornesröte von seinen Wangen. Ihm entfuhr ein leises Lachen. »Für einen Augenblick hast du mich wirklich ins Bockshorn gejagt, Peabody. Was bist du bloß für ein Spaßvogel. Das glaubst du doch selbst nicht. Du hast mich lediglich foppen wollen.«

Ich erwiderte nichts. Die Wahrheit konnte ich ihm aus Furcht vor einem weiteren Wutanfall nicht darlegen; eine Lüge widersprach meiner offenen und aufrichtigen Persönlichkeit.

»Es war ein Vorwand«, überlegte Emerson. »Zwar kein besonders geschickter, wenn ich das sagen darf; normalerweise fallen dir logischere Beweggründe ein, um dich in Mordfälle einmischen zu können. Du willst dich doch einmischen, stimmt's, Peabody?«

»Aber nein, Emerson. Ich mische mich nie ein.«

Werter Leser, das entsprach der Wahrheit. Ich habe mich noch nie in die Angelegenheiten anderer Leute eingemischt und werde das auch nie tun. Etwas Derartiges verabscheue ich zutiefst. Wenn ein zarter Hinweis oder ein hilfreicher Vorschlag unnötiges Leid ersparen können, kenne ich keine falschen Skrupel, diese auch zu geben. Aber einmischen – niemals.

Mein geliebter Emerson hatte sich wieder unter Kontrolle. Ein rosiger Hauch überzog seine gebräunten Wangen; sein unwiderstehliches Lachen erklang, und er umschlang mich mit seinen Armen.

»Was bist du doch für eine unverbesserliche Lügnerin, Peabody. Du kannst es kaum erwarten anzufangen. Wir sind noch keinen Tag in London, und du hast bereits Scotland Yard aufgesucht, Budge, die Mumie –«

»Emerson, ich protestiere gegen die ungerechte, um nicht zu sagen unverschämte –« Allerdings war es mir nicht vergönnt, eine sachliche Diskussion fortzuführen, da Emersons Handlungen eine – in vielen Fällen – merkwürdige Auswirkung auf mein Konzentrationsvermögen haben. Ich machte noch einen letzten Einwurf: »Emerson. Deine Hände sind voller Druckerschwärze; ich bin sicher, du wirst meine gesamte Bluse mit Fingerabdrücken übersäen, und was wird Wilkins von uns denken, wenn er sieht ... Oh, mein geliebter Emerson!«

»Wen interessiert schon, was Wilkins denkt?« murmelte Emerson. Und ich mußte mir eingestehen, daß er mit seinem ausgesprochenen Scharfsinn wieder einmal den Nagel auf den Kopf getroffen hatte.

»Abergläubisch« ist, so glaube ich, kein Charakteristikum, das man auf MICH anzuwenden wagte. Amelia Peabody Emerson, Opfer eines entarteten und irrationalen Glaubens? Kurzes, schallendes Gelächter ist die einzig mögliche Reaktion auf eine solche These.

Und doch, werter Leser, und doch ... An einem Punkt meines Lebens sah ich mich gezwungen, an den prophezeienden Charakter von Träumen zu glauben, da sich eine solche Vision schließlich bis ins letzte, gräßliche Detail bewahrheitete. Ich behaupte nicht, daß das immer der Fall ist. Wie von einigen Wissenschaftlern jetzt (zum Zeitpunkt meiner Niederschrift) dargelegt, kann es aber gut sein, daß Träume andere, vielfach verdrängte Elemente – wie unterschwellige Negativerinnerungen, unterdrückte, widernatürliche Wünsche und so fort – reflektieren. Ich bin nie dogmatisch; mein Verstand ist immer offen für neue Ideen, so unwahrscheinlich und unaussprechlich sie auch sein mögen.

Doch genug des philosophischen Exkurses. Müßig zu erwähnen, daß ich in jener Nacht träumte: eine Vision von solch grauenvollem Entsetzen, daß mich allein der Gedanke daran noch Jahre später erschauern ließ.

Ich kauerte in der modrigen Dunkelheit und wußte nicht, wo ich war. In meinem Rücken befand sich eine kalte Steinwand, und auch meine nackten Fußsohlen spürten kaltes Gestein. Zunächst war es vollkommen still. Dann ertönte wie aus weiter Ferne ein Laut, so schwach, als wäre es das Pulsieren meines eigenen Blutes. Das Geräusch wurde zunehmend lauter. Es entpuppte sich als monotoner und feierlicher Gesang. Und dann – dann gefror mir besagtes Blut in den Adern, denn ich kannte diesen gräßlichen Singsang.

Lichter begleiteten den Gesang, und es wurde zunehmend heller. Das Licht entstammte Fackeln, die ich zunächst nur als eine langsam voranschreitende Prozession entfernter, glühender Punkte wahrnahm. Sie kamen näher; die Dunkelheit wich gräßlicher Helligkeit.

Ich stand – oder kauerte – auf einem hohen Sims über einer riesigen, in das nackte Felsgestein gemeißelten Kammer. Die spiegelglatten Wände reflektierten und vervielfachten das Licht der Fackeln. Diese wurden von weißgewandeten Gestalten getragen, deren Gesichter scheußliche Masken zierten – Krokodil und Falke, Löwe und Ibis vermittelten den Anschein von Realität. Die Kammer erstrahlte zu gleißender Helligkeit, als die Fackelträger ihre Plätze rings um einen niedrigen Altar einnahmen, der von einer Monumentalstatue beherrscht wurde. Es handelte sich um Osiris, den Herrscher der Unterwelt und Totenrichter; wie bei einer Mumie war sein Körper kunstvoll in Bandagen gehüllt, seine Arme vor der Brust gekreuzt, seine Hände trugen Krummstab und Geißel. Seine hohe weiße Krone und die hellen Alabasterschultern standen im Kontrast zu dem schwarzen Gesicht und den schwarzen Händen (so stellten sich die heidnischen Ägypter ihre Gottheiten vor – ein interessantes und bislang ungeklärtes Phänomen).

Langsamen Schrittes folgte den Fackelträgern der Hohepriester. Im Gegensatz zu seinen kahlgeschorenen Untergebenen trug er eine riesige und sorgfältig frisierte Lockenperücke. Die Maske, die sein Gesicht verbarg, trug menschliche Züge – das erstarrte Antlitz der Toten. Außer einem entsetzten Aufschrei des Wiedererkennens schenkte ich dieser Erscheinung wenig Beachtung; denn hinter ihm bemerkte ich eine mir vertraute Gestalt, welche nackte Sklaven auf einer Sänfte trugen.

Sie hatten ihn in Ketten gelegt, gegen die sich seine sehnigen Muskeln vergeblich auflehnten. Seine entblößten Arme und seine Brust glänzten aufgrund der Salbung mit Öl und des Kampfschweißes wie polierte Bronze; er fletschte die Zähne, und seine Augen sprühten Blitze. Aber selbst seine grenzenlose Auflehnung konnte ihm nicht helfen; während sich die tiefen Stimmen bei ihrer gräßlichen Beschwörung hoben und senkten, zerrten ihn brutale Hände von der Trage und warfen ihn auf den Altar. Der Hohepriester trat vor, das Opfermesser in seiner Hand. Und dann – oh, dann, mein Herzschlag setzt noch heute aus, wenn ich daran denke – blickten die saphirblauen Augen des zum Tode verurteilten Mannes dorthin, wo ich wie angewurzelt stand, und erspähten mich selbst in der Finsternis; und seine Lippen formten ein Wort …

»Peabody! Peeeeea-body …«

»Emerson!« kreischte ich.

»Was zum Teufel ist mit dir los?« wollte Emerson wissen. »Du hast gegrunzt und gequiekt wie ein hungriges Ferkel.«

Das weiche Licht eines Frühlingssonnenaufgangs erhellte sein liebenswertes, unrasiertes Gesicht und das zerzauste Haar, seine schlaftrunkenen Augen und das vertraute Stirnrunzeln.

»O Emerson ...« Ich warf mich in seine Arme.

»Hmmmm«, meinte Emerson angenehm berührt. »Nicht daß ich etwas gegen warme, weiche, quiekende, kleine ...« Doch die weitere Unterhaltung hat keinen Bezug auf die vorliegende Schilderung, und ich fürchte in der Tat, daß ich bereits zuviel gesagt habe.

Ich hielt es für unklug, Emerson meinen Traum zu schildern. Zum einen hätte ihm das eine andere Vision ins Gedächtnis zurückgerufen, deren gräßliche Bewahrheitung er mit eigenen Augen gesehen hatte. Zum anderen hätte es mir höhnisches Gelächter und den Verweis der Einmischung eingebracht. Emerson machte mir nie Vorschriften, da er wußte, daß er damit auf taube Ohren gestoßen wäre. Dennoch hatte er mich gebeten, mich nicht in einen weiteren Verbrechensfall einzuschalten. Er habe in jenem Sommer eine Menge zu tun, bemerkte er pathetisch, und er lehne es rundweg ab, erneut abgelenkt zu werden.

Natürlich würde es für uns beide so ausgehen wie immer; gemeinsam würden wir die Spur eines weiteren gefährlichen Schurken aufnehmen, denn wir waren sowohl auf dem Sektor der Verbrechensaufklärung als auch der Archäologie gleichberechtigte Partner. Auf diese Weise erzielte Emerson die Befriedigung, das zu tun, was er sich insgeheim wünschte, und darüber hinaus die noch größere Genugtuung, MICH für alles verantwortlich zu machen. Das ist ein bei Ehemännern beliebter Trick, habe ich festgestellt, und obwohl Emerson der Mehrheit seiner Spezies bei weitem überlegen ist, hat auch er gewisse männliche Schwächen.

Was mich anbelangt, so stand meine Entscheidung fest. Der entsetzliche Traum konnte kein verschlüsselter Hinweis auf die vor uns liegenden Ereignisse sein. Obgleich mein wissenschaftlich versierter Verstand selbst im Schlaf funktioniert und mir die Priesterrobe sowie die Skulptur der Gottheit exakt suggeriert hatte, wies das Szenario eine Reihe von Fehlern auf. Beispielsweise praktizierten die Ägypter keineswegs das Menschenopfer – zumindest nicht in der fraglichen Periode. Zumindest ...

Ich nahm mir vor, diese Frage zu einem späteren Zeitpunkt zu klären. Gegenwärtig konnte ich nur an Emerson denken. Der Traum war eine Warnung gewesen. Nicht daß Emerson den Opfertod auf einem längst nicht mehr existierenden Altar einer Gottheit befürchten mußte, deren letzter Anhänger seit Jahrtausenden tot war; nein, das war lediglich ein Traumsymbol gewesen, das mich vor einer anderen, meinem geliebten Gatten drohenden Gefahr warnen sollte. Abergläubisch? Nein, doch nicht ich! Aber ich wäre die erste, die zugäbe – nein, darauf beharrte – , daß die tiefe Zuneigung, die Emerson und mich wie ein eisernes Band zusammenschmiedet (um es mit den Worten Shakespeares auszudrücken), eine geheimnisvolle Intuition bewirkt und daß unter diesen Umständen nichts unmöglich ist. Allerdings hatte ich bislang noch keinen schlüssigen Beweis, daß meine Theorie korrekt war. Falls sie es jedoch war – oh, werter Leser – falls sie es war ... Falls irgendein pathologischer Mörder nachts durch die nebelverhangenen Straßen Londons irrte und keineswegs unglücklichen, einsamen Frauen nachstellte, sondern Ägyptologen ...

Hätte ich diese Möglichkeit ignoriert, hätte ich meine Pflichten als Ehefrau sträflich vernachlässigt und den Tod all meiner Lieben riskiert (außer natürlich Ramses). Aus diesem Grund erledigte ich die mir verbliebenen Aufgaben in kürzester Zeit; und am darauffolgenden Morgen brachen wir nach London auf.

Der erste Teil der Reise verlief angenehm; wir passierten blühende Wiesen, wilde Hecken und grüne Felder. Allerdings war die Kutsche für fünf Personen etwas beengt, insbesondere, da es sich bei drei der Mitreisenden um Kinder handelte. Bereits zehn Minuten nachdem wir die Tore von Amarna Manor hinter uns gelassen hatten, fragten sie, wann wir denn ankämen. Emerson, der Inaktivität verabscheut, war fast genauso schlimm. Er hatte allen Ernstes vorgeschlagen, den Zug nach London zu nehmen und mir die Kinder und das Gepäck zu überlassen. Müßig zu erwähnen, daß ich diese Idee im Keim erstickte. Violet, Percy und ich teilten uns eine Sitzbank, Ramses und Emerson saßen uns gegenüber. Auf diese Art und Weise hoffte ich, ernstere Ausschreitungen zwischen den Jungen zu verhindern, die häufig auftraten, wenn sich die beiden zu nahe kamen.

Allerdings war Ramses bedrückt, denn er reiste ohne seine ständige Gefährtin. Die Katze Bastet war verschwunden.

Die Ursache für ihr seltsames Verhalten stellte sich kurz nach unserer Heimkehr heraus. Die Zusammenrottung, die sich aus sämtlichen Katern im Umkreis von zehn Meilen zusammenzusetzen schien, ließ – zumindest mich – nicht daran zweifeln, was da im Gange war; und obgleich ich den Liebesbeweisen von Mensch und Tier positiv gegenüberstehe, muß ich gestehen, daß mir das Auftauchen von Bastets Verehrern erhebliche Probleme bereitete. Aufgrund ihres nächtlichen Miauens war an Schlaf nicht zu denken; sie bekämpften sich untereinander und gingen auf die Hunde los. In gewisser Weise atmete ich auf, als sie schließlich einen der Kater erhörte und mit ihm verschwand. Doch zum Zeitpunkt unserer Abreise war sie nicht zurückgekehrt, und ich sah mich gezwungen, Ramses' Bitte zurückzuweisen, auf sie zu warten. Ich wäre niemals so grausam gewesen, ihm meine Befürchtung darzulegen – daß sich ihre Rückkehr vermutlich auf unbestimmte Zeit verzögerte. Um ihr Überleben machte ich mir keine Sorgen. Sie war größer und kräftiger als die meisten Hauskatzen und in der unwirtlichen ägyptischen Wüste groß geworden. Sie war aus der Wildnis gekommen, hatte sich großzügig bereit erklärt, eine Zeitlang mit uns zusammenzuleben, und jetzt kehrte sie vielleicht wieder in die Wildnis zurück. Diese Möglichkeit entging Ramses; er nahm an, daß die Zuneigung der Katze zu ihm ebenso groß war wie im umgekehrten Fall. Eine anrührende, kindliche Vorstellung ... Und da es sich um eine der wenigen kindlichen Vorstellungen meines Sohnes handelte, wollte ich ihm diese nicht nehmen.

Ramses, der schweigend vor sich hin brütete, ein fluchender Emerson, Percy, der wie ein Maschinengewehr Fragen stellte, und Violet, die aufgrund der von ihr vertilgten Süßigkeiten (deren großzügig bemessener Vorrat die einzige Methode war, sie vom Jammern abzuhalten) zunehmend klebriger wurde, machten die Reise nicht unbedingt zu einem Vergnügen für mich. Allerdings nimmt jede Unannehmlichkeit irgendwann ein Ende; die grünen Felder wichen den Anwesen der Vorstadt, und schließlich näherten wir uns den Steinwüsten der Metropole. Nachdem wir die Brücke über den schlammiggrauen Fluß überquert und das Verkehrschaos bewältigt hatten, erreichten wir den relativ friedlichen St. James's Square.

Das Mittagessen im Chalfont House wartete bereits auf

uns, doch Emerson verkündete, daß er nicht daran teilnehmen wolle.

»Du willst ausgehen?« fragte ich. Mein Tonfall war so ruhig und gelassen wie hoffentlich immer, doch Emerson liest mir meine innersten Geheimnisse aus der Seele. Seinen Hut in den Händen drehend und meinem Blick ausweichend, sagte er: »Also, Peabody, hier gibt es doch nichts für mich zu tun. Wenn ich dir in irgendeiner Form behilflich sein kann –«

»Oh, ich habe ebenfalls nichts zu tun, Emerson. Lediglich die Beaufsichtigung der Kinder, das Auspacken der Koffer, die Vorbereitungen für das Abendessen, ein Gespräch mit den Bediensteten, daß sie Ramses' Experimente unter gar keinen Umständen anrühren dürfen, und die Beantwortung Dutzender Briefe und Mitteilungen –«

»Welcher Briefe und Mitteilungen?« wollte Emerson wissen. »Verflucht, Amelia, ich lasse mich nicht in irgendwelche gesellschaftlichen Verpflichtungen einbinden. Woher wußten die Adressaten, daß wir uns in London aufhalten?«

»Vermutlich ist die Nachricht hinlänglich bekannt«, erwiderte ich. »Evelyn hat das Personal über unser voraussichtliches Eintreffen informiert, und du weißt selbst, daß Bedienstete nur zu gern über die Aktivitäten solcher Leute wie uns reden.«

»Und du hast allen Bekannten geschrieben und sie zu einem Besuch aufgefordert«, brummte Emerson.

»Lediglich den berufsbedingten Freunden, von denen ich wußte, daß du sie sehen möchtest, Emerson. Howard Carter und Mr. Quibell, Frank Griffith von der Universität –«

»Dann lies deine verdammten Mitteilungen und Briefe, und beantworte sie. Rechne nur nicht damit, daß ich beim Mittagessen, zum Tee oder bei sonstigen Unterhaltungsveranstaltungen zugegen bin. Ich habe zu tun, Peabody!«

Er stülpte sich den Hut auf den Kopf und schoß zur Tür hinaus.

In der Tat hatte meine liebe Evelyn alles Menschenmögliche getan, um uns den vorübergehenden Aufenthalt in London so angenehm wie möglich zu gestalten. Auch wenn die Familie nicht dort wohnte, unterhielt man im Chalfont House immer ein Stammpersonal. Der Bedienstetenstab war sogar größer als eigentlich erforderlich, da die überaus gutherzige Evelyn ständig irgendwelchen gestrauchelten jungen Mädchen Zuflucht bot. Die Haushälterin, die allerdings weder jung noch gestrauchelt war, war ebenfalls ein Produkt ihrer Fürsorge; es handelte sich um eine entfernte Verwandte von Evelyns seit langem verstorbener Mutter, die einen Dorfgeistlichen geheiratet und nach dessen Tod völlig mittellos dagestanden hatte. Da Evelyn die Probleme dieser Frauenschicht – angesehener Frauen ohne Ausbildung, Beruf oder finanzielle Mittel – nur zu gut kannte, hatte sie ihr nicht nur eine Zuflucht, sondern auch eine sinnvolle Beschäftigung angeboten. Mrs. Watson hatte mit dankenswerter Entschlossenheit reagiert und sich zum dienstbaren Geist ihrer liebenswürdigen Hausherrin entwickelt. Für die von ihr ausgebildeten jungen Mädchen, von denen einige so entsetzliche Situationen durchlebt hatten, daß ich dem werten Leser Details besser erspare, war sie wie eine Mutter, und ein Großteil von ihnen schlug eine vorteilhafte berufliche Laufbahn ein oder heiratete. In dem Bewußtsein, daß diese gute Frau alles bestens unter Kontrolle hatte, fühlte ich mich gewissermaßen der Übertreibung schuldig, als ich mich bei Emerson beklagte; doch was soll's, bevor sich eine Tagesroutine einstellte, mußte noch eine ganze Reihe von Dingen geklärt werden. Deshalb setzte ich mich mit Mrs. Watson zum Gespräch zusammen.

Wir hatten keine eigenen Bediensteten mitgebracht. Rose war sozusagen meine Stellvertreterin und im Amarna House unverzichtbar. Wilkins bedeutete – um ganz ehrlich zu sein – mehr Schaden als Nutzen. Ich hatte mir überlegt, John mitzubringen, weil er an uns (und an Ramses' Mumien) gewöhnt war, empfand es allerdings als unhöflich, ihn zu bitten, seine kleine Familie zu verlassen.

Mrs. Watson versicherte mir, daß es keinerlei Probleme gäbe. »Drei Mädchen haben uns zwar gerade verlassen, aber wo die herkamen, sind noch jede Menge.«

»Bedauerlicherweise«, seufzte ich.

»Ja.« Die Haushälterin schüttelte den Kopf. Sie bevorzugte die formelle Bekleidung ihrer Jugendzeit und trug immer eine Haube auf ihrem adrett frisierten weißen Haar. Diese Hauben hatten etwas ungewollt Frivoles; jede schien extravaganter als ihre Vorgängerin mit Bändern, Schleifen und Spitzen geschmückt. An diesem Tag erweckte es den Anschein, als habe sich ein riesiger Schwarm lavendelfarbener Schmetterlinge auf ihrem Haupt niedergelassen.

»Ich werde eine Annonce in der *Post* schalten«, erklärte ich. »Wir suchen jemanden, der die Kinder betreut. Ein Kindermädchen für die kleine Violet; und für die Jungen einen – äh – etwas Robusteres.«

»Einen Hauslehrer?«

»Einen Aufpasser«, entgegnete ich. »Meinen Sie, daß einer der Hausdiener –«

»Das sind zwar brave Burschen«, erwiderte die Haushälterin skeptisch, »aber sie sind nicht sonderlich gebildet, und ihre Umgangsformen entsprechen sicherlich nicht unbedingt Ihren Vorstellungen.«

»Ramses' Bildung bereitet mir weitaus weniger Kopfzerbrechen als die Tatsache, wie man ihn davon abhalten kann, sich – beziehungsweise seinen Cousin – umzubringen«, erklärte ich. »Sie vertragen sich nicht, Mrs. Watson. Ständig streiten und raufen sie miteinander.«

»So sind Jungen nun einmal«, erwiderte Mrs. Watson nachsichtig lächelnd.

»Hmhm.«

»Eines der Hausmädchen – Kitty oder Jane – könnte vorübergehend als Kindermädchen einspringen«, sinnierte Mrs. Watson. »Und Bob ist ein tatkräftiger junger Bursche –«

»Ich werde Ihnen die Sache überlassen, Mrs. Watson, da ich Ihrer Einschätzung voll und ganz vertraue.« Nachdem ich diese Entscheidung getroffen hatte, nahm ich meinen Hut und meinen Schirm und verließ das Haus.

Es war ein herrlicher Frühlingstag. Der rauhe Nordwestwind hatte das schmutziggraue Wolkenbild aufgelockert, so daß sich hin und wieder blauer Himmel zeigte. Ich verfiel in Laufschritt und beobachtete mißfällig und betrübt die mir begegnenden Damen; eng geschnürt und mit ihren hochhakkigen Schuhen waren sie kaum in der Lage, sich vorwärts zu bewegen, geschweige denn vernünftig zu marschieren. Arme ignorante Opfer eines gesellschaftlichen Diktats – aber (so sagte ich mir) willige Opfer, genau wie die naiven indischen Frauen, die mit Freuden ihren bigamischen Ehemännern in den Tod folgten. Die Gesetzgebung hatte diese gräßliche Sitte zwar verboten, aber die Meinung im Volk hinsichtlich der Unterdrückung der Frauen war nach wie vor unaufgeklärt.

Darüber sinnierend bemerkte ich erst, daß jemand mit mir Schritt zu halten versuchte, als eine kurzatmige Stimme hinter mir rief: »Guten Tag, Mrs. Emerson.«

Ohne mein Tempo zu verlangsamen, erwiderte ich: »Guten Tag, Miss Minton, und auf Wiedersehen. Es hat keinen Sinn, daß Sie mich verfolgen, da ich nichts zu tun beabsichtige, was Ihre Leser interessieren könnte.«

»Bitte, wollen Sie nicht einen Augenblick stehenbleiben? Sie gehen so schnell, daß ich nicht mit Ihnen Schritt halten und gleichzeitig auch noch reden kann. Ich möchte mich entschuldigen.«

Ich wurde zum Anhalten gezwungen, da auf der Regent Street, die ich überqueren wollte, dichter Verkehr herrschte. Miss Minton fuhr fort: »Ich habe mich überaus unangemessen verhalten und bin zutiefst beschämt. Nur ... es war allein seine Schuld, Mrs. Emerson. Er treibt mich zur Verzweiflung – und dann handle ich, ohne über die Konsequenzen nachzudenken.«

Einen kurzen Verkehrsstau ausnutzend, überquerte ich die Straße. Miss Minton blieb mir auf den Fersen, obgleich sie um ein Haar von einem Omnibus gestreift worden wäre.

»Vermutlich sprechen Sie von Mr. O'Connell«, bemerkte ich.

»Nun ... ja. Obwohl er auch nicht schlimmer ist als die anderen. Das hier ist eine Männerdomäne, Mrs. Emerson, und wenn eine Frau ihren Weg machen will, dann muß sie genauso brutal und aggressiv wie ihre Kollegen sein.«

»Aber nicht um den Preis ihrer Weiblichkeit, Miss Minton. Man kann in jedem Beruf erfolgreich sein und trotzdem eine Dame bleiben.«

»Auf Sie trifft das sicherlich zu«, erwiderte Miss Minton aufrichtig. »Aber Sie sind einzigartig, Mrs. Emerson. Darf ich Ihnen etwas eingestehen? Seit ich zum ersten Mal von Ihren ägyptischen Abenteuern erfuhr, bewundere ich Sie. Einer der Gründe, warum ich diese Story so unermüdlich verfolgt habe, ist der, daß ich hoffte, Sie persönlich kennenzulernen – mein Idol, mein Ideal.«

»Hmmm. Nun, Miss Minton, selbstverständlich kann ich Ihre Beweggründe nachvollziehen, und ich verstehe auch, daß der von Ihnen gewählte Beruf extreme Anforderungen an eine Frau stellt.«

»Dann verzeihen Sie mir?« fragte die junge Dame händeringend.

»Die Vergebung wird uns Christen ans Herz gelegt, und ich hoffe, daß ich meinen Pflichten als Christin stets gerecht werde. Ich hege keinerlei Groll gegen Sie, aber das heißt noch lange nicht, daß ich die Absicht habe, im Hinblick auf Ihren Sensationseifer mit Ihnen zu kooperieren.«

»Natürlich nicht. Äh ... Sie sind nicht zufällig auf dem Weg zum Scotland Yard, oder?«

Ich warf ihr einen strafenden Blick zu und bemerkte, daß sie lächelte. »Aha«, stellte ich fest. »Ein kleiner Scherz auf meine Kosten. Überaus erheiternd, zweifellos. Um genau zu sein, bin ich auf dem Weg zur *Post*, um dort ein Inserat aufzugeben. Keinen Ihrer geheimnisvollen Hinweise in den Seufzerspalten, sondern schlicht und ergreifend ein Stellengesuch für einen Bediensteten. Danach beabsichtige ich, meinen Gatten im Britischen Museum zu treffen, wo er gerade arbeitet – nicht an der geheimnisvollen Mumienproblematik, sondern an seiner Geschichte des frühen Ägypten. Alles ganz harmlos und unverfänglich, wie Sie sehen; wenn Sie wollen, können Sie mich gern begleiten, denn daran kann ich Sie kaum hindern. Trotzdem wäre es für Sie reine Zeitverschwendung und ein langer, anstrengender Fußweg.«

Miss Minton riß die Augen auf. »Sie wollen zur Fleet Street und zur Bloomsbury zu Fuß gehen?«

»Gewiß. *Mens sana in corpore sano,* Miss Minton; ein gesunder Geist basiert meiner Meinung nach auf einem gesunden Körper, und regelmäßiges Training –«

»Oh, ganz meine Meinung«, entfuhr es Miss Minton. »Und das erklärt auch Ihre jugendliche Erscheinung und Ihre sportlich schlanke Figur. Ich hoffe, Sie nehmen mir meine Worte nicht übel.«

Schmunzelnd schüttelte ich den Kopf; denn das Mädchen

besaß wirklich ansprechende Umgangsformen, wann immer sie diese durchblicken ließ. »Und Ihre Bekleidung«, fuhr sie fort, »ist so praktisch und trotzdem kleidsam. Überaus geschmackvoll und doch bequem.«

»Ich wünschte, ich könnte dasselbe von Ihnen sagen«, erwiderte ich wohlwollend. »Nicht, daß Ihr Kleid nicht überaus hübsch wäre. Mir fällt auf – obgleich ich das nie für möglich gehalten hätte –, daß man die Ärmel jetzt noch gebauschter trägt, und auch die Weite Ihres Rocks erlaubt es Ihnen, sich freier zu bewegen, ohne von Stoffmassen eingeengt zu werden. Die Farbe – wie war noch gleich die diesjährige Modefarbe: Safran, Senf, Goldrute? – unterstreicht Ihren Teint. Und die unzähligen Biesen an den Handgelenken und am Revers ... Sie knöpfen besser Ihren Mantel zu, Miss Minton, der Wind ist empfindlich kühl. Bitte, wenn Sie erlauben. Ja, genau wie ich vermutete; Ihre Korsage ist viel zu eng. Ein Wunder, daß Sie überhaupt noch atmen können.« Ich fuhr fort, ihr einen kurzen Vortrag über die katastrophalen Auswirkungen enggeschnürter Korsagen auf die inneren Organe zu halten, dem sie mit unverhohlenem Interesse lauschte. Plötzlich meinte sie impulsiv: »Das ist alles überaus interessant. Mrs. Emerson, würden Sie ... könnten Sie ... wäre es möglich, daß Sie sich zu einem kurzen Aufenthalt bereit erklärten und mit mir eine Tasse Tee einnähmen, während wir diese Diskussion fortsetzen?«

Ich zögerte; in der Tat wollte ich die Hoffnung nicht aufgeben, eine weitere junge Frau von den Vorzügen vernünftiger Bekleidung zu überzeugen, um damit vielleicht ihre Gesundheit oder sogar ihr Leben zu retten. Eindringlich fuhr sie fort: »Ich verspreche Ihnen, daß Sie keine Zeit verlieren; denn wenn Sie erlauben, bin ich zum Dank für Ihr Entgegenkommen gern bereit, Ihnen den kleinen Dienst zu erweisen, Ihre Anzeige in der *Post* aufzugeben. Ich muß ohnehin zur Fleet

Street. Das erspart Ihnen einen Umweg, da Sie direkt zum Museum gehen können.«

Sie schwenkte ihren Schirm und deutete auf ein nahe gelegenes Gebäude. Ich erkannte den Namen; es handelte sich um eine Teehauskette, die sich, wie ich erfahren hatte, ehrbaren, berufstätigen Damen widmete, deren Zahl ständig wuchs. (Allerdings nicht in dem Maße, wie es wünschenswert gewesen wäre.)

Wir führten ein kurzes, anregendes Gespräch. Die Themenpalette war breit gefächert und rangierte von Modetendenzen bis hin zu Frauenrechten, von der Ehe (einer Institution, die mich mit gewissen, schwerwiegenden Bedenken erfüllt, auch wenn meine eigenen Erfahrungen durchaus positiv sind) bis zum Berufsstand der Journalisten. Allerdings gebe ich zu, daß (wie der werte Leser möglicherweise bereits vermutet) mein Hauptinteresse darin bestand, Miss Minton nach und nach alles zu entlocken, was sie im Fall der unheilbringenden Mumie wußte.

Miss Minton stimmte mit mir überein, daß die wahre Identität des Verrückten in der Priesterrobe von vorrangiger Bedeutung war. Sein Verschwinden grenzte an übersinnliche Fähigkeiten; es mit den Worten der Sensationspresse wiederzugeben, daß er die Angewohnheit hatte, sich in Luft aufzulösen, wäre zwar zweifellos Übertreibung gewesen, metaphorisch gesehen war diese Umschreibung jedoch korrekt. Allerdings beharrte Miss Minton darauf, daß er in erster Linie deswegen bislang stets entkommen war, weil seine Verfolgung niemanden interessiert hatte.

»Er war nur ein Verrückter unter vielen«, meinte sie zynisch lächelnd. »Nun, allerdings …«

»Ich dachte, die Polizei hätte den Zeugen nicht geglaubt, die behaupteten, ihn in unmittelbarer Nähe des Mordschauplatzes bemerkt zu haben.«

»So heißt es. Aber das kann ohne weiteres ein Ablenkungsmanöver von Scotland Yard sein, um ihn in falscher Sicherheit zu wiegen. Für die Presse ist er jedenfalls von beachtlichem Interesse. Wie gern wäre ich diejenige, die ihn stellte und seine wahre Identität lüftete! Welch ein journalistischer Coup!« Ihre Augen leuchteten.

»Sie haben doch irgend etwas vor«, bemerkte ich scharfsinnig. »Hat es zufällig mit Ihrem jungen Freund im Museum zu tun?«

»Mit Eustace?« Das Mädchen schüttelte sich vor Lachen. »Um Himmels willen, nein. Eustace sähe nichts lieber, als daß ich diesen Fall aufgäbe und den Beruf der Journalistin an den Nagel hinge.«

»Aber Sie nutzen ihn schamlos aus«, sagte ich. »Schämen Sie sich, Miss Minton. Die Zuneigung eines jungen Mannes darauf zu verwenden, ihm Informationen zu entlocken, ist wirklich ... Ich nehme an, er kannte den Ermordeten?«

»Ja.« Einen Augenblick lang zögerte sie; doch meinem entwaffnenden Lächeln und meiner Erwartungshaltung konnte sie sich schließlich nicht entziehen. »Eigentlich sollte ich es nicht sagen, aber nach allem, was ich gehört habe, war Mr. Oldacre kein großer Verlust.«

»Merkwürdig. Emerson drückte sich ähnlich aus.«

5»Im Zuge früherer Recherchen hatte ich die Gelegenheit, ihn persönlich kennenzulernen«, fuhr das Mädchen fort. Ihr wohlgeformter Mund verzog sich angewidert. »Ein hinterhältiger Schleimer mit feuchten Händen – Sie verstehen, was ich damit sagen will, Mrs. Emerson – und einem Blick, der einen auszuziehen schien. Er gab sich übermäßig jovial im Umgang mit seinen Mitarbeitern und katzbuckelte vor seinen Vorgesetzten; er versuchte immer, einen Lebensstil zu pflegen, den er sich weder leisten noch glaubwürdig –«

»Ah«, wandte ich, hellhörig geworden, ein. »Dann hatte er also Schulden?«

»Ständig.«

»Vielleicht wurde er von einem Geldverleiher umgebracht.«

»Geldverleiher bringen die Gans nicht um, die goldene Eier legt«, sagte Miss Minton. »Ohne die entsprechende Sicherheit verleihen sie aber auch nicht unbegrenzt Geld. Oldacre war keineswegs wohlhabend, und sein Museumsgehalt reichte nicht für den von ihm geschätzten Lebensstil. Sie verstehen, worauf ich hinauswill, nicht wahr, Mrs. Emerson?«

»Erpressung.«

»Ganz recht. Und die Opfer von Erpressern schlagen gelegentlich zurück.«

»Aber diese Theorie wirft mehr Fragen auf, als daß sie Antworten lieferte«, erklärte ich. »Wen erpreßte er und aus welchem Grund? Und was hat der verrückte Priester mit der Geschichte zu tun? Sie folgern genial, Miss Minton, trotzdem fehlt Ihnen meine Erfahrung in diesen Dingen, und ich muß Ihnen sagen ...«

Worauf sich meine umfassende Argumentation anschloß, die mit den Worten endete: »Nun, meine Liebe, ich wünsche Ihnen viel Glück. Es wäre mir ein Vergnügen, den Erfolg einer Frau mitzuerleben, wo die arrogante Männerwelt versagt.«

Ihre Augen blitzten auf. »Wenn Sie es so sehen –«, hub sie an.

»Mit meiner Unterstützung dürfen Sie nicht rechnen, Miss Minton. Ich habe weder Interesse an dem Fall, noch verfüge ich über die Zeit, ihn weiterzuverfolgen. In diesem Sommer bin ich sehr beschäftigt. Ich muß dem Professor bei der Fertigstellung seines Buches über die Geschichte des alten Ägypten behilflich sein, unseren Ausgrabungsbericht für eine Veröffentlichung vorbereiten, die Jahreshauptversammlung der Gesellschaft zur Erhaltung der altägyptischen Baudenkmäler besuchen und meinem Versprechen nachkommen, einen Vortrag zur Überflutung der Grabkammer der Schwarzen Pyramide zu halten – ... oh, nun ja, eine ganze Reihe von Aktivitäten. Deshalb mache ich mich besser auf den Weg.«

Wir trennten uns in freundschaftlichem Einvernehmen, und ich dankte ihr noch einmal für ihre Liebenswürdigkeit, mein Inserat aufzugeben.

Ich wartete, bis ihre schlanke, drahtige Erscheinung außer Sichtweite war, und machte mich dann auf den Weg. Es wäre ihr sicherlich nicht im Traum eingefallen, welche Richtung ich einschlug – nicht zum Piccadilly und zur Shaftesbury Avenue, dem direkten Weg zum Russell Square, nein, ich folgte ihr zum Flußufer. Beschwingten Schrittes schwenkte ich meinen Schirm, denn ich war überaus selbstzufrieden. Ich hatte ihr keine einzige Unwahrheit aufgetischt (was ich auch zutiefst verabscheue), dennoch war es mir gelungen, sie von meiner Fährte abzubringen.

Emerson hätte sicherlich behauptet, daß ich die gerechte Strafe für meine Selbstgefälligkeit bekam. Doch wer hätte vermuten können, daß sich hinter ihrem hübschen, lächelnden Gesicht eine solch abgrundtiefe Falschheit verbarg?

Mit Sicherheit kein so aufrichtiger und ehrlicher Mensch wie ich.

6

Da meine kriminalistischen Ermittlungen bislang immer im Nahen Osten stattgefunden hatten, hatte ich noch nie die Gelegenheit erhalten, New Scotland Yard aufzusuchen. Aus rein beruflichem Interesse hatte ich natürlich das Gebäude begutachtet, wann immer ich daran vorüberging, und ich stimmte keinesfalls mit den Ästheten überein, die seine Architektur verpönten. Rote Ziegel, heller Sandstein und die runden Ecktürmchen vermittelten ihm den malerischen Charme eines repräsentativen Landsitzes. Das äußere Erscheinungsbild stand sicherlich im Widerspruch zu seiner unangenehmen Funktion, doch ich sehe keinen Grund, warum Gefängnisse, Festungen, Fabriken oder ähnliche Einrichtungen häßlich sein sollten.

Da ich die Kapriolen der ägyptischen Polizeibeamten und die Unverschämtheiten ihrer englischen Vorgesetzten gewohnt war, war ich von der Effizienz und der mir entgegengebrachten Höflichkeit angenehm überrascht. Als ich nach dem im Mordfall an Mr. Oldacre verantwortlichen Beamten fragte, wurde ich umgehend in ein (ziemlich langweiliges) Büro geführt, dessen Fenster den Fluß überblickten. Dort befanden sich zwei Schreibtische, drei Stühle, mehrere Schränke und zwei Männer; bei einem der beiden handelte es sich um einen uniformierten Beamten, der andere war ein schlanker, ergrauter Herr mit dem ausgemergelten Gesicht einer Mumie, der er auch ziemlich ähnelte, da seine Gesichtshaut von zahllosen Falten durchzogen war. Als er meinen Namen hörte, sprang er auf, um mich zu begrüßen, und seine schmalen Lippen zwangen sich zu einem Lächeln.

»Mrs. Emerson! Zweifellos sind Sie *die* Mrs. Emerson; Ihr Erscheinungsbild ist mir aufgrund der gelegentlich in den Zeitungen abgedruckten Abbildungen vertraut. Setzen Sie sich. Nehmen Sie eine Tasse Tee?«

Teils aus Höflichkeit, teils aus Neugier, welches Gebräu man in den Mauern von Scotland Yard servierte, nahm ich dankend an. Nachdem er den mir angebotenen Stuhl abgestaubt hatte, setzte ich mich, und der Beamte eilte mit dem Auftrag seines Vorgesetzten aus dem Zimmer.

»Ich bin Inspektor Cuff«, sagte der ergraute Gentleman und nahm hinter seinem Schreibtisch Platz. »Ich hatte Sie schon erwartet, Mrs. Emerson. Allerdings hatte ich bereits vor dieser Geschichte mit der Ehre Ihres Besuches gerechnet.«

Seine Lippen gaben den Kampf auf, sich ein Lächeln abzuringen, doch seine stechenden grauen Augen musterten mich freundlich zwinkernd, wenn nicht sogar bewundernd. Ich war erfreut und gab das auch zum Ausdruck. »Es tut mir leid, daß ich nicht schon früher gekommen bin, Inspektor. Die Familie und der Beruf, verstehen Sie.«

»Das verstehe ich vollkommen, Ma'am. Aber Sie schulden es der englischen Bevölkerung und der schwer arbeitenden Polizei der Hauptstadt auch, uns mit Ihrer legendären Begabung zur Verbrechensaufklärung zu unterstützen.«

Bescheiden senkte ich den Blick. »Oh, was das anbelangt, Inspektor, kann ich schwerlich behaupten ...«

»Keine falsche Bescheidenheit, Mrs. Emerson. Ich weiß alles über Sie. Wir haben einen gemeinsamen Bekannten, der

Sie ebenfalls bewundert. Mr. Blakeney Jones, ein ehemaliger Berater der Kairoer Polizei.«

»Mr. Jones – natürlich! Ich erinnere mich sehr gut an ihn. Als ich ihm bei einer Gelegenheit zwei abgebrühte Ganoven überstellen konnte, die mich belästigt hatten, nahm er das Protokoll auf. Dann ist er also wieder in London?«

»Ja, seit über einem Jahr. Er wird es sicherlich bedauern, Sie nicht begrüßen zu können; augenblicklich befindet er sich im Urlaub.«

»Wenn Sie ihn sehen, grüßen Sie ihn bitte von mir.« Ich streifte meine Handschuhe ab, faltete die Hände und warf Cuff einen ernsten Blick zu. »Aber genug der Höflichkeiten, Inspektor. Kommen wir zum Geschäftlichen.«

»Gewiß, Ma'am.« Sein Augenzwinkern war zu offensichtlich. »Wie kann ich Ihnen helfen? Oder sind Sie gekommen, um mich zu unterstützen?«

»Ich hoffe, daß ich Ihnen dienlich sein kann, Inspektor. Augenblicklich jedoch fehlen mir wichtige Informationen. Berichten Sie mir alles über den Mordfall.«

Mr. Cuff erlitt einen Hustenkrampf. Da der Beamte in diesem Moment mit zwei dampfenden, mit einem trüben Gebräu gefüllten weißen Bechern zurückkehrte, drückte ich dem Inspektor einen davon in die Hand.

»Vielen Dank, Ma'am. Das ist dieser verfluchte – Verzeihung – Londoner Nebel. – Sie können gehen, Jenkins, ich brauche Sie nicht mehr.«

Nachdem der Beamte den Raum verlassen hatte, lehnte sich Cuff in seinem Sessel zurück. »Hinsichtlich des Mordfalles befürchte ich, daß wir nur unwesentlich mehr wissen als die breite Öffentlichkeit. Der Schweregrad der Verletzung und die Tatsache, daß keine Waffe gefunden wurde, schließen die Möglichkeit eines Selbstmordes aus. Die Uhr, die Geldbörse und andere Wertsachen des Toten fehlten –«

»Aber sicherlich handelte es sich bei dem Motiv nicht um Raubmord«, unterbrach ich ihn.

»Das ist korrekt, Mrs. Emerson. Ein umherziehender Vagabund, wie sie nachts in Scharen die Straßen bevölkern, fand die Leiche und stahl die erwähnten Wertgegenstände. Der Bursche befindet sich selbstverständlich in Untersuchungshaft; er ist uns bestens bekannt, dennoch glauben wir nicht, daß er Mr. Oldacre getötet hat.«

»Bislang haben Sie mir lediglich das berichtet, was allgemein bekannt ist«, bemerkte ich. »Und das nicht einmal exakt. Was ist mit der seltsamen Botschaft, die die starren Finger des Toten umklammerten?«

»Wie hervorragend umschrieben«, meinte Inspektor Cuff bewundernd. »Ja, die Botschaft. Hier habe ich eine Kopie.«

Die Unordnung seines Schreibtisches wurde lediglich von der meines geschätzten Gatten übertroffen; aber genau wie Emerson gelang es auch Cuff, mit einem Handgriff das gesuchte Papier zutage zu fördern. Er zog es aus einem Stapel ähnlich aussehender Schriftstücke hervor und reichte es mir.

»Das sind zweifellos Hieroglyphen«, bemerkte ich. »Aber in der ägyptischen Literatur findet sich kein solcher Text. Die Botschaft scheint folgendermaßen zu lauten: ›Der Tod soll auf sanften Schwingen denjenigen ereilen, der meine Grabruhe stört.‹«

»Das wurde mir bereits von anderen Kapazitäten bestätigt, Ma'am.«

»Und warum fragen Sie mich dann?« wollte ich wissen, während ich das Schriftstück auf seinen Schreibtisch warf.

»Ich ging davon aus, daß Sie es zu sehen wünschten«, meinte Cuff betreten. »Außerdem kann es nie schaden, mehrere Fachleute zu Rate zu ziehen – insbesondere eine solche

Expertin wie Sie. Vielleicht möchten Sie diese Kopie an sich nehmen und dem Professor zeigen.«

»Danke, ich glaube schon. Obwohl ich Sie warnen muß, Inspektor. Wenn Sie Emerson von einer Mitwirkung überzeugen wollen, müssen Sie überaus umsichtig vorgehen. Er hat so seine Vorurteile, was meine Unterstützung der Polizei anbelangt.«

»So wurde mir gesagt«, bemerkte Inspektor Cuff.

Ich löcherte ihn weiterhin mit meinen Fragen, mußte mir aber schließlich eingestehen, daß die Polizei – wie üblich – vor einem Rätsel stand. Die Geschichte von dem Priester, der in der Nähe des Leichnams gesehen worden war, wurde von Cuffs seltsamem Versuch eines Lächelns entkräftet. »Der Zeuge stand unter Drogeneinfluß, Mrs. Emerson. Er hat immer wieder Anwandlungen von Visionen, sieht Schlangen, Drachen und – äh – dürftig bekleidete Frauen.«

»Verstehe. Inspektor, ist Ihnen schon einmal der Verdacht gekommen, daß wir es mit einem weiteren Jack the Ripper zu tun haben könnten?«

»Nein«, erwiderte der Inspektor gedehnt. »Nein, Mrs. Emerson, das kann ich wirklich nicht sagen.«

Meine Theorie schien ihn sichtlich zu beeindrucken, und er versprach, die Ermittlungen unter diesem Aspekt erneut aufzunehmen. »Allerdings«, fügte er hinzu, »erst – und da sei Gott vor – wenn ein weiterer Todesfall eintritt. Ich glaube nicht, daß diese Theorie haltbar ist ... zumindest noch nicht. Wir werden abwarten und sehen, Mrs. Emerson; so lautet unser Motto, was? Abwarten und sehen.«

Er legte seinen Finger an seinen Nasenflügel wie Sankt Nikolaus – dem er nicht im geringsten ähnlich sah – und zwinkerte mir zu.

Wir trennten uns in überaus freundlichem Einvernehmen. Ich schätzte die angenehmen Umgangsformen dieses Mannes; doch als ich das Gebäude verließ, erlaubte ich mir ein kleines, ironisches Lächeln. Falls Inspektor Cuff glaubte, mich mit seinen Komplimenten und seinem entsetzlichen Tee abgelenkt zu haben, hatte er sich gehörig getäuscht. Er wußte mehr, als er mir zu erkennen gegeben hatte. Er war genau wie all die anderen mir bekannten, nervtötenden Polizisten nicht bereit zu dem Zugeständnis, daß eine Frau seinen detektivischen Spürsinn teilte (meine Bescheidenheit hindert mich daran, den Begriff »übertreffen« anzuwenden). Nun, wie der Inspektor sich auszudrücken pflegte – wir würden sehen!

Weil die Zeit knapp wurde – und nicht etwa, weil ich erschöpft war, denn das war ich wirklich nicht –, nahm ich eine Droschke, die mich mit der ihr eigenen atemberaubenden Geschwindigkeit zur berühmten Russell Street fuhr. Ich wünschte, ich könnte von mir behaupten, daß mich der Anblick des Museums mit respektvoller Bewunderung für dieses Zentrum der Wissenschaft und der archäologischen Schätze erfüllt hätte, kann das aber in der Tat nicht. Der ursprüngliche, einem griechischen Tempel nachempfundene Bau war wirklich ansprechend, doch in den dreißig Jahren seit seiner Fertigstellung hatte ihm die rauchgeschwängerte Londoner Luft einen deprimierenden, schmutziggrauen Anstrich verliehen. Was den Zustand der Exponate anbelangt ... Nun, um ehrlich zu sein, ist und war das Museum trotz der ständig wachsenden Anzahl neuer Seitenflügel und Galerien immer überfüllt; dennoch gibt es keine Entschuldigung für die unkorrekten Beschriftungen an den Ausstellungsstücken und für die Ignoranz der sogenannten »Führer«, die den uninformierten Besuchern diese Unkorrektheiten wiederholen. Ich habe es immer wieder betont: Was das Britische Museum braucht, ist eine Frau auf dem Direktorenposten.

Emerson war weder im Lesesaal noch in seinem »Studierzimmer«. Da ich das auch keineswegs erwartet hatte, begab ich mich ohne Umschweife zu den ägyptischen Ausstellungsräumen im Obergeschoß.

Der zweite ägyptische Saal war noch überfüllter als bei meinem ersten Besuch. Das Gedränge war kosmopolitisch (und sogar polyglott, da ich den Turban des einen oder anderen Hindus bemerkte, und die Dialekte aus Yorkshire, Schottland und anderen entlegenen Gegenden kann man wohl kaum als Englisch bezeichnen). Modisch gekleidete Damen flüsterten und kicherten hinter vorgehaltener, behandschuhter Hand, Seite an Seite mit souveränen Geschäftsleuten und unauffälligen, gepflegt gekleideten Angestellten. Es gab eine Reihe von Kindern und einige Personen, die der untrügliche Stempel des Journalismus prägte; und auch einen Fotografen, von dem lediglich seine Beine unter dem schwarzen Kameratuch hervorlugten. Es bedurfte nicht unbedingt messerscharfer Logik zu der Schlußfolgerung, daß irgend etwas Außergewöhnliches im Gange war.

Den berühmt-berüchtigten Mumienschrein zu sehen, geschweige denn, an ihn heranzukommen, gestaltete sich als unmögliches Unterfangen. Ich bahnte mir einen Weg durch die Menge, bis ich zu einem dunkelhäutigen Herrn mit violettem Turban und riesigem, schwarzem Vollbart vorgedrungen war.

»Hallo, Peabody«, sagte er. »Was machst du denn hier?«

»Dasselbe könnte ich dich fragen, Emerson.«

»Nun, ich sah die Ankündigung in der Zeitung, wie du vermutlich auch. Mr. Budge wird einen Vortrag halten. Wie könnte ich einer solchen Gelegenheit widerstehen, mein Verständnis der Ägyptologie zu optimieren?«

Der gräßliche Sarkasmus in seiner Stimme läßt sich kaum wiedergeben.

Ich erwiderte: »Davon einmal abgesehen, Emerson, könnte ich dich fragen, was dich zu dieser ungewöhnlichen Verkleidung veranlaßt hat. Der Bart wirkt irgendwie übertrieben, findest du nicht auch?«

Liebevoll strich Emerson über besagtes Accessoire. Als ich ihm zum ersten Mal begegnete, hatte er einen Bart getragen; auf mein Drängen hin hatte er ihn schließlich abrasiert, trotzdem hatte ich mich immer wieder gefragt, ob er ihn vermißte.

»Das ist ein Prachtexemplar von einem Bart, Peabody. In diesem Fall dulde ich keinerlei Kritik.«

»Du willst dich Mr. Budge nicht zu erkennen geben, ist es das?«

»Ach, komm, Peabody, laß uns nicht zanken«, brummte Emerson. »Ich bin aus dem gleichen Grund hier wie du. Der Verrückte wird sicherlich bald auftauchen; er hat die Zeitung ebenfalls gelesen und wird einer solchen Konfrontation nicht widerstehen können. Ich werde mir den Burschen schnappen und diesen ganzen Unsinn beenden.«

»Der Bart ist bestimmt eine große Hilfe, Emerson.«

Emerson blieb mir eine Antwort schuldig, da leises Hüsteln am Ende des Saales auf das Eintreffen von Mr. Budge hindeutete. Er war umringt von Aufsehern, die auf unhöflichste Art und Weise für einen Freiraum zwischen der Ausstellungsvitrine und der Kamera sorgten. Mr. Budge setzte sich in Pose; ein Blitz und eine sich daran anschließende Rauchwolke dokumentierten die Fotoaufnahme.

Man konnte nur hoffen, daß sie ihm schmeichelte. Zu jenem Zeitpunkt war er Ende Dreißig, wirkte jedoch älter. Um es mit den Worten eines unserer amerikanischen Kollegen auszudrücken (Mr. Breasted aus Chicago, den Emerson für einen der vielversprechendsten Ägyptologen der jüngeren Generation hielt), war Budge »feist, faul und verlogen« und sein Händedruck »so angenehm warm wie ein Fischschwanz«. Zu Schlitzen verengte, kalte Augen beobachteten hinter dicken Brillengläsern mißtrauisch das Weltgeschehen. Seine Vorgesetzten behandelten ihn mit einer Mischung aus Anerkennung und Ablehnung; Anerkennung, weil er die Museumssäle mit auserlesenen Objekten bestückte; Ablehnung, weil ihn seine Methoden des Erwerbs bei sämtlichen ehrbaren Mitgliedern der archäologischen Gesellschaft in Mißkredit brachten. Zu praktisch jedem wissenschaftlichen Thema – egal, ob nun Assyriologie oder Ägyptologie – hatte er maßgeblich und inkompetent veröffentlicht. Die Geschichten um seine dubiosen Praktiken reichten von Bestechung und gefälschten Zollausfuhrerklärungen bis hin zu regelrechtem Diebstahl, was auf dem gesamten Fachsektor der Orientalistik immer wieder für Gesprächsstoff sorgte.

Dieser Mann trat soeben mit einer Ausarbeitung zur Mumifikation im alten Ägypten vor sein Publikum.

Der Vortrag bestand aus der mir bei Budge vertrauten Mischung von vorgeschobener Gelehrsamkeit und Prahlerei. Wiederholt bezog er sich auf den Papyrus von Ani, ein Prunkstück des Museums, das Budge unter den fragwürdigsten Bedingungen selbst erstanden hatte. Da es sich um einen Begräbnispapyrus handelt, war es vermutlich entschuldbar, daß er diesen zur Veranschaulichung des Totenrituals hinzuzog; doch das versammelte Publikum, das von Prinzessinnen, Flüchen und dem Zauber des alten Ägypten hören wollte, wirkte zunehmend gelangweilter. Die Damen stellten ihr Flüstern und Kichern ein, und einige Besucher suchten das Weite.

Budge leierte seinen Vortrag herunter. »Das Herz des Verstorbenen wurde gegen die Feder aufgewogen, dem Symbol von Recht und Wahrheit oder Gesetz. Diese Zeremonie wurde durchgeführt ...«

Zum ersten Mal belebte Emerson den Vortrag nicht mit seinen sarkastischen Kommentaren. Er fingerte an seinem Bart herum (vermutlich juckte ihn der Klebstoff) und ließ seinen Blick durch den Saal schweifen. Da ich nicht über seine beachtliche Größe verfügte, konnte ich nur wenig sehen, aber ich erkannte Kevin O'Connell trotz der Tatsache, daß er sein Haar unter seiner tief ins Gesicht gezogenen Kappe verborgen hatte. Nicht weit von ihm befand sich ein mir vertrautes safrangelbes (oder goldrutenfarbiges) Kostüm, und insgeheim bewunderte ich Miss Minton für ihren unermüdlichen beruflichen Ehrgeiz. Sie hatte es nicht für nötig befunden, mich über ihr Vorhaben zu informieren, dem Vortrag beizuwohnen, aber das beruhte auf Gegenseitigkeit.

Einige Leute gingen, und andere stießen dazu. Niemand hielt sie davon ab, obgleich der Raum zunehmend stickiger und beengter wurde. Die Aufseher waren in den für ihren Berufsstand charakteristischen Dämmerschlaf verfallen, und in diesem Fall konnte man ihnen das kaum verübeln.

Nachdem er sich lang und breit über die spirituellen Aspekte des ägyptischen Begräbnisrituals ausgelassen hatte, wandte sich Budge den Einbalsamierungsmethoden zu, und das Publikum horchte auf. Die Standardbeschreibungen Herodots wurden mit entsprechendem Zusammenzucken und entsetztem Gemurmel aufgenommen. »Die vorrangige und aufwendigste Methode bestand darin, das Gehirn mit einem Eisenhaken aus der Nase zu ziehen und die Gedärme mit Hilfe eines seitlichen Einschnitts komplett aus dem Körper zu entfernen. Die Gedärme wurden gesäubert und in Palmwein gewaschen ...«

Allerdings war es uns bei dieser Gelegenheit nicht vergönnt zu erfahren, was mit diesen unappetitlichen Organen später geschah. Ein Großteil der Zuhörer konzentrierte sich auf den Vortrag oder döste vor sich hin; Budge feixte in die Kamera.

Für die meisten Anwesenden mußte die Gestalt so plötzlich aufgetaucht sein, daß es fast übersinnlich wirkte – eine von Kopf bis Fuß in fließende weiße Gewänder gehüllte Gestalt mit einem Umhang aus Leopardenfell.

Meine Finger umklammerten Emersons Arm. Seine angespannten Muskeln waren hart wie Granit, aber er rührte sich nicht. Ich wußte, was in ihm vorging; es war besser, wenn er wartete, bis der Verrückte mitten im Raum stand, umringt von mehreren Dutzend Personen und ohne erkennbare Fluchtmöglichkeit. Es gab ohnehin nur zwei – die jeweiligen Ein- und Ausgänge an beiden Enden des Saals.

Budge gehörte zu den letzten, die den Neuankömmling bemerkten. Er brach mit einem kreischenden Überraschungsschrei ab, und als die stattliche Gestalt durch eine hastig von den Zuschauern geräumte Schneise langsam auf ihn zuschritt, schrak er zurück.

»Schnappt ihn euch!« schrie er. »Warum steht ihr einfach nur so da? Laßt ihn nicht näher kommen!«

Diese Worte galten vermutlich den Aufsehern, von denen die meisten aufgrund der Erscheinung wie gelähmt waren. Schließlich trat einer von ihnen, der etwas beherzter und weniger verschlafen wirkte, auf den »Priester« zu.

»Stehenbleiben!« Die Stimme schallte mit einem hohlen Nachhall durch die Maske. Ramses hätte sicherlich behauptet, der Bursche habe seine Rolle einstudiert; sein Tonfall wurde tiefer und bestimmender als vorher, und er hob seine Hand mit einer feierlichen Geste, deren Würde den berühmten Sir Henry Irving sicherlich mit Neid erfüllt hätte.

»Wer mich berührt, tut es auf eigene Gefahr!« warnte die sonore Stimme. »Wer seine unselige Hand an die Auserwählten der Götter legt, wird sterben.«

Atemloses Schweigen trat ein, das lediglich von den aufgeregten Bemühungen des Fotografen unterbrochen wurde, der ein neues Negativ einzulegen versuchte. Mit getragener und noch ehrwürdigerer Stimme fuhr der »Priester« fort: »Ich komme zum Schutz und nicht, um Unheil zu bringen. Ich werde um Gnade und Vergebung für euch flehen. Ohne mein Einschreiten wird sich der Fluch des alten Ägypten auf alle – ALLE! – legen, die sich in diesem Raum befinden!«

»Das hat gesessen«, bemerkte Emerson und entzog sich meiner Umklammerung.

Mit seiner Aussage hatte er den Nagel auf den Kopf getroffen. Die unheilvolle Warnung versetzte die Menge in Angst und Schrecken. Alle bewegten sich auf einmal, einige versuchten, zu einem der beiden Ausgänge zu gelangen, andere kreischten in ihrer Panik, wieder andere wurden von hysterischen Lachkrämpfen geschüttelt. Eine Dame fiel in Ohnmacht. Die Beherzteren (und die Reporter) versuchten, sich ihren Weg zu dem Verrückten zu erkämpfen. Die Kamera schwankte, fiel um und begrub eine kleine alte Dame mit rostfarbener Haube und ein blondes Kind unter sich. Emerson, dessen stattliche Erscheinung sich über dem Tumult erhob, wurde von einer Dame am Eingreifen gehindert, die sich ausgerechnet seine durchtrainierte Brust für ihren Ohnmachtsanfall ausgesucht hatte.

Vollkommen überflüssig zu erwähnen, daß ich Ruhe bewahrte. Ich konnte mich nicht bewegen; im Gegenteil, es bedurfte meiner gesamten Körperkraft, nicht zu stürzen, da ich von allen Seiten von flüchtenden Besuchern angerempelt wurde. Der Irre stürmte auf die Vitrine mit dem Sarg zu – und auf Budge, der daneben stand. Verzweifelt versuchte Budge, sich umzudrehen und zu fliehen, doch seine Physiognomie war an rasche Bewegung nicht gewohnt; er glitt auf dem Marmorboden aus und sackte unter verzweifelten Hilferufen in sich zusammen.

Der Irre rührte ihn nicht an. Er verharrte lediglich so lange, bis er eine unverständliche Bemerkung an die auf dem Sargdeckel symbolisierte Gestalt gerichtet hatte, dann erkämpfte er sich den Weg zu einem Vorhang am Ende des Saales und verschwand dahinter.

Es war mein ritterlicher Emerson, der Schlimmeres verhinderte. Er packte sich die ohnmächtige Frau unter den Arm, bahnte sich den Weg zu Budge und stellte sich schützend über ihn, um ihn (dessen bin ich mir sicher) davor zu bewahren, von den Fliehenden totgetrampelt zu werden. Mit der Stimmlage, die ihm den stolzen Titel »Vater der Flüche« eingehandelt hat, wandte er sich an die wildgewordene Horde.

»Ruhe!« brüllte er. »Bleiben Sie sofort stehen! Er ist fort! Die Gefahr ist vorüber!«

Die Menge reagierte prompt, da sie sich einem solchen Befehlston kaum widersetzen konnte; und Emerson zerrte den unglücklichen Kustos auf seine Füße. Budge hatte seine Brille verloren, seine Krawatte hing unter seinem linken Ohr, und sein Gesicht war vor Zorn und Empörung feuerrot angelaufen. Emerson drückte ihm die ohnmächtige Dame in den Arm. Budge schwankte, doch schließlich gelang es ihm, sein Gleichgewicht zu finden.

»Übernehmen Sie das Kommando, Sie Neunmalkluger«, herrschte ihn Emerson an. »Sie brüsten sich doch ständig damit, daß Sie die ›Eingeborenen‹ zur Räson bringen. Jetzt zeigen Sie uns doch mal eine kleine Kostprobe Ihres Könnens.«

Ohne eine Antwort abzuwarten, zu der Budge sowieso nicht fähig gewesen wäre, schoß Emerson auf mich zu. Selbst als er wie ein wachsamer Löwe auf der Lauer gelegen und die ohnmächtige Dame umklammert hatte, selbst als er versucht hatte, den Hilflosen zu beschützen, während er mit stoischer Gelassenheit die Zerschlagung seines Plans ertrug – selbst da war sein fragender Blick zu mir geschweift. Als er mich aufrecht und gefaßt bemerkte, meinen Schirm kampfbereit gezückt, hatte er weiterhin seine Pflicht erfüllt. Jetzt kehrte er mit der zärtlichen Frage zu mir zurück: »Alles in Ordnung, Peabody? Gut. Der Bursche ist natürlich längst über alle Berge, aber wir können trotzdem seine Verfolgung aufnehmen.«

Die schweren braunen Samtvorhänge, hinter denen der Priester verschwunden war, schienen auf den ersten Blick aus einem Stück zu bestehen. Nach längerem Fluchen und Wühlen fand Emerson den Spalt, durch den der Verrückte entkommen war. Er zerrte den Samt beiseite. Dahinter befand sich die nackte Marmorwand.

Emerson wußte (ebenso wie ich), daß es außer den beiden Zugängen zum Saal keine weitere Fluchtmöglichkeit gab; dennoch war es typisch für ihn, das Offensichtliche weit von sich zu weisen. Er verschwand hinter dem Vorhang und tastete sich an der Wand entlang. Das heftige Flattern der Samtportieren kennzeichnete sein Fortkommen und wirbelte Unmengen von Staub auf.

In Begleitung eines Aufsehertrosses stürmte Budge auf mich zu.

»Was zum Teufel geht hier vor?« wollte er wissen. »Mrs. Emerson, ich bestehe –«

Emersons Gesicht tauchte hinter dem Vorhang auf. Seine Augen sprühten Blitze. »Achten Sie in Gegenwart meiner Frau auf Ihre Wortwahl, Budge!«

Budge drohte ihm mit seiner pummeligen Faust. »Kommen Sie sofort da raus, Professor!«

Emerson kam um den Vorhang herum. »Nichts als eine kahle Wand«, knurrte er.

»Und jede Menge Staub«, fügte ich hinzu, während ich Emersons Ärmel abklopfte. »Also wirklich, Mr. Budge, Ihr Reinigungspersonal –«

Budge hob beide Fäuste. »Raus!« brüllte er mit hochrotem Gesicht. »Raus, und das gilt für alle! Diese Galerie wird augenblicklich geschlossen!«

»Ein sinnvoller Entschluß«, pflichtete ihm Emerson bei. Er blickte zu den einzigen Personen, die sich noch im Raum befanden – den ehrgeizigen Journalisten O'Connell und Miss Minton und einer dritten, mir unbekannten Person. »Verfluchte Reporter«, brummte Emerson. »Schmeißen Sie sie raus.«

Die beiden blieben beharrlich stehen, nur besagter Dritter trat selbstbewußt lächelnd einen Schritt vor. Sein tadellos sitzender schwarzer Gehrock betonte eine schlanke, durchtrainierte Figur, obschon er nicht mehr der Jüngste war. Tiefe Falten durchzogen seine hohe Stirn und seine kantigen Wangen, und unter seinen Augen befanden sich auffällige Tränensäcke. Sein Seidenzylinder und das blütenweiße Leinenhemd waren von feinster Qualität, und seine behandschuhten Finger umklammerten den goldenen Knauf eines Spazierstocks.

»Ich bin sicher, diese Aufforderung gilt nicht für mich, Mr. Budge«, meinte er gedehnt.

Budges Verhalten änderte sich schlagartig. Er stammelte vor sich hin, verbeugte sich vor seinem Gegenüber und katzbuckelte. »Gewiß nicht, Ihre Lordschaft. Ihre Lordschaft ist immer willkommen. Falls Ihre Lordschaft sich dazu herablassen könnte –«

»Sie sind ein guter Junge, Budge«, sagte Seine Lordschaft mit der von Budge angesprochenen Herablassung. »Wollen Sie mich diesen Herrschaften nicht vorstellen? Ich weiß um die Reputation dieser Dame und dieses Herrn – wer wüßte das nicht? –, hatte aber bislang noch nicht das Vergnügen, sie persönlich kennenzulernen.«

Während Seine Lordschaft mich durch sein Monokel

begutachtete, machte uns Mr. Budge stotternd miteinander bekannt. Energisch packte ich Emersons Hand, denn ich kenne seine tiefe Abneigung gegenüber Monokeln, zudringlichen Blicken und den Mitgliedern der Aristokratie; doch er sagte lediglich gönnerhaft: »Lord St. John St. Simon? Sie sind Canterburys jüngster Sohn, sehe ich das richtig?«

Seine Lordschaft lüftete den Hut und verbeugte sich. Obgleich er sein langes Haar sorgfältig mit Pomade in Form gebracht hatte, blieben mir die lichten Stellen an seinem Hinterkopf nicht verborgen. »Sie schmeicheln mir, Professor. Ich hätte nicht erwartet, daß Sie die Aktivitäten eines Dilettanten wie mir interessieren könnten.«

»Über Ihre Aktivitäten wurde umfassend berichtet«, erwiderte Emerson. »Sie sind, glaube ich, ein Freund des jungen Mannes, dessen Vater dem Museum den berühmten Sarkophag gestiftet hat?«

Das war mir neu, und mir leuchtete langsam ein, warum Emerson plaudernd verweilte, statt – wie von mir erwartet – die Verfolgung des falschen Priesters aufzunehmen.

»Ja, ja«, tat sich Budge wichtig. »Lord Liverpool ist ein herausragender junger Mann und ein großzügiger Förderer. Darf ich zu hoffen wagen, daß er Ihre Lordschaft heute begleitet hat?«

»Ich glaube, er ist hier irgendwo«, erwiderte Lord St. John, während er ein Gähnen hinter seinem tadellosen Handschuh verbarg.

»In der Tat? Ist er das tatsächlich? Dann muß ich ihn aufsuchen. Grüßen Sie ihn ...«

Emerson starrte weiterhin auf Seine Lordschaft, bis selbst dieser blasierte Gentleman Anzeichen von Verunsicherung zeigte. Seinen Spazierstock in der Hand drehend, fragte er: »Also, Professor, was nun? Ich hatte erwartet, daß Sie die Verfolgung des Priesters aufnähmen. Mit großem Brimborium und so weiter. Oder stimmen auch Sie den Aussagen einiger Reporter zu, daß er übersinnliche Kräfte hat und sich in Luft auflösen kann?«

»Humbug«, brummte Emerson.

»Ganz recht, Professor. Und doch verschwand er spurlos hinter diesem Vorhang. Ich hörte, wie Sie sagten, daß es keine Tür, keinen Ausgang –«

»Selbstverständlich liegt die Antwort klar auf der Hand, Ihre Lordschaft«, bemerkte ich. »Er mußte lediglich Maske, Perücke sowie sein Gewand ablegen und sich dann dem Besucherstrom anschließen. Es herrschte ein solches Chaos –«

»In diesem Fall muß er den Saal durch diese Tür verlassen haben«, bemerkte Emerson, in besagte Richtung deutend. »Wenn er sich unter die Menge gemischt hat, ist er durch den dritten ägyptischen Saal in Richtung Treppe gelaufen. Diese führt zur Skulpturenhalle; von dort aus konnte er den Haupteingang zur Great Russell Street erreichen. Nun, wir können ihm auf diesem Weg folgen. Einer der Aufseher hat vielleicht jemanden mit einem großen Paket oder einer Tasche bemerkt.«

»Die die Verkleidung enthielt?« fragte Seine Lordschaft. »Exzellent, Professor. Mrs. Emerson, darf ich Ihnen meinen Arm anbieten?«

»Wie Sie sehen, Ihre Lordschaft, habe ich selbst zwei – oder, um genau zu sein, drei, da ich zusätzlich zu meinen eigenen Extremitäten auch noch den meines Gatten zur Verfügung habe.«

Lord St. John grinste breit. »Sie verfügen über eine bezaubernde Schlagfertigkeit, Mrs. Emerson. Miss Minton, wie steht's mit Ihnen?«

»Miss Minton verschwindet besser von der Bildfläche«, meinte Emerson stirnrunzelnd.

Budge sah sich gezwungen, ihm beizupflichten. »Ja, ja, verschwinden Sie, junge Frau. Und Sie auch, O'Connell. Ich bin immer bereit, nach vorheriger Absprache mit der Presse zu kommunizieren, aber ich wehre mich dagegen, mit irgendwelchen dahergelaufenen Journalisten –«

»Miss Minton ist keine dahergelaufene Journalistin«, erklärte Seine Lordschaft höflich. »Sie nehmen doch sicherlich nicht an, daß die Zeitung eine einfache junge Frau einstellte, wenn sie nicht über einflußreiche Beziehungen verfügte? Ihre Großmutter –«

»Wagen Sie es ja nicht weiterzureden«, kreischte Miss Minton.

»– ist die Herzoginwitwe von Durham und war früher eine enge – äh – Vertraute des Besitzers und Herausgebers des *Morning Mirror.* Die alte Dame ist eine glühende Verfechterin der Frauenbewegung und unterstützt die Bestrebung von Miss Minton – der ehrenwerten Miss Minton – voll und ganz...«

Sein Redefluß wurde von dem Aufschrei »Sie Schuft!« und einer winzigen behandschuhten Hand unterbrochen, die ihm einen gezielten Schlag auf den Mund verpaßte. Doch dann zerstörte Miss Minton den beeindruckenden Effekt ihrer Darbietung, indem sie in Tränen ausbrach und aus dem Saal stürmte.

Seine Lordschaft lachte. »Gott schütze die Damen und ihre zauberhafte Inkonsequenz! Sie wollen wie Männer behandelt werden, reagieren aber frauentypisch.«

»Auch wenn es mir schwerfällt, muß ich Ihnen recht geben«, erwiderte ich. »Die Tränen der jungen Dame waren sicherlich Tränen der Wut, aber sie waren völlig deplaziert. Ich werde ein Wörtchen mit Miss Minton zu reden haben.«

»Nein, das wirst du nicht«, knurrte Emerson. Aufgebracht

fügte er hinzu: »Verflucht noch mal! Verflucht noch mal!« Dann wanderte sein Blick zu O'Connell, der aufgrund der Enthüllung von Miss Mintons wahrer Identität lediglich »Bei Gott!« gemurmelt hatte und dann in brütendes Schweigen verfallen war. »Kopf hoch, Mr. O'Connell«, meinte Emerson mitfühlend. »Warum folgen Sie der jungen Dame nicht einfach und versuchen, sie zu trösten?«

»Weil sie dann unweigerlich mit ihrem Schirm auf mich losginge«, entgegnete O'Connell.

»Überaus denkbar. Frauen können wahre Teufel sein, was?«

»Ja, Sir. Ich bin so froh, daß Sie nicht wütend auf mich sind, Professor. Sie verstehen, ich bin nur der Ausübung meines Berufes nachgegangen.«

»O ja, zweifellos.« Emerson feixte. »Und sollte noch einmal mein Name oder der von Mrs. Emerson in Ihrem lumpigen Blatt erscheinen, werde ich persönlich in Ihrem Büro auftauchen und Sie einen Kopf kürzer machen. Guten Tag, Mr. O'Connell.«

Hastig suchte O'Connell das Weite.

»Soviel zum Thema Presse, verflucht«, sagte Emerson voller Genugtuung. »Budge, Sie können ebenfalls verschwinden; Sie sind uns überhaupt keine Hilfe. Ihr verdammtes Katzbuckeln und Ihre leeren Höflichkeitsfloskeln haben mich lange genug aufgehalten.«

Wutschnaubend trollte sich Budge. Ich persönlich hatte das Gefühl, daß Emersons Zurechtweisung nicht ganz der Wahrheit entsprochen hatte. Höflichkeit hatte ihn noch nie von irgendwelchen Aktivitäten abhalten können. Gegenüber Seiner Lordschaft wahrte er weiterhin eine erstaunliche Toleranz; er hatte nichts dagegen, daß letzterer sich uns mit der Bemerkung anschloß, daß es schon immer sein Wunsch gewesen sei, einen berühmten Detektiv bei der Arbeit zu beobachten.

Allerdings erwiesen sich unsere Nachforschungen als ergebnislos. Einmal im dritten ägyptischen Ausstellungsraum angelangt, hätten dem Fliehenden mehrere Fluchtwege offengestanden: über die westlichen Galerien im Obergeschoß zur Haupttreppe oder über die Hintertreppe ins Erdgeschoß und zum Ausgang. Keiner der Aufseher hatte jemanden mit einem großen Paket bemerkt oder – so meine Schlußfolgerung – eine ungewöhnlich unförmige Gestalt.

Seine Lordschaft war recht einsilbig, beobachtete jedoch jeden Schritt Emersons. Er wirkte zugänglicher und weniger blasiert, und die wenigen von ihm gemachten Vorschläge zeugten von scharfer Intelligenz. Emerson gelingt es immer wieder, das Beste aus seinen Verbündeten herauszuholen – wenn auch nur vorübergehend.

Als wir mit Seiner Lordschaft im Schlepptau den Haupteingang erreichten, strömten die letzten Besucher aus dem Museum, und die Aufseher wollten gerade schließen. Emerson kannte viele der Aufseher persönlich; während er sich mit ihnen unterhielt und ihrem Erinnerungsvermögen auf die Sprünge zu helfen versuchte, löste sich ein junger Mann von einer Säule, an der er gelehnt hatte, und schlenderte auf uns zu.

»Da bist du ja endlich«, säuselte er mit affektierter Stimme. »Du warst verflucht lange weg, Jack. Ich vergehe vor Langeweile.«

»Deine Bequemlichkeit war ein Fehler, Ned«, erwiderte Seine Lordschaft. »Du hast das Aufregendste verpaßt.«

»Tatsächlich?« Der junge Mann nahm seinen Spazierstock wie einen Beißring in den Mund und musterte uns gelangweilt.

Umgehend folgerte ich, daß der affektierte junge Mann der Graf von Liverpool sein mußte, was sich bewahrheitete. Seine Lordschaft machte uns ausgesprochen höflich miteinander bekannt und fügte hinzu: »Professor und Mrs. Emerson sind die berühmten Detektive auf dem Sektor der Archäologie, von denen ich dir bereits erzählt habe, Ned. Und ich hatte gerade das überaus interessante Vergnügen, die beiden bei ihrer Ermittlungsarbeit zu beobachten.«

Emersons Gesicht verdunkelte sich bei dieser Bemerkung, die sicherlich einen Anflug von Sarkasmus enthielt. Der Graf kicherte. »Bei meinem Wort, stimmt das wirklich?«

Obwohl er noch geckenhafter und eleganter gekleidet war als sein Freund, riesige Diamanten an seiner Krawatte und seinen Fingern funkelten, war er im Gegensatz zu Seiner Lordschaft ungewöhnlich hager und hohlwangig. Seine Gesichtsfarbe war von einem ungesunden Gelb, und wenn er lachte, entblößte er so ungepflegte, kariöse Zähne wie die eines alten Mannes.

»Wir sind keine Detektive, Lord Liverpool, sondern Archäologen«, korrigierte ich. »Wir haben den Sarkophag begutachtet, den Ihr verblichener Vater dem Museum stiftete. Eine überaus großzügige Geste, auch wenn ich sagen muß, daß das Resultat bedauerlich ist.«

»Stimmt das? Äh ... ja, vermutlich schon. Eine Schande. Der arme alte Gouverneur wäre ... äh ... mächtig überrascht ...«

»Und empört«, meinte Lord St. John leise.

»Äh ... ja. Sicherlich.« Der Graf saugte an seinem Spazierstockknauf und starrte mich an. »Mrs. Emerson, Sie sind doch die Dame, die diese ... äh, Mumien ausgräbt, nicht wahr? Scheint mir ... äh, eine verrückte Idee, was?«

»Du beliebst zu scherzen, Ned.« Seine Lordschaft packte seinen Freund am Arm. »Mrs. Emerson ist eine überaus renommierte Wissenschaftlerin. Vielleicht würde es dir gefallen, sie zu einem Besuch auf Mauldy Manor einzuladen, um die Sammlung deines Vaters zu besichtigen?«

»Äh … was? Ah, ja.« Der Graf grinste schwach. »Jede Menge davon … Mumien und … nein, keine Mumien, das war ein Einzelstück des Gouverneurs … Fläschchen und Statuen und dergleichen. Sie sind herzlich willkommen. Jederzeit.«

»Keine Zeit«, knurrte Emerson, bevor ich mich für die Einladung bedanken konnte – sofern es denn eine war. »Wir haben keine Zeit für solche Dinge. Nett gemeint von Ihnen, nehme ich an, aber wir haben Besseres zu tun.«

»Oh, ich bin sicher, daß Sie und Mrs. Emerson auf Mauldy Manor interessante Stücke finden würden«, sagte Seine Lordschaft.

»Sicher, sicher«, pflichtete ihm der Graf mit einem weiteren, gelangweilten Kichern bei.

Emersons Geduld neigte sich dem Ende zu. Nach einer schroffen Verabschiedung zerrte er mich fort.

Eine schwere, dunkle Wolkendecke lag über der Stadt. Ein schmaler violetter Streifen am Horizont war der einzige Hinweis auf den Sonnenuntergang; und als wir den beiden Männern nachblickten, die in westliche Richtung gingen, der Hagere auf seinen Freund gestützt, schienen sie geradewegs auf den Vorhof der Hölle zuzusteuern, die zumindest einen der beiden erwartete.

»Er ist opiumsüchtig, Emerson«, murmelte ich. »Der arme Kerl; die Droge nimmt Einfluß auf seinen Verstand, er wirkt vollkommen verwirrt.«

»Nicht Opium, sondern seine Krankheit zerfrißt ihm das Gehirn, Peabody. Das läßt einen schon fast wieder an einen Gott glauben, der Rache und Vergeltung übt. Welche Sünden die Jungen auch immer begehen – und sie sind zu Unglaublichem fähig –, einen Tod wie den bevorstehenden haben sie nicht verdient.« Doch dann siegte der unbezwingbare Optimismus meines geliebten Emerson; mit einem leichten Kopfschütteln bemerkte er: »Was soll's, tagtäglich sind bessere Menschen als dieser kränkelnde Adelsauswuchs einem schlimmeren Schicksal ausgeliefert. Ich brauche meinen Tee, Peabody. Vielleicht auch etwas Stärkeres.«

Da es bereits spät war, stimmte ich Emersons Vorschlag zu, eine Droschke zu nehmen. Besagte Vehikel üben aufgrund ihres strengen Geruchs und der knarrenden Ledersitze eine seltsame Faszination auf meinen Gatten aus. Vielleicht ist es auch der eintönige Klang des Hufschlags oder das angenehme Gefühl der persönlichen Intimsphäre. Wie auch immer, wir hatten kaum Platz genommen, als er sich zu vorsichtigen Annäherungsversuchen hinreißen ließ und ich ihn nur mit Mühe überzeugen konnte, diese so lange aufzuschieben, bis er den Bart abgenommen hatte, der noch rauher und unangenehmer war als ein echter. Obwohl er mir gegenüber so aufmerksam und höflich war wie stets, spürte ich doch seine unterschwellige Verärgerung, und ich versuchte, ihn mit einer scherzhaften Bemerkung aufzuheitern.

»Mir scheint, mein geliebter Emerson, daß sich der aristokratische Zirkel letztlich auch noch in diesen Fall einmischt.«

»Ja, zum Teufel«, grummelte Emerson. »Ich hatte mich zumindest vor den Journalisten in Sicherheit geglaubt. Tu deinem schwer gebeutelten Gatten einen Gefallen, Peabody. Nimm die junge Dame auf gar keinen Fall unter deine Fittiche. Ich habe mich Schrecken und Gefahren ausgesetzt, aber einen weiteren deiner sentimentalen Zusammenführungsversuche schmachtender junger Liebestoller kann ich nicht mehr ertragen.«

»Ich bezweifle, daß dieser Ernstfall eintritt, Emerson«, erwiderte ich besänftigend. »Miss Minton scheint mir keinerlei romantische Interessen zu hegen. Es sei denn, Seine Lordschaft –«

»Gütiger Himmel, Peabody, sie hat ihm ins Gesicht geschlagen!«

»In diesen Dingen fehlt dir die Erfahrung, Emerson. Solche Demonstrationen dienen häufig als Indikator für Zuneigung. Falls du dich noch erinnern kannst, einige unserer früheren –«

»Ich will mich nicht daran erinnern, Peabody.«

»Dann ist da noch der junge Wilson, mit dem sie neulich abends unterwegs war«, fuhr ich fort. »Du sagtest doch, daß du ihn kennst?«

»Vermutlich entpuppt er sich als der Prince of Wales«, meinte Emerson düster. »Bei den Mitgliedern der königlichen Familie hört der Spaß auf, Peabody. Die übrige Aristokratie ist schon schlimm genug.«

Als die Droschke vor dem Haus hielt, half mir Emerson hinaus und wandte sich dann zur Bezahlung dem Fahrer zu. Ein feiner, mit Ruß durchsetzter Nieselregen verdunkelte den Abendhimmel, weshalb ich den unförmigen Gegenstand am Tor zunächst für einen Müllsack hielt. Schließlich bewegte er sich, und ich begriff, daß es sich um einen dieser armen Vagabunden handelte, die auf Londons Straßen – ihrem einzigen Zuhause – häufig anzutreffen sind. Normalerweise hielten die diensthabenden Polizeibeamten diese Unglückseligen vom St. James's Square und anderen noblen Wohngegenden fern. Offenbar war ihnen dieser entgangen.

Als wir uns dem Tor näherten, sprang die Gestalt auf und streckte bettelnd ihre Hand aus. Voller Mitleid bemerkte ich: »Es ist nur ein Kind, Emerson. Können wir nicht –«

Emerson wühlte bereits in seiner Jackentasche. »Wir können sie nicht alle bei uns aufnehmen, Amelia«, brummte er – es war nicht sein übliches Gebrumme, sondern eine von Mitgefühl und hilfloser Wut geprägte, sanfte Stimme. »Hier, mein Junge«, ich vernahm das Klingeln schwerer Silbermünzen, »besorg dir etwas zu essen und ein Nachtlager; der Schutzmann wird in Kürze hier sein, deshalb verschwindest du besser.«

Ein dankbares Wimmern war die einzige Reaktion, als die kleine Hand Emersons Spende fest umschloß. Leise fluchend begleitete mich Emerson in Richtung Haus.

»Jaja«, stimmte ich ihm zu. »Das ist eine traurige Welt, Emerson. Man kann nur hoffen, daß es für diese Menschen irgendwo eine bessere gibt.«

»Humbug«, schnaubte Emerson.

»Das sagst du, mein Lieber, aber selbst du bist dir da nicht sicher. Wenigstens bekommt ein kleiner Kerl heute abend ein warmes Essen und ein Nachtlager. Wie spät es schon ist! Unsere lieben Kleinen warten sicherlich auf den Tee. Wir müssen Gott dankbar sein und das auch den Kindern vermitteln.«

Doch im Salon erwarteten uns lediglich zwei unserer lieben Kleinen. Violets ausladendes Rüschenkleid und die riesige Schärpe ließen sie fast so breit wie lang erscheinen. Bei unserem Eintreten sprang Percy auf. »Guten Abend, Sir. Guten Abend, Tante Amelia.«

»Guten Abend, Percy«, erwiderte ich. »Es tut mir leid, daß wir uns verspätet haben. Mrs. Watson, würden Sie dafür sorgen, daß eines der Mädchen Ramses ruft?«

Die Haushälterin rang ihre Hände. »Oh, Madam –«

»Ah«, sagte ich. »Er ist erneut verschwunden, nicht wahr?«

»Ich kann mir nicht erklären, wie er ins Freie gelangt sein soll«, murmelte die arme Frau. »Ständig hatte ich ein Auge auf ihn – ich kenne doch die Tricks dieses lieben Jungen –«

»Meine liebe Mrs. Watson, Ramses ist schon gewiefteren Haushälterinnen als Ihnen entwischt«, versicherte ich ihr. »Emerson, setz dich, und rauf dir nicht ständig die Haare.«

»Ich werde mich nicht setzen«, erwiderte Emerson wütend. »Begreife doch, Amelia, deine Gelassenheit ist völlig fehl am Platz. Ich weiß, Ramses hat das schon häufiger gemacht, ohne daß ihm irgend etwas zugestoßen wäre, aber einmal ist immer das erste Mal, und diese verfluchte Großstadt –«

»Ich breche besser auf, um ihn zu suchen.« Ich erhob mich. »Nimm ein Gurkensandwich, Emerson, das beruhigt.«

Natürlich folgte mir Emerson genau wie die anderen in die Eingangshalle. Bei meinem Auftauchen öffnete der Butler die Tür; er versuchte mir meinen Mantel zu reichen, doch ich schob ihn beiseite.

Ich hatte gerade rechtzeitig reagiert; das arme, bettelnde Kind war nicht entkommen, sondern befand sich in den Klauen eines hünenhaften Polizisten. Seine gekreischten Beschimpfungen vermischten sich mit dem Bariton des Polizeibeamten. »Ab mit dir, mein Junge, hier kannst du nicht bleiben. Autsch ... oh, würdest du, würdest du kleiner Bengel ...«

»Wachtmeister!« rief ich, über den Gehsteig eilend. »Lassen Sie das Kind los!«

»Aber Ma'am, er hat hier herumgelungert und nur darauf gewartet ...«

»Nein, ich vermute, daß er ins Haus zurückzugelangen versuchte«, erwiderte ich. »Ramses, hast du den Polizisten getreten?«

»Ich sah mich gezwungen, ihn zu beißen, da ich keine Schuhe trage«, entgegnete Ramses.

»Ach du meine Güte. Emerson, würdest du –«

Wieder klingelten Geldmünzen. Der Wachtmeister berührte seine Mütze und entfernte sich kopfschüttelnd. Ich wollte meinen Sohn am Kragen packen, besann mich jedoch eines Besseren und winkte ihn zum Tor hinein, ohne ihn anzurühren. Bedrohlich schweigend kehrten wir zurück ins Haus.

Im vollen Schein der künstlichen Beleuchtung war die Wirkung von Ramses' Erscheinungsbild, gelinde gesagt, atemberaubend. Das mußte man ihm wirklich lassen, wenn er etwas machte, dann gründlich. Seine nackten Füße waren schwarz und blau – schwarz vor Dreck und blau angelaufen vor Kälte –, denn der Abend war empfindlich kühl geworden. Er trug die zerfetztesten Lumpen, die ich jemals gesehen hatte; die großen Löcher in Hemd und Hose klafften weit auf oder wurden von riesigen Sicherheitsnadeln notdürftig zusammengehalten. Seine gesamte Bekleidung war mit einer gräßlichen Mischung aus Regen, Ruß und Schmutz durchtränkt. Er roch genauso schrecklich, wie er aussah. Naserümpfend wich Mrs. Watson zurück.

Ramses riß sich seine Kappe vom Kopf. (Es erfüllte mich mit Zufriedenheit, daß meine Vorträge hinsichtlich gepflegter Umgangsformen doch eine gewisse Wirkung zeigten.) Er griff in sein schmutziges Hemd, zerrte einen mitgenommenen Strauß Narzissen daraus hervor – die er zweifellos im Park stibitzt hatte – und trat auf Violet zu. »Die habe ich dir ...«, hub er an.

Violet schrak zurück und gestikulierte so heftig mit ihren Händen, als wolle sie einen Bienen- oder Wespenschwarm abwehren. Ihr Gesicht verzog sich zu einer Grimasse. »Igitt, igitt, scheußlich, scheußlich«, kreischte sie. »Igitt, scheußlich!«

Ramses zog ein langes Gesicht, meisterte seine Enttäuschung jedoch mannhaft. Er wandte sich mir zu und zerrte einen weiteren ramponierten Strauß (hauptsächlich Stengel) aus seinem Hemd.

»Für dich, Mama.«

»Danke, Ramses«, sagte ich und packte das glitschige Geschenk mit meinen Fingerspitzen. »Das war zwar nett gemeint, aber wir werden dir leider dein Taschengeld kürzen müssen, um das Schmerzensgeld für die von dir angegriffenen Personen zahlen zu können. So langsam summiert es sich, Ramses.«

Wie ein quakender Frosch hatte Emerson seinen Mund geöffnet und wieder geschlossen. »Warum ist er eigentlich so angezogen, Peabody?« fragte er mit schwacher Stimme.

»Ich versuche, meine Verkleidungen zu optimieren«, erklärte Ramses. »Du erinnerst dich, Papa, daß ich die Sachen mitnehmen durfte, die wir in dem Fundus dieses Meisters der Verstellung fanden, dieser Person, die auch unter ihrem Decknamen ...«

Ich beeilte mich, ihn zu unterbrechen, doch Emersons Gesicht war bereits dunkel angelaufen. Jede Erinnerung an diese unsägliche Episode und an den noch unsäglicheren Mann hatte verheerende Auswirkungen auf den Blutdruck meines geschätzten Gatten.

»Du darfst das Haus nie wieder unerlaubt verlassen, Ramses«, sagte ich – nur zu gut wissend, daß dieses Verbot fruchtlos blieb, da Ramses bereits auf Wege sann, es zu umgehen. »Geh nach oben und ... Warte einen Augenblick. Was ist das für eine Schramme auf deiner Stirn? Und sag jetzt nicht, sie stamme von Percy.«

»Das hatte ich auch nicht vor«, erwiderte Ramses.

Percy räusperte sich und trat einen Schritt vor. »Aber es ist meine Schuld, Sir, und Tante Amelia – ich meine, daß Ramses unerlaubt das Haus verlassen hat. Ich wollte, daß er mit mir spielte; ich wollte in den Garten gehen, um Schmetterlinge für meine Sammlung zu suchen, wißt ihr, und als er nicht mitwollte, habe ich mich möglicherweise in der Form ausgedrückt, daß er Angst habe, ohne sein Kindermädchen oder seine Mama das Haus zu verlassen ... Es war nur ein Scherz, Sir, dennoch übernehme ich die volle Verantwor ...«

Ramses stürzte sich mit einem Wutschrei auf seinen Cousin, der seinem geschätzten Erzeuger alle Ehre gemacht hätte. Emerson packte ihn am Kragen.

»Schüttle ihn nicht, Emerson«, kreischte ich. »Um Himmels willen, schüttle ihn nur ja nicht ...«

Aber es war bereits zu spät.

Wir alle gingen nach oben, um uns umzukleiden. Die einzige, die von den Spritzern der unsäglichen Brühe verschont geblieben war, war Violet. Als Ramses an ihr vorüberschlenderte, deutete sie mit ihrem pummeligen weißen Finger auf ihn. »Igitt«, sagte sie. »Scheußlich.« Ramses' zerzauster Schopf sank noch tiefer.

An diesem Abend nahmen wir den Tee ausgesprochen spät ein, trotzdem war ich entschlossen, diese Zeremonie beizubehalten, da meiner Meinung nach zu einer guten Kindererziehung auch eine regelmäßige gesellige Familienzusammenkunft gehörte. Es war ein Opfer, zu dem ich mich allerdings moralisch verpflichtet fühlte. Emerson spürte keinerlei moralische Verpflichtung, aber er fügte sich, da ich darauf bestand.

Violet spielte mit ihrer Lieblingspuppe, einem affektiert lächelnden Geschöpf, das fast so groß war wie sie und (meine Aufrichtigkeit zwingt mich zu dieser Bemerkung) das ihr mit seinen Pausbäckchen aus Porzellan und den dicken blonden Locken verblüffend ähnelte. Sie tat so, als füttere sie die Puppe mit ihrem Sandwich, und ließ sie an ihrem Tee nippen (der mit einem kräftigen Schuß Milch verdünnt war, was ich sicherlich nicht zu erwähnen brauche). Als sie Ramses' beobachtenden Blick bemerkte, bat sie ihn lächelnd, sich zu ihr und ihrer »Freundin Helen« zu gesellen, und fügte schließlich hinzu: »Es tut mir leid, daß ich die Blumen so schroff abgewiesen habe, Cousin Ramses. Aber weißt du, sie waren furchtbar scheußlich.«

Ich erwartete, daß Ramses höflich ablehnen würde, doch er nahm ihre Einladung an und ging sogar so weit, ihre Puppe auf seinen Knien zu schaukeln und ihre goldenen Locken zu streicheln. Sein unseliges Abenteuer wurde mit keinem Wort mehr erwähnt; ich halte nichts von ständigen Vorhaltungen, und Ramses hatte sich bereits mit seiner Bestrafung abgefunden – der Beschlagnahmung der gesamten Ausstattung, die er wider besseres Wissen aus dem geheimen Hauptquartier des Meisterverbrechers hatte mitnehmen dürfen. Diese bestand zu einem Großteil aus Schminke, Puder und Färbemitteln, die die natürliche Haut- und Haarfarbe veränderten. Darüber hinaus gab es einige genial konstruierte Knebel, die, in den Mund geschoben, die Gesichtsform veränderten; diverse Gebisse; Bärte in allen Variationen und Echthaarperücken. Unter diesen befand sich auch ein Examplar, das jede modisch orientierte Dame mit Neid erfüllt hätte: eine üppige Lockenpracht, seidenweich und goldblond. Ramses war es geschickt gelungen, diese Perücke seiner Kopfgröße anzupassen, indem er das Haar kürzte und damit das Innenleben auspolsterte.

Emerson bemühte sich, mit Percy zu plaudern, hielt eine vernünftige Unterhaltung mit einem Burschen, der keine Ahnung von frühzeitlichen Töpferarbeiten oder den Prinzipien der Gesteinsformation hatte, jedoch für unmöglich und gab bald auf. Er griff zur Abendzeitung und blätterte diese durch, woraufhin ich einwarf: »Emerson, du wirst keinen Hinweis auf unser heutiges Abenteuer finden; die vorliegende Ausgabe ist schon vorher in Druck gegangen.«

»Abenteuer, Tante Amelia?« entfuhr es Percy. »Welches Abenteuer, wenn ich das fragen darf, Sir?«

Ich hätte es vorgezogen, die Kinder – insbesondere Ramses – nicht darüber aufzuklären, doch Emerson, dem mein sensibles Verständnis für das jugendliche Gemüt fehlt, verfiel sogleich in eine glühende Schilderung. Seine sarkastischen Kommentare über Mr. Budge entgingen Percy vermutlich, dennoch lauschte der Junge mit offenem Mund, als Emerson den verrückten Priester und das menschliche Chaos beschrieb.

»Wie aufregend, Sir, kann ich da nur sagen!«

»Scheußlich«, murmelte Violet.

»Scheußlich?« wiederholte Emerson unwirsch.

»Sie meint die Mumien, Sir. Du weißt doch, wie die Mädchen sind, Sir. Ich glaube, du warst fürchterlich mutig, Sir. Wie schade, daß du den Burschen nicht schnappen konntest.«

Ramses räusperte sich. »Besagte Person scheint ein hervorragendes Gespür für zeitliche Abläufe sowie den sogenannten Allerweltsgeschmack zu haben. Er rechnete mit einer großen Menschenmenge, die ihm letztlich seine unbemerkte Flucht ermöglichen sollte. Das läßt Zweifel aufkommen, ob der gedankenlos zitierte Begriff ›Verrückter‹ auf einen solch scharfsinnigen Mann wirklich zutrifft.«

Während er sprach, streichelte er unermüdlich über das Lockenhaar der Puppe. Ich fand seinen Anblick gleichermaßen lächerlich wie alarmierend; denn wenn sich Ramses zu solchen Torheiten herabließ, mußte seine Zuneigung zu Violet sehr tief sein.

»Ein interessantes Argument, Ramses«, sagte sein Vater nachdenklich. »Allerdings sind die sogenannten Verrückten beileibe nicht schwach begabt. Sie leiden an geistiger Umnachtung oder einer mentalen Anomalie, was aber nicht heißt, daß davon ihre gesamte Intelligenz beeinträchtigt wird.«

»Wie dieser Halunke Jack the Ripper«, warf Percy ein. »Den hat man doch nie geschnappt, nicht wahr, Sir?«

»Gütiger Himmel, Percy!« entfuhr es mir. »Es erstaunt

mich, wie deine Mama und dein Papa zulassen konnten, daß du etwas dermaßen Entsetzliches erfahren hast.«

»Das Personal tuschelt immer noch darüber. Du kennst doch die Klatschgeschichten der Bediensteten.«

»Scheußlich«, sagte Violet und fügte dann nachdenklich hinzu: »Tot.«

»Gütiger Himmel!« Entsetzt starrte Emerson das Kind an.

»Sie weiß nicht, was sie sagt, Emerson«, versicherte ich ihm und hoffte, daß das der Wahrheit entsprach.

»Wir können nur hoffen«, sagte Ramses, »daß der vorliegende Fall keine Parallelen aufweist. Denn wenn es sich bei dem Täter um einen Mordfanatiker mit einem zwanghaften Haß gegenüber einem bestimmten Gewerbe handelt, befindet sich niemand mehr in Sicherheit, der in irgendeiner Verbindung zum Museum steht.«

Diese Aussage warf so viele gräßliche Eventualitäten auf, daß ich läutete und das Teegeschirr abräumen ließ. Ich hatte keine Lust auf Ramses' Ausführungen, über welche Kanäle *er* von Jack the Ripper erfahren und wie er insbesondere herausgefunden hatte, daß jener einen zwanghaften Haß gegenüber dem hegte, was man gemeinhin als spezielles »Gewerbe« bezeichnet.

Als ich Emersons Reaktion auf Ramses' Erwähnung des Begriffs »Mordfanatiker« bemerkte (dieser Ausdruck trifft ihn beinahe so empfindlich wie »Meisterverbrecher«), entschied ich, ihm Zeit zu lassen, bis er sich wieder beruhigt hatte, bevor ich das Thema erneut aufgriff. Deshalb wartete ich ab, bis wir das Abendessen fast beendet hatten.

»Obwohl ich Ramses' Interesse an solchen Dingen zutiefst verabscheue, besitzt er doch ein gewisses – vermutlich ererbtes – kriminalistisches Gespür«, bemerkte ich. »Emerson, ist dir aufgefallen, daß er die gleiche Theorie vertritt wie ich?«

Emerson rückte gerade einem ziemlich zähen Stück Fleisch zu Leibe. Das Messer rutschte ab, und das Fleisch fiel zu Boden.

»Schade, daß die Katze Bastet nicht hier ist, um sich der Sache anzunehmen«, erklärte er, während er Gargery beobachtete, der unter den Tisch kroch, um die Bratenscheibe aufzuheben. »Hast du irgend etwas von ihr gehört, Peabody?«

»Noch nicht. Ich hatte Rose gebeten, uns ein Telegramm zu schicken, sobald sie wieder auftaucht. Versuch nicht, das Thema zu wechseln, Emerson. Das lasse ich nicht zu. Dafür ist die Lage einfach zu ernst.«

»Du bist doch diejenige, die mir ständig erklärt, daß man in Gegenwart von Bediensteten keine ernsthafte Diskussion führt«, konterte Emerson. »Das habe ich schon immer für eine unsinnige Regel gehalten. Unser Gargery ist wie jeder andere Mensch an einem vernünftigen Gespräch interessiert, nicht wahr, Gargery?«

»Äh – gewiß, Sir«, erwiderte der Butler auf seinem Weg zur Anrichte.

»Ich habe schon längst die Hoffnung aufgegeben, dich von korrekten Umgangsformen zu überzeugen, Emerson«, sagte ich. »Und unter den derzeitigen Umständen sollten solche Regeln gelockert werden. Wenn ich an die Gefahr denke, die dich bedroht –«

»Ach, Unsinn, Peabody!« brüllte Emerson. »Die Theorie von einem Mordfanatiker ergibt keinen Sinn, ob sie nun von Ramses stammt oder von dir. Zwei Todesfälle, davon ein natürlicher Tod, begründen doch keine Mordserie!« Dann fügte er mit einem Blick in Gargerys Richtung hinzu: »Gargery, schenken Sie Mrs. Emerson keine Beachtung. Sie ist immer so. Ich befinde mich absolut nicht in Gefahr.«

»Ich bin ... ich bin erleichtert, das zu hören, Sir«, erwiderte Gargery mit ernster Stimme. »Möchten Sie noch etwas Roastbeef, Sir?«

Emerson bediente sich. »Der Priester hatte nichts mit dem Mord an Oldacre zu tun«, verkündete er. »Ein Mann wie er muß Dutzende von Feinden gehabt haben. Ich mochte ihn auch nicht. Und was die Vorfälle im Museum anbelangt, so handelt es sich entweder um die Anwandlungen eines Geistesgestörten oder um ein abgekartetes Spiel.«

»Ah«, murmelte ich. »Diese Idee ist dir also auch schon gekommen?«

»Jetzt behaupte nur noch, daß du gleich daran gedacht hast«, brummte Emerson. »Typisch für dich. Aber das kannst du gar nicht, Peabody, da es mir erst dämmerte, nachdem ich begriff, daß Lord St. John damit zu tun hat. Das ist genau die Sache, die einem degenerierten Adligen wie ihm Spaß macht. Du weißt doch, wer er ist, oder?«

Da die Frage rein rhetorischer Natur war, blieb ich ihm die Antwort schuldig, woraufhin mir Emerson in kurzen Zügen die Biographie Seiner Lordschaft umriß. Selbst wenn ich über die von meinem Gatten gehegten Vorurteile und Übertreibungen hinwegsehe, handelte es sich um ein abstoßendes Bild, das nicht ohne Tragik war. Gutaussehend, reich und überaus intelligent hatte man Lord St. John für einen vielversprechenden jungen Mann gehalten. Seine Universitätslaufbahn war untadelig gewesen – mit Ausnahme einiger Eskapaden und schlechter Scherze (wie die Dekoration öffentlicher Plätze mit gewissen Hygieneartikeln), was selbst für einen jungen Mann aus gutem Hause normal ist; und in '84 hatte er im Feldzug von Khartum seinen Militärdienst mit Auszeichnung absolviert. Dann geriet er in den Einfluß einer gewissen Gruppe, die mit dem aristokratischen Nichtsnutz und Thronfolger Prinz Albert Victor von Wales sympathisierte. Der frühe Tod des Prinzen erfüllte die Nation sowie seine Eltern mit Trauer, aber auch mit Erleichterung; denn es ist kein Geheimnis (daher meine fehlende Zurückhaltung gegenüber diesem Thema), daß Prinz »Eddys« Verhalten die schwerwiegendsten Zweifel an seiner Befähigung zum Regenten aufkommen ließ.

Nach dem Tod des Prinzen in '92 hatte Lord St. John den jungen Grafen (damals Vicomte Blackpool) in seinen »Zirkel« gelockt. Das Resultat (so Emerson) hatte ich selbst gesehen. Es gab kein Laster, ob natürlich oder unnatürlich, das der junge Mann nicht von seinem machiavellistischen Mentor kennenlernte.

»Natürlich oder unnatürlich«, wiederholte ich. »Um ganz ehrlich zu sein, Emerson, sehe ich da im Hinblick auf das Laster keinen Unterschied.«

Emerson warf mir einen frostigen Blick zu. »Dieser Unterschied muß dich auch nicht interessieren, Peabody.«

»Ah«, sagte ich. »Ich glaube, ich verstehe. Meinst du, Emerson, daß Lord St. John der falsche Priester ist?«

»Nein«, erwiderte Emerson zögernd. »Er kann es nicht sein. Kurz bevor der Priester den Saal betrat, bemerkte ich ihn im Publikum.«

»Bist du sicher, daß er nicht entwischte und im letzten Moment in seine Verkleidung schlüpfte?«

»Unmöglich, meine liebe Peabody. Schau her.« Emerson zog einen Bleistift aus seiner Jackentasche (wie üblich hatte er sich geweigert, sich zum Abendessen umzuziehen) und fing an, auf das Tischtuch zu zeichnen. »Das Gewand würde vieles überspielen, einschließlich der Hose, denn es war bodenlang. Die Ärmel reichten bis zum Ellbogen; Jacken- und Hemdärmel hätte man aufrollen und darunter verbergen können. Diese Vorbereitungen dauerten lediglich wenige Sekunden, doch dann mußte er sich das Leopardenfell umlegen, die Maske überstreifen, Schuhe und Socken ausziehen und gegen Sandalen austauschen.«

»Ja«, pflichtete ich ihm bei. »Eigentlich war es gar keine schlechte Kopie für eine Bekleidung aus der 19. Dynastie. Nur daß das Original aus durchsichtigem Stoff gewesen wäre; und die Perücke wird selten bei Priesterdarstellungen beobachtet, da diese normalerweise ihre Köpfe kahlschoren.«

»Offensichtlich galt diese Abweichung der besseren Tarnung«, erwiderte Emerson ungnädig. »Und im Gegensatz zu Budge und dieser vielzitierten Autorität Herodot, der die Sitten und Gebräuche besagter Ära zweitausend Jahre später und nicht immer exakt beschrieb – was wollte ich gerade sagen?«

»Daß es Darstellungen gibt, auf denen Personen sowohl das Gewand des *Seth*-Priesters als auch eine auffällige Perükke tragen«, erwiderte ich. »Ist ja auch unbedeutend; wie du schon sagtest, die Authentizität ging auf Kosten des praktischen Nutzens.«

»Korrekt. Dennoch läßt sein Verhalten auf eine gewisse Kenntnis schließen, Peabody. Hast du zufällig gehört, was er zu der Mumie gesagt hat?«

Da ich bemerkte, daß Gargery allem Anschein nach das Servieren des Essens eingestellt hatte und daß er, über Emersons Schulter gebeugt, versuchte, einen Blick auf dessen Zeichnungen auf dem Tischtuch zu erhaschen, regte ich an, daß wir uns in den Salon zurückziehen sollten. Tapfer verbarg Gargery seine Enttäuschung.

Nachdem wir uns gemütlich niedergelassen hatten, beantwortete ich die mir von Emerson zuvor gestellte Frage.

»Nein, ich habe nicht gehört, was der Verrückte zu der Mumie gesagt hat. Der Lärm war einfach zu groß.«

»Aber ich stand in seiner Nähe«, erwiderte Emerson.

»Und wie du weißt, kann ich hervorragend von den Lippen ablesen. So lautet meine genaue Wiedergabe seiner Bemerkungen …«

Da er kein Tischtuch zur Hand hatte und zu ungeduldig war, um Schreibutensilien zu holen, kritzelte er auf seine Manschette, wobei er die Hieroglyphen während der Niederschrift laut vorlas.

»Hmhm«, bemerkte ich. »Sehr gut, Emerson. Aber warum sprichst du Altägyptisch, wenn der Priester doch Englisch sprach?«

»Er sprach keineswegs Englisch, Peabody.«

»Gütiger Himmel, wie erstaunlich. Aber das bedeutet – das heißt –«

»Ich weiß nicht, was es bedeutet, Peabody, und du mit Sicherheit auch nicht.«

»Zuerst sprach er Englisch.«

»Korrekt. Sein Verhalten läßt in keinster Weise auf einen Irren schließen, was? Offensichtlich verfügt er über Kenntnisse in der Ägyptologie, aber soviel Information könnte sich auch jeder interessierte Laie aneignen, insbesondere dann, wenn er zeit seines Lebens eine Faszination für diesen Themenkreis hegte.«

»Wie kompetent du dich auszudrücken verstehst, Emerson.« Ich ergriff seine Hand und drehte sie so, daß ich die Hieroglyphen erneut lesen konnte. »Das ist recht passables Ägyptisch.«

»Eine einprägsame Floskel, Peabody. ›Tausend Laibe Brot und tausend Krüge Bier für die Seele der Dame Henutmehit.‹ Die Standardphrase bei Grabbeigaben.«

Seine Finger umklammerten meine und drückten sie. Diese zärtliche Geste – und sein Interesse an einer Sache, von der er zuvor geschworen hatte, sie nie wieder anzusprechen – überzeugten mich, ihm etwas anzuvertrauen.

»Dabei handelt es sich vielleicht um eine Standardfloskel, aber hierbei nicht.« Ich griff in meine Jackentasche und zog die Kopie der Mitteilung daraus hervor, die man in der Hand des toten Oldacre gefunden hatte.

Emerson runzelte die Stirn. »Woher hast du das, Peabody? Vermutlich von einer deiner verfluchten Zeitungsbekanntschaften; zum Teufel, Peabody, ich habe dir doch gesagt ... Hmmmm. Was für ein seltsames Kauderwelsch, um ehrlich zu sein. Das ist sicherlich keine Standardfloskel; eine solche Inschrift habe ich noch nie gesehen.«

»Ich auch nicht, Emerson. Könnte sie möglicherweise von besagtem Sarkophag stammen? Auf der äußeren Umhüllung steht nichts dergleichen, aber vielleicht auf einem der Innendeckel ...«

»Jetzt klingst du beinahe wie einer dieser verfluchten Reporter, Amelia. Soviel ich weiß, ist der Sarkophag noch nie geöffnet worden. Willst du damit andeuten, daß der Verrückte das zweite Gesicht hat – oder, nein, ich habe einen besseren Vorschlag: Er ist die Reinkarnation des Künstlers, der den Sarkophag seinerzeit für seine Geliebte schmückte. Haha! Ich wundere mich, daß dein enger Vertrauter O'Connell diese Idee noch nicht hatte.«

Seine Augen blitzten vor Vergnügen, und seine ausdrucksvollen Lippen formten sich zu einem Lächeln, dem ich nicht widerstehen konnte. »Sehr gut, Emerson. Es freut mich, dich so guter Laune zu wissen, mein Lieber.«

»Mmmmm«, sagte Emerson, führte meine Hand an seine Lippen und küßte die einzelnen Finger. »Ich hoffe, bald noch besserer Laune zu sein, Peabody. Sollen wir ...«

Genau das taten wir. Ich empfand Emersons Zuwendung an jenem Abend um so schmerzlicher, als sie mich daran erinnerte, was ich zu verlieren hatte, falls Ramses' – und meine – Theorie sich bewahrheitete. Dieser Gedanke löste bei mir, so glaube ich, eine leidenschaftlichere Reaktion aus, als das normalerweise der Fall war, und Emerson drückte seine Begeisterung unverhohlen aus. Allerdings bestand seine letzte Bemerkung aus einem schläfrigen Kichern und einem gemurmelten: »Ich sag' dir eins, Peabody, wirst du jemals den idiotischen Anblick Budges vergessen, als er wie ein Mistkäfer auf dem Rücken lag und wie ein Schaf blökte?«

7

Gleich nach dem Frühstück verließ Emerson mit der Bemerkung das Haus, daß er eine Menge Arbeit zu erledigen habe und zum Mittagessen nicht heimkäme. Er erfreute sich glänzender Stimmung (aus Gründen, die ich nicht näher zu erläutern brauche), und ich besaß die Umsicht, diese nicht zu zerstören, indem ich ihn einen Blick in die Morgenzeitung werfen ließ. Diese enthielt einen ausführlichen Bericht über den Tumult im Mumiensaal und eine Abbildung von Emerson, der die ohnmächtige Dame umklammert hielt, was ihm die Aura von Jack the Ripper verlieh, der gerade sein nächstes Opfer auserwählt hatte.

Ich trank gerade meine zweite Tasse Tee, als Mary Ann mit einem Telegramm hereinkam. Es war von Rose, die von Bastets Rückkehr berichtete und hinzufügte: »Sagen Sie es Meister Ramses. Alles in bester Ordnung. Ich wünschte, Sie wären hier.«

Ich nahm ihr die ausschweifende Diktion (und die damit verbundenen Kosten) nicht übel, denn die Neuigkeit war in der Tat positiver als von mir erhofft. Umgehend machte ich mich auf den Weg nach oben, um Roses Anweisung Folge zu leisten. Ramses' Tür war verschlossen, und ich mußte mich zunächst zu erkennen geben, bevor er bereitwillig öffnete.

»Ich mag es nicht, wenn du die Tür zusperrst, Ramses«, erklärte ich ihm. »Was ist, wenn dir plötzlich übel wird?«

»Dieses Argument spricht sicherlich dagegen«, sagte Ramses und strich sich in unbewußter Nachahmung seines Vaters übers Kinn. »Aber es ist unwahrscheinlich, Mama, daß mir plötzlich so heftig übel würde, daß ich nicht um Hilfe rufen könnte; und wenn man das den dafürsprechenden Argumenten entgegenhält, wie beispielsweise meinem Bedürfnis nach einer Privatsphäre, die du selbstverständlich immer gewahrt hast, und der Möglichkeit, daß mich jemand bei meinen Experimenten stören könnte –«

»Schon gut, Ramses. Allerdings«, fügte ich mit einem angewiderten Blick auf das Exemplar hinzu, das er gerade an seinem langen, nackten Schwanz hochhielt, »erscheint es mir unwahrscheinlich, daß irgend jemand auch nur eines deiner Versuchstiere anrühren würde. Wo hast du die denn her?«

»Von Ben, dem Gärtnerssohn. Das Fallenstellen, insbesondere in den Ställen, wo sich diese Nager bevorzugt aufhalten, gehört zu seinen Aufgaben. Sosehr ich den Einsatz von Fallen und den unnötigen Tod jeder Kreatur auch verabscheue, sehe ich die Notwendigkeit in diesem Fall ein, da Ratten Getreide fressen und Flöhe übertragen, von denen manche Fachleute glauben –«

»Genug, Ramses.«

»Ja, Mama. Hast du Lust, dir einige meiner Versuchsreihen anzuschauen? Der Vorgang der Austrocknung ist bei verschiedenen kleineren Arten schon recht weit fortgeschritten, was mich in dem Glauben bestätigt, daß festes und nicht flüssiges Natron –«

»Danke, nein.« Ich blickte zu dem Tisch neben dem Fenster, auf dem Ramses' Versuchstiere, jeweils einzeln in kleinen Behältnissen, lagen. Auf dem Tisch befanden sich auch noch andere Objekte, die ich mir ebenfalls nicht anschauen wollte, denn da ich Ramses' gewissenhafte und logische Auseinandersetzung mit den ägyptologischen Verfahren kannte, war ich mir sicher, daß er keine der herkömmlichen Methoden ausgelassen hatte, um einen Leichnam für die letzte Stufe des Mumifikationsprozesses zu präparieren.

Ich beeilte mich, meinem Sohn die gute Nachricht zu unterbreiten, und fügte noch hinzu, daß ich das umgehend getan hätte, wenn er mich nicht mit seinem Mumifizierungsvortrag abgelenkt hätte. Er reagierte mit einem seiner seltenen Lächeln. »Nicht, daß ich ernsthaft an ihrer Rückkehr gezweifelt hätte«, bemerkte er. »Aber das Leben ist nach Aussage des Korans –«

»Erzähl mir nichts vom Koran, Ramses. Ich muß jetzt gehen; ich habe noch einiges zu erledigen. Ich bin nur gekommen, um dir von Bastets Rückkehr zu berichten.«

»Ich bin dir zutiefst dankbar, Mama. Darf ich fragen, ob es neue Enthüllungen in dem Fall gibt, den man als das Mysterium des Britischen Museums bezeichnen könnte?«

»Ich glaube nicht, Ramses.«

»Die gestern abend von mir angesprochene Theorie war vermutlich nicht stichhaltig«, sagte Ramses nachdenklich. »Wie auch immer, Mama, ich wäre erleichtert, von dir zu hören, daß Papa nicht die geringste Gefahr von diesem merkwürdigen Individuum droht.«

Seine Stimme klang so unterkühlt wie immer, und auch sein Gesicht blieb ausdruckslos. Während ich ihm über seine zerzausten Locken fuhr, meinte ich zuversichtlich: »Ich bin sicher, daß für Papa keinerlei Gefahr besteht, Ramses. Und selbst wenn es so wäre – was ich, wie gesagt, für unwahrscheinlich halte –, ist er in der Lage, sich überaus kompetent und energisch zu verteidigen. Konzentriere dich einfach auf deine niedlichen Mumien, und mach dir keine Sorgen um deinen Papa.«

Während der Nacht hatte es geregnet, doch als ich das Haus verließ, versuchte die Sonne gerade, sich durch die rauchgeschwängerte, dunkle Londoner Wolkendecke zu kämpfen. Als ich durch die Pfützen der schmutzigen Straßen stapfte, war ich dankbar um meine festen Stiefel. Während ich in östlicher Richtung an der Themse entlangging, wurde der Verkehr dichter und der Lärmpegel ohrenbetäubend. Karren und Omnibusse rumpelten an mir vorüber, Pferdehufe klapperten, brüllende Straßenhändler boten ihre Waren feil. Und doch besaß die Szenerie einen gewissen lebendigen Charme, denn vor mir erhob sich wie ein göttliches Mahnmal für die menschliche Vergänglichkeit die riesige Paulskathedrale, deren gewaltige Kuppel von Wolkenfetzen verhangen war.

Die Büros der *Daily Yell* befanden sich auf der Fleet Street. Ich hatte noch nie die Gelegenheit zu einem Besuch gefunden und war mir nicht sicher, um welche Uhrzeit Mr. O'Connell dort anzutreffen war, wollte jedoch den Versuch wagen. Sicherlich kannten seine Vorgesetzten seine Privatadresse.

Nach Aussage des Pförtners war Mr. O'Connell tatsächlich in seinem Büro. Er wies mir den Weg über die Treppe zu einem riesigen, überfüllten und extrem schmutzigen Raum voller Schreibtische, von denen die meisten besetzt waren. Die Luft war erfüllt von Zigarren- und Zigarettenrauch und von (diese rüde Bemerkung sei mir erlaubt) Flüchen – Äußerungen, die man lautstark und gedankenlos von sich gab. Ein Großteil dieser Beschimpfungen galt den Botenjungen, die von einem Schreibtisch zum anderen eilten und irgendwelche Schriftstücke verteilten.

Die meisten der »Herren« des vierten Standes waren hemdsärmlig, und einige trugen noch ihre Kopfbedeckungen. Meine Ankunft blieb nicht völlig unbemerkt, dennoch hielt es niemand für erforderlich, den Hut zu lüften oder ins

Jackett zu schlüpfen oder sich vom Stuhl zu erheben oder mir in irgendeiner Form behilflich zu sein. Das irritierte mich keineswegs. Schließlich war es mir ein Vergnügen, auf eine Gruppe von Männern gestoßen zu sein, deren Umgangsformen noch indiskutabler waren als die meines Sohnes.

Als ich durch die blauen Rauchwolken spähte, entdeckte ich einen feuerroten Haarschopf. Ein einziger Blick genügte. Ich rief seinen Namen.

»Mr. O'Connell!«

Jegliche Unterhaltung versiegte abrupt. Durch die Stille konnte man das Geräusch vorsichtig schlurfender Schritte vernehmen. »Ich höre Sie, Mr. O'Connell!« schrie ich. »Kommen Sie bitte sofort zu mir!«

Ein Mann an einem der an der Wandseite aufgestellten Schreibtische beugte sich seitwärts von seinem Stuhl und murmelte einer für mich nicht erkennbaren Person eine Bemerkung zu. Einen Augenblick später erhob sich O'Connell tollpatschig, und der Mann, hinter dessen Schreibtisch er sich verborgen hatte, meinte grinsend: »Hier ist er, Ma'am. Was hat er denn angestellt – ist er Ihnen etwa zu nahe getreten?«

»Wenn das ein Beispiel für journalistischen Humor sein soll, dann kann ich dem nicht viel abgewinnen«, erwiderte ich, während Kevin den Witzbold anfunkelte. »Kommen Sie, Mr. O'Connell. Seien Sie kein Feigling, ich will doch nur mit Ihnen reden.«

»Sagten Sie Feigling? Kein O'Connell, ob männlich oder weiblich, war jemals zu feige für eine Konfrontation!«

»Ja, gewiß. Also beeilen Sie sich.«

Kevin riß sein Jackett von der Stuhllehne, stülpte seine Kappe auf und trat auf mich zu. »Beeilung ist in der Tat angeraten«, knurrte er. »Zweifellos haben Sie soeben meinen Ruf ruiniert, Mrs. E.«

Sobald wir draußen waren, schnappte Kevin hörbar nach Luft. »Verzeihen Sie mir, Mrs. Emerson. Mit Bob habe ich später noch ein Hühnchen zu rupfen. Aber Sie müssen wirklich verstehen, daß Sie solche Orte nicht aufsuchen sollten.«

»Ich habe schon Schlimmeres gesehen«, erwiderte ich. »Und was ist mit Miss Minton? Arbeitet sie auch in einem so gräßlichen Büro?«

»Also wirklich, Sie glauben doch nicht etwa, daß eine so feine Dame mit gemeinen, einfachen Journalisten ein Büro teilt?«

»Ich glaube nicht, daß die gemeinen, einfachen Journalisten sie im gleichen Raum haben wollen«, erwiderte ich trokken. »Sie können nicht alle Attribute eines Gentlemans abgelegt haben; die Anwesenheit einer Dame wäre für sie unangenehm und vermutlich undenkbar. Und wo ist sie, wenn sie nicht in einem der Büros des *Mirror* arbeitet?«

»Sie wohnt bei einer verwitweten Dame auf der Godolphin Street«, entgegnete Kevin. »Schickt ihre kleinen Artikel per Kurier an das Blatt; die alte Herzoginwitwe hält sich zwar für eine Frauenrechtlerin, würde aber nicht zulassen, daß ihre ehrenwerte Enkelin Seite an Seite mit ungehobelten Kerlen arbeitet. Es war reiner Zufall, daß sich der Tod des Aufsehers zu einem solch aufsehenerregenden Fall entwickelte, da ihr Verleger sie lediglich mit der Story betraute, um sie außer Gefecht zu setzen, und er hoffte zweifellos, daß sie ihr kleines Hobby schon bald langweilen würde –«

»Unsinn. Sie war diejenige, die die Story zur Sensation hochstilisierte, das haben Sie selbst gesagt. Und sie schreibt hervorragend – journalistisch betrachtet.«

»Sie lernt schnell«, meinte Kevin neidisch. »Aber es sind ihre familiären Beziehungen und ihre Freundschaft zu diesem bebrillten Lackaffen im Museum –«

»Mißgunst, Mr. O'Connell! Reine Mißgunst und Ihre männliche Verblendung gegenüber den herausragenden Fähigkeiten der Frauen. Ich glaube, ich werde ihre Wohnung aufsuchen und schauen, ob sie dort ist. Wie war noch gleich die Adresse?«

»Wenn Sie wollen, begleite ich Sie. Es ist so ein herrlich sonniger Tag, viel zu schade, um im Büro zu hocken.«

Ich kannte seine wahren Beweggründe; aber ich muß mir selbst auf die Schulter klopfen, daß er ebensowenig von mir erfuhr wie ich – leider – von ihm. Er vergaß sich lediglich ein einziges Mal und nahm kein Blatt vor den Mund, als ich Lord St. John erwähnte.

»Dieser widerliche Nichtsnutz! Möge eine Hammelherde – äh – über das Grab seiner Großmutter trampeln!«

»Was haben Sie denn gegen Seine Lordschaft?« fragte ich.

Mr. O'Connell hatte einiges gegen Seine Lordschaft. »Wir erfahren Dinge, Mrs. Emerson, die wir niemals abdrucken können, nicht einmal in der *Daily Yell*. Dabei handelt es sich nicht so sehr um Neuigkeiten, die Damen und Kinder keineswegs lesen sollten, sondern um seine Gesetzesübertretungen. Wenn ich Ihnen alles erzählen würde, was ich über Seine Lordschaft weiß ...«

»... würde mich das zweifellos weder schockieren noch überraschen«, erwiderte ich gleichmütig. »Und doch macht er einen ansprechenden Eindruck, finden Sie nicht?«

»Oh, in Gegenwart von Damen ist er außerordentlich charmant! Und«, bemerkte Kevin mißgünstig, »in den letzten ein bis zwei Jahren ist es relativ ruhig um ihn geworden. Sagt, daß er sich geläutert habe. Vielleicht ist das eine ganz neue Seite an ihm, wie er behauptet, aber da habe ich meine Zweifel.«

Die Godolphin Street befand sich in einem der alten Viertel

zwischen dem Fluß und der Kathedrale; zu beiden Seiten wurde sie von ehrwürdigen, im letzten Jahrhundert erbauten Häusern gesäumt, und in einem von diesen logierte Miss Minton. Breite Treppenaufgänge führten zu den Eingangsportalen. Als wir die Stufen hochgingen, sprang die Tür auf, und Mr. Eustace Wilson trat ins Freie.

Tief in Gedanken versunken, las er stirnrunzelnd die Zeitung und bemerkte mich erst, als wir uns auf einer Höhe befanden. »Oh«, entfuhr es ihm, während er seinen Hut abnahm. »Sie sind das, Mrs. Emerson? Ich hatte nicht damit gerechnet ...«

»Ich bin wegen Miss Minton gekommen.«

»Ich auch. Wir waren zum Mittagessen verabredet. Aber sie ist nicht hier.«

»Sie hat Sie versetzt?«

Die Lippen des jungen Mannes formten sich zu einem schwachen, sympathischen Lächeln. »Das wäre keineswegs ungewöhnlich, Mrs. Emerson. Sie ... Aber Sie wissen, wie junge Damen sind. Sie war immerhin so nett, mir eine Nachricht zu hinterlassen, die besagt, daß sie plötzlich auf unbestimmte Zeit aus London abreisen mußte.«

»Aha. Nun, in diesem Fall entschuldigt das ihre Unhöflichkeit. Vielleicht ist ihre Großmama krank geworden.«

Bis er erfuhr, daß Miss Minton nicht da war, hatte O'Connell sich im Hintergrund gehalten. Jetzt gesellte er sich – die Hände in den Jackentaschen vergraben, seine Kappe tief ins Gesicht gezogen – schlurfenden Schrittes zu uns, und ich konnte mich des Eindrucks nicht erwehren, daß er zwanghaft versuchte, den krassen Gegensatz zu dem eleganten jungen Wilson zu bilden.

»Zweifellos ist sie verschwunden, weil sie sich schämte«, feixte er. »Nachdem das Geheimnis um ihre Herkunft gelüftet –«

»Sie hat überhaupt keinen Grund, sich zu schämen, Mr. O'Connell«, erwiderte ich streng. »Adlige Abstammung ist doch keine Schande; sie hat das gleiche Recht auf Respekt wie jeder andere Bürger.«

»Treffend gesagt, Mrs. Emerson«, bekräftigte Mr. Wilson mit einem vernichtenden Blick zu O'Connell. »Miss Minton gebührt jede Anerkennung, daß sie ihren Titel nicht dazu verwandt hat, um sich gewisse Vorteile zu verschaffen. Auch wenn ich es zugegebenermaßen verabscheue, sie in diesem entsetzlichen, entwürdigenden Beruf zu wissen.«

»Entwürdigend, soso.« O'Connell ballte seine Hände zu Fäusten. »Nehmen Sie dieses Wort noch einmal in den Mund, Sie aufgeblasener Gockel, und ich werde Ihnen Ihren dreckigen Hals umdrehen!«

»Also wirklich«, entfuhr es Mr. Wilson, seine Brille zurechtrückend.

»Na, na, Jungs, keinen Streit«, bemerkte ich. »Zumindest nicht auf offener Straße.«

»Verzeihen Sie mir, Ma'am«, sagte Mr. Wilson höflich. »Ich darf sagen, wie froh ich bin, daß Ihnen gestern nichts passiert ist. Ihr Gatte war ganz Herr der Lage, denke ich.«

»Mr. Budge hingegen nicht«, erwiderte ich.

Wilson grinste. »Heute morgen war er übelster Stimmung. Ich war froh, daß ich mir einen halben Tag freinehmen und verschwinden konnte.«

»Vermutlich ist er nervlich etwas angespannt«, meinte ich. »Was bei Ihnen auch der Fall sein sollte, Mr. Wilson. Dieser Irre scheint einen fanatischen Groll gegen das Britische Museum und seine Beschäftigten zu hegen.«

Wilsons Grinsen verschwand. »Was in aller Welt meinen Sie, Mrs. Emerson? Der Bursche ist doch völlig harmlos.«

»Seien Sie sich da nicht zu sicher, Mr. Wilson. Es hat bereits zwei Todesfälle gegeben – und beide sind nicht nur mit dem

Museum, sondern sogar mit der ägyptischen Abteilung verknüpft! Ob der Priester harmlos ist oder nicht, ob er nun der Mörder ist oder nicht, sehr viel plausibler ist, daß es sich bei dem Mörder um jemanden handelt, dem die Orientalisten verhaßt sind. Ein verkannter Wissenschaftler oder ein Student, dem die Promotion verwehrt wurde oder ... Aber ich schweife ab. Das alles sind bislang unbewiesene Theorien, Mr. Wilson. Vielleicht liege ich völlig falsch.«

»Gütiger Himmel«, seufzte Mr. Wilson.

»Verzeihen Sie, Mrs. E.« O'Connell trat neben mich. »Wollen Sie damit sagen ... Haben Sie etwa den Begriff ›Mordfanatiker‹ erwähnt?«

»Nein, das habe ich nicht, und sollten Sie mich diesbezüglich zitieren ...« Spielerisch schwang ich meinen Schirm. O'Connell ließ sich nicht beeindrucken. Sein journalistischer Ehrgeiz hatte ihm jede Furcht vor meiner Person und meinem Schirm genommen. Mr. Wilson fingerte an seinem Brillengestell und murmelte wie das weiße Kaninchen in *Alice im Wunderland* vor sich hin: »Ach, du meine Güte, ach, du meine Güte.«

»Welch eine glorreiche Idee«, entfuhr es O'Connell. »Ich wundere mich, daß ich nicht selbst darauf gekommen bin! In der Tat ... zum Teufel, ich hatte daran gedacht! Das ist wirklich der Fall, meine liebe Mrs. Emerson; ich danke Ihnen, daß Sie mir meine Theorie ins Gedächtnis zurückgerufen haben. Aha! Warten Sie nur, bis die ehrwürdige Miss Minton die morgige Ausgabe der *Daily Yell* aufschlägt!«

Hämisch vor sich hin grinsend trollte er sich.

»Meinten Sie das ernst, Mrs. Emerson?« Wilson war ziemlich blaß geworden.

»Ich ziehe es vor, mich bedeckt zu halten, Mr. Wilson. Aber ich verspreche Ihnen eins. Professor Emerson und ich sind der Sache auf der Spur, und wir haben bislang noch jeden dingfest gemacht ... Nun, zumindest haben wir alle Gegner außer Gefecht gesetzt. Was nicht unbedingt als besondere Glanzleistung zu werten ist, da das Verbrecherhirn so beschränkt ist. Haben Sie keine Angst, Mr. Wilson. Vermutlich sind Sie gar nicht das nächste Opfer. Vielleicht ist es Mr. Budge.«

Diese Vorstellung schien Mr. Wilson nicht sonderlich aufzubauen.

Als er mit eingezogenen Schultern und hängendem Kopf davonschlenderte, war ich versucht, ihn zurückzurufen und ihm einen wohlmeinenden Rat für den Umgang mit jungen Damen vom Schlage einer Miss Minton zu geben, denn mir war klar, daß seine ihr gegenüber gehegten Gefühle mehr als freundschaftlicher Natur waren. Doch ich beschloß, mich nicht einzumischen. Er war zu zurückhaltend und verunsichert, um bei dieser jungen Dame jemals Erfolg zu haben – und meiner Meinung nach hatte sie ihn auch nicht verdient.

Mehrere Stunden lang durchstreifte ich die Londoner Geschäfte, da meine Garderobe dringend einer Erneuerung bedurfte. Die für die anstrengende Ausgrabungstätigkeit notwendige Bekleidung ist in London völlig fehl am Platz. Ich gab auch einige Hemden für Emerson in Auftrag, der aus reiner Gedankenlosigkeit beim Ausziehen ständig die Knöpfe abriß, und mehrere Anzüge für Ramses, dessen Garderobe sich ebenfalls in ramponiertem Zustand befand.

Ich kehrte früh nach Hause zurück, denn ich verspürte das Bedürfnis nach einer kurzen Ruhe- und Erholungsphase vor der gemeinsamen Teestunde mit den Kindern. Mrs. Watson und Gargery erwarteten mich bereits, Mrs. Watson mit der Information, daß sie sich erlaubt habe, Ramses auf sein Zimmer zu verbannen, da er Percy niedergeschlagen habe und auf ihm herumgetrampelt sei, und Gargery mit dem Hinweis, daß mich ein Herr zu sprechen wünschte.

Regelrecht froh, daß ich meinen unvermeidlichen Besuch in Ramses' Zimmer aufschieben konnte, betrat ich beschwingt den grünen Salon. Dieser überaus vornehme und geschmackvolle Raum (der seinen Namen den mit grüner Seide ausgeschlagenen Wänden und Decken verdankt) wurde nur selten benutzt; daraus schloß ich, daß es sich bei dem Besucher um eine Person von Rang und Namen handeln mußte, da ihm eine solche Ehre von Gargery zuteil geworden war; und das stellte sich als richtig heraus.

Lord St. John stand versunken vor einem wertvollen Gainsborough-Porträt des dritten Herzogs, das über dem mit grünem Marmor verkleideten Kamin hing. Als ich eintrat, entschuldigte er sich sogleich für sein Eindringen.

»Es war ungebührliche Dreistigkeit meinerseits, Mrs. Emerson, aber Ihr Butler behauptete, daß Sie umgehend zurückerwartet würden, und ich möchte Ihnen etwas Wichtiges mitteilen.«

»Aber nein, Ihre Lordschaft. Bitte setzen Sie sich.« Ich läutete dem Mädchen und wies sie an, den Tee zu bringen. »Aber nicht die Kinder«, fügte ich rasch hinzu. »Noch nicht.«

»Lassen Sie die lieben Kleinen doch nicht wegen mir warten«, bat Seine Lordschaft. »Es wäre mir eine Ehre, Ihre Kinder kennenzulernen.«

»Ihnen ist nicht klar, was Sie da sagen«, erwiderte ich. »Eigentlich haben der Professor und ich nur einen Sohn, allerdings haben wir in diesem Sommer die beiden Kinder meines Bruders bei uns aufgenommen.«

»Wie freundlich von Ihnen. Aber genau das hatte ich von Ihnen erwartet; Ihr gutes Herz, Mrs. Emerson, ist ebenso bekannt wie Ihr unermüdlicher Einsatz für die Wissenschaft.«

Sein Lächeln veränderte seinen Gesichtsausdruck und milderte seine erschlafften Züge (die Emerson sicherlich seinem ausschweifenden Lebenswandel zugeschrieben hätte). Allerdings muß ich gestehen, daß ich eine zu weltgewandte Frau bin, als daß mich gute Umgangsformen und ein oberflächliches Lächeln täuschen könnten. Ich akzeptierte sein Kompliment mit einem angedeuteten Kopfnicken, entschuldigte Emersons Abwesenheit und goß Tee ein.

»Aber vielleicht möchten Sie etwas Stärkeres, Ihre Lordschaft? Darf ich Ihnen einen Whiskey Soda anbieten?«

»Nein, danke.« Mit einem kurzen, ironischen Auflachen fügte er hinzu: »Ich habe mich geläutert, Mrs. Emerson. Die meisten Leute würden behaupten, daß das auch wirklich an der Zeit war.«

Ich war etwas verunsichert über seine Ablehnung; nur zu gern hätte ich ein Anstandsschlückchen mit ihm genommen, aber ich konnte wohl kaum Alkohol in mich hineinschütten, während er höflich an seinem Tee nippte. Nachdem er dankend seine Tasse und ein Kressesandwich in Empfang genommen hatte, fuhr er in ernsthafterem Ton fort: »In meiner Jugend war ich ein wilder Bursche, Mrs. Emerson. Die meisten jungen Männer stoßen sich die Hörner ab –«

»Wenn ich Sie richtig verstehe, sind Sie in ganz England kein unbeschriebenes Blatt.«

Seine Lordschaft lachte befreit. »Bravo, Mrs. Emerson. Es ist so herzerfrischend, sich mit jemandem zu unterhalten, der über einen solchen Wortwitz verfügt. Ihre Offenheit gefällt mir. Ja, ich bin von Herzen beschämt über einige Episoden aus meiner Vergangenheit. Die Zeit läßt uns reifen und weiser werden, sofern wir intelligent genug sind. Es wird Zeit, daß ich mich zur Ruhe setze. Ich habe die Freuden des Lernens entdeckt; ich suche eine gute Frau, mit der ich geruhsam und friedlich den späten Jahren entgegensehen kann.«

»Miss Minton vielleicht?«

»Gütiger Himmel, Mrs. Emerson! Miss Mintons Lebensweg wird niemals geruhsam und friedlich verlaufen. Ich brauche eine ausgeglichenere Persönlichkeit, die die einfachen Freuden des Lebens zu genießen weiß.« Er beugte sich vor und stellte seine Tasse samt Unterteller auf einem der Tische ab. »Das ist einer der Gründe, weshalb ich zu kommen wagte, Mrs. Emerson, um Ihnen mein unverzeihliches Verhalten am gestrigen Tage zu erklären. Ich kenne Margaret seit unserer Kindheit; unsere Familien stammen aus der gleichen Gegend von Gloucestershire. Ich hege beinahe brüderliche Gefühle für sie, und deshalb kann ich es nicht lassen, sie hin und wieder zu foppen. Die arme Kleine nimmt sich so ernst! Aber es war dennoch ungebührlich von mir, ihr Geheimnis preiszugeben – obwohl es für die meisten Leute sicherlich gar kein Geheimnis ist ...«

»Das *war* wirklich ungebührlich von Ihnen. – Würden Sie mir bitte meine Tasse reichen, Ihre Lordschaft? Vielen Dank. – Aber Miss Minton und nicht mir gebührt Ihre Entschuldigung. Und wenn das die wichtige Sache war, die Sie mir mitteilen wollten ...«

»Nein, eigentlich nicht. Obwohl ich Ihr gutes Urteilsvermögen zu schätzen weiß, Mrs. Emerson.« Seine Lordschaft lächelte das Hausmädchen, das gerade ein Sandwichtablett abgestellt hatte, freundlich an. Sie errötete verschämt; sie war noch sehr jung und recht hübsch, und da ich sie zum ersten Mal bemerkte, nahm ich an, daß sie aufgrund des von Mrs. Watsons erwähnten Ausscheidens mehrerer Mädchen befördert worden war.

Die Zeit schritt voran; Emerson würde bald heimkehren, und obwohl ich die Unterhaltung mit Seiner Lordschaft über die Maßen interessant fand, sah ich mich gezwungen, ihn zur Eile zu gemahnen. »Dann –«, warf ich ein.

»Selbstverständlich habe ich Sie wegen der merkwürdigen

Vorfälle im Museum aufgesucht. Stimmt es, daß Sie und der Professor an der Aufklärung des Falles arbeiten? Ich würde es nicht wagen, eine solche Frage zu stellen, aber als Förderer des Museums und als Freund von Mr. Budge –«

»Sie müssen mir Ihr Interesse nicht erklären. Aber es wäre Übertreibung zu behaupten, daß wir irgend etwas aufklären. Wie alle anderen sind auch wir neugierig. Die Sache ist überaus merkwürdig. Allerdings sind die Zuständigen nicht formell an uns herangetreten.«

»Ich habe allen Grund zu der Annahme, daß das schon bald der Fall sein wird.«

»Tatsächlich?«

»Mr. Budge ist ... nun, um ehrlich zu sein, er ist besorgt. Die Vorstellung von einem Rachefeldzug oder Vergeltungsschlag gegen die Ägyptologen –«

»Dann bin ich also nicht die einzige, der dieser Gedanke gekommen ist«, entfuhr es mir. »Ha! Das ist die einzig plausible Erklärung, Ihre Lordschaft. Aber ist denn noch irgend etwas passiert, was meine Theorie untermauern würde? Irgendwelche Mordanschläge oder Drohbriefe?«

»Meines Wissens nicht«, erwiderte Seine Lordschaft gedehnt. »Aber der Empfänger eines anonymen Briefes würde sich vielleicht nicht zu erkennen geben, da er befürchtete, sich der Lächerlichkeit preiszugeben.«

»Korrekt. Trotzdem habe ich allen Grund zu der Vermutung –«

An diesem Punkt wurden wir von dem Familienmitglied unterbrochen, mit dem ich am allerwenigsten gerechnet hatte: meinem ungehorsamen Sprößling Ramses. Er riß die Tür auf und blieb dort völlig außer Atem stehen.

Ich sprang auf. »Ramses, du solltest doch auf deinem Zimmer bleiben.«

»Ich bin davon ausgegangen ... daß der Ausnahmezustand Vorrang hatte«, erwiderte Ramses kurzatmig. »Mama, mein Zimmer –«

»Geh sofort wieder nach oben.«

»In meinem Zimmer brennt es«, sagte Ramses.

Das war tatsächlich der Fall. Als ich in die Eingangshalle trat, hörte ich die aufgeregten Schreie aus dem Obergeschoß und nahm den durchdringenden Geruch von verkohltem Leinen wahr. Als ich die Treppe hinaufeilte – Seine Lordschaft und Ramses waren mir dicht auf den Fersen –, fand ich einige aufgeregte Bedienstete an der Tür zu Ramses' Zimmer vor, während einer der Diener, tatkräftig von Percy unterstützt, die rauchgeschwärzten, glimmenden Vorhänge herunterriß.

Eine rasche Überprüfung versicherte mir, daß kein großer Schaden entstanden war und daß rasche Überlegung und noch rascheres Handeln das Schlimmste verhindert hatten. Als ich das gegenüber dem Diener zum Ausdruck brachte, erwiderte dieser: »Danken Sie dem jungen Herrn, Madam. Als ich kam, hatte er das Feuer bereits gelöscht.«

Percy hatte sich bescheiden in eine Ecke zurückgezogen. Seine Hände und sein Gesicht waren rauchgeschwärzt, trotzdem versicherte er mir, daß er sich nicht verbrannt habe. »Es war nur ein kleiner Brand, Tante Amelia. Weißt du, ich half Ramses bei einem chemischen Experiment. Es war mein Fehler, da ich den Bunsenbrenner umstieß. Ich übernehme die volle Verantwortung.«

In der Erwartung, daß dieser Satz die üblichen Auswirkungen zeitigte, packte ich mir Ramses; doch er blieb reglos stehen und warf Percy einen seltsam abschätzigen Blick zu. »Die Verantwortung geht zu meinen Lasten«, meinte er mit ruhiger Stimme. »Ich hätte Percy nicht erlauben dürfen, mir bei meinem Experiment zu helfen.«

»Welches Experiment? Nein, sag jetzt nichts, ich will es gar nicht wissen. Nun, Ramses, ich hatte dir nicht verboten, einen Gast in deinem Zimmer zu haben. Da ich allerdings niemals damit gerechnet hatte, daß du chemische Experimente durchführen könntest, vergaß ich, dir den Bunsenbrenner wegzunehmen; von daher nehme ich an, daß ich dich nicht zur Verantwortung ziehen kann. Du kannst deinem Cousin dankbar sein, daß du so glimpflich davongekommen bist.«

Ramses' Lippen bewegten sich, da er sich jedoch nicht laut äußerte, nahm ich keine Notiz davon.

Seine Lordschaft stand an den Türrahmen angelehnt und kicherte leise. »Diese beiden Burschen sind mir recht sympathisch, Mrs. Emerson. Welcher ist Ihr Sohn?«

Ich stellte ihm die Jungen vor, die mit dem für sie charakteristischen Benehmen reagierten: Percy mit einer Verbeugung und der Entschuldigung, daß er ihm nicht die Hand schütteln könne – er zeigte ihm die rußgeschwärzte Handfläche zum Beweis; und Ramses mit einem langen, unverschämten Blick, der Seine Lordschaft von Kopf bis Fuß taxierte. Als er gerade zu einem seiner ausufernden Monologe ausholen wollte, ließ ein durchdringendes Kreischen aus dem Flur sämtliche Köpfe in diese Richtung schnellen. Dem schloß sich die vertraute, gräßliche Aussage an: »Tot, tot, oh, mausetot ...«

»Zum Teufel mit diesem Kind«, sagte ich, ohne auf meine Wortwahl zu achten. »Ruf sie, Percy, und erkläre ihr, daß du nicht verletzt bist, bevor sie noch irgendwelche Anwandlungen bekommt.«

Allerdings war es Lord St. John, der das Kreischen abrupt unterbrach, indem er das auf ihn zustürmende Pummelchen tröstend in die Arme schloß. »Pst, meine Kleine«, sagte er sanft. »Niemand ist tot; es war nur ein kleiner Brand, und dein lieber Bruder ist völlig unverletzt.«

Violets Kreischen verstummte augenblicklich. Während

ich beobachtete, wie sie kichernd ihre Arme um Lord St. Johns Hals legte, war ich versucht, sie von ihm loszureißen und sie nach Herzenslust zu schütteln.

»Geh sofort auf dein Zimmer, Violet«, sagte ich streng. »Lassen Sie sie los, Mylord; es tut mir leid, daß Sie einem solchen Schauspiel beiwohnen mußten.«

Seine Lordschaft drückte Violet. Sie quietschte vor Vergnügen. »Sie müssen sich doch nicht entschuldigen, Mrs. Emerson. Ich liebe Kinder. Insbesondere kleine Mädchen.«

Mein geliebter Emerson behauptet von sich, daß er die Werke Mr. Dickens' verabscheut (»Mit Ausnahme von dir, Peabody, ist er der sentimentalste Widerling, der mir jemals begegnet ist«), trotzdem bemerke ich häufig, daß er ihn zitiert. Als wir am Sonntag morgen am Frühstückstisch saßen, ließ er sich in übelster Form über den englischen Sabbat aus, und obgleich er seine Quelle nicht nannte, erkannte ich, daß es sich um eine Passage aus einem von Dickens' Romanen handelte.

»Alles, was der schwer arbeitenden Bevölkerung die Möglichkeit zur Zerstreuung hätte bieten können, war geschlossen oder verboten ... Weit und breit nichts als menschenleere Straßen. Beklemmende Straßenfluchten ... Nichts, was der Müßiggänger hätte tun können, als die Monotonie des siebten Tages mit der seiner sechs Arbeitstage zu vergleichen, sein trauriges Leben zu überdenken und das Beste daraus zu machen – oder, gemessen an seinen Möglichkeiten, das Schlimmste.«

Emerson (und Mr. Dickens) hatten recht. Der Sabbat sollte natürlich der Ruhe, dem Nachdenken und der Auseinandersetzung mit höheren Idealen dienen; doch dieselben Menschen, die nichts Verwerfliches in einer Kutschfahrt zur Kirche und in einem delikaten, von ihren Bediensteten zubereiteten Mittagsmahl sahen, sträubten sich vehement dagegen, der Arbeiterklasse den Zugang zu Bildung oder irgendeine Zerstreuung zu gewähren – einschließlich des Britischen Museums, was meiner Meinung nach der Hauptgrund für Emersons Unzufriedenheit war.

Natürlich wollte Ramses wissen, was Mr. Dickens mit »das Schlimmste« gemeint hatte. Auf meinen Rat hin verweigerte ihm Emerson die Antwort.

Emerson besucht nie die Kirche, da er sämtliche Religionsformen verabscheut. Wenn wir zu Hause in Kent weilten, nahm ich Ramses immer mit, obgleich er vermutlich kaum von der Predigt profitierte, da der geschätzte, alte Mr. Wentworth, seit Urzeiten Vikar an der St. Winifred, so unverständlich nuschelte, daß man kein einziges Wort verstand. Allerdings wirkte seine sanfte Stimme überaus beruhigend, und die Kirchgänger nutzten die Zeit, um zu dösen oder in sich zu gehen.

An diesem Sonntag nahm ich die Kinder mit zur St. Margaret in Westminster, um der Andacht von Erzdiakon Frederick William Farrar beizuwohnen, der als einer der berühmtesten Prediger der Gegend galt. Es handelte sich um einen überaus erbaulichen Diskurs, und ich hoffte, daß das Thema »Nächstenliebe« Wirkung auf meine zerstrittenen Begleiter zeigte, denn meine Überredungskünste hatten mich an den Rand der Geduld gebracht. Violet war meine schlimmste Widersacherin. Ihr wütendes Kreischen war bis in mein Ankleidezimmer gedrungen; als ich ihr Zimmer erreichte und schon damit rechnete, daß ihr Ramses eine mumifizierte Maus oder irgendeinen alten Knochen (aus seiner Schätzesammlung) geschenkt hatte, fand ich das Kindermädchen in einer Ecke kauernd vor, und Violet trampelte auf einem Berg von zerknüllten Kleidungsstücken herum und kreischte ununterbrochen, daß sie zu häßlich, zu eng oder zu verknautscht seien. Das entsprach zu diesem Zeitpunkt sicherlich der Wahrheit. Das Thema Bekleidung gehörte zu den wenigen Interessen, die sie aus ihrer brütenden Lethargie rüttelten; doch schon vor jenem Zwischenfall waren mir ernste Zeifel gekommen, ob für eine Läuterung Violets meine Kräfte ausreichten.

Allem Anschein nach zeigte die Predigt keine erkennbare Wirkung. Während des Heimwegs jammerte Violet ununterbrochen über ihr Kleid, und Ramses nannte Percy einen verfluchten Koprolithen.

»Woher hast du denn das Wort?« wollte ich wissen.

»Von einem Londonführer aus der Bibliothek«, erwiderte Ramses. »Aufgrund deiner Anregung habe ich versucht, meine Interessen zu verlagern, und dabei bin ich auf den Satz gestoßen: ›Die oberste Schicht des Ufergesteins besteht aus einem rötlichgelben Lehm, der Koprolithen enthält.‹ Da ich mich ständig bemühe, meinen Wortschatz zu erweitern, nahm ich natürlich ein Lexikon zu Hilfe und mußte interessanterweise feststellen –«

Für den Rest des Tages verbannte ich Ramses auf sein Zimmer. Nach kurzer Überlegung ereilte Percy und Violet das gleiche Schicksal. Das war zwar ungerecht, für mein Nervenkostüm jedoch unumgänglich.

Emerson war ausgegangen und hatte mir die Nachricht hinterlassen, daß er gegen halb sieben zurückkehrte. Ich verbrachte den Nachmittag in der Bibliothek, überflog sein Manuskript, brachte einige wenige Korrekturen an und zog mich dann zu einer ruhigen und ungestörten Teestunde in mein gemütliches Zimmer zurück.

Kurz nach meiner Mußestunde vernahm ich erfreut Schritte. Die Tür sprang auf, doch statt einzutreten, verharrte Emerson auf der Schwelle, und sein erster Satz machte mir klar, daß er nicht allein war.

»Also, Mrs. Watkins, warum regen Sie sich eigentlich so auf? Dieser Wasserkrug ist viel zu schwer für das Mädchen, sie ist ja fast noch ein Kind. Einer der Diener hätte ihn tragen sollen.«

»Aber Professor, sie hat selbst angeboten –«

»Überaus liebenswürdig. Aber sie hätte es besser wissen müssen. Hier – geben Sie ihn mir –, wenn Sie jetzt freundlicherweise Platz machen ...«

Bevor er weitergehen konnte, wurde er von Gargery aufgehalten. »Das ist für Sie, Professor. Es wurde gerade per Boten abgegeben.«

»Nun, dann schwenken Sie es nicht vor meiner Nase«, erwiderte Emerson. »Wie soll ich es an mich nehmen, wenn ich bereits beide Hände voll habe? Geben Sie es Mrs. Emerson.«

Er betrat den Raum, schmetterte mir ein fröhliches »Guten Abend, Peabody« entgegen und stürmte ins Bad. Ein lautes Platschen folgte; Emerson tauchte erneut auf und rieb sich gedankenverloren über die nassen Stellen auf Jacke und Hose.

»Guten Abend, mein lieber Emerson«, erwiderte ich.

Mrs. Watson hatte sich zurückgezogen (aufgrund des merkwürdigen Verhaltens des Professors sicherlich kopfschüttelnd). Das Dienstmädchen schlüpfte mit vor verständlicher Empörung gesenktem Kopf ins Badezimmer; und Gargery, der bis auf ein unmerkliches Grinsen überaus würdig wirkte, schritt mit einem silbernen Tablett auf mich zu. Es war völlig klar, daß auch er, genau wie viele andere, vor Emersons charismatischer Persönlichkeit kapitulierte (die aus irgendwelchen Gründen bei Bediensteten und anderen Mitgliedern der Arbeiterklasse mehr Akzeptanz fand als bei Emersons Fachkollegen).

»Danke, Gargery.« Ich griff nach dem Gegenstand, den er

mir höflich auf dem Silbertablett präsentierte. Es handelte sich nicht, wie zunächst von mir angenommen, um einen Brief, sondern um ein kleines, verschnürtes und versiegeltes Paket.

Emerson ließ sich neben mir in einen Sessel fallen und legte seine Füße auf den Kaminsims.

»Ah«, meinte er mit einem langen Seufzer. »Schön, wieder zu Hause zu sein, Peabody. Insbesondere ohne ... das heißt, wo sind eigentlich die Kinder?«

Ich erklärte es ihm. Unglücklicherweise erheiterte Emerson die neueste Wortschatzerweiterung seines Sohnes mehr, als daß sie ihn schockierte. »Koprolith! Bei meinem Wort, Peabody, es gibt Schlimmeres. Davon einmal abgesehen, meine Liebe, hattest du einen angenehmen Tag?«

»Teilweise schon«, erwiderte ich. »Und du, mein lieber Emerson? Wo warst du so lange?«

»Ich habe einen ausgiebigen Spaziergang gemacht. Anschließend ersuchte ich um ein Gespräch mit Budge.«

»Mit Mr. Budge? Gütiger Himmel, Emerson, warum? Ich kann mich nicht erinnern, daß du ihn jemals um ein höfliches Gespräch ersucht hättest.«

»Er schien selbst überrascht«, erwiderte Emerson mit einem hämischen Grinsen. »Stell dir nur mal vor, Peabody, dieser hirnrissige Idiot –«

»Bitte, Emerson, achte auf deine Wortwahl.« Ich deutete auf die Badezimmertür.

»Warum zum Teufel? Oh. Ist das Mädchen immer noch da? Was ... was macht sie denn?«

»Das Bad vorbereiten, wie jeden Abend, Emerson. Und hinter dir aufwischen. Mach dir nichts draus; weshalb hast du Mr. Budge eigentlich aufgesucht?«

»Nun, ich habe ihm ein Angebot gemacht.« Emerson streckte sich, daß seine Gelenke knackten. »Das Angebot, die Mumie zu enthüllen. *Die* Mumie.«

»Enthüllen ... warum zum Teufel?«

»Achte auf deine Wortwahl, Peabody.« Emerson grinste. »Die Idee kam mir, als ich durch ... äh ... durch den Park schlenderte. Ganz recht, durch den Hyde Park. Das Ereignis an jenem Nachmittag im Museum hätte weitaus schlimmer enden können. Die öffentliche Hysterie ist an einem Punkt angelangt ... Ach übrigens, wußtest du, daß einer unserer Journalistenfreunde bereits eine Story über die Reinkarnation des in die Prinzessin verliebten Priesters abgesondert hat? Ich war überaus geknickt, als ich sie las, da ich diese Idee für eine nicht unerhebliche Summe zu verkaufen hoffte.«

»Sei nicht albern, Emerson. Du schweifst vom Thema ab.«

»Stimmt«, bekräftigte Emerson. »Nun, es erscheint mir höchste Zeit, diesem Unsinn ein Ende zu bereiten, bevor noch jemand ernsthaften Schaden nimmt. Das Museum leidet natürlich am stärksten unter solchen Vorfällen; so inkompetent, wie es geleitet wird, wollen wir doch nicht, daß es ein Schauplatz für Chaos und Schmierentheater wird.«

»Ganz recht, Emerson. Aber was kann die Enthüllung der Mumie dabei bewirken?«

»Nun, sie erscheint mir die logischste Alternative, diesen absurden Spekulationen ein Ende zu bereiten. Wir werden erfahren, ob und welche Inschriften sich im Inneren des Sarkophags befinden; wir werden die verblichenen Überreste und das fleischlose Lächeln der unseligen Dame enthüllen. Wie du weißt, Peabody, ist auch von einer hervorragend präparierten Mumie nicht mehr viel erhalten. Die romantischen Phantasien um schöne Prinzessinnen müssen – genau wie das Fleisch der Dame – vor dem gnadenlosen Auge der Wissenschaft vergehen. Vielleicht hatte sie Karies, Peabody. Vielleicht war sie ... eine alte Frau! Gibt es irgend etwas Abschreckenderes für die menschliche Emotion als eine alte, grauhaarige Frau mit Zahnproblemen?«

Ich legte meine Füße neben die Emersons auf den Kaminsims und ergriff seine Hand. »Emerson, ich habe es schon wiederholt zum Ausdruck gebracht und bekräftige es erneut – dein akademisches Renommee wird lediglich von deinem untrüglichen Gespür für die menschliche Psyche übertroffen. Brillant, mein Lieber – wirklich brillant!«

Wie ich herausgefunden habe, schätzen Ehemänner solche kleinen Komplimente. Emerson strahlte von einem Ohr zum anderen und küßte meine Hand.

Was ich aufgrund besseren Wissens verschwieg, war meine Vermutung, daß seine Motive nicht gänzlich altruistischer Natur waren. Im Hinblick auf Mumien ist Emerson keineswegs so begeistert wie ich hinsichtlich Pyramiden, dennoch schätzt er sie, und eine meiner frühen und glücklichsten Erinnerungen rankt sich um ein von uns gemeinsam ausgewickeltes Exemplar. (Ich muß kaum erwähnen, daß Ramses' Mumienfaszination ein Erbe seines Vaters ist – die er, wie bei unserem Sohn häufig der Fall, bis ins Extrem auslebt.)

»Du könntest die Gelegenheit beim Schopfe greifen und einen Vortrag über altägyptische Flüche halten«, schlug ich vor. »Und darauf hinweisen, daß es etwas Derartiges gar nicht gab.«

»Nun, aber das wäre nicht völlig korrekt, Peabody. Erinnerst du dich noch an den Text der Mastaba von Kentika: ›Alle unreinen Männer, die in mein Grab eindringen ...‹ Wie lautet der weitere Text?«

»Der genaue Wortlaut ist mir entfallen. Irgend etwas von dem raubvogelgleichen Herabstoßen und von Zerstörung und Verurteilung durch das Tribunal des allmächtigen Gottes. Wohl kaum eine tödliche Bedrohung, Emerson, da besagtes Tribunal alle gläubigen Ägypter *nach ihrem Tod* konfrontierte. Außerdem galt dieser Text wie auch alle anderen den Unruhestiftern im Totenreich.«

»Und die Flüche auf den Gefäßen und Tonscherben«, sinnierte Emerson. »›Der soundso, Sohn des soundso, soll sterben ...‹ Ein klassisches Beispiel für kongeniale Magie; wenn das Gefäß zertrümmert wurde, mußte besagte Person sterben.«

»Solche Fälle könntest du sicherlich erwähnen«, pflichtete ich ihm bei.

»Könnte ich«, schnaubte Emerson, »wenn ich einen Vortrag halten und die Mumie enthüllen dürfte.«

»Budge hat sich dem Plan widersetzt?«

»Oh, er hielt ihn für eine hervorragende Idee.«

»Warum dann –«

»Weil, meine liebe Peabody, weil dieser verfluchte – äh – dieser verdammte Bas ... – äh – Kerl ihn selbst ausführen will!«

»Ach, du meine Güte«, bemerkte ich mitfühlend. »Nachdem du dich so sehr darauf gefreut hast ... Aber wie kann er das tun? Schließlich macht es überhaupt keinen Sinn, meterweise Bandagen abzuwickeln, wenn man nicht das anatomische Wissen zu einer fundierten Untersuchung des Leichnams besitzt, um dessen Geschlecht, Alter und – äh – dergleichen zu bestimmen.«

»Sicherlich wird ihm irgendein Scharlatan von der königlich-medizinischen Akademie assistieren«, stieß Emerson unwillig hervor. »Während er die ganze Zeit redet und die Anwesenden in dem Glauben wiegt, er sei ganz Herr der Lage.«

»Vielleicht ändert er seine Meinung noch, Emerson.«

Emerson lachte auf. »Ich weiß, was du vorhast, Peabody, und ich verbiete es dir ausdrücklich. Du wirst nicht zu Budge gehen und ihn davon zu überzeugen versuchen, daß er seine Meinung ändert.«

»Ich habe doch lediglich –«

»Das weiß ich, meine geliebte Peabody. Du hast nur an mich gedacht; und ich kann dir gar nicht sagen, wie tief mich deine zärtliche Besorgnis berührt. In der Tat glaube ich, daß Budge einen Hintergedanken hat. Kurz bevor ich ihn verließ, passierte etwas Merkwürdiges.«

»Und was war das?«

Emerson lehnte sich bequem zurück. »Es war recht dramatisch, meine Liebe. Stell dir Budge einmal vor, wie er hinter seinem Schreibtisch sitzt und verlogenen Unsinn von sich gibt. Ich schlendere forschen Schrittes im Zimmer auf und ab und –«

»Und übst dich in Kritik«, warf ich ein.

»Führe ein angeregtes Gespräch«, korrigierte Emerson. »Ein Angestellter bringt ein Päckchen in sein Büro. Budge greift nach dem albernen Papiermesser, auf das er so stolz ist – weil er es angeblich in einer Grabstätte bei Assiut gefunden hat –, und trennt die Verpackung auf. Sämtliche Farbe weicht aus seinem Gesicht ... er verstummt ... und starrt voller Entsetzen auf ... auf ein –«

»Ein abgetrenntes menschliches Ohr?« schlug ich vor, weil ich so langsam Gefallen an der Sache fand. »Einer Mumie?«

»Einer Mumie?« erwiderte Emerson erstaunt. »Welche menschlichen Organe hast du denn noch auf Lager?«

»Eine Hand oder einen Fuß, beispielsweise.«

»Oh. Nun, so gräßlich war es auch wieder nicht. Genaugenommen handelte es sich um einen wertvollen Kunstschatz – ein Uschebti. Es war aber nicht das Uschebti, das Budge Angst einflößte, sondern der Begleitbrief.«

»Und was hatte dieser zum Inhalt, Emerson?«

»Ich weiß es nicht. Budge weigerte sich, ihn mir zu zeigen, und er ließ mich auch nicht das Uschebti untersuchen. Aber er war außer sich, Peabody, völlig außer sich. Obwohl ich gestehen muß, daß ich das Ausmaß seines Entsetzens vielleicht etwas zu übertrieben dargestellt habe.«

Während er sprach, kicherte er fröhlich; meine aufkeimende Panik hielt mich allerdings davon ab, seine unschuldige Freude zu teilen.

»Emerson«, hub ich an.

»Ja, Peabody?«

»Emerson ... das von Gargery in Empfang genommene Päckchen ...«

»Gütiger Himmel!« Emerson sprang auf. »Wo ist es, Peabody? Was hast du damit angestellt? Verflucht, dacht' ich mir's doch gleich, daß es mir bekannt vorkam!«

»Es liegt neben dir auf dem Tisch, Emerson.«

»Oh.« Emerson ließ sich in seinen Sessel zurücksinken. Statt jedoch die Verpackung mit der ihm eigenen Heftigkeit aufzureißen, saß er ganz still und drehte das Paket vorsichtig in seinen Händen. »Ja, es sieht genauso aus«, bemerkte er einen Augenblick später. »Eingehüllt in braunes Packpapier, mit Blockbuchstaben in schwarzer Tinte adressiert, von einer Feder, die dringend gespitzt werden müßte. Und von einem einigermaßen gebildeten Mann.«

Trotz meiner Neugier, was sich in dem nichtssagenden Päckchen befinden konnte, lenkte mich seine in den Raum geworfene Behauptung ab. »Also, Emerson, das ist reine Erfindung. Insbesondere der Hinweis auf Bildung. Was läßt dich auf die Bildung des Absenders schließen, geschweige denn auf sein Geschlecht?«

»Die Schrift ist männlich – kühn, geschwungen und energisch. Was das andere anbelangt – da habe ich meine Methoden, Peabody, und es würde zu weit führen, dir diese zu erklären.«

»Welch ein Unsinn«, entfuhr es mir aufgebracht.

»Das scheint alles zu sein, was uns die äußere Umhüllung

vermittelt«, fuhr Emerson fort. »Trotzdem werden wir sie vorsichtig entfernen ... so ... um sie für eine zukünftige Untersuchung zu erhalten. Im Inneren finden wir ... Ha! Genau wie ich es erwartet hatte.«

»Was, Emerson, was denn?«

»Eine Pappschachtel.«

Ich sank in meinen Sessel zurück. »Dein Versuch eines Scherzes ist völlig fehl am Platz, Emerson. Ich empfinde tiefes Mitgefühl für dich, und du machst Witze.«

»Verzeih mir, Peabody. Hmmmm. Die Schachtel weist keinerlei Besonderheit auf. Außer ...« Er hob sie an seine Nase. »Einem schwachen Tabakgeruch. Zweifellos guter Tabak. Aus meiner Zeit als Pfeifenraucher weiß ich ...«

»Emerson, wenn du nicht sofort die Schachtel öffnest, schreie ich.«

»Ich hatte schon darüber nachgedacht, wieder Pfeife zu rauchen«, sinnierte Emerson. »Das wirkt so beruhigend wie Meditation. Peabody, für jemanden, der sich als Verbrechensermittler bezeichnet, legst du eine unangemessene Ungeduld an den Tag. Wir müssen langsam und methodisch vorgehen und dürfen keinen Anhaltspunkt übersehen.«

Ich riß ihm die Schachtel aus der Hand und öffnete den Deckel.

Eine dicke Watteschicht verbarg den Inhalt – allerdings nicht lange. Ich warf sie zu Boden und nahm den Gegenstand heraus.

»Eine Figurine«, entfuhr es mir.

»Schwenk sie nicht so theatralisch durch die Luft«, erwiderte mein Gatte kühl. »Das ist eine Fayencearbeit, und wenn sie zu Boden fällt, zerbricht sie.«

Die Figurinen (oder Uschebtis – Walter beispielsweise zog letzteren Begriff vor) waren hervorragende Beispiele für die naive Vorstellung der Bedürfnisse für das Leben nach dem

Tod. Um ihre Funktion zu veranschaulichen, ist es vermutlich sinnvoll, die Inschrift dieser kleinen Statuen zu zitieren (aus Kapitel VI des sogenannten Totenbuches). »O du Uschebti, wenn Osiris Senmut (oder wie auch immer der Name des Besitzers lautete) irgendeine Arbeit in der Unterwelt leisten soll – die Felder bestellen, die Wüste bewässern oder den Sand von Osten nach Westen tragen –, ich bin da! Ich tue, was du mir befiehlst!«

Die Uschebtis wurden aus einer Vielzahl von Materialien – wie Stein, Holz und Fayencearbeiten – hergestellt und symbolisierten immer den mumifizierten Leichnam. Gelegentlich enthielt eine Gruft Dutzende, ja sogar Hunderte dieser kleinen dienstbaren Geister. Allerdings war dieses Figürchen ungewöhnlich, da es einen Pharao mit dem *Nemes*-Kopfschmuck und den beiden Szeptern darstellte. Eine Reihe von Hieroglyphen, denen ich zu diesem Zeitpunkt allerdings kaum Beachtung schenkte, bezeugten die Herkunft seines Besitzers.

»Bekam Budge das gleiche?« fragte ich.

»Es schien identisch zu sein. Aber das kann ich nicht mit Bestimmtheit sagen, da ich es nicht untersuchen durfte.« Emerson hatte mir die Schachtel entrissen, der er soeben einen eng beschriebenen Zettel entnahm. »Welch ein merkwürdiger Zufall«, bemerkte er nach kurzem Überfliegen des Textes. »Gerade haben wir noch davon gesprochen. Hier, Peabody, sieh dir das an.«

Eine gräßliche Vorahnung ließ meine Hände so stark erzittern, daß ich kaum das Papier festhalten konnte. Mit lauter Stimme las ich den Inhalt vor: »›Wie ein Raubvogel werde ich auf jeden herabstoßen, der in mein Grab eindringt ...‹«

»›Stoßen‹ klingt in einem Dokument von solcher Tragweite doch irgendwie frivol und unzutreffend«, kommentierte

Emerson. »Sich auf jemanden zu ›stürzen‹ oder diesen zu ›ergreifen‹ wäre vielleicht ...«

»O Emerson, halt den Mund! Es kommt noch schlimmer. ›Was Emerson, den Vater der Flüche, anbelangt – er soll sterben!‹«

Dieses entsetzliche Wort war kaum verhallt, als ein lautes metallisches Scheppern folgte. Ich zuckte heftig zusammen; Emerson fing an zu lachen, und das Dienstmädchen flüchtete mit dem Wasserkrug (dessen heruntergefallener Deckel das ohrenbetäubende Geräusch verursacht hatte) eilig aus dem Zimmer.

»Was mußtest du auch so brüllen, Peabody«, bemerkte Emerson. »Vermutlich hast du das arme Mädchen zu Tode erschreckt.«

»Ich vergaß, daß sie sich im Bad aufhielt«, gestand ich. »Das kommt vor, nicht wahr? Das traurige Resultat unseres perversen Gesellschaftssystems. Wie kannst du nur so gelassen bleiben, Emerson? Es handelt sich um eine unmittelbare Bedrohung ... eine tödliche Bedrohung ... oder Schlimmeres!«

»Etwas Schlimmeres gibt es nicht, Peabody«, erwiderte Emerson, der Gefahr so gleichgültig gegenüberstehend, daß ich mir weitere Beispiele verkniff, die ihn eines Besseren belehrt hätten.

»Verzeih mir, Mama, verzeih mir, Papa ...«

Ramses hätte keinen ungünstigeren Zeitpunkt für sein Auftauchen wählen können. Aufgrund meines ramponierten Nervenkostüms stürzte ich mich mit einem Schrei auf ihn. »Ramses, wieso hast du dein Zimmer verlassen? Ich hatte dir doch erklärt –«

»Theoretisch betrachtet, Mama, widersetze ich mich den Anordnungen; allerdings dachte ich, daß ich es wagen könnte, kurz vorbeizuschauen, um Papa zu begrüßen, den ich seit dem Frühstück nicht mehr gesehen habe; und als ich im Gang etwas vernahm, was doch sehr stark nach einer tödlichen Bedrohung klang –«

»Das konntest du nur hören, weil du an der Tür gelauscht hast«, herrschte ich ihn an.

»Ist doch egal, Peabody. Laß doch dieses eine Mal deine Prinzipien aus dem Spiel.« Zärtlich lächelte Emerson seinen Sohn an, der vorsichtig das Zimmer betreten hatte. Er wirkte so verletzlich jung und unschuldig in seinem langen weißen Nachthemd, unter dessen Saum seine nackten, kleinen Füße hervorschauten, und seine ernsten dunklen Augen waren auf das Gesicht seines Vaters fixiert.

»Also gut«, erwiderte ich.

Das war der Startschuß für Ramses, der zu seinem Vater stürmte und sich wie ein Ägypter neben ihn auf den Boden hockte. Sicherlich muß ich nicht erwähnen, daß er ununterbrochen redete.

»Mama, ich hoffe, daß meine Besorgnis um Papa diese Mißachtung deiner Anordnungen rechtfertigt, die ich unter anderen Umständen natürlich niemals –«

»Das war doch nur ein Scherz, mein Junge«, meinte Emerson, während er die zerzausten Locken seines Sohnes tätschelte. »Nichts weiter.«

»Wenn ihr erlaubt, würde ich gern einen Blick –«

»Zeig es ihm, Emerson«, erwiderte ich widerwillig. »Er gibt ohnehin keine Ruhe, bis er es gesehen hat.«

Also reichte ihm Emerson das Uschebti und die Mitteilung, und nachdem Ramses die Figur fachmännisch betrachtet und mit dem Kommentar »Ein hervorragendes Beispiel seiner Gattung« beiseite gelegt hatte, wandte er sich stirnrunzelnd der Botschaft zu. »Ha«, bemerkte er einen Augenblick später, »bei dieser Botschaft scheint es sich um eine Kombination zweier unterschiedlicher Texte zu handeln, von denen einer, sofern ich mich recht entsinne, aus einer Grabstätte der 18. Dynastie bei Theben stammt. Der zweite ist, wie ich euch sicherlich nicht näher erläutern muß, die Interpretation einer sogenannten Prophezeiungsinschrift, die Keramiken und Figurinen zierten, und wenn diese zertrümmert wurden –«

»Das brauchst du uns in der Tat nicht zu erläutern«, erwiderte Emerson.

»Was die Orthographie anbelangt«, fuhr Ramses fort, »scheint der Verfasser den von Mr. Budge in seinem populärwissenschaftlichen Titel über die ägyptische Grammatik aufgestellten Regeln Folge geleistet zu haben. Meiner Meinung nach ist die Verwendung des Schilfrohrzeichens zur korrekten Umschreibung des Namens ›Emerson‹ –«

»Für jemanden, der um die Sicherheit seines Papas besorgt ist, bist du überaus gelassen«, merkte ich kritisch an.

»Ich versichere dir, Mama, daß meine Besorgnis trotz meiner Selbstbeherrschung immens ist. Hmmm. Abgesehen von der Tatsache, daß die Botschaft von einem relativ gebildeten Mann abgefaßt wurde, gibt sie nicht viel her.«

»O gütiger Himmel!« entfuhr es mir.

»Mit einer Feder, die angespitzt werden müßte. In der Tat, Mama, ist die Sache nicht so gravierend, wie ich befürchtete; wenn Mr. Budge ebenfalls ein solches Uschebti erhielt, konzentriert sich der Groll des Absenders nicht ausschließlich auf Papa. Es würde mich interessieren, ob noch weitere Wissenschaftler oder Autoritäten des Museums eine solche Botschaft erhielten.«

»Genau«, bekräftigte Emerson, eine Atempause Ramses' nutzend. »Ich habe dir doch gesagt, Peabody, daß es sich lediglich um einen üblen Scherz handelt. Solche Dinge schaukeln sich gegenseitig hoch. Ein Zeitungsbericht hat vielleicht einen weiteren Irren dazu inspiriert, ebenfalls seine Späße zu treiben...«

»Falls das tatsächlich der Fall ist, was ich schwerlich vermute –«

»Geh zu Bett, Ramses«, sagte ich.

»Ja, Mama. Ich danke dir für deine Nachsicht hinsichtlich meiner Erklärung –«

»Wird's bald, Ramses?«

Nachdem er seinen Papa und mich umarmt hatte, trollte sich Ramses schließlich. Erst nachdem er den Raum verlassen hatte, fiel mir auf, daß er das Uschebti mitgenommen hatte.

»Laß es ihm doch«, sagte Emerson nachsichtig. »Der arme kleine Kerl, wahrscheinlich will er einen seiner kuriosen chemischen Versuche daran durchführen. Ich sage dir, Peabody, seine Idee war wirklich hervorragend. Ich denke, ich werde kurz bei Petrie und Quibell vorbeischauen und fragen, ob sie etwas erhalten haben –«

»Jetzt nicht, Emerson. Die Köchin hat das Essen warm gestellt. Du weißt, daß du dich sehr verspätet hast.«

»In diesem Fall«, erwiderte Emerson, »ist es wenig sinnvoll, sich zum Abendessen umzuziehen.«

Ich hoffe, daß sich eines Tages jemand der Studie widmet, den Informationsfluß in Häusern wie dem unseren aufzudecken. Natürlich ist Ramses ein Sonderfall; gelegentlich könnte ein abergläubischer Mensch – genauso wie unsere ägyptischen Arbeiter – zu dem Glauben gelangen, daß seine optische und akustische Wahrnehmung selbst Wände durchdringen kann. Ob er es nun von Ramses, dem im Bad beschäftigten Zimmermädchen oder aus anderer Quelle erfahren hatte, Gargery wußte alles über das Uschebti und die Drohung, noch bevor ihn Emerson darüber aufgeklärt hatte. Er war höflich genug, Emerson zuzustimmen, daß das Wissen, ob noch weitere Personen solche Gegenstände erhalten hatten, von Vorteil sein könnte.

»Falls Sie Ihre Nachforschungen noch heute abend betreiben möchten, Sir, werde ich dafür sorgen, daß die von Ihnen abgefaßten Briefe unverzüglich ausgehändigt werden.«

»Gute Idee von Ihnen, Gargery«, meinte Emerson.

»Nicht der Rede wert, Sir.«

Nachdem er das Speisezimmer verlassen hatte, um das Auftragen des nächsten Gangs zu überwachen, sprach ich ein ernstes Wort mit Emerson. »Also wirklich, Emerson, hältst du es für ratsam, Gargery in dieser Form ins Vertrauen zu ziehen? Ich bin sicher, Evelyn wird es nicht gefallen, wenn sich ihr Butler in das Gespräch bei Tisch einmischt.«

»Nun, Gargery ist nicht Wilkins; dieser Bursche bringt nichts anderes heraus als: ›Das kann ich wirklich nicht sagen, Sir.‹ Gargery hat einen wirklich sinnvollen Vorschlag gemacht. Ich frage mich ...«

»Was, Emerson?«

»Ich frage mich, ob er vielleicht noch eine weitere Pfeife besitzt, die er mir borgen könnte. Ich könnte sie ihm morgen wiedergeben, sobald die Geschäfte geöffnet haben.«

Nach dem Abendessen zogen wir uns in die Bibliothek zurück, um die von Gargery ins Gespräch gebrachten Briefe abzufassen. Allerdings war es uns nicht vergönnt, diese Aufgabe abzuschließen. Kaum daß wir uns mit Feder und Papier niedergelassen hatten – und einer Pfeife, die Gargery ihm selbstverständlich mit Vergnügen ausgeliehen hatte –, tauchte der Butler erneut auf.

»Da ist jemand, der Sie sprechen möchte, Professor – Mrs. Emerson.«

»Um diese Uhrzeit?« Emerson warf seine Feder beiseite. »Welch eine grenzenlose Dreistigkeit!«

»Du warst ebenfalls so dreist, deinen Freunden und Bekannten um diese Uhrzeit Boten auf den Hals zu hetzen«, erinnerte ich ihn. »Um wen handelt es sich, Gargery? Geben Sie mir seine Karte.«

»Er hatte keine Karte, Madam«, schnaubte Gargery fast so blasiert wie Wilkins. »Aber er behauptet, die Angelegenheit sei dringlich. Sein Name lautet O'Connell –«

»O'Connell? O'Connell?« Emerson runzelte die Stirn. »Schnappen Sie sich Mr. O'Connell und ... nun, Sie werden Hilfe benötigen, Gargery; Sie sind – bitte entschuldigen Sie diese Bemerkung – nicht der Stärkste. Holen Sie den kräftigsten Diener, und bitten Sie ihn, Mr. O'Connell am Kragen zu packen und ihn zu schütteln, bis ihm –«

»Nein, warte, Emerson«, wandte ich ein; denn Gargerys Gesichtsausdruck deutete darauf hin, daß er zu allem bereit war, was sein Idol von ihm verlangte. »Mr. O'Connell würde nicht hierherkommen – schon gar nicht zu dieser späten Stunde –, wenn er nicht aufsehenerregende Neuigkeiten erfahren hätte. Sollen wir uns nicht anhören, was er zu berichten weiß?«

»Der Punkt geht an dich, Peabody. Hinterher kann ich ihn immer noch in den Seerosenteich werfen. Dann habe ich wenigstens die Genugtuung, es mit eigenen Händen getan zu haben. Bringen Sie den Herrn zu uns, Gargery.«

»Ja, Sir.« Gargery marschierte aus dem Zimmer. Emerson beugte sich vor, seine Augen strahlten vor Vorfreude – ob das nun mit der von O'Connell möglicherweise gelieferten Information oder der Umsetzung der von ihm beschriebenen Drohung zu tun hatte, kann ich nicht mit Bestimmtheit sagen.

Erstmalig legte O'Connell nicht die bei ihm in Gegenwart von Emerson übliche Vorsicht an den Tag. Er hatte es so eilig, mit uns zu reden, daß er an Gargery vorbeipreschte, noch bevor dieser ihn korrekt angekündigt hatte. Den Hut in der

Hand, sein Haar wild zerzaust, schrie er: »In dem Mordfall hat eine Verhaftung stattgefunden. Mrs. Emerson – Professor – sie haben den Falschen gestellt!«

8

Ich überredete Mr. O'Connell, sich hinzusetzen und einen Whiskey Soda mit uns zu trinken. »Auch wenn Ihre dramatische Ankündigung«, erklärte ich ihm, »sicherlich unsere ungeteilte Aufmerksamkeit findet, schätze ich eine präzise, zusammenhängende Schilderung, zu der Sie in Ihrer derzeitigen Verfassung nicht in der Lage zu sein scheinen.«

Aufgrund meiner kleinen Strategie erhoffte ich mir, Emersons Einstellung gegenüber Kevin O'Connell positiv zu beeinflussen. Wenn ein Mann erst einmal eine Erfrischung und einen Stuhl in Ihrem Heim angeboten bekommen hat, wird es unwahrscheinlicher, daß Sie ihn in einen Teich stoßen.

Gargery servierte uns und zog sich dann zurück. Allerdings fiel mir auf, daß er die Tür einen Spaltbreit offengelassen hatte.

Sobald sich Kevin einen anständigen Schluck Whiskey genehmigt hatte, kehrten seine journalistischen Instinkte zurück, und er erzählte uns eine zusammenhängende, wenn auch stellenweise entsetzliche Geschichte.

Bei dem Verhafteten handelte es sich um ein Mitglied der Ägyptischen Gemeinschaft in London, einen gewissen Ahmet, der sich von seinen zahllosen Landsleuten gleichen Vornamens durch den bezeichnenden Beinamen »die Laus«

unterschied. Er selbst beschrieb sich großspurig als Kaufmann, doch Kevin zufolge war er nur ein kleiner Händler, noch dazu ein erfolgloser, weil er seinen Waren vermutlich selbst zu sehr zusprach.

»Opium, Haschisch und andere gebräuchliche Rauschmittel«, bemerkte Kevin. »Oh, ich gestehe, er hat einen abgrundtief schlechten Charakter. Für Geld tut er alles, und wenn ihn die Sucht packt, würde er sogar seine eigene Mutter hintergehen. Gelegentlich habe ich ihn selbst für meine Zwecke mißbraucht. Auf seine Art ist er ein mieser, unverbesserlicher Saukerl, aber er besäße weder den Mut noch die Körperkraft, einen so brutalen Mord zu begehen.«

»Dann ist er sicherlich bald wieder auf freiem Fuß«, murmelte Emerson, auf dem Mundstück seiner – genauer gesagt: Gargerys – Pfeife kauend.

»Seit dem Tumult im Museum steht die Polizei unter einem starken Druck hinsichtlich der Aufklärung des Falles«, betonte Kevin. »Die Treuhänder haben sich an die Polizeibehörde gewandt, die wiederum den Hauptkommissar unter Druck setzte, bis dieser seine Untergebenen auf den Plan rief. Und dieser Idiot Cuff hat Ahmed zum Sündenbock abgestempelt. Niemand wird ihn entlasten –«

»Sie haben absolut recht, Kevin«, entfuhr es mir. »Der arme Kerl ist in großer Gefahr. Inspektor Cuffs Vorgehensweise beeindruckte mich nicht sonderlich.«

Emerson strich sich über sein energisches Kinn, aber er war keineswegs so geistesabwesend, als daß er meinen Lapsus nicht bemerkt hätte. »Was?« brüllte er. »Was hast du gesagt? Wann hast du –«

»Das ist doch jetzt unwichtig, Emerson. Mr. O'Connell hat recht. Kein ungebildeter, kleiner Ganove ist in der Lage, eine solche Serie von Verbrechen zu planen.«

»Hmhm«, machte Emerson. »Aber dann –«

Kevin beugte sich vor. »Im Interesse des Gesetzes müssen Sie einschreiten, Professor. Die Londoner Polizei kennt den ägyptischen Charakter beileibe nicht so gut wie Sie. Selbst diejenigen, die in Kairo gearbeitet haben, hatten nur wenig mit der einheimischen Bevölkerung zu tun, sie sprechen weder die Sprache, noch –«

»Ja, Emerson, ja!« rief ich. »Es ist deine Pflicht, die Polizei bei dieser Sache zu unterstützen. Wenn ich nur daran denke, wie sie den armen Kerl verhören werden, gefesselt und von riesigen Beamten geschlagen!«

»Ach, komm, Peabody, die Polizei foltert keine Verdächtigen«, knurrte Emerson. Dennoch wirkte er irritiert; er kratzte sich sein Kinngrübchen und fuhr fort: »Was erwartet ihr von mir? Mr. O'Connell, Sie glauben doch sicherlich nicht, daß ich eine Opiumhöhle aufsuche –«

Ich beendete seinen Satz. »– noch dazu am Sabbat. Ich schätze deine Umsicht, Emerson, bin mir aber dessen bewußt, daß solche Überlegungen für dich nicht sonderlich ins Gewicht fallen. Allerdings endet der Sabbat um Mitternacht, und das ist eine gute Zeit, um solche Höhlen in Aktion zu erleben, obwohl mir versichert wurde, daß sie aufgrund ihrer Klientel rund um die Uhr geöffnet sind.«

»Wer hat Ihnen das denn gesagt?« stammelte Kevin.

»Peabody«, schnauzte Emerson, »ich werde dich weder am Sabbat noch an irgendeinem anderen Tag mit in eine Opiumhöhle nehmen.«

»Deine Syntax läßt wirklich zu wünschen übrig.« Scherzhaft drohte ich ihm mit meinem Zeigefinger. »Du streitest also nicht ab, daß *du* eine Opiumhöhle aufzusuchen beabsichtigst. Glaubst du etwa, ich ließe dich allein gehen? ›Wo du hingehst, da werde auch ich hingehen, und wo du ...‹«

»Oh, sei still, Peabody! Und zitiere mir nicht die Bibel!«

»Also gut, wenn es dich stört. Noch einen kleinen Whiskey, mein Lieber? Ich bin sicher, Mr. O'Connell kann noch ein Glas vertragen.«

Ich nahm es aus der schlaffen Hand des Journalisten. »Darf ich fragen, warum Sie von Opiumhöhlen sprechen?« wollte er mit schwacher Stimme wissen.

Ich übernahm die Aufklärung des jungen Mannes, da Emerson in eine Art Dämmerzustand verfallen war und leise vor sich hin murmelte. Hier und da hörte man Satzfetzen wie: »Sie in einem Zimmer einsperren? Absurd ... sie würde einen Fluchtweg finden ... das war noch jedesmal so. Und das Personal würde glauben ... o gütiger Himmel!«

»Also, Kevin, Sie müssen verstehen, daß eine Opiumhöhle der geignetste Ort für die Aufnahme unserer Ermittlungen ist. Ahmet ist Opiumhändler und -konsument. Seine Freunde – sofern er welche hat – und Kollegen findet man am ehesten in diesen Etablissements. Ich selbst kenne die speziellen Lokalitäten in London nicht, die von opiumsüchtigen Ägyptern aufgesucht werden – denn die Küken einer Henne, so lautet das Sprichwort, glucken in einem Nest zusammen, und deshalb kann man davon ausgehen, daß sich die Ägypter und andere Emigrantengruppen ähnlich verhalten. Allerdings ist Emersons umfassende Erfahrung und seine persönliche Bekanntschaft mit vielen ... Emerson, ich wünschte, du würdest dieses Gemurmel einstellen. Das irritiert mich.«

»... gefesselt und geknebelt ... aber *das* ist noch lange nicht alles ...«

»Was sagte ich gerade, Mr. O'Connell?«

»Sie schilderten mir Ihre Beweggründe für ... für den Besuch einer Opiumhöhle«, erwiderte Kevin in dem Bemühen, seine zuckende Mundmuskulatur unter Kontrolle zu bringen.

»Oh, gewiß doch, danke. Es ist der ägyptische Zusammenhang, verstehen Sie. Bislang habe ich diesen Aspekt außer acht gelassen, da mir die Angelegenheit eindeutig europäischer, um nicht zu sagen englischer Natur zu sein schien. Allerdings hat noch niemand das Gesicht des vermeintlichen Priesters gesehen; was, wenn er gar nicht Engländer, sondern Ägypter ist, eine bessere Bildung als einige seiner Landsleute besitzt, aber nicht völlig frei von dem naiven Aberglauben ist, der trotz der britischen Aufklärungsbemühungen immer noch seine Blüten treibt? Wir sind solchen Phänomenen in anderen Fällen begegnet. Weißt du noch, Emerson, wie der Mudir dich an der Öffnung der Baskerville-Gruft hindern wollte?«

Versunken in seinen Tagtraum, reagierte Emerson nicht, doch Kevin ereiferte sich: »Ganz recht. Ich erinnere mich noch sehr gut. Ihre eigenen Arbeiter fürchteten sich so sehr vor dem vermeintlichen Fluch, daß sie sich weigerten, in das Grab hinabzusteigen, bis Professor Emerson schließlich einen seiner berühmten Exorzismen durchführte. Dennoch, Mrs. E., wenn Aberglaube tatsächlich das Mordmotiv ist, dann sieht es nicht gut aus für den armen, alten Ahmet.«

»Ich erwähnte das lediglich als eine Möglichkeit von vielen«, erwiderte ich. »Trotzdem sollte man ihr nachgehen. Mein Gatte hat Freunde und Bekanntschaften in einer Vielzahl seltsamer Lokalitäten, wissen Sie. Aufgrund seiner großen Bescheidenheit würde er sich niemals mit seinen Beziehungen brüsten, dennoch wäre ich kaum erstaunt, wenn er den Kontakt mit den Ägyptern pflegte, die hier –«

Emersons Blick wurde schlagartig klarer. »Gib diese Idee auf, Peabody. Wir werden keine einzige Opiumhöhle aufsuchen.«

»Ich dachte, ich könnte mich als junger Mann verkleiden«, erklärte ich. »Eine Frau würde in einem solchen Umfeld viel zu sehr auffallen, und die Bequemlichkeit von Hosen –«

Emerson musterte mich von Kopf bis Fuß. »Peabody«,

sagte er, »du wirst unter gar keinen Umständen und in keiner nur denkbaren Verkleidung als Mann durchgehen. Deine ausladende –«

»Einer der Diener könnte mir etwas leihen«, sinnierte ich. »Henry hat ungefähr meine Größe. Mr. O'Connell, Sie scheinen sich verschluckt zu haben. Trinken Sie Ihren Whiskey nicht so schnell.«

»Ich – äh – habe etwas in den falschen Hals gekriegt«, krächzte Kevin. »Äh-hm, äh-hm. Es geht schon besser. Ihr Plan ist brillant, Mrs. E. Ich bin sicher, daß Sie das von Professor Emerson angedeutete – äh – Problem bewältigen können, und außerdem ist es stockfinster. Wir werden dafür sorgen, daß Ihnen niemand zu nahe tritt und Sie erkennt.«

»Wir«, wiederholte ich.

»Ja, Ma'am, wir. Der Professor kann soviel protestieren, wie er will, aber da ich Sie kenne, Mrs. E., weiß ich, daß Sie sich durchsetzen werden. Und wohin Sie gehen, Mrs. Emerson, da werde auch ich hingehen.«

»Ach, du meine Güte«, sagte ich mit einem beschwörenden Blick auf Emerson. »Es tut mir leid! Ich hätte mich nicht so freimütig äußern sollen. In meinem Enthusiasmus vergaß ich völlig –«

»Mach dir nichts draus, Peabody«, erwiderte Emerson gedehnt. »Mr. O'Connell hat uns … hat ein Recht darauf. Wir können ihn nicht daran hindern, uns zu folgen, von daher können wir ihn auch gleich mitnehmen. Jeder durchtrainierte Mann dürfte von Nutzen sein.«

»Hervorragend!« rief O'Connell mit leuchtenden Augen. »Danke, Professor. Sie werden es nicht bereuen, das versichere ich Ihnen.«

»Ich will es hoffen«, entgegnete Emerson. »Wir werden allerdings bis Mitternacht warten müssen und können uns bis dahin entspannen. Noch einen Whiskey, Mr. O'Connell?«

Den Vertreter eines für seinen Zynismus bekannten Berufsstandes hätte ich gegenüber Emersons plötzlicher Liebenswürdigkeit für mißtrauischer gehalten, muß jedoch zu Kevins Verteidigung sagen, daß mein geliebter Gatte überaus liebenswürdig sein kann. Ich verhielt mich ruhig und überließ Emerson das Reden. Ein erstaunlicher Mann! Kein negatives Wort, kein strafender Blick in meine Richtung. Statt dessen bemühte er sich um Kevins Vertrauen und legte seine Vorsicht ab – mit unmittelbarem Erfolg. Leutselig erwähnte er die zuvor erhaltene Drohbotschaft.

Wie ein Fisch schnappte Kevin nach dem ausgelegten Köder. »Ich meine, Professor, aber das heißt ... das eröffnet ungezählte Möglichkeiten, glauben Sie nicht? Zum einen befand sich Ahmet in polizeilichem Gewahrsam ... nein, das ist unhaltbar, da niemand weiß, wann die Mitteilungen verschickt wurden, oder? Andererseits ...« Er rieb sich die Stirn. »Zum Teufel, ich habe vergessen, was ich sagen wollte.«

»Immer langsam, Mr. O'Connell, immer langsam«, sagte Emerson wohlwollend lächelnd. »Wir haben Zeit.«

»Danke, Sir. Ich meine, Sir, ich weiß Ihr Vertrauen zu schätzen. Ich hoffe, daß dies der Beginn einer tiefen Freundschaft ist, Sir. Ich habe Sie schon immer bewundert, Ihre ... Ihre ...«

»Nehmen Sie noch einen Whiskey«, schlug Emerson vor.

»Danke, Emerson, alter Knabe. Hervorragender Whischkey ... Jetzt weiß ich wieder, was ich sagen wollte. Diese Uscherbis – Schaberis – verflucht, Sie wissen schon, was ich meine. Diese klei ... kleinen Statuen. Wenn Sie und Mr. Budge eine bekommen haben, dann vielleicht auch noch einige der anderen Burschen, was?«

»Da siehst du es, Peabody!« entfuhr es Emerson. »Ich habe

dir ja gesagt, daß Mr. O'Connell ein scharfsinniger junger Bursche ist. Wir waren zu dem gleichen Schluß gekommen, Mr. O'Connell, und wollten gerade ein Rundschreiben abfassen. Wir waren soweit fortgeschritten, daß wir bereits eine Liste der möglichen Empfänger zusammengestellt hatten, doch dann lenkte uns Ihre verblüffende Neuigkeit ab.«

»Was für eine Story«, murmelte Kevin, während er sich am Whiskey gütlich tat – denn Emerson hatte die Karaffe griffbereit neben ihn gestellt.

»Ja, in der Tat«, sagte Emerson. »Schade, daß uns keine Zeit bleibt, das Rundschreiben umgehend abzusenden. Man hätte schon gern die unmittelbare Reaktion der Empfänger, bevor diese es sich anders überlegen und sich vielleicht sogar weigern, der Presse Auskunft zu geben.«

Unter leichten Schwierigkeiten gelang es Kevin, seine Taschenuhr aus seiner Westentasche zu ziehen und einen Blick darauf zu werfen. »Wir haben noch Zeit«, erklärte er. »Viel Zeit. Ja. Sie brechen doch erst um Mitternacht auf...«

»Mrs. Emersons religiöse Einstellung zwingt uns dazu«, meinte Emerson mißmutig.

»Ja, gewiß. Sehr lobenswert ... Ich sage Ihnen was, alter Knabe – es macht Ihnen doch nichts aus, wenn ich Sie alter Knabe nenne?«

Emerson reagierte mit dem verschlagensten Grinsen, das ich jemals auf einem menschlichen Antlitz bemerkt hatte, und einem Schlag auf Kevins Rücken, der diesen beinahe aus seinem Sessel katapultiert hätte. »Wenn es Ihnen Spaß macht, mein Junge.«

»Guter alter Emerson«, entfuhr es Kevin. »Sie warten auf mich, nicht? Ich ... ich werde kurz verschwinden, meine Recherche betreiben und dann zurückkehren. Sie warten doch auf mich, oder? Ich beeil' mich, genau das werde ich tun. Was?«

»Tun Sie das«, erwiderte Emerson. »Gargery, Mr. O'Connell möchte aufbrechen. Holen Sie bitte seinen Mantel.«

O'Connell hatte kaum den Raum verlassen, als Emerson auch schon aufsprang. »Schnell, Peabody.«

»Aber Emerson.« Ich konnte kaum an mich halten vor Lachen. »Meine religiöse Einstellung –«

Emerson packte mich am Handgelenk. »Welche religiöse Einstellung? Irgendwelche Skrupel? Peabody, du weißt genau, daß du keine hast.«

»Nicht, wenn Pflicht- und Ehrgefühl im Spiel sind«, erwiderte ich – etwas außer Atem, da mich Emerson im Eilschritt hinter sich herzog. »Alle anderen Überlegungen sind dann zweitrangig – Emerson, bitte, diese verfluchten Rüschen ... behindern mich.«

Ohne seine Schritte zu verlangsamen, nahm mich Emerson mitsamt meiner Rüschen und Spitzen auf den Arm und stürmte die Stufen hinauf. Als er unser Zimmer erreichte, setzte er mich unsanft auf dem Boden ab. »Peabody«, sagte er und packte mich bei den Schultern, »ich stimme deinem absurden Vorschlag lediglich zu, weil die Alternative noch schlimmer ist – dich in irgendeiner albernen Verkleidung auf meinen Fersen zu wissen. Wovor du sicherlich nicht zurückschrecken würdest, oder?«

»Selbstverständlich nicht.« Ich schlang meine Arme um seinen Hals. »Und du willst es auch gar nicht anders.«

»Ganz recht, meine geliebte Peabody. Was glaubst du, warum ich dich so liebe?«

»Nun«, sagte ich und senkte die Lider. »Ich dachte vielleicht –«

»Erneut richtig, Peabody.« Emerson verpaßte mir einen herzhaften Schmatzer auf den Mund, dann ließ er mich los und fing an, sich sein Jackett herunterzureißen. »Beeil dich, Peabody, sonst muß ich dich hierlassen.«

Das gespenstische Licht der Gaslaternen schimmerte durch den Nebel, während wir Hand in Hand durch die Dunkelheit eilten. Ich wage zu behaupten, daß es keine passendere Kulisse für ein schauderhaftes Abenteuer gibt als die gräßlichen, schmutzigen und einsamen Straßen des geliebten alten London. Ich war bei Nacht durch die abgelegenen Gassen der Kairoer Altstadt geschlendert und hatte gesichtslose Schatten in der nur vom Sternenlicht erhellten Wüste verfolgt; diese Erlebnisse hätte ich gegen nichts in der Welt eintauschen wollen, und jetzt stand uns ein weiteres bevor. Zusätzlich zu seinem überaus pittoresken Element ist der Nebel von unschätzbarem Vorteil für diejenigen, die unerkannt verschwinden wollen. Kaum dreißig Meter von unserem Haus entfernt waren wir bereits für jeden Beobachter unsichtbar.

Trotzdem stürmte Emerson im Eiltempo zum Ufer, wo wir eine Droschke nahmen. Die Straßen rund um den St. James's Square waren menschenleer, als wir jedoch in östliche Richtung vordrangen, eröffnete sich meinem interessierten Blick eine fremde, neue Welt.

Lagerhäuser säumen das östlich der London Bridge gelegene Ufer der Themse. Dort hielt die Droschke an, und Emerson half mir beim Aussteigen. Ich hatte den seltsamen Blick bemerkt, mit dem der Droschkenkutscher Emerson taxierte, als dieser unser Ziel nannte; jetzt wußte ich, warum. Selbst um diese Uhrzeit und am heiligen Sonntag waren die unseligen Bewohner des East End auf der Suche nach Vergnügung und Zerstreuung, bevölkerten in Horden die Schnapsschenken (und – was noch schlimmer war – die düsteren Wege). In eine solch enge Gasse führte mich Emerson. Mir fiel eine weitere solche Nacht in einem völlig anderen Klima ein; die Nacht, in der wir durch die Khan-el-Khaleel-Gasse geschlendert und auf den Leichnam eines Antiquitätenhändlers gestoßen waren, der wie ein Sack Kartoffeln von der Decke seines eigenen Ladens baumelte. Der gleiche widerliche Gestank und die undurchdringliche Finsternis, die gleichen unsäglichen Flüssigkeiten platschten unter unseren Füßen... Wenn überhaupt, dann war der Londoner Gestank lediglich intensiver und vielfältiger. Schlagartig wurde ich von einem fast unbeschreiblichen Gefühl der Zärtlichkeit übermannt.

»Emerson«, hauchte ich, »jetzt ist vielleicht nicht der passende Augenblick für ein solches Geständnis, dennoch ist mir sehr wohl bewußt, mein Lieber, daß nur wenige Männer soviel Vertrauen und Respekt gegenüber ihrer Gattin an den Tag legen wie du, da du mir erlaubst, dich zu begleiten.«

Emerson drückte meine Hand. »Sei still, Peabody. Vergiß nicht, was ich dir gesagt habe.«

Die Warnung war zwar nicht erforderlich gewesen, aber dennoch sinnvoll. Meine Stimme war tief für die einer Frau, aber sie wäre niemals als Männerstimme durchgegangen. Deshalb hatte ich mich einverstanden erklärt, daß Emerson das Reden übernahm und ich mir jegliche Äußerung verkniff.

Eine Treppe führte zu einem rußgeschwärzten Hauseingang. Nachdem er einen Augenblick getastet hatte, fand Emerson den Riegel, und die Tür sprang auf.

Eine einzige Lampe im Eingangsbereich warf ihr spärliches Licht ins Innere. Der Raum war niedrig; wie groß er war, konnte ich aufgrund der Dunkelheit nicht erkennen. Holzbänke säumten die beiden Längswände. Die Anwesenden nahm ich nur als körperhafte Schemen wahr – hier und da ein blasses, emporgerecktes Gesicht oder ein schlaffer, hängender Arm. Wenn die Süchtigen das Gift inhalierten, glomm das brennende Opium in den Metallpfeifen rotglühend auf. Leises Flüstern erfüllte die Spelunke – nicht von Gesprächen, sondern von unzähligen gemurmelten Monologen, die immer wieder von einem leisen Aufschrei oder von schrillem, hysterischem Gelächter unterbrochen wurden.

In dem schmalen Durchgang zwischen den Liegebänken, ungefähr drei Meter vom Eingang entfernt, befand sich ein mit Holzkohle gefüllter Ofen, dem der schwere Duft der Droge entstieg. Er wurde – wie entsetzlich! – von einer Frau angefacht. Vor das stinkende, kleine Feuer gekauert wirkte sie wie ein Haufen Lumpen. Das schmutzige Tuch, das ihren Kopf bedeckte, wirkte wie eine Parodie auf die feinen Baumwollschleier der ägyptischen Damen. Strähniges graues Haar verbarg ihr auf die Brust gesenktes Gesicht.

Emersons Verkleidungsmethode tendiert insbesondere zu Bärten. Er trug den, den er sich auch im Britischen Museum angeklebt hatte, und hatte seine äußere Erscheinung ansonsten lediglich dahin gehend verändert, daß er eine Kappe und seinen ältesten Wollmantel trug, auf dem er zuvor herumgetrampelt war. Die Kappe, eine Leihgabe von Gargery, war ihm viel zu klein, und wegen seiner breiten Schultern erwies es sich als unmöglich, sich weitere Bekleidungsstücke von den Bediensteten auszuborgen. In jedem Fall wäre es ihm unmöglich gewesen, seine prachtvolle Physiognomie oder seine klare, sonore Stimme zu verbergen. Sein Versuch, letztere Eigenschaft zu manipulieren, führte zu einem grotesken Krächzen.

»Zwei Pfeifen!«

Ruckartig hob die Frau ihren Kopf, und sie zog ein Stück von ihrem Tuch über ihre untere Gesichtshälfte. Die schlangenartige Gewandtheit ihrer Bewegungen strafte ihre Verkleidung Lügen, und ihre auf Emerson fixierten Augen waren die einer Frau in den besten Jahren – dunkel wie die Nacht und von einem unbeschreiblichen Feuer. Denn sie kannte ihn – und er kannte sie. Der Schock der Überraschung und des Wiedererkennens durchzuckte seinen Körper wie ein Stromschlag.

Ein rasselndes, ironisches Auflachen wurde hinter ihrem Tuch vernehmbar. »Zwei Pfeifen, Effendi? Für Emerson, den Vater der Flüche, und seinen … seinen …«

Sie reckte ihren Kopf und beugte sich zur Seite, um mich besser sehen zu können. Emerson zog mich hinter sich.

»Dein Geschmack hat sich seit unserer letzten Begegnung geändert, Emerson«, fuhr sie mit süffisanter Stimme fort. »Damals hast du dich noch nicht für Jungen interessiert.«

»Man wird dich hören«, brummte Emerson mit einem Kopfnicken auf die schlaffen Gestalten auf den Bänken.

»Sie sind im Paradies; sie hören nur das Murmeln der Huris. Erzähl mir, warum du gekommen bist, und dann verschwinde wieder. Das ist kein Ort für dich oder deinen …«

»Ich wollte mit dir reden. Wenn nicht hier, so sag mir, wo.«

»Dann hast du Ayesha also nicht vergessen? Deine Worte klingen wie Balsam für meine tief verletzte und einsame Seele …« Ironisches Gelächter beendete ihren Satz. Dann zischte sie: »Dein Gesicht kann deine Gedanken nicht verbergen, Emerson. Ich kann sie immer noch erraten. Du hast nicht damit gerechnet, mich hier anzutreffen. Was willst du? Wie kannst du es wagen, in Begleitung deines neuen Geliebten hier aufzutauchen und mich in Gefahr zu bringen?«

Überflüssig zu erwähnen, daß ich jedes Wort verfolgte und die Unterhaltung – gelinde gesagt – provokativ fand. Leider brach Ayesha an diesem überaus interessanten Punkt ab. Was sie wußte, würde ich niemals erfahren. Mit einer geschmeidigen Bewegung sprang sie auf und verschwand ins rauchgeschwängerte Dunkel eines Hinterzimmers.

»Zum Teufel«, entfuhr es Emerson. »Beeilung, Peabody!«

Leider war sie durch eine Tür entkommen, die nur sie allein kannte. Emerson trat immer noch fluchend vor die Wand, als eine Horde Männer über die Treppe in den Raum hinunterströmte. Die silbernen Abzeichen auf ihren Helmen glänzten, und das laute Trillern der Polizeipfeifen erfüllte den Raum.

Die berauschten, auf den Bänken ruhenden Anwesenden wurden hochgezerrt und abgeführt. Die meisten waren zu verblüfft, um zu protestieren. Die wenigen, die sich zur Wehr setzten, wurden brutal überwältigt. Wir konnten nichts weiter tun, als uns zu ergeben und einen günstigen Augenblick abzuwarten, in dem wir unsere Identität zu erkennen geben und um unsere Freilassung bitten konnten, mit Sicherheit jedoch brauchte ich nicht Emersons Ermahnung: »Peabody, wenn du auch nur ein Wort in Englisch, Arabisch oder irgendeiner anderen Sprache von dir gibst, drehe ich dir den Hals um.«

Ich verzieh ihm seinen ungebührlichen Tonfall, denn für eine Diskussion blieb keine Zeit. (Es gab noch andere Dinge, die ich ihm verzeihen oder auch nicht verzeihen würde, sobald ich die Gelegenheit für eine nähere Überlegung bekam.) Auch wenn unsere Erwartungen, Informationen zu beziehen, aufgrund der Razzia vereitelt worden waren, erfuhren wir vielleicht irgend etwas von unseren Mitgefangenen, sofern sie uns ebenfalls für Häftlinge hielten und sie sich der Tatsache nicht bewußt waren, daß wir ihre Muttersprache beherrschten.

Aufgrund der Dunkelheit und der allgemeinen Verwirrung blieben wir unbemerkt, insbesondere auch deshalb, weil wir nicht die einzigen anwesenden Engländer waren (es treibt mir die Schamesröte ins Gesicht!). Nachdem wir die Stufen hochgescheucht worden waren, warf man uns mit unzähligen anderen in ein wartendes Fahrzeug. Es war kaum Platz zum Stehen, geschweige denn zum Sitzen. Nach einem anfeuernden Peitschenschlag des Kutschers schwankte der Wagen ratternd über das Kopfsteinpflaster, und nur die dichtgedrängt um uns herum stehende Menschenmenge hinderte uns am Fallen. Mein geliebter Emerson hielt mich fest umschlungen und beschützte mich vor dem Schlimmsten, doch gegen den Geruch des Opiums, der ungewaschenen Körper und der nur schwerlich zu umschreibenden Ausdünstungen konnte er nichts unternehmen.

Lediglich im letzten Suchtstadium beeinflußt Opium die Sinneswahrnehmung des Benutzers. Die uns umringenden Männer waren aus ihrem glücklichen Trancezustand gerissen worden; jetzt waren sie wieder voll aufnahmefähig und fluchten freimütig. Emerson versuchte, mir die Ohren zuzuhalten. Aufgrund dieses Hemmnisses und der allgemeinen Geräuschkulisse – dem Murren und Fluchen und den klappernden Wagenrädern – war ich nicht in der Lage, viel zu verstehen, dennoch weckte eine Bemerkung mein Interesse.

»Zur Hölle mit den Ungläubigen! Nur wegen ihnen sind wir hier; die Polizei hätte sich nicht um uns geschert, wenn sie nicht ...«

Doch an diesem Punkt kam der Wagen abrupt zum Stehen, und der Sprecher (dessen Attribute ich aus dem Manuskript herausredigiert habe) verlor sein Gleichgewicht und brach ab.

Nachdem wir so unhöflich aus dem Fahrzeug herausgezerrt worden waren, wie man uns zuvor hineingepfercht hatte, brachte man uns über einen Hof, dessen Pflastersteine im Schein der Laternen schmutzigfeucht glänzten, in einen riesigen, überfüllten Raum. Nach der nächtlichen Dunkelheit erschien er mir überaus hell; mit gnadenloser Härte enthüllte das flackernde Licht der Gaslampen die ausgemergelten Gesichter und die zerlumpte Kleidung der Gefangenen. Sie schlugen sich gegen die Brust, rangen ihre Hände und jammerten in schrillstem Arabisch; die Polizeibeamten fluchten und brüllten Befehle. Es war wie im Irrenhaus.

Emerson zog mich in seine schützende Umarmung. »Halte durch, Peabody«, flüsterte er. »Ich gebe mich zu erkennen, und dann werden wir schon bald –«

Mit einem unterdrückten Aufschrei brach er ab; und zum ersten Mal bemerkte ich, daß Furcht das Gesicht meines heldenhaften Emerson überschattete. Sein starrer Blick fixierte den Gegenstand, der ihn aus der Fassung gebracht hatte – eine Kamera.

Wie die Journalisten Wind von der Sache bekommen hatten, war mir ein Rätsel. Ich dachte, daß die Polizeiverantwortlichen in ihrem Eifer nach öffentlicher Anerkennung vielleicht im Vorfeld die Presse informiert hatten. Jedenfalls waren sie vollzählig erschienen und lauerten mit Geierblick.

»Oh, verflucht«, bemerkte Emerson leise. »Ich werde mich *nicht* zu erkennen geben, Peabody. Nicht solange ich keine Möglichkeit finde, es unter vier Augen zu tun.«

Die Polizeibeamten stellten die Häftlinge in Reih und Glied auf. Zwei von ihnen näherten sich uns. In der zerlumpten, heruntergekommenen Meute wirkte Emerson wie ein Löwe unter Schakalen, obgleich sich sein Bart gelöst hatte und herunterbaumelte. Selbst den Polizisten fiel seine Erscheinung auf. Der eine flüsterte dem anderen etwas zu, und dann blieben sie mit starr auf uns gerichtetem Blick stehen.

»Jetzt heißt es ruhig bleiben und nicht die Nerven verlieren, Peabody«, murmelte Emerson. »Äh – Wachtmeister –«

»Ach, wie nett«, meinte besagter Gesetzesvertreter – allerdings nicht an Emerson, sondern an seinen Kollegen gewandt. »Ein rührender Anblick, der feine Herr schützt seinen ...«

Es war ihm nicht vergönnt, diesen Begriff zu artikulieren. Emersons gezielter Faustschlag traf sein Kinn, und er sackte zu Boden.

»Wie können Sie es wagen, in Gegenwart einer Dame so zu sprechen«, tobte Emerson. »Nicht nur eine Dame, Sie Halunke, sondern meine ... meine ... gütiger Himmel!«

Ein Lichtblitz und eine schwarze Rauchwolke hatten seine letzte Äußerung begleitet. Unseligerweise hatte Emersons Reaktion für exakt die Aufmerksamkeit gesorgt, die ich vermeiden sollte.

Ich trat einen Schritt vor und wandte mich an den mir am nächsten stehenden Polizisten. »Bitte bringen Sie mich und diesen Herrn unverzüglich in einen abgeschiedenen Raum. Wir müssen mit Inspektor Cuff vom Scotland Yard reden; sorgen Sie bitte dafür, daß ihn jemand holt.«

Ich wage zu behaupten, daß die unmißverständliche Autorität von Bildung und Herkunft in meiner Stimme sowie die Erwähnung von Inspektor Cuff den Beamten daran hinderten, Hand an Emerson zu legen, der Angriffshaltung angenommen hatte und gleichzeitig mißtrauisch die Kamera fixierte. Der Beamte senkte seinen Arm, und alle, die ihm zu Hilfe eilen wollten, blieben schlagartig stehen. Ich griff in meine Jackentasche. »Bitte sehr, meine Karte«, sagte ich.

»Was in drei Teufels Namen hat dich dazu bewogen, deine Visitenkarten mitzunehmen?« wollte Emerson wissen.

Gemeinsam saßen wir in dem von mir erbetenen, abgeschiedenen Raum – einer winzigen, fensterlosen Zelle, die lediglich einige Stühle und einen Verhandlungstisch enthielt. Die Luft war geschwängert von dem Geruch aus zahllosen Jahren der Angst und Verzweiflung, von Entsetzen und Schmerz. Emerson hatte seine Pfeife angezündet, deren würziger Duft für weitere Beklemmung sorgte, doch ich hielt es nicht für angeraten zu protestieren.

»Du hast mir untersagt, mein Messer mitzunehmen, Emerson. Ich dachte mir, daß es eventuell sinnvoll werden könnte, unsere Identität zu beweisen. Wie es in der Tat der Fall ist.«

»Warum hast du nicht gleich alle an die Presse verteilt?« schnaubte Emerson.

»Wie in der Vergangenheit bereits häufig von mir erwähnt, steht dir der Sarkasmus nicht gut zu Gesicht, Emerson. Nachdem du den Polizisten niedergestreckt hattest, wurde jede Hoffnung auf eine Geheimhaltung unserer wahren Identität hinfällig. Wie lautete der Begriff, gegen den du dich so heftig zur Wehr setzen mußtest? Ich habe ihn nicht verstanden.«

»Das tut nichts zur Sache«, brummte Emerson.

Ich nahm meine Kappe ab, die nicht mehr korrekt saß; im Verlauf des Abends schien eine ganze Reihe von Haarnadeln das Weite gesucht zu haben. So gut es eben ging, glättete ich meine widerspenstigen Locken und versuchte, sie zu einem Zopf zu flechten.

»Wer war die Frau, Emerson?«

»Frau?« Emerson zog eine Schachtel Streichhölzer aus seiner Jackentasche. Er entzündete eins und hielt die Flamme an seinen Pfeifenkopf. »Welche Frau?«

»Früher muß sie einmal sehr hübsch gewesen sein.«

»Mmmmm«, meinte Emerson, während er ein weiteres Streichholz anzündete.

»Sie kannte dich, Emerson.«

»Mich kennen sehr viele Leute, Peabody.« Emerson entzündete das dritte Streichholz.

»Deine Pfeife brennt bereits«, klärte ich ihn auf. »*Wann* hast du sie kennengelernt, Emerson? Und *wie gut* kennst du sie?«

Die Tür wurde geöffnet. Emerson sprang auf und begrüßte den Hereinkommenden wie einen guten alten Freund.

»Inspektor Cuff, nehme ich an? Tut mir leid, daß wir Sie belästigen mußten. Bin überaus erfreut, daß Sie um diese späte Stunde hier auftauchen.«

»Zügle deinen Optimismus, Emerson«, meinte ich kühl. »Schließlich sind wir um diese späte Stunde ebenfalls hier, nicht wahr? Inspektor Cuff erfüllt lediglich seine Pflicht.«

»Ganz recht, Ma'am.« Cuff befreite seine Hand aus Emersons Umklammerung. »Ich freue mich schon seit langem auf eine Begegnung mit Ihnen, Professor. Aber ich hatte nicht damit gerechnet, daß sie unter so – äh – ungewöhnlichen Vorzeichen zustande käme.«

»Hmhm«, machte Emerson. »Es würde mich freuen, unsere Bekanntschaft zu vertiefen, Inspektor, allerdings nicht, wie Sie es ausdrücken, unter diesen Vorzeichen. Wenn Sie so nett sein wollen, unsere Personalien zu bestätigen, werden Mrs. Emerson und ich umgehend verschwinden ... äh ... das heißt, nach Hause zurückkehren.«

»Also, Emerson«, entfuhr es mir. »Es erstaunt mich, daß du nach all den mir gegenüber gehaltenen Vorträgen einem Polizeibeamten Informationen vorenthältst. Wie Sie sich sicherlich denken können, Inspektor, diente unser abendlicher Ausflug zur Recherche von Beweismaterialien, daß den von Ihnen inhaftierten Ägypter keinerlei Schuld an dem Verbrechen trifft. Zumindest nicht, um das einmal klar zum Ausdruck zu bringen, an dem Mordfall; womit ich keineswegs anzweifeln will, daß es sich bei ihm um einen äußerst unangenehmen Zeitgenossen handelt –«

»Das ist er zweifellos, Ma'am«, stimmte mir der Inspektor so höflich zu, daß ich es ihm nicht übelnehmen konnte, meinen Redefluß unterbrochen zu haben. »Aber warum nehmen Sie an, daß er an dem Mord unschuldig ist?«

»Ich nehme es nicht an, ich weiß es. Sag du es ihm, Emerson.«

»Was soll ich ihm sagen, Peabody?« Emerson griff sich ans Kinn und hatte den Bart in der Hand; fluchend stopfte er ihn in seine Jackentasche.

»Was wir belauscht haben in der ... ich glaube, ›grüne Minna‹ ist der geläufige Begriff.«

»Ah. Wenn Sie erlauben, Ma'am ...?« Der Inspektor nahm sich einen Stuhl und setzte sich. Er bedeutete meinem Gatten, ebenfalls wieder Platz zu nehmen, doch Emerson verschränkte die Arme vor der Brust und blieb beharrlich stehen. »Natürlich, Sie verstehen ihre Muttersprache. Nun, Ma'am?«

»Ich hörte nur wenig«, gestand ich. »Aber der Hinweis auf die verfluchten Glaubensgegner, deren Aktivität die Polizei auf den Plan rief und die dazu führte, daß letztere ein nicht unbedingt willkommenes Interesse an ihrer Gemeinschaft zeigte, sollte aufschlußreich genug sein.«

»Aufschlußreich, in der Tat«, bemerkte der Inspektor höflich. »Nein, Ma'am, Sie müssen mir nichts erklären, ich verstehe die Zusammenhänge recht gut. Haben Sie dem noch etwas hinzuzufügen, Professor?«

Emerson schüttelte den Kopf. Er sah nicht zu Inspektor Cuff, sondern zu mir, und der Blick der Medusa war – verglichen mit seinem eisigen Starren – eine wahre Wohltat.

Mir war klar, daß Emerson etwas verheimlichte. Zu meinem Erstaunen fiel das dem Inspektor, der eigentlich über gleichermaßen gut entwickelte Instinkte hätte verfügen müssen, weder auf, noch verfolgte er die Angelegenheit weiter. »Überaus interessant, Professor und Mrs. Emerson. Seien Sie versichert, daß ich alles in meiner Macht Stehende tun werde, um Ihrer Theorie nachzugehen. Es ist bereits sehr spät, und Sie müssen müde sein. Ich werde dafür sorgen, daß einer meiner Beamten eine Droschke für Sie bestellt.«

»Ich bin überhaupt nicht müde, Inspektor. Ich möchte mit Ihnen über die Beweggründe sprechen, die zu einer Verhaftung Ahmets führten. Es könnte sich als sinnvoll erweisen, wenn Sie ihn herbrächten, damit ich ihm Fragen stellen kann –«

»Gütiger Himmel, Peabody«, hub Emerson an. Von Verärgerung übermannt, schwieg er.

»Sie wollen doch nicht, daß ich den armen Kerl um diese Uhrzeit wecke, oder, Ma'am?« meinte Inspektor Cuff. »Zu jedem anderen Zeitpunkt wäre es mir ein Vergnügen, alle Vorkehrungen für Ihr Gespräch mit dem Häftling zu treffen – vielleicht morgen, wenn es Ihnen recht ist?«

An diesem Punkt sah ich mich gezwungen, mein Drängen aufzugeben. Kein Wunder, daß die Welt in einem so desolaten Zustand ist, wenn Männer ihre Geschicke in die Hand nehmen.

Umsichtig führte uns der Inspektor zum Hinterausgang, da, wie er sich ausdrückte, immer noch eine Reihe von Journalisten in der Hoffnung auf ein Interview mit uns herumlungerte. Dort wartete bereits die Droschke, und nachdem ich dem Inspektor gedankt und ihm zugesichert hatte, mich am folgenden Tag bei ihm zu melden, ließ ich mir von Emerson in die Kutsche helfen. Sobald er seinen Platz eingenommen hatte, lehnte er seinen Kopf gegen die Seitenwand und fing an zu schnarchen. Ich wertete das als Hinweis, daß er keine Lust auf ein Gespräch hatte, und störte ihn nicht weiter.

Während ich die Ereignisse dieses interessanten Abends vor meinem geistigen Auge Revue passieren ließ, beschlich mich – zugegebenermaßen – eine gewisse Verärgerung. So unglaublich es klingt, ich hatte mich eines oder zwei kleineren Beurteilungsfehlern schuldig gemacht. Zum einen hatte ich der Frau in der Opiumhöhle zuviel Beachtung beigemessen. Eifersucht ist ein Charakterzug, den ich zutiefst verabscheue. Ein solches Gefühl würde niemals in meinem Herzen Einkehr halten, da mein Vertrauen zu meinem Gatten grenzenlos ist. Ich war nicht eifersüchtig. Trotzdem hätten einige Leute meine bohrenden Fragen gegenüber Emerson unter diesem Aspekt betrachten können, und ich bedauerte es, einen solchen Eindruck erweckt zu haben. Darüber hinaus ist es ein Kapitalfehler, einen Gatten – insbesondere ein solches Prachtexemplar wie Emerson – zu einem Schuldgeständnis zu zwingen. Überflüssig zu erwähnen, daß ich mich selbstverständlich mit der Absicht trug, herauszufinden, wer die Frau war und in welcher Beziehung sie zu Emerson gestanden hatte; aber dafür gab es andere Methoden, die sich als zweifellos effektiver herausstellen würden.

Der zweite Irrtum jenes Abends stellte sich erst nach unserer Ankunft im Chalfont House heraus. Ich bedauere ihn zutiefst, muß jedoch zu meiner Verteidigung sagen, daß er jedem hätte unterlaufen können.

Emerson hob mich aus der Droschke und warf dem Kutscher eine Münze zu. Nebel hing in den nassen Bäumen, und der Eisenzaun glänzte wie von einem frischen Anstrich überzogen. Die Morgendämmerung kündigte sich bereits an, aber es war immer noch recht dunkel. Dennoch hinderten mich weder die Dunkelheit noch Emersons Bestrebung, mich so rasch wie möglich ins Haus zu bugsieren, daran, die am Tor hockende Gestalt zu bemerken.

»Gütiger Himmel«, entfuhr es mir. »Bist du denn von allen guten … ich kann es einfach nicht glauben …«

Nachdem ich ein weiches, feuchtes Stück Stoff gepackt hatte, zerrte ich die kauernde Gestalt vom Boden hoch und schleifte sie durch das von Emerson geöffnete Tor.

»Schließ das Tor, und beeil dich, Emerson!« schrie ich. »Das ist der Gipfel! Warte nur, bis wir im Haus sind, junger Mann!«

»Aber Peabody«, hub Emerson an.

»Da gibt es nichts zu entschuldigen, Emerson. Ich hatte strikte Anweisungen erteilt.«

Gargery hatte uns schon erwartet. Noch vor meinem Klopfen öffnete er die Tür und wich dann mit fragendem Blick zurück, als ich das tropfnasse, schmutzige und jammernde Kind in die Eingangshalle zerrte.

Es war nicht Ramses.

Trotz seines schmutzverkrusteten Gesichts erkannte ich, daß es sich nicht um meinen Sohn handeln konnte. Dieses Kind hatte eine kleine Stupsnase, und die ängstlich blinzelnden Augen hinter den zusammengekniffenen Lidern waren von einem blassen Himmelblau.

»Emerson«, sagte ich. »Dein lautes Gelächter weckt noch das ganze Haus auf. Ich finde diese Situation keineswegs komisch.«

Ich stürmte die Treppe hinauf. Emerson blieb in der Halle zurück; ich hörte das Klirren von Münzen – sein Patentrezept für jeden gesellschaftlichen Fauxpas – und eine leise gemurmelte Unterhaltung mit Gargery, die von unterdrücktem Lachen begleitet wurde. Bald darauf jedoch gesellte er sich zu mir und schlang seinen Arm um meine Schultern.

»Schon ins Bett, Peabody? Gut, gut. Du mußt überaus erschöpft sein. Ich glaube, ich werde kurz –«

»Falls du nach Ramses sehen willst, begleite ich dich. Erst wenn ich mit meinen eigenen Augen gesehen habe, daß er dort ist, wo er um diese Uhrzeit hingehört, bin ich beruhigt.«

Strenggenommen war Ramses dort, wo er hingehörte. Aber er lag nicht im Bett. Seine Tür stand offen und er mit nackten Füßen auf der Schwelle. »Guten Abend, Mama, guten Abend, Papa«, begann er. »Als ich Papas Stimme unten hörte, wagte ich –«

»Geh zu Bett, Ramses«, sagte ich.

»Ja, Mama. Darf ich es wagen zu fragen –«

»Nein, darfst du nicht.«

»Da mir euer Vorhaben bekannt war«, bemerkte Ramses in dem Versuch einer anderen Taktik, »machte ich mir gewissermaßen Sorgen um eure Sicherheit. Ich hoffe, euch ist nichts –«

»Oh, großer Gott«, entfuhr es mir. »Gibt es denn nichts, was deiner unstillbaren Neugier entgeht, Ramses?«

»Pst«, zischte Emerson und legte einen Finger an seine Lippen. »Du wirst die Kinder aufwecken, Amelia. Zweifellos hat das gesamte Hauspersonal über unseren Ausflug getratscht; ist dir nicht aufgefallen, daß Gargery während unseres Gesprächs mit O'Connell an der Tür zur Bibliothek herumlungerte? Da du wach bist, Ramses, und verständlicherweise besorgt, komm mit nach unten, und Papa wird dir alles erzählen. Ich versprach Gargery –«

»Ramses hat Zimmerarrest«, erinnerte ich Emerson. Meine Stimme blieb – wie hoffentlich immer – ruhig.

»Ach ja«, erwiderte Emerson. »Das hatte ich vergessen. In diesem Fall werde ich Gargery bitten, nach oben zu kommen. Ich versprach ihm –«

Ich bin sicherlich eine der tolerantesten Frauen, aber mit meinem Gatten, meinem Sohn und meinem Butler über unseren Abend in einer Opiumhöhle und einen anschließenden Zwangsbesuch bei der Polizei zu diskutieren war wirklich zuviel verlangt. Als ich zu Bett ging, war mir vollkommen klar, daß einer von Emersons Gründen für eine solch unsägliche Mitteilsamkeit damit zu tun hatte, daß er mit Fragen zu einem gewissen Thema rechnete, von dem ich mir geschworen hatte, es nie wieder zu erwähnen.

9

Wie lange die Unterhaltung dauerte, kann ich nicht mit Bestimmtheit sagen; allerdings weiß ich, daß sich die Zimmermädchen am darauffolgenden Tag über den durchdringenden Geruch von Pfeifenrauch und Bier in Ramses' Zimmer beklagten, und ich sah mich gerechterweise gezwungen, ihn des unterschwelligen Verdachts zu entheben. Als ich aufwachte, lag Emerson so friedlich schlafend neben mir, als habe er ein blütenreines Gewissen, doch sein lächelnder Gesichtsausdruck erfüllte mich mit tiefem Mißtrauen. Schließlich hatte er sich darum bemüht, mich nicht aufzuwecken, als er ins Bett gekommen war.

Obwohl ich nur wenige Stunden geschlafen hatte, fühlte ich mich recht erholt und voller Tatendrang.

Als ich am Frühstückstisch die erste Post durchging, war ich erfreut, Briefe von Evelyn und von Rose vorzufinden. Letztere berichtete so ausführlich über Bastets gesunde Rückkehr, daß offensichtlich wurde, welche Zuneigung sie dem geliebten Tier entgegenbrachte. Roses Vermutung hinsichtlich des Verschwindens der Katze und ihres plötzlichen Wiederauftauchens muß ich hier nicht wiedergeben, da ich diese an anderer Stelle bereits dargelegt habe; und die nachfolgenden Ereignisse bewiesen ihre – und meine – Hypothese. (Obwohl mir bislang noch niemand zufriedenstellend erklären konnte, warum eine Katze von einer so herausragenden Intelligenz auf diesem besonders interessanten Gebiet ein solcher Spätzünder sein sollte.)

Wie gewohnt enthielt Evelyns Brief positive familiäre Neuigkeiten, allerdings hatte auch sie von dem Aufruhr im Museum erfahren, und ihr Entsetzen und ihre Besorgnis füllten mehrere Seiten. Sie bedrängte mich, London umgehend zu verlassen; »denn«, so schrieb sie, »man kann nie wissen, was passiert, wenn geistig verwirrte Personen im Spiel sind, und Du, meine liebste Amelia, übst eine außergewöhnliche Anziehungskraft auf solche Menschen aus.«

Ich nahm mir fest vor, ihr umgehend zu schreiben und sie zu beruhigen – nicht nur hinsichtlich dessen, was sie bereits aus den Zeitungen erfahren hatte, sondern was sie noch lesen würde. Ich konnte nur hoffen, daß sie und Walter nicht den *Morning Mirror* abonniert hatten. Nicht daß das ungepflegte Individuum auf dem Foto auch nur die geringste Ähnlichkeit mit meinem attraktiven Gatten aufgewiesen hätte. Seine ramponierte Bekleidung, sein stahlharter Blick und der schiefhängende falsche Bart (der den Eindruck erweckte, als sei ihm ein kleines Pelztier an die Gurgel gegangen) hätten ihn sicherlich unkenntlich gemacht, doch die Bildunterschrift räumte sämtliche Zweifel für den Leser aus. (»Professor Radcliffe Emerson, der renommierte Ägyptologe, schlug einen Polizeibeamten auf dem Bow-Street-Revier nieder.«) Der begleitende Text stellte eine Reihe von infamen Behauptungen auf und nannte darüber hinaus das Etablissement, in dem wir aufgegriffen worden waren. (Ich konnte mir lebhaft den entsetzten Aufschrei meiner geliebten Evelyn vorstellen: »Eine Opiumhöhle! Walter, was kommt als nächstes?«)

Kevins Story in der *Daily Yell* nahm keinerlei Bezug auf die Bow-Street-Geschichte (aus naheliegenden Gründen), statt dessen hatte er sich ein nettes Lügengespinst um die Affäre der makabren Statuen – wie er sie bezeichnete – ausgedacht. Mehrere andere Wissenschaftler hatten ebenfalls solche Uschebtis erhalten, doch wie nicht anders zu erwarten, war Emerson erneut der Hauptdarsteller.

Die arme Evelyn. Allerdings sollte man annehmen, daß sie sich mittlerweile daran gewöhnt hatte.

Obwohl mir klar war, daß ich Emerson nicht an der Lektüre der Morgenzeitungen hindern konnte, wies ich das Mädchen an, diese zu entfernen, da ich den schmerzvollen Augenblick wenigstens so lange hinauszuzögern hoffte, bis er in aller Ruhe sein Frühstück eingenommen hatte. Es war schon fast zu spät; Mary Ann verließ den Raum, als Emerson eintrat und sie mit der ihm eigenen Herzlichkeit begrüßte. »Hallo, da ist ja unsere Susan. (Es bereitet ihm immense Schwierigkeiten, sich die Namen der Bediensteten zu merken.) Sind das zufällig ... Nun, auch egal, ich habe ohnehin nicht die Zeit, sie zu lesen. Heute morgen bin ich in großer Eile.«

Mich begrüßte er gleichermaßen ausgelassen – vermied jedoch sorgfältig meinen Blick. »Guten Morgen, guten Morgen, meine liebe Peabody. Welch ein herrlicher Morgen. (Der Nebel war so undurchdringlich, daß man kaum den Gartenzaun erkennen konnte.) Guten Morgen – äh – Frank. (Der Name des Dieners lautete Henry.) Was gibt's zum Frühstück? Hering – nein, danke, ich verabscheue diesen Fisch, er besteht nur aus Gräten und Haut. Eier mit Schinken, wenn ich bitten darf, John. (Der Name des Dieners hatte sich nicht geändert, er hieß immer noch Henry.) Heute morgen bin ich in großer Eile.«

Während er sprach, durchwühlte er die Briefe, riß einige auf und überflog sie, bevor er sie zu Boden warf.

»Wohin willst du denn so eilig, Emerson?« wollte ich wissen. »John – äh – Henry, bringen Sie frischen Toast. Dieser hier ist schon ziemlich kalt.«

»Wieso, ins Museum natürlich«, erwiderte Emerson. »Ich muß dieses Manuskript fertigstellen, Peabody; hier ist eine weitere unverschämte Anfrage meines Verlegers, wann er endlich damit rechnen kann. Eine verfluchte Dreistigkeit!« Und das Schreiben der Oxford University Press sauste ebenfalls zu Boden.

Es war schon gut, daß ich mich dazu entschlossen hatte, bei *allen* Themen vornehmes Schweigen an den Tag zu legen, denn Emerson gab mir ohnehin keine Gelegenheit zum Reden. »Und wie geht es den lieben Kindern heute morgen? Ich weiß, daß du bei ihnen warst; deine mütterlichen Gefühle sind so – äh – so ... Finden Sie nicht auch, Mrs. Waters?«

Die Haushälterin, die darauf wartete, die täglichen Haushaltsangelegenheiten mit mir zu besprechen, nickte lächelnd. »Ja, Sir. Den Kindern geht es gut, Sir. Außer daß der junge Herr Ramses noch schläft; und obwohl mir der Hinweis außerordentlich schwerfällt, aber in seinem Zimmer ist ein merkwürdiger Geruch von –«

»Äh-hm, ja«, sagte Emerson. »Ich weiß, Mrs. Watkins. Ganz recht.«

»Da fällt mir ein«, bemerkte ich an die Haushälterin gewandt, »Miss Violet scheint in der letzten Woche erstaunlich zugenommen zu haben. Was hat sie denn gegessen?«

»Alles«, meinte die Haushälterin kurz angebunden. »Ihr Appetit ist beinahe unstillbar, und ich vermute, daß sie sich heimlich Süßigkeiten, Gebäck und derartiges kauft. Ihr Papa muß ihr ein stolzes Taschengeld mitgegeben haben.«

»Das würde überhaupt nicht zu meinem geschätzten Schwager passen«, warf Emerson ein.

Ich ignorierte die Bemerkung. »Erklären Sie dem Kindermädchen, daß sie ihr das verbieten soll. Zuviel Süßes ist nicht gut für sie.«

»Das habe ich ihr bereits gesagt, Madam, aber sie ist jung und ziemlich furchtsam; und Miss Violet ...«

»Ja, ich weiß, Mrs. Watson. Ich werde ein Wörtchen mit Miss Violet reden. Und wie wäre es mit einem anderen Kindermädchen? Mir ist entfallen, welche es augenblicklich ist, Kitty oder Jane?«

»Jane, Madam. Kitty hatte gewisse Bedenken, daß sie den Anforderungen nicht gerecht würde.«

»Das war vermutlich, nachdem sie Miss Violet kennengelernt hatte. Nun, Mrs. Watson, dann versuchen Sie es mit einem der anderen Mädchen. Hat sich denn keine passende Bewerberin auf mein Inserat gemeldet?«

»Nein, Madam. Ich habe eine junge Person eingestellt, die Jane ersetzen sollte. Sie hatte hervorragende Referenzen, von der Herzogin –«

»Sehr gut, Mrs. Watson. Wie gewöhnlich überlasse ich Ihnen die Angelegenheit. Emerson?«

»Ich muß mich beeilen.« Emerson stopfte sich den letzten Bissen Toast in den Mund. »Einen angenehmen Tag, meine Liebe. Hast du schon irgendwelche Pläne?«

Ich sah ihn an. Mein Blick war streng und unnachgiebig; doch obgleich ich es aus Furcht, seiner Eitelkeit zu schmeicheln, nie vor Emerson zugeben würde, läßt mich sein Anblick meist dahinschmelzen. Die blauen Augen, die wohlgeformten Lippen, die jetzt ein anziehendes Lächeln umspielte, die hohe Stirn mit den zerzausten schwarzen Locken – mit jedem seiner Gesichtszüge verbinde ich zärtliche Erinnerungen.

»Ich besuche Scotland Yard, Emerson«, sagte ich ruhig. »Deine Frage verwundert mich, schließlich hast du gehört, daß ich eine Verabredung mit Inspektor Cuff traf.«

»Ich habe nichts Derartiges gehört!« brüllte Emerson unwirsch. »Aber mir hätte klar sein müssen, daß du dorthin willst. Vermutlich ist es sinnlos, dich davon abzubringen. Ja. Dacht' ich mir's doch. Ach, zum Teufel!«

Er stapfte aus dem Zimmer – mit der gewohnten Energie, wie ich erfreut feststellte. Ich mag es nicht, wenn Emerson bedrückt und nachdenklich ist. Die kleinen Meinungsverschiedenheiten, die so außerordentlich zu einer erfüllten Ehe beitragen, verlieren ihre Würze, wenn er der Auseinandersetzung mit mir aus dem Weg geht. (Allerdings muß ich betonen, daß das extrem selten vorkommt.)

»Scotland Yard, Mrs. Emerson?« meinte die Haushälterin betreten. »Ihnen ist doch hoffentlich nichts Negatives im Hinblick auf das Personal aufgefallen?«

Wie es der naiven, lieben Frau gelungen war, nichts von unseren Aktivitäten zu bemerken, weiß ich nicht. Ich beeilte mich, sie zu beruhigen. »Nein, Mrs. Watson, es handelt sich um eine völlig andere Sache. Ich beabsichtige, ein Gespräch mit einem Mann zu führen, der zu Unrecht des Mordes beschuldigt wird, um ihn wieder auf freien Fuß zu setzen.«

»Wie ... wie nett von Ihnen, Ma'am«, stammelte Mrs. Watson.

Als ich Scotland Yard erreichte, hatte sich der Nebel gelichtet. Inspektor Cuff war erfreut, mich zu sehen.

»Meine liebe Mrs. Emerson! Ich hoffe, daß Ihr gestriges Abenteuer keine negativen Auswirkungen hinterlassen hat?«

»Danke, ich erfreue mich bester Gesundheit. Sie haben mich bereits erwartet, nehme ich an?«

»O ja, Ma'am. In der Tat habe ich in Erwartung Ihres Besuches den Verdächtigen von der Bow Street hierherbringen lassen.«

»Den Verdächtigen? Man hat ihn wegen Mordes inhaftiert!«

»Meine liebe Mrs. Emerson«, Cuff lächelte holdselig. »Ich

weiß nicht, woher Sie Ihre Information bezogen. Vielleicht hat sich Ihr Informant einem gewissen Hang zur dramatischen Übertreibung schuldig gemacht. Wir haben Mr. Ahmet lediglich gebeten, uns bei unseren Ermittlungen behilflich zu sein. Gemäß den Statuten der britischen Gesetzgebung gilt, wie Sie wissen, jeder so lange als unschuldig, bis die Schuld bewiesen ist.«

»Ein überaus brillantes Plädoyer, Inspektor. Das ändert aber nichts an der Tatsache, daß sich Mr. Ahmet in polizeilichem Gewahrsam befindet und daß Sie mir noch immer nicht erklärt haben, warum Sie ausgerechnet ihn inhaftiert haben. Welches Belastungsmaterial haben Sie? Was war denn Ihrer Meinung nach sein Motiv für den Mord an Oldacre?«

»Vielleicht sprechen Sie zunächst mit ihm und bilden sich Ihr eigenes Urteil«, sagte Cuff unglaublich höflich. »Hier entlang, Mrs. Emerson, wenn ich bitten darf.«

Ein kräftiger, uniformierter Beamter bewachte den Häftling, doch ich erkannte auf den ersten Blick, daß eine solche Vorsichtsmaßnahme überflüssig war. Ahmet wies sämtliche Anzeichen von langjährigem Drogenkonsum auf – eine ungesunde gelbliche Gesichtshaut, einen ausgemergelten Körper, zitternde Hände und einen unsteten Blick.

»Salaam Aleikum, Ahmet il Kamleh«, begrüßte ich ihn. »Kennen Sie mich? Ich bin Sitt Emerson, manchmal auch Sitt Hakim genannt; mein Gebieter (unseligerweise ist das im Arabischen die Bezeichnung für ›Ehemann‹) ist Effendi Emerson, der Vater der Flüche.«

Er kannte mich. Ein unmerkliches Flackern in seinem Blick zeugte von seiner Aufmerksamkeit. Mühsam richtete er sich auf und machte eine tiefe, wenn auch schwankende Verbeugung. »Friede sei mit Ihnen, werte Sitt.«

»U'aleikum es-salaam«, erwiderte ich. *»Warahmet Allah*

wabarakatu. Auch wenn es unwahrscheinlich ist, Ahmet, daß Sie Gnade erwarten dürfen, selbst nicht vom Allmächtigen. Was steht im Heiligen Buch, dem Koran, über die Mordsünde geschrieben?«

Er senkte die Lider. »Ich habe den Effendi nicht umgebracht, Sitt. Ich war gar nicht dort. Meine Freunde werden das bezeugen.«

Seine Unschuldsbeteuerung klang wenig überzeugend. Trotzdem glaubte ich ihm. »Aber Sie verheimlichen etwas, Ahmet. Wenn Sie sich nicht offenbaren, werden Sie wegen Mordes gehenkt werden. Retten Sie Ihren Kopf. Vertrauen Sie mir.«

Er schwieg und rührte sich nicht; ich bemerkte lediglich, wie sein Blick vorsichtig in Richtung des Beamten schweifte.

»Er versteht kein Arabisch«, erklärte ich ihm.

»Genau das«, erwiderte Ahmet zynisch, »behaupten sie immer – daß sie nichts verstehen. Aber sie arbeiten mit Spitzeln, von denen einige unsere Muttersprache sprechen.« Plötzlich spie er angewidert auf den Boden.

»Dann werde ich ihn fortschicken.«

Wie erwartet weigerte sich der Beamte, doch ich konnte seine Bedenken rasch zerstreuen. »Glauben Sie wirklich, daß mich dieses menschliche Wrack überwältigen könnte, Wachtmeister? Abgesehen von der Tatsache, daß ich bewaffnet bin« – zum erkennbaren Entsetzen des Polizeibeamten und Ahmets schwenkte ich meinen Schirm –, »kennt er meinen Gatten, Effendi Emerson; er weiß um die fürchterliche Rache, die ihn und seine gesamte Familie träfe, falls mir auch nur ein Haar gekrümmt würde.«

Diese Drohung schien Ahmet sichtlich zu beeindrucken. Sein lauter und verängstigter Protest (den er teilweise in Richtung des vergitterten Fensters ausstieß, als vermutete er,

Emersons Geist schwebe körperlos im freien Raum) überzeugte den Beamten.

Sobald er gegangen war, deutete ich auf einen Stuhl. »Nehmen Sie Platz, und beruhigen Sie sich, mein Freund. Ich will Ihnen nichts Böses; ich möchte Ihnen doch nur helfen. Beantworten Sie lediglich meine Fragen, und dann werden Sie schon bald wieder bei Ihren Freunden und Ihrer Familie sein.«

Offenbar begeisterte Ahmet diese angenehme Aussicht nicht. Ein mürrischer Gesichtsausdruck glitt über seine nichtssagenden Züge. »Was wollen Sie wissen, Sitt?«

Ich räusperte mich und beugte mich zu ihm vor. »Da ist diese Frau – ihr Name lautet Ayesha –, die gelegentlich in der Opiumhöhle auf der Sadwell Street anzutreffen ist. Ich möchte ... ich möchte wissen ...«

Gerade noch rechtzeitig unterbrach ich mich. Hatte ich, Amelia Peabody Emerson, es wirklich nötig, dieses verkommene kleine Subjekt danach zu fragen, ob mein Ehemann, der überaus ehrenwerte Vater der Flüche, die Angewohnheit hatte, ein unseliges Straßenmädchen zu besuchen? In der Tat, das hatte ich. Wie erniedrigend und verachtenswert!

Ich hatte einen empfindlichen Nerv getroffen, dem Himmel sei Dank bewahrheiteten sich meine Befürchtungen nicht. Ahmet musterte mich mißtrauisch. »Ayesha«, wiederholte er. »Ein häufiger Name, Sitt; denn Ayesha bint Abi Bekr war die ehrenwerte Gattin des Propheten, in deren Armen er starb.«

»Das ist mir bekannt. Und Sie kennen die Frau, die ich meine, Ahmet. Versuchen Sie nicht, es abzustreiten. Wer ist sie? Sie macht mir nicht den Eindruck, als sei sie Opiumkonsumentin. Warum hält sie sich an einem solchen Ort auf?«

Ahmet zuckte die Schultern. »Sie ist die Besitzerin, Sitt.«

»Dieser Opiumspelunke?«

»Des Gebäudes, Sitt.«

»Gütiger Himmel.« Diese Neuigkeit mußte ich erst einmal verdauen. So unglaublich es klang, bestand dennoch kein Grund, warum Ahmet lügen sollte. »Dann ist sie eine reiche Frau – oder zumindest eine Frau, die Geld hat. Warum kleidet sie sich in Lumpen und leistet diesen gräßlichen Opiumrauchern Gesellschaft?«

Ein weiteres Schulterzucken. »Wie soll ich das wissen, Sitt? Das Verhalten der Frauen ist nicht nachvollziehbar.«

»Wagen Sie eine Vermutung, mein Freund«, sagte ich, während ich den Schirm zwischen uns auf den Tisch legte.

Doch Ahmet beharrte darauf, daß er sich niemals Vermutungen hingab. Unter Berücksichtigung seines vom Opium ausgezehrten Verstandes war man sogar geneigt, ihm zu glauben. Weitere Fragen entlockten ihm jedoch das widerwillige Geständnis, daß die Dame Ayesha nicht im selben Gebäude wohnte, sondern irgendwo in London ein weiteres Haus besaß.

»An der Park Lane?« wiederholte ich skeptisch. »Das ist eine der vornehmsten Londoner Gegenden, mein Freund. Eine solche Frau – die Betreiberin einer Opiumhöhle – würde nicht mit der Oberschicht verkehren.«

Ahmets Lippen formten sich zu einem hämischen Grinsen. »Verkehren, Sitt? Das ist noch lange nicht alles.«

Männer können es einfach nicht lassen, üble Scherze zu machen. Kaum hatte er das gesagt, nahm sein Gesicht einen entsetzten Ausdruck an, weil er mit Sicherheit mehr als beabsichtigt preisgegeben hatte. Allerdings lehnte er weitere Ausführungen ab, und ich wollte ihn auch nicht drängen. Es gibt gewisse Schmerzgrenzen, die eine Dame selbst dann nicht überschreiten sollte, wenn sie in einem Mordfall ermittelt.

Als ich aufbrechen wollte, fiel mir schlagartig ein, daß ich ihm noch keine Fragen zu Mr. Oldacre gestellt hatte. Was dieses Thema anbelangte, war er noch uninformativer und behauptete, er kenne den Mann nicht, habe noch nie von ihm gehört, ihn nie gesehen und wisse von nichts. Ich zitierte die von mir im Streifenwagen aufgeschnappte Bemerkung. Ahmet verdrehte die Augen.

»Sie kommen«, murmelte er. »Die wahren Gläubigen und die Häretiker, Männer und Frauen, Prinzen und Bettler. Haschisch und Opium sorgen für gerechte Gleichheit, Sitt, sie verleihen Allahs sämtlichen Geschöpfen Großzügigkeit. Selbst ein niederes Insekt wie Ahmet ... Es ist schon so lange her – viel zu lange – seit meinem letzten Traum ... Besorg mir Opium, Sitt – und eine Pfeife – nur eine ... Wir werden reden und gemeinsam träumen ...«

Ob er einen Anfall geistiger Verwirrung erlitten hatte oder diesen lediglich vortäuschte, es gelang ihm jedenfalls, unser Gespräch zu beenden. Ich rief den Polizisten und überließ Ahmet seinem vorübergehendem Schicksal; allerdings nicht, ohne ihm zuvor meine Hilfe anzubieten und zu bekräftigen, daß er mich Tag und Nacht rufen könne.

Im Gang erwartete mich Cuff. »Nun?« meinte er.

»Warum fragen Sie?« konterte ich. »Ich habe die Öffnung in der linken Wand bemerkt, Inspektor. Wer hat draußen gelauscht? Mr. Jones?«

Bewundernd schüttelte der Inspektor den Kopf. »Sie sind einfach zu scharfsinnig für mich, Mrs. Emerson. Nicht Jones; wie ich Ihnen bereits sagte, hat er Urlaub. Mehrere unserer Beamten sprechen Arabisch, natürlich niemand so fließend wie Sie. Warum interessierte Sie eigentlich diese Frau namens Ayesha so sehr?«

Ich reagierte mit einer Gegenfrage. »Was wissen Sie über diese Frau, Inspektor?«

»Nichts, was ein offizielles Verhör rechtfertigte«, erwiderte Cuff. »Ich möchte Sie bitten, Ma'am, nicht an diese Person heranzutreten. Sie ist kein Umgang für eine Dame wie Sie.«

»Ich habe nicht die Absicht, sie zum Abendessen einzuladen, Inspektor«, meinte ich ironisch. »Allerdings handelt es sich bei ihr ganz offensichtlich um eine einflußreiche Frau innerhalb der ägyptischen Gemeinschaft, insbesondere deren ungesetzlicher Aktivitäten – denn Besitzer und Betreiber von Opiumhöhlen kann man wohl kaum als Stützen der Gesellschaft bezeichnen. Ich kann nicht verstehen, weshalb Sie so ausweichend reagieren. Sie sollten diese Frau umgehend verhören. Und außerdem ...«

Wir waren die Treppe zum Erdgeschoß hinuntergegangen. Dort blieb Cuff stehen, blickte mich an und sagte ernst: »Mrs. Emerson, ich habe großen Respekt vor Ihrer Person und Ihren Fähigkeiten. Unter behördlichen Aspekten sind Sie jedoch eine Bürgerin und eine Dame – beides Attribute, die es mir unmöglich gestalten, Sie ins Vertrauen zu ziehen. Würde ich den Anweisungen meiner Vorgesetzten zuwiderhandeln, riskierte ich einen Verweis, Degradierung, möglicherweise sogar meine Entlassung. Ich arbeite seit dreißig Jahren bei der Polizei. Ich hoffe, daß ich mich in Kürze mit meiner wohlverdienten Pension auf mein kleines Anwesen in Dorking zurückziehen kann, wo ich, dem Beispiel meines ehrenwerten Vaters und meines seligen Großvaters folgend, friedlich dem Alter entgegensehen und Rosen züchten will. Es steht wirklich nicht in meiner Macht –«

»Sparen Sie sich den Rest Ihres Vortrags, Inspektor«, unterbrach ich ihn. »Das kenne ich bereits – die immer gleichen, von männlicher Arroganz geprägten Ausreden. Ich mache Ihnen keinen Vorwurf; Sie sind nicht besser oder schlechter als alle anderen Männer, und ich habe keinerlei Zweifel daran, daß Ihre Vorgesetzten ebenso blind und blasiert sind wie Sie.«

Cuffs ernstes Gesicht wurde von einem tiefbetrübten Ausdruck überschattet. Er legte eine Hand auf sein Herz und stammelte: »Mrs. Emerson, bitte glauben Sie mir ...«

»Oh, ich glaube Ihnen, daß Sie nach bestem Wissen und Gewissen handeln. Verzeihen Sie, wenn ich etwas überreagiert habe. Ich will Ihnen nichts Böses. In der Tat will ich Ihnen den Mörder überstellen, sobald ich ihn gefaßt habe. Und ich erwarte keine Vorschußlorbeeren für meine Pflichterfüllung. Guten Tag, Inspektor.«

Cuff war zu betroffen, um sich artikulieren zu können. Er verbeugte sich tief und behielt diese Körperhaltung bei, bis ich das Gebäude verlassen hatte.

Ich hob meinen Schirm, um eine Droschke anzuhalten. Als sie anfuhr, bemerkte ich eine mir seltsam vertraute Gestalt, die das Scotland Yard betrat; bevor ich diese jedoch genauer erkennen konnte, verschwand sie im Inneren.

Emerson bei Scotland Yard? Irgendwie überraschte mich das nicht.

Wohin sollte ich als nächstes fahren? Der werte Leser wird vermutlich kaum annehmen, daß mir das nicht völlig klar war. Es war zwar möglich, daß Ahmet, um mich loszuwerden, eine falsche Adresse genannt hatte, dennoch war es den Versuch wert.

Im Verlauf der letzten Jahre hatte sich die herrliche Prachtstraße am Rande des Hyde Parks sehr gewandelt – aristokratische Eleganz war schnödem Prunk gewichen. Diese Veränderung hatte hauptsächlich mit Leuten wie den Rothschilds und ihrem Intimfreund, dem Prinzen von Wales, zu tun. Warum Seine Königliche Hoheit die Gesellschaft von millionenschweren Emporkömmlingen dem Adel vorzog, war irgendwie rätselhaft. Einige behaupteten, es läge an seinem ungehobelten Charakter oder, besser gesagt, dem fehlenden, bei einem britischen Monarchen jedoch unverzichtbaren Feingefühl. Wenn das allerdings der Fall war, stellte sich unvermeidlich die Frage: Woher rührte diese verachtenswerte Tendenz? Sicherlich nicht von seinem Vater, dem exzellentesten, rechtschaffensten Prinzen aller Zeiten. Und Ihre Erlauchte Majestät, seine Mutter ... sie war vielleicht spießig, dünkelhaft und irgendwie begriffsstutzig, aber vulgär? Niemals! (Den widerlichen Gerüchten um Ihre Majestät und einen gewissen Mr. Brown schenke ich keinen Glauben. Erwiesenermaßen nutzten ihre Bediensteten ihre Gutmütigkeit gelegentlich aus, um sich Vorteile zu verschaffen. Gewiß hatte Brown ebenso gehandelt wie ihr neuester Favorit, Abdul Karim, ein arroganter und unbeliebter Zeitgenosse. Daß sie jedoch mehr als von ihr begünstigte Diener waren, würde ich vehement abstreiten.)

Während die Droschke über die Park Lane rollte, bemerkte ich das riesige graue Stadthaus von Leopold Rothschild, in dem der Prinz Gerüchten zufolge häufig eingekehrt war und sich dem von ihm überaus geschätzten Luxus hingegeben hatte. Nicht weit davon erhoben sich die gewaltigen Umrisse von Aldford House, das ein schwerreicher südafrikanischer Diamantenhändler seit meinem letzten Londonaufenthalt gebaut hatte. Ein weiterer südafrikanischer Millionär hatte Dudley House gekauft, und an der Park Lane Nr. 25 wurde gerade an einem Bauwerk gearbeitet, das Gerüchten zufolge alle anderen an Kosten und Annehmlichkeiten noch übertreffen sollte. Der Bauherr, ein gewisser Barney Barnato, war im Elendsviertel von Whitechapel aufgewachsen. So weit war die Park Lane also gesunken, von Herzögen und Grafen zu den Neureichen. Vielleicht war Ayesha dort gar nicht so fehl am Platz. Sie und Barney Barnato mußten doch gut miteinander zurechtkommen.

Die Droschke hielt vor einem ansprechenden, alten Haus unweit der Kreuzung Park Lane/Upper Brook Street an. Auf mein Klopfen erschien ein adrettes Dienstmädchen. Sie trug das übliche schwarze Kleid, eine blütenweiße Schürze und eine Rüschenhaube, doch ihre olivfarbene Haut und die schwarzen Augen offenbarten ihre Nationalität. Augenscheinlich war Ahmet vertrauenswürdiger, als ich erwartet hatte.

Ich reichte ihr meine Karte. »Sagen Sie Ihrer Dienstherrin, daß ich Sie zu sprechen wünsche.«

Das Verhalten des Mädchens zeigte überaus deutlich, daß sie Besucher wie mich nicht gewohnt war. Völlig überrascht nahm sie meine Karte und bat mich in die Empfangshalle, während sie loseilte, um nachzusehen, ob »die Dame« zugegen war.

Falls ich mir zu diesem Zeitpunkt noch nicht absolut sicher gewesen wäre, daß ich meine Beute gestellt hatte, hätte mich der Raum, in dem ich mich befand, vielleicht zusätzlich daran zweifeln lassen, denn dort befand sich kein einziger Gegenstand, der nicht auch in den vornehmsten und geschmackvollsten englischen Salons anzutreffen war. In der Tat hätte sich ein zynischer Zeitgenosse fragen können, ob dieser nicht vielleicht sogar die Karikatur eines vornehmen, geschmackvollen englischen Salons darstellen sollte. So weit das Auge reichte, waren die Wände übersät von Bildern und goldgerahmten Spiegeln. Aufgrund der vielen Möbelstücke war der Teppich kaum erkennbar: schwere, geschnitzte Sofas, ausladende Polstersessel und Schemel, Tische in sämtlichen Variationen, die alle mit gestärkten Tischtüchern bedeckt waren, damit man die »Tischbeine« nicht sah, was die feinen Damen zu jener Zeit verpönten.

Kurze Zeit später kehrte das Dienstmädchen zurück und bedeutete mir, ihr zu folgen. Über eine Treppenflucht gelangten wir ins erste Stockwerk und schritten dann durch einen mit Teppichen bedeckten Gang. Sie öffnete eine Tür und winkte mich ins Innere.

Es war, als wäre man vom 19. ins 15. Jahrhundert zurückversetzt worden – und als hätte man mit einem Schritt die Tausende von Meilen überbrückt, die zwischen London und Kairo liegen.

Unzählige Perserteppiche bedeckten den Boden. Wände und Decke waren mit Goldbrokat bespannt, selbst die Fenster – falls es sich wirklich um Fenster handelte, denn es fiel kein Lichtstrahl ins Zimmer. Die einzige Beleuchtung stammte von kunstvoll verzierten Deckenlampen, die an so filigranen Ketten hingen, daß der leichteste Lufthauch sie in Bewegung setzte, und deren goldfarbene Lichtreflexe wie Sternschnuppen oder Glühwürmchen durch das Dunkel tanzten.

Zunächst glaubte ich, daß sich niemand im Raum befände; doch als sich meine Augen an das Dämmerlicht gewöhnt hatten, bemerkte ich eine Gestalt auf einem Diwan an einer der Wände. Unbewußt umklammerten meine Hände den Knauf meines Schirms. Es bestand kein Grund, einen Angriff zu befürchten, denn ich hatte nichts getan, was sie als bedrohlich hätte empfinden können; dennoch erinnerte mich die Atmosphäre schmerzvoll und lebhaft an einen ähnlichen Raum, in dem ich vor kurzem einige der unangenehmsten Stunden meines Lebens verbracht hatte, und der aufsteigende, süßlich duftende Rauch aus einer Schale neben dem Sofa, auf dem sie ruhte, raubte mir die Sinne.

Aber nur für einen Augenblick. Ich dachte an meinen Auftrag; ich brachte mir ins Bewußtsein, wer ich war und was sie war. Nach östlicher Sitte erwartet die Person von niederem Rang, daß sie angesprochen wird, bevor sie reagiert. Ich räusperte mich und sprach sie an.

»Guten Morgen. Verzeihen Sie mein Eindringen. Ich bin –«

»Ich weiß, wer Sie sind.« Sie deutete eine Bewegung ihrer

Hand an – eine Geste von unglaublicher Anmut. »Setzen Sie sich.«

Sie hatte mir keinen Stuhl angeboten, sondern einen niedrigen Schemel. Ich wage zu behaupten, daß die meisten englischen Frauen diese Sitzhaltung als unangenehm empfunden hätten, wenn nicht sogar als unmöglich. Rasch ließ ich mich nieder und glättete meine Röcke.

Jetzt war sie kaum einen Meter von mir entfernt, doch ihre Gesichtszüge konnte ich immer noch nicht genau erkennen, da sie einen langen, an einem juwelenbesetzten Band befestigten Gesichtsschleier trug. Dieser aus weißer Baumwolle oder Seide gefertigte Schleier wird normalerweise nicht in Gegenwart von anderen Frauen angelegt. Ich konnte nur vermuten, daß Ayesha mich unterschwellig zu brüskieren versuchte; allerdings wäre das so subtil gewesen, daß ich nicht verstand, was sie damit bezweckte. Ihr Schleier war so fein, daß er ihr vollkommenes Gesichtsoval, die ausgeprägte Nase und das energische Kinn betonte. Sie trug keine Kopfbedekkung. Ihr gewelltes Haar fiel ihr wie schimmernde schwarze Seide über die Schultern. Ihre Bekleidung entsprach der, die hochstehende ägyptische Damen in der Abgeschiedenheit des Harems tragen – eine weite, gestreifte Hose aus Seide und eine lange, an Oberkörper und Armen enganliegende Weste. Diese enthüllte ihren halben Busen, denn sie trug nichts darunter. Ihre in dieser Form betonten beziehungsweise entblößten Körperteile waren überaus wohlgeformt; ihre zarte Haut schimmerte bernsteinfarben.

Ihre Haltung war lasziv, beinahe verführerisch. Auf einen Ellbogen gestützt, winkelte sie ein Knie an, und der Seidenstoff glitt beiseite und entblößte ein so vollendetes Bein wie das einer Nymphe. Die Hose war – entgegen der geläufigen Sitte – vom Oberschenkel bis zum Knöchel geschlitzt.

»Wie haben Sie mich gefunden?« fragte sie.

Ihr Englisch war beinahe akzentfrei. Die Sitten und Gebräuche des Ostens sind subtil und verblüffend. Insbesondere die Frauen, die sich so gut wie nie äußern dürfen, haben ihre eigenen Methoden entwickelt, um ihre Verachtung auszudrücken. Ihr Gebrauch meiner Muttersprache – denn sie mußte gewußt haben, daß ich die ihre sprach – war ein Mittel, um ihre Überlegenheit zu dokumentieren, und die Frage selbst beinhaltete weitaus mehr, als sie eigentlich aussagte. (Ich will das genauer umschreiben: Da sie nicht fragte, warum ich gekommen war, ging sie davon aus, daß ich einen diesbezüglichen Grund hatte. Was dieser Grund hätte sein können, sollte dem werten Leser klar sein.)

Ich war weder gewillt, dem Problem aus dem Weg zu gehen, noch Ahmet zu verraten, der meiner Meinung nach bereits genug Ärger hatte. »Sie sagten, Sie kennen mich, Ayesha. Dann wissen Sie auch, daß ich Mittel und Wege kenne, Menschen zu finden. Ich sah Sie gestern nacht, und mein scharfer Blick hat Ihre Verkleidung durchschaut.«

»Gestern nacht?« Ihr schlanker Hals schoß wie der einer angriffsbereiten Kobra vor. »In der ... *Wahyat ennebi!* Sie waren das?«

»Ich war das«, sagte ich ruhig. »Sie haben *meine* Verkleidung nicht durchschaut.«

»Dann hat er sie dorthin mitgenommen. Oder Ihnen zumindest erlaubt ...«

Aufgrund plötzlicher Helligkeit mußte ich meine Augen bedecken. Als ich meine Hand senkte, bemerkte ich, daß sie eine Öllampe angezündet hatte. Diese stand so, daß ihr Lichtstrahl direkt auf mein Gesicht fiel, und mir war schlagartig klar, warum sie mir genau diesen Schemel angeboten hatte.

Sie musterte mich schweigend und, wie mir schien, überaus lange. Ich blieb bewegungslos sitzen und ließ es über mich ergehen. Mir war bewußt, was sie sah – keine weichfließenden Locken, keinen perfekten Körper und auch kein außergewöhnlich schönes Gesicht; allerdings hatte ich schon vor meinem Besuch erkannt, daß ich mich in dieser Hinsicht nicht mit ihr messen und einen Sieg davontragen konnte. Ich versuchte es erst gar nicht.

Schließlich entwich ihren Lippen ein leises, zischendes Geräusch – ein Auflachen oder vielleicht ein verachtendes Schnauben. »Er hat Sie dorthin mitgenommen«, wiederholte sie nachdenklich. »Mir war zu Ohren gekommen ... Aber es fiel mir schwer, das zu glauben. Nun, Sitt Hakim, Gattin des berühmten Effendi Emerson – Sie haben mich gefunden. Sie beehren mein armseliges Haus. Was wollen Sie von mir, der unwürdigsten aller Sklavinnen?«

Ich ignorierte diese zweifellos ironische Bemerkung und leitete mein kurzes, zuvor sorgfältig durchdachtes Gespräch ein. »Ich will Ihre Hilfe, Miss – äh – Madam Ayesha, um einen Mörder zu stellen. Ihnen ist sicherlich bekannt, daß einer Ihrer Landsleute unter dem Verdacht verhaftet wurde, Mr. Oldacre ermordet zu haben?«

»Ich weiß«, bestätigte sie.

»Und Ihnen ist ebenfalls bekannt, daß Ahmet unschuldig ist.«

»Das wiederum weiß ich nicht. Wie sollte ich das wissen?«

»Ach, kommen Sie, meine Liebe – das heißt, Madam Ayesha. Wir wollen keine Haarspalterei betreiben. Wir wissen beide, daß die Polizeibeamten, ihres Zeichens auch nur Männer, nicht sonderlich intelligent sind. Allerdings können sie nicht so beschränkt sein, einen armseligen Wurm wie Ahmet für den Täter zu halten. Das ist lediglich ein Trick von ihnen. Ich habe über die Sache nachgedacht und bin zu dem Schluß gelangt, daß der einzige Grund, warum ›er gebeten wurde, ihnen bei ihren Ermittlungen behilflich zu sein‹, wie sie sich ausdrücken, darin besteht, daß sie irgendeine Person – oder mehrere Personen – innerhalb der ägyptischen Gemeinschaft verdächtigen, in den Mordfall verwickelt zu sein. Ahmet ist ein Betrogener, ein Lockvogel oder ein möglicher Informant.«

Ihre dunklen Augen auf mein Gesicht fixiert, hörte sie mir konzentriert zu. Als ich innehielt, um ihr eine Antwort zu ermöglichen, reagierte sie nur spröde. Schließlich murmelte sie: »Das ist möglich. Aber was hat das mit mir zu tun? Ich habe von diesen Stümpern vom Scotland Yard nichts zu befürchten. Ich habe einflußreiche Freunde.«

»Dessen bin ich mir sicher. Aber Freunde wenden sich gelegentlich ab, wenn Gefahr oder Ehrverlust droht. Die Aktivitäten der Polizei werden zumindest Ihre – äh – Geschäfte durchkreuzen, wie es letzte Nacht bereits der Fall war. Mittlerweile bin ich mir sicher, daß der Mörder kein Ägypter, sondern Engländer –«

»Was? Wieso glauben Sie das?«

»Sie stellen zwar Fragen, antworten aber nicht, Sitt.« Jetzt sprach ich arabisch. »Ich glaube, Sie wissen mehr, als Sie zugeben. Wie könnte es Ihnen entgangen sein, was mit Ihren eigenen Landsleuten geschieht, obgleich Sie wohlhabend und einflußreich sind?«

Sie setzte sich auf, schlang ihre Beine übereinander und stützte ihr Kinn auf ihrer schmalen Hand auf. »Ich weiß wirklich nichts von dieser Sache. Sie werden mir nicht glauben –«

»Wenn Sie die Wahrheit sagen, Sitt, dann möchte ich Ihnen ernsthaft vorschlagen, Nachforschungen anzustellen – in Ihrem eigenen Interesse. Gemeinsam können wir eine ganze Menge erreichen. Als Frauen – dazu Frauen von bemerkenswerten Fähigkeiten auf ihrem jeweiligen Gebiet –«

Ihr kurzes, zischendes Auflachen – denn das war es wohl – unterbrach mich. »Sie stellen uns beide auf eine Stufe, Sitt Hakim? Sie müssen es wirklich sehr nötig haben, daß Sie zu einem solchen Mittel greifen.«

»Überhaupt nicht; ich sage Ihnen lediglich, wie die Dinge liegen. Mir sind die Sitten und Gebräuche des Ostens vertraut, und ich weiß sehr gut, welche Schwierigkeiten Sie überwinden mußten, um Wohlstand und Unabhängigkeit zu erlangen.«

»Sie sind verrückt! Wie sollten Sie das wissen, Sie haben überhaupt keine Vorstellung … Ach, ich bin genauso verrückt, hier zu sitzen und solchen Unsinn zu reden!« Sie warf sich zurück in die Kissen und ballte ihre Hände zu Fäusten.

Ich hatte irgend etwas gesagt oder getan, was das zarte Band des zwischen uns aufgebauten Vertrauens zerstört hatte. Ich hatte keine Ahnung, was es gewesen sein könnte. Es sei denn …

»Der Engländer«, wiederholte ich. »Es gibt diesen Mann, nicht wahr? Sie kennen ihn. Vielleicht kennen Sie ihn. Haben Sie Angst vor diesem Mann? Falls es so ist, werden Emerson und ich Sie beschatten. Ist er Ihr Geliebter? Die Liebe ist vergänglich wie eine Blume, Sitt Ayesha. Die Männer trampeln darauf herum, sobald der kalte Hauch der Gefahr ihre Blütenblätter streift.«

»Alle Männer, Sitt? Auch Ihrer?« zischte sie.

»Also wirklich«, begann ich, »Sie mißverstehen meine –«

»Mißverstehen! Sie erfinden alberne Märchen von einem mordenden englischen Lord – zweifellos eine unterhaltsame Geschichte, Sitt Hakim, aber nicht deshalb haben Sie mich aufgesucht. Sie kamen, um mich zu fragen, ob Effendi Emerson treulos ist. Wer könnte Sie besser durchschauen als ich?«

»Eine ganze Menge Leute, denke ich«, erwiderte ich frostig. »Schauen Sie mich an, Ayesha. Wenn Sie mich durchschauen könnten, dann würden Sie begreifen, daß ich nicht eine Sekunde lang an Emerson zweifle. Wir sind eins, und so wird es immer sein.«

»Aber ich kannte ihn gut«, schnurrte sie. »Ich erfuhr die Kraft seiner starken Arme, die Berührung seiner Lippen, seine Zärtlichkeiten. Ist er immer noch ...«

Ich hoffe und glaube, daß weder mein Blick noch irgendeine Regung die in mir brodelnden Gefühle preisgab – Gefühle, die genausowenig erwähnenswert sind wie die von Ayesha im weiteren geäußerten Bemerkungen, die von veranschaulichenden Gesten ihrer schlanken, braunen Hände und ihres geschmeidigen Körpers begleitet wurden. Es gelang ihr jedoch nicht, mich verletzend zu treffen; und (wie es die Moralisten zutreffend anmerken) Hochmut kommt vor dem Fall. In ihrer Erregung beugte sie sich so weit vor, daß sich ihr Gesicht fast frontal vor mir befand, und das Licht der Öllampe erhellte zum ersten Mal ihre Gesichtszüge. Weder der durchsichtige Schleier noch die dick aufgetragene Schicht Make-up konnten die gräßliche Verletzung verbergen, die ihre zarte Wangenhaut bis auf den Knochen durchbohrt und eine dunkelrote Narbe hinterlassen hatte.

Zu spät erkannte sie ihr Mißgeschick. Seufzend brach sie ab und ließ sich zurück ins Dunkel sinken. Einen Moment lang war ich sprachlos. Zorn, Abneigung und – ja – Mitleid hatten mich übermannt. Ich verdrängte diese Gefühle mit der mir eigenen Konsequenz und räusperte mich.

»Sie müssen verzeihen, wenn ich Ihre Freimütigkeit an dieser Stelle nicht teile, Madam. Was die Beziehung zwischen meinem Gatten und mir anbelangt, so ist das eine reine Privatangelegenheit. Ich versichere Ihnen jedoch, daß ich mich in diesem Punkt – wie auch in allen anderen – nicht beklagen kann und daß Emerson meine Gefühle teilt.«

Eine ihrer Hände schoß vor und packte mich am Handgelenk, ihre langen, lackierten Fingernägel bohrten sich schmerzhaft in meine Haut.

»Gibt es denn nichts, was Sie trifft, Sie unterkühltes englisches Ungeheuer? Womit kann ich Sie verletzen? Sie sind ein Eisblock, gefühllos wie ein Stein! Welche magischen Kräfte besitzen Sie, daß Sie einen solchen Mann für sich gewinnen und an sich binden konnten?«

»Ich habe keine Ahnung«, gestand ich. »Allerdings gibt es eine ganze Reihe von anderen Attributen als der optischen Schönheit, die Menschen füreinander anziehend machen und das Band ehelicher Zuneigung knüpfen. Eines Tages haben Sie vielleicht das Glück, das zu entdecken. Das hoffe ich wirklich für Sie. Was mich erneut auf das Thema mit dem englischen Lord bringt.«

»Welchen englischen Lord? Es gibt keinen solchen Mann.« Sie stieß meine Hand von sich. »Gehen Sie, Sitt Hakim. Ich kann Sie nicht verletzen. Ich bin nicht einmal in der Lage, Sie mit den gleichen Waffen zu schlagen, da Sie mir überlegen sind. Gehen Sie.«

»Also gut.« Ich erhob mich – ohne ihre Anmut vermutlich, aber keinesfalls ungeschickt oder steif. »Ich hatte nicht erwartet, daß Sie mir gleich bei meinem ersten Besuch vertrauen würden.«

»Ihrem ersten –«

»Bitte vergessen Sie nicht, daß ich bereit bin, Ihnen in jeder nur erdenklichen Form behilflich zu sein. Ihre Lebensführung schadet Ihnen nur. Sie sollten mit dem Gedanken spielen, aufs Land zu ziehen. Es gibt nichts Beruhigenderes für eine verwundete Seele als die Einsamkeit und den Zauber der Natur.«

Ayesha krümmte sich und verbarg ihr Gesicht in den Kissen. Ich wertete das als Zeichen, daß unsere Unterhaltung beendet war, und schritt zur Tür. »Denken Sie daran, was ich Ihnen gesagt habe. Sie können mich jederzeit rufen.«

»Sitt Hakim.« Sie rührte sich nicht; ihre Stimme klang gedämpft und stockend.

»Ja?«

»Sie werden meinen Boten erkennen, wenn er zu Ihnen kommt. Aber ich kann nicht versprechen, daß er kommt.«

»Sehr gut. Ich hoffe, daß er kommen wird.«

»Sitt Hakim?«

»Ja?«

»Gestern nacht habe ich Effendi Emerson zum ersten Mal nach vielen Jahren wiedergesehen. Wir lernten uns in Ägypten kennen. Nicht in England. Hier hat er mich nie aufgesucht.«

»Oh, tatsächlich? Nun, ich vermute, das wird sich bald ändern.«

Diesmal rief sie mich nicht zurück.

Nachdem mir das Dienstmädchen meinen Umhang ausgehändigt hatte, überquerte ich die Park Lane und setzte mich auf eine Bank im Park. Von dort aus konnte ich das Haus beobachten, das ich soeben verlassen hatte. Würde Emerson kommen? Ich war mir nicht sicher. Meine zynische Schlußbemerkung entstammte meiner Verärgerung und dem Wunsch nach einer intelligenten Retourkutsche (selbst ich leide gelegentlich unter solchen Charakterschwächen, doch gemessen an der provokativen Situation, glaubte ich, mich insgesamt tapfer geschlagen zu haben).

Ich war mir sicher, daß es sich bei der Person, die das Scotland Yard betreten hatte, um Emerson gehandelt hatte. Er wußte von meinem Plan und hatte vermutlich abgewartet, bis ich das Kommissariat wieder verließ. Hätte er noch etwas länger gewartet, hätte ich ihn nicht einmal bemerkt, aber das paßte nicht zu Emerson; Ungeduld war seine größte Schwäche.

Wie du mir, so ich dir, Professor Emerson, dachte ich im stillen. Auch ich würde abwarten und beobachten, ob Emerson die gleiche Spur wie ich verfolgte. Aber vielleicht nicht aus denselben Motiven ...

Ich hatte noch nicht lange dort gesessen, als eine Droschke vorfuhr und Emerson heraussprang. Sobald er das Haus betreten hatte, griff ich zu einer Vorsichtsmaßnahme und hielt eine weitere Droschke an. Ich kletterte hinein und bat den Kutscher zu warten. Emerson hielt sich keine fünf Minuten lang in dem Haus auf. Noch überstürzter, als er es betreten hatte, stürmte er wieder hinaus und blieb mißtrauisch um sich blickend auf dem Gehsteig stehen. Offensichtlich hatte ihm Ayesha von meinem Besuch erzählt, und er befürchtete, daß ich mich irgendwo draußen verbarg.

Ich befahl dem Kutscher loszufahren. Aus dem kleinen, schmutzigen Fenster spähend, beobachtete ich, wie Emerson die Straße überquerte und durch den Park schlenderte. Dort verwickelte er sich in eine heftige Auseinandersetzung mit einer Dame von ähnlicher Größe und Statur wie ich, und ich sah noch, wie er versuchte, ihr die altmodische, schiffchenförmige Haube herunterzureißen, doch dann bog meine Droschke in die Upper Brook Street ein.

Es ist mir nicht möglich, die ganze Bandbreite der Gefühle zu schildern, die ich im Anschluß an meine Unterredung mit Ayesha empfand (insbesondere auf den Seiten eines Tagebuchs, das vielleicht irgendwann veröffentlicht wird, natürlich erst nach einem umfassenden Lektorat). Mein Gehirn hatte sich in einen brodelnden Hexenkessel der Spekulation verwandelt.

Falls Ayesha die Wahrheit gesagt hatte, gab es nichts, was ich Emerson hätte vorwerfen können. Es wäre absolut unsinnig gewesen, ihn für etwas zu belangen, was er vor jenem unvergeßlichen Augenblick gesagt, getan, gedacht oder empfunden hatte, als er sich mir mit Leib und Seele, Herz und Verstand offenbarte.

Aber hatte sie die Wahrheit gesagt? Als unglückliche, ruinierte Schönheit hatte sie allen Grund zu lügen, um mich in Sicherheit zu wiegen. Ich fragte mich, ob sie die gleiche widerwillige Sympathie für mich empfand, die ich ihr entgegenbrachte. Einmal abgesehen von Emerson, hatten wir etwas Gemeinsames (und ich gebe offen zu, daß ich emotional überreagiert hatte, aber dieses Thema trifft leider meinen empfindlichsten Nerv). Sie war eine starke Frau, die sogar noch weitaus größere Schwierigkeiten überwunden hatte als ich. Wenn ich mich nicht irrte, hatte sie englisches oder europäisches Blut in ihren Adern. Ein Mischling – so die infame Bezeichnung – trägt eine doppelte Last, wird verachtet von der Familie der Mutter und von der des Vaters nicht anerkannt. Darüber hinaus war die Stellung der Frau in ihrem Kulturkreis noch unterdrückter als die der Frauen im »aufgeklärten« England, und ich konnte es ihr kaum übelnehmen, daß sie den einzig gangbaren Weg eingeschlagen hatte, um sich dem erniedrigenden Schicksal der sklavischen Abhängigkeit zu entziehen, das einer ägyptischen Frau normalerweise drohte – vorzeitige Heirat, unzählige Geburten, Langeweile, Elend und früher Tod.

Sie war eine intelligente Frau, doch in ihrer Verärgerung war ihr ein kleiner Lapsus unterlaufen. Ob er von Bedeutung war, blieb abzuwarten, trotzdem hatte er neue Möglichkeiten eröffnet, denen ich nachgehen wollte.

Als ich zu Hause eintraf, fiel mir schlagartig ein, daß ich Mr. O'Connell verpaßt hatte. Er sei eine Zeitlang dagewesen, ruhelos durch den Salon gestapft und habe Selbstgespräche geführt – so Gargery –, bevor er sein Anliegen aufgab und eine Nachricht hinterließ. Obgleich diese an mich adressiert war, waren einige der darin enthaltenen Beleidigungen offensichtlich für Emerson bestimmt.

»Also wirklich.« Ich warf die Notiz beiseite. »Schade, daß Mr. O'Connell ein solcher Spielverderber ist. Er hat schon üblere Tricks bei mir versucht. In der Liebe, im Krieg und im Journalismus ist alles erlaubt, Gargery.«

»Ich nahm mir die Freiheit, etwas Entsprechendes gegenüber Mr. O'Connell verlauten zu lassen«, bemerkte Gargery. »Allerdings war es sicherlich nicht so gut formuliert, Madam. Sie und der Professor verfügen über eine faszinierende Eloquenz, Madam, wenn ich das einmal so sagen darf.«

Zur Teezeit war Emerson noch nicht zurückgekehrt. Nachdem ich eine weitere Viertelstunde gewartet hatte, ließ ich den Tee servieren und bat Mrs. Watson, die Kinder zu holen. Percy und Violet tauchten als erste auf. Beide waren sauber und adrett gekleidet, allerdings erinnerten mich die im Rücken spannenden Knöpfe von Violets Kleid an meine noch ausstehende Ermahnung. Unumwunden erklärte ich ihr, daß sie von nun an nur noch einen Keks oder ein Stück Kuchen zum Tee bekäme. Nachdem sie die erlaubte Ration gefuttert hatte und ihr Betteln bei mir auf taube Ohren gestoßen war, verzog sie sich schmollend in eine Ecke.

Da Schmetterlinge in London rar waren, hatte Percy beschlossen, eine Käfersammlung anzulegen. Davon erzählte er mir in epischer Breite, und ich empfand Ramses' Eintreffen zugegebenermaßen als eine solch gelungene Ablenkung, daß ich ihn überschwenglich begrüßte, obwohl er stark nach irgendwelchen gräßlichen Chemikalien roch, die ihm darüber hinaus mehrere Löcher in seine Hose geätzt hatten.

»Ich habe Versuche an dem Uschebti vorgenommen, Mama«, erklärte er und reichte mir besagten Gegenstand. »Mittlerweile bin ich davon überzeugt, daß es echt ist. Die früher gebräuchlichen Glasuren brennen mit einer gelben Flamme, wohingegen die neuzeitlichen Fälschungen –«

»Ich glaube dir, Ramses«, erwiderte ich. »Ich habe nie an der Echtheit des Uschebtis gezweifelt.«

»Dein Instinkt hat dich nicht betrogen, Mama«, erwiderte Ramses gönnerhaft. »Allerdings hielt ich es für wichtig, diese Tests durchzuführen, da, wie du sicherlich weißt, königliche Uschebtis selbst in Museen sehr selten sind.«

Percy kicherte albern. »Du bist ein witziger Bursche, Ramses. Tust so, als wüßtest du alles.« Er versetzte Ramses einen scherzhaften Stupser.

Als ich das Zucken von Ramses' Ellbogen bemerkte, sagte ich entschieden: »Streitet euch nicht, Jungs. Ramses, komm her und setz dich zu mir. Und gib mir das Uschebti; ich möchte nicht, daß es zerbricht.«

Ramses gehorchte. Ich rückte von ihm ab, da sich sein Geruch auf nahe Entfernung nicht unbedingt verbesserte. »Dann handelt es sich also um ein königliches Uschebti. Das dachte ich mir, allerdings habe ich die Inschrift nicht gelesen.«

»Men-maat-Re Sethos Mer-en-Ptah«, bemerkte Ramses. »Ein erstaunlicher Zufall, Mama. Der Name Sethos ist uns nicht unvertraut.«

»Leider entspricht das der Wahrheit, Ramses.«

»Ich meine, besteht denn nicht die Möglichkeit, daß wir es erneut mit diesem unbekannten Verbrechergenie zu tun haben, diesem Meister der Verstellung, diesem Meister ...«

»Das will ich nicht hoffen, Ramses. Und ich rate dir, weder die Idee noch diese Umschreibungen vor deinem lieben Papa zu wiederholen.«

»Das würde ich niemals tun, Mama, schließlich habe ich bemerkt, daß diesbezügliche Stellungnahmen Papa in einem solchen Maße erzürnen, das seine normalen Wutausbrüche bei weitem übertrifft. Allerdings habe ich nie verstanden, warum.«

»Weil uns Sethos entwischt ist, das ist der Grund«, erwiderte ich.

Ramses nickte betrübt. »Diese Möglichkeit kam mir auch schon in den Sinn, dennoch erklärt sie Papas merkwürdige Überreaktion nur teilweise. Der Bursche besaß die Dreistigkeit, dich gefangenzuhalten, Mama, und Papas Zuneigung zu dir ist so stark, daß er natürlich an jedem Vergeltung üben würde, der dein Leben bedroht.«

»Ganz recht, Ramses. Er hätte das gleiche empfunden, wenn man dich gefangengehalten hätte.«

»Und doch«, beharrte Ramses, »ist da eine Sache, die ich nicht begreife. Der von Sethos zurückgelassene Brief beispielsweise enthielt mehrere unverständliche Aussagen, Mama. Er schien dich für seine zukünftigen Verbrechen verantwortlich machen zu wollen. Die plausible Schlußfolgerung ist doch dann, daß du irgend etwas hättest tun können, was ihn von seinen dunklen Pfaden abgebracht hätte. Aber ich kann mir nicht vorstellen, was das sein könnte.«

»Das kannst du nicht?« Erleichtert seufzte ich auf. »Nun, Gott sei Dank gibt es einige Dinge ... Nichts für ungut, Ramses. Ich bin sicher, wir werden Sethos nie wiedersehen. Dieser Geschichte fehlt seine charakteristische Handschrift. Im übrigen«, fügte ich mit einem Blick auf Percy hinzu, »ziehe ich es vor, dieses Thema auf sich bewenden zu lassen.«

Allerdings widmete Percy der Diskussion keinerlei Aufmerksamkeit. Er hatte irgend etwas aus seiner Jackentasche hervorgeholt und untersuchte es mit einem zufriedenen Lächeln. Es handelte sich um eine geschmackvolle Uhr, die aus massivem Gold zu bestehen schien, und ich wollte schon einwerfen, daß ein solches Stück für einen Jungen seines Alters absolut unpassend sei, als sie mir bekannt vorkam.

»Sie sieht aus wie deine Armbanduhr, Ramses. Die, die dir Miss Debenham geschenkt hat.«

Percy grinste breit. »Es ist Ramses' Uhr, Tante Amelia. Besser gesagt, sie war es. Er hat sie mir zum Geburtstag geschenkt.«

Ramses' Gesichtsausdruck wirkte noch ausdrucksloser als sonst. Seinerzeit schien er erfreut über die Uhr, die ihm Enid Debenham (mittlerweile Enid Fraser) unbedingt hatte schenken müssen und die ich selbstverständlich weggelegt hatte, bis er alt genug war, um diese zu tragen. Offensichtlich war er ihrer überdrüssig geworden, oder seine Zuneigung zu der jungen Dame war nach deren Eheschließung erkaltet.

»Du hättest das Geschenk einer Freundin nicht weiterverschenken dürfen, Ramses«, bemerkte ich.

Sofort reichte Percy mir die Uhr. »Daran habe ich nicht gedacht, Tante Amelia. Das tut mir wirklich leid. Hier, ich gebe sie Ramses zurück.«

»Nein, wenn er sie dir geschenkt hat, gehört sie dir. Das war eine großzügige Geste. Allerdings ist sie zu wertvoll, um von einem kleinen Jungen getragen zu werden. Ich werde sie weglegen und deiner Mama zur Aufbewahrung geben, wenn sie kommt.«

»Gewiß, Tante Amelia. Genau darum wollte ich dich bitten. Ich möchte sie nur für kurze Zeit tragen, weil sie so schön ist und weil ... weil ich Geburtstag habe.«

Trotz seiner offensichtlichen Enttäuschung war er so tapfer gewesen, daß ich Mitleid mit ihm hatte. »Ich wußte nicht, daß du heute Geburtstag hast, Percy. Natürlich müssen wir irgend etwas unternehmen, um diesen Anlaß zu würdigen. Morgen werden wir dann alle gemeinsam feiern. Was würdest du gern machen?«

Violet sprang auf. »Wenn Percy eine Geburtstagstorte und Süßigkeiten zum Tee bekommt, darf ich dann auch zwei Stück Kuchen essen? Oder vielleicht drei?«

»Wir werden sehen«, erwiderte ich kurz angebunden. »Dein Bruder hat Geburtstag, und es ist seine Entscheidung, was wir machen sollen. Überlege es dir, Percy, und teile es mir morgen früh mit.«

Percys Lippen zuckten. »Oh, Tante Amelia, du bist so nett und freundlich. Vielen, vielen Dank. Dir auch, Cousin Ramses – für die wunderschöne Uhr.« Er versetzte Ramses einen freundlichen Klaps auf die Schulter. Ramses schlug zurück, und obwohl es noch recht früh war, schickte ich alle drei auf ihre jeweiligen Zimmer.

Ich hatte beschlossen, mich zum Abendessen umzukleiden. Meine Ehrlichkeit zwingt mich zu dem Eingeständnis, daß ich diese Entscheidung traf, um Emerson zu ärgern, dem das Umziehen zum Essen verhaßt ist. Da ich den legeren Stil gewohnt war, den wir zu Hause pflegten, vergaß ich ständig, daß in den meisten Häusern der Oberschicht strikte Regeln befolgt wurden, die, so denke ich gelegentlich, eher den Annehmlichkeiten des Personals als denen des Hausherrn dienen. Als ich die Tür zu meinem Zimmer öffnete, überraschte ich eines der Mädchen, das vor dem Kamin hockte.

Mit einem Aufschrei der Verblüffung duckte sie sich. Bevor ich sie beruhigen konnte, stürmte Mrs. Watson ins Zimmer. Mrs. Watson wirkte verärgert. Ihre Verärgerung galt mir, weil ich verfrüht nach oben gekommen war, doch das durfte sie natürlich nicht zugeben, also schalt sie das Mädchen.

»Du hättest das Feuer vor Mrs. Emersons Eintreffen angezündet haben müssen. Lauf jetzt nach unten, und hol das heiße Wasser.«

Das Mädchen huschte hinaus. »Es besteht keine Eile, Mrs.

Watson«, bemerkte ich. »Ich bin zu früh. Hat der Professor gesagt, wann er zurück sein wird?«

»Nein, Madam, aber ich bin sicher, er wird in Kürze eintreffen, da er mir immer sehr gewissenhaft mitteilt, wann er sich vermutlich zum Essen verspäten wird. Sollen wir auf ihn warten und dann erst das warme Wasser hochbringen?«

Wie viele der modernen »Annehmlichkeiten« war das Gerät, das zur Heißwasserproduktion installiert worden war, so häufig defekt, daß Evelyn auf die zuverlässige, altmodische Methode zurückgegriffen hatte. Ich teilte Mrs. Watson mit, daß ich nicht warten wolle. Dann setzte ich mich und legte meine Füße auf den Kaminsims. Es hatte angefangen zu regnen, und der Abend war kühl.

Ich war entschlossen, meinen Besuch bei Ayesha nicht zu erwähnen und auch keinerlei Verhaltensänderung an den Tag zu legen, die darauf hätte hinweisen können. Emerson wußte, daß ich bei ihr gewesen war. Ich wollte es ihm überlassen, das Thema anzuschneiden.

Falls er ein reines Gewissen hatte, würde er das Thema ansprechen. Schließlich – so redete ich mir ein – schuldete er mir keinerlei Rechenschaft für seinen Lebenswandel vor unserer ersten Begegnung. Ich wußte, daß er mir seitdem nicht ein einziges Mal untreu gewesen war; ich wußte es, weil ich ihm absolut vertraute und weil sich ihm außerdem kaum eine Gelegenheit geboten hatte. Zumindest nicht, wenn wir uns in Ägypten aufhielten. Zumindest...

Allerdings eröffnete sich die Gelegenheit, wenn er und Abdullah unter dem Vorwand loszogen, das Dorf unseres Vormannes in der Umgebung von Kairo besuchen zu wollen. Abdullah hätte keine Sekunde lang gezögert, für den Mann zu lügen, den er mehr als jeden anderen bewunderte.

Ayesha hatte behauptet, Emerson habe sie in England nie

aufgesucht. Aber sie hatte nicht gesagt, wann sie nach England gekommen war, und sie hatte mir auch nicht den Eindruck einer Frau vermittelt, die vor einer Lüge zurückschreckte. In den Jahren vor unseren Exkavationen, die wir auf unserem Anwesen in Kent verbracht hatten, war Emerson ständig nach London gereist, um sich dort einen oder auch mehrere Tage aufzuhalten. Er arbeitete als Dozent an der Universität und in der Bibliothek des Museums. Beide Tätigkeiten füllten keinen ganzen Tag aus.

Von einem seltsam knirschenden Geräusch aus meinen abwegigen Gedanken aufgeschreckt, blickte ich mich suchend im Zimmer um, bis ich feststellte, daß es von mir stammte – genaugenommen von meinen Zähnen. Ich entspannte meine Kiefermuskulatur und erinnerte mich der von mir hervorragend durchdachten Taktik. Ich würde meinen geliebten und geschätzten Gatten nicht mit unterschwelligen Andeutungen traktieren, die ungerechtfertigtem Mißtrauen entsprangen. Nein. Ich würde warten, bis er das Thema Ayesha anschnitt. Natürlich würde er darauf zu sprechen kommen. Alles andere wäre unnatürlich gewesen. Dank Emersons überstürzten morgendlichen Aufbruch und seiner langen Abwesenheit hatten wir keine Gelegenheit gefunden, das Abenteuer vom Vorabend zu besprechen und – wie es unsere liebgewonnene Angewohnheit geworden war – über verschiedene Theorien und Lösungsansätze zu spekulieren. Unter diesen Voraussetzungen wäre es überaus merkwürdig, wenn der Name Ayesha nicht fiel.

Emerson gibt sich der Illusion hin, daß er auf leisen Sohlen gehen kann. Dabei erzeugt sein Schleichen ebensoviel Lärm wie sein normales Gehen, deshalb hatte ich sein Kommen schon bemerkt, bevor er vor der Tür stand. Eine ganze Weile blieb er draußen stehen. Mit Sicherheit überlegte er sich gerade, wie er mich begrüßen sollte, und ich war gespannt, was er sich einfallen ließ.

Schließlich riß er die Tür auf, eilte zu mir, zerrte mich aus dem Sessel und riß mich in seine zärtliche Umarmung.

»Heute abend siehst du bezaubernd aus, Peabody«, murmelte er. »Dein Kostüm ... muß neu sein, es steht dir hervorragend.«

»Das ist kein Kostüm, sondern ein Nachmittagskleid«, erwiderte ich, sobald ich zu Atem kam. »Dasselbe Nachmittagskleid, das ich gestern und bei verschiedenen weiteren Anlässen trug. Ich trage es, weil ... O Emerson! Das ist sicherlich einer der Gründe, aber ... Emerson ...«

Es kostete mich unbeschreibliche Mühe, der durch das Nachmittagskleid hervorgerufenen Provokation ein Ende zu setzen, doch ich begann, an Emersons Motiven zu zweifeln, und dieses Gefühl bestärkte mich in meinem Vorhaben. Ich trat hinter meinen Sessel und sagte in ernstem Ton: »Ich bin gerade dabei, mich zum Abendessen umzuziehen, und das solltest du auch tun. Leider ist das heiße Wasser nur noch lauwarm. Wenn du dich nicht beeilst, ist es eiskalt.«

»Ich werde mich nicht zum Abendessen umziehen«, erwiderte Emerson.

»Wirst du doch.«

»Nein, das werde ich nicht.«

»Nun, vielleicht werde ich mich dann auch nicht umziehen.« Die aufflackernde Erleichterung auf Emersons Gesichtszügen hätte mich mit Beschämung erfüllen müssen, aber leider tat sie das nicht. Statt dessen fuhr ich fort: »Du kannst die schöne Smokingjacke anziehen, die ich dir in Kairo gekauft habe – und von der du damals geschworen hast, daß man sie lediglich anläßlich deines eigenen Begräbnisses an dir sehen würde, weil du dich dann nicht mehr wehren könntest.«

»Hmmmm«, machte Emerson. »Peabody, hat dich irgend etwas verärgert?«

»Mich? Verärgert? Mein lieber Emerson, was für eine Idee. Mit dem kleinen, dazu passenden Fez.«

»O verflucht, Peabody, muß ich das wirklich? Diese verdammte Quaste baumelt ständig vor meinem Mund herum.«

Gargery bewunderte die Smokingjacke sehr, was Emersons Laune etwas hob. Den Fez bewunderte er sogar noch mehr; mit einem vernichtenden Seitenblick auf mich riß Emerson ihn vom Kopf und schenkte ihn dem Butler. »Nun dann, Peabody«, meinte er, als Gargery mit seiner Trophäe verschwunden war, »keine weiteren Spitzfindigkeiten mehr, ja? Sei offen zu mir. Was bedrückt dich? Waren die Kinder heute besonders unausstehlich?«

»Nicht mehr als sonst, Emerson, danke der Nachfrage. Violet schmollt, weil ich ihren Süßigkeitenverzehr eingeschränkt habe, aber Ramses und Percy scheinen besser miteinander auszukommen. Ramses hat das Uschebti untersucht und hält es für echt.«

»Nun, ich wußte, daß es das ist, Peabody.«

»Ich auch, Emerson.«

Emerson schaufelte sich Rosenkohl auf den Teller. »Ich nehme nicht an, daß du etwas von deinem geschätzten Bruder oder von seiner Frau gehört hast?«

»Nein, noch nicht.«

»Das ist verflucht merkwürdig, Peabody. Man sollte doch vermuten, daß diese Frau die simplen Gesetze der Höflichkeit beherrscht und dir schreibt, um sich zu bedanken und sich nach ihren Kindern zu erkundigen.«

»Sie befindet sich in ärztlicher Behandlung, glaube ich. Vielleicht hat der Arzt ihr das untersagt.«

»Und der liebe James befindet sich auf hoher See in Sicherheit vor unserem Zugriff«, brummte Emerson. »Wie konntest du jemals so abscheuliche Verwandte –«

»Wenigstens schrecken sie nicht davor zurück, sich gelegentlich blicken zu lassen«, konterte ich. »Obwohl ich offen gestehen muß, daß sie das besser tun sollten. Ist dir eigentlich klar, Emerson, daß ich außer Walter niemanden von deiner Familie kennengelernt habe? Deine Mutter besaß nicht einmal die Höflichkeit, an unserer Hochzeit teilzunehmen.«

»Du kannst verdammt froh sein, daß sie nicht gekommen ist«, erwiderte Emerson, während er wütend dem Hammelbraten zu Leibe rückte. »Verzeih mir, Peabody. Ich habe dir doch erklärt, daß sie mich vor Jahren aus dem Haus geworfen hat.«

»Aber du hast mir nie erklärt, weshalb.«

Emerson warf sein Messer auf den Tisch. »Warum zum Teufel reden wir über unsere Familien? Du weichst mir aus, Peabody.«

»Du hast das Thema angeschnitten, Emerson.«

»Peabody, meine geliebte Peabody ...« Emersons Stimme nahm einen schmeichelnden Tonfall an. »Wir brauchen unsere verfluchten Familien nicht. Du und ich und Ramses ... einer für alle und alle für einen, nicht wahr? Und jetzt erzähl mir, was heute passiert ist.«

»Laß mich überlegen. O ja, fast hätte ich es vergessen. Du hast Mr. O'Connell verpaßt. Ich ebenfalls. Er hat eine Nachricht hinterlassen.«

»Ich weiß. Ich habe sie gelesen.« Emerson grinste. »Ich weiß nicht, wieso er sich beschwert, schließlich hat er sämtliche Konkurrenten mit seiner Story über die fluchbringenden Uschebtis aus dem Feld geschlagen – auch wenn er den Begriff falsch geschrieben hat. Sechs weitere erhielten ebenfalls welche – Petrie, Griffith, die Museumsdirektoren ...«

»Das weiß ich, Emerson. Auch ich habe Mr. O'Connells Artikel gelesen. Aber wegen dir hat er eine heißere Story verpaßt, was seine Arbeitgeber nicht unbedingt begeistert aufnehmen.«

»Geschieht ihm recht. Daraus lernt er, nicht soviel zu trinken und keinem Ägyptologen zu vertrauen, der irgendwelche Geschenke bekommen hat.«

»Das hoffe ich inständig, Emerson.«

Ich nahm mir vom Rosenkohl. Emerson stocherte in seinem herum und beobachtete mich aus den Augenwinkeln heraus.

»Würde es dir etwas ausmachen, mit mir über den Fall zu sprechen, Peabody?«

»Aber, Emerson!« Ich lachte. »Was ist denn in dich gefahren? Wie oft hast du bislang schon behauptet, daß es (a) keinen Fall gibt und daß (b) wir nichts damit zu tun haben?«

»Ich habe nichts dergleichen behauptet«, entfuhr es Emerson in einem solchen Brustton der Überzeugung, daß ich ihm geglaubt hätte, wenn ich seine Worte nicht mit meinen eigenen Ohren gehört hätte. »Zumindest ... zweifellos gibt es da irgendeinen Fall – weiß der Himmel, worum es sich handelt –, deshalb schlage ich vor, wir diskutieren die Sache. Apropos nichts damit zu tun haben – wer war denn so nett, dich gestern nacht in eine Opiumhöhle mitzunehmen, Peabody?«

»Das war wirklich nett von dir, Emerson.«

»Ja, Peabody, das war es.«

»Aber du hast nur nachgegeben, weil dir klar war, daß ich sowieso hingegangen wäre.«

»Hmhm«, machte Emerson. »Also, willst du nun darüber sprechen oder nicht?«

»Gewiß, Emerson. Sollen wir uns in die Bibliothek zurückziehen, oder möchtest du lieber am Tisch sitzenbleiben, so daß Gargery sich zu uns gesellen kann?«

Der Sarkasmus war so subtil, daß er Gargery entging, der zustimmend nickte. Emerson runzelte die Stirn. »Dann also die Bibliothek. Es macht Ihnen doch nichts aus, oder, Gargery?«

»Emerson«, zischte ich zwischen zusammengebissenen Zähnen hervor.

»Ja, Peabody. Sofort.«

Die Veränderung in seinem Verhalten war erstaunlich – keine Hitzigkeit, kein Protest, lediglich höfliches Einverständnis. Ein negatives Vorzeichen für den von mir erhofften Vertrauensbeweis, dennoch gab ich die Hoffnung nicht auf. Falls Emerson ein volles Geständnis ablegte und mich um Gnade anflehte – oder, noch besser, falls er alles gestand und erklärte, daß mich das verflucht nichts anging –, dann war die Sache ein für allemal erledigt. Doch der Vertrauensbeweis mußte von ihm ausgehen, er mußte den fatalen Namen als erster erwähnen.

Wir ließen uns vor dem Kaminfeuer nieder.

»Nun, Peabody«, sagte Emerson. »Willst du anfangen?«

»Danke, nein, Emerson.«

»Oh. Also dann ... hmmm. Uns sind bislang drei verschiedene und scheinbar voneinander unabhängige Personengruppen bekannt. Als erstes die mit dem Museum in Verbindung Stehenden – Oldacre und der Nachtwächter, Wilson, Budge und die Wissenschaftler, die die Uschebtis erhielten. Zwei tens die – äh – die ägyptische Gemeinschaft, wie du sie bezeichnest.«

Er hielt inne, und ich wartete mit klopfendem Herzen, ob er seine Aussage vertiefen würde. Statt dessen räusperte er sich mehrmals und fuhr dann fort. »Und drittens die leichtlebigen Aristokraten. Ich glaube, daß unsere Aufgabe in der Klärung der Frage besteht, ob zwei der drei Parteien oder auch alle in irgendeiner Weise in Verbindung stehen.«

»Aufgrund der Mumien-Schenkung und des von Lord St. John geäußerten Interesses an der Archäologie stehen die verfluchten Aristokraten ganz offensichtlich in Kontakt mit dem Museum. Sie sind ebenfalls in den Opiumhandel verwickelt und infolgedessen möglicherweise auch mit der zweiten Personengruppe. Allerdings gibt es in London eine ganze Reihe von Opiumhöhlen, die in erster Linie von Chinesen oder Indern betrieben werden. Nichts läßt darauf schließen, daß Lord Liverpool sein Opium von einem Ägypter bezieht.«

»Außer der Bemerkung, die wir über die Ungläubigen aufschnappten«, erwiderte er frostig.

»Engländer gehören zu den Stammgästen dieser gräßlichen Spelunken. Gestern nacht sind uns einige aufgefallen.«

Und das war noch lange nicht alles, was uns in der Nacht zuvor aufgefallen war, dachte ich insgeheim. War er jetzt bereit ...

Er war es nicht. »Man kann den verrückten Priester nicht als eine vierte Gruppe betrachten, da er eine Einzelperson darstellt. In welcher Beziehung steht er zu den zuvor Erwähnten – oder ist er lediglich ein unwesentlicher Faktor?«

Anmutig erhob ich mich aus meinem Sitzmöbel. »Ich sehe keinen Sinn in einer Fortsetzung dieser Diskussion, Emerson. Wir haben nicht genug Information, um uns eine Meinung bilden zu können – geschweige denn, eine Theorie abzuleiten. Ich muß an meinem Vortrag für die Gesellschaft zur Erhaltung der altägyptischen Baudenkmäler arbeiten.«

»Oh«, meinte Emerson. »Du ... du hast meiner Stellungnahme nichts hinzuzufügen, Peabody?«

»Nichts. Und du hast weiter nichts zu ge ... zu sagen?«

»Äh ... ich glaube nicht.«

»Dann überlasse ich dich deinem Manuskript, Emerson, und fange mit meinem an.«

Mit hängendem Kopf trottete Emerson zu seinem Schreibtisch. Er blickte auf sein Manuskript. »Hölle und Verdammnis!« brüllte er.

»Ist irgend etwas nicht in Ordnung, mein Lieber?« wollte ich wissen.

»Nicht in Ordnung! Bei allen guten ... äh, hmmmm.« Der Versuch eines Lächelns verzerrte seine Gesichtszüge in einem entsetzlichen Ausmaß. »Äh, nein, meine Liebe. Alles in Ordnung.«

Werter Leser, mein Herz verkrampfte sich. Der alte Emerson wäre wie ein Wahnsinniger durchs Zimmer gestürmt, hätte Schreibutensilien gegen die Wand geschleudert und mir unmißverständlich zu verstehen gegeben, was er von meinen verfluchten, an seinem Buch vorgenommenen Korrekturen hielt. Dieser neue Emerson war ein Mann, den ich kaum wiedererkannte – ein Mann, den ich verachtete. Lediglich Schuldbewußtsein und die Furcht, ertappt zu werden, konnten eine so widerwärtige Selbstkontrolle bewirken.

Emerson widmete sich seiner Arbeit. Unterdrücktes Seufzen und das heftige Zucken seiner breiten Schultern deuteten auf Gefühlsregungen, die er nicht in Worte zu fassen wagte. Ich konnte mich nicht auf meinen Vortrag konzentrieren, obwohl mein öffentlicher Auftritt bereits in zwei Wochen stattfinden sollte. Wie sollte ich mich auf die überflutete Grabkammer in der Schwarzen Pyramide konzentrieren, ohne gleichzeitig einige der zärtlichsten Augenblicke meiner Ehe zu reflektieren, in denen Emerson und ich einander schworen, in den Armen des anderen zu sterben.

Ich glaube, daß meine Lippen unkontrolliert zuckten – allerdings nur kurz, da ich meine diesbezüglichen Gefühle verdrängte und mir erneut schwor, daß eine Nachfrage oder ein Vorwurf niemals über diese Lippen käme, die noch nie einen anderen als meinen Gatten geküßt hatten (obwohl das ein- oder zweimal um Haaresbreite passiert wäre). Ich beschloß, mich abzulenken und mir einige private Notizen hinsichtlich des Museums-Falles zu machen.

In der Vergangenheit hatte ich die Gelegenheit gehabt, verschiedene Methoden zur Systematisierung meiner Überlegungen auszuprobieren, hatte sie jedoch alle verworfen, da mein Gehirn vermutlich zu schnell arbeitet und sich meine Eingebungen von daher nicht so leicht in ein Schema pressen lassen. Ich beschloß, eine neue Technik zu versuchen, indem ich zunächst die ungeklärten Fragen und dann den jeweils möglichen Lösungsansatz notierte. Aus diesem Anlaß unterteilte ich ein Blatt Papier in zwei Spalten, von denen ich eine mit FRAGEN und die andere mit WAS IST ZU TUN überschrieb.

Chronologisch betrachtet betraf die erste Frage den Nachtwächter, also notierte ich:

1. »Wer ist Ayesha, und wo und wie lernte Emerson sie kennen? Ayesha fragen ...«

Diese Worte hatte ich eigentlich gar nicht zu Papier bringen wollen. Ich strich sie durch.

Emerson blickte von seinem Manuskript auf. »Deine Feder müßte gespitzt werden, meine Liebe.«

»Danke für den Hinweis, Emerson.«

Ich fing erneut an zu schreiben.

1. »Starb der Nachtwächter eines natürlichen Todes?« Daneben schrieb ich: »Gesuch um Exhumierung des Leichnams an den Innenminister?«

Das Fragezeichen setzte ich, weil ich bezweifelte, daß der Innenminister, der schließlich auch nur ein Mann war, einem solch konstruktiven Vorschlag positiv gegenüberstehen könnte.

2. »Wenn überhaupt, welche Bedeutung haben die merkwürdigen Dinge, die neben dem Leichnam gefunden wurden?«

Das nächstliegende wäre gewesen, Mr. Budge danach zu fragen, wann in diesem Raum zuletzt saubergemacht worden war. Vielleicht hatte es sich um den gesammelten Müll und Staub der letzten Tage oder Wochen gehandelt.

3. »Handelte es sich bei den Spritzern einer dunklen Flüssigkeit um menschliches Blut?«

Aufschlüsse durch Inspektor Cuff? Natürlich hatte ich vor, ihn danach zu fragen, allerdings erwartete ich keine aufschlußreiche Antwort. Der unfähigen Polizei konnte die angetrocknete Flüssigkeit entgangen sein, und Inspektor Cuff erzählte mir vielleicht die Unwahrheit.

Hinsichtlich des Nachtwächters schienen mir das die entscheidenden Fragen zu sein. Deshalb widmete ich mich dem nächsten Vorfall, dem Mord an Mr. Oldacre.

4. »War er Drogenkonsument? Und, falls die Antwort positiv ausfiel, war er Stammgast in der von uns besuchten Opiumhöhle?«

Inspektor Cuff fragen. Und hoffen, daß er endlich einmal sein Grinsen und seine Höflichkeitsfloskeln einstellte und mir statt dessen eine simple Frage beantwortete.

Oder – eine sinnvolle Überlegung! – Mr. Wilson fragen. Er hatte den Toten gut gekannt. Miss Minton, die über alles unterrichtet zu sein schien, was Mr. Wilson wußte, war eine weitere mögliche Informationsquelle. Richtig, da sie eine Frau war, sollte ich es als erstes bei ihr versuchen; schließlich war es wahrscheinlicher, daß ich von ihr eine aufschlußreiche Antwort erhielt.

5. »War er ein Erpresser? Wen erpreßte er und aus welchem Grund?«

Es war absolut unwahrscheinlich, daß Inspektor Cuff zu

diesen Fragen Stellung bezog, selbst wenn er die Antworten kannte. Erneut schienen mir Mr. Wilson und Miss Minton die richtigen Ansprechpartner zu sein.

Mittlerweile gelöst und intellektuell beflügelt, brachte ich Frage über Frage zu Papier.

6. »Wer ist der Verrückte in dem Leopardenfell?« Die naheliegende Lösung bestand darin, den Halunken auf frischer Tat zu stellen, aber das war leichter gesagt als getan. Emerson hatte es bereits versucht und war gescheitert; nach dem Tumult im Museum würde der Bursche sich vielleicht nicht mehr in der Öffentlichkeit zeigen. Man müßte ihn einfach aus der Defensive locken und ihm eine Falle stellen. Aber wie? Im Augenblick fiel mir nichts Sinnvolles ein, deshalb stellte ich diese Frage vorübergehend zurück und widmete mich der nächsten.

7. »Wer schickte Emerson und den anderen die Uschebtis? Handelte es sich dabei um denselben Irren?« Es schien keine plausible Möglichkeit zu geben, die Antwort herauszufinden, dennoch war ich geneigt, die Frage mit Ja zu beantworten. Bislang hatte der Verrückte keinerlei Gewalttat begangen. Die den Uschebtis beiliegende Warnung hatte den gleichen Charakter wie seine Aktivitäten im Museum – sie schien ernstzunehmend und war in Wirklichkeit harmlos. Genau wie Ramses war auch ich zunehmend geneigt, den Burschen keineswegs für einen Verrückten zu halten, sondern für einen Mann mit einem makabren Sinn für Humor und den Mitteln, diesen umzusetzen. Wie Ramses (zum Teufel mit diesem Kind) zutreffend bemerkt hatte, war es nicht einfach, königliche Uschebtis zu erwerben.

Sofern man sie als solche bezeichnen konnte, schienen diese Belastungsmaterialien auf Lord Liverpool oder Lord St. John oder jemanden aus ihrem »Zirkel« hinzudeuten. Darüber hinaus gibt es dank der ungesetzlichen Grabplünderungen von Antiquitätenhändlern und ignoranten Touristen im Nahen Osten viele private Kunstschätzesammlungen in England. Oder der »Priester« hatte sie im Museum gestohlen. Er schien sich gut auszukennen, und aufgrund der miserablen Museumsorganisation lagen möglicherweise Hunderte von längst vergessenen Exponaten in den verstaubten Kellern und Lagerräumen. Die Vertrautheit des Priesters mit dem ägyptischen Altertum ließ mich auf einen Wissenschaftler und nicht auf einen Dilettanten schließen, dennoch fiel es mir schwer zu glauben, daß einer unserer Kollegen ein so ungewöhnliches Verhaltensmuster an den Tag legen könnte. Der junge Mr. Wilson hatte einmal neben uns gestanden, als die Erscheinung des Priesters auftauchte. Petrie... Mit Sicherheit nicht Petrie, der Mann besaß absolut keinen Sinn für Humor.

8. (Da mir diese Frage spontan einfiel, paßte sie nicht unbedingt in die chronologische Abfolge.) »Wurde der Erwerb der Mumie von irgendwelchen Vorfällen begleitet, die im vorliegenden Fall von Bedeutung sein könnten?« Obwohl es unwahrscheinlich schien, bedurfte die Frage meiner Meinung nach der Klärung, und ganz offensichtlich war Lord Liverpool die geeignete Informationsquelle. Er hatte mich zu einem Besuch aufgefordert; warum sollte ich seiner Einladung nicht Folge leisten? Und während meines Aufenthalts nach einer Kiste Ausschau halten, die vielleicht Uschebtis enthalten hatte.

9. Seine Lordschaft war Opiumkonsument. »Welche Opiumhöhle frequentierte er? Waren er und sein Freund die von dem Mann im Streifenwagen erwähnten Ungläubigen?«

Entschlossen schrieb ich in die Rubrik WAS IST ZU TUN: »Ayesha fragen.«

10

Die Dichter schwärmen ständig von den Wohltaten des Schlafes, den sie »als Labsal, als schönste Sache der Welt« bezeichnen und der »die Seele erfrischt« et cetera, et cetera. Ich persönlich habe ihn immer als lästige Zeitverschwendung betrachtet. Es gibt soviel Interessantes zu tun, daß es ein Jammer ist, ein Drittel des Tages in einem Zustand der Bewußtlosigkeit zu verbringen. Trotzdem erwachte ich am nächsten Morgen erfrischt und etwas positiver gestimmt. Meine kleine, schriftlich fixierte Aufstellung hatte für einen klaren Kopf gesorgt und mir mehrere sinnvolle Nachforschungsansätze aufgezeigt. Während ich darüber grübelte und festzulegen versuchte, welchem ich als erstes nachgehen wollte, drehte sich Emerson im Bett um und legte seinen Arm um mich.

Er schlief noch. Seine Bewegung war instinktiv, gewohnheitsmäßig und unbewußt gewesen. Das also war aus unserer Ehe geworden? Für ihn nichts weiter als eine langweilige Gewohnheit? Ein Stöhnen entwich meinen Lippen. Ohne ihn eines Blickes zu würdigen, schlüpfte ich aus dem Bett.

Erst nachdem ich meine Liste überflogen hatte, fiel mir ein, daß ich an diesem Tag gar nichts tun konnte. Ich hatte den Kindern versprochen, zu Ehren von Percys Geburtstag mit ihnen auszugehen, und ich hatte keinesfalls die Absicht, mein

Versprechen zurückzunehmen, da ich auch gegenüber Kindern immer Wort halte. Trotzdem war es ein herber Schlag. Darf ich gestehen, welche Überlegung meine Frustration linderte? Ich schäme mich, es zuzugeben, aber das ändert vermutlich nichts an der Sachlage. Es war die Erkenntnis, daß Emerson das noch härter treffen würde als mich.

Allerdings ließ ich ihn zunächst sein Frühstück einnehmen, denn ich bin – selbst im Zustand der Verärgerung – keine hinterhältige Person. Sogleich verschwand er hinter der Zeitung und sprach erst, als Percy fragte: »Onkel Radcliffe, Sir – wann sollen wir ausgehfertig sein?«

»Wohin wollt ihr denn?« fragte Emerson, über den Zeitungsrand spähend.

Ich erklärte es ihm. »Es geht um Percys Geburtstag, Emerson. Ich versprach, zur Feier des Tages einen kleinen Ausflug mit den Kindern zu unternehmen.«

Emersons Gesicht verdunkelte sich. *»Du* versprachst? Aber, Peabody –«

»Sie haben noch keine einzige Sehenswürdigkeit in ganz London besucht, Emerson. Selbst wenn es sich nicht um einen besonderen Anlaß handelte, sollten wir ihnen die historischen und kulturellen Bauwerke ihrer Landeshauptstadt näherbringen. Deine Anwesenheit, Emerson, würde dieses Vorhaben wesentlich erleichtern und wäre für uns alle ein Gewinn.«

»Oh«, bemerkte Emerson. »Nun, in dem Fall, Peabody ... Wohin möchtet ihr denn?«

»Ins Britische Museum«, erwiderte Ramses prompt.

Als ich Percys Gesichtsausdruck bemerkte, sagte ich: »Das gefällt dir vielleicht, Ramses, und ich bin sicher, auch deinem Papa würde das zusagen, aber Percy hat die Wahl. Schließlich hat er Geburtstag. Wie hast du dich entschieden, Percy?«

»Natürlich bin ich mit dem einverstanden, was du für das

beste hältst, Tante Amelia. Wenn es dir allerdings nichts ausmacht ... Als wir voriges Jahr in London waren, hat uns Papa zu Madame Tussaud's mitgenommen. Das war lustig! Ich glaube, Ramses würde es auch gefallen, wenn er noch nie dort war.«

Emerson starrte seinen Neffen an. Dann hellte sich sein Gesicht auf, und er schmunzelte. »Schon möglich. Aber was ist mit deiner Schwester, mein Junge? Einige der Exponate –«

»Natürlich werden wir das Horrorkabinett auslassen«, sagte ich. »Die historischen Szenen sind recht lehrreich. Ramses verbringt ohnehin zuviel Zeit mit seinen makabren Hobbys; es wird ihm guttun, etwas über die neuere Geschichte zu erfahren.«

»Irgendwas Modernes und Erbauliches wie die Französische Revolution«, bemerkte Emerson und lachte. »Zwang die Revolutionsregierung Madame nicht, die Köpfe zu modellieren, die man ihr frisch von der Guillotine gebracht hatte?«

»Ja, Sir, selbst das Haupt der armen Königin«, ereiferte sich Percy. »Die Madame gut gekannt hatte. Stell dir das nur vor, Sir, wie gräßlich!«

»Tot«, murmelte Violet.

Trotz der pessimistischen Gedanken, die meine Stimmung trübten, empfand ich Stolz, als ich unsere (vorübergehend vergrößerte) Familie aufbruchbereit vor mir sah. Emerson hatte sich einverstanden erklärt, einen Gehrock und einen steifen Kragen zu tragen, beschwerte sich jedoch, daß ihm dieser am Kinn drückte. Doch selbst mein gutes Zureden konnte ihn nicht davon überzeugen, sein elegantes Erscheinungsbild mit einem Zylinder zu vervollständigen; und ich muß gestehen, daß die zwischen seinen makellosen weißen

Zähnen steckende Pfeife etwas deplaziert wirkte. Trotzdem sieht Emerson jederzeit und in jeder Garderobe großartig aus.

Die Jungen trugen die gleichen Matrosenanzüge und -mützen. Der Gegensatz zwischen ihnen war noch nie so deutlich zum Vorschein getreten: Percys helle englische Haut und das weiche, braungewellte Haar neben der ungezähmten rabenschwarzen Lockenpracht und den gebräunten Wangen von Ramses. Ich muß zugeben, daß ein solcher Aufzug ebensowenig zu meinem Sohn paßte wie zu seinem Vater. Er wirkte wie die traurige Miniaturausgabe eines Erwachsenen in Kinderkleidung. Allerdings hatte der Matrosenanzug einen Vorteil – er war waschbar. Dieser Vorteil war bei Ramses von unschätzbarem Wert.

Violet war dermaßen mit Rüschen ausstaffiert, daß man nur schwerlich ein Kind darin vermuten konnte. Der spitzenumsäumte Rand ihrer kleinen Haube war nicht sorgfältig gestärkt; er hing herab und verdeckte einen Großteil ihres Gesichts. Statt einer Puppe trug sie ein Plüschlamm unter dem Arm, in dem ich das wiedererkannte, das ich Ramses im Alter von drei Jahren geschenkt hatte. Es war in hervorragendem Zustand, da Ramses nie damit gespielt hatte. (Nie werde ich seinen Gesichtsausdruck vergessen, als er es nach einigen Minuten andächtiger Betrachtung vorsichtig auf sein Regal stellte und sich dann wieder seinem Studium der Hieroglyphen zuwandte.)

Während wir fuhren, wies ich auf historisch interessante Bauwerke hin, und ich war angenehm überrascht, mit welcher Begeisterung Ramses diese betrachtete. Als wir die Baker Street erreichten, in der sich Madame Tussauds Wachsfigurenkabinett befand, lehnte er sich so weit aus der Kutsche, als hielte er nach irgend etwas Ausschau. Auf mein Nachfragen schüttelte er jedoch lediglich den Kopf.

Ich gebe zu, daß ich die Anziehungskraft von Wachsfiguren noch nie verstanden habe, wie exakt sie die Gesichtszüge und Gestalten von Personen auch wiedergeben. Es ist die lebhafte Bewegung, die den menschlichen Ausdruck interessant macht – die schuldbewußt gesenkten Lider, die bebenden Lippen des ertappten Verdächtigen.

Allerdings waren die historischen Szenen interessant, und ich gab kurze Erläuterungen zu dem Gezeigten. Besonders anrührend war eine, die Ihre Majestät als junges Mädchen im Alter von 17 Jahren zeigte. Ihr offenes Haar fiel ihr über die Schultern des züchtigen weißen Nachtgewandes, und ernst dreinblickende, bärtige Würdenträger knieten vor ihr, küßten ihre Hand und erklärten sie zur Königin. (Denn sie war, wie der werte Leser vielleicht weiß, aus ihrem unschuldigen Schlaf gerissen worden.) Und welche zärtlichen Erinnerungen schwor die Szene herauf, die das Massaker des kühnen Gordon veranschaulichte! In jenem Jahr war ich in Ägypten gewesen – mein erster Besuch in dem Land meiner Bestimmung, meine erste Begegnung mit dem mir vorbestimmten Gatten. Ich blickte zu Emerson.

»Welche Erinnerungen diese Szene doch heraufbeschwört, Emerson.«

»Hmmph«, brummte Emerson, auf seinem Pfeifenmundstück herumkauend.

Das Prunkstück der Sammlung sind zweifellos die an die Französische Revolution angelehnten Szenen und die abgetrennten Köpfe, die Madame unter den gräßlichen, von Percy geschilderten Bedingungen modelliert hatte. Man kann das Entsetzen nur erahnen, das die unglückliche Künstlerin aufgrund der bleichen Gesichter des Königs und der Königin empfunden haben muß, die sie so wohlwollend behandelt hatten. Doch die Geschichte hatte Marie Antoinette ausgelöscht, und neben ihr lagen die totenbleichen Köpfe ihrer

Mörder: Fouquier-Tinville, Hébert und auch Robespierre, die man Madame Tussaud sukzessive in ihr Gefängnisatelier gebracht hatte. Eine besonders grauenvolle Darstellung, die ebenfalls lebensecht wirkte, zeigte den ermordeten, in seiner Badewanne liegenden Marat, und das Messer steckte noch in seinem Körper. (Sicherlich muß ich den werten Leser nicht darauf hinweisen, daß es sich bei dem mutigen Attentäter um eine Frau handelte.)

Der werte Leser wird sich allerdings fragen, warum ich den Kindern erlaubte, sich diese gräßlichen Szenen anzuschauen. Die Antwort ist einfach: Ich tat es keineswegs. Die Kabinette waren überfüllt, nicht nur von Menschen, sondern auch von ihren ausladenden Gewändern, und ein kleines Kind konnte sich mit Leichtigkeit hinter den ausladenden Röcken und den weiten Mänteln verstecken. Ramses stahl sich als erster fort. Als sein Fehlen bemerkt wurde, hatte Percy rasch eine Erklärung zur Hand.

»Vermutlich ist er ins Horrorkabinett gegangen, Tante Amelia. Ich gehe und suche ihn, ja?«

Ohne meine Antwort abzuwarten, verschwand er.

»Ich werde ihm folgen, Emerson«, sagte ich. »Du bleibst hier bei Violet – und zeigst ihr die Szene von Ihrer Erlauchten Majestät, Prinz Albert und ihren reizenden Kindern.«

Violet jedoch zerrte an der Hand ihres Onkels. »Ich will die Toten sehen, Onkel Radcliffe.«

»Meine liebe Violet«, hub ich an.

»Sie hat sie schon einmal gesehen, Amelia«, erwiderte Emerson und ließ sich von der kleinen Nervensäge wegziehen. »Die Blutrünstigkeit unschuldiger Kinder ist völlig natürlich, weißt du; das ist mir schon häufig aufgefallen, und ich kann nicht verstehen, warum diese sogenannten modernen Pädagogen das nicht zugeben wollen.«

Mir war klar, warum Emerson so positiv reagierte. Genau

wie ich hatte er sich schon häufig gefragt, ob das Interesse seines Sohnes an Mumien und alten Gebeinen einer tief verankerten, mentalen Abnormität entsprang. Die Entdeckung, daß vermutlich normale Kinder wie Percy und Violet die gleiche Neigung hatten, beruhigte ihn.

»Nun, Emerson, ich bin zwar nicht einverstanden, aber wenn du darauf bestehst, werde ich mich selbstverständlich fügen.«

»Pah«, meinte Emerson. »Du möchtest dir das Horrorkabinett doch auch anschauen.«

Natürlich hatten die Jungen sogleich die gräßlichsten Exponate entdeckt; ihre beiderseitige Antipathie schien vorübergehend außer Kraft gesetzt, und sie standen einträchtig nebeneinander und betrachteten die »berühmten Mörder«.

Eine erst kürzlich hinzugekommene Wachsfigur war die eines gewissen Neill Cream, der aufgrund einer Mordserie an unglücklichen, gefallenen Mädchen gehenkt worden war, die er mit dem zu Recht als bestialisch bezeichneten Strychnin ausgeführt hatte. Seine weit aufgerissenen Augen, der riesige rotbraune Schnauzbart, die Glatze und sein hämisches Grinsen verliehen ihm ein so abstoßendes Äußeres, daß man sich fragte, wie eine Frau, ob nun gefallen oder aufrecht, aus der Hand dieses Mannes auch nur irgend etwas hatte nehmen können.

»Komm von da weg, Ramses«, entfuhr es mir.

Emerson hielt Violet an der Hand und gesellte sich zu Percy, der vor Dr. Pritchards Ebenbild stand. Dieser Missetäter hatte nicht nur Verrat an seinem Berufsstand, sondern auch an seiner Ehe geübt, indem er seine Frau langsam und qualvoll mit Brechweinstein vergiftete. (Seine Schwiegermutter hatte er ebenfalls ins Jenseits befördert, weil ihm diese vermutlich auf die Schliche gekommen war.) Wir sind uns alle darüber im klaren, daß der Gattenmord von besonderer Grausamkeit ist; und Pritchard zählte sicherlich zu den kaltblütigsten Heuchlern in den Verbrechensannalen, denn er teilte nicht nur das Bett mit seiner dahinsiechenden Frau und hielt sie im Todeskampf in seinen Armen, nein, er hatte sogar darauf bestanden, daß ihr Sarg erneut geöffnet wurde, damit er sie ein letztes Mal umarmen konnte.

»Mit Sicherheit«, merkte ich gegenüber Emerson an, »gibt es kein infameres Beispiel für einen Judaskuß als das dieses Halunken, der von Krokodilstränen geschüttelt seinen Mund auf die kalten Lippen der von ihm hinterhältig abgeschlachteten Frau preßte und damit Verrat an der innigsten aller menschlichen Verbindungen übte.«

Diese Feststellung zu leugnen wäre schwierig gewesen; aber Emerson befand sich an jenem Tag in einer perversen Stimmung. »Pritchard wird seine Gründe gehabt haben«, erklärte er. »Ich empfinde es als schwierig, einen Mann gänzlich zu verachten, der von sich behaupten konnte, daß er die ›jungen Adler aus den Horsten der arabischen Wüste holte und den Berglöwen in der nordamerikanischen Steppe jagte‹.«

»Emerson«, entfuhr es mir. »Ich muß gegen dein leichtfertiges Reden protestieren. Die Kinder, Emerson – denk an die Kinder.«

Eigentlich schenkte uns keines der drei auch nur die geringste Beachtung. Ramses war es erneut gelungen, sich mir zu entwinden, und er war irgendwo in der Menge verschwunden. Percy starrte auf Charles Peace, während Violet am Ohr ihres Plüschlamms knabberte und fasziniert das scheinheilige Grinsen auf dem Gesicht des Arztes betrachtete.

Meinem klugen Rat folgend, packte Emerson Percy am Kragen und schleifte ihn und Violet zu Marat in seinem Badezuber, während ich mich auf die Suche nach Ramses machte. Zunächst war ich leicht abgelenkt, da mich Emersons Stellungnahme zu Dr. Pritchard doch erstaunt hatte. Mein Gatte, der das Verbrechen und die daran Beteiligten im höchsten Maße verabscheute, war in der Lage, die seltsame Aussage eines bekannten Giftmörders zu zitieren. Emerson mußte sich mit dem Fall befaßt haben; mit wie vielen anderen, fragte ich mich, war er ebenso vertraut? Sein scheinheiliges Verhalten erfüllte mich mit Bestürzung und ließ mich an seiner Glaubwürdigkeit in anderen Bereichen zweifeln.

Schließlich sah ich, daß Ramses auf den Ausgang zusteuerte. Neben der Tür, die sie teilweise sogar versperrte, befand sich eine Figur, die ich zuvor noch nicht bemerkt hatte. Es handelte sich um einen Gentleman in formeller Tagesgarderobe; keine von Madames sonderlich gelungenen Kreationen, denn sein Gesicht war eher ausdruckslos und maskenhaft. Allerdings war er so realistisch, daß man ihn auf den ersten Blick für lebensecht hätte halten können, und ich nahm an, daß es sich bei ihm um einen Scherz handelte, genau wie bei dem uniformierten »Aufseher« in einem der oberen Räume, der häufig von wißbegierigen Besuchern angesprochen wurde, bevor sie begriffen, daß sie mit einer Wachsfigur kommunizierten.

Ramses sprach das Individuum an und bat ihn (so schätze ich), ihn vorbeizulassen. Ihn überraschte es vielleicht nicht, mich jedoch um so mehr, als die Figur ihn plötzlich packte und mit ihm aus dem Saal stürmte.

Diese Metamorphose war so erstaunlich, daß ich wie angewurzelt stehenblieb. Allerdings nur für Sekundenbruchteile; ungeachtet der Schmerzensschreie und Proteste von Besuchern, die ich unweigerlich anrempelte, nahm ich die Verfolgung auf. Mir war klar, daß die Sache keinen Aufschub duldete, nicht einmal, um Emerson zu Hilfe zu holen. Der maskierte Schurke war gekleidet wie ein Gentleman, was zufällige Beobachter sicherlich davon abhielt, ihn aufzuhalten (so ist nun einmal die versnobte Gesellschaft), und wenn ich nicht schneller war als er und ihn einholte, war er mit seiner Beute längst über alle Berge.

Die Verfolgung gestaltete sich einfach, da sein Fluchtweg von aufgebracht diskutierenden sowie einigen gestürzten Besuchern gesäumt war. Mit der gleichen Unhöflichkeit bahnte ich mir den Weg zum Ausgang. Trotz meiner schnellen Reaktion war ich zu langsam. Als ich auf den Gehsteig trat, war er nirgends zu sehen.

Ich packte einen Passanten am Arm. »Ein Gentleman mit einem kleinen Jungen unter dem Arm, der gerannt oder zügig marschiert ist. In welche Richtung ist er gegangen?«

Der Mann starrte mich lediglich an, doch seine Begleitung, eine in billige Spitze und verschlissene Seide gekleidete Frau, erwiderte: »Dorthin, Ma'am, in Richtung der Schwulenbar.«

Das von ihr genannte Etablissement war mir unbekannt, doch ihre ausgestreckte Hand deutete die Richtung an; mit einem dankenden Kopfnicken stürmte ich weiter. Kaum war ich um die Ecke, bemerkte ich jedoch schon meinen Sohn Ramses, der auf mich zukam. Seine Matrosenmütze war verschwunden, er war schmutzverschmiert und rieb sich seinen Kopf.

Ich packte ihn. »Ramses! Gott sei Dank! Bist du unverletzt? Wie bist du entkommen?«

»Ich bin nicht entkommen«, erwiderte Ramses, augenscheinlich betrübt. »Ich durfte gehen. Nicht weit von hier ließ er mich in einer Gasse fallen – auf den Kopf, um genau zu sein. Ich wette, Mama, daß das ein Ablenkungsmanöver war, um unsere Gruppe auseinanderzubringen und einem anderen Familienmitglied größeren Schaden zuzufügen; denn es erscheint offensichtlich –«

Es erschien offensichtlich, daß Ramses unverletzt war, deshalb verbot ich ihm jeden weiteren Kommentar und brachte ihn so rasch wie möglich zurück zur Baker Street. Ich hörte schon Emersons durchdringende Stimme, der immer wieder meinen und Ramses' Namen brüllte.

Selbst in seiner Erregung hatte er seine Pflicht nicht vernachlässigt; er hielt Violet mit der einen und Percy mit der anderen Hand umklammert. Ich eilte zu ihm. Lediglich für einen kurzen Augenblick ließ er seine beiden Schutzbefohlenen los und schlang – ungeachtet seines soeben fast entführten Erben – seine starken Arme um mich.

»Peabody, verflucht, ich wünschte, du würdest nicht einfach so verschwinden«, murmelte er in mein Ohr.

Ich begriff, daß er sich der zwingenden Notwendigkeit meines überstürzten Aufbruchs nicht bewußt war. Im Anschluß an meine hastige Erklärung wich ihm sämtliche Farbe aus dem Gesicht, und er steigerte sich in unzusammenhängende und unverständliche Beschimpfungen hinein. Erst als wir in der Kutsche saßen und den Heimweg angetreten hatten, kam er langsam wieder zur Vernunft.

»Wir sollten dankbar sein, daß nichts Schlimmeres passiert ist«, sagte ich. »Vielleicht handelte es sich um eine Verwechslung oder um einen schlechten Scherz.«

Natürlich glaubte ich weder das eine noch das andere, zog es aber vor, die dunklen Hintergründe dieses Vorfalls erst dann zu diskutieren, wenn Emerson und ich allein waren. Ich hätte wissen müssen, daß sich Ramses nicht so leicht irreführen ließ. »Es handelte sich keineswegs um eine Verwechslung«, bemerkte er. »Der Mann kannte mich. Und wenn es ein Scherz sein sollte, dann besitzt diese Person einen perversen Sinn für Humor. Kurz bevor er mich von sich stieß, sagte er: ›Grüßen Sie Ihren Papa, Emerson junior. Richten Sie ihm aus, daß er das nächste Mal an der Reihe ist.‹«

»Oh, Sir«, entfuhr es Percy. »Wie aufregend, kann ich da nur sagen!«

Woraufhin sich Ramses umdrehte und Percy in den Magen boxte. Strenggenommen handelte es sich nicht um dessen Magengegend. Percy fiel von seinem Sitz und krümmte sich vor Schmerz. Emerson packte seinen Sohn am Kragen. »Ramses! Von wem hast du gelernt –«

»Von dir, Papa«, ereiferte sich Ramses. »Als wir im letzten Winter Mama suchten, die entführt worden war von ... Als wir in das Haus hinter dem Khan einbrachen und der Mann mit dem riesigen Messer auf dich zukam und du –«

»Oh«, meinte Emerson. »Nun, äh, hmhm. Das war eine völlig andere Geschichte, Ramses. Wenn man sich gegen ein kriminelles Subjekt zur Wehr setzen muß, das mit einem Messer bewaffnet ist... äh. Ja. Gentlemen räumen ihre Differenzen auf gänzlich andere Art aus, Ramses.«

»Emerson«, entfuhr es mir, während ich dem stöhnenden Jungen auf seinen Sitz half, »wie kannst du nur so gleichgültig sein? Ramses hat zuerst zugeschlagen; es war grundlos und –«

»Und ungeschickt«, bemerkte Emerson stirnrunzelnd. »Schau her, Ramses, leg deinen Daumen über deine geballte Faust –«

»Ramses«, bemerkte ich aufgebracht, »du hast bis auf weiteres Zimmerarrest.«

Zu meiner Verärgerung weigerte sich Emerson, den Vorfall ernst zu nehmen. »Jungen streiten sich nun mal, Peabody. Du kannst die menschliche Natur nicht ändern. Einige Übungsstunden im Boxen wären keine schlechte Idee. Hmmm, ja. Unter meiner Anleitung selbstverständlich ...«

Zu Ehren von Percys Geburtstag gab es Pflaumenkuchen zum Tee. Violet aß drei Stücke. Ich war zu entnervt, um sie davon abzuhalten.

Meine Hoffnung, an jenem Tag etwas Sinnvolles zustande zu bringen, wurde nicht völlig enttäuscht. Es gelang mir, noch mehrere wichtige Briefe und Telegramme auf den Weg zu bringen, und natürlich war der Anschlag auf Ramses von höchstem Interesse. Als wir uns zum Abendessen umkleideten und sich Emerson stillschweigend bereit erklärte, seinen Abendanzug anzuziehen, verkrampfte sich mir das Herz. Obwohl ich seine Schweigsamkeit zutiefst verachtete, waren alle kleineren Sorgen doch vorübergehend unwichtig. Er war vielleicht untreu gewesen – mochte es immer noch sein. Wenn ihm jedoch Gefahr drohte, war meine tiefempfundene Zuneigung so stark wie eh und je, und die qualvolle Besorgnis um seine Sicherheit siegte über alles.

Wir waren beinahe fertig angekleidet, und das Mädchen leerte gerade das Badewasser aus, als ich ihn ansprach.

»Bist du ... Wirst du ... Du gibst doch auf dich acht, Emerson, nicht wahr?«

»Achtgeben?« Er wandte sich vom Spiegel ab und musterte mich erstaunt. »Worauf, Peabody?«

»Auf dein Leben und deine Sicherheit natürlich. Das war eine weitere Drohung, Emerson.«

»Ramses war derjenige, den sie entführten, Peabody.«

»Ramses hat keinen Schaden genommen – außer der Beule an seinem Kopf, und diesem Dickschädel kann so leicht niemand etwas anhaben. Die Drohung galt dir, Emerson. Das Wissen, wieviel Ramses dir bedeutet –«

Mit wenigen langen Schritten durchquerte Emerson den Raum und drückte mich an sich. »Da ist jemand, der mir noch mehr bedeutet als Ramses«, meinte er mit rauher Stimme. »Meine geliebte Peabody ...«

Von einem unbeschreiblichen Schmerz übermannt, befreite ich mich höflich, aber bestimmt aus seiner Umarmung. »Wir sind nicht allein, Emerson.«

»Ist dieses verfluchte – äh – Mädchen schon wieder hier?« entfuhr es Emerson. »Zum Teufel, hat sie denn nichts anderes zu tun? Komm, Peabody, wir können ebensogut nach unten gehen. In diesem verdammten Mausoleum hat man nicht die Spur einer Privatsphäre. Wie lange müssen wir eigentlich noch hierbleiben?«

»Bis du dein Manuskript fertiggestellt hast«, erwiderte ich und nahm seinen mir angebotenen Arm.

»Zur Hölle mit diesem verfluchten Manuskript! Ich möchte, daß du dich aus der Sache heraushältst, Peabody. Ich möchte, daß du mit den Kindern nach Kent zurückkehrst.«

»Ach wirklich? Und warum, Emerson?«

»Verflucht, Peabody, du weißt genau, warum. – Hallo, Gargery! Wie geht es uns denn heute abend? – Mir gefällt das Denken dieses Burschen nicht. Er wird mich nicht angreifen. Niemand greift MICH an. Er wird mich zu treffen versuchen, indem er Hand an einen meiner Lieben legt, und wie ich bereits erwähnte, Peabody –«

»Ja, ich weiß. Aber du hast bislang noch nie versucht, mich aus irgendwelchen Gefahren herauszuhalten.«

»Stimmt nicht, Peabody, stimmt nicht. Das versuche ich ständig. Es gelingt mir zwar nicht, aber ich versuche es immer wieder.«

»Verzeihung, Sir, Verzeihung, Madam.« Gargery stellte einen Teller Suppe vor Emerson. »Ich weiß, daß ich nicht fragen sollte, aber in Anbetracht des tiefen Respekts, den ich für Sie beide empfinde, muß ich wissen, ob eine drohende Gefahr besteht, und wenn ja, wie wir Bediensteten Ihnen helfen können.«

Gargerys Besorgnis bewegte mich so sehr, daß ich seine Gefühle niemals hätte verletzen können, indem ich ihn darauf hinwies, daß es ihm nicht zustand, sich in unsere Unterhaltung einzumischen. Emerson war gleichermaßen berührt; seine Augen strahlten vor Begeisterung, und er klopfte unserem Butler auf die Schulter.

»Sehr nett von Ihnen, das zu sagen, Gargery. Mrs. Emerson und ich wissen Ihre Worte zu schätzen. Sind Sie informiert, was geschehen ist …«

Während ich meine Suppe löffelte, schilderte Emerson Gargery die ganze Geschichte. Gargerys Augen funkelten. »Sir und Madam, es gibt keinen Bediensteten in diesem Hause, der nicht sein Leben für Ihre Verteidigung riskierte. Machen Sie sich keine Sorgen, Sir, wir werden nicht zulassen, daß dieser Bursche an Mrs. Emerson herankommt. Ich habe eine Idee, Sir; angenommen, Bob – er ist der kräftigste von uns Dienern, Sir – angenommen, er begleitete Mrs. Emerson auf ihren kleinen Ausflügen und dergleichen? Ich könnte ihm einen netten kleinen Revolver besorgen, Sir.«

»Nein, nein, keine Feuerwaffen«, meinte Emerson kopfschüttelnd. »Dergleichen dulde ich nicht in meinem Haus; Sie kennen den jungen Herrn Ramses, er würde sich eine Kugel durch den Kopf jagen, noch ehe Sie Luft geholt hätten. Vielleicht eher einen ordentlichen Knüppel?«

»Unsinn«, entfuhr es mir unwirsch. »Niemand begleitet mich auf irgendwelchen Ausflügen. Gargery, räumen Sie bitte die Suppenteller ab, und servieren Sie den nächsten Gang.«

Mir blieb kaum Zeit, Emerson zuzuzischen: »Wenn du einen Leibwächter auf mich ansetzt, Emerson, werde ich nie …«, als Gargery auch schon atemlos und voller Ideen zurückkehrte.

»Haben Sie schon einmal daran gedacht, Sir«, sagte er, während er mir einen Teller Steinbutt mit Hummersauce vor die Nase knallte, »daß diese Sache vielleicht nicht gegen Sie persönlich gerichtet ist? Wie diese Uschbers – Uschbits –«

»Das habe ich mir auch schon überlegt«, erwiderte Emerson. »Wir sind einer Meinung, nicht wahr, daß die Entführung von Ramses von derselben Person initiiert wurde, die auch die Uschebtis verschickte?«

»Ja, Sir«, entgegnete Gargery hastig.

Stirnrunzelnd blickte ich zu Gargery. »Falls ich an meinem eigenen Eßtisch auch einmal etwas sagen darf ...«

»Verzeihen Sie, Madam«, erwiderte Gargery und zog sich zur Anrichte zurück.

»Ich danke Ihnen, Gargery. Ich stimme zu – sofern die unmaßgebliche Meinung einer Frau in Gegenwart von zwei so herausragenden Intellekten überhaupt von Bedeutung ist –, daß dieselbe Person für beide Vorfälle verantwortlich zeichnet.« Gargery und Emerson tauschten Blicke aus. Schulterzuckend verdrehte Emerson die Augen; ich fuhr fort: »Ich meine, daß es unsere Pflicht ist, herauszufinden, ob den weiteren Empfängern der Uschebtis irgend etwas Ungewöhnliches zugestoßen ist.«

Gargery hüllte sich in diskretes Schweigen. Mit aufgesetzter Herzlichkeit ereiferte sich Emerson: »Ein hervorragender Vorschlag, Peabody. Nach dem Essen werde ich aufbrechen und einige Besuche machen. Möchtest du mich begleiten?«

»Danke, nein, Emerson. Du und Gargery werdet euch mit Sicherheit gut amüsieren.«

Während des Frühstücks am darauffolgenden Morgen bemerkte ich gegenüber meinem Gatten: »Du hättest dir die Mühe mit den Besuchen sparen können, die du im allgemeinen ohnehin verabscheust, Emerson. Es steht alles im *Morning Mirror.*«

»Was sagst du da?« Emerson entriß mir die Zeitung. »O gütiger Himmel! Wie haben sie von der Sache mit Ramses bei Madame Tussaud's Wind bekommen?«

»Wem hast du es erzählt, Emerson?«

Nachdenklich starrte Emerson auf die Zeitung. »Budge und Petrie und Griffith und ... nein, Pritchett nicht, er war nicht zu Hause. Sie behaupteten – wie du sicherlich gelesen hast –, daß ihnen nichts Ungewöhnliches aufgefallen ist.«

»Was darauf schließen läßt, daß der Unbekannte entschlossen ist, sich auf dich zu konzentrieren, Emerson.«

»Nicht unbedingt. Mit Ausnahme von Budge, der selbst das Begräbnis seiner Mutter an die große Glocke hängen würde, sind die anderen vielleicht nicht bereit, irgendwelche außergewöhnlichen Vorfälle zuzugeben. Insbesondere Petrie – du weißt doch, was für eine taube Nuß er ist.«

»Also hast du nichts aus ihnen herausbringen können?« In der Nacht zuvor hatten wir nicht mehr darüber gesprochen; Emerson kam erst sehr spät ins Bett und stank nach Tabak. Ich stellte mich schlafend.

»Griffith zeigte mir sein Uschebti. Es war identisch mit dem, das ich bekommen habe, Peabody. Irgend jemandem fehlen irgendwo einige seltene und kostbare Stücke aus seiner Antiquitätensammlung. Wenn man diese Spur verfolgte ...«

»Das wäre gewiß sinnvoll«, stimmte ich ihm höflich zu, während mir meine kleine Liste einfiel (die ich aus Sicherheitsgründen in einer verschlossenen Schreibtischschublade aufbewahrte). »Vermutlich waren diese Uschebtis niemandem bekannt?«

»Nein. Was sehr stark darauf hindeutet, daß sie einer Privatsammlung entstammten. Selbst Budge würde ihr Verschwinden aus dem Museum bemerken.«

»Was ist mit den Universitäten, Manchester, Birmingham ...«

»Da könnte ich sicherlich nachfragen.«

»Da ist noch etwas, was du tun könntest«, sagte ich und

nahm die von Mary Ann gerade hereingebrachte Morgenpost in Empfang.

»Und das wäre, Peabody?«

»Die meisten Bürger würden einen Anschlag wie den auf deinen Sohn der Polizei melden.«

Emerson wirkte verblüfft und rieb sich sein Kinn. »Vermutlich würden sie das. Ich frage mich, Peabody, ob wir diese Dinge so gewohnheitsmäßig hinnehmen, daß wir ihnen kaum noch Beachtung schenken.«

»O nein, Emerson; wenn man überlegt, wer und was wir sind, dann reagieren wir vollkommen logisch. Hier ist deine Post.«

»Danke.« Emerson ging sie mit der ihm eigenen Impulsivität durch und bemerkte lediglich: »Verfluchte Oxford Press«, während er das Schreiben zu Boden warf. »Vielleicht sollte ich nachher beim Yard vorbeischauen«, meinte er beiläufig.

»Eine hervorragende Idee, Emerson.«

»Würde es dir etwas ausmachen mitzukommen?«

»Ich sehe keinen Grund, warum wir zu zweit hingehen sollten, Emerson.«

»Ich würde – ich würde mich über deine Begleitung freuen, Peabody.«

»Danke, Emerson, das ist sehr nett von dir. Aber ich habe anderes zu tun.«

»Oh?«

»Ja.«

»Wie kommst du mit deinem Vortrag voran?«

»Sehr gut, danke der Nachfrage.«

Emerson warf seine Serviette und seine restliche Post auf den Boden und sprang auf. Sein Stuhl fiel krachend um. »Hölle und Verdammnis!« brüllte er und stürmte aus dem Zimmer.

»Versuch doch bitte, zum Tee zurück zu sein, Emerson!« rief ich ihm hinterher. »Ich erwarte einen Gast.«

Emersons Schritte verstummten. Er kehrte zur Tür zurück und blickte ins Zimmer. »Wen denn?« fragte er, neugierig geworden.

»Mr. Wilson. Er war so nett, meine Einladung anzunehmen.«

»Oh«, sagte Emerson. »Oh, verstehe. Ich werde hier sein, Peabody.«

Er schien zweifellos erleichtert über meine Antwort. Welchen Namen, so fragte ich mich, hatte er erwartet – und befürchtet? Den von Ayesha?

Da ich keine Antwort auf meine Miss Minton übersandte Nachricht erhalten hatte, beschloß ich, sie persönlich aufzusuchen. Aufgrund des Artikels im *Morning Mirror* vermutete ich, daß sie noch nicht zurückgekehrt war, da er nicht ihren Namen trug; trotzdem ging ich los, weil ich Bewegung brauchte. Wie erwartet war der flotte Spaziergang entspannend, der Besuch jedoch vergebens. Die Hausbesitzerin erklärte mir, daß sie ihre Mieterin weder gesehen noch von ihr gehört habe, und sie wisse nicht, wann sie zurückkehre.

Ich warf einen Blick auf meine Liste. Miss Minton mußte warten. Mr. Wilson war informiert. Eine umgehende Reaktion auf meinen an Lord Liverpool gerichteten Brief enthielt seine Einladung zum Mittagessen für den folgenden Tag mit anschließender Besichtigung seiner Sammlung. Unter der Rubrik WAS IST ZU TUN blieben drei Namen übrig: Budge (hinsichtlich seiner Hausverwaltung), Inspektor Cuff (hinsichtlich einer ganzen Reihe von Fragen, die er vermutlich nicht beantwortete) sowie ein weiterer.

Die sich daran anschließenden Stunden verbrachte ich auf einer Bank im Hyde Park vis-à-vis Nummer 4, Park Lane.

Diese Stunden werde ich niemals vergessen, und ich wage zu behaupten, daß sie meiner Meinung nach einzigartig waren; denn ich, Amelia P. Emerson, verbrachte diese lange Zeitspanne in einem Zustand der Unentschlossenheit und Wankelmütigkeit! Ich glaube, daß diese Anomalie einfach schriftlich festgehalten werden muß.

Das Wetter war (für Londoner Verhältnisse) hervorragend, und eine ganze Reihe von Leuten hielt sich im Park auf, erfreute sich an den Blumen und genoß den (für Londoner Verhältnisse) herrlichen Sonnenschein. Ich hatte nicht erwartet, daß ich unbemerkt blieb. Jeder, der sich über zwei Stunden lang nicht vom Fleck rührt, nicht ißt, trinkt, liest oder herumschlendert, zieht unweigerlich Aufmerksamkeit auf sich; zwei Polizisten und eine freundliche alte Dame blieben bei mir stehen und fragten, ob ich Hilfe brauchte, und ein männliches Individuum gesellte sich zu mir und wollte noch ganz andere Dinge von mir wissen. Falls Ayesha nach möglichen Spionen Ausschau hielt (wozu sie wirklich allen Grund hatte), dann mußte sie mich bemerkt haben. Viermal faßte ich den Entschluß, die Straße zu überqueren und an ihrer Tür zu klopfen. Viermal verwarf ich ihn wieder.

Sie hatte keinen einzigen Besucher – die diversen Lieferanten, die selbstverständlich den Hintereingang benutzten, einmal ausgenommen. Einer von ihnen war ein großer, stattlicher Mann, der einen Korb voller Fische und einen riesigen schwarzen Vollbart trug. Ich erhob mich und hielt eine Droschke an.

Um exakt halb fünf saß ich in einer ebensolchen Droschke vor einem unscheinbaren Gebäude in der Half-Moon Street. Um exakt vier Minuten nach halb fünf trat Mr. Wilson aus dem Haus, warf einen Blick auf die Droschke, bemerkte, daß sie besetzt war, und schlenderte um die Ecke, wo er ein anderes Gefährt fand. Er würde verfrüht eintreffen. Das war unvorteilhaft. Ich hoffte, daß Emerson rechtzeitig nach Hause zurückkehrte, um ihn einzulassen.

Ich befahl dem Droschkenkutscher zu warten und betätigte den Türklopfer von Nummer 17. Eine freundliche, mütterlich wirkende Frau öffnete mir die Tür; als sie mich sah, nahm sie hastig ihre Schürze ab und entschuldigte sich.

»Ich dachte, Sie wären der Bäcker, Madam. Dieses verflixte Mädchen ist nie da, wenn sie die Tür öffnen soll...«

Ihre höflichen Bemühungen waren reine Zeitverschwendung. »Ich kam, um Mr. Wilson zu sprechen«, sagte ich und ging in Richtung der Treppe. »Seine Wohnung ist –?«

»In der ersten Etage vorn, Madam. Aber, Madam, er ist gerade ausgegangen.«

»Tatsächlich? Wie unangenehm.« Ich warf einen Blick auf meine Armbanduhr. »Vermutlich wird er bald zurückkehren. Ich war gegen halb fünf mit ihm verabredet. Dann werde ich warten.«

Rasch versperrte sie mir den Weg. »Verzeihen Sie, Madam. Mr. Wilson sieht es gar nicht gern, wenn ich Leute einlasse. Es sei denn, er hätte mich vorher von ihrem Kommen unterrichtet.«

»Oh, welch ein Unsinn«, sagte ich ungehalten. »Hier – meine Karte.«

Ich hatte gehofft, ihr diese nicht geben zu müssen, aber es ließ sich nicht vermeiden. Seine Vermieterin nahm meine Karte. »Mrs. Emerson?« Dann wich ihr besorgtes Stirnrunzeln einem breiten, erfreuten Lächeln. »Mrs. Emerson! Sie sind die Dame, von der in allen Zeitungen berichtet wird?«

»Äh – ja«, erwiderte ich.

»Aber dann sind Sie ja diejenige, die Mumien und solche Dinge in Indien ausgräbt!«

»In Ägypten.«

»Gewiß, Madam, Ägypten. Oh, Madam, welch ein Vergnügen, Sie kennenzulernen. Wie geht es Ihrem armen, kleinen Jungen?«

»Meinem armen, kleinen …? Danke, recht gut.«

Sie hielt mich länger auf, als mir lieb war, trotzdem gelang mir schließlich die Flucht; und während ich die Treppe hinaufstieg, konnte ich mir ein ironisches Grinsen nicht verkneifen, als ich begriff, daß mir keineswegs meine respekteinflößende Erscheinung, sondern meine traurige Berühmtheit Einlaß verschafft hatte.

Mr. Wilson bewohnte einige hübsche Zimmer – aufgrund ihrer Lage vermutlich die besten im ganzen Haus. Der Salon überblickte die Straße; dahinter befand sich ein aufgeräumtes, kleines Schlafzimmer. Obwohl sie gemütlich und geschmackvoll eingerichtet war, war seine Wohnung keinesfalls luxuriös. Einige Antiquitäten standen herum; außer der hübschen, kleinen Alabasterbüste einer unbedeutenden Königin – deren Gesichtszüge eine gewisse Ähnlichkeit mit Miss Minton aufwiesen – gab es nichts Außergewöhnliches, und ich hätte nicht sagen können, ob irgend etwas fehlte.

Eine weitere Nachforschung, die mir eigentlich nicht zustand, die ich aber für erforderlich hielt, brachte zutage, daß Mr. Wilsons Lebenswandel ebenso korrekt war wie seine äußere Erscheinung. Auf einer Anrichte standen verschiedene Karaffen mit Brandy und Whiskey sowie eine Zigarrenkiste, aber ich fand keine Spur von Drogen. Lediglich eine Sache verwirrte mich – eine verschlossene Schublade in seinem Schreibtisch, für die ich keinen Schlüssel fand und die ich auch nicht gewaltsam zu öffnen wagte. Es ist vermutlich einfach, eine Ausrede für den Besuch bei einem jungen Mann zu erfinden, allerdings gestaltet es sich erheblich schwieriger, den Einbruch in eine verschlossene Schublade zu erklären.

Die ganze Sache dauerte höchstens zehn Minuten, denn

wenn es sein muß, bin ich schnell wie der Blitz. Ich schritt die Stufen hinunter, rief nach der Vermieterin, die in der Küche mit Pfannen und Töpfen hantierte, und erklärte ihr, daß ich nicht länger warten könne. Dann suchte ich mein Heil in der Flucht, bevor sie mich erneut in ein Gespräch verwickeln konnte.

Ich war nur vierzig Minuten überfällig. Als er mich sah, schien Gargery erleichtert. »Oh, Mrs. Emerson, wir haben uns schon Sorgen gemacht. Der Gentleman ist hier –«

»Ja, danke«, meinte ich und händigte ihm Schirm und Mantel aus. »Ich gehe sofort zu ihm.«

Ich weiß nicht, wer aufgrund meines Eintretens erleichterter wirkte – Emerson oder Mr. Wilson. Mir war klar, warum Emerson erleichtert war, und ich vermutete, daß Mr. Wilson froh war, den bohrenden Fragen Emersons zur Ägyptologie zu entkommen. Im Anschluß an die üblichen Begrüßungs- und Entschuldigungsfloskeln erklärte ich fröhlich: »Mr. Wilson, ich habe mich verspätet, weil mir ein dummer Fehler unterlaufen ist. Irgendwie bin ich davon ausgegangen, daß ich den Tee bei Ihnen einnähme und nicht umgekehrt. Eine halbe Stunde lang habe ich auf Sie gewartet, bis ich erkannte, daß es sich um einen Irrtum handeln mußte. War das nicht verrückt?«

Die einzig mögliche Antwort lautete »Ja, das war es sicherlich«, da Mr. Wilson jedoch niemals eine solche Unhöflichkeit an den Tag gelegt hätte, murmelte er nur leise vor sich hin und grinste verschämt.

»Hmhm«, sagte Emerson und warf mir einen strafenden Blick zu. »Ja, das war es sicherlich. Du hast eine überaus interessante Diskussion über die frühzeitlichen Keramiken in Quesir verpaßt, Peabody. Mr. Wilson war vor zwei Jahren dort. Allerdings scheint er sich nicht daran zu erinnern.«

»Wie schade, daß mir das entgangen ist, Emerson. Falls es

Mr. Wilson allerdings nichts ausmacht, würde ich gern von etwas anderem sprechen.«

Mr. Wilson beeilte sich, mir zu versichern, daß es ihm nicht im geringsten etwas ausmachte.

»Sie müssen entschuldigen, wenn ich dieses Thema anschneide, Mr. Wilson, aber die Sache ist so ernst, daß sie schnelles Handeln erfordert. Ich möchte, daß Sie mir alles erzählen, was Sie über Mr. Oldacre wissen.«

Ich hatte damit gerechnet, ihm das genauer darlegen zu müssen – denn die meisten Leute verschwenden ihre Zeit mit unnötigen Diskussionen um das Wesentliche –, doch Mr. Wilson strafte diese Leute Lügen. Er lehnte sich in seinem Sessel zurück und grinste schwach. »Verstehe. Es tut mir leid, daß ich Sie enttäuschen muß, Mrs. Emerson. Aber ich kannte Oldacre nur flüchtig. Er gehörte nicht zu dem Typus Mann, den ich als engen Freund geschätzt hätte. Vielleicht stellen Sie mir einfach Fragen –«

»Hervorragend«, erwiderte ich knapp. »Mir gefällt Ihre rasche Auffassungsgabe, Mr. Wilson. War er drogenabhängig?«

»Meines Wissens nicht«, lautete die prompte Reaktion. »Es würde mich nicht überraschen, wenn ich erführe, daß er gelegentlich Drogen nahm – das ist in einigen Kreisen so üblich –, aber er zeigte keine Anzeichen von Abhängigkeit.«

»Dann wissen Sie also nicht, ob er eine Opiumhöhle besuchte?«

»Er hätte mich kaum dazu eingeladen, ihn an einen solchen Ort zu begleiten«, lautete die Antwort.

»Wer waren seine Freunde – seine engen Freunde?«

Wilson nannte einige mir unbekannte Namen und fügte dann hinzu: »Wie schon gesagt, gehörte ich nicht zu seinem engen Freundeskreis. Von daher ist es unwahrscheinlich, daß ich weiß, wer –«

»Ja, gewiß. Was ist mit Lord St. John?«

Wilson lachte. Er war wirklich ein attraktiver junger Bursche, wenn er so strahlte wie jetzt; seine Zähne waren weiß und ebenmäßig und seine Gesichtszüge gut geschnitten. »Wenn Seine Lordschaft irgend etwas mit Oldacre zu tun hatte, dann sicherlich nicht aus Freundschaft. Er besitzt einen ausgeprägten Sinn für gesellschaftliche Hierarchien, der geschätzte Lord St. John.«

»Zweifellos haben Sie recht. Nun, dann haben Sie dem nichts weiter hinzuzufügen? Schlechte Gewohnheiten, Schulden, Glücksspiel, Frauen?«

Wilson wirkte leicht verunsichert. »Was das Thema Frauen anbelangt ... Das möchte ich im Beisein einer Dame nur ungern vertiefen ...«

»Ah, ich verstehe. Gefallene Mädchen, ist es das?«

»Äh – ja. Das Übliche, Sie wissen schon ...«

»Hmhm«, erwiderte ich.

»Ganz recht, Mrs. Emerson. Ich selbst würde niemals ... Hinsichtlich anderer Gewohnheiten – ja, er spielte; er prahlte ständig damit, daß er exklusive Clubs besuchte, und ich weiß, daß er häufig Unsummen verspielte, da er sich damit ebenfalls brüstete, als könnte man darauf auch noch stolz sein! Und ich habe bemerkt, daß er Anzeichen übermäßigen Alkoholkonsums zeigte. Aber wissen Sie, vermutlich trank er auch nicht mehr als die meisten jungen Männer.«

»Wie wahr – und wie bedauerlich, daß solche Dinge so alltäglich geworden sind. Nun, das ist zwar betrüblich, aber nicht Ihr Fehler, Mr. Wilson. Emerson, hast du noch weitere Fragen?«

»Nein«, meinte Emerson kurz angebunden.

»Dann können wir die Diskussion um die frühgeschichtlichen Keramiken wiederaufnehmen.«

Mr. Wilson holte seine Taschenuhr hervor, warf einen

Blick darauf und sprang auf. »Gütiger Himmel, ich hatte keine Ahnung, wie spät es schon ist. Ich muß mich beeilen. Heute abend muß ich Mr. Budge bei seinem Vortrag assistieren.«

»Findet er heute abend statt?« fragte ich. »Das war mir völlig entgangen.«

»Ja, aus irgendeinem Grund verschob er den Termin. Er schuldet mir keine Rechenschaft«, fügte Wilson mit seinem gewinnenden Lächeln hinzu. »Er sagt mir, was ich zu tun habe, und ich führe seine Anweisungen aus. Heute abend soll ich ihm bei der berühmt-berüchtigten Mumie assistieren. Vielleicht sehen wir uns dort. Ich danke Ihnen, Mrs. Emerson – Professor –, es hat mich sehr gefreut. Demnächst müssen Sie mich besuchen.«

»Ich werde Sie daran erinnern«, sagte ich und drückte ihm herzlich die Hand.

»Sie können auf mich zählen«, erwiderte Mr. Wilson lächelnd.

Nach seinem Aufbruch brummte Emerson: »Also, Peabody, zum Teufel mit dir, hoffentlich bist du stolz auf dich. Ich war verflucht beunruhigt –«

»Gargery ebenfalls«, entgegnete ich. »Es tut mir besonders leid, daß er sich meinetwegen Sorgen machen mußte.«

Emerson biß die Zähne zusammen, doch seine Neugier besiegte seine Verärgerung. »Hast du irgend etwas Interessantes in Mr. Wilsons Wohnung gefunden?«

»Nein.«

»Würdest du es mir sagen, wenn es so wäre?«

»Selbstverständlich, Emerson. Du mir doch auch, oder etwa nicht?«

Emerson senkte die Lider. Mich zur Beherrschung zwingend, bemerkte ich: »Ich werde die Köchin bitten, das Abendessen um eine halbe Stunde vorzuverlegen. Ich nehme an, daß du den Vortrag besuchen willst?«

»Ja. Kommst du mit?«

Ich täuschte ein Gähnen vor. »Ich glaube nicht, Emerson. Ich bin etwas erschöpft, und wie du weißt, üben Mumien wenig Anziehungskraft auf mich aus. Geh allein hin, ich wünsche dir viel Spaß.«

Emerson stürmte in Richtung Treppe. Dort blieb er stehen. »Solltest du deine Meinung ändern, Amelia, wirst du nicht allein eingelassen. Es handelt sich nämlich keineswegs um einen Vortrag, sondern um eine wissenschaftliche Dokumentation, die ausschließlich geladenen Gästen und nicht der allgemeinen Öffentlichkeit zugänglich ist.«

»Ist sie das?« Neugier überkam mich, aber ich wäre eher gestorben, als das zuzugeben. »Nun, wenn du nach Hause kommst, wirst du mir alles berichten.«

Kurz nachdem Emerson das Haus verlassen hatte, bat ich Gargery, die Kutsche vorfahren zu lassen. Emerson war zu Fuß gegangen; die Royal Society, wo die Demonstration stattfand, befand sich im Somerset House, nicht weit von uns.

Ich hatte meine Gründe, warum ich die Kutsche nahm, und diese hatten beileibe nichts mit den Gefahren zu tun, die einer Dame nachts allein auf Londons dunklen Straßen drohten. Emerson führte irgend etwas im Schilde. Er war nicht zum Somerset House unterwegs, um sich Mr. Budges Elaborate zur Mumifikation anzuhören. Er hätte einen Riesenbogen um den Saal gemacht, in dem Mr. Budge zu diesem Thema dozierte. Bei früherer Gelegenheit hatte er mir zwar erklärt, warum er das Enthüllen der Mumie für erforderlich hielt, aber schon damals hatte mich der Verdacht beschlichen, daß er andere als die mir dargelegten Motive verfolgte. Wie auch immer diese aussahen, mir war klar, daß er mich nicht mitnehmen wollte. Wenn es anders gewesen wäre, hätte er mir schlichtweg untersagt, ihn zu begleiten.

Da war noch eine andere Möglichkeit, die ich zwar weit von mir wies, aber nicht gänzlich ausschloß. Emerson beabsichtigte vielleicht gar nicht, die Veranstaltung zu besuchen. Vielleicht ging er … woandershin. Falls ich ihn nicht im Somerset House antraf, würde ich ihm folgen, und … Ich war mir nicht sicher, was ich tun würde. Falls sich mein Verdacht als richtig erwies, lehnte ich jede Verantwortung für meine weiteren Reaktionen ab.

11

Die Naivität des männlichen Geschlechts erstaunt mich doch immer wieder. Ich glaubte zu wissen, warum Budge den Termin seiner Veranstaltung verlegt hatte. Damit hoffte er, der Aufmerksamkeit des falschen Priesters zu entgehen, da seine letzte Begegnung mit diesem Individuum für extremes Aufsehen gesorgt hatte, vielleicht aber auch Emersons Nachstellungen. Natürlich erwies sich diese Hoffnung als vergeblich. Emerson war ein anerkannter Experte auf diesem Gebiet und hatte ein Anrecht darauf, von der Terminverschiebung informiert zu werden, wie es in der Tat geschehen war.

Falls Emerson die Sache in die Hand genommen hätte – wie es eigentlich der Fall gewesen sein sollte –, hätte er sichergestellt, daß der »Priester« anwesend war. Mir gegenüber hatte er das zwar nicht zugegeben, aber es bedurfte nur einer marginalen Logik, daß das einer seiner Gründe war, warum er die Mumie öffentlich und mit dem größtmöglichen Wirbel enthüllen wollte. Zweimal war es ihm mißlungen, den Burschen zu schnappen; um so entschlossener würde er auf einen erfolgreichen dritten Versuch hinarbeiten.

Wenn ich es nicht besser gewußt hätte, hätte ich angenommen, daß mich Henry zu einer falschen Adresse kutschiert hatte – Covent Garden zur Premiereneröffnung oder eine Abendgesellschaft auf einem glanzvollen Anwesen. Unablässig fuhren Kutschen vor und entluden ihre Insassen – Männer in Abendgarderobe, Frauen in Seidenroben und mit funkelnden Juwelen. Offenbar hatte Budge jeden Adligen und jede Berühmtheit in ganz London zu seiner Vorstellung eingeladen. Damit hatte er (borniert wie er war) natürlich sein ursprüngliches Vorhaben hinfällig gemacht; trotzdem rechnete er im Gegensatz zu mir vermutlich nicht damit, daß der vermeintliche Priester möglicherweise einer der Adligen war, deren Gunst er genoß.

Ich bahnte mir einen Weg durch die Menge. Das hat mir noch nie Schwierigkeiten bereitet. In diesem Zusammenhang sind meine überaus nützlichen Schirme von großem Vorteil, von denen ich eine ganze Reihe in unterschiedlichen Formen und Farben besitze. An jenem Abend trug ich einen eleganten, zu meiner Abendgarderobe passenden Regenschirm aus schwarzem Seidentaft mit silbernem Knauf und Rüschenband bei mir. Diese Rüschen gefielen mir besonders gut. Sie verliehen dem Gegenstand etwas spielerisch Frivoles und kaschierten seine eigentliche Funktion – denn der Stock war aus gehärtetem Stahl und die Spitze messerscharf.

Emersons stringente Warnung, daß man mich ohne Einladung nicht einlassen würde, hatte mich amüsiert, da ich keineswegs mit irgendwelchen diesbezüglichen Schwierigkeiten rechnete. In der Tat versuchte mich der Saalordner am Eintreten zu hindern, ließ sich jedoch aufgrund meines gebieterischen Verhaltens und einer Drohgebärde mit meinem Schirm eines Besseren belehren.

Ob Budge so töricht gewesen war, die Presse einzuladen, wußte ich nicht, aber das hätte auch keine Rolle gespielt; die Journalisten hätten es ohnehin erfahren. Kevin O'Connell war einer der ersten, der mir auffiel. Er stand vor der Tür zum Vortragssaal und kritzelte eifrig in sein Notizbuch.

Als er mich erkannte, machte er eine abrupte Bewegung,

als wolle er flüchten, doch die Rüschen beruhigten ihn. Im inneren Zwiespalt, ob er nun gekränkt sein sollte oder nicht, baute er sich in voller Größe vor mir auf und betrachtete mich herablassend.

»Guten Abend, Mrs. Emerson«, meinte er reserviert.

Ich versetzte ihm einen freundschaftlichen Klaps mit meinem Schirm. »Also, Kevin, seien Sie doch nicht beleidigt. Die Scharte ist noch nicht ausgewetzt; Sie haben mich häufiger ausgetrickst als ich Sie, und Sie wissen sehr wohl, daß Sie an meiner Stelle genauso gehandelt hätten.«

»Hmhm«, erwiderte Kevin.

»Gut schauen Sie heute abend aus«, fuhr ich fort. »Abendgarderobe steht Ihnen, besonders bei Ihrem tizianroten Haar. Haben Sie den Anzug ausgeliehen?«

Er versuchte, seine Aura gekränkter Würde aufrechtzuerhalten, aber er gehörte nicht zu den nachtragenden Menschen. Seine Augen zwinkerten, und seine Mundwinkel zuckten. »Und was soll diese Schmeichelei, Mrs. E.? Nein, der Anzug ist nicht geliehen.«

»Hatte ich auch nicht erwartet. Er sitzt einfach zu perfekt.«

»Wo ist der Professor? Ich hoffe doch, daß er nicht krank ist.«

»Nein, tun Sie nicht; Sie würden sich freuen, wenn er sich vor Schmerzen krümmte.« Kevin grinste, und ich fuhr fort: »Ich wurde aufgehalten. Er müßte vor mir eingetroffen sein. Haben Sie ihn nicht gesehen?«

»Nein. Aber Mr. Budge habe ich ebenfalls noch nicht bemerkt, und der muß hier sein. Ich vermute, er kam durch einen Seiteneingang, wie der Professor vielleicht auch. Ich«, sagte Kevin mit einem Anflug tiefen Widerwillens, »notiere die ehrenwerten Gäste. Zum Teufel, diese Veranstaltung entwickelt sich zu einem gesellschaftlichen Ereignis, Mrs. E.;

man hätte Lady Whatworth herschicken sollen, die Dame verfaßt den Adelsklatsch für *The Queen.* Tut mir wirklich sehr, sehr leid, daß ich in all das hineingeraten bin.«

»Vielleicht fehlt Ihnen Ihre Gegnerin«, meinte ich süffisant.

»Sie verlieh der Sache wenigstens einen gewissen Reiz«, stimmte Kevin zu. »Aber ich habe nie damit gerechnet, daß sie durchhalten würde; sie hat aufgegeben und ist nach Hause zu ihrer Großmama gerannt. Man will die Türen schließen, Mrs. E. Wir gehen besser hinein.«

»Darf ich mich zu Ihnen setzen?«

Kevin warf mir einen mißtrauischen Blick zu. »Was haben Sie vor, Mrs. Emerson? Warum sind Sie nicht bei Ihrem Gatten?«

»Beeilen Sie sich, Kevin, ansonsten finden wir keinen Platz mehr.«

Der Saal war zum Bersten gefüllt. Zwei Seitengänge sowie ein Mittelgang unterteilten die Stuhlreihen. Flackernde Gaslampen erhellten das erhöhte Podium, auf dem sich mehrere Stühle, ein Tisch, ein Vortragspult und ein Holzgestell befanden. Für die Presse waren Plätze im vorderen linken Bereich reserviert, die besten Mittelplätze waren den Ehrengästen vorbehalten. Kevins Kollegen machten mir höflich Platz; und wir saßen kaum, als zwei Männer den Sarkophag auf das Podium trugen und ihn vorsichtig auf das Gestell hoben.

Budge erschien als nächster. Er setzte sich auf einen der auf dem Podium stehenden Stühle, schlug affektiert die Beine übereinander und schien sich dann seinen mitgebrachten Unterlagen zu widmen.

Ihm folgten einige weitere Herren – Sir William Appleby, einer der Treuhänder des Museums; Mr. Alan Smythe-Jones, ein Mitglied der Royal Society, und ein stattlicher glatzköpfiger Mann in Abendgarderobe, in dem ich den Mediziner vermutete. Kein einziger Ägyptologe war zugegen, und Emerson ließ sich ebenfalls nicht blicken.

Nachdem er gewartet hatte, bis sich die Spannung auf ihren Höhepunkt steigerte, erhob sich Budge und trat hinter das Rednerpult. »Mylords, Myladys und Gentlemen«, hub er an – und verfiel dann in den unerträglichen und allseits bekannten Sermon.

Seine Zuhörer waren nur wenig belastbar und zeigten schon bald erste Anzeichen von Ungeduld. Sie waren gekommen, um der Enthüllung einer Mumie beizuwohnen; sie waren weder interessiert an Herodot noch an dem Totenbuch. Offenbar hatten sich einige Mitglieder der Unterschicht an den Saalordnern vorbeigeschlichen, denn die erste Wortmeldung, die sich über dem gelangweilten Gemurmel des Publikums erhob, war zweifellos von Cockney-Akzent gefärbt. »He, wie wär's, Kumpel, wenn wir dem alten Mädchen die Sachen ausziehn?«

Er wurde von seinen Nachbarn zum Schweigen ermahnt, doch der nächsten Unterbrechung war weniger leicht Herr zu werden. Budge hatte gerade das »Bad aus flüssigem Natron« erwähnt, »in dem der Leichnam normalerweise 90 Tage ruhte«, als jemand brüllte: »Hirnrissiger Blödsinn, Budge! Warum überlassen Sie das Podium nicht jemandem, der weiß, wovon er spricht?«

Mein Herz machte plötzlich einen Satz. An dieser Stimme bestand absolut kein Zweifel! Er war da; er war nicht... woandershin gegangen. Meine schlimmsten Befürchtungen hatten sich zwar nicht zerschlagen, aber wenigstens auch nicht bewahrheitet.

Lautes, zustimmendes Gemurmel aus den Reihen der gelangweilten Zuhörer zwangen Budge, in seinen Selbstbeweihräucherungen innezuhalten. Er rückte an seiner Brille und spähte durch den Saal. Er wußte genausogut wie ich, von wem dieser Einwurf stammte, stellte sich jedoch taub.

»Wenn ich fortfahren darf«, hub er an.

»Nein, Sie Hohlkopf, das dürfen Sie nicht«, polterte dieselbe Stimme; und Kevin bemerkte mit leuchtenden Augen: »Es ist der Professor! Hurra! Dieser Abend wird vielleicht doch nicht so sterbenslangweilig.«

Aus den hinteren Reihen der gegenüberliegenden Saalseite erhob sich eine Gestalt. Es handelte sich nicht um die stattliche Statur meines auf Abwege geratenen, aber dennoch geliebten Gatten. Es war die eines schwarzhaarigen Kindes, wie ich schmerzvoll bemerkte, in überaus staubiger Clubjakke und zerknittertem Hemd. Seltsam schwerelos schwebte diese Erscheinung im Raum. Ich begriff, daß er auf den Schultern seines Vaters saß.

Ramses – denn, wie der Leser unschwer vermutet, handelte es sich tatsächlich um meinen Sohn – rief: »Bei allem anerbotenem Respekt, Mr. Budge, Sie irren sich. Meine eigenen Versuche haben bewiesen, was ich von Anfang an annahm –«

Budge hatte sich wieder gefaßt. »Von allen ... das ist die größte ... Setzen Sie sich, Professor! Schweigen Sie, junger Mann! Wie können Sie es wagen!«

»Lassen Sie den Knirps doch ausreden«, ereiferte sich eine Stimme aus den hinteren Reihen. Zustimmendes Gelächter folgte dem Sprecher, und Emerson bahnte sich den Weg zur Kopfseite des Saales. Sicherlich muß ich nicht erwähnen, daß Ramses immer noch sprach. Ich sah, wie sich seine Lippen bewegten, doch seine Worte wurden ebenso wie Budges verzweifelte Zurechtweisungen von frenetischem Gelächter übertönt. Neben mir gluckste Kevin vor Vergnügen und machte sich eifrig Notizen.

Emerson trat vor das Publikum und hob mahnend die Hand. Der Lärm versiegte, und Ramses' Stimme wurde deutlich vernehmbar. » ... starker Verwesungsgeruch, das Gewebe verfärbte sich und nahm eine breiige oder gallertartige Konsistenz an. Andererseits sorgt Natron in fester Form mit hohen Anteilen von Sodiumkarbonat und Sodiumbikarbonat dafür ...«

Emersons anziehendes Gesicht strahlte vor väterlichem Stolz, während er den exakten, aber auch revolutionären Ausführungen seines Sohnes lauschte. Ich murmelte nur: »O gütiger Himmel« und wußte nicht, ob ich lachen oder weinen sollte. »Pst«, zischte Kevin, der sich wie ein Wahnsinniger Notizen machte.

Budge mußte geahnt haben, daß lediglich physische Gewalt Ramses zum Schweigen gebracht hätte, und aufgrund seiner Wut rechnete ich schon fast damit, daß er das seltsame Gespann mit seinen Fäusten traktieren würde. Allerdings war es nicht sein Eingreifen, das Ramses' Vortrag beendete. Die Intervention war völlig anderer Natur.

Emerson bemerkte den Neuankömmling noch vor mir; er erstarrte sichtlich, und bevor er sich rühren konnte, ließ der kreischende Aufschrei einer Frau aus den hinteren Reihen das Publikum aufspringen. Der Bursche war durch den Haupteingang hereingekommen, und als ich ihn entdeckte, rannte er durch den Mittelgang auf das Podium zu.

Aber was war das? Er war nicht im Mittelgang, er war auf dem Podium ... Nein, mitten im Saal ... Sie waren mindestens zu sechst und trugen jeweils identische Gewänder und die gleichen, starren Masken. Als überall im Auditorium Priester auftauchten und durch den Saal eilten, verlor das Publikum die Nerven. Schreiend erkämpften sie sich einen Fluchtweg.

Was auch immer Emerson erwartet hatte – damit hatte er nicht gerechnet. Stirnrunzelnd hob er Ramses von seinen Schultern und packte ihn sich unter den Arm.

Ich hatte mich mit den anderen erhoben. Mit gezücktem Schirm verharrte ich in der Journalistenmeute, die zu einem der Ausgänge strebte. Die meisten von ihnen überragten mich mindestens um Haupteslänge, dennoch wanderte Emersons Blick unumwunden zu mir, und ein Schauer durchzuckte mich, als ich den Schmerz in seinen wachen blauen Augen bemerkte und den aussichtslosen Kampf, der ihn bewegungsunfähig machte.

Kevins Arme umschlangen meine Taille und hoben mich hoch. »Halten Sie durch, Mrs. E., ich bringe Sie von hier fort«, schrie er.

Für einen Augenblick verlor ich jegliche Orientierung, denn Kevin stürmte nicht zum nächsten Ausgang, der von flüchtenden Gästen blockiert war, sondern zu einem relativ ruhigen Platz in der Nähe des Podiums.

Auf dem Podium selbst herrschte der Belagerungszustand. Die maskierten Gestalten hatten den Sarg umringt. Zu meiner Verblüffung schienen es Dutzende zu sein, und der alptraumhafte Effekt dieser Vervielfachung ist kaum vorstellbar. Mitten im Gefecht stand Emerson. Lediglich sein markanter Kopf war sichtbar, da er von wallenden, flatternden Baumwollgewändern umgeben war. Eine dieser grotesken Gestalten holte aus, traf seine Magengegend, und ich sah nur, wie mein heldenhafter Gatte mit voller Wucht zurückschlug. Wäre er nicht durch Ramses behindert gewesen, hätte er vielleicht die Oberhand gewonnen. Aber es waren zu viele für ihn; er kämpfte allein, die Ehrengäste und Budge hatten das Weite gesucht. Unter einem Gewirr von Stoff und Faustschlägen ging er zu Boden. Das Holzgestell schwankte. Mit einem lauten Krachen stürzte der Sarkophag, und sein gräßlicher Inhalt verteilte sich über den Boden, wo man auf ihm herumtrampelte.

Ich stemmte mich gegen Kevins Arme. »Lassen Sie mich

los. Lassen Sie mich sofort runter. Ich muß zu ihm. O gütiger Himmel, ich befürchte das Schlimmste!«

Kevins Wangen waren vor Aufregung gerötet, und seine Lippen verzogen sich zu einem grimmigen Kampfeslächeln. »Bei Gott!« brüllte er. »Das ist Kampfgeist, Mrs. E. Die schnappen wir uns, was? Auf die O'Connells!«

»Und die Peabodys«, kreischte ich und schwang meinen Schirm.

»Und die Peabodys! Los geht's!«

Seite an Seite erkämpften wir uns den Weg auf das Podium. Eigentlich war der Kampf nicht unbedingt verzweifelt, da sich zu diesem Zeitpunkt bereits mehrere kühlere Köpfe durchgesetzt und den Tumult mit Hilfe mehrerer kräftiger Männer geschlichtet hatten, bei denen es sich zweifellos um Beamte in Zivil handelte. Die Maskierten mußten diese ebenfalls bemerkt haben. Als wir am Kriegsschauplatz eintrafen, befand sich dort nur noch ein Kämpfer – mein Gatte. Ramses zähle ich nicht, der, geschützt von der stattlichen, am Boden liegenden Gestalt seines Erzeugers, heftig um sich trat und wüste Beschimpfungen in den Raum schmetterte.

Kevin, der sich mit dem größten Dilemma eines Journalisten konfrontiert sah – mehrere Dinge geschahen gleichzeitig –, war sich zunächst unsicher, ob er wie die meisten seiner Kollegen die Verfolgung der Maskierten aufnehmen oder Emerson interviewen sollte. Mit gefällt der Gedanke, daß Höflichkeit *und* journalistischer Instinkt seine Entscheidung beeinflußten. Trotz meiner Proteste half er Emerson, sich aufzusetzen, denn meine medizinische Erfahrung warnte mich vor einer solch impulsiven Bewegung.

»Du hast eine Kopfverletzung, Emerson«, entfuhr es mir, während ich ihn erneut zu Boden drückte. »Bleib liegen, bis ich mir Klarheit verschafft habe.«

Emersons unwirsche Reaktion verschaffte mir Klarheit.

»Hände weg, Peabody! Nur weil eine Horde armer, naiver Ägypter, die keinen Arzt zur Verfügung hat, dir gestattet, an ihnen herumzuexperimentieren – o verflucht! Ramses! Wo ist Ramses?«

»Hier, Papa.« Ramses war verständlicherweise außer Atem, ansonsten bis auf einige wenige Kratzer und Beulen jedoch unverletzt. Er krabbelte zu Emerson. »Es ist mir nicht möglich, mein unglaubliches Gefühl der Erleichterung in Worte zu fassen, daß du –«

»Danke, mein Sohn.« Emerson wehrte das zarte Taschentuch ab, mit dem ich das Blut stillen wollte, das aus seiner Stirnwunde sickerte. »Peabody, wenn du nicht sofort damit aufhörst –«

»Hier, Professor.« Kevin reichte ihm ein riesiges weißes Herrentaschentuch. Emerson wickelte es um seine Stirn und erhob sich.

Einer der Beamten trat auf ihn zu. »Verzeihen Sie, Professor ...«

Emerson funkelte ihn zornig an. »Verflucht, Orlick, wie konnten Sie zulassen, daß so etwas passierte? Vermutlich haben Sie ihn – sie – keinen von ihnen geschnappt?«

Verlegen trat der hünenhafte Mann von einem Fuß auf den anderen. »Nein, Sir. Leider nicht, Sir. Aber Sie erklärten uns, daß wir nach einem Mann Ausschau halten sollten. Wir waren nur zu dritt, und das Verhältnis war zwei zu eins, Sir, und dann brach auch noch dieses Chaos aus ...«

»Nun, dann halten Sie mir wenigstens diese verdammten Reporter vom Hals!« schrie Emerson, während er sich heftig gegen einen untersetzten Mann mit braunem Schlapphut zur Wehr setzte, der an seinem Ellbogen zerrte und johlte: »Professor, was empfanden Sie, als Sie feststellten ...«

»Ja, Sir.« Der Beamte entfernte den Reporter. Emerson richtete seinen wütenden Blick auf Kevin O'Connell.

»Ich gehe schon freiwillig«, erbot sich dieser. »Machen Sie sich nicht die Mühe, die Polizei zu rufen.«

»Sie mißverstehen mich«, erwiderte Emerson. »Ich wollte Ihnen gerade meinen Dank aussprechen. Gütiger Himmel, junger Mann, ich danke Ihnen wirklich! Sie haben Ihre Chance auf eine Story geopfert, um Mrs. Emerson zu beschützen. Das werde ich Ihnen nie vergessen, Mr. O'Connell. Ich stehe in Ihrer Schuld.«

»Und ich«, fügte Ramses hinzu. »Schütteln Sie mir die Hand, Mr. O'Connell, und vergessen Sie nie, daß Sie immer auf mich zählen können, wenn Sie Hilfe brauchen.«

Kevin mußte ein Grinsen unterdrücken, als er auf die schmächtige, aber dennoch würdige Gestalt von Ramses blickte und dessen ausgestreckte Hand drückte. Wenn ich die Gelegenheit gehabt hätte, hätte ich ihn davor gewarnt, doch Kevin schien es nichts auszumachen, daß seine Finger an Ramses' Hand klebenblieben und nur unter Schwierigkeiten wieder befreit werden konnten. (Ich habe keine Ahnung, um was es sich handelte; Ramses war häufig ganz oder teilweise von irgendwelchen klebrigen Substanzen bedeckt.)

»Sie haben Ihre gute Kinderstube nicht vergessen«, fuhr Emerson fort. »Ich bezweifle, daß einer Ihrer Kollegen diese Maskierten einholt.«

»Großer Gott, aber das grenzt ja an Schwarze Magie«, murmelte Kevin, während er seine Hand an seiner Hose abwischte. »Können die sich denn alle in Luft aufgelöst haben?«

»Der Trick ist gar nicht so schwierig«, erwiderte Emerson. »Wir haben die schlichte Tatsache übersehen, daß die Masken filigrane Gebilde aus Klebstoff und Papier sind. Im festen Zustand wirken sie zwar relativ kompakt, aber ein Schlag oder ein Fußtritt würde sie sofort zerstören. Es würde nur Sekunden in Anspruch nehmen, sich des alles verhüllenden

Gewandes zu entledigen, die Maske zu zertreten und sich unter die Menge zu mischen.«

»Sie waren ihnen näher als alle anderen«, bemerkte Kevin. »Und Sie sind ein scharfer Beobachter. Ist Ihnen denn nichts aufgefallen, was einen der maskierten Männer identifizieren könnte?«

»Zu diesem Zeitpunkt war ich anderweitig beschäftigt«, erwiderte Emerson sarkastisch. »Offensichtlich ist es mir auch nicht gelungen, die Mumie zu retten.«

Er drehte sich um und betrachtete den Trümmerhaufen auf dem Podium.

In Madame Tussauds Wachsfigurenkabinett befand sich sicherlich nichts Gräßlicheres. Das Holz des Sarkophags war dünn und aufgrund der jahrhundertelangen Hitze ausgetrocknet. Infolgedessen war der Sarg nicht zerbrochen, sondern zersplittert. Ringsum verteilt lagen die traurigen Überreste; ein Teil des gespaltenen Gesichts befand sich unweit von mir entfernt, und das aufgemalte schwarze Auge schien mich vorwurfsvoll anzublicken. Den schlimmsten Anblick jedoch bot die Mumie selbst. Die Leinenbandagen und das Skelett waren genauso ausgedörrt wie der Sarkophag. Überall lagen undefinierbare Körperteile, einige noch bandagiert, andere entblößt und dunkel. Der Schädel war vor eines der Stuhlbeine gerollt. Er war mit ledrig brauner Haut bedeckt, und das von der welken Kopfhaut herabhängende Haar war von einem blassen Rotblond.

»Beim Allmächtigen«, stammelte Kevin, während er darauf starrte. »Ein Ire!«

»Die Farbe ist auf das Henna zurückzuführen«, erklärte Ramses. »Die ursprüngliche Haarfarbe war weiß oder grau.«

»Da hast du deine Frau mittleren Alters, Emerson«, sagte ich. »Sei nicht entmutigt; schließlich ist es ihnen nicht gelungen, Hand an die Mumie zu legen.«

»Die verfluchte Mumie wollten sie gar nicht«, brummte Emerson. »Es ist Ihnen gelungen, Peabody. Genau das hier hatten sie vor.«

»Sie zu zerstören? Aber warum, Professor?«

Emerson starrte auf Kevins Notizbuch. »Dankbarkeit hat ihre Grenzen, O'Connell. Von mir erfahren Sie heute abend nichts mehr.«

Ich beglückwünschte mich zu dem weisen Entschluß, mit der Kutsche gekommen zu sein; sie stand wartend bereit, so daß wir keine Zeit auf die Suche nach einer Droschke verschwenden mußten. Henry, der Kutscher, fiel fast vom Kutschbock, als er uns bemerkte. Eilig kletterte er hinunter, um Emerson seinen stützenden Arm anzubieten. Zum ersten Mal wies Emerson Hilfe nicht ab. Aufgrund seiner Kopfverletzung war ihm schwindlig, und er bewegte sich unsicher.

Als wir dank Henrys draufgängerischer Fahrt in Rekordzeit zu Hause eintrafen, vertraute ich meinen verletzten Gatten Gargery an und kniete mich dann vor Ramses.

»Ich muß mich um Papa kümmern, Ramses. Sag mir zunächst, ob du verletzt bist, denn wenn du medizinische Betreuung brauchst ...«

»Papa benötigt sie sicherlich dringender, denn er steckte den Großteil der Schläge ein, während er mich zu schützen versuchte, was, wie du weißt –«

»Fasse dich kurz, Ramses, ich bitte dich.« Während ich mit ihm sprach, tastete ich ihn nach Knochenbrüchen ab.

»Ja, Mama. Die wenigen Kratzer und Beulen zog ich mir zu, als Papa auf mich stürzte. Sie sind nicht der Rede wert. Ich glaube, es ist am sinnvollsten, wenn ich auf mein Zimmer gehe und nicht im Weg herumstehe ...«

»Ein sehr konstruktiver Vorschlag, Ramses.« Ich erhob mich und nahm seine Hand. »Ich komme später zu dir, kümmere mich um deine Schrammen und berichte dir von Papa.

Ich bin sicher, daß du dich nicht zu beunruhigen brauchst. Er ist durch den Schock und den Blutverlust geschwächt, dennoch scheint es mir nichts Ernsthaftes zu sein.«

Ich übergehe Ramses' Antwortmonolog, der nichts Wichtiges aussagte und sich fortsetzte, bis wir uns auf dem Treppenabsatz trennten.

Wie üblich erwies sich meine Diagnose als richtig. Meine natürliche Zuneigung hatte über meine medizinische Erfahrung und auch über den dunklen, in mir schwelenden Verdacht gesiegt. Emerson geschwächt und verletzt zu sehen, sein kräftiges dunkles Haar von der gräßlichen Kopfverletzung zu entfernen und ihm das Blut von der gebräunten Wange zu tupfen – ist es da verwunderlich, daß ich eine Zeitlang alles andere vergaß und nur noch an meine Liebe zu ihm dachte? Und ist es verwunderlich, daß Emerson besonders laut und inbrünstig stöhnte, um leidender zu wirken, als er das tatsächlich war? Wir hatten beide unseren heimlichen Spaß daran, und nachdem ich mich um meinen anderen Patienten gekümmert und diesen ins Bett gesteckt hatte, setzten Emerson und ich uns vor den Kamin, und unsere tiefe Verbundenheit war fast so innig wie früher.

»Nun«, sagte ich, »erkläre mir doch bitte, warum die maskierten Männer die Mumie nicht stehlen wollten.«

»Gern, Peabody.« Emerson nippte an dem Brandy, den ich ihm ausdrücklich verboten hatte. »Es gab eine Reihe von Gründen, warum ich einen Blick in den Sarkophag werfen wollte. Ich habe dir einige davon geschildert; aber ich hoffte auch, den falschen Priester aus seinem Versteck zu locken, da ich nicht annahm, daß er dieser Veranstaltung würde widerstehen können.«

»Das ist dir zweifelsohne gelungen«, sagte ich lächelnd.

»In meinen kühnsten Träumen hätte ich mir das nicht vorgestellt! Nicht einer, sondern sechs von diesen Burschen! Verflucht, Peabody, der Bursche hat Phantasie, das muß man ihm lassen. Die Sache war hervorragend geplant und ausgeführt. Ich hatte mir erlaubt, Budge zu zwingen – äh – zu überzeugen, den Vortragstermin ohne besondere Ankündigung zu verlegen.«

»Das war deine Idee, Emerson?«

»Ja. Ich bin sicher, du verstehst meine Beweggründe, Peabody.«

»Gewiß, mein Lieber. Du rechnetest damit, daß der Unbekannte von der Terminänderung erfuhr, sich dann aber zur Eile gezwungen sah und keine gezielten Vorbereitungen treffen konnte. War dir zu diesem Zeitpunkt schon klar, daß er die Mumie nicht stehlen, sondern zerstören wollte?«

»Nein«, gab Emerson ungewöhnlich aufrichtig zu (Blutverlust und Brandy hatten vermutlich zu dieser verminderten Selbstkontrolle geführt). »Ich war mir sicher, daß er irgend etwas im Schilde führte, und ich hatte eine flüchtige, irrwitzige Ahnung, daß er vielleicht alle daran hindern wollte, den Sarg zu öffnen.«

»Und wie sah diese flüchtige, irrwitzige Ahnung aus?«

»Diese Idee erschien mir so unbedeutend, Peabody ... Selbst als ich mich gegen sie zur Wehr setzte, um sie von dem Sarkophag fernzuhalten, ging ich davon aus, daß sie ihn rauben wollten. Doch als ich die Trümmer sah ... Du hast sie doch auch gesehen, Peabody. Was ist die naheliegende Schlußfolgerung?«

Er war aufrichtig zu mir gewesen; ich mußte es ebenfalls sein. »Ich weiß es nicht, Emerson«, murmelte ich. »Sag du es mir.«

»Nun, offensichtlich war die Mumie bereits in ihrer Ruhe gestört und teilweise freigelegt worden. Ein solcher Sturz hätte sie übel zugerichtet; die Knochen hätten sich gelöst und wären vielleicht zerbrochen. Aber der Inhalt hätte sich nicht so weit verteilt und wäre auch nicht so gräßlich zertrümmert gewesen, wären die Gebeine nicht schon zuvor von ihren Bandagen befreit worden.«

»Natürlich«, entfuhr es mir. »Ganz recht, Emerson. Zweifellos hätte ich das ebenfalls bemerkt, wenn ich nicht so besorgt um dich gewesen wäre. Gewiß findet man Mumien in unterschiedlichen Stadien der Erhaltung vor; aber ich kann mich noch gut an die Schwierigkeiten erinnern, die du bei Freilegungen hattest, da die Bandagen aufgrund der Einbalsamierung in vielen Fällen wie Panzer am Körper hafteten.«

»Das betrifft spätere Mumien«, erwiderte Emerson. »Aber auch in anderen Epochen, wie der besagter Mumie, hätten die unzähligen Leinenstreifen dafür gesorgt, daß der Leichnam weitgehend erhalten blieb, und selbst wenn sich Knochen gelöst hätten, wären sie innerhalb der Bandagen geblieben. Es besteht überhaupt kein Zweifel, Peabody; die Mumie war bereits freigelegt worden. Aber wann? Und weshalb?«

Es war wie in alten Zeiten; vertieft in ein anregendes und faszinierendes Gespräch, saßen wir Seite an Seite vor dem verlöschenden Feuer. Nachdenklich erwiderte ich: »Die Mumie könnte vor langer Zeit von Grabräubern geöffnet und wieder einbandagiert worden sein. Solche Fälle sind bekannt. Aber du neigst genau wie ich eher zu der Vermutung, daß es erst kürzlich geschehen ist. Offensichtlich passierte es nicht, nachdem die Mumie dem Museum geschenkt wurde. Ich werde Lord Liverpool morgen fragen.«

»Morgen«, wiederholte Emerson. »Hast du eine Verabredung, Peabody, oder planst du einen weiteren deiner kleinen Einbrüche?«

Seine Stimme hatte den seltsam schnurrenden Unterton, der auf steigende Verärgerung deutete.

»Oh«, sagte ich mit einem kurzen Auflachen, »ich vergaß, es zu erwähnen. Lord Liverpool hat uns zum Mittagessen und zu einer Besichtigung seiner Sammlung eingeladen.«

»Wann hat er das getan?«

Ich sah keine Veranlassung, ihm auf die Nase zu binden, daß ich die Initiative ergriffen hatte. »Heute morgen erhielt ich seinen Brief«, erwiderte ich wahrheitsgemäß.

»Heute morgen. Hmmm. Dann kann es nicht sein ...« Er ließ diesen Satz unvollendet. Statt dessen fuhr er in freundlichem Ton fort: »Gut gemacht, Peabody. Wie ich dich kenne, war es vermutlich deine und nicht Lord Liverpools Idee, aber sie ist trotzdem hevorragend. Ich hoffe nur, daß Seine Lordschaft nicht zu verblüfft ist, wenn du in meiner Begleitung auftauchst.«

Sicherlich muß ich der sensiblen (soll heißen: weiblichen) Leserschaft nicht erklären, warum ich am folgenden Morgen mit einer ungeheuren Wut auf Emerson erwachte. Die menschliche Psyche ist nun einmal wankelmütig; und ich habe beobachtet, daß die Konsequenz um so fataler wird, je mehr man seinen Emotionen nachgibt. In meinem Gefühlsüberschwang war ich am Abend zuvor zu weit gegangen.

Emerson seinerseits gab sich beschäftigt und abwesend. Während des Frühstücks verschanzte er sich hinter einer Zeitung und ignorierte Percys neugierige Fragen, der (vermutlich von Ramses) von unserem neuesten Abenteuer erfahren hatte. Sein ständig wiederholtes »Ich kann nur sagen: wie aufregend!« war etwas irritierend.

»Welch ein schönes Taschenmesser«, sagte ich – denn Percy hatte besagten Gegenstand aus seiner Jackentasche hervorgeholt und spielte in einer Weise damit herum, die in jeder Mutter eines Sohnes die schlimmsten Befürchtungen erwekken mußte. »Ramses besitzt ein frappierend ähnliches. Sein

Papa hat es ihm unter der Bedingung geschenkt, daß er es niemals auf den Möbeln ausprobiert.«

»Das würde ich nie tun, Tante Amelia«, versicherte mir Percy. »Ich habe es ebenfalls von meinem Papa bekommen. Ist es nicht toll? Schau, es hat drei Klingen und einen Angelhaken.«

»Sehr schön, Percy. Nein, Violet, du hast schon zwei Muffins gegessen, einer wäre genug gewesen. Ramses ...«

Aber Ramses tat ausnahmsweise nichts, was er nicht hätte tun sollen. Seine Prellungen hatten sich im Verlauf der Nacht zu farbenprächtigen Blutergüssen entwickelt, und sein Gesichtsausdruck wirkte beinahe so abwesend wie der seines Vaters.

»Ja, Mama?« fragte Ramses unvermittelt.

»Ach nichts. Emerson, steht irgend etwas Interessantes in den Zeitungen?«

»Nichts, was wir nicht bereits wüßten, Peabody. Der *Standard* bemerkt, daß solche gesetzwidrigen Vorfälle unter konservativer Regierung undenkbar wären, und die *Daily News* stellt fest, daß es sich um den harmlosen Scherz mehrerer betrunkener junger Männer gehandelt haben muß.«

»Wie schade, daß du den Burschen nicht schnappen konntest, Onkel Radcliffe«, meinte Percy. »Das ist schon das zweite Mal, daß er dir entwischt ist, nicht wahr?«

Seine weit aufgerissenen Augen blickten so unschuldig wie die eines Babys.

Mauldy Manor, seit Urzeiten Herrschaftssitz der Grafen von Liverpool, liegt am Fluß in der Nähe von Richmond. Ich freute mich auf eine Besichtigung, da das Anwesen sämtlichen Schilderungen zufolge pittoresk und ehrwürdig sein sollte und seine Grundmauern, so hieß es, zeitgleich mit dem Bau des Londoner Towers begonnen worden waren. Trotz der architektonischen Unterschiede vertrat es den üblichen Anspruch auf Geschichtsträchtigkeit; Charles II. hatte die Nacht vor seiner Flucht nach Holland hier verbracht (die werten Stuarts bestimmten jene Ära); Edward II. war in einem der Kerker gefoltert worden, bevor er nach Berkeley gebracht wurde; und praktisch jeder, der mit den Rosenkriegen in Verbindung zu bringen war, hatte das Anwesen belagert. (Die Grafen von Liverpool waren für ihr Talent berühmt, häufiger die Seiten zu wechseln.) Keine Sammlung übersinnlicher Geschichten konnte ohne das stolze Repertoire von Mauldy Manor auskommen: die Weiße Dame, der Schwarze Hund, der kopflose Höfling, die von Pferdeskeletten gezogene Geisterkutsche.

Emerson sah in Gehrock, Zylinder und dunkler Hose blendend aus. Er hatte diese Garderobe ohne mein Drängen gewählt, woraufhin ich mich fragte, was er wohl vorhatte. Ich hatte ein kleines Problem bei der Wahl meiner Bekleidung gehabt. Die Ehre der Emerson-Peabodys verlangte mein bestes Kostüm und einen Schirm, doch praktische Garderobe erschien ratsam, falls ich eilig den Rückzug antreten oder mich gegen Angreifer verteidigen mußte. Schließlich gehörte Seine Lordschaft zu meinen Verdächtigen. Ich konnte mir zwar nicht vorstellen, warum er sich Oldacres Tod wünschen oder eine ganze Reihe anderer Dinge tun sollte, trotzdem war er verdächtig, und mich ohne meinen Werkzeuggürtel in sein efeuüberwuchertes, schicksalträchtiges altes Gemäuer zu wagen war vielleicht töricht.

Emersons Entscheidung, mich zu begleiten, enthob mich dieser Sorge, und ich entschied mich für ein soeben von meiner Schneiderin fertiggestelltes Ensemble. (Ich bin nicht näher auf meine Besuche in ihrem Haus eingegangen, da solche Einzelheiten keineswegs Eingang in ein Tagebuch finden sollten, das wissenschaftlichen und kriminalistischen Aktivitäten gewidmet ist. Der werte Leser wird sich jedoch erinnern, daß ich kurz nach meiner Ankunft in London Vorkehrungen für eine neue Garderobe traf.) Das sogenannte Ausgehkleid war aus blaßrosafarbener Wildseide mit einem breiten, weichen Ledergürtel und schwarzen Kordeln an Revers und Ärmeln. Ein hoher Rüschenkragen schmeichelte dem Gesicht, und der passende Hut war ein riesiges Gebilde aus Seidenbändern, Seidenrosen und Seidenblättern. Um auf der sicheren Seite zu sein, wählte ich meinen schwarzgerüschten Schirm statt des entsprechenden rosafarbenen, da mir dessen Konstruktion nicht ganz so zuverlässig erschien.

Während der Fahrt verlief unser Gespräch einsilbig. Emerson grübelte. Er rieb sich ständig nachdenklich das Kinn, und selbst meine Erwähnung frühzeitlicher Keramik entlockte ihm lediglich ein unverständliches Murmeln.

Erst als wir die Stadt hinter uns gelassen und durch den Villengürtel der Vororte fuhren, richtete er sich auf. »Sag mal, Peabody«, hub er an und war beinahe wieder ganz der alte, »was hast du eigentlich vor? Wenn wir uns nicht vorher absprechen, werden wir vielleicht unterschiedliche Ziele verfolgen. Das hat uns in der Vergangenheit in manch verzwickte, um nicht zu sagen gefährliche Situation gebracht.«

»Ich will ganz offen zu dir sein, Emerson«, begann ich.

»Ha«, sagte Emerson.

»Ich denke da an nichts Spezielles.«

Emerson malträtierte sein Kinn. »Da ich dich gut kenne, Peabody, bin ich geneigt, dir diese Erklärung abzunehmen. In der Tat kann ich mir auch nicht vorstellen, wonach du suchen solltest. Eine Werkstatt, in der Pappmaché-Masken in Serie hergestellt werden?«

»Ich glaube kaum, daß Seine Lordschaft so dumm wäre, mir etwas Derartiges zu zeigen – vorausgesetzt natürlich, etwas Entsprechendes existierte. Falls sich die Möglichkeit ergäbe, daß du ihn ablenken könntest, während ich mich ein wenig umschaue –«

»Schlag dir das aus dem Kopf, Amelia. Soweit ich weiß, wären zehn Personen erforderlich, um jeden Winkel und jeden Stein von Mauldy Manor zu durchkämmen. Und falls die Uschebtis wirklich der Sammlung seines Vaters entstammen, würde er die Hinweistafel von der leeren Vitrine entfernen.«

»Nun ja, sicherlich, Emerson. Wir müssen einfach unsere fünf Sinne beisammenhalten und jede interessante Entwicklung registrieren. Ich habe die Hoffnung, daß – vorausgesetzt, Seine Lordschaft ist die von uns gesuchte Person – er im Gespräch irgend etwas preisgibt. Ich bin eine glühende Verfechterin der Theorie, daß, wenn man Menschen freimütig und ohne sie zu unterbrechen reden läßt ...«

»Du?« bemerkte Emerson. »Die Kluge, deren Zunge nie versagt?«

Mich beschlich das Gefühl, daß ich dieses zufällig passende Zitat nicht zum letzten Mal gehört hatte, dennoch wollte ich zum Ausdruck bringen, daß sich keineswegs mehr dahinter verbarg. »Er konnte nicht wissen, daß wir uns an jenem Tag im Publikum befanden, Emerson. Da Henutmehit eine Priesterin der Isis war, galten die Worte vermutlich ihr.«

»Hmhm«, machte Emerson.

Strahlender Sonnenschein lag über den grünen Weiden von Richmond und der herrlichen, sich uns darbietenden Frühlingslandschaft – mit blühenden Wildblumen, grasenden Lämmern und unentwegt zwitschernden Vögeln. Ich konnte mir so langsam vorstellen, wie Mauldy Manor in einer nebligen Regennacht aussah; selbst im Sonnenlicht vermittelten seine Turmruinen den wüstesten gotischen Charme, und der grüne Efeuteppich, der die verwitterten Mauern bedeckte, täuschte ebenfalls nicht über den grimmigen Eindruck hinweg.

Das Haus stellte das typische Wirrwarr unterschiedlicher architektonischer Stilrichtungen dar. Ein Seitenflügel war aus Sandstein, der andere aus Ziegeln und Schiefer im Tudorstil gehalten. Lediglich ein Flügel schien bewohnt zu sein, und exakt zu dessen Tür, einem relativ modernen Exemplar aus dem 18. Jahrhundert, führte die Auffahrt. Als wir der Kutsche entstiegen, tauchte ein Diener auf, um uns in Empfang zu nehmen und um den Kutscher zum Hintereingang zu lotsen.

Ich habe beeindruckendere Erscheinungen als diesen Butler gesehen, dennoch bewies er perfekte Umgangsformen, als er Emerson Hut und Spazierstock abnahm und es dann mit meinem Schirm versuchte, was ich selbstverständlich nicht zuließ. Schließlich führte er uns in einen hübschen Salon, dessen riesige Fenster den Blick auf den Park und einen Rosengarten freigaben, dessen Büsche zwar Knospen trugen, aber noch nicht blühten.

Mein Plan, Seine Lordschaft zum Reden zu bringen, würde hervorragend funktionieren, sofern er irgend etwas Relevantes zu sagen hatte. Ich hätte in ihm kaum den schwächlichen, lethargischen jungen Mann aus dem Museum wiedererkannt. Er wirkte immer noch kränklich. Seine rosige Gesichtsfarbe war das Ergebnis von Kosmetik, und er war bis auf die Knochen abgemagert. Doch die Herzlichkeit, mit der er uns empfing, der Elan, mit dem er aufsprang, und seine aufgeschlossene Gesprächsführung – das alles unterschied sich erheblich von seinem früheren Auftreten.

Er stellte uns den anderen Gästen vor – unserer Bekanntschaft, Lord St. John, und einem jungen Mann namens Barnes, der in erster Linie aufgrund seiner vorstehenden Zähne auffiel und der nie einen Satz zu Ende sprach, stattdessen jedoch unablässig nickte und grinste.

Lord St. John beugte sich über meine Hand. »Wie mutig

von Ihnen, sich heute nach draußen zu wagen, Mrs. Emerson. Wir befürchteten schon, daß Sie Ihre gräßliche Erfahrung vom gestrigen Abend davon abhielte.«

Ich blickte auf die auf einem Tisch liegenden Zeitungen – der unordentliche Stapel wirkte völlig deplaziert in dem ansonsten perfekt aufgeräumten Salon.

»Ich nehme an, Sie konnten nicht kommen, Lord St. John.«

»Leider erfuhr ich nicht früh genug von der Terminverschiebung«, bemerkte Seine Lordschaft mit Bedauern. »Ich hatte andere Verpflichtungen. Aber ich bin mir nicht sicher, ob ich überhaupt teilgenommen hätte. Es ist doch irgendwie geschmacklos und unästhetisch, die menschlichen Überreste in dieser Form zur Schau zu stellen.«

Lord Liverpool kicherte. »Was bist du doch für ein verstaubter, alter Moralist geworden, Jack. Es diente doch einer guten Sache, nicht wahr, Ma'am? Der Wissenschaft und diesen Dingen.«

»Das war der Hintergrund«, stimmte ich zu. »Wie Sie zweifellos in den Zeitungen gelesen haben, entwickelte sich das Ganze aber völlig anders. Schade, daß Sie nicht dort waren, meine Herren; vielleicht hätten Sie meinen Gatten unterstützen können, der nicht in der Lage war, das Objekt zu retten, obwohl er alles Menschenmögliche unternahm.«

»Ah, ja«, murmelte Lord St. John mit einem Blick auf das rechteckige Pflaster auf Emersons Stirn. »Es ist eine große Erleichterung für Ihre Freunde, Professor – zu denen wir uns hoffentlich auch zählen dürfen –, daß Sie keinen ernsten Schaden genommen haben. Ich hatte mir fest vorgenommen, Mrs. Emerson nach Ihrem Befinden zu fragen.«

»Überaus freundlich, gewiß«, meinte Emerson, während er mitten auf dem Sofa Platz nahm. »Vermutlich haben Sie mich nicht erwartet. Ich war nicht eingeladen, bin aber trotzdem mitgekommen.«

»Und wir sind erfreut, Sie zu sehen«, erwiderte Lord St. John.

Der Graf kicherte.

Man servierte uns ein hervorragendes Mittagessen, von dem unser Gastgeber so gut wie nichts aß. Statt dessen nahm er allerdings eine beträchtliche Menge Wein zu sich und redete ununterbrochen. Eine Frage meinerseits, welche die Geschichte des Anwesens betraf, regte seinen Redefluß an, und ich war erstaunt, daß dieser ungebildete Müßiggänger so gut informiert war und ein so außerordentliches Interesse zeigte. Sein Monolog zog sich über drei Gänge hin und umfaßte mir bekannte und unbekannte Geschichten.

Königin Elizabeth hatte in der berühmten Schlafkammer genächtigt und war mit einem Maskenball, einer nächtlichen Jagd und den üblichen Gefälligkeiten unterhalten worden. Der kopflose Höfling war ein Resultat dieses Besuches; laut Lord Liverpool hatte ihn der damalige Graf in eindeutiger Pose im Schlafzimmer der Königin erwischt. Natürlich hatte sie laut genug geschrien – aber erst, nachdem der Graf eingetreten war. Schuldig oder unschuldig, der Möchtegernverführer hatte seine Strafe wie ein Gentleman auf sich genommen und seine Königin nicht in Mißkredit gebracht; von daher konnte man es ihm kaum verübeln, daß er seine Verärgerung an den Nachkommen des Mannes ausließ, der für sein verfrühtes Ableben verantwortlich zeichnete.

»Schande über dich, Ned«, bemerkte Lord St. John lachend. »Das ist doch keine geeignete Geschichte für eine Dame wie Mrs. Emerson.«

Ich versicherte ihm, daß mich das keineswegs brüskiert habe. »Ich bin keine große Bewunderin von Elizabeth. Auf mich wirkt sie immer, als habe sie die skrupellose Grausamkeit ihres Tudor-Erbes ausgelebt, allerdings in typisch weiblicher Form. Zweifellos war der arme geköpfte Gentleman unschuldig – jedenfalls an diesem Vergehen.«

»Dieses Geheimnis zu lüften steht nicht in unserer Macht«, erwiderte Lord St. John mit einem schiefen Grinsen. »Das liegt schon so lange zurück.«

»Kein Geheimnis ist unlösbar, Lord St. John«, erwiderte ich frostig. »Das ist lediglich eine Frage der Zeit und der Energie, die man dafür aufbringen will.«

In stummer Kapitulation hob Lord St. John sein Glas. Das leichte Zucken seiner Mundwinkel hätten manche vielleicht als bedrohlich interpretiert.

Als der Graf mit seiner Erzählung fortfuhr, begriff ich allmählich seine Motivation. Der Stolz über seine Herkunft inspirierte ihn; seine Augen leuchteten, und seine eingefallenen Wangen glühten, als er den langen, untadeligen Stammbaum tapferer Männer und bezaubernder Damen erwähnte, die seine Vorfahren gewesen waren. (Vielfach sieht die Geschichte gnädig über kleine Fehltritte wie Straßenraub, Mord, Freibeutertum und Vergewaltigung hinweg, insbesondere dann, wenn die Unholde Titel und Liegenschaften besitzen.)

Ich entgegnete nichts darauf, wie ich das normalerweise vielleicht getan hätte, denn es war nur zu offensichtlich, daß der bedauernswerte junge Mann nicht einmal vor sich selbst zugeben konnte, daß er der letzte aus seinem Adelsgeschlecht war. Ungerührt und seltsam provokant sprach er von Heirat und dem Wunsch, einen Sohn in seinen Armen zu halten, der seinen Namen und seine Titel erbte. Während ich ihm lauschte, befiel mich ein Gefühl der Beklommenheit. Dieser Junge würde es nie erleben, seinen eigenen Sohn zu sehen. Selbst wenn es ihm gelang, einen Erben zu zeugen, würde er das Kind und dessen bedauernswerte Mutter mit der gleichen Krankheit infizieren, die ihn langsam dahinraffte. Lord St. John, der mir am Tisch gegenübersaß, schien ähnlich berührt; sein ironisches Grinsen war verschwunden. Und als Liverpool eine gewisse junge Dame erwähnte, die der Ehre des Titels einer Gräfin von Liverpool würdig sei, biß sich St. John so heftig auf die Lippe, daß dunkelrote Blutstropfen hervortraten.

Es bereitete mir keinerlei Schwierigkeit, Lord Liverpool dazu zu bewegen, uns das Haus zu zeigen, dessen Gestaltung und Inventar ich zu seiner offensichtlichen Freude in den höchsten Tönen lobte. Nur der aus dem 18. Jahrhundert stammende Flügel war bewohnt; doch die Schlafkammer der Königin hatte man in ihrem ursprünglichen Zustand belassen, wenn auch die Vorhänge mittlerweile zerfetzt waren und unentwegtes Rascheln in der Matratze auf ein Mäusedomizil hindeutete.

Am Ende der langen Galerie im Tudor-Flügel – die mit Gemälden von zweifelhaftem Kunstverstand, aber zweifellos hohem Alter bestückt war – bemerkte ich eine schwere Tür, deren massive dunkle Eichenpaneele und die riesigen Scharniere ihre ehrwürdige Bejahrtheit verrieten. In meiner impulsiven Art drückte ich die Klinke hinunter. »Sie ist verschlossen«, entfuhr es mir. »Befinden sich dahinter die Schatzkammern und die Kerker, Ihre Lordschaft? Werden wir in rostige Ketten gelegte Skelette sehen und gräßliche Folterwerkzeuge?«

Mein kleiner Scherz entging Lord Liverpool. Offensichtlich betreten, starrte er vor sich hin; Lord St. John jedoch brach in schallendes Gelächter aus.

»Das wäre so ganz nach Ihrem Geschmack, nicht wahr, Mrs. Emerson? Ich befürchte, daß sich die Skelette in den Schränken befinden, aber nicht in den Kerkern. Diese Tür führt in den ältesten Teil des Hauses, aber sie ist schon seit vielen Jahren verschlossen. Sie würden es ablehnen, sich dort hineinzuwagen. Er ist voller Spinnweben, Mäuse und sogar Fledermäuse.«

»Fledermäuse stören mich nicht im geringsten«, versicherte ich ihm. »In den ägyptischen Pyramiden und Grabstätten wimmelt es von diesen Geschöpfen, so daß ich mich daran gewöhnt habe.«

»Ah, aber der morsche Fußboden und der abbröckelnde Putz würden Ihnen etwas ausmachen«, erwiderte Lord St. John. »Nicht wahr, Ned?«

»Oh. O ja, ganz recht. Wir wollen doch nicht, daß Sie sich einen Ihrer hübschen Knöchel zerren, Mrs. Emerson. Äh – hoffentlich stört es Sie nicht, daß ich das gesagt habe, Professor?«

»Nicht im geringsten«, säuselte Emerson. »Mrs. Emerson hat wohlgeformte Knöchel. Freut mich, daß Ihnen das aufgefallen ist, Ihre Lordschaft.«

Hastig zog ich Emerson von ihm fort.

Bis zu diesem Zeitpunkt hatte er nur wenig gesagt, doch als er die Antiquitätensammlung des verstorbenen Grafen begutachtete, war er wieder in seinem Element. Nichts erfüllte ihn mit einer solchen Leidenschaft wie der illegale Handel und die gesetzwidrige Ausfuhr von Kunstschätzen, die frühere Epochen ägyptischer Ausgrabungen kennzeichneten und die trotz der Bemühungen der Antikenverwaltung keinen Einhalt fanden.

»Man hätte ihn hängen sollen«, ereiferte sich Emerson und bezog sich damit auf den verstorbenen Grafen. »Ihn und seine ganze Sippschaft! Schau dir das an, Peabody – mit Sicherheit altes Königreich, vom Stil her ähnlich den Mastaben von Ti und Mereruka – Gott weiß wo geraubt –«

Bei diesem Gegenstand handelte es sich um einen Sandsteinquader mit einem hervorragend erhaltenen Relief. Darauf war ein Teil einer Jagdszene in den Sumpfgebieten abgebildet. Zentrale Figur war eine Katze mit einem Fisch in ihrem Mäulchen, deren anmutige Schönheit und Detailgenauigkeit das Werk zu einem künstlerischen Meisterstück machten. Die alten Ägypter bildeten diese Tiere für die Jagd aus. Dieses Exemplar trug ein Halsband, und ihre Ähnlichkeit mit Bastet war erstaunlich – vielleicht auch keineswegs erstaunlich, da sie ein Abkömmling derselben Linie war. Vielleicht ein Nachfahre ebendieser Katze? Ein amüsanter und faszinierender Gedanke …

Emersons Kritik wirkte eher unterhaltsam als kränkend auf Seine Lordschaft. »Ja, der alte Junge war ein Räuber, ganz recht. Aber sehen Sie, Professor, das machten doch alle.«

Da ich ahnte, daß Emerson eine aufgebrachte Bemerkung machen wollte, unterbrach ich ihn, denn es lag keineswegs in unserem Interesse, den jungen Mann zu verärgern. »Es ist gewiß nicht Lord Liverpools Schuld, Emerson. Welch ein herrliches Stück! Vor einigen Jahren brachten wir aus Ägypten eine Katze mit, Ihre Lordschaft; diese hier ist das Ebenbild von Bastet.«

»In der Tat, Madam?«

»Ned«, meinte Lord St. John mit leiser, ausdrucksloser Stimme, »ist vernarrt in Katzen.«

»O ja, gewiß. Liebe diese kleinen Geschöpfe. Die Stallungen sind voll davon«, fügte Lord Liverpool irgendwie verunsichert hinzu.

Die Sammlung enthielt nichts, was dieses Sandsteinrelief hätte übertreffen können, obwohl Emerson natürlich jeden Skarabäus begutachtete. Schließlich deutete der Graf auf eine Tür am Ende des Raums.

»Die vorletzte Ruhestätte der bedauernswerten alten

Mumie«, erklärte er grinsend. »Nicht mehr allzuviel von ihr übrig; ich beabsichtige, den Raum irgendwann einmal in einen Salon umzugestalten – nach meiner Heirat.«

Ich öffnete die Tür und warf einen Blick ins Innere. »Ah, überaus interessant. Aus diesem Zimmer kamen dann also bei Vollmond die Schreie und das Stöhnen, und das Inventar verselbständigte sich.«

Lord Liverpool warf den Kopf zurück und lachte lauthals. Die Sehnen seines mageren Halses traten wie dünne Drähte hervor. »Eine hinreißende Geschichte, nicht wahr? Das Mädchen wurde entlassen – nicht von mir, um solche Dinge kümmere ich mich nicht, sondern von der Haushälterin; die meinte, sie sei faul. Kann der kleinen Göre keinen Vorwurf machen, daß sie sich auf unsere Kosten ein paar Pfennige verdient hat.«

Da mir seine unsichere Sprechweise und sein zunehmend blasseres Gesicht auffielen, blickte ich zu Emerson. Er nickte unmerklich. Nachdem wir einen kurzen Rundgang durch den Raum gemacht hatten, der, wie Seine Lordschaft betont hatte, außer einigen Vorratstruhen mit eingeschnitzten Totengöttern nichts Interessantes enthielt, dankten wir ihm und brachen auf.

Unwillkürlich ging mir ein Seufzer über die Lippen, als die Kutsche langsam die steinige Auffahrt hinabrollte. »Erschöpft, Peabody?« fragte Emerson, während er seinen Hut auf den Sitz warf und seine Krawatte lockerte.

»Weniger körperlich erschöpft als unsäglich bestürzt, Emerson. Die Atmosphäre in diesem Haus ist absolut bedrückend!«

»Red keinen Unsinn«, brummte Emerson. »Der bewohnte Teil ist hell, modern, gepflegt ... Peabody, ich hatte dich doch gebeten, die Möbel in der berühmten Schlafkammer nicht anzurühren; du hast Ruß oder Fett an deinen Händen.«

»Ich glaube, es handelt sich um Öl«, bemerkte ich und wischte meine Finger an meinem Taschentuch ab. »Aber ich meinte nicht so sehr das Haus, Emerson; ich sprach von seinem Besitzer. Was auch immer seine Sünden sein mögen, es ist tragisch, einen jungen Mann mit seinem unvermeidlich bevorstehenden Tod konfrontiert zu sehen.«

»Die Krankheit hat bereits seinen Verstand beeinflußt«, knurrte Emerson. »Du hast sicherlich seine charakteristischen Erregungszustände bemerkt. Er könnte Mordgedanken hegen, Peabody.«

»Diese Empfindung hatte ich nicht, Emerson.«

»Empfindungen sind keinen Pfifferling wert. Du übst gegenüber diesem jungen Burschen Nachsicht, weil er krank ist und weil er sagt, daß er Katzen mag.«

»Das ist doch ein gewinnender Charakterzug, Emerson.«

»Das hängt davon ab«, meinte Emerson düster, *»wie* er sie mag.«

12

Henry hielt die Kutsche vor dem Haus an, um uns aussteigen zu lassen, bevor er zu den Stallungen weiterfuhr. Als wir hinauskletterten, drehte sich Emerson um und ballte seine Faust. »He, du da, kleines Ungeheuer! Versuch das nicht noch einmal; du wirst dir ein Bein brechen.«

»Das galt hoffentlich nicht mir«, bemerkte ich scherzhaft.

Emerson deutete auf einen zerlumpten Bengel, der eilig das Weite suchte. »Eines dieser Straßenkinder. Sie springen hinten auf die Kutschen und Droschken auf – ein überaus gefährlicher Trick.«

Das zerlumpte Kind – welches mittlerweile verschwunden war – rief unangenehme Erinnerungen in mir wach. »Wir gehen besser nach oben und schauen, was Ramses so treibt.«

»Das war nicht Ramses, Amelia. Wie hätte er das sein können?«

»Ich sagte nicht, daß er es war. Ich sagte lediglich, daß ich wissen möchte, was Ramses angestellt hat.«

Als uns Gargery einließ, platzte er beinahe vor Neuigkeiten und konnte es kaum abwarten, bis er unsere Sachen in Empfang genommen hatte. Dann legte er los. »Sie hatten eine ganze Reihe von Besuchern, Sir und Madam. »Dieser Journalist war zweimal –«

»Mr. O'Connell?«

»Ich glaube, so war sein Name, Madam«, erwiderte Gargery blasiert. »Er schien erregt und meinte, er käme später wieder.«

»Falls er auf meine Gutmütigkeit vertraut ...«, hub Emerson verärgert an.

»So töricht wäre er nicht, Emerson. Wer noch, Gargery?«

»Ein junger Herr aus dem Museum, Madam. Ein gewisser Mr. Wilson. Hier ist seine Karte. Er deutete ebenfalls an, später wiederzukommen, um Sie dann hoffentlich anzutreffen. Dann wurde dieser Brief per Kurier abgegeben; er scheint von gewisser Bedeutung zu sein.«

Mein Herz machte einen riesigen Satz. Ayesha hatte gesagt, daß ich ihren Boten erkennen würde. Nun, ich war nicht zugegen gewesen, um ihn in Augenschein zu nehmen. Der Umschlag aus schwerem beigefarbenem Leinen war überaus gediegen und trug meinen Namen in schwungvoller (offensichtlich weiblicher) Handschrift.

Mit geheucheltem Desinteresse riß ich ihn auf, während ich gleichzeitig versuchte, Emerson, der geräuschvoll in mein linkes Ohr atmete, an der Lektüre des Inhalts zu hindern. Es handelte sich um eine Einladung zum Tee am Donnerstag von einer Freundin Evelyns.

»Verflucht«, sagte ich unwillkürlich.

»Hattest du etwas Spezielles erwartet?« fragte Emerson forschend.

»Äh – nein, natürlich nicht. Ich frage mich, was Mr. O'Connell von uns wollte.«

Gargery war noch nicht fertig. »Professor, jemand hat nach Ihnen gefragt.«

»Und wer war das?« fragte Emerson.

»Seinen Namen hat er nicht genannt, Professor. Aber er

schien ziemlich außer sich, fast erbost über die Tatsache, daß er Sie nicht zu Hause antraf.«

Das Pronomen beruhigte mich keinesfalls. Ein Kurier von Ayesha konnte sowohl männlich als auch weiblich sein.

»Ach tatsächlich«, bemerkte Emerson frostig. »Was war das für ein Kerl?«

»Ein ungehobelter, arroganter Bursche, Sir«, erwiderte Gargery. »Vermutlich ein Ausländer. Er hatte einen unverkennbaren Akzent –«

Ein unterdrückter Aufschrei entschlüpfte meinen Lippen. Emerson warf mir einen fragenden Blick zu. »Was für ein Akzent, Gargery?«

»Ich weiß nicht, Sir. Er trug einen Turban. Ich hielt ihn für einen Inder.«

»Kennen wir irgendwelche Inder, Peabody?« wollte Emerson wissen.

»Ich glaube nicht, Emerson. Aber wir kennen eine ganze Reihe von Ägyptern, und sie tragen ebenfalls Turbane.«

»Er sagte, er käme wieder«, warf Gargery ein.

»Hmhm«, machte Emerson. »Nun, Amelia, es hat den Anschein, als würden wir von Besuchern überschwemmt, zum Teufel damit. Falls du mit Ramses sprechen willst, solltest du es besser gleich tun.«

»Es wird Zeit für den Tee«, entgegnete ich mit einem Blick auf die an meinem Revers befestigte Uhr. »Lassen Sie ihn servieren, Gargery, und bitten Sie die Kinder, nach unten zu kommen.«

Emerson ging nach oben, um sich des verhaßten Gehrocks zu entledigen, und ich schlenderte in den Salon. Ich sortierte gerade die Nachmittagspost, als die Kinder eintraten, und wandte mich nach kurzer Begrüßung sogleich an Percy: »Es ist merkwürdig, daß wir noch nichts von eurer Mama gehört haben, Percy. Ich möchte dich nicht beunruhigen – denn ich bin sicher, dafür besteht absolut kein Anlaß –, aber vielleicht sollte ich ihr schreiben. Hast du ihre Anschrift?«

»Nein, Tante Amelia, leider nicht. Sie ist irgendwo in Bayern«, fügte Percy hilfsbereit hinzu.

»Verstehe. Hmmm. Ramses, würdest du dich bitte dort hinten hinsetzen? Es ist zwar sehr lobenswert, daß du dir Gesicht und Hände gewaschen hast, aber der an deiner Kleidung haftende Chemikaliengeruch ... Welche Versuche führst du denn zur Zeit durch?«

»Das Übliche, Mama.«

»Gräßlich«, murmelte Violet und griff nach einem Muffin.

Gargery erschien an der Tür. »Mr. O'Connor ist eingetroffen, Madam.«

»O'Connell«, korrigierte ich ihn, wohlwissend, daß Gargery den Namen absichtlich falsch genannt hatte. »Dann lassen Sie ihn vor. Und bitten Sie den Professor, sich zu beeilen.«

O'Connell stürmte mit der ihm eigenen Hektik ins Zimmer und stopfte seine Kappe in seine Jackentasche. »Was ist passiert, Kevin?« wollte ich wissen. »Ein Mord, eine weitere Verhaftung oder was?«

»So extrem ist es nun auch wieder nicht, Mrs. E. Wenigstens hoffe ich das nicht.« Er setzte sich auf den angebotenen Stuhl und musterte neugierig die Kinder.

»Keine weiteren Muffins, Violet«, sagte ich streng. »Und hör auf zu schmollen, sonst wird dich Tante Amelia ein paar Tage auf Brot und Wasser setzen. Komm, spiel dort in der Ecke mit deiner Puppe.«

»Ich möchte aber nicht ...«, begann Violet.

Percy strich ihr über die prächtigen Locken. »Ich spiele Mikado mit dir, Violet. Wenn du uns bitte entschuldigst, Tante Amelia?«

»Ein richtiger kleiner Gentleman«, bemerkte Kevin, als die

beiden Hand in Hand das Zimmer verließen. »Und wie steht's mit dir, Meister Ramses? Ich hoffe, der gestrige Abend hatte keine negativen Auswirkungen?«

Da ich befürchtete, daß ihm Ramses sämtliche Einzelheiten schildern würde – jeden Kratzer und jede Prellung –, antwortete ich statt dessen. »Nein. Emersons Verletzung war nicht so gravierend, wie ich befürchtete. Er sollte sich doch zu uns gesellen ... Also, Gargery, wo bleibt denn der Professor?«

Gargery, der, wie der werte Leser vielleicht bemerkt hat, nicht geneigt war, seine Gefühle und Empfindungen zu unterdrücken, vesuchte erst gar nicht, seine Verärgerung zu verbergen. »Er ist ausgegangen, Mrs. Emerson. Mit diesem Inder.«

»Was?« Ich war schon halb aufgesprungen. »Ohne jede Erklärung, kein Wort –«

»Alles, was er sagte, Madam, war, daß er ausgehen und später zurückkehren werde und daß wir uns nicht beunruhigen sollten. Ich kann aber nicht anders, ich bin besorgt, nachdem diese ganzen Halunken es vermutlich auf den Professor und Sie abgesehen haben, und dieser Kerl war ein so arroganter, hochnäsiger Bursche ...«

»Haben Sie gesehen, in welche Richtung die beiden aufbrachen?« bohrte ich.

»Seine Kutsche wartete bereits, Madam. Ein elegantes Gefährt mit einem der edelsten Schimmelgespanne, die ich je gesehen habe.«

»Ist Ihnen denn gar nichts an der Kutsche aufgefallen? Kein Wappen oder irgendwelche Initialen?«

»Nein, Madam. Es war schlicht und einfach ein schwarzer, geschlossener Wagen – überaus elegant natürlich und auf Hochglanz poliert, Madam. Sie bogen in Richtung der Pall Mall ab –«

»Was nichts zu bedeuten hat«, murmelte ich. »Die Pall Mall führt zum Hyde Park und zur Park Lane ... und zahllosen anderen Gegenden.«

»Ganz recht, Madam. Sie fuhren so schnell, daß mir nicht einmal die Zeit blieb, jemanden hinterherzuschicken – und als ich mir die Kühnheit erlaubte, dem Professor vorzuschlagen, er solle Bob oder einen der anderen mitnehmen, lachte er nur überaus merkwürdig und erwiderte, daß die Einladung ihm allein gelte, Madam. Er wirkte ... überaus merkwüdig, Madam.«

»Furchtsam, Gargery?«

»Madam!«

»Natürlich nicht. Zornig?«

»Nun ...«

»Sie sagten doch, er habe gelacht.«

»Aber so merkwürdig, Madam.«

»Ach, verschwinden Sie, Gargery«, entfuhr es mir. »Wenn Ihnen nichts Besseres einfällt ... Na, na, seien Sie nicht gleich eingeschnappt, ich weiß, daß Sie Ihr Bestes versucht haben, und ich bin sicher, es besteht kein Grund zur Besorgnis.«

»Ich danke Ihnen, Madam«, erwiderte Gargery betreten.

Nachdem er gegangen war, blickte ich zu Ramses. »Weißt du irgend etwas davon, Ramses?«

»Nein, Mama. Was gewissermaßen meinen Stolz verletzt, da ich immer versuche, auf dem laufenden zu bleiben, wenn deine und die Sicherheit von Papa auf dem Spiel stehen. Man könnte natürlich überlegen –«

»Überleg nicht weiter, Ramses.«

»Was hat das Ganze zu bedeuten, Mrs. E.?« erkundigte sich Kevin neugierig.

Bis zu diesem Augenblick hatte ich seine Anwesenheit fast vergessen. »Vermutlich nichts«, erwiderte ich. »Ich muß mich entschuldigen, Mr. O'Connell, denn dieser Zwischenfall hielt Sie davon ab, mir den Grund Ihres Kommens zu schildern.«

Kevin räusperte sich, schlug die Beine übereinander, ließ sein Bein wieder sinken und räusperte sich erneut. »Ich kam vorbei –«

»Dreimal an einem Tag? Gütiger Himmel, Kevin, ich habe Sie noch nie so unbehaglich erlebt, nicht einmal, als sie in mein Haus in Kent eindrangen und meinen Butler niederschlugen. Was zum Teufel ist es denn diesmal?«

»Vermutlich nicht der Rede wert«, hub Kevin an und schlug erneut die Beine übereinander.

»Zappeln Sie nicht länger herum, sprechen Sie es aus. Ich werde selbst beurteilen, ob es wichtig ist.«

»Nun ... ich fragte mich, ob Sie vielleicht etwas von Miss Minton gehört haben.«

»Ich glaube, sie hält sich immer noch bei ihrer Großmama auf«, erwiderte ich, während ich überlegte, was ihn zu dieser Frage veranlaßt hatte. Vermutlich irgendeine dienstliche Angelegenheit.

Kevin ließ sein Bein erneut zu Boden gleiten und schlug dann mit der geballten Faust auf sein Knie. »Nein, Mrs. Emerson, da ist sie nicht. Seit fast einer Woche hat man sie weder gesehen noch von ihr gehört.«

»Unmöglich. Woher wissen Sie, daß sie nicht dort ist?«

»Ein Freund – eine Person – ein Freund – hat ihr geschrieben. Der Brief kam mit dem Vermerk zurück, daß sich der Empfänger in London aufhielte, und er war mit der Ihnen bekannten Adresse versehen. Aber ihre Vermieterin behauptet, daß sie sie seit letztem Freitag nicht mehr gesehen hat.«

Die Tür wurde geöffnet. »Mr. Wilson wünscht Sie zu sprechen, Madam«, meldete Gargery.

»Was zum – was will der denn hier?« forschte Kevin.

»Ich weiß es nicht. Vielleicht handelt es sich um einen Anstandsbesuch. Einige Leute schätzen das, wie Sie wissen. Ah, Mr. Wilson, nett, Sie zu sehen. Ich glaube, Sie kennen Mr. O'Connell bereits.«

Reserviert nickte Wilson Kevin zu, der sich nicht einmal der Höflichkeit unterzog, auf diese Geste zu reagieren. Dann setzte er sich.

»Ich kam vorbei, um Sie zu fragen, wie es Ihnen nach dem gräßlichen Vorfall am gestrigen Abend geht«, begann er. »Und um mich nach dem Professor zu erkundigen, der, wie ich hörte, verletzt wurde.«

»Das ist nett von Ihnen. Wie Sie sehen, bin ich unverletzt, und der Professor ist ... Dem Professor geht es gut. Ich habe Sie gar nicht dort bemerkt, Mr. Wilson.«

»Ich hielt mich sozusagen im Hintergrund«, lautete seine lächelnde Antwort.

»Nun, ich bin froh, daß Ihnen in dem Handgemenge nichts passiert ist.«

Wilson fuhr sich mit der Hand an die Schläfe und strich sein Haar zurück, woraufhin ein dunkelroter Bluterguß zum Vorschein kam.

»Ich bin dem Priester begegnet – einem von ihnen. Das Ergebnis sehen Sie ja.«

Ich gab meinem mitfühlenden Bedauern Ausdruck. Schließlich sprang Kevin, dessen nervöses Herumzappeln das Ausmaß eines epileptischen Anfalls angenommen hatte, auf. »Ich muß zurück ins Büro«, bemerkte er so unhöflich, wie ich das von ihm nicht gewohnt war. »Einen guten Tag, Mrs. Emerson.«

»Nein, setzen Sie sich, Mr. O'Connell. Ich versichere Ihnen, daß ich Ihr Anliegen nicht vergessen habe. Fragen wir doch Mr. Wilson, ob er etwas weiß. Schließlich ist er ein Freund von Miss Minton.«

»Etwas von Miss Minton?« fragte Wilson. »Was ist denn los?«

»Sie ist verschwunden«, erwiderte ich mit Grabesstimme. »Zumindest hoffe ich, daß es nicht noch schlimmer ist; aber scheinbar hat sie seit letztem Freitag niemand mehr gesehen.«

»Sie hat ihre Großmutter, die Herzoginwitwe, besucht«, erklärte Wilson.

Seine Gelassenheit brachte Kevin an den Rand der Verzweiflung. »Großer Gott, das hat sie nicht. Die alte Dame hat genau wie alle anderen nicht die Spur von ihr gesehen.«

Wilson versteifte sich. »Ich nehme an, sie würde es nicht schätzen, daß ihr irgendwelche Zufallsbekanntschaften hinterherschnüffeln«, bemerkte er frostig. »Sie hat viele Freunde; eine wohlhabende junge Dame wie sie –«

»Stellen Sie sich nicht noch dümmer, als Sie sind, Mann!« brüllte O'Connell. »Ich habe es erst jetzt herausgefunden, aber als enger Freund von ihr müssen Sie es doch gewußt haben – sie besitzt keinen Pfennig. Die alte Herzoginwitwe lebt von ihren Erinnerungen, versucht den Schein zu wahren und ernährt sich von dem Wurzelgemüse, das sie in ihrem Schloßgarten anpflanzt!«

Wilson war genauso verblüfft wie ich. Er riß den Mund auf. »Das ... das ist unmöglich«, stammelte er. »Sie bekam ihre Anstellung beim *Mirror* –«

»Aufgrund ihres eigenen Könnens.« Kevin stieß die Worte zwischen zusammengebissenen Zähnen hervor. Es fehlte nicht viel, und er hätte den jungen Wilson geschlagen, doch ich wußte – denn ich kenne die menschliche Psyche –, daß seine Verärgerung ihm selbst galt. »Natürlich spielten Beziehungen auch eine Rolle, die alte Dame berief sich auf frühere Freundschaften, aber, aber ... Soll mir doch meine verfluchte Zunge abfallen, wenn ich das jetzt sage! Sie ist eine arme

Lohnempfängerin genau wie ich, und wohin sollte sie gehen – allein, ohne einen Pfennig in der Tasche, und ...« Er schob seine geballten Fäuste in seine Jackentaschen und wandte sich ab.

Wilson war kreidebleich geworden. »Aber ... wenn das stimmt ...«

»Es stimmt«, sagte Kevin, ohne sich zu ihm umzudrehen.

»Aber ... aber Mr. O'Connell hat recht ... Wenn man die scheußlichen Dinge überlegt, die einer so jungen Frau zustoßen können ... in dieser gräßlichen Stadt ...«

Ich hatte ihren Dialog mit überaus großem Interesse verfolgt. Der arme Emerson, er würde sehr verärgert sein, wenn er erfuhr, daß die von ihm so verabscheuten »verfluchten romantischen Interessen« in diesem Fall eine Rolle spielten ... Der arme Emerson, das war er in der Tat. Falls er dort war, wo ich ihn vermutete, dann hatte er allen Grund, diesen Tag zu bereuen.

Aber das hier war nicht der richtige Augenblick, um sich solchen Gefühlen hinzugeben; zunächst mußte ich noch eine weitere Sache klären. Die beiden jungen Männer schienen ernsthaft verzweifelt, und ich wollte ihre Besorgnis nicht länger als unbedingt notwendig aufrechterhalten. Andererseits legte ich auch keinen Wert auf eine dogmatische Stellungnahme, die sich möglicherweise als falsch erwies.

»Ich glaube, ich weiß, wo Miss Minton sein könnte«, sagte ich.

Kevin wirbelte herum. Wilson sprang auf. Im Chor schrien beide: »Wo? Was? Warum –«

»Ich sagte, ich glaubte, daß ich es wüßte. Falls meine Annahme richtig ist, besteht absolut kein Grund zur Besorgnis – Ihrerseits zumindest. Was Miss Minton selbst anbelangt ... Sie gehen jetzt besser und überlassen mich meinen weiteren Nachforschungen.«

Es war nicht einfach, die beiden loszuwerden, trotzdem wies ich ihre Fragen und Bitten rigoros zurück. »Keiner von Ihnen besitzt das Recht, von mir zu verlangen, daß ich Miss Mintons Vertrauen mißbrauche. Wäre einer von Ihnen mit ihr verlobt oder verheiratet, ließe ich mich vielleicht erweichen. Da Sie das jedoch nicht sind, verweigere ich die Antwort. Ich verspreche Ihnen, daß ich Sie beide benachrichtigen werde, sobald sich meine Theorie bestätigt. Je eher Sie aufbrechen, um so unverzüglicher kann ich mit meinen Ermittlungen beginnen.«

Es gelang mir jedenfalls, sie zur Tür zu bugsieren, und ich wartete nicht ab, ob sie noch einen Schritt weiter gingen. Ich wandte mich an Ramses, der mir in die Halle gefolgt war.

»Ich habe das Gefühl, du teilst meinen Verdacht, Ramses.«

»Bei mir handelt es sich keineswegs um einen Verdacht, Mama«, erwiderte Ramses. »Ich bin mir sicher –«

»Verstehe. Ich weiß nicht, ob ich dir dafür danken soll, daß du endlich einmal den Mund gehalten hast, oder ob ich dich bestrafen soll, weil du mir nicht umgehend Bericht erstattet hast.«

»Ich weiß es erst seit gestern«, erklärte Ramses. »Sie ist sorgfältig darum bemüht, nicht aufzufallen; und ihr verändertes Erscheinungsbild –«

»Und die Tatsache, daß Menschen Bedienstete kaum beachten. Mit Ausnahme deines Vaters ... Aber er ist merkwürdig gleichgültig in diesen Dingen, du erinnerst dich, wie lange Miss Debenham ihn an der Nase herumgeführt hat.«

Gargery, der uns sprachlos gelauscht hatte, begann: »Darf ich fragen, Madam –«

»Alles zu seiner Zeit, Gargery. Bitte gehen Sie in den Salon, und sagen Sie den Kindern, daß sie ihre Zimmer aufsuchen sollen. Vermutlich hat Violet mittlerweile auch noch den letzten Krümel vom Teegebäck vertilgt.«

(Was sich in der Tat als richtig erwies.)

Ich fand das Dienstmädchen in meinem Zimmer vor, wo sie das Kaminfeuer anfachte. Als ich eintrat, sprang sie mit einer gemurmelten Entschuldigung auf; mit abgewandtem Gesicht griff sie nach dem Kohleneimer und strebte dann zur Tür.

»Das Spiel ist aus, Miss Minton«, erklärte ich. »Setzen Sie sofort den Eimer ab, und schauen Sie mich an.«

Der Eimer fiel um, und sein Inhalt rollte über den Teppich. »Nichts für ungut«, meinte ich, während sie sich auf den Boden kniete, um die Kohlen einzusammeln. »Von allen verachtenswerten, schamlosen Tricks, die mir jemals von einem Vertreter der Presse untergekommen sind, schlägt das hier dem Faß den Boden aus! Sie haben meine Stellenanzeige nie in die Zeitung gesetzt, stimmt's?«

Langsam erhob sich Miss Minton. In ihrem schwarzen Kleid mit gestärkter Schürze und adretter Haube gab sie ein hübsches, junges Hausmädchen ab, aber ich fragte mich, wie ich trotz ihres veränderten Aussehens nur so begriffsstutzig hatte sein können. Vermutlich war es eher der veränderte Gesichtsausdruck – gesenkte Lider, zusammengepreßte Lippen, die verkniffene Kinnpartie – als ihr Äußeres, und mir wurde bewußt, wie unendlich tief doch die Kluft der sozialen Unterschiede innerhalb unserer Gesellschaft ist.

Nach einer Weile hob sie den Kopf und straffte ihre Schultern. Sie versuchte, beschämt zu wirken, dennoch bemerkte ich das durchtriebene Funkeln in ihren Augen und das energisch vorgeschobene Kinn. »Ich bin froh, daß Sie mich entlarvt haben«, gestand sie. »Sie können sich nicht vorstellen, wie frustrierend das Ganze war! Als ich die Stelle angetreten hatte, gab es kein Entrinnen mehr. Ihre Haushälterin – und es wird Sie sicherlich freuen, das zu hören – beobachtet das weibliche Personal mit Argusaugen.«

»Unverschämtes Mädchen!« entfuhr es mir. »Was?! Kein Wort der Entschuldigung oder Reue?«

»Ich entschuldige mich, aber ich kann wirklich nicht sagen, daß ich meine Handlung bereue – abgesehen von der Tatsache, daß meine eigentlichen Fähigkeiten brachlagen. Ich hatte keine freie Minute; statt Artikel zu verfassen und dafür zu sorgen, daß diese unter meinem Namen erschienen, mußte ich mit allen Mitteln Informationen sammeln und anderen die Lorbeeren überlassen.«

»Verstehe. Dann war es also kein Zufall, daß die Polizei die Opiumhöhle aushob, während der Professor und ich dort waren, und daß die Presse im Vorfeld darüber unterrichtet war.«

»Das war mein größter Erfolg«, erwiderte die schamlose Person voller Stolz. »Wir wollten gerade im Dienstbotentrakt das Abendessen einnehmen, als Gargery hereinplatzte und in seiner Erregung von Ihrem beabsichtigten Besuch in der Opiumhöhle erzählte. Ich tat so, als habe ich Kopfschmerzen, und bat darum, einen Augenblick an die frische Luft gehen zu dürfen. Natürlich hoffte ich, daß ich jemanden fand, der die von mir an meinen Verleger gerichtete Notiz mitnahm. Ein kleiner zerlumpter Junge lungerte draußen herum, und ich gab ihm Geld, damit er meine Mitteilung weiterleitete. Aber es gab noch eine ganze Reihe von anderen Dingen, auf die ich nicht reagieren konnte.«

Ich versuchte mich zu erinnern, worüber Emerson und ich in ihrem Beisein diskutiert hatten; doch erneut stand mir die unsägliche Gewohnheit, Dienstboten wie Möbelstücke zu betrachten, im Weg. Ich hatte ihr kaum Beachtung beigemessen ... Eine Sache jedenfalls lag klar auf der Hand, und falls ich zum Erröten geneigt hätte, was natürlich nicht der Fall war, hätte ich es in diesem Augenblick getan.

»Ich weiß nicht, was Emerson dazu sagen wird«, murmelte ich.

Miss Mintons triumphierendes Lächeln verschwand. Sie rang ihre Hände. »Oh, müssen Sie es dem Professor denn wirklich erzählen?«

»Ich sehe keine Veranlassung, das nicht zu tun. Die Ehe, Miss Minton, setzt offenes und absolut ehrliches Verhalten zwischen ... Aber dies ist nicht der richtige Zeitpunkt für eine solche Diskussion. Ich muß sagen, ich bin verärgert, daß Ihnen seine Meinung mehr bedeutet als meine. Emerson übt diese Wirkung auf leicht zu beeindruckende Frauen aus, er kann nichts dafür ... Manchmal kann er nichts dafür.«

»Sie verstehen das nicht.« Die zarte Röte ihrer Wangen wurde intensiver, trotzdem hielt sie meinem Blick stand. »Wenn man den Gesprächen zwischen Ihnen lauscht, das Privileg hat, den Austausch zweier so harmonisch verbundener Menschen zu erleben, wenn auch nicht genau zu verstehen ... Mrs. Emerson, Sie haben mir ganz neue Perspektiven eröffnet, wie ein Mann sein kann – was eine Frau von ihm erwarten *sollte*. Sein Humor, seine Freundlichkeit, seine Energie und die fürsorgliche Zärtlichkeit ...«

Es erleichterte mich zu erfahren, daß sie den Austausch zweier solcher Menschen nicht genau verstanden hatte. Der Herr denkt, er befehligt den Diener, doch der Diener weiß – mehr als er sollte. Allerdings legte sich meine berechtigte Verärgerung, während ich ihr zuhörte, und als ihre Stimme unsicher wurde und abbrach, überkam mich eine tiefempfundene, fast unwillige Sympathie. Jetzt war mir klar, warum sie geblieben war, nachdem ihr Schuß nach hinten losgegangen war. Von allen Frauen konnte ich schließlich am besten nachvollziehen, welche Faszination Emerson auf eine intelligente, ihn bewundernde Frau ausübt! Und ich vermutete auch, daß es nicht nur sein Humor und seine Freundlichkeit gewesen waren; seine strahlendblauen Augen, das rabenschwarze Haar und sein durchtrainierter Körper – von dem sie vermutlich mehr gesehen hatte, als mir lieb war – waren ihr ebenfalls nicht verborgen geblieben.

Sie war diejenige, die uns beide aus unserem Tagtraum riß, der zweifellos Parallelen aufwies. »Ich werde gehen«, sagte sie. »Bitte, Madam, nehmen Sie das zur Kenntnis. Ist eine halbe Stunde zuviel verlangt?«

»Sie brauchen nicht zu kündigen, Sie sind entlassen«, erwiderte ich. »Und ohne Zeugnis. Lassen Sie sich meinetwegen eine halbe oder eine ganze Stunde Zeit, aber verlassen Sie mein Haus. Ich werde Mrs. Watson darüber informieren.«

»Ja, Madam«, erwiderte sie mürrisch. Nun, ich konnte es ihr nicht verdenken, daß sie mich nicht mochte, die (ihrer Meinung nach) alle Vorrechte auf das von ihr angebetete Objekt besaß. Mich, die ich den bohrenden Schmerz der Eifersucht nur zu gut kannte!

Als sie durch die Tür schlüpfen wollte, fielen mir Kevins Worte wieder ein. Sie bewohnte ein Zimmer in London, hatte aber vielleicht kein Geld für eine Droschke oder für Nahrungsmittel. Ich konnte das Mädchen doch nicht bei Nacht und Nebel und ohne einen Penny aus dem Haus jagen. Außerdem gab es noch andere Überlegungen.

»Warten Sie«, wies ich sie an. »Ich habe meine Meinung geändert. Sie bleiben heute abend hier – selbstverständlich in Ihrer Funktion als Hausmädchen. Nein, argumentieren Sie nicht, ich dulde keine weitere Diskussion. Morgen früh können Sie meinetwegen tun und lassen, was Sie wollen. Es sei denn, Sie würden es vorziehen, daß sich einer Ihrer Verehrer um Sie kümmerte, die vermutlich draußen Amok laufen.«

»Was haben Sie da gesagt?« Sie fixierte mich. »Verehrer? Ich habe keine –«

»Vielleicht war der Begriff unzutreffend. Aber mit absoluter Sicherheit gibt es da draußen zwei junge Herren, die verzweifelt auf die von mir in Aussicht gestellte Nachricht warten – die Nachricht, daß Sie in Sicherheit sind, Miss Minton. Es war egoistisch und gedankenlos von Ihnen, Ihre Freunde über Ihr Vorhaben im Zweifel zu lassen.«

»Ich habe keine Freunde«, erwiderte sie ungehalten. »Lediglich Gegner. Und es gibt auch keinen mir bekannten Mann, dessen Schutz ich akzeptieren würde.«

Außer einem, dachte ich im stillen. Und er wäre auch bereit dazu, selbst nach dem hinterhältigen Trick, den Sie sich mit ihm erlaubt haben. Allerdings nicht den Schutz, den Sie sich erhoffen, Miss Minton.

»Das ist allein Ihre Sache«, erwiderte ich.

»Ich werde morgen in aller Frühe aufbrechen, Madam. Mit Ihrer Erlaubnis, Madam.« Allerdings wartete sie nicht auf meine Erlaubnis, sondern schlug die Tür mit einer solchen Wucht zu, daß Mrs. Watson sie auf der Stelle entlassen hätte.

Nachdem sie gegangen war, fing ich an, rasch im Zimmer auf und ab zu gehen, eine Übung, die dem rationalen Denkvermögen meines Erachtens sehr förderlich ist. Da ich rasches und entschlossenes Handeln gewohnt war, hatten die verblüffenden Entwicklungen der vergangenen Stunde meine Geduld auf eine harte Probe gestellt.

Ich hatte bereits vermutet, daß Mr. Wilson in die junge Dame verliebt war, aber selbst meine Sensibilität, die auf diesem Gebiet besonders ausgeprägt ist, hatte sich von O'Connells vermeintlicher Gleichgültigkeit täuschen lassen. Vielleicht – so redete ich mir ein – hatte er sich jedoch erst vor kurzem in sie verliebt, als die Angst um ihre Sicherheit tief in ihm schlummernde Gefühle geweckt hatte. Man konnte mich nicht dafür zur Rechenschaft ziehen, daß ich etwas nicht bemerkt hatte, was ihm selbst nicht bewußt gewesen war.

Das zusätzliche Problem von Miss Mintons Zuneigung

gegenüber Emerson war ohne Bedeutung. Er erwiderte ihre Gefühle nicht, und ich würde dafür sorgen, daß dies auch so blieb.

Von außerordentlicher Bedeutung war Emersons geheimnisvoller Besucher. Welche Mitteilung, welche Bitte oder Drohung hatte ihn aus dem Haus gelockt, ohne daß er mich vorher informierte? Eine Antwort auf diese Frage war mir qualvoll bewußt, aber vielleicht traf sie gar nicht zu. Ich war mir nicht sicher, ob ich hoffen sollte, daß ich mich irrte – denn in diesem Fall sah sich mein werter Gatte vielleicht mutterseelenallein einer unbekannten Gefahr ausgesetzt – oder daß ich recht behielt.

Im Augenblick konnte ich nichts anderes tun, als auf seine Rückkehr zu warten. Aber was war, wenn er nicht heimkehrte? Wenn sich die Stunden langsam hinzogen und ich nichts von ihm erfuhr? Da ich mich selbst gut einzuschätzen wußte, war mir klar, daß ich nicht lange untätig würde herumsitzen können.

Ich beschloß, mich darum zu kümmern, wenn es an der Zeit war. In der Zwischenzeit mußte ich mich um die beiden jungen Männer kümmern. Ich hatte versprochen, daß ich ihre Besorgnis zerstreuen würde, und Amelia P. Emerson hält stets Wort, selbst wenn ihr Herz an etwas anderem hängt.

Gargery spähte in der Eingangshalle aus dem Fenster. »Es ist noch zu früh für seine Rückkehr«, bemerkte ich mit einer Mischung aus Verärgerung und Mitgefühl. »Er ist kaum eine Stunde aus dem Haus. Öffnen Sie mir bitte die Tür, Gargery.«

Widerwillig fügte er sich meiner Anordnung. »Madam, nun verschwinden Sie nicht auch noch. Der Professor würde es mir niemals verzeihen –«

»Ich gehe lediglich über die Straße.« Denn dort waren sie, genau, wie ich erwartet hatte; O'Connell schlenderte ziellos auf und ab, Mr. Wilson jedoch fixierte bewegungslos das Haus.

»Bitte, Madam, tun Sie es nicht –«

Ich tätschelte seinen Arm. »Sie können in der Tür stehenbleiben und mich die ganze Zeit beobachten, Gargery. Ich möchte lediglich einige Worte mit diesen Herren wechseln; ich bin gleich zurück.«

Es war nicht erforderlich, daß ich die Straße überquerte. Sobald ich auftauchte, eilten die beiden zum Tor, wo unsere Unterhaltung dann auch stattfand.

»Meine Vermutung erwies sich als richtig«, informierte ich die beiden. »Miss Minton war und ist in Sicherheit.«

»Habe ich Ihr Wort darauf, Mrs. E.?« fragte Kevin.

»Mein Ehrenwort. Habe ich Sie jemals belogen, Mr. O'Connell?«

Ein kleines Lächeln umspielte die Mundwinkel des jungen Mannes. »Nun ... ich werde Ihnen diesmal glauben.«

»Aber wo ist sie?« drängte Wilson. »Ich muß mit ihr sprechen, mir Klarheit verschaffen –«

»Es erstaunt mich, Sie so aufgebracht zu sehen, Mr. Wilson.«

Denn das war er tatsächlich; sein Hut saß schief, und er schien keinen Gedanken auf seine eleganten, grauen Handschuhe zu verschwenden, die die rostigen Eisenstäbe umklammerten.

»Verzeihen Sie«, murmelte Wilson. »Ich zweifle nicht an Ihren Worten, Mrs. Emerson –«

»Das sollten Sie auch nicht tun. Miss Minton wird morgen in ihre Wohnung zurückkehren; dann können Sie sie aufsuchen. Gehen Sie jetzt nach Hause, und schlafen Sie beruhigt in dem Wissen ein, daß sie nicht in Gefahr ist.«

Die Hände in den Taschen vergraben, die Schultern eingezogen, hatte sich O'Connell bereits abgewandt. »Setzen Sie

Ihre Kappe auf, Mr. O'Connell!« rief ich. »Die Abendluft ist feucht.«

Er nahm meinen Rat mit einem Winken seiner Hand auf, blieb aber nicht stehen – und befolgte ihn auch nicht, zumindest nicht, solange er in Sichtweite war. Mr. Wilson verharrte, um mir zu danken und sich wiederholt zu entschuldigen. Ich unterbrach seinen Ausbruch und forderte ihn zum Gehen auf.

Statt umgehend ins Haus zurückzukehren, blieb ich am Tor stehen. Die Abendluft war feucht und von dem Geruch brennender Kohle durchsetzt, trotzdem bin ich sicher, daß ich den werten Lesern nicht zu erläutern brauche, weshalb ich im Freien verharrte. Falls einer von Ihnen noch nie an einem Fenster oder an einer Tür gestanden und mit angehaltenem Atem auf einen heimkehrenden Wanderer gewartet hat – wessen Herz nicht bei jedem einbiegenden Fahrzeug oder den Passanten, deren Silhouette auch nur die entfernteste Ähnlichkeit mit dem Ausbleiber hatte, höher schlug – wer nicht den qualvollen Schmerz der Enttäuschung kennt, wenn das Fahrzeug weiterfährt und die Gestalt eine andere ist –, diesen Menschen kann ich nur herzlich zu seiner Gemütsruhe beglückwünschen.

Gargery stand auf der Türschwelle und spähte genauso intensiv wie ich. Die Bemühung war vergeblich, und das wußte ich sehr wohl; nach einer Weile drehte ich mich seufzend um.

Die Büsche neben dem Tor, die mittlerweile in vollem Laub standen, schwankten wie von einem plötzlichen Windstoß berührt. Aber es war windstill. Die Blätter an den gegenüberliegenden Büschen bewegten sich nicht. Etwas, was man für eine überdimensionale schneeweiße Spinne hätte halten können, schnellte aus dem Gebüsch hervor. Es war keine Spinne; es war eine leichenblasse, zum Skelett abgemagerte Hand. Und sie hielt ein Stück Papier umschlossen.

Sobald ich das Papier an mich genommen hatte, verschwand die Hand; das leise Rascheln, unhörbar für jeden, der nicht die Ohren gespitzt hätte, verstummte, als der Kurier denselben Weg nahm, den er gekommen war, indem er wie ein Reptil über den Erdboden kroch.

Ayesha hatte gesagt, daß ich ihren Kurier erkennen würde. Es war kaum wahrscheinlich, daß irgendein anderer einen Brief auf so merkwürdige Weise überbracht hätte.

Gargery war nichts Ungewöhnliches aufgefallen. Ich war mir sicher, daß er ansonsten geschrien hätte oder mir zu Hilfe geeilt wäre. Ich versteckte den Brief in meiner Rocktasche, eilte zurück ins Haus und dann in die Bibliothek.

Das Blatt war zweimal gefaltet, aber nicht versiegelt. Die Außenseite des Papiers war nicht beschrieben. Auf der Innenseite befand sich eine einzige Zeile mit bizarren Symbolen.

Meine Augen brauchten ungewohnt lange, um sich darauf zu konzentrieren. Die Symbole waren, wie nicht anders zu erwarten, Hieroglyphen, doch die einzelnen Zeichen wirkten so ungeschickt zu Papier gebracht, als habe sie jemand geschrieben, dem die anmutige, altägyptische Bilderschrift nur oberflächlich vertraut war; und die Orthographie – wenn ich diesen Begriff auf eine Sprache anwenden darf, die eigentlich kein Alphabet kennt – war entsetzlich. Ich rätselte eine ganze Weile herum, bevor ich sie entziffert hatte. Der Obelisk war unmißverständlich – es gab nur einen in London –, aber kein Ägypter hätte den Ausdruck »die Mitte der Nacht« angewandt, wenn er, wie ich annahm, Mitternacht meinte. Es gab nur noch eine weitere Gruppe von Zeichen – die marschierenden Beine, die für Verben der Bewegung standen, sowie einen einzelnen Strich.

»Komme allein?« Eine andere Bedeutung konnte ich mir nicht vorstellen. So lautete die übliche Floskel in allen anonymen Mitteilungen, insbesondere dann, wenn man jemanden in eine Falle zu locken versuchte. Eine Verabredung um Mitternacht am Flußufer, von einer Frau initiiert, die keine Veranlassung hatte, mich zu mögen, und allen Grund für das Gegenteil, war vielleicht eine solche Falle.

Ich beschloß, um halb zwölf zu diesem Rendezvous einzutreffen. Wenn man einen Hinterhalt vermutet, ist es strategisch vorteilhaft, früh genug auf der Bildfläche zu erscheinen.

Es gibt nur wenige Gelegenheiten in meinem langen und (ich schätze mich glücklich, das sagen zu dürfen) abenteuerlichen Leben, an die ich mich mit größerem Unbehagen erinnere als an jenen Frühlingsabend in London. Ahnungen und Befürchtungen keimten in mir auf, während die Stunden unendlich langsam verstrichen. Ich speiste allein zu Abend – obwohl der Gebrauch dieses Verbs irreführend ist, denn Gargery, der beinahe ebenso erregt war wie ich, servierte die Gänge so überstürzt, daß ich selbst dann nichts hätte essen können, wenn ich Appetit gehabt hätte, der mir freilich vergangen war. Als ich durch die Eingangshalle in Richtung Treppe schritt, bemerkte ich ihn auf seinem Posten neben dem Fenster. Er hatte die Vorhänge zu einem Bündel zurückgezogen und umklammerte sie wie einen rettenden Anker, doch ich brachte es nicht übers Herz, mich zu beschweren.

Es fällt mir schwer, die wilden Theorien zu Papier zu bringen, die meinen Verstand torpedierten. Für Augenblicke war ich überzeugt, daß die Verabredung nur eine Falle sein konnte, der ich irgendwie entkommen mußte. Im nächsten Augenblick entschied ich, daß Ayesha schließlich doch das zwischen uns bestehende Band erkannt hatte – die gegenseitige Sympathie zweier unterdrückter Frauen – und mir die gewünschte Information mitteilen wollte. Es gab noch eine dritte Möglichkeit – daß sie Emerson zu sich gelockt hatte, ihn um Hilfe gebeten oder ihm ein Angebot... irgendein Angebot gemacht hatte und daß er gegen seinen Willen festgehalten wurde. Wenn das der Fall sein sollte, dann diente das Zusammentreffen der Forderung nach Lösegeld. Ich hoffte inständig, daß es so wäre!

Die Zeit verstrich so langsam, daß es mir wie eine Ewigkeit vorkam, doch schließlich unterbrach ein Klopfen an der Tür meine Überlegungen.

»Wer ist da?« rief ich.

»Ich bin es, Mama. Darf ich eintreten?«

Mir fiel ein, daß ich ihm eine gute Nacht hätte wünschen sollen, um mich zu vergewissern, daß er dort war, wo er hingehörte. »Ja, Ramses, tritt ein.« Dann fügte ich hinzu: »Ich wollte gerade zu dir gehen. Bislang habe ich noch nichts von deinem Papa gehört, aber das beunruhigt mich eigentlich nicht.«

Vorsichtig schloß Ramses die Tür hinter sich und blickte mich dann mit ernstem Gesicht an. Er war bereits im Nachthemd und für seine Verhältnisse relativ sauber. Im stillen fragte ich mich, ob er sich des anrührenden Eindrucks bewußt war, den er auf seine Mutter ausübte, mit seinem blütenweißen Nachthemd und den winzigen, nackten Füßen (eigentlich sollte er Hausschuhe tragen, doch das kümmerte ihn nicht). Mein Mißtrauen verflog; nicht einmal Ramses konnte so berechnend sein, daß er die zärtlichsten Empfindungen seiner Mutter wachrief, um sie von ihrem Mißtrauen abzulenken.

»Ich wollte dir eine gute Nacht wünschen und dich fragen...«, hub Ramses an.

»Das habe ich mir gedacht. Gib mir einen Gutenachtkuß, und dann geh ins Bett. Es ist schon spät.«

»Ja, Mama.« Ramses gab mir den Kuß, den ich erwiderte, und entwand sich dann meiner Umarmung. »Ich wollte dich fragen –«

»Ramses, ich habe dir doch erklärt, daß dein Papa noch nicht zurückgekehrt ist. Wenn er heimkommt, wird er dir einen Gutenachtkuß geben; das macht er doch immer.«

»Ja, Mama. Aber das war nicht meine Frage. Papas lange Abwesenheit ist mir sehr wohl bewußt, da ich mitbekommen habe –«

»Du hast es also mitbekommen, soso? Was willst du dann?«

»Ich möchte um einen Vorschuß auf mein Taschengeld bitten.«

Die Idee, Ramses ein regelmäßiges Taschengeld zu geben, stammte von Emerson, und ich muß gestehen, sie hatte sich als hervorragend erwiesen. Die Summe war vergleichsweise hoch, doch Emerson stellte fest, daß wir ihm ohnehin ständig Bücher und Papier und Stifte und andere Lehrmaterialien kauften; wenn er gezwungen wurde, den Kostenrahmen für seine Bedürfnisse selbst zu überwachen, dann war das eine sinnvolle ökonomische Übung, die uns letztlich nicht mehr kostete als das ohnehin Geleistete.

»Was, hast du das von letzter Woche schon ausgegeben? Du hast Miss Helen erklärt, du besäßest 12 Shilling und ein Sixpence, und das war, bevor dein Papa dir –«

»Ich hatte ungewöhnlich hohe Ausgaben«, erklärte Ramses.

»Deine Mumifikationsversuche, nehme ich an.« Ich schnitt eine Grimasse. »Also gut; Mamas Brieftasche liegt auf dem Schreibtisch, nimm dir, was du brauchst.«

»Vielen Dank, Mama. Darf ich hinzufügen, daß dein in meine Ehrlichkeit gesetztes Vertrauen meine tiefsten Empfindungen der –«

»Schon gut, mein Sohn, schon gut.« Ich sah auf meine Uhr. Nicht einmal fünf Minuten waren seit meinem letzten Blick vergangen. Würden sich die Zeiger denn nie bewegen?

Ramses eilte zur Tür. »Gute Nacht, Mama.«

»Gute Nacht, mein Sohn. Schlaf –«

Bevor ich geendet hatte, fiel die Tür ins Schloß. Auch gut; aufgrund meines nervösen Erregungszustands konnte ich die Gesellschaft einer weiteren Person kaum ertragen, geschweige denn, mich auf ein Gespräch konzentrieren.

Schließlich war die mir endlos erscheinende Wartezeit vorüber, und ich bereitete mich auf meinen Aufbruch vor. Ich hatte lange überlegt, was ich anziehen sollte, und mich schließlich für eine der Garderoben entschieden, die ich auf unseren Exkavationen in Ägypten so praktisch fand – eine knielange Schurwollhose, feste Stiefel, ein weites Hemd und darunter das neue Mieder, das ich mir erst kürzlich hatte anfertigen lassen. Dann nahm ich meinen Gürtel vom Schreibtisch und schnallte ihn um; und das vertraute Klappern der daran befestigten, nützlichen Utensilien erfüllte mich mit Zuversicht und gab mir Kraft. Nur das Fehlen meines Revolvers bedauerte ich zutiefst. Aufgrund der Vorbehalte Emersons gegenüber Waffen im Haushalt und seiner Behauptung, daß eine solche Vorsichtsmaßnahme im zivilisierten England unnötig sei, hatte ich ihn Abdullah überlassen. Wäre mein geschätzter Gatte in meiner Nähe gewesen, hätte ich ihn auf die fatale Dummheit dieser Annahme hingewiesen.

Vor Aufregung klopfte mein Herz so laut, daß ich die entfernten Geräusche kaum wahrnahm und ihnen erst Bedeutung beimaß, als die Tür zum Schlafzimmer aufgerissen wurde. Wie soll ich die Empfindungen beschreiben, die jeden Quadratzentimeter meines Körpers durchfluteten, als ich ihn sah ... Emerson. Dieses eine Wort sagt alles. Ich kann diese Empfindungen nicht beschreiben und will es auch gar nicht versuchen.

Nach einer Zeitspanne, die ich ebenfalls nicht zu beschreiben versuche, hielt mich Emerson auf Armeslänge von sich und blickte mich fragend an. »Nicht, daß ich deine Leidenschaft nicht schätzen würde, Peabody«, bemerkte er, »trotzdem kann ich sie mir irgendwie nicht erklären. Ist irgend etwas passiert?«

»Ob irgend etwas ... passiert ...« Ich drückte beide Hände gegen seinen Brustkorb und versetzte ihm einen festen Stoß. Emerson taumelte gegen die Tür; sein breites Grinsen erzürnte mich noch mehr. »Wie kannst du es wagen, mich das zu fragen?« schrie ich und ballte meine Hände zu Fäusten. »Wie kannst du es wagen, dieses Haus ohne jede Erklärung zu verlassen, stundenlang wegzubleiben, das Abendessen zu versäumen und mich in Angst und Schrecken zu versetzen?«

»Das klingt schon besser«, bemerkte Emerson. Mit vor der Brust verschränkten Armen beobachtete er, wie ich unter der melodischen Begleitung meiner klappernden Utensilien auf und ab schritt. Einen Augenblick später meinte er: »Und wohin wolltest du, Peabody? Denn ich nehme nicht an, daß du dich komplett bekleidet und bis an die Zähne bewaffnet zur Ruhe legen wolltest.«

Abrupt blieb ich stehen. Wie typisch für diesen Mann, dachte ich erbittert, bleibt so lange weg, bis er die schlimmsten Befürchtungen erweckt hat – und taucht dann gerade noch rechtzeitig auf, um meine Pläne zu durchkreuzen. Wäre er fünf Minuten später eingetroffen, hätte ich das Haus bereits verlassen.

»Ich wollte dich suchen«, murmelte ich.

»Ist das wahr, Peabody?« Er eilte zu mir und schloß mich in seine Arme. »Meine geliebte Peabody ...«

Das Leben, werter Leser, trägt gelegentlich ironische Züge. Genau die Umarmungen, zu denen ich ihn ermutigt hatte – und die ich selbstverständlich begrüßte –, entlarvten meinen

Vorwand. Denn der verfluchte Brief, den ich in eine meiner Rocktaschen gesteckt hatte, raschelte aufgrund von Emersons Umarmung. Meine Erklärung hatte ihm gefallen und geschmeichelt, seine Zweifel aber nicht völlig ausgeräumt – denn Emerson ist weder dumm noch naiv. Bevor ich ihn davon abhalten konnte, hatte er die Mitteilung aus ihrem Versteck gezerrt und war soeben dabei, sie zu lesen.

»Von wem stammt das, Amelia?« fragte er in ruhigem Ton.

»Weißt du es denn nicht, Emerson? Kannst du es nicht erraten?«

»Ehrlich gesagt, nein. Keiner meiner Bekannten schreibt ein so scheußliches Ägyptisch.« Er bemühte sich, ruhig zu bleiben, doch das Zucken seiner Kinnmuskulatur zeugte von seinem Kampf, nicht laut zu werden. Ich wandte mich von ihm ab; seine stahlharten Finger umklammerten meine Schultern und wirbelten mich zu ihm herum.

»Du wolltest mich gar nicht suchen. Wie, zum Teufel, hättest du das auch anstellen sollen? Wo würdest du mich in diesem Tollhaus von Stadt denn ...«

»Na, was vermutest du? Wo sonst? Dort hätte ich mit meinen Nachforschungen begonnen; glücklicherweise hat sie mir die Mühe erspart.«

»Sie?« Emerson lockerte seine Umklammerung. Er warf mir einen fast ehrfürchtigen Blick zu. »Wie hättest du denn wissen können ...«

»Ich sah, wie du in ihr Haus gingst, Emerson. Nicht nur einmal, sondern zweimal. Das zweite Mal beobachtete ich es vom Park aus; hast du etwa angenommen, der einfältige Bart und ein Korb voller Fische könnten mich irreführen?«

»Fische!« entfuhr es Emerson. »Fische? Fische ...« Es dämmerte ihm; seine verkrampfte Gesichtsmuskulatur und die zusammengekniffenen Brauen entspannten. »Ayesha!

Du sprichst von Ayesha. Stammt diese Nachricht von ihr?«

»Willst du damit sagen, es gibt noch eine andere?« kreischte ich.

Emerson schenkte mir keine Beachtung. Jetzt schritt er aufgebracht durch den Raum und stieß abgehackte Satzfetzen vor. »Dann ist sie bereit zu reden. Aber warum sollte sie ... Mitternacht, sagte sie. Wie trivial und langweilig ... Amelia! Du hattest doch nicht etwa vor, auf diese erfindungsreiche Einladung zu reagieren, oder? Ein solcher Hohlkopf könntest du doch nicht sein! Oh, verflucht, natürlich könntest du das. Du würdest hingehen!«

»Ich könnte, würde und werde hingehen«, erwiderte ich, während ich meiner Empörung und Verärgerung Herr zu werden versuchte. »Und ich muß umgehend aufbrechen.«

Emerson blieb stehen. »Es ist eine Falle, Amelia.«

»Wie kannst du das wissen? Falls es sich allerdings so verhält, ist es um so wichtiger, daß ich verfrüht eintreffe. Der strategische Vorteil –«

»Halt mir keine Vorträge, zum Teufel!«

»Emerson, bitte!«

»Verzeihung, Peabody.« Emerson strich über sein Kinn. »Sie hat natürlich recht«, knurrte er. »Und ich kann sie nicht davon abhalten. Es sei denn ...«

Seine Augen suchten mein Gesicht; sein berechnender Blick und das (sicherlich) unwillkürliche Zucken seiner Hände ließen mich einen Schritt zurückweichen.

»Emerson, wenn du jemals Hand an mich legst – zum Zwecke der Freiheitsberaubung, meine ich –, dann wirst du das bis an dein Lebensende bereuen.«

»O ja, das weiß ich, Peabody«, erwiderte Emerson aufgebracht. »Manchmal frage ich mich, ob es die Sache nicht wert wäre; aber wenn ich darüber nachdenke, was du tun könntest – oder nicht tun könntest ... Sollen wir nicht besser aufbrechen?«

»Einen Augenblick noch. Was bedeutet dir diese Frau, Emerson? Wann hast du sie kennengelernt? Und –«

»Welche Frau?« fragte Emerson grinsend. »Also, Peabody, verlier jetzt nicht die Nerven, dafür haben wir keine Zeit – und genausowenig für Erklärungen. Ich verspreche dir, du bekommst sie rechtzeitig genug – immer vorausgesetzt natürlich, daß wir dieses nächtliche Abenteuer überstehen, was mir momentan überaus problematisch erscheint. Sollen wir Gargery mitnehmen oder ... Nein, ich kann es deinem Gesicht ablesen, daß dich diese Idee nicht sonderlich begeistert. Also dann, nur wir beide – Seite an Seite, Rücken an Rücken, wie gehabt.«

Wie konnte ich diesen Worten widerstehen oder die kräftige gebräunte Hand abweisen, die nach der meinen griff?

Trotz Emersons Versprechen, dem Kutscher eine halbe Krone zu geben, sofern er alles aus seinen Pferden herausholte, trafen wir später als von mir erhofft ein, und wir stritten uns immer noch, als die Droschke das Ende der Savoy Street in der Nähe der Waterloo Bridge erreichte. (Denn dieser strategische Punkt erlaubte mir, den Treffpunkt aus der entgegengesetzten Richtung anzusteuern, womit ein Beobachter sicherlich nicht rechnete.)

»Sie sagte, sie käme allein«, wiederholte ich zum zigsten Male. »Wenn sie bemerkt, daß du mich begleitet hast, taucht sie vielleicht gar nicht auf.«

Emerson mußte die Logik einsehen, doch die von ihm vorgeschlagenen Lösungsansätze waren entweder nicht durchführbar oder zu aufwendig. Es war undenkbar, daß man ihn für mich hielt, selbst wenn er einen weiten Umhang und eine dieser altmodischen Hauben getragen hätte. Schließlich erklärte er sich (widerwillig) mit der einzig vernünftigen Vorgehensweise einverstanden – nämlich der, daß er mir in einiger Entfernung folgte und versuchte, ein Versteck in der Nähe des Obelisken zu finden.

Ich hatte ihn überredet, den Bart wegzulassen. Mit hochgeschlagenem Mantelkragen und tief in die Stirn gezogener Kappe ging er vielleicht als streunender Vagabund durch, falls der Nebel so dicht war wie von mir erhofft (obwohl ich gestehen muß, daß es ihm niemals gelungen wäre, mich oder irgendeine andere Frau irrezuführen, deren Blick aufgrund ihrer tiefen Zuneigung geschärft war). Leider war die Nacht bis auf einige über dem Fluß hängende Nebelschwaden klar.

Wir beobachteten, wie die Droschke wendete und davonratterte. Emerson ergriff meine Hand.

»Hast du deinen Schirm, Peabody?«

»Wie du siehst«, erwiderte ich und zückte ihn.

Eine rasche und schmerzhafte Umarmung war seine einzige Antwort. Wortlos bedeutete er mir, ihm zu folgen.

Von der Brücke, die direkt über uns war, drang das Rattern und Rumoren des Verkehrs an meine Ohren, das sich mit dem Pfeifen der Lokomotiven vermischte, die am gegenüberliegenden Flußufer in den Bahnhof Waterloo einfuhren. Genau vor mir lag der von hellen Gaslampen beleuchtete Damm. Sie hingen an schmiedeeisernen Stangen, die im Abstand von ungefähr 20 Metern angebracht waren; von meinem Standort aus bildeten sie ein schimmerndes Lichtband, das von dem dunklen Gewässer reflektiert wurde.

Ich ging los und hielt mich so weit wie möglich von den Lichtern entfernt. Ich war nicht die einzige Passantin; nachdem ein untersetztes, ungepflegtes männliches Individuum stehenblieb und mich offensichtlich ansprechen wollte, funktionierte ich meinen Schirm in einen Gehstock um und schlurfte so langsam wie eine alte Tattergreisin weiter. Rechter Hand und über mir schimmerten die hellen Lichter der belebten Straße. Zu meiner Linken befand sich der plätschernde Fluß; und vor mir erhob sich die spitze Form dieses einfachen und doch so beeindruckenden, von Menschenhand geschaffenen Monuments vor dem sternübersäten Himmel – der Obelisk, der einst einen Tempel im sonnigen Ägypten geziert hatte. Jetzt stand er, umhüllt von feuchtem Nebel, neben dem dunklen Fluß; und mir schoß durch den Kopf, wie seltsam ihm seine Umgebung doch hätte vorkommen müssen, wenn er zu Empfindungen in der Lage gewesen wäre.

Aber jetzt war nicht der richtige Zeitpunkt für philosophische Betrachtungen, so sehr mich das auch fasziniert. Ich lehnte mich mit dem Rücken an den Zaun, der den Obelisken umgab, und wartete absolut konzentriert. Der Nebelschleier über dem Fluß war dichter geworden, und einzelne Schwaden trieben zum Ufer. Eine ungefähr 20 Meter entfernte Laterne warf ihr helles Licht auf das Pflaster, allerdings fiel nur ein schwacher Schimmer auf die Seite des Monuments.

Dreißig Minuten vor der besagten Stunde hatte ich Emerson verlassen. Da ich wußte, wie stark sich das Zeitgefühl in solchen Situationen täuschen läßt, war ich auf eine subjektiv lange Wartezeit vorbereitet; doch ich hatte kaum meine Position eingenommen, als ich aufgrund eines leisen Zischens meinen Kopf abrupt nach links wandte.

Sie trug dunkle Kleidung. Nur ihre blaßschimmernde Hand, die den Schleier vor ihrem Gesicht festhielt, verriet ihre Gegenwart.

»Guten Abend«, hub ich an.

Ihre Hand schoß vor und bedeckte meinen Mund. »Pst! Schweigen Sie, und befolgen Sie meinen Rat. Uns bleibt keine Zeit. Gehen Sie rasch, bevor er kommt.«

Ich wehrte die heißen, auf meine Lippen gepreßten Finger ab. »Sie haben mich gebeten –«

»Närrin! Er zwang mich, diese Nachricht zu schreiben. Ich hatte gehofft, daß Sie früher einträfen und ich Sie warnen könnte, denn ich habe... Aber das tut nichts zur Sache, Sie müssen verschwinden. Ich dachte, er wolle sie für die Zermonie in der morgigen Nacht, und das würde... Aber jetzt hat er die andere, sie erfüllt seinen Zweck, und doch, als ich sagte, in Ordnung, dann werde ich die Sitt Hakim nicht treffen, da hat er... Er will Sie töten, daran besteht überhaupt kein Zweifel.«

Sie stand dicht vor mir und torpedierte mich mit ihren unzusammenhängenden Sätzen. Ihre Hände zogen und zerrten an mir, als wollte sie ihre drängenden Worte bekräftigen. Ihr Schleier war gesunken, und selbst in der Dunkelheit konnte ich erkennen, was er ihr angetan hatte, nachdem sie sich ihm zu widersetzen gewagt hatte.

»Kommen Sie mit mir«, drängte ich, während ich versuchte, eine ihrer heftig gestikulierenden Hände zu packen. »Warum schützen Sie einen Mann, der Sie bedroht, Sie schlägt? Nennen Sie mir seinen Namen. Ich verspreche Ihnen, er wird nie wieder –«

»Sie kennen ihn nicht. Sie wissen nicht, wozu er fähig ist. Er besitzt Macht ... Oh, Sie sind eine verrückte, unterkühlte Engländerin. Fürchten Sie sich denn nicht vor dem Tod?«

»Nicht so sehr wie Sie«, sagte ich. »Und doch nahmen Sie das Risiko auf sich, mich zu warnen. Warum?«

Ihre Hände entspannten; für einen Augenblick ruhten sie bewegungslos auf meinen Schultern. »Er liebt Sie«, flüsterte sie. »Von allen mir bekannten Männern ist er so ... so ... Und Sie verwendeten mir gegenüber an jenem Tag solche Worte ... Oh, es ist irrsinnig! Gehen Sie jetzt endlich?«

»Nur, wenn Sie mitkommen. Ich werde Sie nicht zurücklassen und Sie der Konfrontation mit ihm aussetzen.«

Sie erwiderte meinen Blick. Ich glaubte wirklich, daß ich sie überzeugt hatte. Dann ließ sie mich los und glitt in die Dunkelheit.

Impulsiv wollte ich ihr folgen; doch dann siegte meine Vernunft, und ich blieb, wo ich war. Sie war außer Sichtweite, irgendwo hinter dem Obelisken; aufgrund der Dunkelheit und des zunehmenden Nebels konnte sie mir leicht entwischen. Wenn ich ihr nachging, verpaßte ich vielleicht meinen wahren Gegner – den Mörder persönlich. Hatte ich den Schurken erst einmal in meiner Gewalt, brauchte ich weder Ayesha noch sie mich. (Obwohl ich nach wie vor beabsichtigte, sie von einem Rückzug in ein friedliches, harmonisches Landleben zu überzeugen.)

Ein Aufschrei durchbrach die nächtliche Stille! Er verebbte so abrupt, als habe eine brutale Hand den Hilferuf unterbunden. Es bestand nicht der geringste Zweifel, daß er von Ayesha stammte. Mit gezücktem Schirm stürmte ich unumwunden in die Richtung, aus der das Geräusch gekommen war.

Man stelle sich mein Erstaunen vor, als ich als ersten Emerson bemerkte. Um ehrlich zu sein, hatte ich seine Anwesenheit schon fast vergessen. Er stand im Lichtkegel einer nahe gelegenen Gaslaterne und starrte über das Pflaster in den Park. Er lag in völliger Dunkelheit, trotzdem bemerkte ich einen Schatten, der weder Busch noch Baum hätte sein können – eine hünenhafte, gespenstische und kaum menschenähnliche Gestalt.

»Warte, Peabody!« brüllte Emerson. »Er hat eine Pistole auf ihren Kopf gerichtet!«

Jetzt, da er es erwähnt hatte, bemerkte ich, daß es sich bei dem mattglänzenden Metall tatsächlich um eine Waffe handelte, und ich folgerte, daß das unweit davon entfernte, blasse Gesichtsoval das von Ayesha sein mußte. Ihre schwarze Bekleidung verschmolz mit der dunklen Garderobe ihres

Angreifers, der scheinbar einen Opernumhang und einen Seidenzylinder trug. Ein engsitzendes, dunkles Tuch verbarg sein Gesicht.

»Verflucht«, entfuhr es mir. »Wo ist die verdammte Polizei? Man sollte doch annehmen –«

Heftige Bewegungen in der Dunkelheit und ein Wimmern von Ayesha unterbrachen mich. Es bedurfte keiner Warnung dieses brutalen Bastards, daß ein lautes Geräusch oder eine plötzliche Bewegung zum Betätigen des Abzugs führten.

Zu spät begriff ich, daß ich überlegter hätte handeln sollen, statt ihr blindlings zur Rettung zu eilen. Wenn ich mich ihm von hinten genähert hätte ...

Dann bemerkte ich eine weitere und abruptere Bewegung der Gestalt in der Dunkelheit. Für mich war es schwierig zu erkennen, was er gerade tat, doch Ayesha spürte es hautnah. Ein weiterer Schrei kam über ihre Lippen und vermischte sich mit dem Knall eines Pistolenschusses. Emerson fuhr sich mit der Hand an den Kopf. Ein Ausdruck absoluten Erstaunens glitt über sein Gesicht. Langsam sank er zu Boden.

Ich konnte nicht, ich wagte es nicht, zu ihm zu gehen. Emerson war vielleicht nicht tot, sondern lediglich verletzt; doch das Ableben meines geliebten Gatten (nicht zu erwähnen meiner Wenigkeit) war vorprogrammiert, solange der Mörder die Gewalt über seine Waffe besaß. Ayesha kämpfte mit ihm, umklammerte seinen Arm. Ich eilte ihr zu Hilfe.

Das laute Geräusch des zweiten Schusses wurde von ihrem Körper gedämpft. Wie ein verletzter Vogel stürzte sie ihm zu Füßen; doch als er die Pistole ein weiteres Mal abfeuern wollte, sauste der Stock meines Schirms auf seinen Oberarm.

Die Waffe fiel zu Boden; meine Stiefelspitze ertastete sie und katapultierte sie im hohen Bogen ins Gebüsch. Emerson war gerettet! Aber für mich sah es nicht gerade rosig aus, da der Unbekannte meine Kehle umschloß. Der brutale Griff wurde fester, schnitt mir Luft- und Blutzufuhr ab. Er trug Handschuhe; dagegen konnten meine Nägel nichts ausrichten. Ich versuchte, sie ihm ins Gesicht zu krallen, doch mein Arm sank schlaff hinunter. Meine Füße strampelten im luftleeren Raum. Völlige Dunkelheit übermannte mich. Ich erinnere mich, daß ich daran dachte, daß die verdammte Polizei nie da ist, wenn man sie braucht ...

Werter Leser, es war wie eine Erhörung meines Gebets; schwach und aufgrund des Rauschens in meinen Ohren scheinbar weit entfernt, ertönte das schrille Geräusch einer Trillerpfeife der Polizei! Die meine Kehle umklammernden Hände lockerten ihren Griff. Hilflos sank ich zu Boden und traf auf etwas Weichem und Nachgiebigem auf; und als mein vernebelter Blick wieder fokussieren konnte, begriff ich, daß ich geradewegs auf das tote Gesicht von Ayesha starrte.

Zitternd rappelte ich mich gerade noch rechtzeitig auf, um eine kleine, dunkle Gestalt zu bemerken, die durch mein irgendwie begrenztes Gesichtsfeld stürmte. Jemand brüllte: »He, du kleiner Teufel, komm sofort zurück – was zur Hölle – Jack, du nimmst diesen Weg, pack dir den Burschen ... Was ist hier eigentlich los?«

Die Rettung nahte in Form von zwei riesigen Stiefeln. Ich nahm an, daß ein Schutzmann darin steckte, ging dieser Vermutung jedoch nicht weiter nach. Zu geschwächt, um aufzustehen, krabbelte ich zu der reglosen Gestalt meines Gatten, der mit dem Gesicht auf dem Kopfsteinpflaster lag. Als ich ihn berührte, erwachte meine Energie zu neuem Leben; unter Aufbietung aller Kräfte zerrte ich ihn auf den Rücken.

Er schlug die Augen auf. Er sah mich. Er lebte! Dem Himmel sei Dank, er lebte!

»Peabody«, bemerkte er, »die Sache wird allmählich unangenehm.«

13

Sicherlich muß ich nicht erwähnen, daß ich in dieser Nacht keine Sekunde Schlaf fand. Ich kauerte vor dem verlöschenden Kaminfeuer oder schlenderte ruhelos durch den Raum; immer wieder beugte ich mich über das Sofa, auf dem mein verletzter und heldenhafter Gatte ruhte, strich ihm das dunkle Haar aus der Stirn oder lauschte erleichtert seinen tiefen und gleichmäßigen Atemzügen – ja, so verbrachte ich die Stunden vor Sonnenaufgang. Er schlief tief und fest; ich hatte mir erlaubt, ihm einen Eßlöffel Laudanum in den Tee zu mischen, da mir bewußt war, daß sein ruheloser Geist ansonsten keinen Schlaf gefunden hätte.

Sosehr ich mich auch bemühte, zur mentalen Entspannung zu finden, kreisten meine Überlegungen doch immer wieder um das Grauen dieses denkwürdigen Abends. Alptraumhafte Bilder tauchten vor meinem geistigen Auge auf; die totenstarren Augen Ayeshas, die ihr Leben für uns aufs Spiel gesetzt hatte – jedenfalls für einen von uns; das unvergleichlich erlösende Fluchen meines geliebten Emerson, als er das Bewußtsein wiedererlangte und feststellte, daß ihm sein Gegner erneut entwischt war; das pausbäckige und gerötete Gesicht des verblüfften Schutzmannes, der einen kleinen Straßendieb verfolgt hatte und sich mit einer Leiche konfrontiert sah, einem Verletzten und einer Frau, die aufgrund ihrer

Besorgnis und ihres Beinaheerstickungstodes auch keine sonderlich gute Figur abgab ...

Trotz der sofortigen und kompetenten medizinischen Betreuung, die man mir und Emerson hatte angedeihen lassen, schmerzte meine Kehle immer noch. Doch dieser Schmerz war nichts im Vergleich zu meinen Seelenqualen. Ich hatte mich geirrt. Ja, ich – Amelia Peabody Emerson – hatte es versäumt, die eindeutigen und logischen Schlüsse zu ziehen, die im Zuge kriminalistischer Ermittlungen unerläßlich sind.

Ich glaube, daß das gewissermaßen entschuldbar ist. Die Ereignisse dieses aufregenden Tages hatten sich mit einer so verblüffenden Schnelligkeit überlagert, daß ich nicht die Gelegenheit hatte, sie zu überdenken. Dennoch war mir bewußt, daß darin nicht der eigentliche Grund für mein Versagen lag. Eifersucht hatte meinen Verstand getrübt; Mißtrauen hatte mein logisches Denkvermögen beeinträchtigt. Wie zutreffend sind doch die überlieferten Worte, daß die Eifersucht so grausam ist wie das Grab und daß ihre Glut ein schreckliches Feuer entfacht.

Erneut beugte ich mich über Emerson und drückte meine Lippen auf seine verletzte Stirn. Der Mediziner war gezwungen gewesen, ihm einen Teil seiner Haare wegzurasieren, bevor er die aufklaffende Kopfwunde verband. Eine seiner glänzenden schwarzen Locken verwahrte ich in einem Medaillon an meinem Busen, denn ich hatte sie von dem (ziemlich schmutzigen) Boden aufgehoben und mir geschworen, sie immer zu tragen, um mich daran zu erinnern, daß ich beinahe das Liebste in meinem Leben verloren hätte. Niemals wieder würde ich ihm mißtrauen. Niemals!

Nachdem ich die zärtliche Geste und meinen Schwur mehrmals wiederholt hatte, spürte ich, daß ich zur Ruhe gefunden hatte und meine logischen Gedankengänge wiederaufnehmen konnte. Ich begann mit Miss Mintons Enthüllungen. Es war kein Zufall, daß die Polizei exakt jene Stunde und jenen Abend gewählt hatte, um besagter Opiumhöhle einen Besuch abzustatten. Miss Minton hatte den Hinweis einem Kollegen gegeben; dieser wiederum hatte die Polizei informiert. Hatte er sie gewarnt, daß er ebenfalls dort sein würde, oder hatte er zu anderen Mitteln gegriffen, um sie zu einer Ermittlung zu bewegen? Je länger ich darüber nachdachte, um so überzeugter war ich, daß letzteres zutraf. Unsere Gegenwart war so lange unbemerkt geblieben, bis Emerson sich mit der ihm eigenen Vitalität zu erkennen gegeben hatte. Die Tatsache, daß die Polizei einem – sicherlich von einem Mitglied der Presse wohlformulierten – Hinweis so bereitwillig nachging, ließ sehr stark vermuten, daß sie Ayesha und ihr Etablissement schon zuvor verdächtigt hatten.

Der verfluchte Inspektor Cuff hatte mich hinters Licht geführt. Er hatte Ahmet nie für den Mörder gehalten. Er hatte den Mann aus zwei Gründen inhaftiert: zum einen, um Betroffenheit und Entsetzen unter seinen Bekannten auszulösen in der Hoffnung, daß er damit einen unüberlegten Schritt oder eine belastende Stellungnahme provozierte; zum zweiten, weil er erwartete, daß dieser gutunterrichtete Informant unter dem Druck des Polizeiverhörs nützliche Informationen preisgeben könnte. Was wußte Cuff? Das konnte ich nicht einschätzen, dennoch war mir eines klar: Falls Cuff davon ausging, daß der von ihm gesuchte Mann Engländer und ein Mitglied des Adels war, würde er extrem vorsichtig agieren. Gegen einen solchen Mann Anklage zu erheben bedurfte unwiderlegbarer Beweise.

Daß Ayesha die Wahrheit gekannt hatte, hatte sie mit ihren eigenen Worten bestätigt. »Er« hatte ihr befohlen, mich in eine Falle zu locken. Ihre ablehnende Haltung gegenüber der Ausführung dieses Auftrags mußte seinen Verdacht erregt haben und die Befürchtung, daß sie statt dessen ihn hintergehen würde (wovon ich letztlich überzeugt bin). Deshalb war er ihr gefolgt; vielleicht war er nahe genug gewesen, um ihre Warnung an mich zu verstehen.

Die Tatsache, daß er so alarmiert war, mich anzugreifen, war ermutigend. Weniger ermutigend war die Tatsache, daß ich keine Ahnung hatte, was ich gesagt oder getan hatte, um seine Besorgnis zu schüren. War es möglich, daß allein mein Besuch bei Ayesha Grund genug war? Das erschien mir unwahrscheinlich. Es war sicherlich wahrscheinlicher, daß ich über irgendeinen Hinweis gestolpert war, dessen Bedeutung ich nicht erkannt hatte.

Während unseres ersten Gespräches hatte Ayesha ein Wort fallenlassen, das ich für bedeutsam gehalten hatte. Sie hatte von einem englischen »Lord« gesprochen. Diesen Begriff hatte ich nie erwähnt. Aber bei näherer Überlegung fragte ich mich, ob er für sie dasselbe bedeutete wie für mich. Wie bereits von mir dargelegt, impliziert das arabische Wort für »Ehemann« – ebenso wie das für »Mann« – die Herabsetzung der Frau, und im Verlauf ihrer früheren Geschäftsbeziehungen hatte es Ayesha sicherlich häufiger angewandt, um ihren Kunden zu schmeicheln. Ein Mann ist gern bereit zu glauben, daß er stets der Herr und Gebieter in allen Situationen ist, insbesondere bei den Frauen, die er aufsucht.

Obwohl es alles andere als schlüssig war, deutete sämtliches Belastungsmaterial in die gleiche Richtung: nämlich, daß der falsche Priester und Oldacres Mörder ein und dieselbe Person waren und daß es sich entweder um Lord Liverpool oder seinen gottlosen Mentor handeln mußte. Beide mußten in die Geschichte verwickelt sein, sicherlich gemeinsam mit anderen, da mindestens sechs maskierte Männer in den Vortragssaal eingedrungen waren.

An diesem Punkt unterbrach ein unterdrückter Aufschrei

Emersons meinen Denkprozeß. Ich eilte ihm zur Seite. Er war zwar nicht aufgewacht, bewegte sich jedoch unruhig, drehte seinen Kopf hin und her und gestikulierte mit seinen Händen. Mit klopfendem Herzen lauschte ich den abgehackten, gemurmelten Silben und wurde von einem ungeahnten Glücksgefühl übermannt, als es sich um meinen Namen handelte.

Nachdem ich mich neben ihn gelegt und seine Hand umklammert hatte, beruhigte er sich. Ein letztes Murmeln durchbrach die Stille. »Verflucht, Peabody«, flüsterte er. Ich zog sein dunkles Haupt an meine Brust und wollte gerade meinen gedanklichen Faden wiederaufnehmen, als ich aus einem mir unerklärlichen Grund einschlief.

Als ich aufwachte, galt mein erster Gedanke Emerson. Ein rascher Blick in sein Gesicht beruhigte mich; er schlief selig. Dann vernahm ich erneut das Geräusch, das mich geweckt hatte.

»Ramses«, flüsterte ich. »Was machst du denn hier?«

Ramses' Kopf tauchte am Fußende des Bettes auf. »Ich war ganz leise, Mama. Ich wollte nur wissen, ob du wach bist.«

»Jetzt bin ich es, danke der Nachfrage. Aber dein Papa schläft noch, also –«

Emersons Lippen bewegten sich. »Er schläft nicht.«

»Deine Lider sind geschlossen«, erwiderte ich.

Er schlug die Augen auf. »Zum Teufel, wie spät ist es?« brummte Emerson.

Ich setzte mich im Bett auf. Da ich im Morgenmantel eingeschlafen war, wirkte ich überaus schicklich. Ramses' runde, interessierte Augen verfolgten jede meiner Bewegungen.

Emerson drehte sich auf den Rücken. »Uff!« meinte er. »Zum Teufel, wie spät –«

»Ich weiß nicht, Emerson. Von hier aus kann ich die Uhr nicht sehen.«

»Es ist zehn nach zwei«, sagte Ramses. »Ich hoffe, ihr werdet mir mein Eindringen verzeihen, Mama und Papa, aber da ich von Gargery erfuhr, daß Papa beinahe der Hauch des Todes gestreift hätte, führte meine Besorgnis –«

»Zwei Uhr!« tobte Emerson. »Nachmittags? In der Tat, draußen scheint die Sonne ... gütiger Himmel, Peabody, warum hast du mich nicht geweckt?«

Meine Bemühungen, ihn zur Ruhe zu gemahnen, waren vergeblich; er sprang aus dem Bett und stürmte ins Badezimmer. Ramses zögerte einen Augenblick und folgte ihm dann. Er beobachtete seinen Vater gern beim Rasieren. Es war ihm strikt untersagt, Emersons Rasiermesser auch nur anzurühren, nachdem er sich beinahe die Kehle aufgeschlitzt hätte, als er den (in seinem Falle überflüssigen) Vorgang nachahmen wollte.

Nachdem ich geläutet hatte, stieß ich zu ihnen und entdeckte Ramses auf einer Kommode sitzend, während sich Emerson kaltes Wasser ins Gesicht spritzte. »So ist es schon besser«, meinte er fröhlich. »Welch eine Nacht, was, Peabody?«

»Nichts ist besser. Du hast deinen Verband naß gemacht. Emerson, wie oft muß ich dir noch sagen –«

Ramses fiel mir ins Wort. »Ich nehme an, Papa, daß sich deine Frage auf deine neuerliche Begegnung mit dem kriminellen Verwandlungskünstler bezieht. Es würde mich interessieren zu erfahren, was –«

Bevor einer von uns beiden seinen Satz beenden konnte, sprang die Schlafzimmertür auf, und eine gutgelaunte Parade von Dienstboten trat ein – eines der Mädchen brachte ein Teetablett, ein weiteres heißes Wasser, Mrs. Watson überwachte ihre Tätigkeit, und Gargery ... nun, mir war klar, warum Gargery mitgekommen war. Er unterzog sich nicht einmal der Mühe, eine glaubwürdige Ausrede vorzubringen.

»Wie geht es dem Professor, Madam?« wollte er wissen.

»Gut, gut!« brüllte Emerson. »Guten Morgen, Gargery. Wer ist noch da? Mrs. Watson? Hervorragend, ich möchte ein ausgiebiges Frühstück, Mrs. Watson – oder Mittagessen – oder was auch immer angemessen scheint... und das so schnell wie möglich, ja? Oh – Entschuldigung – äh – Susan –« Er trat zurück, damit das Mädchen (Mary Ann) einen Krug heißes Wasser auf den Tisch stellen konnte.

Ich hatte den Eindruck, daß sich unser gesamtes Personal hinter Gargery aufgereiht hatte – vier Diener, die Köchin und drei weitere Hausmädchen, einschließlich des Küchenmädchens, das im oberen Stockwerk eigentlich nichts verloren hatte. Resigniert bemerkte ich: »Wie Sie sehen, Gargery – und alle anderen –, ist Professor Emerson wieder ganz der alte. Ich hoffe, daß Sie jetzt, nachdem Sie sich selbst überzeugen konnten, wieder Ihren eigentlichen Aufgaben nachgehen.«

»Oh, Mrs. Emerson«, entfuhr es der Haushälterin. »Es tut mir leid – ich weiß nicht, was in sie gefahren ist, normalerweise verhalten sie sich nicht so.«

»Ist schon in Ordnung, Mrs. Watson. Das kommt vor. Es ist nicht Ihre Schuld.«

»Verzeihen Sie, Madam«, hub Gargery an.

»Ja, was ist denn?«

»Bei allem anerbotenen Respekt, Madam, sie – und ich – wollten sich nach Ihrem Wohlbefinden erkundigen, Madam. Sie klingen ein wenig heiser, Madam. Ist es nicht besser, wenn ich den Arzt rufe, Madam, damit dieser einen Blick auf Sie wirft?«

Es dauerte einige Zeit, bis ich sie beruhigt hatte, aber

schließlich zerstreuten sie sich, nachdem mir die Köchin mitgeteilt hatte, sie kenne ein gutes Rezept gegen Heiserkeit, das sich aus Honig, Pfefferminze und Brandy zusammensetze, und sie wolle es mir sogleich zubereiten. Ich schloß die Tür und sank in einen Sessel. Zum ersten Mal war ich wirklich sprachlos. Es wäre ohnehin unmöglich gewesen, im Beisein von Ramses ein Gespräch zu führen. Also blieb ich ruhig sitzen, trank Tee – das Schlucken schmerzte ein wenig, doch die heiße Flüssigkeit bewirkte wahre Wunder – und lauschte den unüberhörbaren Geräuschen, unter denen Emerson seine Toilette beendete, unterstützt von Ramses' anerkennenden Kommentaren, Fragen und Vorschlägen.

Schließlich tauchten sie Arm in Arm wieder auf. Emerson erlaubte mir gnädig, den Verband zu erneuern, der genau wie sein Haar tropfnaß war. Dann zog ich mich ebenfalls zur Körperpflege zurück, während sich Emerson hinsetzte, Ramses auf den Schoß nahm und ihm alles berichtete.

Der Zeitpunkt meiner Rückkehr war hervorragend gewählt. Als ich aus dem Badezimmer kam, hörte ich, wie Ramses sagte: »Aber wer war denn diese bedauernswerte Dame, Papa? Und wie konnte es passieren, daß sie während der Auseinandersetzung tödlich verletzt wurde? Ich begreife, daß du bewußtlos warst und dir deshalb die entscheidenden Momente entgangen sind, aber du hast doch definitiv gesagt, daß der Schurke zunächst auf dich abfeuerte und Mama zweifellos als nächstes erschossen hätte, denn wie ich Mama kenne, wäre sie niemals weggelaufen, sondern hätte deinen Angreifer nach Kräften traktiert. Die Blutergüsse an ihrem Hals beweisen eindeutig, daß sie sich mit ihm anlegte – und er mit ihr – sozusagen –«

»Ich weiß, was du meinst, Ramses«, erwiderte Emerson. Er warf mir einen schiefen Seitenblick zu. »Ah ... hast du etwas gesagt, Peabody?«

»Nein.«

»Ist ja auch kein Wunder«, entfuhr es Emerson, während er Ramses absetzte und aufsprang. »Meine arme, geliebte Peabody, dein bezaubernder Schwanenhals ähnelt einem Gemäldeausschnitt von Turner. Er schimmert in sämtlichen Farben des Sonnenuntergangs. Wo bleibt die Köchin? Sie sprach von einem Heilmittel –«

Ramses trottete mit der Bemerkung zum Badezimmer: »Eine dauerhafte Behandlung mit kaltem Wasser ...«

Ich hielt ihn fest. »Nein, danke, Ramses, ich weiß deine Besorgnis zu schätzen, aber ich will weder mich noch das Badezimmer in einem Zustand der Überschwemmung erleben. Geh jetzt, ich möchte mich anziehen.«

»Ja, Mama. Darf ich noch eine Frage –«

»Später, Ramses.«

Emerson bot mir seine Hilfe beim Ankleiden an, doch noch ehe er das in Angriff nehmen konnte, erschien Mrs. Watson und teilte uns mit, daß das Mittagessen serviert sei. Emerson blickte auf die Uhr. »Hmmmmmm, ja, Beeilung ist angesagt. Bist du fertig, Peabody? Hier, nimm meinen Arm.«

»Da ist noch die kleine Sache mit den Knöpfen in meinem Rücken«, erwiderte ich. »Vielleicht, Mrs. Watson, könnten Sie so freundlich sein?«

Emerson wirkte verletzt. Ich tat so, als bemerkte ich es nicht.

Die Köchin hatte überaus fürsorglich ein kaltes Mittagessen zusammengestellt, das aus einer Vielzahl von Sülzen, Gelees und anderen weichen Speisen bestand, die ich mühelos schlucken konnte. Emerson aß hastig – bei jedem anderen Mann hätte ich behauptet, er verschlang sein Essen – und blickte ständig auf seine Taschenuhr. Ausnahmsweise war seine Tischkonversation so nichtssagend und korrekt, wie es sich eine Hausfrau nur wünschen konnte. »Herrliches Frühlingswetter, nicht wahr, meine Liebe? Mein Manuskript macht hervorragende Fortschritte. Habe ich mich eigentlich schon für deine konstruktiven Verbesserungsvorschläge bedankt, Peabody? Hast du etwas von Evelyn und Walter gehört? Wie geht es denn Raddie und Johnny und Willy und der kleinen Amelia?«

Meine Antworten waren einsilbig, da ich befürchtete, zuviel preiszugeben. Ein rational denkender Mensch würde sicherlich vermuten, daß sich meine Verärgerung und meine Eifersucht aufgrund des traurigen Endes dieser bedauernswerten Frau gelegt hätten, deren Liebe »zwar nicht klug, aber aufrichtig« gewesen war; aber, ach, werter Leser, die Eifersucht ist nicht rational. Sie war gestorben, um ihn zu retten. Die Waffe war auf Emerson gerichtet gewesen und nicht auf sie, als sie den Arm des Angreifers mit der ungestümen Energie der Leidenschaft umklammert hatte, um ihn an seinem Gewaltakt zu hindern. Sie hatte nicht versucht zu fliehen, sondern lediglich die Waffe von dem geliebten Mann abwenden wollen. Als tote Märtyrerin war sie eine größere Rivalin als zu ihren Lebzeiten.

Ein unterdrückter Laut entwich meinen Lippen. Vielleicht war es ein Schluchzen; ich denke eher, daß es ein verhaltener Wutschrei war. Besorgt blickte mich Emerson an. »Du hütest heute vielleicht besser das Bett, meine Liebe. Angenehme Ruhe –«

Ich zerknüllte meine Serviette und warf sie zu Boden. »Damit du unbeobachtet das Haus verlassen kannst? Was hast du vor, Emerson? Willst du Vorbereitungen für ein angemessenes Begräbnis und für einen Marmorgrabstein treffen? Oder den Sarg öffnen lassen, um sie ein letztes Mal zu küssen? Wer war diese Frau, Emerson? Was hat sie dir bedeutet?«

Emerson saß mit weit aufgerissenen Augen und offenstehendem Mund in seinem Sessel und umklammerte dessen Lehnen. Gargerys Reaktion war impulsiver; er ließ eine Silberplatte fallen, und die schmackhafte, farbenprächtige Sülze der Köchin klatschte in sämtlichen Regenbogenfarben zu Boden.

»Oh, Madam«, hauchte er.

»Einen Augenblick«, sagte Emerson. »Peabody, das verschlägt mir die Sprache! Du denkst, ich ... Du denkst, sie ... Hast du deshalb ... Bei meinem Wort, Peabody, ich nahm an, du würdest scherzen.«

»Scherzen! Bei einem so ernsten Thema wie der Treue, der grenzenlosen Liebe, dem Vertrauen –«

»Jetzt halt mal eine verfluchte Minute die Luft an!« brüllte Emerson.

»Oh, Madam!« Gargery watete durch die Überreste der Sülze auf mich zu. »Madam, der Professor würde niemals – er könnte gar nicht – er ist Ihnen zutiefst ergeben, mit Leib und Seele!«

Ich atmete tief ein. »Emerson«, sagte ich ganz ruhig, »ich glaube wirklich, daß ich mich nicht mehr länger beherrschen kann. Ich mag unseren Gargery sehr, und ich schätze sein freundliches Interesse an uns, aber –«

»Aber, Peabody«, fiel mir Emerson ins Wort. »Bitte entschuldigen Sie uns, Gargery, Sie sind ein guter Junge. Machen Sie sich keine Gedanken, es ist alles in Ordnung.«

Er reichte mir seinen Arm. Ich hakte mich ein. Gemessenen Schrittes und voller Würde schlenderten wir in den Salon.

Sobald die Tür ins Schloß fiel, hob mich Emerson hoch und trug mich zum Sofa.

»Meine geliebte Peabody ...«, setzte er an.

»Schmeicheleien werden dir diesmal auch nicht helfen!« schrie ich und versuchte, mich zu befreien.

»Ach, nein? Peabody, warst du tatsächlich eifersüchtig?

Wirklich? Wie nett von dir, mein Schatz. Ich kann mich nicht entsinnen, wann man mir jemals ein solches Kompliment gemacht hätte.«

»Emerson, du bist wirklich ... Emerson, laß das. Ich kann nicht klar denken, wenn du ...«

Emerson hielt in seinen Aktivitäten inne und zog mich hoch. Als ich auf seinem Knie saß, trafen sich unsere Blicke. Er umklammerte meine Schultern und schaute mich mit ernstem Gesicht an. »Peabody, hast du vergessen, was letzten Winter in Kairo passierte?«

Ich senkte die Lider. »Nein, Emerson, das habe ich nicht.«

»Ich will nicht behaupten, daß ich größere Veranlassung zur Eifersucht gehabt hätte als du«, fuhr Emerson in ernstem Ton fort. »Denn das könnte erneut eines unserer reizenden kleinen Streitgespräche provozieren, die sich unendlich lang hinziehen und nie zu einem Ergebnis führen. Ich möchte lediglich das wiederholen, was du mir kurz darauf erklärt hast: ›Wenn unsere gemeinsam verbrachten Jahre‹, sagtest du, ›und meine tiefempfundene Zuneigung dich nicht davon überzeugen konnten, daß ich noch nie einen anderen Mann geliebt habe und das auch niemals könnte und würde, dann können dich auch meine Worte niemals umstimmen.‹ Ich bitte dich, Peabody, dich an diese beeindruckende Aussage zu erinnern.«

Ich umschlang ihn mit meinen Armen und verbarg mein tiefrot angelaufenes Gesicht und meine bebenden Lippen an seiner Brust.

Als wir kurze Zeit später einträchtig nebeneinandersaßen, bemerkte ich: »Trotzdem, Emerson – und ich hoffe, du wirst diese Frage so aufnehmen, wie sie gemeint ist, nämlich als schlichte Bitte um Aufklärung ...«

Emersons Arm umschlang meine Schultern noch inniger.

»Du bist unverbesserlich, Peabody! Aber ich bin nicht nur gewillt, deine Frage zu beantworten, ich bestehe sogar darauf.

Ich weiß nicht, was dir Ayesha erzählt hat. Mir gegenüber erwähnte sie, daß du sie besucht hast, und sie schilderte mir ihre Version eures Gespräches; aber ich schenke dem genausowenig Glauben, wie du es ihren Äußerungen gegenüber tun solltest. Was ich dir sage, ist die reine Wahrheit – nicht mehr und nicht weniger.

Ich kannte sie – ja, meine geliebte Peabody, ich gestehe: Ich kannte sie im wahrsten Sinne des Wortes. Es geschah während meines ersten Ägyptenbesuches, nicht als Archäologe, sondern als blutjunger Oxford-Absolvent und so weltfremd wie der arme, kleine Ramses. Allerdings darf ich von mir behaupten, daß ich den Lebenswandel, den einige meiner sogenannten Freunde pflegten, schon bald verabscheute. Die Erniedrigung dieser bedauernswerten Frauen erfüllte mich mit Entsetzen, und ich dachte negativ von mir und den Männern, die diese sklavische Abhängigkeit verantworteten.

Ayesha war es, die mir wirklich die Augen öffnete. Sie war anders als die anderen. Eine Frau wie sie kennenzulernen – intelligent, attraktiv und genauso kompetent wie ein Mann –, die ein solches Dasein führen mußte, nur weil sie eine Frau *war* ... Ich glaube, ich bot ihr an, sie aus allem rauszuholen, wie es so schön heißt. Aber sie lachte mich aus. Es war bereits zu spät für sie.

Was dich anbelangt, meine geliebte Peabody, so überzeugte mich diese erste Ägyptenreise, daß ich mein Lebenswerk gefunden hatte, und ich stürzte mich mit dem Eifer hinein, den du vorzugsweise als enthusiastischen Überschwang bezeichnest. Gelegentlich begegnete ich Ayesha, die zu jenem Zeitpunkt eine der begehrtesten (und kostspieligsten) Vertreterinnen ihres Berufsstandes war. Einige Jahre später verließ sie Ägypten. Von gemeinsamen Bekannten erfuhr ich, daß sie mit einem reichen Verehrer nach Paris gezogen sei, der ihr ein eigenes Etablissement verschafft habe. Ihre weitere Lebensgeschichte verlief tragisch. Ihr Beschützer war ein unangenehmer und brutaler Zeitgenosse. Ob sie ihn hinterging, kann ich nicht sagen; er jedenfalls behauptete das und setzte sie auf die Straße, nachdem er sie so geschlagen hatte, daß sie die entstellende Gesichtsnarbe davontrug. Sie hatte jedoch Ersparnisse angesammelt; und später hörte ich, daß sie nach London gezogen und dort ins Geschäft eingestiegen sei. Trotzdem – und das schwöre ich bei allem, was mir lieb ist, Peabody – hatte ich sie jahrelang nicht gesehen. Ich war fast vom Donner gerührt, als ich sie an besagtem Abend wiedererkannte.«

»Genau das hat sie mir auch erzählt«, sagte ich leise. »Das arme Geschöpf. Die arme, bedauernswerte Frau.«

»Peabody.« Emerson hob mein Kinn an und blickte mir tief in die Augen. »Hast du ihr wirklich deine Hilfe angeboten, daß sie aufs Land ziehen und ihren Frieden in der Schönheit der Natur finden sollte?«

»Ja. Auch ich erkannte ihren wahren Charakter – Emerson, drück mich nicht so fest. Ich bekomme keine Luft mehr.«

»Peabody, Peabody! Du bist das achte Weltwunder. Du bist einzigartig!«

»In den Augen unseres Schöpfers sind wir alle einzigartig, Emerson«, erwiderte ich, während ich mein zerzaustes Haar glattstrich. »Aber, Emerson –«

»Was denn noch, Peabody?«

»Ich denke über ein angemessenes Begräbnis und einen Grabstein nach ... Es ist das mindeste, was wir tun können, stimmst du mir zu, Emerson? Sie hat ihr Leben für dich hergegeben. Nicht, daß ich grundsätzlich eifersüchtig wäre, und ich mache dir auch keinen Vorwurf, denn du kannst ja nichts dafür, wenn Frauen –«

»Einen Augenblick, Peabody. Ich bin absolut einverstanden mit deinem Vorschlag und werde mich umgehend darum kümmern. Aber ihr Leben für mich hergegeben? Was soll der Unsinn?«

Ich hatte das Gefühl, er sollte alles wissen, was vorgefallen war, und deshalb schilderte ich ihm, daß Ayesha gesagt hatte, sie sei gezwungen gewesen, mich in eine Falle zu locken, und daß ich sie gedrängt hatte, unseren Schutz anzunehmen.

»Ich habe eure Unterhaltung nicht mit angehört«, erwiderte er betrübt. »Ich war zu weit entfernt und außerdem damit beschäftigt, Wache zu halten. Ich sah, wie er kam, Peabody, doch noch ehe ich reagieren konnte, lief sie ihm direkt in die Arme. Und dann –«

»... schoß er, und du bist gestürzt. Oh, Emerson, diesen Augenblick werde ich nie vergessen!«

Es dauerte eine Zeitlang, bis ich weitersprechen konnte. Während ich das Vorgefallene schilderte, hörte er mir schweigend zu. Dann sagte er nachdenklich: »Es wird ein sehr schöner Grabstein, Peabody. Und bevor der Steinmetz mit der Fertigung beginnt, werde ich dafür sorgen, daß ihr Mörder bekommt, was er verdient. Verflucht, Peabody, begreifst du denn nicht? Sie kämpfte nicht um meine Rettung, sondern um deine.«

»Mein geliebter –«, begann ich.

»Du gehörst ganz sicher nicht zu den begriffsstutzigen Frauen, Peabody, aber du verkennst gewisse Tatsachen. Denk darüber nach. Ich lag bereits am Boden – tot, soviel sie wußte. Auf wen hätte die tödliche Waffe als nächstes abgezielt, Peabody? Er war gekommen, um dich umzubringen, und das wußte sie. Sie nahm das Risiko auf sich, dich zu warnen, und am Ende nahm sie ihren eigenen Tod in Kauf – nicht um mich, sondern um dich zu retten. Du warst die erste Frau nach vielen Jahren – vielleicht sogar die einzige in ihrem ganzen Leben –, die Ayesha gleichberechtigt behandelte und ihrer Sorge um deren Wohlbefinden Ausdruck verlieh.«

Er drückte mich fest an seinen Körper, und ich spürte, wie sich seine Brust zu einem langen Seufzer hob.

Es war ein ergreifender Moment, und da ich seine Gefühle respektierte, verwies ich ihn nicht auf seine logischen Ungereimtheiten. Falls er glauben wollte, daß die bedauernswerte Seele ihr Leben für *mich* gelassen hatte, ließ ich ihm diese Illusion; ich wußte es besser und würde Ayesha stets ein positives Andenken bewahren, weil sie ihr Leben für *ihn* hergegeben hatte.

Nach einem Augenblick andächtigen Schweigens bemerkte ich: »Emerson, ich habe nur noch eine Frage.«

»Das«, erwiderte Emerson, »kann ich kaum glauben. Nun, meine Liebe?«

»Du hast gesagt, du habest nie gedacht, ich könne eifersüchtig sein.«

»Ganz recht, Peabody.«

»Warum hast du dich dann so verflucht merkwürdig verhalten?« bohrte ich weiter. »Falls ich jemals ausgeprägte Schuldgefühle bei einem Menschen bemerkt habe, dann war es bei dir. Du warst so entsetzlich höflich, so gräßlich rücksichtsvoll – du hast dich nie beklagt, wenn ich dein Manuskript korrigierte –«

Emerson drückte mich zärtlich. »Ich sagte doch, daß du gewisse Tatsachen verkennst, Peabody. Weißt du nicht, was mich beunruhigte? Hast du denn nicht die Inschrift auf dem Uschebti gelesen?«

»Men-maat-Re Sethos … Emerson! Oh, Emerson, du warst ebenfalls eifersüchtig!«

»Schrecklich, gräßlich, entsetzlich«, erklärte Emerson und

drückte mich, bis meine Rippen schmerzten. »Also verflucht, Peabody, es ist ein seltsamer Zufall, daß dieser verachtungswürdige Name erneut in einem Kriminalfall auftaucht ... Es ist doch reiner Zufall, oder?«

»Ja, Emerson, etwas anderes kann ich mir nicht vorstellen. Soll ich dir ebenso schwören wie du mir, daß niemals –«

»Nein, Peabody. Das ist nicht erforderlich. Ich werde dir nie wieder mißtrauen.«

»Oh, mein geliebter Emerson!«

»Peabody, mein Schatz!«

Nachdem eine ganze Weile verstrichen war, glitt ich von seinem Knie und glättete mein Kleid. »Du bist näher an der Klingel als ich, Emerson. Läutest du Gargery? Es ist noch recht früh, aber ich denke, wir können einen kleinen Whiskey Soda als Nervenstärkung vertragen.«

»Hervorragende Idee, Peabody«, erklärte Emerson. »Und was hältst du von einem weiteren unserer kleinen kriminalistischen Wettbewerbe? Ich glaube, daß wir mittlerweile genug Informationen besitzen, um eine oder zwei Theorien zu formulieren. Ich weiß, daß du schon wesentlich unbedarfter an eine Sache herangegangen bist, meine Liebe.«

»Danke, mein lieber Emerson«, erwiderte ich gerührt. »Ich nehme die Herausforderung in dem ihr zugrundeliegenden Sinnverständnis an, das in solchen Situationen stets Geltung für uns besitzt: Der Bessere soll siegen, zum Teufel mit dem Versager, und keine faulen Tricks.«

»Möchtest du anfangen, meine liebe Peabody?«

»Nein, mein lieber Emerson, ich lasse dir den Vortritt.«

»Das hatte ich erwartet«, bemerkte Emerson. »Oh, da sind Sie ja, Gargery. Bitte, servieren Sie den Whiskey.«

»Und, Gargery«, fügte ich hinzu, »es freut Sie sicherlich zu hören, daß alles in Ordnung ist – genau, wie der Professor gesagt hat.«

»Das sehe ich, Madam.« Gargery strahlte. »Nicht, daß ich je daran gezweifelt hätte.«

»Ich habe eine Idee, Peabody«, meinte Emerson, nachdem Gargery den Whiskey serviert und sich, immer noch strahlend, zurückgezogen hatte. »Wir könnten doch Wilkins und Gargery austauschen, hm? Wilkins würde sich in einem ruhigen, durchorganisierten Haushalt wie diesem wesentlich wohler fühlen.«

»Das ist eine Überlegung wert«, pflichtete ich ihm bei. »Also, Emerson, du wolltest anfangen ...«

»Ja.« Emerson ging zum Schreibtisch und fing an, diesen zu durchwühlen. »Wo habe ich nur dieses verfluchte ... ah, hier ist es.«

Er reichte mir ein Blatt Papier. Ich überflog es und lachte lauthals. »Oh, Emerson, wie amüsant! Nein, mein Lieber, sei nicht verärgert, ich lache nicht über dich, sondern über einen weiteren Zufall. Oben in meinem Schreibtisch befindet sich ein fast identisches Papier.«

»Stimmt das? Nun, meine liebe Peabody, ich habe schon häufig bemerkt, daß unsere Gedankengänge Parallelen aufweisen.«

»Wir scheinen in den wesentlichen Punkten übereinzustimmen«, sinnierte ich, während ich seine Liste inspizierte. »Wie ich sehe, sind dir die Glassplitter und die Papierschnipsel in der Nähe des toten Nachtwächters nicht entgangen. Ich gebe zu, daß ich dachte, du würdest sie übersehen, Emerson.«

»Oh, hast du sie auch bemerkt? Was schließt du daraus, Peabody?«

»Ich hatte noch keine Gelegenheit, mit Mr. Budge zu sprechen«, erwiderte ich. »Meine Antwort hängt davon ab, wann der Saal das letzte Mal geputzt wurde.«

»Oh.« Emerson runzelte die Stirn. »O ja. Daran hatte ich nicht gedacht.«

»Da lag nichts an Unrat, was nicht auch als Resultat der Nachlässigkeit der Besucher hätte gewertet werden können.«

»Hmhm«, brummte Emerson und runzelte die Stirn.

»Allerdings«, fuhr ich fort, »gibt es für meine Theorie einen stichhaltigen Beweis anderen Ursprungs.«

»Die enthüllte Mumie«, warf Emerson ein.

»Und die Rede des Priesters – die Beschwörung der Isis.«

»›Deren Zunge nie versagt‹«, meinte Emerson, unfähig, sich ein Grinsen zu verkneifen.

»Korrekt. Wie ich sehe, stimmen wir insoweit überein, Emerson. Sind wir uns ebenfalls einig, daß der Mann, den wir gestern nacht gesehen haben, nicht nur der Mörder von Ayesha, sondern auch von Mr. Oldacre ist?«

»Gewiß, Peabody. Ist er auch der falsche Priester?«

»Ja und nein, Emerson.«

»Verflucht, Peabody!«

»Das ist nicht die wesentliche Frage, Emerson. Der Mörder ist der Mann, der die Uschebtis verschickte und Ramses entführte. Aber wer zum Teufel – wer ist er wirklich? Welcher der von uns Verdächtigten ist das Superhirn hinter der ganzen Geschichte?«

»Das erscheint mir offensichtlich«, entgegnete Emerson.

»Ist es auch.«

»Würde es dir etwas ausmachen –«

»Noch nicht. Uns fehlen nach wie vor ein bis zwei wichtige Beweisstücke. Warst du nicht derjenige, der behauptet hat, daß es ein Kapitalfehler ist, Theorien aufzustellen, bevor man nicht alle Fakten kennt?«

»Nein, war ich nicht. Welche Beweise fehlen uns?«

»Nun – hier ist eine Frage, die du ausgelassen hast.« Ich nahm einen Bleistift, brachte einige Sätze zu Papier und reichte ihm das Blatt.

Frage: »Wer ist der Mann mit dem Turban, der Professor Emerson aufsuchte, und wohin sind die beiden gestern gegangen?« Was ist zu tun: »Professor Emerson fragen.«

Emerson zerknüllte den Bogen. »Verflucht, Peabody!«

Ich hielt meine Hand hoch. »Warte, Emerson. Ich habe heute abend geschworen, daß ich nie wieder an deiner Liebe zweifeln werde. Tue ich auch nicht. Aber, mein geliebter Emerson, das war mein einziges Versprechen. Wenn du mir Beweise vorenthältst –«

»Nimm noch einen kleinen Whiskey, Peabody.«

»Nein, danke, ich glaube nicht.«

»Dann genehmige ich mir noch einen«, brummte Emerson und schritt zur Tat. »Hör mir zu, Peabody. Ich enthalte dir keinerlei Beweis vor. Die von dir erwähnte Person weiß nichts und hat mir nichts berichtet, was auch nur im entferntesten hilfreich bei der Klärung des Falles sein könnte.«

»Warum sagst du mir dann nicht, wer er ist und was er wollte?«

»Weil er ... weil ich ... ich ihm mein Ehrenwort gab, Peabody. Ich schwor ihm, daß ich keiner Menschenseele anvertrauen würde, was gestern nachmittag vorgefallen ist. Willst du mich zwingen, meinen feierlichen Eid zu brechen?«

»Tauchten die Worte ›für immer‹ und ›niemals‹ in dem von dir abgelegten Eid auf, Emerson?«

Emerson brach in schallendes Gelächter aus. »Ja, meine geliebte Peabody. Ich erinnere mich sogar, daß Begriffe wie ›ewiges Schweigen‹ eingestreut wurden. Gelegentlich können Menschen so verflucht theatralisch sein ...« Dann wurde er wieder ernst. »Meine Liebe, es macht den Anschein, als sähen wir uns soeben einer Prüfung des von dir erwähnten tiefen Vertrauens ausgesetzt. Der Test stammt nicht von mir, aber bitte: Wirst du zu deinem Wort stehen und nicht versuchen, meines zu brechen? Denn du weißt genau, daß dir das gelänge, Peabody. Ich kann einfach nicht widerstehen, wenn du es versuchst.«

»Mein geliebter Emerson, wie kannst du nur annehmen, daß ich etwas Derartiges versuchen würde?«

Emerson nahm mich in seine Arme.

Einen Augenblick verharrten wir in inniger Umarmung. Emersons Kinn ruhte auf meinen Kopf. Sein Gesicht konnte ich nicht sehen, hätte aber alles dafür gegeben, dessen Ausdruck zu beobachten. Ich hatte keinerlei Zweifel daran, daß er heimlich irgend etwas plante.

Durch die Stille drang das leise Schlagen der Uhr im Salon. Emerson machte eine vorsichtige Bewegung. »Es ist bald Teezeit«, sagte ich.

»Hmmm, ja. Der Tag ist wie im Fluge vergangen. Ich nehme an, wir werden diese gräßlichen ... diese Kinder nach unten holen?«

»Wie unfreundlich von dir, Emerson.«

»Es sind wirklich überaus langweilige Kinder, Peabody.«

»Ich weiß. Aber wir haben uns bereit erklärt, sie zu uns zu nehmen und unser Bestmögliches für sie zu tun, und wir müssen Wort halten, Emerson.«

Emerson umschlang mich fester. »Wir haben noch eine halbe Stunde Zeit, Peabody. Wenn wir umgehend nach oben gingen ... Ich könnte die Tortur wesentlich gelassener auf mich nehmen, nachdem ...«

Vermutlich hätte ich es besser wissen sollen. Aber ich bezweifle, daß eine der geschätzten Leserinnen in der gegebenen Situation anders reagiert hätte, die eine Reihe der kleinen Gesten beinhaltete, für die ich in *jeder* Situation empfänglich bin und die in diesem Augenblick besonders liebevoll waren.

Als wir Arm in Arm aus dem Salon traten, bemerkte ich

Gargery hinter dem Treppenaufgang, und er grinste wie ein sentimentaler Idiot; dann sah ich jedoch nichts mehr, weil mich Emerson in seiner vermutlich zärtlichen Ungeduld hochhob und die Treppe hinaufeilte. Er war so ungeduldig, daß er nicht einmal die Tür schloß, und ich rief: »Emerson, meinst du nicht ... ein wenig Privatsphäre ...«

»O ja«, erwiderte Emerson schwer atmend. »Einen Augenblick –«

Ohne auf überflüssige Details wie meine augenblickliche Lage eingehen zu wollen, möchte ich lediglich betonen, daß ich nicht sah, wie er die Tür schloß. Allerdings hörte ich es. Und dann hörte ich ein weiteres Geräusch, das mir das Blut in den Adern gefrieren ließ. Der Schlüssel wurde im Schloß herumgedreht.

Ich sprang aus dem Bett. Ich war allein. Ich hörte die davoneilenden Schritte; er machte sich nicht einmal die Mühe, auf Zehenspitzen davonzuschleichen. Eine Drehung des Türknaufs bestätigte, was ich insgeheim wußte. Er hatte mich eingesperrt.

Ich stürmte zum Fenster und öffnete die Vorhänge. Ich sah noch, wie er das Haus verließ. Draußen war immer noch heller Tag, auch wenn die Schatten bereits länger wurden. Während er in Riesenschritten marschierte, schlug er seinen Mantelkragen hoch. Er trug keine Kopfbedeckung. Am Tor drehte er sich kurz um und blickte zum Fenster.

Ich bezweifle, daß er mich bemerkte, da das Sonnenlicht genau auf die Hausfront fiel und sich von daher in den Fenstern spiegelte. Trotzdem mußte ihm bewußt sein, daß ich dort oben stand. Er führte seine Hand an die Lippen und warf mir einen Kuß zu. Dann stürmte er los und war innerhalb von Sekunden verschwunden.

Wie lange ich am Fenster stehenblieb, übermannt von Empfindungen, an die ich mich nur ungern erinnere, kann ich nicht sagen; aber es dauerte vermutlich kaum länger als eine Minute, bis ich das Klappern des Schlüssels im Schloß und Gargerys Stimme vernahm.

»Madam, Mrs. Emerson, sind Sie da?«

»Wo sollte ich sonst sein, Sie Idiot?« entgegnete ich. »Öffnen Sie sofort die Tür.«

»Ja, Madam, gewiß. Genau das bat mich der Professor zu tun. Aber ich verstehe nicht...« Die Tür sprang auf. »Ich verstehe nicht, was hier vor sich geht«, fuhr Gargery fort. »Er sagte, das Schloß klemme, und er wollte Werkzeug holen. Aber warum ist die Tür überhaupt abgeschlossen und Sie befinden sich im Zimmer und der Professor draußen?«

»›Draußen‹ ist das Schlüsselwort, Gargery, falls Sie mir ein übles Wortspiel verzeihen. Vermutlich hat er nicht erwähnt, wohin er wollte?«

»Werkzeug holen, Madam. Er ...« Verwirrt riß Gargery den Mund auf. »Zum Teufel!« entfuhr es ihm. »Er ist uns doch nicht etwa entwischt, oder?«

»Mit Sicherheit ist er das«, erwiderte ich mit einem Anflug von Bitterkeit. »Er hat uns überaus geschickt an der Nase herumgeführt, Gargery – uns beide. Machen Sie sich nichts draus.« Denn Gargery schlug sich mittlerweile mit der geballten Faust vor die Stirn und bediente sich einer Ausdrucksweise, die ich ihm niemals zugetraut hätte. »Es war nicht Ihr Fehler – und ich entschuldige mich dafür, daß ich Sie als Idiot bezeichnet habe, Gargery. Wenn Sie einer sind, dann bin ich ein noch größerer.«

»Oh, Madam.« Gargery nahm einen langen, geräuschvollen Atemzug und faßte sich wieder. »Verzeihen Sie – ich befürchte, daß ich mich im Eifer des Gefechts habe gehenlassen. Vermutlich hat es keinen Sinn, ihm zu folgen?«

»Nein, seine Flucht ist ihm hervorragend gelungen. Wir können nur warten und uns der Tätigkeit widmen, für die die englische Bevölkerung so berühmt ist. Es wird Zeit für den Tee, Gargery. Ich komme umgehend nach unten.«

»Ja, Madam.« Gargery nahm Haltung an. »Darf ich noch sagen, Madam ...«

»Nein, Gargery, besser nicht. Denn mein Nervenkostüm zeigt bereits Risse, und ich würde es vorziehen, meinen Gefühlen unbeobachtet freien Lauf zu lassen.«

Gargery entfernte sich.

Natürlich brach ich weder in Hysterie noch in Tränen aus. Das ist nicht meine Art. Ich war nicht einmal wütend auf Emerson. Er beklagte sich ständig über seine Unfähigkeit, mich davor zu bewahren, daß ich mich kopfüber in irgendwelche Gefahren stürzte, aber das war nur ein kleiner Scherz; er hatte noch nie ernsthaft versucht, mich von irgend etwas abzuhalten. Er mußte verzweifelt sein, wenn er zu einer solchen List griff, die, wie er wußte, heftige Zurechtweisungen meinerseits nach sich ziehen würde ... Oh, mein geliebter Emerson, dachte ich – meine Nerven gingen für Sekundenbruchteile mit mir durch –, komm nur heil und gesund wieder, und ich werde kein Wort darüber verlieren.

Ich zwang mich, mich hinzusetzen und meinen Kopf statt meines Herzens zu strapazieren. Natürlich hatte ich nicht die Absicht, tatenlos herumzusitzen und auf Emersons Rückkehr zu warten. Ich hatte keine Vorstellung, wo er hingegangen sein könnte. Allerdings hatte ich seinen versteckten Andeutungen entnommen, daß er und ich dieselbe Spur verfolgten, soweit es die Aufklärung des Mordfalles betraf. Offensichtlich wußte er mehr als ich – oder dachte es zumindest. Wenn ich meinen Intellekt auf die Sache ansetzte, war ich sicherlich in der Lage, zur gleichen Schlußfolgerung wie er zu gelangen – und, mit einiger Verspätung, an den gleichen Ort, den er infolgedessen aufgesucht hatte.

Irgend etwas nagte an meinem Unterbewußtsein. Ich

kannte dieses Gefühl sehr gut, denn es passierte mir nicht zum ersten Mal – das Gefühl, etwas gesehen oder gehört zu haben, dem ich im entscheidenden Augenblick zu wenig Beachtung beigemessen hatte. Etwas übersehen oder mißverstanden zu haben ... irgend etwas von wesentlicher Bedeutung. Ich preßte meine Hände auf meine Augen – nicht, weil sie tränenüberströmt waren, sondern um äußere Reize auszufiltern. Was konnte das gewesen sein? Lange, qualvolle Sekunden hatte ich hilflos im Würgegriff des Mörders gezappelt, und mein Gesicht war nur Zentimeter von ihm entfernt gewesen. In diesem Moment war ich zwar fast bewußtlos gewesen, aber hatte es da nicht vielleicht doch einen Hinweis – einen Geruch oder ein Geräusch oder ein Charakteristikum – auf die Identität dieses Schurken gegeben?

Ich spürte, daß ich auf der richtigen Fährte war, doch bevor ich meine Gedankengänge weiterverfolgen konnte, erinnerte mich lautes Kindergeschnatter von draußen an eine andere Pflicht. Wenn ich nicht umgehend unten auftauchte, würde Violet sämtliche Kekse in sich hineinstopfen.

Als ich auf der Bildfläche erschien, hatte sie schon mehrere vertilgt, so daß ich dem Ganzen ein Ende setzte und alle auf ihre Plätze befahl. »Und was habt ihr heute gemacht?« fragte ich freundlich.

»Wir waren im Park«, erwiderte Percy. »Ich habe meinen Köcher und mein Schmetterlingsnetz mitgenommen.«

»Dort war ein Muffin-Verkäufer«, murmelte Violet. »Ein sehr, sehr netter Muffin-Verkäufer.«

»Und, hast du Schmetterlinge bekommen, Percy?« wollte ich wissen. Ich unterzog mich nicht der Mühe, Violet zu fragen, ob sie Muffins bekommen hatte, da ich mir dessen völlig sicher war. Das Kind ging auf wie ein Hefekuchen.

»Ja, Tante Amelia. Nur ein paar Pfauenaugen, aber es war eine gute Übung, weißt du, hinter ihnen herzujagen.«

»Ja, gewiß«, erwiderte ich aufbauend. »Und du, Ramses – hast du Percy dabei geholfen, Schmetterlinge zu fangen?«

»Ich wundere mich, wie du das fragen kannst, Mama, schließlich kennst du meinen Standpunkt hinsichtlich der sinnlosen Tötung der lebenden Kreatur«, erwiderte Ramses in der ihm eigenen, gestelzten Ausdrucksweise. »Bitte verzeih mir, wenn ich das Thema wechsle – welches tatsächlich abgrundtief langweilig ist –, ich würde gern wissen, ob Papa ausgegangen ist. In seinem augenblicklich geschwächten Zustand –«

»Er ist ausgegangen«, erwiderte ich schroff. »Aber nein – ich weiß nicht, wo er hingegangen ist und wann er zurückkehren wird. Er ist weder dir, Ramses, noch mir Rechenschaft für seine Handlungen schuldig.«

»Nicht im juristischen Sinne«, erwiderte Ramses. »Aber die Harmonie eines glücklichen Familienlebens birgt eine moralische Verpflichtung, und es überrascht mich, daß Papa, der in der Regel überaus aufmerksam hinsichtlich unserer Belange ist –«

»Bitte, Ramses.«

»Ja, Mama.«

Kurzes Schweigen trat ein. Ich brachte die Keksschale außer Reichweite von Violet und überlegte, was ich sagen sollte. Eigentlich war mir nicht nach seichter Unterhaltung zumute.

Nach einer Weile hüstelte Percy. »Darf ich dich etwas fragen, Tante Amelia?«

»Natürlich, Percy. Was denn?«

»Nun, weißt du, ich habe mich gefragt ... Die Sache geht mir schon seit einiger Zeit durch den Kopf.«

»Falls du dir über deine Mama Gedanken machst«, fing ich an.

»Nein, das ist es nicht, Tante. Eigentlich geht es auch nicht um eine Person, irgendeine Person, die ich kenne. Vermutlich würde es Ramses als theoretische Frage bezeichnen.«

»Also?« fragte ich ungeduldig.

»Angenommen«, meinte Percy gedehnt, »angenommen, jemand wüßte, daß irgend jemand irgend etwas getan hat. Etwas, was man von ihm nicht erwartet hätte.«

Ich fragte mich, wie ich mich jemals über Ramses' Sprachduktus hatte aufregen können. Wenigstens umfaßte sein Sprachschatz mehr als 50 Wörter, und er war in der Lage, daraus einen zusammenhängenden Satz zu formulieren. Percy fuhr noch bedächtiger fort: »Irgend etwas Schlimmes, Tante Amelia. Wirklich schlimm, meine ich. Sollte die Person – die Person, die davon weiß – es erzählen?«

»Es wem erzählen?« drängte ich.

»Oh ... irgend jemand anderem.«

Mir war völlig klar, worauf er hinauswollte. Unablässig schaute er zu Ramses, der seine Blicke mit abgrundtiefer Verachtung erwiderte.

»Ich glaube, daß ich dich verstehe, Percy«, erwiderte ich. »Du stellst eine hypothetische Frage zu einem moralischen Problem. Diese Fragen lassen sich nie leicht beantworten, da sie von einer Reihe von Faktoren abhängen. Zum Beispiel, ob erstere Person zum Schweigen verpflichtet ist oder ihr Ehrenwort gegeben hatte. Ein katholischer Geistlicher, der die Beichte abnimmt –«

»Dem ist nicht so, Tante Amelia«, sagte Percy.

»Und außerdem«, fuhr ich fort, »hängt es davon ab, wie schwerwiegend besagte Handlung war. Falls es sich nur um einen harmlosen Streich handelte –«

»Es war schlimm«, entgegnete Percy in dramatischem Ton. »Sehr, sehr schlimm. Sehr, sehr –«

Ramses erhob sich vom Sofa und ging Percy an die Kehle.

Ineinander verkeilt, glitten sie zu Boden, rissen einen kleinen Beistelltisch mitsamt der darauf stehenden Keksschale um, deren Inhalt sich großflächig auf dem Boden verteilte. Aus meinem Augenwinkel heraus bemerkte ich, daß sich Violet darauf stürzte wie eine Katze auf eine Maus, aber ich konnte nichts dagegen unternehmen, solange ich die Jungen nicht auseinandergebracht hatte.

Es war keineswegs so einfach, wie ich erwartet hatte. Als ich das erste Mal zugriff, wurde ich getreten – ich hätte nicht sagen können, von wem. Raufend kugelten sie über den Boden; Percy keuchte und schrie, Ramses hingegen kämpfte bedrohlich schweigend. Das einzige, was ich aus seinem Mund vernahm, waren unterdrückte Schmerzlaute und/oder angestrengtes Stöhnen. Ich nahm die Teekanne, entfernte den Deckel und entleerte den Inhalt über den Streithähnen.

Das Wasser war zwar nicht mehr kochend heiß, aber immer noch so temperiert, daß es für augenblickliche Beruhigung sorgte. Ich nutzte die Gelegenheit, um Ramses von Percy wegzuziehen, und richtete ihn auf.

Umgehend floh Percy außer Reichweite und rappelte sich auf. Ein Blick auf die beiden bewies mir, daß sich Ramses tapfer geschlagen hatte, obgleich er leichter und kleiner war als sein Cousin. Vielleicht hatte ihm sein Vater doch Boxunterricht erteilt. Seine Nase blutete zwar heftig – aufgrund ihrer Ausmaße war es kein Wunder, daß Percy einen Treffer gelandet hatte –, sein Haar stand in alle Himmelsrichtungen ab, und vermutlich hatte ihm Percy in den Daumen gebissen. Dennoch befand sich Percy in weitaus schlimmerer Verfassung. Aufgrund seiner aufgeplatzten Lippe blutete er ebenfalls, und sein Gesicht schwoll an.

Nachdem sie alle Kekse vertilgt hatte, war Violet in der Lage, sich anderen Dingen zu widmen. Sie deutete auf Ramses und drohte ihm mit ihren kleinen Fäusten. »Gräßlich, gräßlich, schlimm«, kreischte sie. »Gräßlich!«

Ich hielt Ramses – der keine Anstalten zur Flucht unternahm, sondern lediglich schützend sein Gesicht mit seinen Armen bedeckte – weiterhin fest, legte meine freie Hand auf Violets Gesicht und gab ihr einen Stoß. Sie fiel mit soviel Schwung zurück auf das Sofa, daß es ihr den Atem verschlug.

Es war nicht erforderlich zu läuten. Die geräuschvolle Auseinandersetzung hatte Gargery und auch Mrs. Watson ins Zimmer gelockt. Ich schob Violet zu Mrs. Watson und Percy zu Gargery.

»Nun, Ramses«, hub ich an.

»Ich habe Zimmerarrest«, bemerkte Ramses, während er seine blutige Nase an seinem Ärmel abwischte.

»Ja.« Ich zupfte einige Teeblätter aus seinem Haar. »Brauchst du Hilfe beim Waschen, Umziehen und der Behandlung deiner Prellungen?«

»Danke, nein, ich würde mich lieber allein darum kümmern. Wie du siehst, blutet meine Nase nicht mehr. Die Anwendung kalten Wassers –«

»Einer beträchtlichen Menge dieser Flüssigkeit, denke ich.«

»Ja, Mama. Sofort.« Er wollte aus dem Zimmer eilen. Dann blieb er stehen und drehte sich erneut zu mir um. »Eine Frage, Mama, wenn es erlaubt ist.«

»Ich werde diesen abscheulichen Vorfall später mit dir besprechen, Ramses. Im Augenblick gehen mir andere Dinge durch den Kopf.«

»Ja, Mama. Vermutlich meinst du damit Papas Verbleib, und ich stimme dir absolut zu, daß diese Sache dringlicher ist. Allerdings galt meine Frage Miss Minton. Sie ist fort.«

»Ja, Ramses, ich weiß. Ich habe sie entlassen. Heute morgen verließ sie das Haus.«

»Sie hat das Haus heute nacht verlassen«, erwiderte Ramses. »So wurde mir zumindest gesagt. Und sie hat ihre Kleidung und andere persönliche Dinge zurückgelassen.«

»Das ist keineswegs außergewöhnlich, Ramses. Vermutlich trug sie ohnehin nur das bei sich, was man bei einem Hausmädchen erwartet. Zweifellos ließ sie sie als wertlose Erinnerungsstücke an ihre verachtungswürdige und betrügerische Handlung zurück.«

»Zweifellos«, wiederholte Ramses. »Trotzdem hatte ich den Eindruck, daß du vielleicht informiert zu werden wünschtest –«

»Und jetzt hast du mich informiert. Ich danke dir. Geh auf dein Zimmer, Ramses.«

»Ja, Mama.«

Für einen Augenblick blieb ich unschlüssig stehen. Dann läutete ich. Als Gargery auftauchte, sagte ich: »Ich wünsche die umgehende Aushändigung eines Briefes, Gargery. Geben Sie dem Diener Geld für eine Droschke, und erklären Sie ihm, daß er sich beeilen soll.«

Als der Diener erschien, hatte ich meine Mitteilung fertiggestellt. Ich wies ihn an, auf eine Antwort zu warten. Als nächstes bat ich Mrs. Watson zu mir und erklärte ihr, daß ich das Abendessen in meinem Zimmer einnehmen wolle, da der Professor bis dahin noch nicht zurückerwartet würde. Die gutmütige, freundliche Frau wünschte mir einen schönen Abend und eine angenehme Nachtruhe.

Solange ich keine Antwort auf meine Nachricht erhalten hatte, konnte ich keinen schlüssigen Plan entwickeln. Wenn diese anders lautete als von mir erwartet ... nun, dann hatte meine Theorie einen entscheidenden Fehler, und ich würde sie überdenken müssen. Dennoch war ich mir keiner Fehleinschätzung bewußt. Warum, ja, warum hatte ich diese eine wichtige Äußerung nicht beachtet? Selbst mein Beinaheerstickungstod war keine Ausrede für eine solche Nachlässigkeit.

Ich zwang mich, ruhig zu bleiben. Es bestand kein Grund zur Eile. Wenn ich recht hatte und ich die Eigenheiten des von mir gesuchten Mannes richtig eingeschätzt hatte, würde in den nächsten Stunden nichts Entscheidendes geschehen. Ich griff zu meiner Liste und überflog sie erneut. Jetzt war es zu spät, um meine Nachforschungen abzuschließen, dennoch warf die Liste eine weitere Frage auf. Sollte ich mich an die Polizei wenden oder nicht?

Nachdem ich das Für und Wider abgewogen hatte, entschied ich mich für einen Kompromiß. Es gab ohnehin nur einen Polizeibeamten, der meiner zugegebenermaßen bizarren Auflösung des Falles vielleicht – und hier lege ich besondere Betonung auf das Wort »vielleicht« – Gehör schenkte. Ich konnte das Verhalten von Inspektor Cuff nicht deuten; war er nun hinterhältig und geheimnistuerisch oder einfach nur dumm? Auf jeden Fall mußte ich davon ausgehen, daß er das gleiche unverständliche Vorurteil gegenüber dem weiblichen Geschlecht hegte wie die meisten anderen Männer und daß er sich meiner Teilnahme an der Abendveranstaltung deshalb stringent widersetzen würde – immer vorausgesetzt, ich konnte ihn von seinem eigenen Mitwirken überzeugen. Cuff würde nicht davor zurückschrecken, mich so lange in eine Zelle einzusperren, wie er das für erforderlich hielt.

Trotzdem erschien es mir nur gerecht, ihm eine Chance zu bieten, seine Fähigkeiten unter Beweis zu stellen. Außerdem war es nicht unmöglich, daß ich Hilfe brauchte, wenn sich die Sachlage anders als von mir erhofft erwies. Ich setzte mich an meinen Schreibtisch und verfaßte eine Nachricht. Sie entwickelte sich zu einem recht umfassenden Schriftstück, da ich sehr ins Detail gehen mußte, um der Geschichte

Wahrheitsgehalt zu verleihen. Ich hatte noch nicht geendet, als Gargery die Antwort auf mein Schreiben brachte.

Er wartete, während ich es überflog, und rief dann: »Es ist doch – ich hoffe, es ist keine schlechte Nachricht, Madam.«

»Es ist die Antwort, die ich erwartet habe«, erwiderte ich. »Ich danke Ihnen, Gargery.«

Miss Minton war nicht in ihre Wohnung zurückgekehrt. Ihre Vermieterin hatte sie seit dem vergangenen Freitag weder gesehen noch irgend etwas von ihr erfahren.

Das war also erledigt. Es war unwahrscheinlich, daß sie sich in ihrer Dienstbotentracht – ohne Gepäck und ohne einen Pfennig Geld – nach Northumberland abgesetzt hatte. Noch unwahrscheinlicher war, daß sie den Schutz von Kevin oder Mr. Wilson akzeptiert hatte. Nein; ich wußte, wo sie war. Sie mußte es gewesen sein, die Ayesha in ihrer stockenden und teilweise leider bruchstückhaften Darstellung erwähnt hatte. »Er« hatte sie jetzt in seiner Gewalt, und mir war klar, wohin er sie gebracht hatte – in den verlassenen Seitenflügel von Mauldy Manor, hinter die massive Tür, deren Schloß erst so kürzlich repariert worden war, daß sich Ölspuren auf meinen Fingern abzeichneten, nachdem ich mich an deren Riegel versucht hatte.

14

Ich wartete, bis das Personal das Abendessen einnahm; dann schlich ich mich aus dem Haus. Zu Gargery hatte ich kein Vertrauen. Vielleicht hatte ihm Emerson sogar befohlen, mich am Verlassen des Anwesens zu hindern. (Nicht, daß ihm das gelungen wäre, aber ich wollte jede Auseinandersetzung vermeiden.) Es erfüllte mich mit tiefem Bedauern, daß ich Gargery nicht gefragt hatte, wo ich eine kleine Pistole erwerben konnte. Er schien sich in solchen Dingen auszukennen. Allerdings hatte ich meinen Werkzeuggürtel und meinen Schirm bei mir, das mußte genügen.

Die Dunkelheit war hereingebrochen, und es stimmte mich optimistisch, daß der Himmel verhangen war. In feuchten Schwaden umhüllte der Nebel die Bäume im Park; zweifellos würde er sich lichten, wenn wir aus London herausfuhren, aber vielleicht stieg dann Flußnebel hoch. Das hoffte ich inständig. Dic Fahrt dauerte lange, und während die Droschke über die belebten Straßen holperte, ging ich meine Pläne durch. Den Brief an Inspektor Cuff hatte ich mit dem Hinweis auf dem Tisch in der Eingangshalle deponiert, daß er umgehend weitergeleitet werden solle. Ich hatte meine Waffen. Ich hatte die hilfreiche Kraft der berechtigten Verärgerung in mir – und die Erwartungshaltung, in Kürze dem Individuum gegenüberzustehen, das mir alles bedeutete.

Ich fragte mich, wie zum Teufel Emerson darauf gestoßen war. Er hatte Ayeshas Schilderung nicht gehört, und ich hatte den entscheidenden Satz nicht wiederholt, da er mir zu jenem Zeitpunkt bedeutungslos erschienen war. Wie konnte Emerson also wissen, daß am heutigen Abend eine solche Zeremonie stattfand? Vielleicht wußte er es gar nicht. Vielleicht war er auf der Suche nach dem Beweis dorthin gefahren, den er (und auch ich) zur Untermauerung seiner Theorie brauchte. Aber er war nach Mauldy Manor gefahren, dessen war ich mir so sicher, daß ich ihm gefolgt war. Das war der einzig logische Ort, um zu eruieren, was mir bei der Aufklärung des Falles noch fehlte.

Ungefähr zwei Stunden vor Mitternacht wies ich den Droschkenkutscher an, mich in sicherer Entfernung vor den Toren des Anwesens herauszulassen. Vermutlich kann man es ihm nicht verdenken, wenn er das Schlimmste annahm. Eine einsame, in einen schwarzen Kapuzenumhang gehüllte Frau, die auf einer Landstraße unweit des Hauses eines Mannes von zweifelhaftem Ruf aussteigen will, muß fragwürdige Motive haben. Die Bemerkung, die mir der Kutscher zum Abschied hinterherrief, hat keinen Bezug zur gegenwärtigen Schilderung.

Der Mond und die Sterne verbargen sich hinter dunklen Wolken, und der Nebel lag wie eine weiße Decke über dem Fluß. Als ich vorsichtig zum Tor schlich, durchzuckte ein feuerroter Lichtstrahl den Himmel, und entferntes Donnergrollen kündigte seine Ankunft an. Ein Unwetter braute sich zusammen.

Die hell erleuchteten Fenster des Pförtnerhäuschens hielten mich vom Tor fern. Um diese Uhrzeit war es ohnehin verschlossen – insbesondere, wenn die von mir erwarteten Aktivitäten stattfanden –, außerdem wollte ich unbemerkt bleiben. Eine Zeitlang tastete ich mich an der Mauer entlang, bis ich eine Stelle fand, wo ich diese mit Hilfe eines langen, herunterhängenden Astes überwinden konnte. Der verfluchte Umhang verfing sich ständig in irgendwelchen Dornen und Zweigen, trotzdem wagte ich nicht, ihn abzulegen. Darunter trug ich eine meiner nützlichen Arbeitsgarderoben, und obwohl deren Farbe der Dunkelheit angepaßt war, hätte mich meine prägnante Silhouette (wie Emerson häufig bemerkte) eindeutig als Frau verraten.

Im Licht der zuckenden Blitze, die aufgrund des nahenden Unwetters immer häufiger und greller am Himmel erstrahlten, schlich ich mich von Baum zu Baum und durch das Gebüsch über die riesige, einsame Rasenfläche. Ich hatte mit Hunden gerechnet und war erleichtert über meine Fehleinschätzung, auch wenn ich es seltsam fand, daß ein junger Schloßherr diese Tiere nicht als Wach- oder Schoßhunde hielt. Mir fiel ein, was Emerson über die Vorliebe Seiner Lordschaft zu Katzen gesagt hatte, und mich durchzuckte ein Schauer des Unbehagens. Energisch konzentrierte ich mich auf andere Dinge. Ich war auf das Schlimmste vorbereitet; es hatte keinen Sinn, schon im Vorfeld darüber zu grübeln.

Der Park wirkte völlig verlassen und bot kein Anzeichen auf irgendwelche Lebewesen. Wenn ich es nicht besser gewußt hätte, hätte ich in der Tat angenommen, daß Lord Liverpool nicht daheim war. Der bewohnte Flügel war unbeleuchtet, mit Ausnahme des Dachgeschosses, in dem sich vermutlich das Personal aufhielt.

Aufgrund meines früheren Besuches hatte ich die Planskizze des Gebäudes deutlich vor Augen. Es war wie der Buchstabe E angelegt – der größere Teil des gegenwärtigen Hauses war unter der Herrschaft von Elizabeth gebaut worden, deren starkes Ego solche Ehrbezeugungen liebte und deren Höflinge klug genug waren, ihr diese Gunst zu erweisen. Der moderne Flügel hatte vermutlich eine frühere Konstruktion an selbiger Stelle ersetzt; der Küchentrakt und weitere Wirtschaftsräume bildeten den Mittelstrich des E, der alte Flügel hingegen die gegenüberliegende Achse.

Ohne irgendwelche Aufmerksamkeit erregt zu haben, erreichte ich völlig problemlos die moosbewachsene Mauer des alten Flügels und wollte mich gerade zu meinem Erfolg beglückwünschen, als ich den ersten Dämpfer erhielt. Das Gemäuer, das aus der Ferne einen relativ baufälligen Eindruck machte, war stabiler, als ich erwartet hatte. Sämtliche Fenster waren mit Läden versehen; diese waren neu, massiv und mit kräftigen Haken befestigt. Nicht einmal einen Fingernagel hätte ich in den Spalt schieben können. Die Tür an der Schmalseite des Flügels war so unbeweglich wie ein Felsbrocken, und als ich den Knauf drehen wollte, rieselten Unmengen von Rostpartikeln zu Boden.

Ich wollte es schon mit einem der anderen Flügel probieren, da ich hoffte, daß dort vielleicht ein Fenster offenstand (und ich hätte auch nicht davor zurückgeschreckt, eine Scheibe zu zerschlagen), als ich einen schwachen Lichtschein bemerkte, der über den Boden zu meinen Füßen huschte. Er verschwand sogleich wieder, lieferte mir jedoch den von mir gewünschten Hinweis. Jemand war mit einer Lampe oder Laterne durch die Kellerräume gegangen und hatte weitere Öffnungen preisgegeben, die ich ansonsten nicht vermutet hätte – kleine Fenster in Bodennähe, die zu den unterirdischen Gewölben führten.

Irgendwann einmal waren sie mit Eisenrosten vergittert gewesen, doch der Zahn der Zeit hatte das Metall verwittern lassen, so daß ich die verbleibenden Gitterstäbe mühelos entfernen konnte. Die Öffnungen waren so schmal, daß nur ein Kind – oder eine zierliche Frau – hindurchschlüpfen konnte, weshalb die Roste vermutlich nie erneuert worden waren.

Ich zwängte mich hinein, allerdings nur mit Mühe und

ziemlichem Druck auf einen gewissen Teil meiner Anatomie, der mir nicht zum ersten Mal Unannehmlichkeiten bereitete. Nachdem ich meine Füße durch das Loch geschoben hatte und mich mit ausgestreckten Armen an der Böschung festhielt, spürte ich nichts als die Luft unter meinen ausgestreckten Zehenspitzen. Die Dunkelheit war undurchdringlich, die Situation überaus furchteinflößend. Wie tief unter mir befand sich der Boden? Was konnte sich da unten ansonsten noch befinden? Wenn ich ungeschickt fiel oder auf einen zerbrechlichen Gegenstand stürzte, würde mich der Lärm verraten. Irgend jemand befand sich im Haus, schließlich hatte ich das Licht bemerkt.

Es hatte keinen Sinn, sich darüber Gedanken zu machen, also ließ ich den Rand los und mich fallen – kaum einen Meter, wie sich zeigte, dennoch kam es mir tiefer vor. Ich kam in Hockstellung auf und behielt mein Gleichgewicht.

Der Raum war schwarz wie Teer und roch nach Gruft. Es war riskant, ein Streichholz anzuzünden – das war auch der Grund, warum ich meine Fackel nicht mitgebracht hatte, die ich normalerweise an meinem Gürtel trage –, und ich wagte keine Bewegung, bis ich die um mich verstreut liegenden Gegenstände einzuordnen wußte. Vorsichtig entzündete ich das Streichholz und schirmte es mit meiner Hand und meinem Körper ab.

Unmittelbar darauf löschte ich es wieder aus. Ich hatte genug gesehen – einen niedrigen, leeren Raum mit Steinwänden und -boden, der von stinkenden Flechten überwuchert war und nichts außer einigen Holzbrettern enthielt. An beiden Seitenwänden gähnten dunkle Öffnungen.

Welche Richtung sollte ich einschlagen? Ich versuchte, mich an den vorüberhuschenden Lichtkegel zu erinnern, und entschied, daß er sich von rechts nach links am Fenster vorbei bewegt hatte. Sicheren Schrittes ging ich durch die Dunkelheit, hielt meinen Werkzeuggürtel fest, damit die Ausrüstung nicht klapperte, und folgte der Richtung des Fackelträgers.

Sobald ich den nächsten Raum betrat, bemerkte ich Licht in der Ferne. Mit äußerster Vorsicht huschte ich durch eine Tür, die schief in ihren verrosteten Angeln hing, und gelangte in einen Gang, der ebenso niedrig und dunkel wie die Kammer war. Das Licht war genau vor mir; es fiel aus einer Öffnung oberhalb einer schmalen Treppe.

Ich hüllte mich fester in meinen Umhang, zog die Kapuze tief ins Gesicht und kletterte die Stufen hinauf. Sie gaben nicht nach, denn sie waren aus Stein und im Laufe der Jahrhunderte verwittert. Oben angelangt, blieb ich stehen und spähte vorsichtig über den Rand der Öffnung.

Was ich sah, verblüffte mich so sehr, daß ich mich aufrichtete und mir den Kopf an dem niedrigen, steinernen Treppensturz stieß.

Direkt vor mir befand sich eine Gruppe stattlicher, lebensgroßer und prachtvoll modellierter Alabasterfiguren. Ich verwende absichtlich den Begriff »Gruppe«; ich hätte nicht sagen können, um wie viele es sich handelte, da sie eng umschlungen standen. Drei mußten es jedenfalls sein, denn ich konnte fünf Arme erkennen.

Gütiger Himmel, dachte ich im stillen. Ich sprach natürlich nicht laut, denn ich vernahm Stimmen. Der Standort der Skulpturengruppe vor der Öffnung war geschickt gewählt – zumindest für meine Zwecke. Ich wagte mich weiter vor und trat in einen Gang, der sich über die gesamte Länge des Flügels ausdehnte. Unweit von mir befand sich zu meiner Rechten die Tür, die in den vorderen Teil des Hauses führte – der Längsachse des E. Zu meiner Linken zog sich der Gang, bis er schließlich vor einem schweren schwarzen Vorhang endete, der aus Samt oder Plüsch zu sein schien. Mit Läden verschlossene Fenster säumten eine der Wände; dazwischen befanden sich Gemälde, Statuen und andere Kunstobjekte (salopp umschrieben), die das gleiche Thema zum Gegenstand hatten wie die mir aufgefallene Skulpturengruppe. Sie stammten aus allen Teilen der Welt und aus mehreren Jahrhunderten; das direkt gegenüber dem Kelleraufgang hängende Gemälde war ein außergewöhnliches Werk, das vermutlich im 16. Jahrhundert in Indien entstanden war und eine Reihe von Personen in so unbeschreiblichen Stellungen darstellte, daß sie Ramses zweifellos als »unbequem, um nicht zu sagen unmöglich« bezeichnet hätte.

Die Funktion dieses in sich geschlossenen Gebäudetraktes leuchtete mir mittlerweile ein. Allerdings schien es unwahrscheinlich, daß der jetzige Graf diesen so gestaltet hatte; zweifelsohne hatte eine ganze Reihe seiner Vorfahren zum Ambiente beigetragen und die Reize genossen, und er hatte ihn umfunktioniert – in einer Weise, die ich noch zu klären hatte, aber fast erahnen konnte –, daß er seinen Zwecken dienlich war.

Die Stimmen drangen durch eine geöffnete Tür unmittelbar zu meiner Linken und wurden von knallenden Korken und klirrendem Kristall untermalt. Der Fackelträger war sicherlich aus dem Weinkeller zurückgekehrt.

Ich legte meine Hand auf die polierte Schulter einer der Figuren der Skulpturengruppe und schlich mich näher in Richtung der offenen Tür.

»Wir haben noch viel Zeit«, meinte eine mir vertraute Stimme. »Nehmen wir noch ein Glas.«

»Oder eine weitere Flasche.« Das Kichern entlarvte den Sprecher. »Willst dir wohl Mut antrinken, was, Frank?«

»Bin ich nun gekommen oder nicht?« lautete die mürrische Antwort. »Noch dazu als einziger. Wo sind die anderen?«

»Sie lehnten die Einladung ab«, erwiderte Lord Liverpool

unter unsäglichem Kichern. »Sie haben kalte Füße gekriegt, diese verfluchten Feiglinge!«

»Vielleicht haben sie recht«, knurrte der andere Mann – in dem ich mittlerweile Mr. Barnes erkannt hatte. »Brich die ganze Geschichte ab, Ned. Wir sind zu wenige –«

»O nein, wir sind genug.« Ich stand so nah an der Tür, daß ich sein Rülpsen hörte. »Ich habe ein paar von diesen Burschen angeheuert – du weißt, wen ich meine –, um die Reihen auszufüllen.«

Barnes stieß einen Protestschrei aus. »Verflucht, Ned, warum tust du das? Eine Gruppe von Rüpeln wie diese – sie werden sich in die Hosen machen, wenn sie den Schlagstock auch nur sehen oder dich erpressen ... Das Ganze sollte doch unserer privaten Unterhaltung dienen –«

»Unterhaltung!« Lord Liverpool schien sein Glas umgestoßen zu haben; ich hörte das laute Klirren feinsten Kristalls. »Das ist kein Spiel, Frank, nicht für mich. Es geht um Leben und Tod.«

»Aber Ned – ich weiß, alter Junge, ich weiß, was es dir bedeutet, aber ...«

»Aber er kann das Versprochene nicht leisten – ist es das, was du denkst? Du glaubst nicht an seine Fähigkeiten, nicht wahr?«

»Du etwa?«

Kurzes Schweigen trat ein. Dann murmelte der junge Graf: »Ich muß es tun, Frank. Wirklich. Ich werde alles versuchen, alles tun ...«

»In Ordnung. Ich bin bei dir, alter Bursche.«

»Du hast verflucht recht«, erwiderte der Graf mit einem hämischen Lachen. »Gehst mit mir durch dick und dünn und weißt um jeden Penny, den ich besitze, was? Denke nur ja nicht, daß ich nicht weiß, warum du dich an mich hängst, Frank. Ich hatte nur einen einzigen Freund; und er ... Ah, sieh nicht so betreten drein. Sie werden uns nie auf die Schliche kommen. Und selbst wenn! Denkst du, die alte Dame würde es zulassen, daß ein dahergelaufener Polizist ihren Urgroßneffen oder ihren verstoßenen Cousin zweiten Grades verhaftete? Reiß dich zusammen, Frank. Trink aus, und laß uns anfangen.«

Die einzige Reaktion von Barnes war ein gurgelndes Geräusch, als er Lord Liverpools Rat befolgte. Entsprechend gewarnt, zog ich mich in den Schutz der Skulpturengruppe zurück. Der Gang wurde von vereinzelten Öllampen erhellt, und ich war mir sicher, daß ich aufgrund meines schwarzen Umhangs und des diffusen Lichts unerkannt bleiben würde. In der Tat warf keiner der Männer auch nur einen Blick in meine Richtung. Sie ließen die Tür offenstehen, schlenderten durch den Gang und verschwanden hinter dem schwarzen Vorhang. Beide waren maskiert und trugen lange Gewänder. Ich wartete, bis sie außer Sichtweite waren, bevor ich wieder zum Vorschein kam und den von ihnen verlassenen Raum betrat, aus dem kein Geräusch drang.

Es handelte sich um einen überaus merkwürdigen Aufenthaltsort, eine Mischung aus Theaterumkleide und dem Vorraum zu einer Kirche oder einem Tempel. An den Wänden hingen mehrere der weißen Roben aufgereiht. Ein hoher Schrank, dessen Türen man gedankenlos hatte offenstehen lassen, enthüllte Einlegeböden mit starren Masken. Es gab Dutzende von ihnen. Doch es war der Anblick der Gegenstände auf einem langen Tisch, der mich mit schmerzhaft klopfendem Herzen innehalten ließ. Es handelte sich ebenfalls um Masken, jedoch nicht um Kopien der mir so überaus vertrauten. Die Köpfe von Ibis und Pavian, der Hakenschnabel des Adlers und der schnaubende Löwe – die tierköpfigen Gottheiten des alten Ägypten, geformt aus Pappmaché und mit leuchtenden Farben bemalt.

Ich hatte diesen entsetzlichen Traum schon fast vergessen. Aber da waren die Tierköpfe, genau, wie ich sie in meinem Alptraum gesehen hatte ... und nirgends anders.

Ich wagte nicht, mich den gräßlichen Spekulationen hinzugeben, die mich verfolgten. Hier war meine Chance, unbeobachtet in exakt den Raum vorzudringen, in dem die anderen versammelt waren. Aber ich mußte schnell sein, denn noch waren mehrere Gewänder verfügbar, und ich wußte nicht, wie viele Teilnehmer letztlich erwartet wurden. Jeden Augenblick konnte man mich entdecken.

Ich stopfte meinen Umhang in eine Truhe und zerrte mir eines der Gewänder über den Kopf. Es war gut und gerne 20 Zentimeter zu lang, doch das war nur von Vorteil, da es meine Stiefel verbergen würde. Die Männer hatten Sandalen getragen, doch die, die ich in der Truhe fand, waren mir alle zu groß. Außerdem können Stiefel im Zuge eines Handgemenges überaus nützlich sein.

Nachdem ich die neben den Masken auf dem Tisch liegenden Ausstattungsstücke für die Zeremonie begutachtet hatte, kam ich zu dem Schluß, daß sie als Waffen nicht taugten; Amtsstäbe und Szepter bestanden aus dünnem Holz oder Pappmaché. Es wäre Wahnsinn gewesen, meinen Schirm zurückzulassen. Deshalb hakte ich ihn an meinem Gürtel unter dem Gewand ein und hielt ihn mit meinem Ellbogen fest, während ich zu gehen versuchte. Es sah etwas merkwürdig aus, aber ich dachte, ich könnte es wagen.

Ich war bereit zum Aufbruch – blieb nur noch eine Sache.

Seine Lordschaft und Mr. Barnes hatten beide Priestermasken getragen. Und es gab noch unzählige von ihnen; Emersons kleiner Scherz, daß sie in Massenfertigung hergestellt würden, war gar nicht so abwegig gewesen. Sie würden eine große Anzahl der verfluchten Gebilde benötigen. Zweifellos hatte der Priester sein Exemplar nach jeder Vorstellung zerstört. Meine Hand hatte bereits einen dieser abscheulichen Gegenstände berührt, als ich es mir anders überlegte.

Meine Entscheidung beruhte auf einem so unhaltbaren Beweis – einem Traum. Doch in diesem Traum hatte lediglich der Hohepriester eine Maske mit menschlichen Gesichtszügen getragen. Die anderen, Begleiter und Gehilfen, trugen die Tierköpfe.

Nun, ich würde bald herausfinden, ob ich die richtige Wahl getroffen hatte. Ich wählte die Löwenmaske – Sekhmet, die Göttin der Liebe und des Krieges. Sie schien mir angemessen.

Im Gang war es totenstill. Steifen, ehrwürdigen Schrittes durchquerte ich ihn. Ich konnte von Glück sagen, daß mich niemand beobachtete, da mir einmal mein Schirm zwischen die Beine geriet und ich fast gestürzt wäre. Mein Gesichtsfeld war aufgrund der Augenschlitze in der Maske eingegrenzt, so daß ich nur starr geradeaus blicken konnte, und ich war mir der unangenehm über meine Wirbelsäule jagenden Gänsehaut überaus bewußt.

Ich öffnete den Vorhang und trat hindurch. Vor mir befand sich eine geschnitzte und vergoldete Tür. Die Schnitzereien waren äußerst ungewöhnlich.

Der Türknauf gab unter dem Druck meiner Hand nach; geräuschlos schwang die Tür auf. Schlagartig blieb ich stehen.

Dort vor mir spielte sich exakt die Szene aus meinem Traum ab, und ich stand genauso auf einer Brüstung, die einen riesigen Raum überblickte.

Natürlich war es nicht exakt dasselbe. Die Tür war hinter mir ins Schloß gefallen, und niemand schien mein Eintreten bemerkt zu haben, so daß mir einige Momente blieben, um mir einen Überblick zu verschaffen.

Der Raum verband zwei Ebenen des ursprünglichen Gebäudes miteinander; durch Entfernen der Zwischendecke und mit Hilfe einer stützenden Pfeilerkonstruktion hatte man den gesamten Raum zwischen Dach und Kellerboden geöffnet. Die Wände waren nicht mit Marmor, sondern mit Wandteppichen und -gemälden bedeckt. Die Statue war zwar keine fünf Meter hoch, aber dennoch lebensgroß, und die abgebildete Gottheit war nicht der ehrwürdige Osiris. Er trägt eine ganze Reihe von Namen (Min lautet einer von ihnen), und er ist aufgrund eines hervorstechenden Charakteristikums leicht erkennbar.

Die Beleuchtung war diffus und nicht unbedingt beeindruckend – moderne Öllampen, deren Dochte viel zu lang waren, und flackernde Feuer in offenen Holzkohlebecken. Sechs Männer waren anwesend; alle trugen lange Gewänder, einige waren maskiert, andere hatten den Kopfschmuck abgenommen und rauchten. Die vorherrschende Stimmung war alles andere als feierlich. Einer der Burschen lümmelte sich auf dem Altar herum, ein anderer setzte eine Flasche an die Lippen. Irgend jemand deutete auf die Statue und machte einen Scherz, den ich mich wiederzugeben weigere; hämisches Gelächter war die Folge.

Während ich den Raum taxierte, stellte ich mit aufkeimendem Entsetzen fest, daß mich einer der maskierten Männer bemerkt hatte. Seine Maske, die den Gott der Weisheit, den ibisköpfigen Thot, symbolisierte, blickte geradewegs zu mir. Er machte einen Schritt in Richtung der Treppe, die zu der Balkonbrüstung führte.

Mir blieb nichts anderes übrig, als die Flucht nach vorn anzutreten. Falls er mißtrauisch wurde und Alarm schlug, würde ich ihm niemals entkommen können. Noch entscheidender war, daß ich bislang nicht in Erfahrung gebracht hatte, weshalb ich grundsätzlich gekommen war. Falls das Mädchen in diesem grauenvollen Gemäuer gefangengehalten wurde, konnte ich sie nicht im Stich lassen.

Mir war nicht klar gewesen, wie schwierig es werden würde, mit dem an meinem Gürtel befestigten Schirm eine Treppe zu überwinden. Nach einem beinahe fatalen Sturz schob ich ihn aus dem Weg wie ein Fechter seinen Degen und hoffte, daß mein seltsames Anhängsel niemandem auffiel.

Schließlich erreichte ich den Fuß der Treppe und seufzte erleichtert auf. Die Ibismaske hatte sich abgewandt, und niemand schien mich zu beachten. Mit dem Rücken in Richtung Wand glitt ich in die schützende Dunkelheit.

Unter solchen Bedingungen verliert man sein Zeitgefühl. Ich hatte keine Vorstellung, wie spät es sein könnte und wie lange ich bereits wartete, während ich versuchte, die abscheuliche Ausdrucksweise und die Scherze der Anwesenden zu ignorieren. Schließlich warf einer von ihnen seine Zigarette auf den Boden und trat sie aus.

»Los geht's, Jungs«, meinte er fröhlich. »Wir wollen doch Seine reizende Lordschaft nicht enttäuschen.«

Masken wurden angelegt, Zigaretten in die Holzkohlebekken geworfen. Der auf dem Altar hingegossene Mann erhob sich und strich sein Gewand glatt.

Auch wenn ich nicht reinen Gewissens behaupten kann, daß ich mich wohl fühlte, so hatte sich doch die mentale Empfindung des übernatürlichen Entsetzens gelegt. Die Realität war nicht wie mein Traum, sie entsprach eher einer Parodie auf ein heidnisches Ritual. Und diese setzte sich fort: Statt einer feierlichen Prozession mit entzündeten Fackeln und getragenem Gesang traten die beiden Männer lediglich durch eine Tür unter der Brüstung, und einer von ihnen brüllte: »Was zum Teufel soll das hier? Laß die Flasche verschwinden, und du – glätte gefälligst das Altartuch – los, auf eure Plätze!«

Ich mußte mir das Lachen verkneifen. Er klang wie das männliche Gegenstück zu Mrs. Watson, die ihre Untergebenen der Unordnung bezichtigt. Welche lächerliche Farce sollte sich dort unten abspielen? Vielleicht mußte ich mich lediglich demaskieren, um der Horde einen gewaltigen Schrecken einzujagen.

Meine Belustigung war nur von kurzer Dauer. Die Männer hatten Haltung angenommen und befolgten Lord Liverpools Befehle; und ich bemerkte, daß der ibisköpfige Thot erneut in meine Richtung kam. Ein Ausweichmanöver war unmöglich, da ich dann geradewegs in den Lichtkegel der Öllampe zu meiner Linken geraten wäre.

Der Mann war ein Hüne. Die Maske ließ ihn noch größer erscheinen; er beugte sich über mich. Ich tastete nach dem Griff meines Schirms. Aber er sprach weder, noch machte er eine Drohgebärde. Er blieb neben mir stehen und wandte sein Gesicht dem Altar zu.

Während ich Seine Lordschaft beobachtete, verging mir der Spaß endgültig. Das war keine Parodie. Es war grauenvoll und tragischer Ernst. Mit erhobenen Händen wandte er sich an die Statue. Mir standen die Haare zu Berge, als ich die Stimme wiedererkannte, die schon einmal die mächtige Isis angerufen hatte.

Plötzlich entfuhr es ihm laut: »Er kommt! Er kommt! Der Erlauchte kommt!« Ehrfürchtig ließ er sich zu Boden sinken, blickte die Gottheit jedoch nicht an.

Maskiert und in eine weiße Robe gehüllt, das Leopardenfell des *Seth*-Priesters um die Schultern geschlungen, trat er aus dem Schatten unter der Balkonbrüstung.

Ich hielt den Atem an. Das war der Mann. Nicht der bedauernswerte junge Graf, der lediglich sein leichtgläubiger Handlanger war und der gesagt hatte, daß er alles, absolut alles tun würde, um von seiner tödlichen Krankheit geheilt zu werden. Wie hinterhältig hatte dieses Individuum doch die Todesängste des Jugendlichen ausgenutzt – eines jungen Mannes, der aufgrund seiner Krankheit bereits wahnsinnig wurde, weil diese seine Hirnsubstanz zerstörte.

Der Halunke besaß Ausstrahlung, das mußte man ihm lassen. Selbst die hartgesottenen Helfershelfer reagierten und beobachteten in ehrfürchtigem Schweigen den schaurigen Austausch zwischen dem jungen Grafen und seinem Mentor. Sie sprachen Ägyptisch – oder, was Liverpool anbelangte, versuchten es zumindest. Die Stimme des anderen Mannes, die aufgrund der Maske zwar gräßlich verzerrt klang, wirkte langsam und getragen.

Dann blickte er erneut in die sich hinter ihm ausbreitende Dunkelheit und klatschte dreimal in die Hände.

Unter klagendem Singsang kamen sie herein. Mit Ausnahme ihrer Lendenschurze waren sie nackt, und ihre dunklen Körper glänzten wie Bronze. Die Gestalt, die auf der von ihnen hereingebrachten Trage ruhte, war von Kopf bis Fuß mit weißem Gazestoff bedeckt.

Ich hätte den Aufschrei nicht unterdrücken können, der meine schmerzenden Lungen zu zerbersten schien. Doch als ich mit geöffneten Lippen vorpreschen wollte, umklammerte mich ein Arm mit stahlhartem Griff, und eine Hand legte sich auf meinen Mund.

»Um Gottes willen, Peabody, nicht schreien!« zischte eine Stimme.

Ich glaube, ich wäre zu Boden gesunken, wenn mich nicht sein starker Arm festgehalten hätte. Ich löste seine Finger von meinen Lippen. »Emerson«, hauchte ich, »Emerson ...«

»Pst«, zischte Thot, der Ibisköpfige.

Die Aufforderung war nicht erforderlich; Freude und Erleichterung, aber auch aufkeimender Zorn verschlugen mir die Stimme. Doch wenn es sich bei der Person auf der

Trage nicht um Emerson handelte, um wen dann? Ich kannte die Antwort, noch bevor die Träger sie vorsichtig auf dem langen Altar absetzten und der *Seth*-Priester langsam die Schleier lüftete.

Interessiertes und anerkennendes Gemurmel wurde laut, als die schlaffe Gestalt des bedauernswerten Mädchens vor den unverhohlenen Blicken der Männer enthüllt wurde. Ihre Robe entsprach einer erstaunlich exakten Kopie der von altägyptischen Frauen getragenen; allerdings handelte es sich nicht um das elegant plissierte Leinengewand der hochstehenden Damen. Es war die Kleidung einer Bediensteten oder eines Bauernmädchens – ein einfaches Gewand, das ihre schmalen Fesseln umspielte und von breiten Trägern gehalten wurde, die ihren Busen – mehr oder weniger – verhüllten.

Emerson hatte seine Umklammerung von meiner Taille zu meinem Arm verlagert. Er schüttelte mich unmerklich. »Beweg dich nicht, Peabody.«

»Aber Emerson, sie werden sie –«

»Nein, werden sie nicht. Halt den Mund.«

Niemand beachtete uns; sämtliche Blicke waren verlangend auf Miss Minton gerichtet. Ein großes, hageres Individuum mit Pavian-Maske wagte sich langsam vor.

Lord Liverpool beugte sich über das Mädchen und musterte ihr Gesicht. Schlagartig wich er zurück. Er griff nach seiner Maske und riß sie herunter.

»Ich kenne sie«, entfuhr es ihm. »Man hat mir doch erklärt –«

»Sie ist die Auserwählte«, erklang die feierliche Stimme des *Seth*-Priesters. »Die Braut der Götter.«

»Ja, aber ... aber ... das ist Durhams Enkelin, verflucht! Man hat mir gesagt, sie wäre bereit –«

»Sie ist bereit.« Der Priester schob einen Arm unter Miss

Mintons Schultern und brachte sie in Sitzhaltung. »Wach auf, Margaret, Braut der Götter. Öffne deine Augen, und lächle zu deinen Anhängern.«

Ihre langen Wimpern klimperten, und ihre Augenlider öffneten sich lasziv. Ein unbeschreiblich dämliches Lächeln umspielte ihre Lippen.

»Mmmmmmmm«, meine sie zustimmend. »Wer sind denn all diese merkwürdigen Leute?«

»Preise deinen Herrn und Geliebten, Braut der Götter«, verkündete der *Seth*-Priester in seinem eigentümlichen Singsang.

Sie konnte kaum die Augen offenhalten. »Herr und Geliebter ... oh, ja. Wie schön ... Wer von euch ist denn ...«

»Zum Teufel, das Mädchen steht unter Drogen!« brüllte Liverpool. »Ich kann nicht ... und ich will nicht ... nicht bei einer Dame, verflucht!«

»Ich habe nie gesagt, daß du es tun sollst«, erwiderte die maskierte Gestalt frostig. Er ließ Miss Minton los, die mit einem albernen Kichern zurücksank, und legte sein Leopardenfell ab.

»Was?« Der Graf starrte ihn mit offenem Mund an. »Du hast gesagt –«

»Der Vollzug der göttlichen Eheschließung würde dich heilen«, erwiderte sein Gegenüber. »Und so wird es sein – Mylord. Von deiner Krankheit und von allem, was dich bedrückt.«

Miss Minton streckte ihre bleichen Arme aus. »Herr und Geliebter«, murmelte sie verzückt. »Wie herrlich. Mein geliebter ... mein geliebter Radcliffe –«

»Thot« zuckte heftig zusammen und ließ meinen Arm los. »Hölle und Verdammnis!« brüllte er.

Seine lautstarke Äußerung wurde von Lord Liverpools

noch lauterem Aufschrei übertönt. »Verflucht, Mann, du gehst zu weit. Das hier lasse ich nicht zu.«

Der andere Mann trat einen Schritt zurück. »Von allem verdammten Unsinn ... Ich hätte nie gedacht, daß du ein solcher Hasenfuß bist, Ned. Auch gut. Verschwindet – alle.«

Einige der Anwesenden hatten sich bereits diskret zurückgezogen – einschließlich Mr. Barnes. Der Graf ballte seine Hände zu Fäusten. »Sie geht mit mir. Ich werde dafür sorgen, daß sie heil nach Hause kommt.«

»Einen Teufel wirst du tun!« Der Priester griff in sein Gewand.

Emerson stürmte vorwärts, aber er kam zu spät. Ein Schuß ertönte, der Graf taumelte zurück und krümmte sich. Er fiel auf die Knie, und einen gräßlichen Augenblick lang erweckte es den Anschein, als verneigte er sich vor der Gottheit. Dann sank er kopfüber zu Boden und blieb reglos liegen.

Emersons überstürzter Angriff streckte den Mörder nieder und ließ ihm keine Gelegenheit zu einem weiteren Schuß. Lediglich einer der maskierten Teilnehmer befand sich noch im Raum – der große, hagere Bursche mit der Pavian-Maske. Ich ging mit erhobenem Schirm auf ihn los, doch bevor ich diesen niedersausen lassen konnte, wurde ich von zwei muskulösen, entblößten Armen gepackt, und eine kräftige Hand entriß mir meine Waffe. Die ägyptischen Pritschenträger waren mir nicht entgangen; ich wußte, daß sie immer noch anwesend waren. Aber ich hatte sie für bezahlte Gehilfen gehalten, genau wie die Halunken, die der Graf angeheuert hatte, um die erforderliche Anzahl von Priestern zusammenzubekommen. Allerdings hatte ich nicht damit gerechnet, daß sie sich auf eine strafbare Auseinandersetzung einlassen würden. Augenscheinlich hatte ich mich fürchterlich getäuscht.

Zwei von ihnen hatten den Mann mit der Pavian-Maske

am Kragen gepackt, und drei weitere stürzten sich auf die Kampfhähne – oder, genauer gesagt, den Kampfhahn, denn Emerson hatte den *Seth*-Priester hochgezerrt und wollte ihm soeben einen kraftvollen Schlag in die Weichteile verpassen, als er von seiner Zielscheibe weggerissen wurde. Bevor er seine Angreifer abschütteln konnte, schnappte der Mörder nach der zu Boden geglittenen Pistole und zielte, nicht auf Emerson, sondern auf mich.

»Heute abend scheint alles schiefgelaufen zu sein«, bemerkte er ziemlich kurzatmig. »Sie da – die Kleine, deren Gewand unbedingt gekürzt werden müßte – ich weiß nicht, wieso Sie hier sind, Mrs. Emerson, aber Sie sind die nächste auf meiner Liste, und falls Ihre Komplizen nicht umgehend den Kampf einstellen, schieße ich.«

Die Rückseite seiner Maske war aufgrund seines Sturzes zerbrochen; er mußte sie mit einer Hand festhalten. Emersons Ibiskopf war gespalten, und der Priester lachte lauthals, als er ihn ansah.

»Es wird Zeit für eine Demaskierung«, meinte er schadenfroh. »Zieren Sie sich nicht, Mrs. Emerson, ich habe Sie ohnehin erkannt. Und der riesige Bursche muß der Professor sein. Ich hätte wissen müssen, daß er Thot wählen würde. Der Sachverständige des Pantheons ... Aber wer ist der Pavian?«

Ich entfernte meine Maske, Emerson ebenfalls. Der Pavian verschränkte seine Arme vor der Brust und rührte sich nicht; einer der Ägypter riß ihm die Maske herunter.

»Inspektor Cuff!« entfuhr es mir.

»Guten Abend, Mrs. Emerson«, bemerkte der Inspektor höflich.

»Nun, das ist gewiß eine ziemlich verfahrene Geschichte«, bemerkte ich einige Zeit später. »Ich hinterließ Ihnen eine

Nachricht, Inspektor, in der ich die Sachlage schilderte und Sie um eine Durchsuchung von Mauldy Manor bat, falls ich gegen Morgen noch nicht zurückgekehrt sein sollte. Aber vermutlich kann ich jetzt nicht mehr mit Ihrer Rettungsaktion rechnen. Haben Sie nicht einmal eine Handvoll Beamter mitgebracht?«

»Sie verstehen das nicht, Mrs. Emerson«, erwiderte der Inspektor niedergeschlagen. »Es handelt sich um eine überaus delikate Angelegenheit – überaus delikat, in der Tat. Ich bin ohne Erlaubnis und ohne das Wissen meiner Vorgesetzten hier, und meine kleine Pension –«

»Oh, machen Sie sich keine Gedanken. Jetzt ist nicht der richtige Zeitpunkt für Erklärungen. Wir müssen alles daransetzen, daß uns die Flucht gelingt.«

»Irgendwelche Vorschläge?« brummte Emerson.

Er lehnte mit vor der Brust verschränkten Armen an der Wand. Wir lehnten alle an der Wand; im ganzen Raum gab es keine Sitzgelegenheit. Es handelte sich um eine der leeren felsigen Zellen in den Kellergewölben, die sich von den anderen nur dadurch unterschied, daß sie mit einer massiven Tür versehen war, die jetzt verschlossen und verriegelt war.

»Einen oder zwei«, erwiderte ich.

»Ich kann nur hoffen, daß sie besser sind als dein letzter«, meinte Emerson sarkastisch. »Du sagtest, die Gitter vor diesen Fenstern seien durchgerostet.«

»An den anderen Fenstern sind sie es. Diese hier müssen vor kurzem erneuert worden sein. Ich frage mich, wie viele unglückselige Gefangene schon in dieser dreckigen Zelle schmachten mußten.«

Ich erhielt keine Antwort, deshalb fuhr ich nachdenklich fort: »Grundsätzlich macht mir Miss Minton Sorgen. Wir müssen uns mit unserer Flucht beeilen und hoffen, daß wir sie noch rechtzeitig retten können.«

»Ich hätte nichts dagegen, mich zu retten – und Sie, Ma'am«, erklärte der Inspektor. »Darf ich sagen, wie sehr ich Ihre Haltung bewundere?«

»Ich danke Ihnen. Ich habe keine großen Bedenken um unsere Sicherheit. Falls er uns umbringen wollte, hätte er es umgehend getan, statt uns gefangenzunehmen.«

»Also das ist genau die unlogische Art der Schlußfolgerung, die du ständig betreibst, Peabody«, ereiferte sich Emerson. »Wir sind ein gefährliches Trio; denn obwohl die Chancen gegen uns stehen, hätten wir unserem Freund, dem Priester, sicherlich eine Menge Ärger eingehandelt, wenn er uns an Ort und Stelle umgebracht hätte. Jetzt kann er uns nach Belieben den Garaus machen, ohne seine kostbare Haut riskieren zu müssen.

»Aber seine Möglichkeiten sind begrenzt, Emerson, das mußt du zugeben. Nur in Schundromanen setzt der Schurke den Keller unter Wasser oder arbeitet mit Giftgas. Darüber hinaus muß ihm klar sein, daß der erste, der durch diese Tür kommt, brutal angegriffen wird.«

Emerson hub an: »Verhungern –«

»Dauert zu lange. Irgend jemand wird uns sicherlich vorher finden, selbst wenn wir nicht in der Lage sind, uns zu befreien.«

Erneutes, brütendes Schweigen. Ich wollte schon einen kleinen Scherz über Pessimisten zum besten geben und die Notwendigkeit, nie den Mut zu verlieren, als ich etwas Merkwürdiges feststellte. Irgend etwas Kaltes und Glitschiges glitt über meinen Fuß. Es gibt nur wenige Gefahren, denen ich nicht gleichmütig gegenüberstehe; aber ich verabscheue Reptilien.

»Oh, Emerson, ich befürchte, hier drin ist eine Schlange«, sagte ich.

»Das ist keine Schlange, Peabody«, erwiderte Emerson

tonlos. »Es ist Wasser. Verflucht, Peabody, haben wir nicht schon genug Probleme, ohne dem Mörder auch noch Vorschläge zu unterbreiten? Soll er doch seine eigene Mordmethode entwickeln.«

»Also, Emerson, das ist Unsinn. Es war lediglich ein unglücklicher Zufall. Was vermutest du, woher das Wasser stammt? Zünde doch bitte noch ein weiteres Streichholz an, ja?«

»Sie sind fast verbraucht, Peabody, ebenso wie die Seiten aus Inspektor Cuffs Notizbuch«, erwiderte Emerson ruhig. »Wir brauchten mehrere, als wir die Zelle und das Fenster inspizierten, falls du dich erinnerst. Aber ich denke, dieses Rohr, das du für ein Abwasserrohr gehalten hast –«

»Ja, sicherlich. Dann spar dir die Streichhölzer, Emerson.«

Das Unwetter war vorübergezogen, und der Mond leuchtete am Himmel; sein schwacher Schein bildete einen winzigen Fleck auf dem Boden, und als ich dorthin blickte, bemerkte ich, daß das Wasserrinnsal anschwoll. Es wirkte sehr hübsch und silbrig und harmlos.

»Ich frage mich, wie lange es dauern wird, bis der Raum überflutet ist«, sinnierte ich.

»Es ist mir egal, wie lange es dauert, bis der Raum überschwemmt ist«, entgegnete Emerson aufgebracht. »Hier, Cuff, lassen Sie es mich noch einmal mit den Gitterstäben versuchen. Wenn Sie mich auf Ihre Schultern nehmen?«

»Bleib ruhig, Emerson, ich bitte dich«, warf ich ein. »Das ist wirklich eine unsinnige Methode, um jemanden umzubringen, und das weißt du auch. Auch wenn die Tür fest schließt, ist sie nicht dicht, und wenn das Wasser in Fensterhöhe steigt, wird es nach draußen laufen.«

»Aber nicht so schnell, wie es in die Zelle dringt«, erwiderte Emerson; und tatsächlich schien er recht zu behalten, denn das eisige Wasser umspülte bereits meine Knöchel. »Und da es aus dem Fluß stammt, steht es unbegrenzt zur Verfügung.«

»Ja, vermutlich. In diesem Fall ... Inspektor, drehen Sie mir bitte den Rücken zu?«

»Ich weiß nicht, was Sie vorhaben, Ma'am«, entgegnete Cuff sanft, »trotzdem versichere ich Ihnen, daß ich nicht die Hand vor Augen sehen kann. Sie könnten sich – äh – völlig entblößen.«

»Genau das habe ich vor«, erwiderte ich. »Aber trotz Ihres Einwurfs würde ich es vorziehen, wenn Sie sich umdrehten. Als Geste, sozusagen.«

Emerson watete an meine Seite. »Peabody, was zum Teufel – du hast doch nicht zufällig noch einen weiteren Werkzeuggürtel in der Hose versteckt, oder?«

»Nein, Emerson, aber ich habe etwas, was vielleicht genauso nützlich ist. Die Idee kam mir, nachdem ... nachdem ...«

»Keine falsche Scham, Peabody«, knurrte Emerson. »Nachdem dieser Bas – ... dieser Bursche Sethos dich entführt hatte.«

»Ja, genau. Mein Gürtel und die daran befestigten Utensilien sind einfach zu auffällig, um verborgen zu bleiben, deshalb dachte ich mir, vielleicht... Emerson, bitte hör auf, an mir herumzufummeln. Du hast deine Hand...«

»Was zur Hölle machst du da?« wollte Emerson wissen.

»Wir sind nicht allein, Emerson«, erinnerte ich ihn. »Hier, halte das fest, und paß auf, daß es nicht naß wird. Und das.«

»Peabody, was ist ... gütiger Himmel! Meine Liebe, trägst du etwa ein Mieder?«

»Emerson, bitte!«

»Ich dachte schon, du fühltest dich heute abend ziemlich

steif an«, entfuhr es Emerson. »Aber du hast mir doch geschworen, du würdest niemals eines dieser verfluchten Gebilde anziehen!«

»Ich halte das nicht aus«, entfuhr es Inspektor Cuff plötzlich. »Mrs. Emerson, ich schätze und bewundere Sie mehr als alle mir bekannten Damen, aber wenn Sie mir nicht erklären, weshalb Sie sich – äh – entkleiden, verliere ich möglicherweise den Verstand.«

»Das ist ganz einfach«, erklärte ich. »Die meisten Frauen tragen Mieder; sie werden nicht für mögliche Waffen gehalten. Aber was, meine Herren, hält ein Korsett in Form?«

»Zum Teufel, wenn ich das wüßte«, sagte Emerson.

»Stangen«, brummte der Inspektor. »Schmale Stangen aus Walknochen – oder Stahl! In den Seiten- und Rückennähten ...«

»Wie diese hier«, bemerkte ich und drückte sie Emerson in die Hand. »Sei vorsichtig, mein Lieber, sie ist recht spitz; ich mußte sie in eine Extranaht einpassen, und ich muß sagen, das Ganze war überaus unbequem. Und diese hier, die an einer Seite gezackt ist ... Jetzt kannst du dich erneut an den Eisengittern versuchen, Emerson.«

»Unglaublich, Mrs. Emerson«, hauchte der Inspektor.

»Elementarwissen, mein lieber Inspektor Cuff. Aber wieso kennen Sie sich in diesen Dingen so aus, wenn ich fragen darf? Sind Sie verheiratet?«

»Nein, Ma'am, keineswegs. Ich war zeit meines Lebens eiserner Junggeselle. Aber bei Gott, Mrs. Emerson, Sie haben meinen Glauben an die Vorteile des Alleinlebens ins Wanken gebracht. Wenn mir eine Frau wie Sie begegnete –«

»Sie ist einmalig«, erwiderte Emerson in einem Tonfall äußerster Zufriedenheit. »Hoffe ich zumindest ... Zieh dich wieder an, Peabody. An die Arbeit, Cuff ...«

Unter erheblichen Schwierigkeiten nahm der Inspektor

den Hünen auf seine Schultern, und sobald ich fertig angekleidet war, eilte ich ihm zu Hilfe. Das Wasser reichte mir bis zu den Waden, als ich mich mit dem Rücken an der Wand abstützte und Emersons Stiefel auf meiner Schulter ruhte. Das Mondlicht auf dem steigenden Wasser übte eine seltsam hypnotisierende Wirkung auf mich aus …

Plötzlich versiegte das Mondlicht. Emerson stieß einen schrillen Schrei aus und wich zurück. Unsere lebende Pyramide geriet gefährlich ins Wanken. Mein Fuß glitt aus, und ich setzte mich unter lautem Platschen ins Wasser, während Cuff inbrünstiger fluchte, als ich ihm zugetraut hätte, und sich bemühte, sein Gleichgewicht zu halten.

»Was zum Teufel ist denn los?« brüllte ich.

»Du wirst es nicht glauben«, meinte Emerson mit Grabesstimme.

Dann bemerkte eine weitere Stimme in ruhigem Ton: »Guten Abend, Mama. Guten Abend, Papa. Guten Abend, Sir. Ich weiß nicht, wer Sie sind, aber in Anbetracht der Tatsache, daß Sie gemeinsam mit meinen lieben Eltern eine Zelle teilen, kann ich nur vermuten, daß Sie ein Verbündeter sind oder möglicherweise …«

15

Wie lange Ramses' Monolog dauerte, kann ich nicht sagen. Ich war nicht in der Lage, ihn zu unterbrechen, und Emerson erging es vermutlich ähnlich. Als ich schließlich die Tragweite der Ereignisse begriff, ertönte eine weitere Stimme.

»Oh, Sir, sind Sie da? Oh, Madam, ist alles in Ordnung? Keine Sorge, Sir und Madam, wir holen Sie schon da unten raus!«

Ich versuchte, mich aufzurappeln, und setzte mich erneut. »Gargery?«

»Ja, Madam, ich bin hier, zu Ihren Diensten. Oh, Madam!«

Ich startete einen erneuten Versuch. »Ramses«, sagte ich, während ich mich langsam erhob und dabei bemerkte, daß mir das Wasser schon fast bis zum Knie reichte. »Selbst wenn ihr die Eisengitter entfernt, wird dein Papa nicht durch die Fensteröffnung passen; sie ist zu eng. Ihr werdet durch das Haus kommen müssen.«

»Das steht leider völlig außer Frage«, erwiderte Ramses. »Papa, würdest du bitte vom Fenster weggehen? Wir haben Meißel, Vorschlaghammer und andere Werkzeuge mitgebracht, können sie aber nicht einsetzen, solange du –«

»Ja, mein Sohn«, sagte Emerson. Er rutschte zu Boden – oder Cuff brach zusammen, was wahrscheinlicher war. Zwischen den ohrenbetäubenden Schlägen auf die kleine Fensteröffnung fragte ich: »Warum könnt ihr nicht durch das Haus kommen?«

Krach, bums. »Es brennt, Mama«, erwiderte Ramses.

Ich mußte warten, bis der Lärm verebbt war, ehe ich die Sache weiterverfolgen konnte. »Gehe ich richtig in der Vermutung, Ramses, daß die Missetäter geflohen sind? Denn ich nehme nicht an, daß sie dir erlaubt haben ...«

Krach, bums. »Und jetzt, Mama, Papa, Sir«, sagte Ramses, »bitte, kauert euch in die hinterste Ecke, und dreht mir den Rücken zu. Es ist, wie ich bereits befürchtete; mit dieser Methode werden wir nie Erfolg haben. Die Mauern sind zweieinhalb Meter dick. Glücklicherweise habe ich etwas Nitroglyzerin mitgebracht.«

»O gütiger Himmel«, kreischte Inspektor Cuff.

Eine Minute lang glaubte ich, das gesamte Mauerwerk würde einstürzen, doch nachdem der Lärm der Explosion verklungen war, meine Ohren nicht mehr dröhnten und Emerson mich aus dem Wasser gefischt hatte, bemerkte ich, daß es immer noch stand, sich allerdings ein Loch aufgetan hatte, das Pferd und Wagen Platz geboten hätte. Mit Gargerys tatkräftiger Unterstützung kletterten wir hinaus; und während Emerson ängstlich den Inspektor beobachtete, der sich in einem Zustand leichter Katatonie zu befinden schien, nutzte ich die Gelegenheit, meine Umgebung zu untersuchen.

Das hintere Ende des Flügels, in dem der Tempel untergebracht war, war ein einziges Flammenmeer. Das Feuer drang aus den Fenstern und loderte auf dem Dachstuhl. Jede Rettung war aussichtslos, deshalb wandte ich meine Aufmerksamkeit Ramses zu.

Vermutlich war ihm nicht die Zeit geblieben, sich umzuziehen. Er war so gekleidet, wie ich ihn schon einmal aufgegriffen hatte, wie ein zerlumpter, schmutziger kleiner Straßenjunge. Ein Auge war halb zugeschwollen. Mir war völlig entgangen, daß Percy sein Auge verletzt hatte.

»Miss Minton«, sagte ich unvermittelt. »Ich nehme nicht an, daß ihr –«

»Wir haben die junge Dame, Madam«, erwiderte Gargery. »Sie saß gemeinsam mit dem Herrn in der Kutsche – nun, vermutlich sollte ich ihn nicht als Herrn bezeichnen, da Ihr Sohn meinte ...«

»Wir?« wiederholte ich. »Sie und Ramses und –«

»Henry und Tom und Bob – alle Diener, Madam. Und der andere junge Herr.«

Hinter mir vernahm ich Emersons Schnauben: »Nun kommen Sie schon, Cuff, so benimmt sich doch kein Erwachsener«, das von einer lautstarken Backpfeife begleitet wurde. Sie erfüllte ihren Zweck; Cuff erwiderte mit schwacher Stimme: »Danke, Professor. Verzeihen Sie. Ich glaube nicht, daß ich etwas Derartiges schon jemals erlebt habe ... Nun gut. Was geht hier vor, hm?«

Ich glaube, das galt Gargery, aber natürlich war es Ramses, der reagierte, und ich muß sagen, er faßte sich so kurz wie möglich. »Wir trafen vor wenigen Minuten am Schauplatz des Geschehens ein, Sir, gerade noch rechtzeitig, um eine Kutsche aufzuhalten, die ziemlich schnell in Richtung Tor fuhr. Aus Angst, daß Mama – denn zu diesem Zeitpunkt war mir nicht bewußt, daß sich Papa ebenfalls hier aufhielt – im Innern sein könnte, zwang ich die Kutsche zum Anhalten. Allerdings feuerte besagter Gentleman eine Pistole ab, schoß ein Loch durch Bobs Kappe und brachte Henrys Daumen eine unwesentliche Verletzung bei. Nach einem kurzen Handgemenge konnte der Gentleman überwältigt werden, und ich stellte fest, daß es sich bei der Dame im Fond nicht um Mama, sondern um Miss Minton handelte, die sich im

Zustand leichter Trunkenheit zu befinden schien. Allerdings bemerkte ich bei näherer Überprüfung – soll heißen: Ihres Atemgeruchs –, daß eher Opium als Alkohol –«

»Und wo sind die Insassen der Kutsche jetzt?« drängte Emerson.

»Hinter dem Tor, Bob und Henry halten Wache«, erwiderte Ramses. »Wir anderen stürmten sofort in Richtung Haus, denn wir hatten dank beharrlichen Nachfragens von Mr. Gargery erfahren, daß man euch im Keller eingesperrt hatte und daß – bitte entschuldigt diese melodramatische Umschreibung – das Wasser rasch höher stieg. Ich hörte Papas Stimme –«

»Ja, schon gut, mein Junge, wir wissen, was dann passierte«, sagte Cuff. »Und diese Person ist –«

»Gargery, unser Butler«, erwiderte ich.

Cuff starrte Gargery an, der einen Totschläger in der Hand schwang.

»Butler«, wiederholte er.

»Ist doch jetzt unwichtig«, meinte Emerson unwirsch. »Während wir hier Schwätzchen halten, brennt das Haus wie eine Fackel. Sollen wir nicht die Feuerwehr alarmieren? Und was ist mit dem Personal? Besser, wir holen sie raus, was?«

»Ich bezweifle, daß unmittelbare Gefahr droht, Papa«, erwiderte Ramses wohlüberlegt. »Das Feuer ist noch eine gutes Stück von dem Hauptteil des Hauses entfernt, und ich höre Schreie und Alarmrufe, die mich vermuten lassen, daß die Bewohner die Gefahr bemerkt haben. Aber ich werde gehen und mich vergewissern.«

Er trottete davon.

Das Feuer loderte so hell, daß es gräßliche Schatten auf die gepflegte Rasenfläche warf. Der alte Flügel war bald schon eine trostlose Ruine; die Fenster waren ausgebrannt, und

Flammen zuckten wie grellrote Fahnen aus den dunkel gähnenden Öffnungen. Es war ein Anblick von gräßlicher Schönheit, und wir betrachteten das Ganze schweigend. Emerson hatte seinen Arm um mich gelegt, und Cuff hielt den Kopf gesenkt.

»Er war tot, Emerson, nicht wahr?«

»Ja, meine Liebe.« Nach einer Weile bemerkte Emerson in seltsamem Tonfall: »Ein nobles Ende, bei dem Versuch, eine hilflose Frau vor einem schlimmeren Schicksal als dem Tod zu bewahren, zu sterben. Was, Cuff?«

Abrupt hob Cuff den Kopf. Er und Emerson warfen sich einen vielsagenden Blick zu.

»Ganz recht, Sir«, erwiderte Inspektor Cuff. »Und jetzt, Sir und Mrs. Emerson, sollten wir aufbrechen und den Gefangenen in Empfang nehmen, den Ihr Sohn und Ihr Butler freundlicherweise für uns dingfest gemacht haben.«

Als wir das Tor erreichten, befand sich der gesamte Hausstand in heller Aufregung; schreiende Dienstmädchen liefen in ihren wallenden weißen Nachtgewändern wie ein aufgescheuchter Hühnerhaufen umher. Vor dem Tor warteten zwei Kutschen. Unsere eigene stand quer zur Fahrbahn, als wolle sie die andere, eine schwarze, von zwei schönen Rappen gezogene, geschlossene Kalesche, am Weiterfahren hindern. Henry konnte ich nicht erkennen, aber ich bemerkte Bob, einen der jüngeren Diener, der mit Argusaugen zwei Menschen zu bewachen schien, die auf dem grasbewachsenen Boden kauerten.

Miss Minton war von Kopf bis Fuß in schweren dunklen Stoff gehüllt. Ihr Haar hatte sich gelöst und breitete sich wie ein glänzender Schleier über den Knien des jungen Mannes aus, auf dessen Schoß ihr Kopf ruhte. Er hatte beide Hände vor sein Gesicht gelegt, trotzdem erkannte ich ihn, denn das Mondlicht fiel auf seinen feuerroten Schopf.

»O'Connell!« schrie ich. »Nein! Nicht Kevin O'Connell –«

Emerson packte mich an meinem Hemdzipfel, den ich nachlässigerweise nicht in meinem Hosenbund verstaut hatte. »Ich gehe davon aus, daß er zur Rettungsmannschaft gehört, Peabody. Du hast doch sicherlich nicht gedacht, daß er –«

»Gewiß nicht. Keine Sekunde lang.« (Doch in dem entsetzlichen Augenblick, als mich die würgenden Hände so völlig mühelos vom Boden hochzuziehen vermochten, war ich daran erinnert worden, mit welcher Leichtigkeit mich Kevin an dem Abend in der Royal Academy hochgehoben hatte. Das wäre nur wenigen Männern gelungen – und sicherlich nicht dem ausgezehrten jungen Grafen.)

»Haha«, sagte ich. »Scherz beiseite, Emerson, der Mörder ist nicht Mr. O'Connell. Er ist –«

Ich blieb stehen und blickte Emerson erwartungsvoll an. Er grinste. »In der Kutsche, Peabody.«

Und dort war er, mit Seilen, Krawatten, Taschentüchern und Schals so eng verschnürt, daß er sich ebensowenig bewegen konnte wie die von ihm zerstörte, bedauernswerte Mumie. Ihm gegenüber saß Henry mit einem Knüppel in der Hand. Allerdings hatte ihn sämtlicher Kampfgeist verlassen, den Mörder – Mr. Eustace Wilson.

Nachdem wir den Gefangenen zur Bow Street gebracht und für seine Inhaftierung gesorgt hatten, erklärte Inspektor Cuff, daß er noch eine Menge zu tun habe, doch Emerson bestand darauf, daß er uns zum Chalfont House begleitete. »Dort können Sie unsere Aussagen genauso kompetent und sehr viel bequemer zu Papier bringen«, bemerkte er. »Verflucht, Cuff, es war für uns alle ein anstrengender Abend. Wir haben uns ein wenig Entspannung und ein kleines Fest verdient.«

Glücklicherweise waren wir in der Nacht zuvor sehr lange aufgewesen und hatten infolgedessen lange geschlafen; nachdem ich mich umgezogen und das verfluchte Mieder abgelegt hatte, fühlte ich mich recht erholt. Wir versammelten uns alle an dem Tisch im Speiseraum des Personals, der sich angenehm nah bei der Küche befand und wo sich Gargery und die anderen wohler fühlten; es wurde eine ausgelassene Party mit kaltem Hammelbraten, sauren Gurken und einem leckeren Apfelkuchen sowie Unmengen an Getränken. Als der Wein ausgeschenkt wurde, versuchte es Ramses mit seinem üblichen Trick, indem er sein Glas hinhielt und hoffte, daß sein Papa eingoß, bevor er bemerkte, wessen es war. Emerson bemerkte es; doch er lachte nur und schenkte ihm einen Fingerbreit in seinen Pokal ein. »Du hast es verdient, mein Sohn. Also, Peabody, runzle jetzt nicht die Stirn; er muß lernen, seinen Wein wie ein Gentleman zu trinken.«

»Er verdient es wirklich«, erklärte Gargery, der bereits ein Glas Starkbier intus hatte. »Wäre er nicht gewesen, wären wir nicht rechtzeitig eingetroffen, Sir und Madam, denn keiner von uns wußte, wohin Sie gegangen waren.«

»Ich nehme an, daß du hinten auf die Droschke aufgesprungen bist«, sagte ich zu Ramses.

»Ja, Mama, das ist richtig. Ich wußte, daß du dich auf die Suche nach Papa begeben wolltest, deshalb zog ich mich um und bin dir gefolgt. Sosehr ich auch versucht war, bei dir zu bleiben und dir nach Kräften behilflich zu sein, wußte ich doch, daß das nicht ratsam sein würde; deshalb fuhr ich mit der Droschke zurück nach London und bediente mich umgehend der Unterstützung durch Mr. Gargery und die anderen. Mr. O'Connell war hier gewesen, um sich nach Miss Minton zu erkundigen, deshalb erlaubte ich mir, ihn ebenfalls zu benachrichtigen.«

Kevin war natürlich ebenfalls Gast unserer Party. In der

Tat fehlten nur zwei Leute am Tisch, Miss Minton, die im Obergeschoß ihren Rausch ausschlief, und Mrs. Watson, die sie betreute und unser Vorhaben ohnehin nicht gebilligt hätte.

»Ich bin sicher, daß Ihre Besorgnis Miss Minton tief berühren wird«, versicherte ich Kevin.

»Sie hielt mich für jemand anderen«, murmelte Kevin, während er betrübt in sein Bierglas starrte. »Die ganze Zeit, während der ich sie festhielt und ihr geliebtes Gesicht mit Küssen bedeckte ... Oh, ich weiß, daß ein Gentleman daraus keinen Vorteil ziehen sollte, aber es war mehr, als ich ertragen konnte, sie so anschmiegsam, weich und willig vorzufinden ... Sie schlang ihre Arme um meinen Hals, lächelte mich an und nannte mich ... Sie nannte mich ...«

Emerson war so dunkelrot angelaufen wie ein Mahagonischrank. Ich ließ ihn eine Weile zappeln, bevor ich mich einmischte. »Menschen, die unter Drogen- oder Alkoholeinfluß stehen, sind sich häufig nicht im klaren darüber, was sie sagen, Kevin. Und ihre Äußerungen sind auch völlig unerheblich. Es liegt an Ihnen, ihre Zuneigung zu gewinnen, falls es Ihnen darum geht. Sicherlich wird es Ihnen helfen, wenn ich Miss Minten erkläre, daß Sie Mr. Wilson bewußtlos geschlagen haben, ohne Rücksicht auf Ihre eigene Sicherheit zu nehmen, obwohl er mit seinem Revolver auf sie zielte.«

Emerson gab schnaubende Geräusche von sich und funkelte mich an. »Genug von diesem sentimentalen Unsinn«, erklärte er. »Wir haben dem Inspektor eine Stellungnahme zugesagt. Wie du weißt, hat er viel Arbeit und kann seine Zeit nicht auf romantische Kinkerlitzchen verschwenden. Trinken Sie noch ein Glas Wein, Inspektor.«

»Das lasse ich mir nicht zweimal sagen«, erwiderte Cuff. »Ein sehr guter Jahrgang, Professor, fruchtig, aber nicht zu lieblich, mit genau dem richtigen Säuregehalt. Äh-hm.«

»Sehen Sie«, erklärte Emerson, »Mrs. Emerson und ich haben die Angewohnheit, bei der Aufklärung von Verbrechen nette, kleine Wettbewerbe zu veranstalten. Schildere dem Inspektor, wie du die Identität des Mörders festgestellt hast, Peabody.«

Seine Mundwinkel umspielte ein verräterisches Zucken, das ich jedoch zu ignorieren versuchte. »Vielen Dank, Emerson, ich freue mich, den Anfang machen zu dürfen. Dieser Fall hat sich als einer der verblüffendsten herausgestellt, in dem ich – wir – jemals ermittelt haben: eine denkwürdige Mischung aus brutalem Verbrechen und bizarren Begleitumständen, wenn ich das einmal so nennen darf.«

»Nenn es, wie du willst, aber komm zur Sache«, brummte Emerson.

»Dann möchte ich ganz zu Anfang beginnen – mit dem Tod des Nachtwächters. Ach, übrigens, Inspektor, ich denke, Sie sollten den Leichnam exhumieren lassen. Ich glaube, Sie werden herausfinden, daß der arme Mann an einer Überdosis Opium starb.«

»Was?« Der Inspektor starrte mich ungläubig an. »Aber der Gerichtsmediziner sagte doch –«

»Die Wirkung einer extrem hohen Dosis Opium äußert sich in einer zerebralen Lähmung. Sie beeinträchtigt das Atemzentrum in der Medulla oblongata und führt zum Tod aufgrund von Atemstillstand. Der Nachtwächter hatte zuvor nie Opium genommen. Er erhielt es als Teil seines Schweigegeldes, weil er die Orgie duldete – denn anders kann ich sie nicht bezeichnen.

Das erklärt auch die Bedeutung der merkwürdigen Dinge, die rings um den Leichnam verstreut lagen. Nicht nur eine Orgie, sondern eine, die noch dazu altägyptischen Charakter hatte – Blütenkränze, Wein in Kristallgläsern (zwar nicht stilecht, aber die gebräuchlichen Keramikbecher wären diesen verwöhnten jungen Männern wohl nicht gut genug) und passende Verkleidungen einschließlich Szeptern und Masken aus dem üblichen Pappmaché. Es war genau die Art von bizarrem, ungehörigem Streich, die diesen verabscheuungswürdigen Burschen zugesagt hätte; und es gab noch einen weiteren Grund, warum die Wahl auf diesen ungewöhnlichen Ort fiel, ein wesentlich subtilerer und abwegiger Grund, auf den ich später noch zurückkommen werde.

Offensichtlich mußte eine ganze Reihe von Leuten bestochen werden, damit eine solche Veranstaltung stattfinden konnte. Oldacre war einer davon; er fühlte sich immer zu den Reichen hingezogen und hätte seine hinterhältige kleine Seele dafür gegeben, einer solchen Gruppe angehören zu dürfen. Der in diesem Teil des Museums diensthabende Nachtwächter erhielt eine hohe Summe und wurde zur Teilnahme eingeladen, um sein Schweigen sicherzustellen. Sein Tod war ein Unfall; keiner der Anwesenden rechnete damit, daß ihn das Opium umbringen würde. Als sie begriffen, daß er tot war, war ihr erster Gedanke, das Geschehene zu vertuschen. Sie nahmen die Flaschen und Gläser sowie die Blumenkränze mit und ließen den Leichnam zurück. Die Frauen ... ich nehme an, daß Ayesha diese besorgt hatte. Sie bedeuteten keine Gefahr, sie würden es nicht wagen, gegen einen Herrn von solch vornehmer Abstammung auszusagen.

Oldacre war ein völlig anderes Kaliber. Er wollte nicht nur Geld; er wollte einer von ihnen sein, ein Freund – Gast in ihren Clubs und Anwesen. Sein Tod war im Grunde genommen der Schlüsselhinweis auf die Identität seines Mörders; denn wer unter diesen jungen Aristokraten hatte tatsächlich einen Grund, ihn zu fürchten? Die Wahrheit hätte vielleicht für einen Skandal gesorgt, aber das waren sie gewohnt, da es nicht das erste Mal vorgekommen wäre.

Für Eustace Wilson hingegen stand alles auf dem Spiel,

falls die Wahrheit ans Licht kam. Er würde nie wieder eine Anstellung als Archäologe finden; und falls man ihn inhaftierte und entehrte, würde er auch den Anschluß an den jungen Mann verlieren, an dessen Reichtum er wie ein schmarotzender Blutegel partizipierte.«

Der Inspektor wirkte verunsichert. »Das ist ja alles schön und gut, Mrs. Emerson, und jetzt, da der Fall aufgeklärt ist, erscheint mir Ihre Logik hervorragend schlüssig; aber zeitweilig habe ich die Sachlage nicht so gesehen. Diejenigen, die an der ... an der Krankheit Seiner Lordschaft leiden, werden gelegentlich von schrecklichen Wahnvorstellungen geplagt. Die Bedrohung durch ein so verachtungswürdiges Individuum wie Oldacre könnte ebensogut zu einem solchen Mordwahn geführt haben.«

Emerson hustete. Er konnte sich das Lachen nicht mehr verkneifen.

»Wenn Sie erlauben, daß ich fortfahre, Inspektor«, meinte ich frostig, »werden Sie feststellen, daß meine Vermutung hinsichtlich des Ablebens von Oldacre von anderen Beweismitteln gestützt wurde.«

»Verzeihung, Ma'am«, bemerkte der Inspektor.

»Ich hatte die ganze Zeit über den Verdacht, daß der von uns gesuchte Mann kein Dilettant, sondern ein ausgebildeter Ägyptologe war. Seine Verkleidung war bis ins kleinste Detail authentisch, und die von ihm gewählten Zitate waren zu abwegig und zu speziell, als daß sie ein Laie auf diesem Gebiet entdeckt hätte. Das von Oldacres leichenstarrer Hand umklammerte Stück Papier enthielt eine erfundene Botschaft, kein Zitat – und das lieferte einen noch sehr viel stichhaltigeren Hinweis auf einen Sprachexperten, denn es ist einfacher, einen Text zu kopieren, als einen neuen niederzuschreiben. Die orthographischen und grammatikalischen Fehler in dieser Nachricht entsprachen denen, die nicht etwa ein Amateur, sondern ein Student machen würde – insbesondere einer von Mr. Budges Studenten.

Oldacre war einer von Budges Untergebenen. Es war kaum vorstellbar, daß er die Mitteilung aus irgendeinem Grund selbst verfaßt hatte und daß ihr Zusammenhang mit seinem Tod rein zufälliger Natur war. Allerdings war Oldacre bereits tot, als die Uschebtis und die Briefe verschickt wurden. Nur der Himmel weiß, wie viele Studenten Budge bislang gehabt hat – zu viele, wird manch einer vielleicht behaupten. Aber der einzige andere, der eng mit dem Fall in Berührung gekommen ist, war Mr. Eustace Wilson. Er kannte Oldacre, und ich bezweifle nicht, daß ihre Bekanntschaft intensiver war, als er mir gegenüber zugab.

Was mich eine Zeitlang von meiner Spur abbrachte, war die Beteiligung von Lord Liverpool und seinem Freund, Lord St. John. In der Tat war die schleichende Krankheit des Grafen das ausschlaggebende Element für die gesamte Geschichte. Gegen sie gibt es kein Heilmittel. Der Tod ist gewiß. Wenn Menschen den Tod konfrontieren, werden sie jedes nur erdenkliche Mittel versuchen, egal wie abwegig und nutzlos es auch sein mag. Was haben sie noch zu verlieren? Ich gebe zu, daß mir die ganze Wahrheit erst dämmerte, als wir am Abend in der Royal Academy feststellen mußten, daß die Mumie bereits freigelegt worden war.

Die Umhüllung muß entfernt worden sein, als die Mumie sich noch auf Mauldy Manor befand. Mit absoluter Sicherheit hatten die Museumsverantwortlichen ein solches Vorhaben nie gebilligt, also mußte sie von dem früheren Grafen oder seinem Sohn, Lord Liverpool, ausgeführt worden sein. Aber warum sollte einer von ihnen so etwas tun? Der verstorbene Graf war lediglich Sammler, aber keinesfalls ein informierter Beobachter der Ägyptologie. Sein Sohn interessierte sich noch weniger für dieses Thema. Und selbst wenn eine naive und unbedarfte wissenschaftliche Neugier zur Freilegung der Mumie geführt hätte, hätte keineswegs die verzweifelte Notwendigkeit bestanden, diese im nachhinein zu vertuschen. Welchen anderen möglichen Grund konnte es geben, eine Mumie zu enthüllen?«

Emerson öffnete den Mund. An diesem Abend war er merkwürdiger Stimmung, und ich hielt es für klüger, wenn er keine seiner Bemerkungen einwarf. Also fuhr ich hastig fort.

»Bereits aus dem 12. Jahrhundert stammt der Bericht eines Arztes, der zerstoßene Mumien als Heilmittel verschrieb. Vier Jahrhunderte später gehörte dieses Mittel zur Standardausstattung aller Apotheken in ganz Europa. Zu diesem Zweck wurden unsäglich viele Mumien importiert, und als der Vorrat zur Neige ging, stellten skrupellose Personen sie aus frischen Leichen her.

Man sollte vermuten, daß der wissenschaftliche Fortschritt und die zunehmende Aufklärung unseres modernen Zeitalters diesen Aberglauben zerstört haben, tatsächlich jedoch gibt es in London immer noch Geschäfte, und, wie ich erfahren habe, auch in Paris und in New York, wo Mumienpulver verkauft wird. Die Dummheit stirbt nie aus, Ramses und meine Herren; und wenn sie mit Verzweiflung einhergeht, dürfen wir uns kaum wundern, daß der junge Graf nur zu gern glauben wollte, daß das außergewöhnliche Mittel, von unberührter und echter Herkunft, kombiniert mit feierlichen Ritualen und Gebeten, seine Heilung bedeuten konnte.

Genau wie Oldacre lernte Wilson den Grafen über Lord St. John kennen, der ein interessierter Laie der Archäologie ist und einen perversen Sinn für Humor besitzt. An dem ursprünglichen Plan waren sie alle beteiligt. Warum sollte Lord St. John auch nicht teilnehmen, wenn er seinem Freund damit einen Gefallen tun und sich gleichzeitig über die von ihm verachteten Konventionen hinwegsetzen konnte? Zunächst fanden die Rituale und Orgien auf Mauldy Manor statt; von daher ist es nicht verwunderlich, daß die Dienstmädchen gelegentlich merkwürdige Geräusche aus besagtem Raum vernahmen. Dann entdeckte der Vater des Grafen, was in seinem Haus geschah. Er war beileibe kein Heiliger, doch diese Perversionen gingen ihm zu weit; er übereignete die geschändete Mumie dem Britischen Museum und verbat sich weitere Experimente. Kurz darauf starb er; und obwohl es möglicherweise nie bewiesen werden kann, halte ich seinen Jagdunfall nicht für einen Unfall. Es wäre interessant, eine Liste der anwesenden Jagdteilnehmer zusammenzustellen.

Des weiteren vermute ich, daß Oldacre nicht zu den ursprünglichen Mitgliedern des Komplotts gehörte. Er könnte zufällig entdeckt haben, was sich in den heiligen Hallen des Museums abspielte, und durfte sich dann notgedrungen der Gruppe anschließen. Mit dieser untergeordneten Rolle unzufrieden, verlangte er mehr Einfluß und einen Teil des Geldes, das Wilson von Lord Liverpool erpreßte. Deshalb brachte Wilson ihn um. Er wog sich in ziemlicher Sicherheit, unser feiner Mr. Wilson, bis Emerson und ich die Ermittlungen aufnahmen. Er wußte um unseren Ruf und befürchtete (zu Recht, wie sich herausstellte), daß wir seinen Plan durchschauten. Es war meine Entdeckung von Ayeshas Beteiligung, die Aufschluß in die Sache brachte. Wie Emerson es einmal andeutete, werden die meisten Opiumhöhlen von Indern oder Chinesen betrieben; es war kein reiner Zufall, daß Lord Liverpool seinen Drogenvorrat aus ebendiesem Etablissement bezog. Er kannte die Spelunke und Ayesha und Wilson, der in Ägypten gearbeitet hatte, und hatte Kontakte zu der hier ansässigen ägyptischen Gemeinschaft.

Schließlich sah sich Wilson mit einem weiteren gefährlichen Dilemma konfrontiert. Der Graf würde bald sterben; die abscheuliche, wenn auch einträgliche Farce konnte nicht beliebig weitergeführt werden. Am Anfang hatte Lord St. John noch bereitwillig an dem Plan mitgewirkt; alle übernahmen wechselseitig die Rolle des *Seth*-Priesters, weshalb uns auch das Verhalten des geheimnisvollen Individuums so verwirrte – einmal wirkte er zögernd und verunsichert, ein anderes Mal wieder selbstbewußt und dreist. Nach einer Weile wollte St. John Wilson ausbooten, um erneut Einfluß über Liverpool zu gewinnen; doch seine Einmischung war zwecklos. Liverpool duldete keinerlei Kritik an dem Mann, von dem er sich erhoffte, daß er ihm das Leben rettete, und nach dem Mord an Oldacre überzeugte er St. John davon, daß sich das ›harmlose‹ Spiel in tödlichen Ernst verwandelt habe, da er die Sache nicht auffliegen lassen könne, ohne seinen Freund einem gräßlichen Skandal auszuliefern. St. John stellte für Wilson eine potentielle Bedrohung dar, und der junge Graf wurde zunehmend unzuverlässiger, da sich die Krankheit mehr und mehr seines ausgemergelten Körpers bemächtigte. Falls dieser die Behandlung für einen Fehlschlag hielt und sich von seinem Möchtegernretter abwandte, war die Enthüllung vorprogrammiert.

Wilson beschloß, zwei Fliegen mit einer Klappe zu schlagen – den Grafen zum Schweigen zu bringen, bevor er zur Gefahr wurde, und der Polizei den gesuchten Mörder zu liefern. Er zwang Ayesha, mich in eine Falle zu locken; im Gegensatz zu den uns bislang bekannten Hieroglyphen-Botschaften war diese Mitteilung so unbeholfen und dilettantisch abgefaßt, daß man sie für das Produkt einer im Umgang mit der Sprache nicht vertrauten Person hätte halten können. Wilson beabsichtigte, mich für die von uns heute abend unterbrochene Zeremonie zu mißbrauchen. Er plante, sämtliche Zeugen fortzuschicken und mich und Liverpool dann in einer Weise zu beseitigen, die keinen Zweifel daran ließ, daß der Graf zunächst mich und dann sich umgebracht hatte – oder vielleicht, daß wir uns gegenseitig getötet hatten. Ich kann mir eine ganze Reihe von Vorgehensweisen vorstellen, um das zu bewerkstelligen.«

»Ich bin sicher, daß Sie das könnten, Ma'am«, warf der Inspektor respektvoll ein. »Aber es war doch Miss Minton, nicht Sie –«

Nachlässig winkte ich ab. »Eine unwesentliche Veränderung in der Besetzung der Darsteller, Inspektor. Miss Mintons Rolle in dieser Geschichte war ohnehin überaus merkwürdig. Ich vermute, daß Wilson sie heiraten wollte. Ihr zu sagen, daß er sie liebte, wäre eine Perversion dieses edlen Begriffs gewesen, trotzdem hätte er es vermutlich so umschrieben. Allerdings mißfiel ihm, daß sie ihn herablassend behandelte, und als er erfuhr, daß sie keinen Pfennig besaß, empfand er es als schwierig, seinen Zorn und seinen Unglauben zu verbergen. Sein übersteigertes Geltungsbedürfnis, das auch zu seiner Selbsttäuschung führte (denn ich muß wohl kaum erwähnen, daß eine Dame wie Miss Minton seinen Antrag niemals angenommen hätte), suggerierte ihm daraufhin, daß sie ihn getäuscht und hintergangen hatte, und er sann auf Rache. Am gleichen Abend noch stellte er fest, daß sie sich in unserem Haus befand. Sie mußte hier sein; anderenfalls hätte ich ihm nicht so rasch versichern können, daß sie unverletzt war. Ich machte einen Fehler – das gebe ich offen zu –, indem ich ihm das erzählte, versuchte aber dennoch, das Mädchen zu schützen, und bestand darauf, daß sie bis zum Morgen blieb. Ich hatte keine Ahnung, daß sie es wagte, sich MIR zu widersetzen. In der Tat war sie so aufgebracht und gekränkt, daß sie beschloß, das Haus umgehend zu verlassen; und Wilson, der in der Hoffnung draußen wartete, mit ihr reden zu können, hatte keinerlei Schwierigkeit, ihr seine Begleitung anzudienen. Zweifellos erwartete sie, daß er sie in ihre Wohnung brachte, doch sobald sie in der Droschke saßen, hatte er sie in seiner Gewalt. Es ist keineswegs grundlos, daß junge Damen vor diesen gefährlichen Fortbewegungsmitteln gewarnt werden!«

Bislang hatte ich meine Schilderung ohne jede Unterbrechung von Emerson oder Ramses fortgesetzt, und mir wurde schlagartig klar, daß das überaus ungewöhnlich war und ich die Sache hinterfragen sollte. Emerson feixte so unverfroren, daß ich ihn am liebsten geschüttelt hätte, und Ramses ...

»Das Kind ist betrunken«, entfuhr es mir. »Emerson, wie konntest du!«

Emerson verhinderte gerade noch rechtzeitig, daß Ramses von seinem Stuhl zu Boden glitt. Der Junge hatte die Augen geschlossen und reagierte auch nicht, als sein Vater ihn in die Arme nahm.

»Er ist nicht betrunken, Amelia, er ist müde«, erwiderte Emerson entrüstet. »Der kleine Kerl hatte einen aufregenden Abend.«

»Ein aufregender Abend, in der Tat. Eine aufregende Woche wäre zutreffender. Vermutlich war er kaum im Bett ... Nehmen Sie ihn, und bringen Sie ihn auf sein Zimmer, Bob. Und bitte vergessen Sie nicht, ihm diese gräßlichen Sachen auszuziehen, ihn zu waschen und –«

Emerson hievte Ramses in die ausgestreckten Arme des Dieners und bemerkte: »Seien Sie vorsichtig, Bob.«

»Ja, Sir. Natürlich, Sir.«

»Nun denn«, bemerkte ich, nachdem Bob und seine schlafende Fracht verschwunden waren, »es ist schon spät, und wir sollten alle an unsere Nachtruhe denken. Aber zuvor, Inspektor, sind Sie mir eine Erklärung schuldig. Ich hoffe, Sie werden nicht behaupten, daß Sie nach demselben Muster logischer Schlußfolgerung verfahren sind, das mich zur Aufklärung des Verbrechens führte.«

»O nein, Ma'am«, erwiderte der Inspektor augenzwinkernd. »Ein solches Muster logischer Schlußfolgerung läge mir fern. Nein; zu meiner Schande muß ich gestehen, daß es die stumpfsinnige, langweilige Routine der Polizeiermittlung war, die mich ziemlich falsche Schlüsse ziehen ließ. Wir arbeiten mit Informanten –«

»Ahmet«, entfuhr es mir. »Dieser hinterlistige kleine Spion! Mir hat er nichts erzählt!«

»Nun, Ma'am, vielleicht haben Sie nicht die richtigen Fragen gestellt«, erwiderte Inspektor Cuff sanft. »Wir nahmen Ahmet zu seiner eigenen Sicherheit in Schutzhaft. Da ich den Ruf der jungen Herren kannte, beschlich mich bereits ein gewisser Verdacht, und nach einem ausgedehnten Verhör – nein, Ma'am, es geschah ohne Gewaltanwendung – gestand Ahmet, daß Lord Liverpool zu Ayeshas Kunden gehörte. Nicht in der Opiumhöhle selbst; im oberen Stockwerk hatte sie Zimmer für vornehmere Gäste reserviert. Später, als der Professor dann –«

»Gütiger Himmel, wie spät es schon ist«, entfuhr es Emerson nach einem Blick auf seine Taschenuhr. »Ich möchte nicht ungastlich sein, Inspektor – Mr. O'Connell – Gargery –«

Zustimmendes Gemurmel unterbrach seine Aufzählung, und der Inspektor erhob sich. »Ja, Sir, Sie haben ganz recht. Ich muß mich auf den Weg machen. Ich bin Ihnen zu tiefem Dank verpflichtet, Professor und Ma'am ...«

Wir verabschiedeten uns in der Eingangshalle von Inspektor Cuff und gingen dann nach oben. Ich warf einen Blick in Ramses' Zimmer und fand ihn friedlich schlafend vor. Sein fester Schlaf erfüllte mich mit Argwohn, dennoch beschloß ich, ihn nicht zu stören. Als ich in mein Zimmer zurückkehrte, lag Emerson auf dem Bett. Allerdings schlief er nicht, und sobald ich die Tür geschlossen hatte, erhob er sich mit der ihm eigenen Geschmeidigkeit und half mir bei den Vorbereitungen für die Nachtruhe, wobei er bemerkte, daß es rücksichtslos sei, eines der Mädchen zu dieser späten Stunde aufzuwecken.

»Emerson«, sagte ich.

»Ja, Peabody? – Diese verfluchten Knöpfe …«

»Du hast den Inspektor genau in dem Augenblick unterbrochen, als er erklären wollte, wie du ihn bei seinen Ermittlungen unterstützt hast.«

»Habe ich das, Peabody? – Ah, geschafft …«

Ein Knopf fiel zu Boden. »Wie hast du ihn unterstützt, Emerson? Denn wenn du mir jetzt erzählen willst, du habest gewußt, daß Eustace Wilson der Rädelsführer war –«

»Wußtest du es denn, Peabody?«

»Habe ich meine Beweisführung nicht klar geschildert, Emerson?«

»Ja, Peabody, das hast du, und noch dazu hervorragend. Dein Gesichtsausdruck allerdings, als du Wilson in der Kutsche bemerktest –«

»Du konntest meinen Gesichtsausdruck nicht sehen, Emerson. Ich hatte dir den Rücken zugewandt.«

Emerson trat ein Kleidungsstück beiseite und umarmte mich. »Du dachtest, es sei Lord St. John. Ach komm, Peabody; wenn du willst, gestehe ich es ein.«

»Du also auch, Emerson?«

»Alles deutete auf ihn, Peabody. Die graue Eminenz, der machiavellistische Mentor, der einflußreiche Drahtzieher –«

»Er war fast zu vollkommen«, sagte ich mit Bedauern. »Er hatte als Soldat gedient, war Töten und Blutvergießen gewohnt; er ist intelligent, zynisch, von rascher Auffassungsgabe …«

»Korrupt und zügellos«, stieß Emerson zwischen zusammengebissenen Zähnen hervor.

»Ja; aber ich vermute, daß ihn der Lebensstil letztlich doch anwiderte, der seinem Freund ein solch grauenvolles Schicksal beschert hatte. Das erzählte er mir jedenfalls, aber natürlich war ich irgendwie skeptisch gegenüber seinen Behauptungen von der Besinnung auf neue Tugenden. Ich befürchte, daß sein Verhalten verhängnisvoll ist. Man vermutet ständig Doppelsinniges oder versteckte Bedeutungen hinter seinen Worten. Wie auch immer, heute abend war er nicht anwesend, und ich hoffe wirklich, daß er die von ihm angeblich gesuchte, passable Frau findet und daß diese ihm hilft, seinen Seelenfrieden und einen positiven Lebensweg zu finden.«

»Es gibt nichts Besseres als den Einfluß einer passablen Frau«, bekräftigte Emerson feierlich. »Nun denn, Peabody, warum sollen wir nicht –«

»Von ganzem Herzen, Emerson.«

Nach einer längeren Zeitspanne hob Emerson den Kopf und hauchte irgendwie kurzatmig: »Das war grandios, Peabody, und ich beabsichtige, umgehend fortzufahren, aber würde es dir zuvor etwas ausmachen, zuzugeben, daß du dich geirrt hast hinsichtlich –«

»Ich sehe keinen Grund, warum wir diese Diskussion fortsetzen sollten, Emerson.«

»Mmmmmm«, murmelte Emerson. »Also, Peabody, ich muß gestehen, daß deine Argumente außerordentlich überzeugend sind.«

Bevor wir eingeschlafen waren, dämmerte bereits ein grauer, verregneter Morgen, und einige Stunden später erwachte ich in dem gleichen, trüben Licht. Im Haus war es ruhig und friedlich; weder am Fußende des Bettes noch an der Tür gab es irgendein Lebenszeichen von Ramses, und ich döste noch eine Weile zufrieden vor mich hin und philosophierte. Es gibt nichts Beruhigenderes, glaube ich, als das Bewußtsein, seine Aufgabe erfüllt und Gefahren überwunden zu haben. Ein weiterer Mörder war dem Arm des Gesetzes ausgeliefert worden, und ich konnte mich dem kleinen Problem zuwenden, das mich nun schon seit mehreren Tagen verwirrte. Es hatte – unweigerlich – mit Ramses zu tun. Bevor ich mich allerdings auf die Sache konzentrieren konnte, wachte Emerson auf, und das sich daran anschließende Ablenkungsmanöver, für das mein Gatte eine außergewöhnliche Begabung besitzt, konzentrierte meine Aufmerksamkeit anderweitig.

Daraus resultierte, daß wir erst recht spät aus unserem Zimmer auftauchten. Aufgrund des unseligen Wetters war der Himmel verdunkelt, und man hatte überall Licht gemacht. Während wir Arm in Arm durch den Flur schlenderten, bemerkte Emerson: »Ich nehme an, daß du auf deinen Tee bestehen wirst, Peabody.«

»Hast du irgendwelche Einwände, Emerson?«

»Nun ja, verflucht, habe ich; und du weißt auch, welche, Peabody.«

»Ich versichere dir, mein Lieber, daß ich beabsichtige, mich dem Problem zu widmen.«

»Hervorragend, meine liebe Peabody, ich überlasse es dir. Aber ich warne dich, ich halte das nicht mehr lange aus. Ich brauche Ruhe, wenn ich dieses verfluchte Manuskript fertigstellen soll.«

Bevor er fortfahren konnte, schallte ein ohrenbetäubendes Kreischen durch das Haus. Es kam aus der Richtung der Kinderzimmer.

»Zum Teufel!« brüllte Emerson. »Was ist denn jetzt? Dieses Kind hat die schrillste Stimme, die ich jemals bei einem weiblichen Wesen gehört habe. Wie wird das erst in zehn Jahren sein, wenn ihre Lungen ausgewachsen sind? Ich sage dir, Peabody –«

»Das war nicht Violet, Emerson«, entgegnete ich. »Sei einen Augenblick still ...« Ein weiteres Kreischen bestätigte meine Hypothese; ich war mir sicher, daß es von einem Mädchen stammen mußte, das älter als Violet war. »Eins von den Dienstmädchen, glaube ich«, fuhr ich fort. »Vielleicht sollten wir besser nachsehen.«

Wir trafen besagtes Dienstmädchen – es handelte sich um Mary Ann – in der Eingangshalle. Sie hatte beide Hände vor ihr Gesicht geworfen und rannte blindlings gegen Emerson, der sie fürsorglich auffing und an die Wand schob, bevor er weiterging. »Sie zu fragen ist zwecklos«, bemerkte er. »Scheint ziemlich aufgebracht zu sein, das Mädchen. Ich nehme an, sie kam aus Ramses' Zimmer.«

»Das wäre eine stichhaltige Vermutung, selbst wenn ich nicht gesehen hätte, daß sie aus seiner Tür schlüpfte«, erwiderte ich. »Sie wollte ihn sicherlich zum Tee holen und fand ... Was, fragt man sich.«

Das sollten wir bald erfahren. Die Tür stand offen. Eigentlich überraschte es mich kaum, daß Ramses nicht allein war. Er und Percy standen zu beiden Seiten des Tisches, auf dem Ramses' Mumien aufgereiht lagen. Ihre Gesichter wiesen einen interessanten Farbkontrast auf, denn Percy war zornesrot, Ramses hingegen so blaß, wie ich ihn noch nie erlebt hatte. Aufgrund seiner von Natur aus dunklen Hautfarbe und seiner tiefen Bräune hatten seine Wangen ein seltsames Milchkaffeebraun angenommen. Auf dem Tisch zwischen ihnen schien sich ein neues Versuchsobjekt zu befinden – überaus frisch, in der Tat, denn es blutete heftig.

Es handelte sich um den Kadaver einer Ratte. Mit ihren langen, widerlich nackten Schwänzen und ihren scharfen Nagezähnen gehören Ratten nicht unbedingt zu den schönsten Lebewesen; trotzdem sind sie ein Teil von Gottes Schöpfung. Die Verstümmelungen an besagtem Nager konnten lediglich aufgrund von Gewaltanwendung entstanden sein, allerdings nicht von den Krallen einer Katze oder dem Fang eines Hundes, sondern durch ein scharfes, von menschlicher Hand geführtes Messer. Das Schlimmste daran war, daß das unmerkliche Zucken des geschorenen Körpers darauf hindeutete, daß das eklige Vieh noch lebte, obwohl es gnädigerweise keine Schmerzen mehr empfand.

Emerson eilte mir zur Seite, wie stets, wenn Gefahren oder Schwierigkeiten drohten. Er schaffte das Bündel weg; ich sah ihm nicht dabei zu, und einen Augenblick später sagte er ruhig: »Es ist tot, Peabody.«

»Ich danke dir, mein geliebter Emerson.«

Ich blickte zu den beiden Jungen. Percy nagte an seiner Unterlippe, und in seinen Augen standen Tränen, die er mühsam zu unterdrücken versuchte. »Ramses« Walter Peabody Emerson trug wie üblich seinen maskenhaft unergründlichen Gesichtsausdruck zur Schau; doch mein scharfsichtiger Blick als Mutter bemerkte ein gefühlvolles Flackern in seinen dunklen Augen. Mitgefühl, dachte ich.

»Wer war das?« fragte ich.

Keine Antwort. Ich hatte auch keine erwartet. Ich musterte Percy. Er wurde starr. Die Hände hinter dem Rücken veschränkt, hielt er mit zusammengekniffenen Lippen meinem Blick stand. »Hast du das getan, Percy?« bohrte ich.

»Nein, Tante Amelia.«

»Also, wenn du es nicht warst, muß Ramses der Schuldige sein. War es Ramses, Percy?«

Percy hätte Porträt für einen jungen englischen Helden stehen können, der dem Feind entgegensieht. Er schob sein Kinn vor und straffte die Schultern. »Das kann ich dir nicht beantworten, Tante Amelia. Ich schulde dir die Liebe und

Pflichterfüllung eines Sohnes, aber manchmal gibt es Dinge, die einem englischen Gentleman wichtiger sind.«

»Verstehe. Nun gut, Percy. Du bist entschuldigt. Bitte, geh in dein Zimmer, und bleibe dort, bis ich komme.«

»Ja, Tante Amelia.« Er marschierte hinaus.

Im Gegensatz zu seinem Cousin gab Ramses eine schlechte Figur ab. Seine schmalen Schultern waren eingezogen, als erwartete er einen Schlag, und sein Blick wich mir standhaft aus.

Ich breitete meine Arme aus.

»Ramses, ich muß mich bei dir entschuldigen. Komm zu mir.«

Meine Emotionen überwältigen mich, wenn ich an diesen Augenblick zurückdenke, und legen einen zarten Schleier über die sich daran anschließende, liebevolle Szene. Emerson schniefte unüberhörbar und rieb sich die Augen mit seinem Ärmel (er trägt nie ein Taschentuch bei sich). Ramses saß zwischen uns auf dem Bett; vom Arm seines Vaters umschlungen, redete er – natürlich – ununterbrochen. Ich schnitt ihm das Wort ab.

»Du mußt nichts erklären, Ramses, mittlerweile verstehe ich alles. Ist es nicht faszinierend zu beobachten, Emerson, daß Vorfälle, die oberflächlich betrachtet recht einleuchtend wirken, nach einer leichten Korrektur der eigenen Sichtweise eine völlig andere Bedeutung gewinnen? Aber wer hätte vermutet, daß ein Junge in Percys Alter so hinterhältig sein kann?«

»Das«, erwiderte Emerson, »liegt an dem üblen Einfluß der Schulen. Die armen kleinen Kerle müssen solche Tricks erlernen, um überleben zu können. Wie bereits einmal von mir gesagt –«

»Du hast es schon Hunderte Male gesagt«, bekräftigte ich. »Allerdings ist Percy mit seiner letzten Anschuldigung übers

Ziel hinausgeschossen. Die Liste von Ramses' Verfehlungen ist recht umfassend; es gibt kaum etwas, wozu ich ihn nicht für fähig hielte. Aber ein Tier absichtlich zu quälen und zu verstümmeln ... Eher würde ich glauben, daß die Sonne im Westen aufgeht oder daß du, mein geliebter Emerson, mich betrügst.«

»Äh-hmmm«, sagte Emerson.

»Ich danke dir, Mama«, erwiderte Ramses. »Mir fehlen die Worte, wenn ich versuche –«

Da ich wußte, daß das keineswegs der Fall war, unterbrach ich ihn erneut. »Mein Mißtrauen gegenüber Percy und seiner Schwester keimte erst vor kurzem auf und bestätigte sich aufgrund früherer Vorfälle. Von Anfang an – da war der Zwischenfall mit dem Kricketball – ja, Ramses, ich weiß, daß du mir zu erklären versuchtest, daß ein geschickter Spieler wie Percy den Ball sehr wohl in die gewünschte Richtung hätte manövrieren können... Unglücklicherweise war ich mit Dingen beschäftigt, die sich um Leben und Tod drehten, und hatte nicht die Zeit, dem Problem sorgfältig nachzugehen. Vermutlich hat dir Violet erzählt, daß Miss Helen ihre Erlaubnis gegeben habe und du ihr Fahrrad nehmen durftest? Ja; Violet war eine bereitwillige Teilhaberin an dem Plan und hat dich nach Kräften beschwindelt und ausgetrickst. Äh ... Ramses, deine Zuneigungsbeweise berühren mich tief, aber vielleicht solltest du weitere Umarmungen so lange verschieben, bis du dich gewaschen hast. Was ist das für eine Substanz auf meinem Rock? Es kann kein Blut sein, dafür ist es zu klebrig ... Nun, nicht der Rede wert. Ich überlasse es dir, Ramses, versprochen. Wie würdest du die Sache gern regeln?«

»Ich hätte gern die Erlaubnis, Percy zu verdreschen«, erwiderte Ramses.

Sein Vater kicherte begeistert. »Zweifellos, mein Junge,

zweifellos. Ein überaus verständlicher und angebrachter Wunsch. Auch ich würde mit Vergnügen ... Aber es geht nicht, Ramses.«

»Ich werde dafür sorgen, daß der junge Mann sobald wie möglich verschwindet«, versprach ich. »Und Violet ebenso. Du kannst mich beim Wort nehmen, Ramses. Irgend etwas ist dazu allerdings noch erforderlich, glaube ich. Eine unterschwellige Bedrohung oder ...«

Ramses' dunkle Augen funkelten. »Darf ich meine Verkleidungen wiederhaben, Mama?«

In der Tat war er auch hervorragend ohne sie zurechtgekommen. Seine kleine Statur zeigte ihm natürlich Grenzen auf, doch die Rolle des streunenden Straßenjungen hatte ihm bei zahlreichen Gelegenheiten gute Dienste erwiesen, und die teuflische List, mit der er einen echten Vertreter dieser Zunft bestochen hatte, um mich abzulenken, so daß ich zukünftig weniger mißtrauisch reagierte, ließ mich zwischen Bewunderung und Entsetzen schwanken. Die einzige weitere Rolle, an der er sich versucht hatte, war die des kleinen blondgelockten Mädchens gewesen; nachdem ich ihm die erste Perücke weggenommen hatte, bastelte er eine aus dem Haar von Violets Puppe. Aber damit, so gab er unumwunden zu, war er an noch extremere Grenzen gestoßen. »Ich habe die Nachteile nie richtig einschätzen können, nicht nur die der weiblichen Rolle in unserer Gesellschaft, sondern insbesondere die einer wohlhabenden Heranwachsenden«, erklärte er in der ihm eigenen pedantischen Ausdrucksweise. »Die einzige Möglichkeit, die mir als Mädchen blieb, war, mich einem Erwachsenen anzuschließen, und das war keineswegs befriedigend, denn besagter Erwachsener war, sofern nicht überaus beschäftigt, häufig der erste, der feststellte, daß ich nicht in Begleitung war, und fragte dann, was mit meinem Kindermädchen passiert sei. Des weiteren spielte ich mit dem Gedanken, mich als Zwerg oder Gnom auszugeben, entschied jedoch, daß ich in dieser Rolle zuviel unliebsame Aufmerksamkeit auf mich ziehen würde.«

Von Anfang an hatte Percy mit der tatkräftigen Unterstützung von Violet versucht, Ramses in Schwierigkeiten zu bringen. Es mag unglaublich erscheinen, daß es Menschen gibt, deren Hauptvergnügen im Leben darin besteht, andere leiden zu sehen; doch die Kriminalstatistiken und die Menschheitsgeschichte als solche liefern zu viele Beispiele, die diese Schlußfolgerung untermauern. Anfangs hatte sich Ramses nicht in der Lage gesehen, diesen Intrigen Herr zu werden; er war Mörder und Diebe gewohnt, hatte aber nie zuvor jemanden wie Percy kennengelernt. Seine Versuche, sich zu offenbaren, schienen alles nur zu verschlimmern, und obwohl er so klug war, es nicht zu sagen, spürte ich deutlich, daß er fand, ich habe ihn zu schnell verurteilt. Dem mußte ich zustimmen; aber ich möchte ausdrücklich darauf hinweisen, daß Ramses' Vergangenheit solche voreiligen Schlüsse zu bestätigen schien. Percy hatte schon bald bemerkt, daß unser Sohn das Haus verkleidet und ohne Erlaubnis verließ; Ramses hatte sich gezwungen gesehen, seine Cousins zu bestechen (so nannte er es), damit sie schwiegen. Percy hatte ihm sein ganzes Taschengeld und die meisten Wertsachen, einschließlich Uhr und Messer, abgeknöpft, und als er feststellte, daß bei ihm nichts mehr zu holen war, hatte er seinen letzten Trick aus dem Ärmel gezaubert.

Ich gönnte mir die Genugtuung, Percy und Violet zu ihrer Mama zurückzuschicken. Sie war während der ganzen Zeit in Birmingham gewesen. Das war lediglich ein weiteres Beispiel für den Geiz meines Bruders James, denn wenn er nicht zu kleinlich gewesen wäre, seine Ehefrau in Kur zu schicken, hätte ich die ganze Geschichte erst viel später aufgedeckt.

Wie eine fette Kröte fand ich sie in ihrem Haus vor; sie hatte sämtliche Bedienstete bis auf ein einziges, überarbeitetes Hausmädchen entlassen, und nachdem ich mich an diesem bedauernswerten Geschöpf vorbeigedrängt hatte, entdeckte ich Elizabeth mit einem Roman und einer Schachtel Pralinen in ihrem Salon. Mein Anblick führte dazu, daß sie sich an einem soeben in den Mund gesteckten Praline verschluckte und ich ihr mehrmals auf den Rücken klopfen mußte, bevor sich ihre Gesichtsfarbe wieder normalisierte.

»Aber was zum Teufel war der Sinn des Ganzen?« wollte Emerson bei meiner Rückkehr wissen. »Nur um die paar Groschen für ihre Verpflegung und ihren Unterhalt zu sparen?«

»Zweifellos wäre James das einen Versuch wert gewesen«, entgegnete ich angewidert. »Aber es ging um mehr als das, Emerson; als ich auf die Wahrheit pochte, gab Elizabeth es offen zu – sie ist noch dümmer als James und hat noch weniger Mumm. Es waren diese Zeitungsartikel, die Ramses' zarte Gesundheit und seine gefahrvollen Wagnisse erwähnten. Percy sollte sich bei uns einschmeicheln, so daß wir ihn zu unserem Erben erklärten, falls Ramses irgend etwas zustieße.«

Emerson lief dunkelrot an. »Was? Was? Zur Hölle mit diesem skrupellosen, kleinen –«

»Nein, nein, Emerson, keine Sekunde lang glaube ich, daß Percy ein frühreifer Mörder ist. Auch wenn einige der von ihm angewandten Tricks zu fatalen Ergebnissen hätten führen können ... Er sollte lediglich überzeugend, höflich und liebenswert sein.«

»Eine Rolle, die absolut nicht zu ihm paßte«, knurrte Emerson.

»Aber James besitzt nicht soviel Gespür, um das zu erkennen, Emerson. Er dachte, daß es auf jeden Fall den Versuch wert sei.«

Emerson überlegte. »Dann haben wir es Mr. O'Connell zu verdanken, daß man uns diese gräßlichen Kinder auf den Hals gehetzt hat«, sagte er mit bedrohlicher Stimme. »Er hat diesen Artikel verfaßt!«

Wie schade, dachte ich insgeheim; wo Kevin und Emerson doch gerade so gut miteinander zurechtkamen. Ich entschied, daß dies nicht der richtige Zeitpunkt war, um Emerson meine Hoffnungen bezüglich der jungen Leute zu schildern. Eigentlich gab es nichts, was die beiden trennen konnte; sie war zwar von adliger Abstammung, aber arm wie eine Kirchenmaus; er verdiente genug, um einer Ehefrau einen repräsentativen Lebensstil zu ermöglichen, und ich hatte immer schon vermutet, daß seine Familie einflußreicher war, als er zugeben wollte. Er sprach ein recht gewähltes Englisch, wenn er nicht gerade den wüsten irischen Burschen raushängen ließ, und die Paßform seiner Abendgarderobe – von der er zugegeben hatte, daß es sich um seine eigene handelte – war einem hervorragenden Schneider zu verdanken. Das Ganze sah überaus vielversprechend aus, und ich war mir sicher, daß Emerson seine Verärgerung zum Zeitpunkt der Hochzeit längst vergessen haben und sogar zustimmen würde, die Rolle des Brautführers zu übernehmen.

Ich saß in der Bibliothek und schrieb eifrig an meinem Vortrag über die Schwarze Pyramide, während ich über den Seelenfrieden eines geordneten Familienlebens meditierte (ich kann mit Leichtigkeit über zwei Dinge gleichzeitig nachdenken, wenn ich mit dem Thema sehr vertraut bin). Man weiß sein Glück immer erst dann zu schätzen, wenn es einem vorübergehend den Rücken gekehrt hat; ich hatte Ramses' Charakter nie richtig zu würdigen gewußt, bis ich Percy kennenlernte. Im Haus war es ruhig und still. Emerson war im Museum; Ramses war in seinem Zimmer, mumifizierte eine

Ratte oder stellte Dynamit her oder irgend etwas Vergleichbares. Wie friedlich das alles war, und ich dankte dem Allmächtigen von ganzem Herzen für seine vielen Wohltaten!

Da war nur eine kleine Sache. Diese ließ ich gegenüber dem Allmächtigen unerwähnt, da ich absolut überzeugt war, sie ohne Hilfestellung zu meistern. Augenblicklich wußte ich allerdings nicht recht, wie ich sie angehen sollte. Ich hatte Emerson gegenüber erklärt, daß ich nichts tun würde, damit er sein feierliches Versprechen brach – und das würde ich auch niemals wagen. Trotzdem mußte es irgendeine Möglichkeit geben, um die Identität des geheimnisvollen Mannes mit dem Turban herauszufinden ... Er mußte Ägypter sein. Ein Verbündeter, ein Widersacher, ein geschäftlicher Konkurrent oder ein Geliebter der bedauernswerten Ayesha? Ahmet die Laus war zu seinen Freunden und Verwandten zurückgekehrt, aber ich wußte, wie ich ihn erreichen konnte; er oder einer der anderen Opiumsüchtigen aus dem Kundenstamm der armen, unglücklichen Ayesha würden wissen ...

Die Tür zur Bibliothek wurde mit der Energie aufgerissen, die meinen geliebten Gatten auszeichnet. Ich begrüßte ihn mit einem Lächeln; er begrüßte mich mit einer leidenschaftlichen Umarmung. »Hallo, Peabody. Wie kommst du voran?«

»Sehr gut, mein Lieber.«

»Gut. Dann kannst du sicherlich ein paar Minuten von deiner kostbaren Zeit erübrigen.«

»Gewiß, mein geliebter Emerson.«

Er ließ sich auf das Sofa fallen und bedeutete mir, mich neben ihm niederzulassen. Ich setzte mich und beobachtete ihn mit unverhohlener Neugier. Er schien sich ausgesprochen guter Laune zu erfreuen; sein gesamter Körper wurde von unterdrücktem Lachen geschüttelt, und hin und wieder kam ein fröhliches Kichern über seine Lippen. Seine Augen funkelten, und seine Wangen waren von einer anziehenden rosigen Farbe.

»Was hältst du von einem Whiskey Soda, Peabody?«

»Mein Lieber, doch nicht um diese Uhrzeit. Es ist noch zu früh.«

»Nun, ich muß irgend etwas tun, um zu feiern.« Er schürzte die Lippen und atmete in einem langen Pfeifen aus. »Das war wirklich Rettung in letzter Minute! Eine Zeitlang rechnete ich schon ...«

»Was ist es, Emerson? Hast du dein Manuskript fertiggestellt?«

»Ach das. Nein, es geht um Wichtigeres, Peabody. Ich sag's dir: Um Haaresbreite bin ich einem entsetzlichen Schicksal entkommen. Willst du mich denn gar nicht fragen, worum es sich dabei handelte?«

Ein Wahrheitsschimmer zeichnete sich ab. Ich lächelte holdselig. »Aber nein, Emerson, nicht, wenn du geschworen hast, es niemandem zu erzählen. ›Ewiges Schweigen‹ lautete, glaube ich –«

»Peabody, manchmal kannst du ein richtiger Spielverderber sein. Du sollst drängen und fluchen und mich zum Reden zwingen.«

»Sieh es für gegeben an, Emerson.«

Emerson brach in schallendes Gelächter aus. »Danke. Laß mich überlegen, wie kann ich es in Worte ... Peabody, wärest du gern die Gattin von Sir Radcliffe Emerson, seines Zeichens Ritter der Königin?«

»Aber nein, Emerson, das würde nicht zu mir passen«, erwiderte ich gelassen. »Mit Lady Radcliffe angesprochen zu werden –«

Emerson schnitt mir mit einem verliebten Kuß das Wort ab. »Ich dachte mir, daß du es so sehen würdest. Deshalb habe ich abgelehnt. Ich war allerdings gezwungen, ein kleines Zeichen der Wertschätzung zu akzeptieren.«

Er reichte mir eine kleine Samtschatulle. Im Inneren befand sich ein Smaragd von erstaunlicher Größe und Reinheit, der in einen Ring eingefaßt und von Diamanten umgeben war.

»Mein Lieber, wie protzig«, meinte ich, während ich das Schmuckstück begutachtete. »Wie konnte sie nur denken, daß du einen solchen Ring tragen würdest? Ich weiß, sie ist eine ziemlich einfache, unbedarfte Frau, aber –«

»Verflucht, Peabody!« brüllte Emerson. »Du hast es die ganze Zeit gewußt, nicht wahr? An dem Abend, als ich aus Windsor zurückkehrte und du mich beschuldigtest, ich hätte eine andere Frau getroffen, hast du dich in einer Form ausgedrückt, daß mir nicht klar war, ob du nun Ayesha meintest oder ... Peabody, du solltest dich schämen!«

Wäre ich wirklich die arrogante, durchtriebene Frau gewesen, für die mich gewisse Menschen halten, hätte ich ihn in seinem Glauben belassen, denn das verschaffte mir mit Sicherheit das Charisma übermenschlicher Allwissenheit. Statt dessen lachte ich jedoch und legte meinen Kopf an seine Schulter.

»Nein, Emerson, ich hatte nicht die leiseste Ahnung. Bis zum jetzigen Augenblick nicht. Aber als du den Ritterschlag erwähntest – nun, ich kenne nur eine Persönlichkeit in ganz England, die diese Ehre erteilt. Also war der geheimnisvolle Inder ihr engster Diener, der Munshi?«

»Ganz recht.« Emersons gute Laune hatte sich wieder eingestellt; er mag es, wenn ich meine Fehler zugebe, und er schätzt es noch mehr, wenn ich meinen Kopf an seine Schulter lege. »Sie rief mich zu sich, als offensichtlich wurde, daß der junge Liverpool tief in eine Affäre verstrickt war, die möglicherweise mit einer Mordanklage enden würde. Es war

Cuff, der das Beweismaterial gegen ihn gesammelt hatte; und jetzt kannst du dem guten Inspektor vielleicht verzeihen, daß er einige Fakten verschwieg, selbst nachdem der Fall offiziell abgeschlossen war. Ebenso wie ich hatte er Geheimhaltung geschworen. Im Gegensatz zu mir hat er allerdings einiges zu verlieren, wenn er sein Wort bricht.«

»Es ist nicht deine Schuld, mein Lieber. Ich drängte und fluchte und zwang dich dazu.«

»Ganz recht.« Emerson grinste. »Da ich deiner Hinterhältigkeit und deinen grausamen Bedrohungen jetzt erlegen bin, kann ich dir ebensogut auch den Rest der Geschichte erzählen; denn mit dieser Offenbarung, meine geliebte Peabody, setze ich mein volles Vertrauen in meine bessere Hälfte, da ich weiß, daß du dich an den gleichen Schwur gebunden fühlst.«

»Selbstverständlich, mein geliebter Emerson. Und darf ich darauf hinweisen, wie sehr ich die jesuitische Spitzfindigkeit deiner Logik bewundere? Sie erinnert an Ramses, wenn er zu Höchstform aufgelaufen ist.«

»Ich danke dir, meine Liebe. Mach dir keine Vorwürfe, daß du Cuffs Ausführungen nicht folgen konntest, schließlich verfügte er über Informationen, die dir nicht bekannt waren – um genau zu sein, einem umfassenden Dossier hinsichtlich der Aktivitäten Liverpools und seines Vertrautenkreises. Er wußte, daß Oldacre dazu gehörte, und er wußte auch, daß sie Stammgäste in Ayeshas Etablissement waren. Da er sich über Liverpools Krankheit und deren Symptome völlig im klaren war, kam er zu dem logischen Schluß, daß Liverpool einer der Hauptverdächtigen in dem Mordfall war. Doch als er diesen Verdacht gegenüber seinen Vorgesetzten äußerte, begegnete man ihm mit der erwarteten Bestürzung und Skepsis.«

»Und trotzdem blieb Cuff hartnäckig? Eine mutige Entscheidung.«

»Nun, nicht direkt«, erwiderte Emerson. »Dieses Land wird zwar von einer wahren Aristokratenflut überschwemmt, dennoch muß man der britischen Justiz zugute halten, daß weder Rang noch Titel einen Menschen vor den Konsequenzen einer kriminellen Tat zu bewahren vermögen. Man bat Cuff, seine Ermittlungen fortzusetzen, allerdings streng geheim und allein, bis er den unwiderlegbaren Beweis für die Schuld erbracht hatte. Natürlich mußte Ihre Majestät informiert – gewarnt – werden, daß Liverpool in Gefahr schwebte. Unabhängig von einigen weniger liebenswerten Schwächen, verfügt sie über eine tiefe Bindung zu ihren Blutsverwandten; die Rücksichtnahme gegenüber ihren Gefühlen hatte den jungen Mann schon bei früherer Gelegenheit verschont.

Als ich Cuff nach unserem Besuch in der Opiumhöhle am vorigen Montag aufsuchte, hatte ich davon natürlich keinen blassen Schimmer, und er vertraute sich mir zu diesem Zeitpunkt auch nicht an. Ich wollte ... Äh-hm. Ich hatte das Gefühl, ich sollte ...«

»Du wolltest Ayeshas Anschrift«, bemerkte ich in ruhigem Ton. »Nichts für ungut, Emerson. Die Vergangenheit ist gemeinsam mit dieser bedauernswerten Frau zu Grabe getragen worden. Wir wollen nicht mehr davon sprechen.«

»Hmhm«, sagte Emerson. »Nun, es ergab sich, daß Cuff und ich ein kurzes Gespräch über den Fall führten, und im Anschluß daran erwies er mir die Ehre, meinen Namen gegenüber Ihrer Majestät zu erwähnen. Sie zitierte mich zu sich und bat mich, die Unschuld des jungen Mannes zu beweisen. Sie war tief verzweifelt; denn obgleich er sich in der Vergangenheit einiger Indiskretionen schuldig gemacht hatte (wie die naive Dame sich ausdrückte), konnte sie nicht glauben, daß ein Mitglied ihrer Familie ein so grausames Verbrechen begehen könnte.«

»Sie ist nicht naiv, sie ist dumm, wenn sie das glaubt«, bemerkte ich. »Ich denke da an mehrere Vorfälle –«

»Ich auch, Peabody. Allerdings flehte sie mich an, und da ich den Grafen für geistig und körperlich viel zu verweichlicht hielt, als daß er einen solchen Plan hätte ausarbeiten können, versprach ich ihr, mein Bestes zu tun.

Von da an arbeiteten Cuff und ich zusammen. Cuff war derjenige, der von der bizarren Zeremonie an jenem verhängnisvollen Abend erfuhr. Einer der aus diesem Anlaß angeworbenen Ägypter hatte schon an ähnlichen Veranstaltungen teilgenommen und prahlte damit vor seiner Freundin, die sich wiederum einem Freund mitteilte, der es einem weiteren erzählte – und der wiederum zählte zu Cuffs Informanten. Ich beging einen unverzeihlichen Akt des Verrats, meine geliebte Peabody, als ich dich an jenem Tag in unserem Schlafzimmer einschloß; aber ich befand mich in dem verflucht unangenehmen Dilemma zwischen Cuffs Forderungen und denen der Krone nach absoluter Geheimhaltung und meinem Verdacht, daß irgend etwas Grauenvolles in dieser Lasterhöhle passieren würde. Und doch, weißt du, Peabody, irgendwie erstaunte es mich nicht, als du diese Treppe hinuntergestolpert kamst. Ich hätte wissen müssen, daß dein brillanter und scharfer Verstand das Rätsel lösen würde.«

»Ende gut, alles gut«, erwiderte ich lachend. »Also hast du sie heute erneut getroffen, und sie gab dir den Smaragd als Zeichen ihrer Wertschätzung?«

»Besser als einen Ritterschlag.« Emerson lachte. »Ich werde den Ring für dich verkleinern lassen, Peabody.«

»Ich danke dir, mein lieber Emerson. Ich nehme ihn an, da ich mir nicht vorstellen kann, daß du dich mit Smaragden schmückst.«

»Und außerdem«, meinte Emerson aufgebracht, »gebührt dir ebensoviel Dank wie mir. Peabody, du weißt genau, daß ich nie Negatives von einer Frau behaupte, und sie ist nicht mehr die Jüngste und verdient zumindest in dieser Hinsicht Respekt, aber ... aber ... sie ist wirklich verflucht borniert, Peabody! Sie denkt, sie ist in der Lage, ein Weltreich zu regieren, aber sie verunglimpft alle anderen Frauen. Sogar dich, meine Liebe. Ich erklärte ihr, daß wir stets zusammenarbeiten, aber sie ...«

»Mach dir nichts draus, Emerson. Dein berechtigter Zorn im Hinblick auf mich und alle anderen Frauen bedeutet mir weitaus mehr als eine Wertschätzung besagten Ursprungs. Und, mein Lieber, du warst in der Lage, ihr zu versichern, der junge Mann sei ... sei ...«

»Hmhm«, meinte Emerson. »Es ist schwierig, das treffende Wort zu finden, nicht wahr? Schuldlos wohl kaum ... dennoch war er schuldlos an dem Mord, Peabody. Und am Ende erwies er sich seines Stammbaums und seines Namens als würdig. Ich sah nichts Verwerfliches darin, einige der unappetitlicheren Einzelheiten zu übergehen.«

»Das war ganz richtig von dir, Emerson.«

»Ich bin froh, daß du mir zustimmst, Peabody, denn wenn das nicht der Fall wäre, würdest du es mir unverblümt sagen. Nun denn – was ist mit dem Whiskey Soda?«